KB130710

로드 짐

로드 짐
Lord Jim

조지프 콘래드 장편소설 최용준 옮김

LORD JIM
by JOSEPH CONRAD (1900)

이 책은 실로 꿰매어 제본하는 정통적인 사철 방식으로 만들어졌습니다.
사철 방식으로 제본된 책은 오랫동안 보관해도 손상되지 않습니다.

다른 이가 믿어 주는 순간, 분명 내 신념은 무한한 힘을 얻는다.

— 노발리스

G. F. W. 호프 부부에게,
오랜 우정을 생각하며
감사한 마음으로

로드 짐

11

작가의 노트

577

역자 해설
소설로 인간을 항해하다

581

조지프 콘래드 연보

593

1

그 남자는 6피트에서 1인치 혹은 2인치 정도가 작았고, 다부진 체격이었다. 상대에게 나아갈 때는 어깨를 살짝 구부리고 머리를 앞으로 내민 채 치켜뜬 눈으로 상대를 쏘아보며 다가갔다. 마치 돌진해 오는 황소를 연상케 하는 자세였다. 목소리는 깊고 우렁찼으며, 몸에는 어떤 경우에도 자기주장을 굽히지 않겠다는 태도가 깊이 배어 있었지만, 공격적인 면은 전혀 없었다. 이러한 태도는 꼭 필요하다고 느껴졌고, 그 대상에는 타인뿐 아니라 본인까지 포함된 듯했다. 그는 구두에서 모자에 이르기까지 티 하나 없이 하얗게 차려입었으며, 동양의 여러 항구에서 선박용품 상점의 입항선 담당 점원으로 일하면서 인기가 아주 높았다.

입항선 담당 점원이 되기 위해서는 이 세상의 그 어떤 시험에도 합격할 필요가 없지만 잡다한 능력이 있어야 하고, 그 능력을 실용적으로 발휘할 줄 알아야만 한다. 그가 하는 일은, 선박이 입항할 때면 돛단배나 증기선, 노 젓는 배를 타고 다른 선박용품 상점의 입항선 담당 점원들과 경쟁하며 그 선박에 다가가 선장에게 밝게 인사하면서 자기 가게의 명함을 내밀고, 선장이 처음 상륙하면 선박에서 먹고 마실 온갖 물품으로 가득한, 거대한 동굴 같은 상점으로 선장을 단호히, 하지만 으스대는 기운 없이 안내하는 것이었다. 상점에선 배의 케이블에 쓰는 쇠사슬 고리 세트부터 고물의 조각 장식에 붙일 금박 세트에 이르기까지, 배를 항해할 수 있게 하고 아름답게 장식하는 데 필요한 온갖 물품을 구할 수 있으며, 선장은 이전에 만난 적도 없는 상점 주인에게서 형제처럼 정다운 대접을 받는다. 상점에는 시원한 응접실, 안락의자, 술병, 시가, 필기도구, 항만 규정집이 있고, 항해하는 석 달 동안 선원의 마음에 쌓인 소금을 녹여 없애 줄 따뜻한 환대도 있다. 이렇게 시작된 인연은 배가 항구에 머무르는 동안 입항선 담당 점원이 날마다 배를 찾아감으로써 유지된다. 점원은 선장에게 충실한 친구이자 살뜰한 아들이자, 참을성 많은 욥, 사심 없이 헌신하는 여인, 유쾌한 친구가 되어 준다. 그리고 청구서는 나중에 보낸다. 입항선 담당 점원이란 이렇게 아름답고 인간미가 넘치는 직업이다. 그러므로 훌륭한 입항선 담당 점원을 구하기란 참으로 어렵다. 잡다한 능력이 있으면서 선원 경력이라는 이점까지 갖춘 입항선 담당 점원은, 상점 주인 입장에선 많은 보수를 주고 기분까지도 맞춰 줄 만한 가치가 있다. 짐은 늘 보수를 후하게 받았고, 상점 주인들이 그의 기분을 맞춰 주기 위해 들인 공은 악마의 충성이라도 살 정도였다. 그런데 짐은 배은망덕하게도 갑자기 직장을 그만두고 훌쩍 떠나곤 했다. 짐의 고용주들에겐 그가 떠나겠노라며 내놓는 핑계들이 터무니없어 보였다. 그리고 짐이 등을 돌리자마자 고용주들은 〈지독한 바보 같으니!〉라고 말했다. 짐의 예민한 감수성에 대한 비판이었다.

바닷가에서 사업을 하는 백인들이나 선박의 선장들에게 그는 그냥 간단히 짐이라고 불릴 뿐이었다. 물론 그에게도 성이 있었지만, 그는 자신의 성이 사람들 입에 오르내리는 것을 원하지 않았다. 그의 익명성은 소쿠리처럼 구멍이 숭숭 나 있었지만, 그 의도는 자신의 정체를 숨기려는 것이 아니라 어떤 사실을 숨기기 위해서였다. 익명성을 뚫고 그 사실이 드러나면, 그는 마침 그 시점에 머무르던 항구를 갑자기 떠나 다른 항구로 갔고, 대체로 동쪽을 향해 나아갔다. 그는 항구들만 찾아다녔는데, 그건 그가 바다에서 추방된 선원인 데다 그가 지닌 잡다한 능력도 선박용품 상점의 점원을 제외하면 그 어떤 일을 하기에 적합하지 않았기 때문이다. 그는 해가 뜨는 방향으로 차례차례 항구들을 옮겨 다녔지만, 그 사실은 우연인 듯, 그러나 어김없이 그의 뒤를 쫓았다. 그래서 여러 해가 지나는 동안, 그는 봄베이, 캘커타, 랑군, 페낭, 바타비아 같은 항구에서 차례로 알려지게 되었지만, 이 모든 체류지에서 그는 그저 선박용품 점원 짐으로 알려졌을 뿐이었다. 나중에, 그 참기 어려운 사실에 대한 민감한 인식 때문에 그는 항구와 백인들을 영원히 버리고 처녀림 속으로 쫓기듯 들어갈 수밖에 없었고, 그가 그 끔찍한 민감함을 숨기며 살기로 작정한 밀림 마을의 말레이족 사람들은 단음절로 된 그의 익명에 단어를 하나 추가해 주었다. 그 사람들은 그를 〈투안 짐〉이라 불렸는데, 그것은 〈짐 나리〉[1] 정도의 의미였다.

짐은 원래 목사 집안 출신이었다. 훌륭한 상선의 선장 가운데는 이런 경건함과 평화가 넘치는 목사 집안 출신이 많다. 짐의 아버지는 인간이 알지 못하는 세계에 대한 지식이 있었기에, 오두막에 사는 사람들의 의로움을 지켜 주는 동시에 오류 없는 신의 섭리에 따라 대저택에서 살게 된 사람들의 마음의 평화를 해치지 않을 수 있었다. 언덕 위의 작은 교회는 덥수룩하게 우거진 잎의 장막 사이로 보이는 이끼 낀 잿빛 바위처럼 우중충한 분위기를 풍겼다. 그 교회는 몇 세기 동안 그곳에 있었지만, 아마도 주변 나무들은 그곳에 처음으로 돌을 놓던 때를 기억할 터였다. 그 아래쪽에는 풀밭과 화단과 전나무로 둘러싸인 채 빨간 앞면이 따뜻하게 빛나는 목사관이, 그 뒤로는 과수원이, 왼쪽으로는 포장된 마구간 뜰이 있었으며, 벽돌벽 한 면을 따라 경사진 유리 온실들이 붙어 있었다. 그곳의 성직은 몇 세대 동안 그 가족의 몫이었다. 하지만 다섯 아들 가운데 한 명이던 짐은 한동안 가벼운 휴가용 문학 작품들을 탐독한 끝에 선원이 자신의 소명이라 선언했고, 가족은 곧바로 짐을 〈무역선 간부 양성을 위한 훈련선〉에 보냈다.

그곳에서 그는 약간의 삼각법과 톱갤런트 활대[2]를 가로지르는 법을 배웠다. 주변 사람들은 대체로 그를 좋아했다. 항

1 Lord Jim.이 책의 제목 〈로드 짐〉의 유래로, 로드*lord*에는 〈나리〉란 뜻이 있다. 이하 모든 주는 옮긴이의 주이다.
2 돛대에 여러 개의 활대가 매달려 있을 경우, 밑에서 세 번째 활대를 말한다.

14

해할 때면 세 번째 자리를 차지했고, 제1번 구명정에서 노를 저었다. 좋은 체격 조건에 성격도 침착해서 그는 돛대 위에서 아주 민첩하게 움직였다. 그의 위치는 앞 돛대 망루였고, 종종 마치 자신이 위난 속에서 진가를 발휘할 운명을 타고난 사람이라도 되는 듯이 망루 위에서 아래쪽의 무수히 많은 지붕을 멸시하듯 내려다보았다. 평온함에 잠긴 그 지붕들은 갈색 조수(潮水)를 가운데 두고 양쪽으로 펼쳐져 있었고, 그 주위 평지 외곽에서는 더러운 하늘을 배경으로 연필처럼 가늘고 높이 솟은 공장 굴뚝들이 화산처럼 연기를 뿜었다. 그는 항구를 떠나는 커다란 선박들과 끊임없이 오가는 폭이 넓은 나룻배들과 자기 발 저 아래에서 떠다니는 작은 보트들을 볼 수 있었고, 또한 저 멀리 안개 속에서 반짝이는 바다, 그리고 모험의 세계에서 솟아나는 삶의 희망을 볼 수 있었다.

2백여 명의 목소리가 혼재한 아래층 갑판에 있을 때면, 그는 현 상황을 잊고 가벼운 문학 작품 속의 선원 생활을 미리 떠올려 보곤 했다. 그는 침몰하는 배에서 승객들을 구조하고, 허리케인 속에서 돛대를 잘라 내고, 높은 파도 속에서 밧줄을 잡고 헤엄치고, 외톨이 표류자가 되어 맨발에 반라의 몸으로 노출된 암초 위를 걸어다니며 허기를 채워 줄 조개 따위를 찾는 자신의 모습을 그려 보았다. 또한 열대 해변에서 야만인들과 마주치고, 바다에서 선상 반란을 진압하고, 대양에 뜬 작은 구명정에서 절망한 사람들에게 용기를 내라고 격려하는 식으로, 언제나 맡은 임무에 모범적으로 헌신하고 책의 주인공처럼 굽힐 줄 모르는 자신의 모습을 그려 보았다.

「사고가 일어났다. 나와라.」

그는 벌떡 일어났다. 소년들이 줄지어 사다리를 오르고 있었다. 위에서 사람들이 황급히 오가며 고함을 지르는 소리가 들렸다. 뚜껑 문을 통과해 갑판에 오른 그는 마치 넋을 잃은 듯이 가만히 서 있었다.

겨울날이 저물 때였다. 정오부터 강풍이 다시 불어와 강에는 오가는 배가 전혀 없었고, 허리케인처럼 거세진 바람이 발작하듯 휘몰아쳐 마치 거대한 함포들이 바다에 일제 사격을 퍼붓는 듯한 소리가 났다. 억수같이 내리는 비는 바람 때문에 비스듬히 쏟아졌고, 비가 뜸해지는 사이사이 세차게 굽이치는 파도, 해변을 따라 이리저리 밀려가는 작은 배들, 몰아치는 안개 속에 가만히 서 있는 건물들, 닻을 내린 채 육중하게 흔들리는 폭이 넓은 나룻배들, 위아래로 흔들리며 물보라를 뒤집어쓰는 거대한 승선장 따위의 위협적인 광경들이 드문드문 짐의 눈에 들어왔다. 돌풍이 다시 불면 이 모든 것을 날려 버릴 듯했다. 공기 중에는 물방울이 가득했다. 강풍은 난폭한 결의를 품고 있었고, 절규하는 바람과 야수처럼 날뛰는 하늘과 땅은 모진 분노를 내뿜었으며, 그 모든 것이 자신을 향해 달려드는 듯해 짐은 그만 압도되어 숨을 쉴 수가 없었다. 그는 가만히 서 있었다. 몸이 강풍에 휘말려 빙빙 도는 듯했다.

사람들이 이리저리 그를 밀쳤다. 「커터선에 인원을 배치해!」 소년들이 그의 곁을 지나 달려갔다. 강풍을 피해 항구로 서둘러 오던 연안 항해선 한 척이 정박 중이던 스쿠너선과 충돌한 것이었다. 훈련선의 교사 한 명이 그 사고를 목격했다. 한 무리의 소년이 갑판의 난간을 타 넘더니 커터선을 매단 기둥 주위로 모여들었다. 「충돌이야. 바로 요 앞에서. 시먼스 선생님이 보셨어.」 누군가에게 밀린 그는 비틀거리며 뒤 돛대에 부딪혔고, 밧줄을 붙잡았다. 쇠사슬로 계류되어 있던 낡은 훈련선은 마구 흔들리며 바람을 향해 부드럽게 뱃머리를 숙였고, 보잘것없는 삭구는 바다에서 보냈던 그 배의 젊은 시절을 깊은 저음으로 흥얼거렸다. 「보트를 내려!」 그는 사람들이 탄 보트가 난간 아래로 재빨리 떨어지는 모습을 보고 서둘러 보트 쪽으로 달려갔다. 첨벙 하는 물소리가 들렸다. 「풀어. 도르래 밧줄을 치워!」 그는 난간 너머로 몸을 내밀었다. 배 옆으로 흐르는 강물은 줄무늬 거품을 일으키며 파도쳤다. 짙어 가는 어둠 속에서 조수와 바람의 마법에 걸린 커터선이 보였다. 그 마법 때문에 커터선은 한동안 꼼짝도 못 한 채 모선과 나란히 서서 이리저리 요동만 쳤다. 커터선에서 누군가가 고함치는 소리가 희미하게 들렸다. 「노를 저어, 이 풋내기들아. 사람을 구해야지! 노를 저어!」 그리고 갑자기 커터선은 뱃머리를 높이 들더니 치켜든 여러 개의 노와 함께 파도를 타 넘으며 바람과 조수가 건 마법을 깼다.

짐은 누군가가 자기 어깨를 움켜잡는 것을 느꼈다. 「너무 늦었어, 젊은이.」 배의 선장이 바다로 뛰어들 것 같은 소년에게 제지의 손길을 뻗친 것이다. 짐은 패배를 의식하는 고통스러운 기색이 담긴 눈으로 선장을 쳐다보았다. 선장은 동정어린 웃음을 지었다. 「다음번에는 운이 좋기를 바라네. 이번 일을 교훈 삼아 다음에는 현명하게 굴도록 해.」

　날카로운 환호성이 커터선을 맞이했다. 커터선은 물이 반쯤 찬 채 춤을 추며 돌아왔고, 바닥에는 물을 뒤집어쓴 채 기진맥진한 사람 두 명이 있었다. 바람과 바다가 요동치며 가해 오던 위협은 이제 짐의 눈에 코웃음 칠 만한 수준으로 보였고, 그래서 그 하찮은 위협에 자신이 압도되었다는 사실이 더욱더 후회되었다. 이제 그는 자신이 어떻게 해야 할지 알았다. 강풍 따위는 이제 아무렇지 않다는 느낌이 들었다. 그보다 더한 위험도 무릅쓸 수 있었다. 그렇게 할 것이었다. 그 누구보다 더 잘해 낼 것이었다. 한 점의 두려움도 없었다. 그런데도 그날 저녁, 그는 무리에서 떨어져 혼자 곰곰이 생각에 잠겼다. 커터선의 정조수 노릇을 한, 소녀 같은 얼굴에 커다란 회색 눈을 가진 소년은 그동안 하갑판에서 영웅 대접을 받고 있었다. 궁금증에 찬 소년들이 그 소년을 둘러싸고 질문을 했다. 소년이 말했다. 「그 사람 머리가 물에서 까닥이는 걸 보고 갈고리 장대를 물속으로 내밀었어. 갈고리에 그 사람 반바지가 걸렸고, 나는 하마터면 물에 빠질 뻔했어. 시먼스 선생님이 키 손잡이를 놓고 내 다리를 잡지 않았더라면 나는 아마 빠졌을 거야. 대신 보트가 까딱하면 물에 잠길 뻔했지 뭐야. 시먼스 선생님은 멋진 분이야. 그분이 우리에게 심술궂게 군다고 해도 상관없어. 내 다리를 잡고 있는 동안 계속해서 내게 욕을 하셨지만, 그건 나더러 갈고리 장대를 놓으면 안 된다는 의미로 그러셨을 뿐이야. 시먼스 선생님은 무척 흥분을 잘하시잖아, 안 그래? 아니, 그 작은 금발 말고 다른 사람, 수염을 기른 덩치가 큰 사람이었어. 우리가 끌어 당기자 그 사람은 신음을 내뱉었어. 〈오, 내 다리! 오, 내 다리!〉라고 말하고는 눈을 뒤집으며 정신을 잃었지. 그렇게 덩치가 큰 사람이 여자아이처럼 기절하는 모습을 생각해 봐. 너희 같으면 갈고리 장대에 살짝 찔렸다고 기절하겠어? 나는 아니야. 처음에는 갈고리가 그 사람 다리에 좀 깊이 박히긴 했지만.」그 소년은 아이들에게 보여 줄 목적으로 하갑판으로 가져온 갈고리 장대를 내놓았고, 주위에선 큰 소동이 일었다. 「아냐, 바보 같은 소리 하지 마! 끌어 올릴 때 갈고리는 살이 아니라 반바지에만 걸려 있었다니까. 물론 피가 많이 나긴 했어.」

짐은 그 이야기가 허영심의 한심한 과시라고 생각했다. 그 강풍은 자신이 무시무시한 존재인 듯 거짓 모습을 띠었을 뿐 아니라 거짓된 영웅심까지 조장하고 말았다. 그는 천지가 야수처럼 날뛰며 부지불식간에 자신의 혼을 빼놓고, 그 결과 언제든 목숨을 걸고 위험을 무릅쓰려던 자신의 관대함까지 부당하게 방해한 사실에 화가 났다. 한편 달리 생각하면 자신이 그 커터선에 타지 않아 다행이다 싶기도 했다. 그보다 저급하긴 해도 성과를 얻었기 때문이다. 그는 그 일을 해낸 소년들보다 더 많은 것을 알게 되었다. 모든 사람이 움츠리고 있을 때, 자신만이 바람과 바닷물이 벌이는 거짓 위협과 맞서는 방법을 알았던 것이다. 그는 풍랑의 정체를 알았다. 냉정하게 바라보면 풍랑은 그저 코웃음 칠 일로 보였다. 그의 마음속엔 더는 그 어떤 아쉬움도 남지 않았고, 그래서 이 엄청난 사건의 최종 결과는, 그가 시끄러운 소년들에게서 눈에 띄지 않게 떨어져 나와, 자신에겐 모험에 뛰어들려는 열의가 있으며 여러 방면의 용기도 있다는 자신감을 새로이 확인하며 미친 듯이 기뻐했다는 것이었다.

2

2년간의 훈련을 마친 뒤, 짐은 바다로 갔다. 상상 속의 바다는 짐에게 내 몸처럼 잘 아는 곳이었지만, 일단 진짜 바다에 가보니 이상하게도 모험이라고는 찾아볼 수 없었다. 그는 여러 번 항해를 했다. 하늘과 바다 사이의 삶이라는 마법적인 단조로움에 대해 알게 되었다. 사람들은 비판적이었고, 바다는 가혹했으며, 단지 먹고살기 위해 지독하게 지루한 일들을 매일같이 반복해야 했지만, 참는 것 말고는 방법이 없었다. 그런데도 그에 대한 보답이라곤 일에 대한 철저한 사랑이 전부였다. 그는 그 보답을 찾지 못했다. 하지만 바다에서의 삶보다 더 유혹적이고 더 현실을 직시하게 하고 더 사람을 사로잡는 삶이 없었으니, 돌아설 수도 없었다. 게다가 직업적 전망도 밝았다. 그는 신사다웠고, 성실했으며, 유순했고, 자기 임무에 대한 지식도 완벽했다. 그리고 때가 되자 아직 아주 젊은데도 좋은 배의 일등 항해사가 되었다. 하지만 아직 바다에서 제대로 된 역경을 겪지 못한 상태였다. 한 인간으로서의 내면적 가치, 인내의 한계, 사람됨을 숨김없이 드러내 보일 역경을, 저항력의 강도와 외면 안에 감춰진 은밀한 진실을 다른 사람들에게뿐 아니라 자신에게까지 드러낼 그런 역경을 말이다.

그 모든 시간이 흐르는 동안, 그가 바다의 진정한 분노를 다시 본 건 단 한 번뿐이었다. 그 진실은 사람들이 생각하는 것만큼 자주 겉으로 드러나지 않는다. 모험과 강풍의 위험에도 여러 종류가 존재하며, 의도적인 사악한 폭력성이 표면까지 모습을 드러내는 경우는 아주 가끔이다. 그때가 되면, 뭐라고 정의하기 어려운 그 무언가는 인간의 이성과 감정에 한 가지 사실을 강압적으로 들이댄다. 이 복잡한 사건들, 즉 이 자연의 분노가 악의와 통제 불능의 강력한 힘과 미쳐 날뛰는 잔인함을 품고 그에게 달려들고 있다고, 이제 그의 희망과 공포를, 고통스러운 피로와 휴식에의 갈망을 모두 앗아 갈 심산이라고, 이제까지 그가 보아 온 것, 알아 온 것, 사랑한 것, 기뻐한 것, 혹은 싫어한 것을 모두 으깨고, 파괴하고, 말살하려 한다고, 이루 헤아릴 수 없이 소중하고 꼭 필요한 그 모든 것, 즉 햇빛, 추억, 미래까지 모두 산산이 부수려 한다고, 다시 말해 그의 목숨을 빼앗는다는 단순하지만 무시무시한 행위로 그 소중한 세계 전부를 그의 시야에서 완전히 앗아가 버리겠다고 말이다.

그가 탄 배의 스코틀랜드인 선장이 훗날 〈세상에, 그 배가 그 상황을 겪고도 침몰하지 않은 건 순전히 기적이야!〉라 말하곤 하던 그 한 주가 시작됐을 때, 짐은 쓰러지는 돛대에 부상을 입었고, 마치 불안의 깊은 구렁텅이에 빠진 사람처럼 멍하고 축 처져 절망한 채 고통스러워하며 여러 날을 침상에 누워 지냈다. 그는 이 사태의 결과가 어떻게 되든 상관하지 않았고, 정신이 맑은 순간에는 자신의 무관심을 지나치게 소중히 여겼다. 직접 목격되지 않은 위험은 인간의 생각 속에서 불완전하고 막연할 뿐이다. 그런 경우 두려움은 그림자처럼 실체가 없어지고, 모든 공포의 아버지이자 인간의 적인 상상력도 자극만 받지 않으면 이미 기진맥진해져 둔해진 감정 속으로 가만히 가라앉게 된다. 짐이 본 것이라곤 요동치며 엉망이 된 선실의 모습이 전부였다. 그는 작지만 엄청난 파괴가 자행되는 와중에 홀로 꼼짝 못 하고 누워 있었고, 갑판에 나가지 않아도 되어 다행이라는 생각에 남몰래 기뻐했다. 하지만 종종 주체할 수 없는 괴로움이 온몸을 덮치면 짐은 담요 속에서 헐떡이며 몸을 비틀었고, 그러다가 어느 순간, 이런 감각적 고통에 취약한 비이성적 야수성에 사로잡혀 무슨 수를 쓰더라도 이곳을 탈출해야 한다는 필사적인 욕망에 어쩔 줄 몰라 했다. 이윽고 날씨가 다시 화창해져, 그는 더는 그런 생각을 하지 않았다.

하지만 그의 절룩임은 오래갔고, 배가 동양의 어느 항구에 도착했을 때 그는 병원에 가야만 했다. 그리고 회복이 더뎌, 배는 그를 두고 떠났다.

백인 병실에는 그 말고 두 명이 더 있을 뿐이었다. 갑판 뚜껑 문에서 떨어져 다리가 부러진 군함의 사무장과 인근 지역에서 철로 청부업자로 일하다 정체불명의 열대병에 걸린 남자였다. 이 청부업자는 의사를 바보로 여겼고, 자신의 헌신적인 타밀족 하인이 참으로 지치지도 않고 꾸준하게 병원으로 비밀스레 들여오는 수상쩍은 제조약을 몰래 탐닉하고 있었다. 그들은 서로 자신들이 살아온 이야기를 했고, 가끔은 카드놀이도 했으며, 환자복 차림으로 안락의자에 앉아 하품을 하며 한마디 말도 없이 하루 종일 빈둥거리며 시간을 보내기도 했다. 병원은 언덕 위에 있었는데, 언제나 활짝 열린 창을 통해 부드러운 바람이 불어와 삭막한 병실에 하늘의 부드러움과 대지의 나른함과 동양 바다의 매혹적인 숨결을 전해 주었다. 그 바람 속에는 꽃향기가, 영원한 안식의 암시가, 끝없는 꿈의 선물이 담겨 있었다. 짐은 정원의 잡목림과 시내의 지붕들과 해안에서 자라는 야자나뭇잎들 너머로, 동양으로 오는 주요 통로인 정박지를 날마다 바라보았다. 주위에 작은 섬들이 점점이 널려 있고 햇빛이 화려하게 쏟아지는 정박지에서는 장난감처럼 보이는 배들이 축제 행렬을 벌이듯 활발히 움직였고, 머리 위에서는 동양의 하늘이 영원토록 평온하게 펼쳐졌으며, 평화롭게 미소 짓는 동양의 바다는 수평선까지 광활하게 뻗어 있었다.

지팡이 없이도 걸을 수 있게 되자마자, 짐은 고향으로 돌아갈 기회를 찾아 시내로 내려갔다. 당장은 아무런 배편도 없었기에, 기다리는 동안 자연스레 항구에서 같은 직업에 종사하는 사람들과 어울리게 되었다. 두 부류의 사람들이었다. 일부는 그곳에서 드물게 눈에 띄던 극소수의 사람들로, 내막을 알 수 없는 삶을 살며 해적의 기질에 몽상가의 눈을 지니고서 손상되지 않은 에너지를 가지고 있었다. 그들은 미친 듯이 복잡하게 얽힌 여러 계획, 희망, 위험, 사업에 묻혀 사는 듯했고, 문명 세계 저 너머, 어두운 바다에서 사는 듯했다. 그들의 환상적인 삶에서, 성과가 있다고 합리적으로 확신할 수 있는 사건은 오로지 죽음뿐이었다. 하지만 대다수 사람은 짐과 마찬가지로 어떤 사고로 인해 그곳에 버림받은 채 지방 선박의 간부 선원으로 남아 있는 이들이었다. 이제 그들은 근무 환경이 더 힘들고 임무는 더 가혹하며 폭풍우가 몰아치는 위험한 바다 위 고국의 선박에서 일하는 것을 두려워했다. 그들은 영원히 평화로운 동양의 하늘과 바다에 익숙해져 있었다. 그들은 짧은 항해와 안락한 갑판 의자와 많은 원주민 선원과 백인으로서의 특권을 사랑했다. 그들은 고된 일이라면 생각하는 것만으로도 몸서리쳤고, 불안정해도 안락한 삶, 언제든 해고될 수 있지만 언제든 다시 고용될 수 있는 삶을 선택했으며, 중국인과 아랍인, 혼혈인 들을 위해 일했다. 삶을 편하게만 해준다면 악마를 위해서도 일할 터였다. 그들은 언제나 운수대통한 경우에 대해 이야기했다. 누구는 중국 근해에서 선장이 되었는데 일이 정말 쉽다더라, 누구는 일본 어딘가에서 아주 쉬운 일자리를 얻었다더라, 누구는 태국 해군에서 잘 지낸다더라 따위의 이야기였다. 그 사람들의 말과 행동, 표정과 사람됨에서는 약점, 부패한 구석, 한평생 빈둥거리며 안전하게 살아야겠다는 결심을 엿볼 수 있었다.

짐이 보기에, 이렇게 잡담을 나누는 이들은 처음엔 선원이라기보다는 같은 수의 그림자보다 못한 허깨비 같았다. 하지만 계속 지켜보면서, 그 사람들이 위험하고 어려운 일을 거의 하지 않으면서도 그토록 잘산다는 걸 알게 되자 그들에게 매혹되기 시작했다. 시간이 흐르자 처음에 느낀 경멸과 다른 감정이 천천히 생겨났다. 그리고 돌연 짐은 고국으로 돌아가야 한다는 생각을 버리고 파트나호의 일등 항해사 자리를 얻었다.

파트나호는 아주 오래된 그 지역의 증기선이었는데, 그레이하운드만큼이나 몸체가 가늘면서 망가진 물탱크보다 더 녹이 슬고 부식되어 있었다. 선주는 중국인이었지만 아랍인이 대여한 상태였고, 배의 선장은 뉴사우스웨일스계 독일인이었다. 선장은 자기 조국을 공공연히 저주하고 싶어 하는 변절자였지만, 비스마르크의 승승장구한 정책에 힘입어 자신이 무서워하지 않는 사람에게는 난폭하게 대했고, 보라색코와 붉은 콧수염을 곁들인 〈철혈〉의 용모를 지니고 있었다. 외부에는 새롭게 칠을 하고 내부에는 회칠한 파트나호가 목제 방파제와 나란히 서서 증기를 뿜어내는 동안, 8백 명 정도 되는 순례자들[3]이 몰리듯 승선했다.

순례자들은 낙원에 대한 믿음과 희망의 재촉을 받으며, 맨발을 쿵쿵거리거나 질질 끌면서 세 개의 건널 판자를 통해 줄지어 배에 탔고, 그 누구도 말하거나 속삭이지 않았으며, 뒤돌아보는 일도 없었다. 그리고 갑판에 도착해 건널 판자의 난간이 끝나자마자 갑판 위 사방으로 흩어졌다. 그들은 이물과 고물 쪽으로 흘러갔고, 하품을 하듯 입을 쩍 벌리고 있는 뚜껑 문 아래로 넘쳐흘러 내려갔으며, 배의 안쪽 구석구석을

3 성지로 향하는 무슬림 순례자들.

가득 채웠다. 마치 저수지를 채우는 물 같았고, 틈새마다 금 간 곳마다 흘러드는 물 같았고, 그릇 가장자리까지 고르게 조용히 차오르는 물 같았다. 믿음과 소망, 사랑과 추억을 품은 8백 명의 남녀가 남에서, 북에서, 동방의 변두리에서 그 배로 모여들었다. 그들은 밀림의 오솔길을 걸어왔고, 강을 따라 내려왔고, 얕은 근해를 따라 쾌속 범선을 타고 왔고, 작은 카누를 타고 섬에서 섬으로 건너왔고, 갖은 고생을 하고, 낯선 광경들을 보고, 처음 겪는 무서운 상황들에 처했지만, 가슴에 품은 소망 하나로 모든 것을 견뎌 냈다. 그들은 미개지의 외딴 오두막에서, 사람들이 붐비는 캄퐁[4]에서, 바닷가 마을에서 왔다. 오직 한 가지 생각의 부름에 따라, 그들은 살던 숲과 개간지와 통치자들의 보호와 번영과 빈곤과 젊은 시절에 살던 환경과 조상의 무덤을 두고 떠나왔다. 그들은 먼지와 땀과 오물과 누더기를 뒤집어쓰고 왔다. 힘이 센 남자들은 앞장서 가족을 이끌었고, 깡마른 노인들은 돌아오리란 희망도 없이 그저 앞으로 나아갔다. 어린 소년들은 겁도 없이 호기심 어린 눈으로 주위를 두리번거렸고, 작은 소녀들은 어수선한 긴 머리를 늘어뜨린 채 수줍어했으며, 온몸을 천으로 가린 겁먹은 여인들은, 아무것도 모르면서 엄격한 신앙 때문에 순례를 따라나선 잠든 아기들을 더러워진 머리 싸개로 싸매 가슴에 끌어안고 있었다.

「이 짐승들 좀 봐.」 독일인 선장이 새로 고용한 일등 항해

---

4 여러 채의 건물과 정원 들로 이루어진 단지를 의미하며, 한 명의 거주지일 수도 있고, 규모가 큰 경우에는 한 마을을 의미하기도 한다.

사에게 말했다.

그 경건한 여정의 인도자인 아랍인이 마지막으로 탔다. 잘생긴 얼굴에 진지한 표정을 지은 그는 하얀 가운을 입고 커다란 터번을 쓴 채 천천히 걸어 승선했다. 하인들이 그의 짐을 가지고 뒤따랐다. 파트나호는 밧줄을 풀고 후진해서 부두를 떠났다.

배는 범선 정박지를 비스듬히 가로질러 두 개의 작은 섬 사이로 향했고, 언덕의 그림자 속에서 반원을 그리며 돈 뒤, 거품 이는 암초가 뻗은 곳을 바짝 붙어 지났다. 고물 쪽에 서 있던 아랍인은 바다를 여행하는 이를 위한 기도문을 큰 소리로 외웠다. 그는 알라에게 이 여행을 보살펴 달라고 호소했고, 인간의 수고와 인간의 마음에 숨은 은밀한 목표에도 축복을 내려 달라고 빌었다. 증기선은 어스름 속에서 해협의 고요한 바다 위를 쿵쿵거리며 항해했다. 그리고 순례선의 고물 쪽으로 저 멀리에서는, 배가 좌초하기 쉬운 얕은 바다 위에 불신자들이 나사못 말뚝을 박아 세운 등대가 마치 신앙의 길에 나선 그 배의 항해를 조롱하듯 불꽃의 눈을 깜박거렸다.

배는 해협을 빠져나와 만을 가로질러 〈1도 항로〉를 따라 계속 나아갔다. 순례선이 홍해를 향해 곧게 나아가는 동안, 위로는 고요한 하늘이, 구름 하나 없이 작열하는 하늘이 펼쳐져 있었고, 모든 생각을 말살해 버리고 가슴을 억누르며 모든 힘과 에너지의 충동까지 고갈시키는 눈부신 햇빛이 쏟아져 내렸다. 이 불길할 정도로 화려한 하늘 아래에서 심오한 푸른 바다는 흔들림이나 잔물결이나 주름 하나 없이 가만히 있었고, 마치 진득거리고, 정체되고, 죽은 듯이 보였다. 파트나호는 가벼운 쉿쉿 소리를 내며 이 매끄럽고 빛나는 평원을 지났고, 하늘에는 검은 리본 같은 연기를 뿌리고 선미 뒤의 물에는 하얀 리본 같은 거품을 남겼으며, 그 거품은 증기선의 유령이 생명력 없는 바다 위에 그린 자취의 환영처럼 이내 사라져 버렸다.

아침마다 태양은 마치 자신의 회전 속도를 순례선의 진행 속도에 맞춘 듯이 고물에서 정확히 같은 거리만큼 떨어진 곳에서 조용히 빛을 터뜨리며 나타나 정오에는 배를 따라잡았고, 승객들의 경건한 목표를 향해 집중적인 열기를 쏟아부은 뒤 미끄러지듯 기울어져 저녁마다 뱃머리 앞쪽으로 같은 거리만큼 떨어진 곳에서 신비롭게 바닷속으로 들어갔다. 배에 탄 다섯 명의 백인은 갑판 중앙에서 인간 화물들과 격리된 생활을 했다. 배의 끝에서 끝까지 천막이 하얀 지붕을 이루며 갑판을 덮고 있었고, 희미한 홍얼거림이나 슬픈 목소리의 나직한 중얼거림만이 큰불이 붙은 듯한 바다 위에 한 무리의 사람이 있다는 사실을 말해 주었다. 고요하고 덥고 무거운 나날이 이런 식으로 하루씩 과거 속으로 사라졌고, 마치 배가 지나온 자취 속에 영원히 열린 심연 속으로 떨어지는 것 같았다. 한 가닥 연기를 뿜으며 꿋꿋이 항해하는 외로운 배는, 마치 하늘에서 무자비하게 던진 불길에 그을린 듯이, 빛나는 광활한 바다에서 검은 연기를 모락모락 피워 올렸다.

날마다 밤은 축복처럼 배 위에 내려앉았다.

3

불가사의한 정적이 온 세상을 채웠고, 별들이 내는 평온한 빛은 세상에 영원한 안전을 보장하는 듯했다. 다시 젊어져 서쪽 하늘에서 나지막이 빛나는 초승달은 금덩어리에서 얇게 깎아 내 만든 조각 같았고, 얼음장처럼 매끈하고 시원해 보이는 아라비아해는 완전한 원 모양을 이룬 깜깜한 수평선을 향해 완벽한 평면을 이루며 뻗어 있었다. 아무런 방해도 받지 않으며 도는 프로펠러 소리는 안전한 우주라는 체계의 일부처럼 들렸고, 파트나호의 양쪽에는 주름 없이 판판하고 반짝이는 물 위로 시커멓고 영구한 깊은 골이 두 개씩 생겨났다. 그리고 일직선으로 갈라져 서로 멀어져 가는 물마루들은 그 안에 나지막이 소리 내며 터지는 약간의 하얀 소용돌이 거품들과 약간의 작은 파도와 파문과 잔물결 들을 가두었다. 이것들은 배가 지나간 뒤에도 남아 아주 잠시 바다 표면을 어지럽히다 잦아들어 부드러운 출렁거림이 되었으며, 마침내 바다와 하늘이 이루는 둥근 적막 속으로 사라졌다. 그 한복판에는 검은 점처럼 움직이는 선체만이 영원토록 남아 있었다.

선교에 있던 짐은, 아이를 키우는 어머니의 평온하고 다정한 얼굴에서 굳건한 사랑을 보듯, 침묵하는 자연의 모습에서 굳건하고 무한한 안전과 평화를 보고 큰 감동을 받았다. 천막 지붕 아래에서는, 엄격한 신앙의 인도하에 순례길에 나선 사람들이 백인들의 지식과 용기를 믿고 백인들의 불신앙의 힘과 증기선의 철제 선체를 믿으며 모든 갑판의 어두운 구석마다 매트나 담요를 깔고 혹은 맨바닥에 그냥 누워 잠을 청했다. 그 사람들은 염색한 천을 두르거나 더러운 누더기로 몸을 감싼 채 작은 보따리 위에 머리를 뉘고 구부린 팔에 얼굴을 묻고 있었다. 남자들, 여자들, 아이들이 있었고, 늙은이들은 젊은이들과, 노약자들은 원기 왕성한 이들과 함께였고, 죽음과 형제인 잠 앞에서는 모두가 평등했다.

배가 나아가면서 생긴 앞바람이 높다란 현장(舷墻)들 사이 길고 어두운 공간 속으로 꾸준히 불어와, 줄지어 엎드린 사람들 위를 쓸고 지나갔다. 침침하게 불이 켜진 공 모양 램프 몇 개가 천막의 세로 받침목들 아래 여기저기에 짧게 걸려 있었고, 아래쪽으로 던져진 빛이 만든 흐릿한 원은 배의 끊임없는 진동 때문에 가볍게 흔들리면서 위로 치켜든 턱, 한 쌍의 감은 눈, 은반지들을 낀 검은 손, 찢어진 천으로 덮인 야윈 팔다리, 뒤로 젖힌 머리, 맨발, 단검을 맞으려는 듯 맨살을 내민 목 등을 비췄다. 부유한 사람들은 두꺼운 상자와 먼지투성이 매트를 가지고 가족들이 쉴 곳을 만들었다. 가난한 이들은 전 재산을 누더기에 싸 머리에 베고 나란히 누워 휴식을 취했다. 외톨이 늙은이들은 기도용 깔개 위에서 다리를 오므리고 양손으로 귀를 가린 채 잠을 잤다. 한 아버지는 어깨를 세우고 이마를 두 무릎에 댄 채 처량하게 졸고 있었고, 그 옆에 누운 소년은 머리털이 헝클어진 채 마치 명령을 내리듯 한 팔을 뻗치고 잠들어 있었다. 시체처럼 하얀 천 한 장으로 머리부터 발끝까지 덮은 여인은 양쪽 팔에 한 명씩 벌거벗은 아이들을 안고 있었다. 오른쪽 고물에 쌓아둔 아랍인의 소유물들은 흔들리는 화물 램프의 불빛 아래 육중하면서 불분명한 모양의 더미로 보였고, 뒤쪽에는 알아보기 어려운 형체들이 대단히 혼잡하게 널려 있었다. 번들거리는 배불뚝이 놋쇠 냄비들, 갑판 의자의 발 받침대, 창날들, 베개 더미에 기대 놓은 낡은 칼의 곧은 칼집, 주석 커피 주전자의 주둥이 따위였다. 고물 상부의 예항 측정기는 배가 신앙의 임무를 향해 1마일씩 나아갈 때마다 종을 울렸다. 잠을 자는 무리 위로 희미하지만 참을성 있는 한숨 소리가 이따금 떠돌았다. 심란한 꿈이 발산하는 소리였다. 그리고 마치 배 밑바닥에서 그 신비한 장치들을 다루는 사람들의 가슴에 격한 분노가 가득하다는 듯이, 증기선의 깊숙한 내부에서 갑자기 터지는 짤막한 금속음, 삽으로 거칠게 긁어모으는 소리, 보일러 문을 거세게 닫는 소리 등이 폭발하듯 사납게 들려오곤 했다. 그러는 동안, 증기선의 높다랗고 날씬한 선체는 헐벗은 돛대들을 흔드는 일 없이 앞으로 평탄하게 나아갔고, 범접할 수 없이 평화로운 하늘 아래에서 바닷물의 깊은 정적을 계속 갈랐다.

짐은 갑판을 가로질러 걸었다. 광대한 정적 속에서 그의 걸음 소리가 마치 하늘에서 지켜보는 별들에 의해 메아리치듯 그의 귀에 크게 울렸다. 수평선 근처를 훑는 그의 눈은 결코 도달할 수 없는 세계를 탐욕스레 응시하는 듯했지만, 다가오는 사건의 그림자를 보지는 못했다. 바다 위에 던져진 그림자는, 굴뚝에서 거대한 줄기를 이루며 무겁게 쏟아져 나와 계속 허공에서 분해되는 검은 연기의 그림자뿐이었다. 말레이인 두 명이 거의 꼼짝 않고 타륜 양쪽에 서서 말없이 배를 조종했고, 타륜의 놋쇠 테두리는 나침반 가대가 던지는 타원형 불빛을 받아 여기저기 빛이 났다. 이따금 검은 손가락으로 빙빙 도는 타륜 손잡이를 놓았다 잡았다 하는 손이 조명 속에 나타났고, 타륜에 연결된 사슬 고리들이 통의 홈 속에서 무겁게 갈리는 소리를 냈다. 짐은 아주 편안한 분위기에서 나침반을 힐끗 보거나, 도달할 수 없는 수평선 쪽을 살짝 보거나, 느긋이 몸을 비틀어 관절에서 우두둑거리는 소리가 날 때까지 기지개를 켜곤 했다. 이윽고 그 무엇도 파괴할 수 없을 듯한 평화로움에 호기로워진 그는, 죽는 날까지 자기에게 그 어떤 일이 일어난다 해도 개의치 않을 것 같다는 느낌이 들었다. 가끔 그는 조종 장치 케이스 뒤쪽에 놓아둔 다리가 셋 달린 나직한 탁자에 네 개의 제도용 핀으로 고정해 둔 해도를 한가로이 바라보았다. 바다의 깊이를 그린 그 해도는 기둥에 묶인 볼록 렌즈 램프의 불빛을 받아 표면이 번쩍거렸는데, 그 표면은 가물가물 빛나는 바다의 수면만큼이나 평평하고 매끈했다. 평행자가 양각기와 함께 해도 위에 놓여 있었다. 해도에는 지난 정오 때 배의 위치가 작은 검은색 십자로 표시되어 있었고, 페림섬에 이르기까지의 항로가 연필로 진하게 직선으로 그어져 있었다. 그 선은 성지와 구원의 약속과 영원한 삶이라는 보답을 찾아가는 영혼들의 진로였다. 한편 끝이 뾰족한 연필은, 안전한 부두의 웅덩이에 떠 있는 배의 돛 내린 돛대처럼 지도 위 소말리아 해안에 가만히 놓여 있었다. 〈어쩌면 배가 이토록 직선으로 항해할 수 있을까.〉 짐은 이런 생각을 하며 놀라워했고, 무척이나 평화로운 바다와 하늘에 일종의 고마움을 느꼈다. 이럴 때면 그의 머릿속은 용감한 행위에 대한 생각으로 가득 차곤 했다. 그는 그런 꿈과 상상 속의 성공적인 업적을 사랑했다. 그것들은 삶에서 최고의 부분이었고, 비밀스러운 진실이었으며, 숨겨진 현실이었다. 그것들은 화려한 활기와 불확실성의 매력을 띠고 영웅적인 걸음걸이로 그의 앞을 지나갔다. 그것들은 그의 넋을 앗아 갔고, 그의 넋이 무한한 자신감이라는 거룩한 미약(媚藥)에 도취하게 했다. 그가 맞서지 못할 것은 아무것도 없었다. 그런 생각을 하며 너무나 기분이 좋아진 짐은 기계적으로 앞을 주시하면서 슬며시 웃음을 지었다. 그러다가 문득 뒤를 힐끗 돌아보면 배의 용골이 그려 내는, 해도에 연필로 그어 놓은 검은 선처럼 곧게 뻗은 하얀 자취가 보였다.

재를 담은 양동이가 요란하게 덜커덕거리며 기관실 환기통을 오르내렸다. 이 함석 용기의 덜커덕거리는 소리는 그의 당직 시간이 끝날 때가 가까웠다는 뜻이었다. 그는 만족에 찬 한숨을 쉬었고, 사색 속에서 자유로이 모험할 수 있게 해

준 그 평화로움과 작별해야 한다고 생각하니 섭섭하기까지 했다. 그는 살짝 졸리기도 하고 마치 몸속의 모든 피가 따뜻한 우유로 변한 것처럼 팔다리에 기분 좋은 나른함을 느꼈다. 선장이 소리 없이 갑판에 올라와 있었다. 잠옷 차림의 선장은 잠옷 상의 단추를 모두 끌러 앞자락이 활짝 열린 채였다. 붉은 얼굴에 잠이 덜 깬 선장은 왼쪽 눈을 반쯤 감은 채 번들거리는 오른쪽 눈으로 멍하니 앞을 보다가 커다란 머리를 숙여 해도를 보면서 아직 졸리다는 듯이 갈비뼈를 긁적였다. 옷 밖으로 드러난 맨살에는 어딘가 외설스러운 면이 있었다. 자면서 몸속의 지방을 땀으로 배출하기라도 한 듯 맨가슴이 기름기로 번들거렸다. 그는 줄로 판자 가장자리를 갈 때 나는 연마음처럼 거칠고 답답한 목소리로 일과 관련된 말을 했다. 두 겹으로 접힌 턱은 턱관절 아래에 바짝 매달아 놓은 자루 같았다. 짐은 깜짝 놀랐고, 아주 공손하게 대답했다. 하지만 마치 처음으로 모습을 드러내는 순간 목격한 모종의 비밀처럼, 꼴사납게 살찐 선장의 모습은 우리가 사랑하는 이 세상에 도사린 모든 사악하고 비열한 존재의 화신이 되어 그의 뇌리에 영원히 박혔다. 우리는 마음속으로 우리 자신의 구원을 위해, 주위 사람들과, 눈에 들어오는 풍경과, 귀에 들리는 소리와, 허파를 가득 채우는 공기를 믿으며 살아간다.

황금을 얇게 깎아 낸 듯한 달이 천천히 아래로 떠내려가다 어두운 수면 아래로 사라지자 별들은 더욱더 반짝였고, 평평한 원반 같은 불투명한 바다를 덮은 반투명 돔의 은은한 광채 속에서 어둠은 더욱더 깊어졌다. 하늘 저편의 영원함이

지상으로 한층 더 가까이 내려오는 듯했다. 배가 어찌나 매끄럽게 항해하는지 인간의 감각으로는 그 전진 운동을 느낄 수 없을 정도였다. 배는 마치 앞으로 있을 창조의 숨결을 기다리는 무섭고 정적에 휩싸인 우주 속에서 무수한 항성들 뒤쪽의 어두운 에테르 공간을 빠르게 이동하는, 사람들로 가득한 행성 같았다. 「아래쪽 기관실은 엄청나게 더워.」 누군가가 말했다.

짐은 돌아보지 않은 채 웃음을 지었다. 선장은 꼼짝하지 않고 등만 보이고 있었다. 자기 목적상 필요하면 상대를 삼킬 듯이 눈을 부라린 뒤 입에 거품을 물며 하수구처럼 욕설을 쏟아 내지만, 그렇지 않으면 대놓고 상대의 존재 자체를 무시하는 것이 이 변절자의 수법이었다. 이제 그는 그냥 부루퉁해 투덜거리고만 있었다. 선교 사다리 머리 부분에서는 2등 기관사가 축축한 양 손바닥으로 더러운 땀수건을 주무르면서 태연하게 불평을 계속했다. 갑판에서 편하게만 지내는 선원들도 있는데, 그런 자들이 왜 필요한지 자신은 도무지 모르겠노라고 했다. 가엾은 기관사들은 어쨌든 배를 움직여야 하는데, 나머지 일들 역시 아주 잘할 수 있다고 했다. 맙소사, 기관사들은…….「닥쳐!」독일인 선장이 단호하게 딱딱였다. 「네, 알겠습니다! 닥치지요. 하지만 뭔가 잘못되면 그때는 저희에게 달려오실 거잖습니까, 안 그렇습니까?」그러고는 다른 불평으로 넘어갔다. 그는 거의 쪄 죽을 지경이라고 했다. 하지만 어쨌든 지난 사흘 동안 악인들이 죽으면 가게 되는 지옥의 더위를 견뎌 내는 고된 훈련을 잘 받았으니 이제는 자기가 아무리 죄를 지어도 상관없다고 했다. 게다가, 맙소사, 배의 밑바닥에서 그 망할 소음을 들으며 지내느라 귀가 완전히 먹었다고 했다. 그리고 우라질 2단 팽창 방식에다 표면 응축 방식을 쓰는 썩어 문드러질 고철 덩이 증기 기관은 마치 갑판의 낡은 권양기처럼 덜커덕거리고 쿵쾅거리는데, 증기 기관의 소음이 권양기 소음보다 더 심하다는 차이가 있을 뿐이라고도 했다. 또한 선박 해체장에나 있을 법한, 분당 57회전 하는 쓰레기들 사이에서 무엇 때문에 하느님이 주신 귀한 목숨을 걸고 밤낮으로 일하게 되었는지 자기로선 알 수 없다고 했다. 자기는 무모한 사람으로 태어난 게 분명하다고도 했다. 그는 또한⋯⋯. 「술은 어디서 나서 마신 거야?」 선장이 아주 거칠게 물었다. 나침반 가대의 불빛 속에 꼼짝 않고 선 선장은 마치 대충 사람 형태로 깎아 놓은 지방 덩어리처럼 보였다. 짐은 멀어지는 수평선을 바라보며 계속 웃음을 지었다. 가슴속은 온갖 충동으로 벅차올랐고, 머릿속으로는 자신의 우월함을 만끽하고 있었다. 「술이라뇨!」 기관사가 가볍게 타박을 주었다. 두 손으로 난간에 매달린 그는 마치 흐느적거리는 다리가 달린 유령 같아 보였다. 「선장님이 준 건 아니지요. 선장님은 너무 인색하니까요. 슈냅스 한 방울을 주느니 자기 선원이 일찍 죽는 쪽을 택할 분이지요. 그런 걸 두고 독일인은 절약이라고 한다면서요. 1페니를 아끼려다 1파운드를 날린다고요.」 그는 감상적이 되어 갔다. 10시경에 기관장이 그에게 손가락 네 개 높이만큼 술을 따라 주었었다. 「한 잔뿐이었어요. 맹세합니다!」 기관장은 사람은 좋지만, 그 사기꾼을 침대에서 끌어내는 일은 5톤 기중기로도 불가능했다. 그건 가능하지 않았다. 어쨌든 그날 밤은 가능하지 않았다. 그는 고급 브랜디 한 병을 베개 밑에 숨겨 두고 어린아이처럼 깊이 잠들어 있었다. 파트나호 선장의 굵은 목에서 낮게 으르렁거리는 소리가 났고, 그 속에선 〈Schwein(돼지)〉이라는 단어가, 희미하게 동요하는 공기 중의 변덕스러운 새 깃털처럼 위아래로 퍼덕였다. 선장과 기관장은, 뿔테 안경을 쓰고 붉은 비단 끈으로 잿빛 머리털을 땋아 점잖게 변발을 한 명랑하고 노회한 중국인 선주 밑에서 오랫동안 함께 일해 온 동료였다. 파트나호의 모항 부둣가에 나도는 평판에 따르면, 뻔뻔스러운 공금 유용에서 이 둘은 〈사람들이 생각할 수 있는 모든 비행을 함께 저질러〉 왔다고 했다. 겉으로 보기에는 두 사람이 잘 어울리지 않을 듯했다. 한 명은 눈빛이 흐리멍덩하고 사악해 보이는 데다 몸은 살이 물컹거리고 여기저기 울룩불룩했다. 그리고 나머지 한 명은 깡마르고 여기저기 움푹 꺼진 곳이 많았고, 얼굴은 길고 뼈가 앙상해 늙은 말의 머리 같았고, 뺨은 홀쭉하고, 양쪽 관자놀이는 쑥 들어갔으며, 퀭한 눈은 무심하고 흐릿해 보였다. 그는 동양 어딘가, 광둥인지 상하이인지 요코하마인지에서 배가 그를 내려놓고 가버린 적이 있는데, 정확한 하선 장소나 이유에 대해선 본인이 그다지 기억할 마음이 없는 듯했다. 그는 20년 전 혹은 더 오래전에 그가 젊다는 사실에 자비를 베푼 선원들에 의해 배에서 조용히 쫓겨났다. 하지만 그가 이 사건을 기억할 때 침통한 기색이 거의 없는 걸 보면,

조용히 쫓겨난 게 그에겐 더 독이 된 것일 수도 있었다. 그러다가 증기 기관을 이용한 항해가 이 해역까지 확대되었고 그 기술을 가진 사람이 처음에는 귀했기 때문에, 생각하기에 따라서 그는 〈성공했다〉고 할 만한 위치에 올랐다. 그는 낯선 사람을 만나면 음침하게 중얼거리며 자신이 〈이곳에서 오랫동안 있던 사람〉임을 알리려고 애썼다. 그가 움직일 때면 마치 해골이 그의 옷을 걸치고 흐느적거리는 듯 보였고, 걸음걸이도 어슬렁거리는 것에 더 가까웠다. 그는 기관실 천창 부근에서 담배를 피우며 이렇게 어슬렁거리는 버릇이 있었다. 딱히 즐기는 것도 아니면서 길이가 4피트나 되는 벚나무 줄기의 놋쇠 담배통에 조제 담배를 담아 피우는 모습은, 마치 어쩌다 흘끗 스쳐 본 진실을 가지고 하나의 철학 체계를 펼쳐 보이려는 얼간이 사상가 같은 인상을 주었다. 평소의 그는 자신이 꿍쳐 둔 술을 공짜로 나누어 줄 사람이 아니었다. 하지만 그날 저녁에는 그가 평소의 원칙에서 벗어났고, 그래서 와핑 출신의 그 멍청한 2등 기관사는 뜻밖의 대접에 감격하고 독한 술에 취해 아주 행복한 기분으로 건방지게 수다를 떨었던 것이다. 뉴사우스웨일스계 독일인의 분노는 극에 달했다. 그는 배기 파이프처럼 분노를 뿜어냈고, 그 광경이 썩 달갑지 않던 짐은 아래 선실로 내려갈 시간이 되기만을 이제나저제나 기다렸다. 내려가기 10분 전부터는 아예 대포 심지에 불을 붙이고 발사되기만 기다릴 때처럼 조바심이 났다. 그들은 영웅적인 모험의 세계와는 상관없었지만, 악당도 아니었다. 심지어 선장마저……. 더러운 표현들이 혼탁하게 녹아든 불평을 콸콸 쏟아 내는 헐떡이는 살덩이를 보고 있자니 짐은 속이 메스꺼웠다. 하지만 이미 충분히 기분 좋게 나른한 상태였기 때문에, 이런 일에도 다른 어떤 일에도 마음속 깊이까지 혐오감을 느끼지는 않았다. 그들이 질 낮은 인간이든 아니든 그건 중요하지 않았다. 비록 같이 어깨를 비비며 살긴 했지만, 그들은 짐을 건드릴 수 없었다. 비록 같은 공기를 마시긴 했지만, 그들과 짐은 달랐다……. 선장이 기관사에게 덤벼들까? ……삶은 쉬웠고, 짐은 너무나 자신 있었다. 너무나 자신 있었기에……. 그가 명상하고 있는 건지 아니면 서서 몰래 졸고 있는 건지 가르는 선은 한 가닥 거미줄보다 더 가늘었다.

2등 기관사는 자신의 재정 형편과 용기에 대한 고려로 금세 노선을 갈아타고 있었다.

「누가 취해요? 저요? 아니요, 아닙니다, 선장님! 천만의 말씀입니다. 기관장은 참새 한 마리를 취하게 할 만큼의 술도 나누어 줄 사람이 아니라는 걸 선장님도 아시잖아요. 살아오며 제가 술 때문에 못 볼 꼴을 보인 적은 한 번도 없습니다. 〈저〉를 취하게 할 수 있는 술은 아직 없다고요. 선장님이 위스키를 한 잔 마실 때 저는 액체로 된 불을 한 잔 마시는 식으로 겨룬다 해도 이 몸은 멀쩡할 겁니다. 만약 제가 취했다 싶으면 전 바다로 뛰어들어 저 자신을 끝내 버릴 겁니다. 그럴 겁니다! 곧장요! 저는 선교를 떠나지 않을 겁니다. 이런 밤에 저보고 달리 어디서 바람을 쐬라는 겁니까, 네? 저 갑판에 있는 해충들 사이에서요? 당치도 않지요! 선장님이 무슨 짓을 한다고 해도 저는 두렵지 않습니다.」

독일인은 두툼한 두 주먹을 하늘로 치켜들고는 아무 말 없이 살짝 흔들었다.

「저는 두려움을 모릅니다.」2등 기관사가 확신에 찬 모습으로 열렬하고 진지하게 계속 말했다. 「저는 이 썩어 빠진 배에서 온갖 터무니없는 일을 당한다 할지라도 두렵지 않습니다, 젠장! 죽는 게 두렵지 않은 우리 같은 사람이 이 세상에 있다는 사실이야말로 선장님을 위해서는 다행이지요. 우리가 없었다면 선장님은 어떻게 되었겠습니까? 선장님과 이 바스락거리는 갈색 포장지 같은 철판으로 된 낡은 배는 어떻게 되었겠느냐는 말입니다. 이 배는 갈색 포장지 같단 말입니다, 정말로요! 선장님에게야 괜찮겠죠. 선장님은 이리저리 버는 게 많으니까요. 하지만 저는요? 저는 뭘 얻나요? 한 달에 꼴랑 150달러를 받으면서 필요한 장비도 제 돈으로 사야 하죠. 선장님께 공손히 여쭙고 싶습니다, 공손히요. 이런 썩어 문드러질 일을 그만두지 않을 사람이 어디 있겠습니까? 이 배는 안전하지 않아요, 안전하지 않다고요! 제가 겁이 없기에 망정이지…….」

그는 난간을 놓더니 자신이 얼마나 용감한지 허공에 그려 보이려는 듯 이런저런 동작을 취했다. 그의 가느다란 목소리는 바다 위로 길게 끼익 소리를 내며 날아갔고, 자신의 말을 강조하기 위해 발끝으로 이리저리 종종거리다 몽둥이로 뒤통수를 얻어맞은 듯 갑자기 머리부터 고꾸라졌다. 그는 넘어지며 〈젠장!〉이라고 했다. 그 새된 소리에 뒤이어 한순간 침묵이 흘렀다. 짐과 선장도 함께 앞으로 비틀거렸다가 몸을 가눈 뒤 아주 꼿꼿이 서서 어리둥절한 표정으로 아무런 동요도 없는 바다 표면을 가만히 응시했다. 이윽고 둘은 하늘의 별을 쳐다보았다.

무슨 일이 일어난 걸까? 엔진이 계속해서 숨 가쁘게 쿵쿵거렸다. 지구의 운행이 멈춘 걸까? 그들은 이해할 수 없었다. 조용한 바다와 구름 한 점 없이 맑은 하늘은, 여전히 미동도 하지 않는데 돌연 무척 불안정해 보였다. 마치 아가리를 벌린 파멸의 벼랑 끝에서 아슬아슬하게 균형을 잡고 있는 듯한 기분이었다. 기관사는 튕겨 오르듯이 똑바로 섰다가 다시 쓰러져 아무렇게나 누워 있었다. 그리고 그 상태 그대로, 깊은 슬픔이 담기고 뭉개진 어조로 〈무슨 일이지?〉라고 말했다. 아주 희미한 천둥소리, 무한히 먼 곳에서 들려오는 천둥소리, 소리라기보다는 거의 진동 같은 소음이 천천히 지나갔고, 마치 그 천둥이 물속 깊은 곳에서 으르렁거렸다는 듯이, 배는 그 소리에 반응하며 진동했다. 타륜을 잡고 있던 두 말레이인의 눈이 백인들을 향해 반짝였지만, 그들의 검은 손은 여전히 타륜 손잡이를 굳게 잡고 있었다. 운행 중이던 삐죽한 선체는 마치 유연해지기라도 한 듯 배 전체가 연달아 몇 인치씩 솟구치는 듯하다가 다시 단호하게 내려앉았고, 다시금 매끈한 바다 표면을 가르는 일로 돌아갔다. 마치 진동하는 물과 웅얼거리는 공기로 가득한 좁은 해로를 배가 이제 다 가로지른 것처럼, 갑자기 진동이 멈추고 희미한 천둥소리도 끝났다.

4

한 달쯤 뒤, 짐은 날카로운 심문을 받으며 이날 겪은 일들을 솔직하게 말하려 애썼고, 그 배에 대해 이렇게 말했다. 「앞에 뭐가 있든 배는 마치 뱀이 나뭇가지 넘어가듯 쉽사리 그걸 타 넘어갔습니다.」 훌륭한 비유였다. 심문은 진상 규명을 위한 것이었다. 이 공식 조사는 동양의 어느 항구에 있는 즉결 재판소에서 이루어졌다. 짐은 높다란 증인석에 서 있었고, 시원하고 천장이 높은 방에 있음에도 양 볼이 화끈거렸다. 그의 머리 위 높은 곳에서 큼직한 풍카[5]가 천천히 왔다 갔다 했고, 아래쪽에서는 검은 얼굴, 흰 얼굴, 붉은 얼굴의 사람들이 수많은 눈으로 그를 바라보고 있었다. 모두가 좁은 벤치에 가지런히 앉아 짐의 목소리에 홀렸다는 듯이 짐에게 매료되어 정신을 집중하고 있었다. 짐의 목소리는 아주 컸고, 자신이 들어도 놀랄 정도로 쩌렁쩌렁 울렸다. 이 세상에 들리는 유일한 소리 같았다. 짐에게서 답을 끌어내기 위해 아주 명확하게 만들어진 질문들이 그의 가슴속에서 고뇌와 고

5 천장에 설치해 하인이나 기계의 힘으로 움직이는 커다란 부채.

통으로 변하는 듯했고, 가혹한 양심의 질문처럼 신랄하면서도 조용히 짐에게 다가갔기 때문이다. 법정 밖은 태양이 이글거렸지만 실내는 커다란 풍카들이 보내는 바람에 몸이 떨릴 지경이었고, 수치심은 얼굴을 화끈거리게 했으며, 직시하는 눈초리들은 사람을 찌를 것만 같았다. 얼굴이 붉은 해상 관련 사건 판사보 두 명 사이에 아주 창백한 얼굴의 판사가 앉아 있었는데, 깨끗이 면도한 판사는 표정 없는 얼굴로 짐을 바라보았다. 천장 아래쪽의 넓은 창으로 들어온 빛이 위에서 이 세 사람의 머리와 어깨를 비추었다. 모든 방청객이 마치 이쪽을 노려보는 허깨비처럼 보이는 크고 어스름한 법정 안에서, 그 세 사람만이 무섭도록 또렷이 보였다. 그들은 사실을 원했다. 사실을! 그들은 짐에게 사실을 말하라고 다그쳤다. 마치 사실이 모든 것을 설명할 수 있다는 듯이!

「배가 난파선 잔해 같은 부유물과 충돌했다는 결론을 내린 뒤, 피고는 앞으로 가서 배의 피해를 확인해 보라는 선장의 명령을 받았습니다. 충돌 때문에 배에 피해가 있을 듯하다고 생각한 겁니까?」왼쪽의 판사보가 물었다. 말발굽 모양의 성긴 턱수염을 기르고 광대뼈가 두드러진 그는 양쪽 팔꿈치를 탁자에 괴고 거친 두 손을 얼굴 앞에서 깍지 긴 채 생각에 잠긴 파란 눈으로 짐을 바라보았다. 다른 판사보는 멸시하는 듯한 표정으로 무거운 몸을 뒤로 젖히고 앉아 왼팔을 길게 펼치고는 손가락 끝으로 압지첩을 가볍게 두드리고 있었다. 판사는 두 사람 사이에서 널찍한 안락의자에 꼿꼿이 앉아 머리를 한쪽 어깨 위로 약간 기울인 채 팔짱을 끼고 있었다. 판사의 잉크스탠드 옆 유리 꽃병에는 꽃이 몇 송이 꽂혀 있었다.

「아닙니다.」짐이 말했다. 「선장은 사람들이 공황에 빠질 수도 있으니 아무도 부르지 말고 시끄럽게 하지도 말라고 했습니다. 저도 그렇게 조심하는 게 낫겠다고 생각했습니다. 저는 천막 밑에 걸린 램프 하나를 내려서 들고 앞쪽으로 갔습니다. 선수창 뚜껑 문을 열자 물이 출렁이는 소리가 들렸습니다. 램프를 밧줄에 묶은 다음 밧줄을 최대한 내려 보니 선수창에는 이미 물이 반 넘게 차 있었습니다. 흘수선 아래쪽에 커다란 구멍이 난 게 분명하다는 생각이 들었지요.」짐은 말을 멈추었다.

「그렇군요.」육중한 몸집의 판사보가 압지첩을 향해 멍하니 웃음 지으며 말했다. 그의 손가락은 소리 없이 압지첩을 가볍게 치며 끊임없이 꼼지락거렸다.

「그때는 위험하단 생각을 못 했습니다. 약간 놀라긴 했겠지만요. 모든 일이 너무나 조용히, 그리고 너무나 갑자기 일어났거든요. 저는 그 배에 선수창과 앞쪽 선창을 분리하는 충돌 대비용 칸막이벽 말고 다른 칸막이벽이 없다는 걸 알고 있었습니다. 저는 선장에게 보고하러 돌아갔습니다. 그러다가 선교 사다리 밑에서 2등 기관사와 마주쳤습니다. 2등 기관사는 막 일어서던 참이었는데 넋이 나간 듯했고, 자기 왼팔이 부러진 것 같다고 했습니다. 제가 앞쪽에 가 있는 동안 사다리를 내려오다 사다리 맨 위 칸에서 미끄러졌다더군요. 그 사람이 소리쳤습니다. 〈맙소사! 그 썩어 빠진 칸막이벽은 당장에라도 부서질 거고, 그러면 이 빌어먹을 놈의 배는 납덩이처럼 가라앉을 거야.〉2등 기관사는 오른팔로 저를 밀어내고 저보다 앞서 사다리를 기어오르며 소리 질렀습니다. 왼팔을 몸 옆에 축 늘어뜨린 채로요. 곧바로 따라 올라가던 저는 선장이 2등 기관사에게 달려들어 바닥에 때려눕히는 광경을 목격했습니다. 선장은 2등 기관사를 다시 때리지는 않았습니다. 선장은 허리를 숙여 그 사람을 내려다보면서 성난, 하지만 아주 나직한 목소리로 말했습니다. 아마도 선장은 왜 밑에서 엔진을 멈추는 대신 위에서 소란을 벌이느냐고 말하는 듯했습니다. 선장이 〈일어나! 뛰어가, 어서!〉라고 말하는 소리가 들렸습니다. 그리고 욕하는 소리도 들렸죠. 2등 기관사는 우현 쪽 사다리를 미끄러지듯 내려가더니 천창을 돌아 좌현 쪽 기관실 출입구로 달려갔습니다. 기관사는 달려가면서 신음을 토했고……」

짐은 천천히 말했다. 하지만 기억을 빠르게, 그리고 극도로 생생하게 되살리는 중이었다. 사실을 원하는 재판관들에게 더 확실한 정보를 제공하기 위해서라면 기관사의 신음까지도 재생할 수 있었다. 짐은 처음에는 반발을 느꼈지만, 이제는 꼼꼼하고 정확하게 진술해야만 이 무시무시해 보이는 상황 뒤에 숨겨진 진짜 공포를 알릴 수 있을 거라 생각했다. 재판관들이 그처럼 열심히 알아내고자 하는 사실들은 볼 수 있고 느낄 수 있고 감각 기관들로 인지된 것들이었으며, 시공간을 차지한, 즉 1천4백 톤급 증기선과 27분이란 시간을 가지고 존재한 것들이었다. 그 사실들이 모여 이룬 완전한 그림에는 이런저런 특징들, 미묘한 표정들, 눈으로 기억할 수 있는 복잡한 면, 그리고 그 밖에도 무언가, 보이지 않는 무언가, 혐오스러운 육신 속에 들어 있는 악의에 찬 영혼처럼, 내면에 살면서 파멸로 이끄는 지옥의 악령 같은 무언가가 포함되어 있었다. 짐은 진심으로 이 점을 분명히 하고 싶었다. 이 사건은 평범하지 않았고, 사건의 모든 구성 요소가 극도로 중요했는데, 다행히도 그는 모든 것을 기억하고 있었다. 짐은 진실을 위해, 그리고 어쩌면 자신을 위해 계속해서 진술하고 싶었다. 그는 신중하게 진술을 이어 갔지만, 그의 마음은 자기 주위에 빽빽이 솟아나 그를 동료들과 단절시킨 사실들 주위를 끝없이 맴돌았다. 그의 마음은 높은 말뚝 울타리에 갇힌 걸 깨닫고 밤이면 울타리를 따라 뛰어다니며 허술한 곳이나 틈새, 기어오를 수 있는 곳, 비집고 빠져나갈 만한 구멍이 없는지 찾으려 애쓰는 짐승 같았다. 마음의 이 끔찍한 움직임 때문에 그는 진술하다 이따금 머뭇거렸다……

「선장은 선교에서 이리저리 계속 움직였습니다. 선장은 침착해 보였습니다. 그냥 몇 번 비틀거렸을 뿐입니다. 그리고 한번은 제가 선장에게 말하고 있는데 마치 눈이 먼 것처럼 똑바로 걸어와서 저와 부딪치기도 했습니다. 선장은 제가 하는 말에 명확한 답을 해주지 않았습니다. 그냥 혼자 중얼거렸습니다. 제가 들을 수 있었던 건 〈빌어먹을 증기!〉나 〈지옥 같은 증기!〉 하는 식으로 증기에 관한 몇 마디 말뿐이었습니다. 제 생각에…….」

짐은 상관없는 말을 하기 시작했다. 요점만을 요구하는 질문이 날카로운 고통처럼 날아와 그의 말을 잘랐고, 그는 몹시 의기소침하고 기진맥진해졌다. 그는 답을 향해 가는 중이었다. 정말로 답을 향해 가는 중이었는데, 이제 잔인하게 말이 잘렸고, 〈네〉 또는 〈아니요〉로만 답해야 했다. 그는 〈네, 그랬습니다〉라고 간결하지만 진실되게 답했다. 흰 얼굴, 큰 체격에 젊고 우울한 눈의 그는 증인석에서 어깨를 꼿꼿이 펴고 있었지만, 영혼은 그의 안에서 몸부림치며 괴로워했다. 그는 요점에 아주 근접했지만, 전혀 소용없는 또 다른 질문에 답을 해야만 했고, 다시 기다렸다. 그의 입은 먼지를 먹은 것처럼 아무 맛을 못 느끼고 메말랐다가 이윽고 바닷물을 마신 듯이 짜고 쓴맛을 느꼈다. 그는 축축한 이마를 훔쳤고, 바짝 마른 입술에 혀로 침을 발랐으며, 등에 전율이 흐르는 것을 느꼈다. 체격이 큰 판사보는 눈을 감고 무심하면서도 애통한 듯 소리 없이 손가락으로 압지첩을 톡톡 치고 있었다. 그을린 양손을 깍지 낀 다른 판사보의 눈에는 온정이 가득해 보였다. 판사는 아까부터 몸이 앞으로 천천히 흔들리고 있었고, 꽃 근처를 맴돌던 창백한 얼굴이 의자의 팔걸이 위로 기울어지자 손바닥으로 관자놀이를 괴었다. 풍카들이 보내는 바람이 소용돌이치며 사람들의 머리 위로, 헐렁하게 천을 두른 검은 얼굴의 원주민들에게로, 피부처럼 몸에 딱 달라붙는 두꺼운 능직 양복을 입고 둥근 방서모를 무릎에 올려놓고 이 더위에 더 덥게 몰려 앉은 유럽인들에게로 불어왔다. 한편 단추를 모두 채워 긴 백색 코트를 몸에 죄게 입은 원주민 보조원들이 맨발로 벽을 따라 바삐 오갔는데, 그 사람들은 붉은 어깨띠를 매고 붉은 터번을 쓰고 있었으며, 유령처럼 소리는 없었지만 사냥한 짐승을 물어 오려는 같은 숫자만큼의 사냥개들처럼 긴장하고 있었다.

대답하는 중간중간 이리저리 둘러보던 짐의 눈길이, 다른 사람들과 떨어져 앉아 있던 어떤 백인의 얼굴에서 멈췄다. 그 백인의 표정은 지치고 그늘져 있었지만, 이쪽을 똑바로 바라보는 눈만큼은 차분하고 명료하며 호기심이 가득했다. 짐은 또 다른 질문에 대답했고, 〈이런 질문이 무슨 소용입니까? 무슨 소용이냐고요!〉라고 외치고 싶은 유혹에 시달렸다. 짐은 발로 가볍게 바닥을 톡톡 쳤고, 입술을 깨물었으며, 사람들 머리 너머를 바라보았다. 그러다가 그 백인과 시선이 마주쳤다. 짐을 향해 있는 그 시선은 다른 사람과는 달리 매혹되어 있는 것이 아니었다. 그것은 지적 의지의 소산이었다. 한 질문에서 다음 질문으로 넘어가는 사이 잠시 짬이 난 짐은 자기 처지를 잊고 생각에 잠겼다. 〈이 사람은 마치 내 몸을 뚫고 내 뒤의 누군가 혹은 뭔가를 볼 수 있다는 듯한 눈길로 나를 바라보는군.〉 짐은 그 남자를 전에 만난 적 있었다. 아마도 거리에서였을 것이다. 짐은 자신이 그 남자와 대화를 한 적이 없다고 확신했다. 여러 날 동안, 참으로 여러 날 동안 그는 아무에게도 말을 하지 않았고, 감방에 홀로 갇힌 죄수처럼 혹은 황야에서 길을 잃은 나그네처럼 침묵 속에서 자신과만 두서없는 대화를 끝없이 해왔다. 현재 그는 목적은 있으나 중요하다고는 할 수 없는 질문들에 답하고 있었지만, 앞으로 남은 생애 동안 두 번 다시 자기 생각을 당당히 말할 기회가 있을지 의심스러웠다. 진실을 진술하는 그의 목소리가, 이제 말해 봤자 더는 아무 소용도 없다는 그의 신중한 견해를 뒷받침해 주었다. 그 백인은 짐의 절망적인 곤경을 인지한 듯했다. 짐은 그 백인을 바라보다가 마치 마지막 이별을 하듯 단호하게 고개를 돌렸다.

그리고 훗날, 세상의 먼 곳들에서 말로는 짐을 기억하려는 의지를 여러 번 보였고, 길고 상세한 이야기로 짐을 기억해 주었다.

아마도 저녁 식사 뒤, 짙은 어둠 속에서 불붙은 시가 토막들만이 반짝이는 가운데, 흔들리지 않는 잎들이 드리워져 있고 꽃으로 장식된 베란다에서였으리라. 사람들은 길게 편 등나무 의자에 앉아 조용히 이야기를 듣곤 했다. 가끔 빨갛게 타던 작은 불이 갑자기 움직이면 빛이 퍼지면서 나른한 손가락들과 깊은 휴식에 잠긴 얼굴이 조금씩 보이고, 또는 주름 없는 이마의 그림자에 묻혀 있던 생각에 잠긴 두 눈에 진홍빛이 번득이기도 했다. 그리고 첫 단어를 입 밖에 내는 순간부터, 자기 자리에 편히 뻗어 있던 말로의 몸은 꼼짝도 하지 않았다. 마치 그의 영혼이 흘러간 시간 속으로 날갯짓하며 들어간 뒤, 그의 입술을 빌려 과거로부터 말을 하는 것만 같았다.

5

「아, 그럼, 나도 그 재판정에 있었지.」그는 말하곤 했다.
「그런데 내가 왜 그곳에 갔는지는 아직도 모르겠어. 나는 우
리 각자에게 수호천사가 있다고 믿어. 물론 우리 각자에게
늘 따라다니는 악마도 있다는 내 주장에 너희가 동의한다는
전제하에 말이야. 너희가 내 말에 동의하길 바라는 이유는,
어떤 식으로든 나만 예외라고 느끼고 싶지 않고, 내게는 나
를 따라다니는 놈이 하나 있거든. 내 말은, 악마 말이야. 물
론 본 적은 없지만, 정황 증거가 있어. 악마는 확실히 있고,
악의를 품고 있기에 나를 그런 일에 끌고 들어간 거지. 무슨
일이냐고? 그야 그 심문, 그리고 그 누렁개를 말하는 거지
뭐겠어. 옴이 오른 동네 잡종 개 한 마리가 재판정 베란다에
들어와 사람들 발에 걸리게 두다니, 이게 말이나 되는 일이
야? 그런 일은 우회적이며 예상치 못한, 진짜 악마적인 방식
으로 나를 유혹해서 약점이나 강점, 은밀한 악랄함을 지닌
사람들과 마주치게 할 뿐 아니라, 그 사람들의 혀를 풀어 놓
아 나에게 끔찍한 비밀 이야기를 털어놓게 하지. 마치 내게

는 남에게 들려줄 비밀스러운 이야기가 없는 것처럼 말이야. 마치, 맙소사! 마치 내게는 기약된 삶이 끝나는 날까지 나 자신의 영혼을 괴롭히고도 남을 만한 비밀스러운 이야기가 없는 것처럼 말이지. 그리고 내가 대체 무슨 짓을 했기에 이런 벌을 받아야 하는지 모르겠어. 분명히 말해 두는데, 난 주변의 그 누구 못지않게 걱정거리가 많고, 이 순례의 골짜기를 거니는 그 누구 못지않게 많은 것을 기억하고 있단 말이지. 그러므로 다른 사람들의 고백받이가 되기에 내가 특별히 더 적합한 사람이 아니란 건 다들 알 수 있을 거야. 그런데 왜 그러는 걸까? 나도 모르겠어. 저녁 식사 뒤 시간을 보낼 소일거리로 쓰라는 게 아니라면 말이야. 이봐, 찰리, 네가 준비한 저녁 식사는 정말 훌륭했어. 그 결과, 여기 이 사람들은 조용한 브리지 카드놀이마저 떠들썩한 소동인 양 굴고 있잖아. 이 친구들은 네 편한 의자에 늘어져서 〈만사가 귀찮아. 말로에게 이야기나 시키자〉라고 생각한다고.

　이야기! 까짓것, 하지 뭐. 그리고 〈짐 나리〉 이야기는 하기도 아주 쉬우니까. 잘 먹은 다음이고, 해발 2백 피트 높이에 있고, 맛 좋은 시가 한 통도 바로 옆에 있고, 상쾌하고 별빛 어린 축복받은 저녁 시간이잖아. 이럴 때면 우리 중 가장 똑똑한 사람들마저 잊어버리곤 하는 사실이 있지. 우리는 이 세상에 잠시 용인받아 발붙이고 있을 뿐이라는 거, 화려한 주광 대신 보조광 속에서 힘들게 앞으로 나아가야 한다는 거, 그러면서 모든 귀중한 순간마다 모든 돌이킬 수 없는 걸음마다 주의를 기울여야 하고, 결국엔 다 잘될 거라고 믿지만 실은 그다지 자신 없고, 계속 남들과 살 부대끼며 살면서도 그들에게서 도움을 거의 기대할 수 없다는 사실 말이야. 물론 저녁 식사 후 시가를 피우듯이 여유롭게 평생 사는 사람도 더러 있긴 해. 그 사람들은 편하고 즐겁지만 공허한 삶을 살 거고, 아마도 남들의 갈등 이야기를 들으며 기운을 내겠지만 이야기가 끝나기도 전에, 설사 그 이야기에 끝이 있다 하더라도, 그 끝을 듣기도 전에 그 이야기를 잊고 말 거야.

그 재판정에서 나는 처음으로 짐과 눈이 마주쳤어. 우선, 바다와 어떤 식으로든 연관된 사람은 모두 그곳에 나와 있었다는 사실을 염두에 둬. 왜냐하면 아덴에서 온 그 불가사의한 전보를 받고 놀라서 우리도 모르게 실소를 터뜨린 뒤로, 그 사건은 벌써 여러 날째 악명을 떨치고 있었거든. 내가 불가사의하다고 말한 건, 비록 그 전보가 적나라한 사실, 즉 더없이 적나라하고 추한 사실을 담고 있었지만, 어떤 면에서는 불가사의했기 때문이야. 온 부두가 그 이야기뿐이었어. 내가 아침에 선장실에서 옷을 입을 때 가장 먼저 들은 소리도 바로 칸막이벽을 통해 들려오는 그 이야기였지. 파시교인[6] 통역원이 주방에서 차 한잔 얻어 마시면서 객실 승무원을 상대로 파트나호에 대해 재잘재잘 떠들었거든. 상륙하자마자 만난 지인들도 모두 첫 마디가 〈세상에 어떻게 그런 일이 다 있다냐?〉였고, 나는 상대가 어떤 사람인가에 따라 냉소적인 웃음을 보이거나 슬픈 표정을 짓거나 욕을 한두 마디 내뱉었어. 전혀 모르는 사람들끼리도 단지 그 일에 대해 의견을 늘

6 예전 8세기에 남아시아로 이주한 페르시아 조로아스터교인들의 후손.

어놓을 생각으로 친근하게 다가가 말을 섞곤 했지. 시내의 부랑자들도 하나같이 그 사건을 놓고 술판을 벌였어. 항만 사무실이며 선박 중개상 사무실, 온갖 대리점, 백인, 원주민, 혼혈인들, 그리고 돌계단 위에 반라의 몸으로 웅크리고 앉은 뱃사공들에 이르기까지, 어딜 가도 누구에게서든 그 이야기를 들을 수 있었어. 맙소사! 그 사람들의 운명이 어떻게 되었을까에 대해서는 약간의 분노와 수많은 농담, 그리고 끝없는 토론이 있었지. 이런 식으로 두 주일 넘게 시간이 흘렀고, 그 사건에서 밝혀지지 않은 부분은 비극적이었음이 드러나리라는 견해가 점점 지배적이었는데, 어느 날 아침 내가 항만 사무실 계단 곁의 그늘에 서 있는데, 남자 네 명이 부두를 따라 내 쪽으로 걸어오더라고. 잠시 나는 이 괴상한 무리가 어디서 나타난 걸까 궁금해하다가, 돌연 〈아, 그 사람들이 왔구나!〉 하고 속으로 외쳤어.

그 사람들이었어. 확실해. 세 명은 보통 체격이었지만, 나머지 한 명은 인간에게 가능한가 싶을 만큼 허리가 엄청 굵었어. 그 사람들은 그날 아침 동이 트고 한 시간쯤 뒤 입항했다 이제 출항하려는 데일 라인 증기선에서 아침을 잘 얻어먹고 막 상륙하는 참이었어. 못 알아볼 수가 없었지. 나는 파트나호의 그 잘난 선장을 한눈에 알아보았어. 우리가 사는 이 지구를 한 바퀴 돌아 보아도 열대 지방에서 그 사람만큼 뚱뚱한 이는 없었거든. 게다가 약 9개월 전에 그 사람을 사마랑에서 만난 적이 있었어. 그 사람의 증기선은 항구 밖 정박지에서 짐을 싣고 있었고, 그 사람은 독일 제국의 포악한 관습을 남용해 디영의 뒤쪽 가게에서 날마다 하루 종일 맥주를 들이켰어. 눈꺼풀 하나 깜빡하지 않고 한 병에 1길더씩 꼬박꼬박 돈을 받던 디영도 결국 몰래 손짓해 나를 불러내더니 가죽처럼 질긴 피부의 그 작은 얼굴을 잔뜩 찡그리며 몰래 하소연하더라고. 〈장사는 해야죠, 선장님. 하지만 저 사람을 보면 기분이 아주 더러워집니다, 퉤!〉

나는 그늘에서 그 사람을 바라보고 있었어. 그 사람은 약간 앞선 채 서둘러 가고 있었고, 그 사람에게 쏟아지던 햇빛 때문에 큰 덩치가 놀라울 정도로 돋보였어. 그 모습을 보고 있자니 뒷발로만 걷게 훈련받은 새끼 코끼리가 떠올랐어. 옷차림도 지나치게 화려했지. 밝은 초록색 바탕에 진한 귤색의 세로줄 무늬가 있는 더러운 잠옷을 걸치고, 맨발에 너덜너덜한 왕골 슬리퍼를 신고, 누군가 버린 아주 더러운 방서모를 썼는데, 자기 머리보다 사이즈가 두 치수는 작은 거라서 마닐라 노끈으로 그 큰 머리에 붙들어 매놨더라고. 너희도 짐작하겠지만, 그런 체구라면 옷을 빌려 입을 만한 데가 거의 없었을 거야. 그건 그렇고, 그 사람은 좌우를 살피지도 않고 바쁜 걸음으로 3피트도 안 떨어진 곳에서 내 앞을 지나갔고, 한 점의 죄책감도 없이 증언인가 보고인가 아니면 다른 뭔가를 하러 위층 항만 사무실로 서둘러 올라가더군.

그자는 먼저 수석 선원 감독관에게 보고하는 것 같았어. 아치 루스벨, 그러니까 그 수석 선원 감독관 말에 따르면, 자기는 막 출근해서 부하 서기장에게 야단을 치면서 분주한 하루를 시작하려는 참이었대. 너희 가운데도 그 서기장을 아는 사람이 있을 거야. 체구가 작고 친절한 혼혈 포르투갈 사람인데, 목이 처절할 정도로 앙상하고, 늘 선장들에게서 소금에 절인 돼지고기 조각이나 비스킷 한 봉지, 감자 몇 알 따위 먹을 것을 얻어 내려고 이리저리 뛰어다니는 사람이지. 생각해 보니, 한번은 항해하고 남은 식량 중에서 살아 있는 양 한 마리를 그 사람에게 팁으로 주었어. 뭘 바라고 준 건 아니었어. 그럴 만한 능력도 없는 사람이니까. 단지 뇌물을 요구할 신성한 권리가 자신에게 있다는 그자의 유치한 믿음에 감동받아서였어. 그 믿음이 너무나 강해 거의 아름답다고까지 할 수 있었지. 그건 민족성 때문이었어. 아니, 두 민족성이 섞여서라고 해야겠군. 기후 탓도 있었고……. 하지만 그 사람이 누구든 간에 신경 쓰지 말자고. 어딜 가야 평생의 친구를 사귈 수 있는지는 이미 아니까.

어쨌든 루스벨 말로는, 자기는 서기장에게 엄중한 훈시를 주는 중이었대. 아마도 직책상의 도덕성에 관한 내용이었지 싶어. 그때 등 뒤가 좀 소란스러워서 돌아보니 뭔가 둥글고 거대한 것이 보였다더군. 루스벨 말을 빌리면, 설탕 약 7백 킬로그램이 담긴 커다란 나무통을 줄무늬 면 플란넬로 감싸 사무실의 넓은 바닥 한가운데 세워 둔 듯하더라나. 루스벨은 어찌나 놀랐던지 한참을 그게 살아 있는 거라곤 생각도 못 했고, 그저 가만히 앉아서 저런 게 대체 무슨 이유로, 그리고 어떻게 자기 책상 앞까지 운반되어 왔을까 어리둥절해하고 있었대. 대기실로 통하는 아치형 통로에는 풍카를 흔드는 사람들이며 청소부, 순경, 항구의 증기 기동선 키잡이와 선원

등이 북적이고 있었는데, 모두 목을 빼며 보고 서로의 등을 기어오르다시피 했다더군. 꽤 큰 소동이었을 거야. 그 무렵 그자는 모자를 당겨 머리에서 벗는 데 성공하고는 살짝 고개 숙여 인사하며 루스벨 쪽으로 다가갔고, 루스벨은 그 모습에 어찌나 기겁했던지 한참을 듣고도 그 유령이 무엇을 원하는지 알 수가 없었대. 유령은 거칠고 침울하지만 천연덕스러운 목소리로 말했어. 그제야 이게 파트나호 사건과 관계된 이야기란 생각이 마침내 루스벨의 머릿속에 조금씩 들기 시작했어. 자기 앞에 와 있는 사람이 누군지 알게 되자마자 루스벨은 마음이 매우 불편해졌대. 루스벨은 동정심이 많으면서 쉽게 동요하는 성격이었거든. 하지만 루스벨은 정신을 가다듬고 외쳤지. 〈그만두십시오! 난 당신 이야기를 들어 줄 수 없습니다. 당신은 항만장님에게 가야 합니다. 내가 당신 이야기를 들어 줄 수는 없습니다. 당신이 만나고 싶어 하는 사람은 엘리엇 선장님입니다. 이쪽입니다, 이쪽으로 오십시오.〉 루스벨은 벌떡 일어나 잽싸게 기다란 카운터를 돌아간 다음 그 사람을 당기고 밀고 했어. 상대는 처음에는 놀랐지만 루스벨이 하는 대로 따르다가 개인 집무실 문 앞에 이르러서야 모종의 동물적 본능 때문인지 겁에 질린 거세한 황소처럼 뒤로 주춤하며 씩씩거렸어. 〈이봐! 왜 이래? 놔! 이봐!〉 루스벨은 노크도 없이 문을 활짝 열었어. 〈파트나호 선장입니다, 항만장님.〉 루스벨이 외쳤어. 〈들어가십시오, 선장.〉 루스벨은 늙은 항만장이 무언가 쓰다가 고개를 휙 쳐드는 바람에 코안경이 떨어지는 것을 보고는 문을 쾅 닫고 서명할 서류들이 기다리는 자기 책상으로 도망쳤대. 하지만 그 안에서 벌어진 소동이 너무 끔찍해서 루스벨은 자기 이름의 철자조차 제대로 기억이 안 나더래. 루스벨이야말로 이 지구의 동서 양 반구에 걸쳐 가장 민감한 선원 감독관이었거든. 루스벨은 굶주린 사자에게 사람을 던져 준 기분이었다더군. 그 소동이 요란했던 건 의심의 여지가 없지. 나도 아래층에서 그 소리를 들었으니까. 그리고 그 정도 소리라면, 해안 산책로 건너 야외 연주 무대에서도 들을 수 있었으리라 확신해. 엘리엇 어르신은 사용하는 어휘가 풍부하고 호통을 치는 분이었는데, 호통을 칠 때는 상대가 누구든 가리지 않았어. 여차하면 총독에게도 호통을 치셨을 분이야. 그분은 내게 이렇게 말하곤 했어. 〈나는 지위가 오를 만큼 올랐어. 따라서 연금은 확실하지. 돈도 어느 정도 저축해 뒀고, 그러니 내 직무에 대한 내 생각이 그 사람들 마음에 안 든다면 나는 당장 관두고 귀국해도 돼. 나는 늙었고, 그래서 하고 싶은 말을 가슴에 담아 두거나 하지 않아. 지금 내게 걱정거리가 있다면, 딸들이 결혼하는 모습을 보기 전에 죽으면 어쩌나 하는 것뿐이야.〉 그 어르신은 그 점에 좀 과하게 집착했어. 그분에게는 딸이 셋 있었는데, 놀라울 만큼 아버지를 닮긴 했지만 모두 아주 상냥했어. 그분이 딸들의 결혼에 대해 암담한 생각을 하며 잠이 깬 날 아침이면 사무실 직원들은 그분의 눈빛에서 그것을 읽고 벌벌 떨었지. 그런 날이면 어르신이 분명 누구 하나는 잡아먹어 버렸거든. 하지만 그날 아침에는 그 배신자를 잡아먹지 않았어. 이왕 이런 은유를 쓴 김에 좀 더 나가 보자면,

잘근잘근 씹다가, 〈이런!〉 하면서 뱉어 낸 거지.

그래서 잠시 뒤, 나는 그 엄청난 거구가 황급히 내려와 바깥 계단에 가만히 서 있는 모습을 보게 되었어. 그자는 나와 가까운 곳에 서서 곰곰이 생각에 잠겨 있었지. 그자의 커다란 보랏빛 뺨이 떨리더군. 그자는 엄지손가락을 잘근거리고 있었고, 잠시 뒤 내 존재를 알아차리고는 짜증 난다는 듯 곁눈질로 나를 보더군. 그자와 함께 상륙한 나머지 세 명은 조금 떨어진 곳에 모여 기다리고 있었어. 천박한 얼굴에 야비하게 생긴 덩치 작은 자는 팔을 삼각건에 걸치고 있었고, 청색 플란넬 코트 차림의 키가 큰 자는 나무토막처럼 말라서 빗자루처럼 빼빼했는데, 회색 콧수염을 늘어뜨리고 바보처럼 쾌활하게 주위를 두리번거렸어. 세 번째 인물은 자세가 곧고 어깨가 벌어진 청년으로, 이야기에 열중하는 듯한 다른 두 명에게서 등을 돌린 채 두 손을 주머니에 넣고 텅 빈 해안 산책로 너머를 응시하고 있었어. 당장에라도 부서질 것만 같은 마차 한 대가 먼지를 잔뜩 뒤집어쓰고 베네치아풍 장막을 두른 채 세 명의 맞은편에 다가와 멈추었고, 마부는 오른발을 무릎 위에 올리더니 발가락들을 자세히 살폈어. 젊은이는 꼼짝도 하지 않았고, 심지어 머리조차 까닥하지 않은 채 그저 햇살만 물끄러미 바라볼 뿐이었지. 그게 내가 처음으로 짐을 본 때야. 짐은 젊은이들에게서만 볼 수 있는, 무관심하면서도 다른 이들의 접근을 허용하지 않는 그런 표정을 짓고 있었어. 깨끗한 사지에 깨끗한 얼굴로 당당히 그곳에 선 짐은 태초 이래로 태양 빛을 받은 그 모든 소년 중 가장 장래가

촉망되어 보였지. 그리고 난 짐이 아는 모든 것뿐 아니라 그 이상의 내용도 약간 더 알았기에, 짐을 보는 순간 마치 그 친구가 자기 정체를 숨기고 내게 사기를 쳐서 뭔가 뺏으려 한다는 걸 알게 된 것처럼 화가 났어. 짐은 그렇게 멀쩡해 보이면 안 되었거든. 나는 생각해 봤어. 과연 이런 부류의 인간이 그렇게까지 잘못될 수 있을까 하고 말이야……. 그리고 너무 분해서 모자를 바닥에 던지고 춤을 추듯 길길이 날뛰며 그 모자를 짓밟고 싶다는 생각이 들었어. 예전에 한 번 배들로 가득한 어느 정박지에서 이탈리아 바크선 항해사가 급하게 배를 대려고 한 적이 있는데, 너무 서두르다 닻을 잘못 다루자 그 배 선장이 화를 내며 그런 행동을 하더라고. 겉보기에 너무나 편안한 듯한 짐을 보고, 나는 속으로 〈이자는 바보야? 아니면 무감각한 거야?〉 하고 생각했어. 짐은 당장에라도 휘파람으로 노래를 한 곡 불기 시작할 것만 같았어. 그리고 말해 두는데, 다른 두 명이야 뭘 어쩌든 그건 완전히 내 관심 밖이었어. 여하튼 그 사람들은 세상 사람들이 다 아는 데다 이제 공식 조사를 받게 될 그 이야기에 딱 어울리는 인물이었거든. 〈저 위층의 늙고 미친 악당이 글쎄 나를 개라고 부르더라고.〉 파트나호 선장이 말했어. 그자가 나를 알아보았는지는 모르겠어. 알아보았을 것 같아. 어쨌거나 우리의 시선이 마주쳤어. 그자는 눈을 부라렸고, 나는 슬쩍 웃어 보였지. 열린 창문을 통해 나도 그 소동을 좀 들었는데, 〈개〉는 그중 가장 점잖은 표현이었어. 〈그랬나요?〉 나는 이상하게도 혀를 가만두지 못하고 그만 물어보았어. 그자는 고개를 끄덕이더니 다시 엄지손가락을 잘근거리며 나직이 욕을 했어. 그러다가 고개를 들고 부루퉁해하면서 아주 무례하게 나를 바라보았어. 그러고는 〈젠장! 태평양은 넓어, 친구. 당신네 못된 영국인들이 아무리 몹쓸 짓을 해도, 나 같은 사람을 받아 줄 곳은 차고 넘친단 말이지. 난 여기저기 아는 사람이 많으니까. 아피아에도 있고, 호놀룰루에도 있고, 또……〉라고 하더군. 그자는 말을 멈추고 잠시 생각에 잠겼고, 나는 그런 곳들에서 그자가 〈안다〉는 사람들이 어떤 부류일지 쉽사리 짐작이 가더군. 나 역시 그런 부류의 인물들을 적잖이 알고 지냈다는 사실을 숨기지는 않겠어. 우리가 어떤 사람들과 사귀든 삶이 한결같이 즐거운 것처럼 처신해야 할 때가 있지. 나도 그런 시기를 겪었고, 더욱이 그럴 필요가 있었다는 데에 이제 와서 불쾌하게 여기는 척하지도 않겠어. 왜냐하면 내가 어울려야 했던 나쁜 사람들 가운데 다수는 도덕적, 도덕적…… 뭐라고 표현해야 하나, 허세가 없어서, 또는 똑같이 심오한 다른 어떤 이유로 훨씬 더 유익하고 재미있거든. 진짜로 필요해서도 아니면서, 습관적으로, 또는 겁나서, 또는 좋은 마음에서, 또는 그 밖의 온갖 비열하고 부적절한 이유로 너희가 식탁에 초대하곤 하는 그 점잔 빼는 양아치 장사꾼들보다 두 배는 더 배울 게 많고 스무 배는 더 재미있단 말이야.

〈당신들 영국인은 모두 악당이야.〉 플렌스부르크인지 슈체친인지 출신이지만 지금은 애국심에 불타는 호주인이 계속 말했어. 발트해 연안의 작고 훌륭한 항구였는데, 그 잘난 인간의 출생지가 된 탓에 이름을 더럽힌 그곳 이름이 정말로 기

61

억나지 않네. 〈왜 고함을 지르는데? 응? 말해 보라고. 당신들이 다른 사람들보다 더 나은 게 뭔데, 그 늙다리 악당이 내게 고래고래 악을 쓰고 난리냔 말이야.〉 그의 시체 같은 두툼한 몸통이 기둥 같은 두 다리 위에서 부들부들 떨리더군. 그는 머리부터 발끝까지 온몸을 떨고 있었어. 〈당신네 영국인들은 늘 그렇지, 늘 사소한 일들로 난리 법석을 부린다니까. 내가 당신네 나라에서 태어나지 않았다는 이유로 말이지. 내 자격증을 박탈하려면 하라지. 박탈하라고. 그까짓 자격증 같은 건 원치 않아. 나 같은 사람에게 당신네의 그 *verfluchte*(빌어먹을) 자격증 따위는 필요 없어. 개나 가져가라고 해.〉 그리고 그자는 침을 뱉었어. 〈나는 미국 시민이 될 거야.〉 그자는 고래고래 고함을 치며 안달하고 씩씩거렸고, 그곳을 떠나지 못하게 자신을 붙잡아 두는 보이지 않는 정체불명의 손아귀에서 발목을 빼내려는 듯이 발을 질질 끌며 걸어갔어. 그자가 얼마나 열을 냈는지 둥그런 머리 꼭대기에서 정말로 김이 피어오르더라니까. 그 어떤 신비한 힘 때문에 내가 그곳을 떠나지 못한 건 아니야. 호기심이야말로 인간의 감정 중에서 가장 두드러진 감정이잖아. 나는 그 호기심 때문에 그곳에 남았어. 사건의 전말이 모두 알려질 경우, 저 젊은이가 어떤 영향을 받을지 알고 싶어서. 젊은이는 주머니에 두 손을 넣고 보도 쪽에서 등을 돌린 채 해안 산책로의 풀밭 너머 말라바르 호텔의 노란색 주랑 현관을 응시하고 있었는데, 마치 친구가 준비를 마치는 대로 함께 산책을 가려는 사람 같은 태도더군. 딱 그런 분위기였지. 난 그게 불쾌했어. 나는 그 젊은이가 위축되어 어쩔 줄 모르며 당황하는 것을 보려고, 핀으로 관통당해 고정된 딱정벌레처럼 꿈틀거리는 것을 보려고 기다렸어. 동시에, 너희가 내 말을 이해할지 모르겠지만, 정말 그런 모습을 보게 될까 봐 어느 정도는 두렵기도 했지. 지켜보기에 세상에서 가장 끔찍한 건 말이야, 범죄에 연루되었음을 막 알게 된 사람이 아니라, 판단력 면에서 심각하게 나약하다는 게 막 드러난 사람이야. 가장 평범한 정도의 꿋꿋함만 있어도 우리가 법률적 의미의 죄인이 되는 걸 막을 수 있어. 하지만 우리 가운데 어느 누구도 미지의 나약함으로부터 안전할 수 없어. 미지라고는 해도 그 존재를 의심해 봤을 수는 있지. 마치 이 지구의 몇몇 곳에는 덤불마다 치명적인 독을 품은 뱀이 있지 않겠느냐고 의심할 수 있듯이 말이야. 하지만 반생이 넘도록 우리에게 숨겨져 있고, 더러는 그것을 알아차리기도 하고 더러는 알아차리지 못하기도 하고, 더러는 기도로써 그것을 막으려 하고, 남자답게 멸시해 버리기도 하고, 또는 억압하고 무시하기도 하지만, 그런 나약함으로부터 안전할 수 있는 사람은 아무도 없어. 우리는 덫에 걸려 여러 가지 일을 하게 되고, 그 때문에 욕을 먹기도 하고 교수형을 당하기도 해. 하지만 정신만은 살아남지. 저주를 이겨 내고 목을 매는 밧줄에도 살아남아. 정말이야! 그런데도 세상에는 때론 아주 사소해 보이기까지 하는 것들이 있고, 그로 인해 우리 중 일부는 철저히 망가질 수 있지. 나는 그곳에서 그 젊은이를 지켜보았어. 그 젊은이의 외모가 맘에 들었거든. 나는 그런 외모를 잘 알아. 그 젊은이는 출신이 좋고, 우리 중 한 명이었어. 그 친구는 그곳에 서서 자기 부류 사람들의 태생을 대표하고 있었어. 영리하거나 재미있지는 않지만, 바로 정직한 믿음과 본능적인 용기를 바탕으로 존재하는 남녀를 대표해서 말이야. 나는 군대의 용기나 시민적 용기, 또는 어떤 특별한 용기를 말하는 게 아니야. 내가 의미하는 것은 그저 유혹과 정면으로 맞설 수 있는 타고난 능력으로, 이지적이지는 못해도 허식 없는 마음의 자세이자 저항력이기도 한데, 투박해 보일 수도 있겠지만 아주 귀중한 능력이야. 또 그건 외부의 공포와 내면적 공포 앞에서도, 자연의 힘과 타락의 유혹 앞에서도 본능적으로 맞서는 축복받은 강직함으로, 사실의 힘이나 모범의 감화력이나 이념의 호소 앞에서도 취약해지지 않는 믿음이 그 뒤를 단단히 받치고 있지. 이념 따위는 교수형에나 처하라고 해! 그것은 떠돌이요 방랑자로서 우리 마음의 뒷문을 찾아와 두드리고, 우리의 존재를 조금씩 무너뜨리며, 이 세상에서 점잖게 살다 편안히 죽게 되길 바라는 사람이라면 누구나 고수해야 하는 몇 가지 단순한 개념에 대한 믿음의 부스러기를 가져가 버리기도 하지!

그렇다고 짐이 바로 이런 사람이란 말은 아니야. 짐은 그저 겉보기에는 그런 부류, 그러니까 살면서 양옆에서 함께 걸었으면 싶은 그런 선량하고 멍청한 사람들, 변덕스러운 지성이나 어, 뭐랄까, 왜곡된 용기 따위에 휘둘리지 않는 그런 사람들처럼 보였다는 거지. 겉모습만 본다면, 짐은 갑판 일의 책임자로 삼고 싶어지는 그런 사람이었지. 비유적으로든 진짜 뱃일에서든. 나 역시 짐을 책임자로 삼았을 거야. 그러니 난 알아야 했어. 나도 한때는 많은 젊은이를 배출해서 영국 깃발을 단 배며 상선에서 일하게 했잖아. 선원직의 비결은 짧게 한 문장으로 표현할 수 있어. 하지만 정말 중요한 건 그걸 젊은이들의 머릿속에 매일 새롭게 불어넣어, 깨어 있을 때면 그게 늘 생각 한구석에 박혀 있게 하고, 잠들었을 때도 젊은이들의 꿈마다 나타나게 하는 거야! 바다는 늘 나에게 잘 대해 주었어. 그동안 내 손을 거쳐 간 소년들이 더러 지금은 어른이 되었고 더러는 이미 익사했겠지만, 모두가 바다 생활에 적합한 자질을 지니고 있었다는 것을 떠올리면, 나 또한 그 일에서 그리 엉망이지는 않았다고 생각해. 만약 내가 내일 고국으로 돌아간다면, 분명 채 이틀이 지나기도 전에 어딘가 부두 출입구나 그런 곳에서 햇볕에 그을린 젊은 일등 항해사 한 명이 내 뒤를 쫓아와서, 내 모자 위쪽에서 굵고 힘찬 목소리로 〈저 기억 안 나십니까, 선장님? 제가 바로 그 꼬맹이 누구라고요. 무슨 무슨 배를 탔었습니다. 제 첫 번째 항해였지요〉라고 말하면 나는 그 어쩔 줄 몰라 하던 애송이를 기억해 낼 거야. 그때 녀석은 이 의자 등받이만큼도 키가 크지 않았고, 어머니와 아마도 누나가 부두에 나와 있었지만 둘 다 계속 말이 없었고 어찌나 슬퍼하던지 배가 부두를 매끄럽게 빠져나가는데도 손수건조차 흔들지 못했지. 아니면 아마도 점잖게 생긴 중년의 아버지가 아들을 배웅하러 일찍 배를 찾아왔다가 권양기에 흥미가 생겨 오전 내내 머물게 되었고, 너무 오래 머물러 마지막 순간 황급히 배에서 내리는 바람에 아들에게 작별 인사조차 못 했을 수도 있어. 도

선사가 고물에서 느린 말투로 노래하듯 말해. 〈배를 잠시만 검사선으로 대세요, 항해사님, 신사 한 분이 내리고 싶어 하십니다⋯⋯. 자, 내리십시오, 선생님. 하마터면 탈카우아노까지 가실 뻔했습니다요. 지금입니다, 조심하세요⋯⋯. 자, 됐습니다, 다시 천천히 출발하지요.〉파멸의 구덩이처럼 연기를 뿜던 예인선들이 배를 장악하고는 강물을 격하게 휘저어대. 부두에서 신사는 무릎을 털고 있고, 마음씨 고운 급사는 그 신사에게 깜빡 두고 간 우산을 던져 주지. 모든 일은 제대로 끝났어. 그 신사는 자기 몫의 제물을 바다에 바쳤고, 이제 별일 없는 척하면서 집으로 돌아가겠지. 그리고 자기가 원해서 제물이 된 그 신사의 어린 아들은 이튿날 아침이 되기도 전에 뱃멀미를 심하게 하겠지. 그리고 그 아이는 가까운 장래에 바다의 모든 신비와 선원직 수행을 위한 커다란 비결 하나를 익힌 다음, 바다가 정해 주는 대로 살든 죽든 하게 되는 거야. 그리고 시작하자마자 늘 바다가 이기는 이 멍청한 게임에 일찍이 손을 댄 사람이라면, 훗날 어떤 젊은이의 묵직한 손이 자기 등을 때리면서 물개 새끼 같은 명랑한 목소리로, 〈저 기억나세요, 선장님? 제가 바로 그 꼬맹이 누구라고요〉하는 소리를 듣고 즐거워할 거야.

기분 좋은 일이지, 살아오며 적어도 한 번은 제대로 일했다는 뜻이니까. 나도 그렇게 등을 맞아 봤고, 그 거센 힘에 움찔 놀라긴 했지만, 그 힘찬 손길 덕분에 온종일 그렇게 기쁠 수가 없었고, 자러 갈 때도 훨씬 덜 외롭더라고. 그 꼬맹이 누구누구를 내가 기억하지 못할 리가 없지! 나는 외모만 보고도 올바른 선원을 알아볼 수 있다니까. 나는 짐을 한번 흘낏 보고 그걸 근거로 그 젊은이에게 갑판 일을 맡긴 뒤 두 눈을 감고 편히 잤을 거야. 하지만, 맙소사! 그랬더라면 안전하지 않았겠지. 그런 생각을 하니 공포가 겹겹이 느껴지더군. 그 친구는 1파운드짜리 새 금화처럼 진짜로 보였지만, 그 순금 속에는 무서운 합금이 들어 있었어. 얼마만큼이냐고? 아주 적지만, 무언가 희귀하고 저주받은 게 한 방울 정도, 아주 조금! 하지만 아무래도 좋다는 식으로 거기 서 있던 그 모습을 보고 있자니, 어쩌면 그 친구가 그냥 놋쇠보다도 못한 존재 아닐까 하는 생각이 들더군.

믿을 수가 없었어. 나는 그 젊은이가 선원의 명예를 위해 몸부림치는 모습을 보고 싶었거든. 다른 못난이 두 명이 자기네 선장을 알아보고 우리 있는 곳으로 천천히 다가오기 시작했어. 그 둘은 걸어오며 이야기 중이었지만, 나는 두 사람이 아예 보이지도 않는 것처럼 무시해 버렸어. 두 사람은 서로를 바라보며 씨익 웃었는데, 아마 농담이라도 주고받았던 듯해. 둘 가운데 한 명은 팔이 부러진 듯했고, 회색 콧수염을 기른 키가 큰 이는 기관장이었는데, 여러 면에서 꽤 악명 높은 인물이었지. 둘 다 하찮은 사람들이었어. 둘이 다가왔어. 선장은 생기 없이 자기 두 발 사이를 물끄러미 바라보았어. 그자는 어떤 끔찍한 병에 걸렸거나, 아니면 정체불명 독약의 기괴한 작용 때문에 몸이 부자연스러울 정도로 부어오른 것 같아 보였지. 선장은 고개를 들어 자기 앞에서 기다리는 두 사람을 보더니 부어오른 얼굴 가득 범상치 않은 빈정거림을 담아 입을 열더군. 아마도 둘에게 말을 하기 위해서였겠지. 하지만 그때 뭔가 생각이 떠오른 모양이야. 그자는 아무 말도 없이 두툼한 보라색 입술을 다물더니 무슨 결심이라도 한 듯 마차 쪽으로 어기적어기적 걸어가서 문손잡이를 홱 당겼는데, 어찌나 서두르며 무작정 거칠게 당기던지 난 그만 마차며 말이며 모두 옆으로 쓰러지는 줄 알았다니까. 자기 발바닥을 보며 생각에 잠겨 있다 마차가 흔들리는 바람에 정신을 차린 마부는 곧바로 공포에 질린 표정을 지었고, 두 손으로 마차를 잡고 자기 자리에서 뒤돌아보았지. 거대한 시체 같은 선장이 억지로 마차에 밀고 들어오고 있었어. 작은 마차는 요란하게 흔들리며 들썩거렸고, 고개 숙인 시뻘건 목덜미, 힘이 잔뜩 들어간 엄청난 크기의 허벅지, 녹색과 오렌지색의 더러운 줄무늬 잠옷을 걸친 채 오르락내리락하는 거대한 등짝, 마치 굴을 파고 들어가려는 듯이 용을 쓰는 속되고 천박한 큰 덩치가 한데 어우러져 상대가 자신의 감각을 의심케 했어. 마치 열에 들뜬 사람을 겁주면서 동시에 매혹시키는 기괴하면서 명료한 환영처럼, 이 장면은 우스꽝스러운 동시에 무서운 느낌을 주었고, 눈앞의 광경이 진짜로 일어나는 걸까 하는 의심마저 불러일으켰지. 선장의 모습이 사라졌어. 난 마차의 지붕이 둘로 갈라지며 바퀴들 위에 얹힌 작은 상자가 잘 익은 면화 씨주머니처럼 터져 버리는 것 아닐까 조마조마했지. 하지만 마차는 찰칵 하는 소리와 함께 스프링이 납작해지면서 살짝 내려앉은 게 다야. 그리고 갑자기 베네치아풍 블라인드가 덜그럭거리며 내려왔지. 선장의 어깨가 다시 나타났어. 작은 창문에 꽉 끼었지. 그자는 머리를 내밀더니 붙잡힌 풍선처럼 머리를 이리저리 흔들면서 땀이 줄줄 흐르는 성난 얼굴로 뭐라고 씩씩거렸어. 그자는 생고기 덩어리처럼 붉고 뭉툭한 주먹을 마부 쪽으로 마구 휘둘렀지. 그리고 어서 출발하라고 고함을 치더군. 어디로? 아마도 태평양이었겠지. 마부가 채찍질을 했어. 조랑말은 히힝거리며 뒷발로 섰다가 빠르게 질주해 갔지. 어디로 갔을까? 아피아? 호놀룰루? 그자는 6천 마일에 걸친 열대 지방 어디로든 가서 편안히 쉴 수 있었고, 나는 정확한 주소를 듣지 못했어. 히힝거리는 조랑말 한 마리가 눈 깜빡할 사이 그자를 영원 속으로 데리고 사라졌으며, 나는 그자를 다시는 보지 못했어. 그뿐 아니라 그자가 금방이라도 부서질 것처럼 낡은 그 작은 마차를 타고 하얀 먼지를 숨 막히게 일으키며 길모퉁이를 돌아 내 시야에서 사라진 뒤, 그자의 코빼기라도 다시 보았다는 사람 역시 만난 적이 없어. 그자는 떠났고, 사라졌고, 도망쳤고, 종적을 감췄어. 그리고 터무니없긴 하지만, 그자는 마차까지 데리고 사라진 것 같았어. 그 뒤로 나는 한쪽 귀가 갈라진 밤색 조랑말과 아픈 발 때문에 고생하는 게으른 타밀족 마부도 다시는 본 적이 없거든. 태평양은 참 넓어. 그자가 거기서 자기 재주를 발휘할 곳을 찾았든 찾지 못했든, 하여튼 빗자루를 탄 마녀처럼 허공으로 날아가 버렸다는 것만은 사실이야. 팔을 삼각건에 걸치고 있던 그 키 작은 자는 마차를 쫓아 달려가며 〈선장님! 기다리세요, 선장님!〉 하고 소리쳤지만, 몇 걸음 더 따라가다 멈추더니 고개를 숙이고 천천히 걸어서 돌아왔어. 날카롭게 덜컥거리는 바퀴 소리에 그 젊은 이도 서 있던 자리에서 휙 돌아섰지. 그 친구는 다른 동작이나 몸짓, 손짓 하나 없이 그대로 서서, 마차가 시야에서 사라진 다음에도 계속해서 그쪽을 향해 있었어.

내가 오래 걸려 말했다뿐이지, 이 모든 일이 아주 짧은 시간에 일어났어. 지금 나는 너희를 위해 순식간에 지나간 시각적 인상을 느린 말로 풀어서 얘기해 주려 애쓰는 중이니까. 그리고 다음 순간, 파트나호의 가엾은 표류자들을 좀 살펴보라고 루스벨이 보낸 혼혈 서기가 그곳에 도착했어. 그 서기는 의욕에 넘쳐 모자도 쓰지 않은 채 뛰어나왔고, 자기 임무를 잘해 내겠다는 사명감으로 가득 차 좌우를 두리번거렸지. 우두머리를 찾는 일이라면 실패할 운명이었지만, 서기는 으스대며 다른 이들에게 다가갔고, 거의 곧바로 삼각건에 팔을 걸친 자와 격한 논쟁을 벌였어. 알고 보니 그 삼각건은 뭔가 소동을 일으킬 기회만 노리고 있었더군. 그자는 명령을 들으려 하지 않았어. 천만의 말씀이었지. 펜대나 놀리는 건방진 혼혈인 따위가 늘어놓는 거짓말에 겁먹을 자기가 아니라고 했어. 설사 그 이야기가 〈제아무리 진실〉이라 할지라도 자기는 〈그런 종류〉에 협박당하지 않을 거라더군! 그자는 침대로 가고 싶다는 희망과 욕망과 결심을 늘어놓았어. 그자가 고함치는 소리가 들리더군. 〈네가 신에게 버림받은 포르투갈인이 아니라면, 내가 지금 있어야 할 곳은 바로 병원이라는 걸 알 거 아냐.〉 그자는 다치지 않은 팔의 주먹을 상대방 코밑에 들이댔어. 사람들이 모이기 시작했어. 혼혈인은 당황했지만 위엄을 잃지 않으려 최선을 다하며 자기 의도를 설명하려 애썼지. 나는 결말이 어떻게 되는지 보지 않고 그곳을 떠났어.

하지만 마침 당시 내가 아는 한 사람이 병원에 입원했고, 난 심문이 시작되기 전날 그 사람을 면회 갔다가 백인 병동에서 그 키 작은 이가 팔에 부목을 대고 침대에 누워 방정맞게 뒹굴거리는 모습을 보았어. 그리고 정말 놀랍게도, 축 처진 흰 콧수염을 기른 키 큰 이 역시 병원에 와 있었어. 언쟁이 벌어졌을 때 성큼성큼 걷다가 느릿느릿 걷다가 하며 슬금슬금 도망치던 그자의 모습이, 겁먹지 않은 것처럼 보이기 위해 무척이나 애쓰던 그 모습이 기억나더군. 그자에게는 그 항구가 낯선 곳이 아니었고, 그래서 골치 아픈 상황에 처하자 그자는 시장 근처에 있는 마리아니의 당구장 겸 술집으로 직행해 버릴 수 있었어. 지독한 떠돌이인 마리아니는 그 키다리와 아는 사이였고, 다른 한두 군데에서 그자의 악행을 도운 적이 있었지. 키다리를 본 마리아니는 코가 땅에 닿을 정도로 굽신거리면서 자기의 악명 높은 소굴 위층 방에 그 키다리를 숨겨 주고 술도 몇 병이나 가져다주었어. 그자는 자신의 안전에 막연한 불안을 느껴 숨어 있고 싶었던 듯해. 하지만 오랜 시간이 흐른 뒤(내 급사에게 시가값 지불을 독촉하기 위해 배에 올라왔을 때였는데) 마리아니가 내게 말하길, 그자를 위해서라면 자기는 아무것도 묻지 않고 더한 일도 했을 거라더군. 내가 보기에는, 아주 오래전에 어떤 불미스러운 일로 그자에게 신세를 져서 고마워하는 눈치였어. 마리아니는 두툼한 가슴을 두 번 치더니 눈물을 글썽이며 검고 흰 커다란 두 눈을 굴렸어. 〈안토니오는 잊지 않습니다. 안토니오는 절대로 잊지 않아요!〉 마리아니가 무슨 부도덕한 행동으로 신세를 지게 되었는지 정확한 내용은 모르지만, 어찌되었든 간에 그자는 마리아니에게서 자물쇠로 잠기는 방을 제공받았어. 방에는 의자 하나, 탁자 하나, 구석에 매트리스 하나가 있었고, 바닥에는 떨어져 내린 횟가루가 흩어져 있었어. 그자는 괜히 두려움에 떨면서 마리아니가 주는 강장제로 기운을 차리고 있었어. 이렇게 지내던 사흘째 저녁에 지네가 잔뜩 나타났고, 그래서 그자는 끔찍한 비명을 몇 번 지른 뒤 안전한 곳을 찾아 부랴부랴 그곳을 나올 수밖에 없었지. 그자는 문을 벌컥 열고 걸음아 날 살려라 하며 작은 계단을 단숨에 뛰어내렸고, 마리아니의 배 위로 떨어졌다가 벌떡 일어나 토끼처럼 거리로 뛰쳐나갔어. 이른 아침에 경찰이 그자를 쓰레기 더미에서 찾아냈지. 처음에 그자는 경찰이 자기를 교수형장으로 끌고 가는 줄 알고 벗어나려 용감하게 싸웠다더군. 하지만 내가 그자의 침대 옆에 앉았을 때는 벌써 이틀째 아주 얌전히 지내고 있었어. 만약 멍하니 반짝이는 그자의 눈빛 속에 유령 같은 불안감이 슬쩍 엿보이지만 않았다면, 유리창 뒤에 조용히 도사린 막연한 공포를 닮은 그 불안함만 아니었다면, 하얀 콧수염이 있는 그자의 마른 청동색 머리가 베개를 벤 모습은 마치 전쟁으로 피폐해졌지만 여전히 아이 같은 영혼을 지닌 군인처럼 편안하고 침착해 보였을 거야. 그자는 지독할 정도로 침착했고, 그래서 어쩌면 그 유명한 사건을 그자의 관점에서 들을 수도 있겠다는 좀 별난 희망이 내 가슴속에 피어오르기 시작했어. 아무런 명예도 없는 고된 작업을 한다는 공동체 의식 및 특정 행동 규범의 성실한 준수를 통해 결속하는 이름 없는 선원들 가운데 한 명으로서 내가 그 사건에 어느 정도 관심을 보이는 건 당연하겠지만, 어째서 그 수준을 넘어 그 비참한 사건의 세부 내용까지 굳이 알아내려 애썼는지는 설명할 수가 없군. 원한다면 건전하지 못한 호기심이라고 불러도 돼. 하지만 뭔가 찾아내고 싶다는 생각만큼은 분명했어. 아마도 난 무의식중에 어떤 심오하고 고개를 끄덕이게 해줄 만한 이유나 자비로운 해명 또는 설득력 있는 일말의 변명 같은 뭔가를 찾고 싶었던 걸 거야. 이제는 내가 불가능한 일을 원했다는 사실을 잘 알아. 인간이 만들어 낸 유령 가운데 가장 끈질긴 유령, 즉 안개처럼 일어나서 벌레처럼 은밀히 갉아 먹고 죽음의 확실성보다 더 냉혹하게 우릴 괴롭히는 거북한 의심을, 정해진 행동 규범 안에 자리 잡은 가장 강한 힘에 대한 의혹을 물리칠 수 있기를 희망한 거니까. 그것은 우연히 부딪혀 보기에는 너무 단단하고, 절규하는 공포와 조용한 악행들을 일으키는 무엇이자, 진정한 재앙의 그림자. 내가 기적을 믿었느냐고? 그리고 왜 그토록 열렬히 기적을 바랐느냐고? 내가 그 젊은이를 위해 조금이라도 변명거리를 찾고 싶어 한 것이 나 자신을 위해서였을까? 나는 그 젊은이를 이전에 한 번도 본 적이 없지만, 그 외모를 본 것만으로도 그 친구의 나약함에 대해 알고서 하게 된 여러 생각에 개인적 우려가 더해졌어. 그 나약함을 불가사의하면서 공포스러운 것으로 느끼게 됐어. 마치 한

때 그 젊은이와 비슷한 젊은 시절을 보낸 우리 모두에게 파멸적 운명이 준비되어 있다는 암시 같았지. 내가 그 사건을 깊이 파본 은밀한 동기가 바로 그것 아니었을까 싶어. 나는 정말로, 기적을 찾고 있었어. 그리고 이렇게 시간이 흐른 뒤 기적같이 느껴지는 게 있다면, 그건 내가 그토록 우둔했다는 사실뿐이야. 나는 망가지고 허깨비 같던 그 병자에게서, 의혹의 망령을 몰아낼 방법을 알아낼 수 있길 진정으로 바랐던 거야. 또한 아주 필사적이었던 게 분명해. 왜냐하면 나는 사건과 관련 없는 질문을 몇 개 상냥하게 물었고, 그자가 여느 평범한 환자들처럼 나른한 태도로 기꺼이 답을 해주자마자, 더는 시간을 낭비하지 않고 다짜고짜, 마치 명주실 몇 가닥에 끼워 넣듯 〈파트나〉라는 단어를 교묘히 끼워 넣은 질문을 던졌거든. 나는 이기적인 이유로 세심하게 주의를 기울였어. 그자를 놀라게 하고 싶지 않았지. 그자를 걱정한 건 아니었어. 그자에게 화가 나거나 연민을 느낀 것도 아니었고. 그자의 경험은 전혀 중요하지 않았고, 속죄는 내가 알 바 아니었어. 그자는 사소한 잘못들을 저지르며 나이를 먹었고, 그래서 더는 혐오감이나 연민을 자아내지 못했어. 그자는 〈파트나요?〉라고 되묻더니 잠시 기억을 더듬다가 말했어. 〈맞습니다. 나는 이곳에서 오래 있었죠. 나는 그 배가 가라앉는 걸 보았습니다.〉 그 멍청한 거짓말에 내가 막 분노를 터뜨릴 찰나, 그자가 유창하게 덧붙였어. 〈그 배에는 파충류가 가득했습니다.〉

그 말에 나는 멈칫했어. 이게 무슨 말이지? 그자의 유리알 같은 눈 뒤에 불안정한 공포의 유령이 가만히 서서 내 눈을 곰곰이 들여다보는 듯했어. 〈야간 당직 시간이었는데 침상에서 끌려 나와 그 배가 가라앉는 모습을 보게 되었습니다.〉그자는 회상하는 듯한 목소리로 말했어. 갑자기 그자의 목소리에 놀랄 만큼 힘이 들어갔어. 나는 어리석은 행동이 후회되었어. 그 병실에는 눈처럼 하얀 두건을 쓰고 빠르게 오가는 간호 수녀가 마침 한 명도 없었어. 하지만 길게 줄지어 있는 텅 빈 강철 병상 중 저 멀리 중간쯤에, 정박 중인 배에서 사고를 당해 입원한 환자 한 명이 이마에 하얀 붕대를 멋지게 감고 갈색의 여윈 모습으로 앉아 있더군. 갑자기 열정적으로 변한 내 환자는 촉수처럼 가는 팔을 뻗어 내 어깨를 움켜쥐었어. 〈눈만큼은 아직 쓸 만합니다. 나는 시력이 좋기로 유명하죠. 그래서 사람들이 날 불러낸 거라고 생각합니다. 그 배가 사라지는 모습을 볼 정도로 눈이 잽싼 사람은 나뿐이었죠. 그래도 배가 완전히 가라앉은 모습은 다들 보았습니다. 그리고 모두가 다 같이 이런 소리를 냈죠. 이렇게⋯⋯.〉그리고 늑대의 울부짖음 같은 소리가 내 영혼의 깊은 곳까지 할퀴어 댔어. 〈어휴! 그 사람 좀 조용히 시키세요.〉사고로 입원한 환자가 짜증을 내며 불평하더군. 〈선장님은 내 말을 믿지 않겠지요.〉내 대화 상대가 이루 말할 수 없을 정도로 자부심에 차서 계속 말했어. 〈페르시아만 이쪽에서 나만큼 눈이 좋은 사람은 없어요. 이 침대 밑을 보세요.〉

당연히 나는 즉시 몸을 굽히고 아래를 보았지. 누구라도 그렇게 했을 거야. 〈뭐가 보입니까?〉그자가 물었어. 〈아무것도 안 보이는군요.〉 나는 무척이나 부끄러워하며 말했어. 그자는 사람을 위축시키는 경멸이 담긴 거친 눈으로 나를 꼼꼼히 살폈어. 〈그렇습니다.〉 그자가 말했어. 〈하지만 나라면 분명히 뭔가를 봅니다. 장담하건대 나처럼 눈이 좋은 사람은 없습니다.〉 그자는 자기 비밀을 나눔으로써 마음이 편해지기를 갈망하는 듯 다시 나를 움켜잡고 자기 쪽으로 끌어당겼어. 〈분홍 두꺼비가 수백만이었습니다. 나처럼 눈이 좋은 사람은 없습니다. 분홍 두꺼비가 수백 만이었습니다. 배가 침몰하는 걸 보는 것보다 더 끔찍합니다. 침몰하는 배라면 하루 종일 바라보며 파이프 담배를 피울 수 있습니다. 그 사람들은 왜 내 파이프를 돌려주지 않는 걸까요? 이 두꺼비들을 지켜보며 담배를 피웠으면 좋겠는데. 그 배는 두꺼비들로 가득했습니다. 그것들을 감시해야 했습니다.〉 그자는 경박하게 윙크를 했어. 땀방울들이 내 머리에서 그자에게로 떨어졌고, 내 두꺼운 면 능직 코트가 젖은 등에 달라붙었어. 오후의 바람이 줄지어 놓인 침상 위로 거세게 불어왔어. 커튼의 뻣뻣한 주름들이 놋쇠 봉에서 덜걱거리며 수직으로 흔들렸고, 빈 침대의 침대보들은 너 나 할 것 없이 거의 맨바닥에 닿을 듯이 소리 없이 흩날렸고, 나는 뼛속까지 몸을 떨었어. 이 황량한 병실에선 열대의 부드러운 바람도 고국의 낡은 헛간에서 부는 겨울 삭풍처럼 매서웠어. 〈그 사람 소리 좀 지르지 못하게 해주세요.〉 저쪽에서 사고로 입원한 환자가 외치는 성난 고함이 마치 터널을 따라 들려오는 떨리는 소리처럼 벽들 사이로 울렸어. 내 어깨를 움켜쥔 손이 나를 더욱 끌어당겼어. 그자는 나에게 고의적인 곁눈질을 보냈어. 〈배는 두꺼비들로 가득했습니다. 우리는 아주 조용히 빠져나와야 했죠〉 그자는 아주 빠르게 속삭였어. 〈모두 분홍색이었습니다. 모두 분홍색이었다고요. 마스티프종 개만큼이나 커다랗고, 머리 꼭대기에 눈이 하나 달리고, 흉측한 주둥이 주위로는 온통 갈고리발톱이 나 있었어요. 어! 어!〉 그자는 전기 충격을 받은 듯이 빠르게 움찔거렸고, 그 바람에 평평한 이불에 가려졌던, 비쩍 말라 경련을 일으키는 다리의 윤곽이 드러났어. 그자는 내 어깨를 놓더니 허공의 뭔가를 잡으려는 듯 손을 뻗었어. 그자의 몸은 당겼다 놓은 하프의 현처럼 긴장해서 떨렸고, 내가 내려다보고 있는 동안 그자를 사로잡은 유령 같은 공포가 흐리멍덩한 눈을 통해 터져 나왔어. 방금까지 고결하고 침착한 늙은 군인 같던 그자의 얼굴이 갑자기 은밀한 간교함과 혐오스러운 조심성과 절망적인 공포로 변질되어 내 눈앞에서 무너지고 있었어. 그자가 비명을 억누르고 〈쉿, 저 아래에서 사람들이 뭘 하고 있나요?〉라고 아주 조용히 물으며 바닥을 조심스레 가리켰고, 그 의미를 전광석화처럼 깨달은 나는 내 명석함에 진저리가 났어. 〈모두 자고 있습니다.〉 나는 그자를 꼼꼼히 살피며 대답했어. 그리고 바로 그거였어. 그자는 바로 그 대답을 듣고 싶었던 거야. 그자를 진정시킬 수 있는 건 바로 그 말뿐이었어. 그자는 길게 한숨을 쉬었어. 〈쉿! 조용히, 가만히 계십시오. 나는 이곳에서 오래 지내 온 사람입니다. 그래서 그 짐승 같은 놈들을 잘 압니다. 맨 처음 움직이는 놈의 머리를 후려갈겨야 합니다. 놈들이 너무 많고, 배는 10분 이상 떠 있을 수가 없어요.〉 그자가 다시 헐떡였어. 〈서둘러요.〉 그러고는 갑자기 소리쳤고, 계속해서 비명을 질렀어. 〈놈들이 모두 깨어났어. 수백만이야. 놈들이 나를 짓밟고 있어! 기다려! 어이, 기다리라니까! 내가 놈들을 파리 떼처럼 뭉개 버릴 거야. 기다려! 도와줘! 도와아줘어!〉 끊이지 않고 계속되는 고함 때문에 나는 무척이나 당황했어. 사고로 입원한 환자가 저 멀리서 고통스럽다는 듯이 두 손을 올려 붕대 감은 머리를 감쌌어. 턱끝까지 오는 앞치마를 입은 붕대 담당자가 병실에 나타났는데, 마치 망원경을 거꾸로 들여다볼 때처럼 보였어. 나는 완벽하게 실패했다는 사실을 인정하며 더는 소동을 일으키지 않고 긴 창문 중 하나를 통해 바깥 회랑으로 빠져나왔어. 울부짖음은 마치 복수라도 하듯 나를 뒤쫓았어. 아무도 없는 계단참에 들어섰을 때 갑자기 주위가 조용해지며 정적에 휩싸였고, 그 덕분에 나는 산란한 정신을 가다듬으며 아무 장식도 없지만 광택이 나는 계단을 내려왔어. 계단 아래에서 외과 수련의 한 명을 만났는데, 그 사람은 뜰을 가로질러 오다가 나를 불러 세웠어. 〈만나려던 분은 만나셨습니까, 선장님? 그 환자는 아마도 내일 퇴원시킬 겁니다. 하지만 그 바보 같은 사람들은 자기 몸을 돌볼 생각을 하지 않는군요. 그 순례자 수송선 기관장이던 사람이 이곳에 있습니다. 흥미로운 케이스죠. 진전섬망 중에서도 최악의 경우입니다. 그 환자는 그 그리스인인지 이탈리아인인지가 운영하는 술집에서 사흘 동안 엄청 퍼마셨습니다. 어땠을 것 같습니까? 브랜디같이 독한 술을 하루에 네 병이나 마셨다고 들었습니다. 그게 진짜라면 엄청나지요. 배 속에 보일러 강판이라도 깔아 놓은 느낌일 겁니다. 머리는, 세상에! 머리는 물론 맛이 갔고요. 하지만 신기한 건 그 환자가 늘어놓는 헛소리에 일종의 체계가 있다는 겁니다. 그래서 제가 그걸 찾아내려는 중입니다. 아주 이례적인 경우입니다. 이렇게 심한 섬망증에 논리의 실마리가 남아 있다니요. 원래 섬망증에 걸린 사람은 뱀을 봐야 하는데, 이 환자는 그렇지 않습니다. 오늘날에는 오래된 전통도 에누리해서 받아들여야 하네요. 허 참! 그 환자가 보는 환상은 양서류입니다. 하하! 아니요, 정말로 말씀드리는데, 제가 진전섬망증 환자에게 이처럼 관심이 생긴 건 처음입니다. 그런 잔치 같은 실험 뒤에는 죽었어야 정상입니다. 하지만 아주 강인한 환자죠. 열대 지방에서 24년을 살았다네요. 그 환자를 꼭 한번 보셔야 합니다. 고상한 외모의 늙다리 술꾼이지요. 제가 만나 본 사람 가운데 가장 별난 경우입니다. 물론 의학적으로요. 만나 보시겠습니까?〉

나는 예의 바르게 흥미를 보이는 척한 뒤 시간이 없어서 안타깝다고 중얼거리며 서둘러 의사와 악수를 했어. 〈그런데요.〉 의사가 내 등 뒤에서 외쳤어. 〈그 환자는 심문에 참석할 수 없습니다. 그 환자의 증언이 중요하다고 생각하십니까?〉

〈전혀요.〉 나는 출입구에서 어깨 너머로 외쳤지.」

6

「당국도 같은 의견인 게 분명했어. 심문이 연기되지 않았 거든. 심문은 법규를 준수하기 위해 지정된 날짜에 열렸고, 방청인이 많았어. 사람들의 호기심을 자극하는 사건이었으 니까. 사실에 관해서는 불확실한 것이 전혀 없었어. 한 가지 사실에 대해서는 그렇다는 뜻이야. 파트나호가 어떻게 해서 피해를 입었는지 알아내는 건 불가능했어. 법정도 그걸 알아 내길 기대하지 않았고. 방청인 가운데 그걸 궁금해하는 사람 은 한 명도 없었어. 하지만 앞서 말했듯이 항구에 있던 모든 선원이 참석했고, 선박용품상도 모두 나왔어. 그 사람들이 알았든 몰랐든 간에, 그 사람들을 법정으로 끌어들인 것은 순전히 심리적인 관심이었어. 즉 인간의 감정이 지닌 힘, 능 력, 공포에 관한 뭔가 본질적인 것이 밝혀지리라는 기대감 덕분이었지. 당연히, 그런 것들은 밝혀질 수 없지. 심판을 받 을 수 있고 받으려 했던 유일한 사람을 조사해 보았자 이미 잘 알려진 사실의 변죽만 울리는 쓸데없는 짓일 뿐이었고, 그 사실에 대해 심문한다는 건 마치 쇠 상자 안에 무엇이 들었는지 알아내기 위해 망치로 상자를 두드리는 격으로 부질없는 짓이었어. 하지만 공식 심문은 그럴 수밖에 없었어. 그 심문의 목적은 사건의 본질인 〈왜〉가 아니라 피상적인 〈어떻게〉를 알아내는 것이었거든.

그 젊은이는 사람들에게 말해 줄 수 있었고, 바로 그 점이 방청인들의 흥미를 끌었겠지만, 실제로 그 젊은이에게 던져진 질문은, 예를 들어 내 관점에서 보면, 알 만한 가치가 있는 유일한 진실에서 그 친구를 필연적으로 멀어지게 할 뿐이었어. 우리가 법정 재판관들이 인간 영혼의 상태, 아니 하다 못해 간[7]의 상태만이라도 알아내리라 기대하지는 않잖아. 재판관들의 일은 사건의 결과에 집중하는 것이었고, 솔직히 평범한 즉결 재판소 판사 한 명과 판사보 두 명이 달리 할 수 있는 게 많을 리 없지. 그 사람들이 멍청했다는 뜻은 아니야. 판사는 아주 참을성이 많았어. 판사보 한 명은 대형 범선 선장으로, 붉은 턱수염을 길렀고, 신실한 성품이었어. 다른 한 명은 브라이얼리였어. 빅 브라이얼리 말이야. 너희 가운데도 빅 브라이얼리에 대해 들어 본 사람이 있을 거야. 블루 스타 운수 회사의 최고급 선박 선장 말이야. 바로 그 사람이었어.

그 친구는 자신이 떠안게 된 영광 때문에 아주 지루한 듯 보였어. 일생 동안 실수를 한 적도 없었고, 사고도 없었고, 불운도 없었고, 꾸준한 승진에 방해를 받은 적도 없었지. 그래서 우유부단이 뭔지 모르고, 자기 불신이라는 것은 더더욱 모른 채 살아온, 운 좋은 사람 가운데 한 명처럼 보였어. 서

7 서양에서는 간을 감정, 의욕의 근원이라 여겼다.

른두 살에 그 사람은 이미 동방 무역을 하던 가장 좋은 배의 선장이 되었고, 더욱이 자신이 누리는 것들을 아주 소중히 여겼어. 이 세상에는 그 사람이 누리는 것에 비할 만한 대상이 전혀 없었고, 혹시 누가 그 사람에게 솔직하게 묻는다면, 아마 그 사람 자신도 자기만큼 많은 것을 누리는 선장이 없을 거라고 고백했을 거야. 그러니 제대로 된 사람이 선택된 거지. 16노트[8]로 항해하는 강철 증기선 오사호를 지휘하지 못하는 다른 사람들은 꽤 하찮은 인물들일 테니까. 그 사람은 바다에서 사람들을 구했고, 곤경에 처한 선박들을 구조했고, 이런 공적을 기념하기 위해 보험업자들은 금시계를 선물했고, 어떤 외국 정부는 합당한 헌정사를 새긴 쌍안경을 줬어. 그 사람은 자신의 공로와 포상을 예민하게 의식했어. 나는 그 사람을 아주 좋아했어. 비록 내가 아는 어떤 사람들은, 심지어 온유하고 다정한 사람들임에도 그 사람을 도저히 참고 견딜 수가 없다고 여겼지만 말이야. 그 사람이 자신을 나보다 훨씬 더 우월하다고 여길 거란 점엔 조금도 이의가 없어. 사실 우리가 로마 제국의 황제라고 하더라도, 그 사람 앞에서는 열등감을 느끼지 않을 수 없었을 거야. 하지만 나는 그 어떤 불쾌감도 느끼지 않았어. 그 사람은 내가 어찌할 수 있는 일이나 나 자신의 사람됨을 이유로 나를 경멸한 게 아니야. 무슨 말인지 알겠어? 나는 그냥 하찮은 존재였던 거야. 왜냐하면 나는 〈지구상에서 가장 운 좋은 그 남자〉가 아니고, 오사호의 선장 몬터규 브라이얼리가 아니고, 나의 탁월한 선박 운용술과 불굴의 용기를 증명하는 각인된 금시계와 은장식이 된 쌍안경을 가지고 있지 못하며, 나의 공적과 포상에 대한 강한 자부심도 지니고 있지 못했으니까. 게다가 그 사람에겐 세상에서 가장 멋진 검은 사냥개가 바치는 사랑과 숭배도 있지. 이런 멋진 개의 사랑을 브라이얼리만큼 받은 사람은 아무도 없었으니까. 이 모든 사실을 받아들이지 않을 수 없다는 게 아주 속상한 일임에는 의심할 여지가 없어. 하지만 12억 명이나 되는 다른 보통 인간들과 내가 이 운명적인 불리함을 공유한다는 점에 생각이 미치자, 나는 그 사람 내면의 불확정적이면서도 매력적인 그 무엇을 위해서라면 그 사람이 보이는 선의와 멸시가 뒤섞인 연민 정도는 견뎌 낼 수 있다고 생각했어. 그 매력이 어떤 것인지 나 스스로 정의해 본 적은 결코 없지만, 내가 그 사람을 부러워한 순간들은 있었어. 바늘을 가지고는 바위의 매끈한 표면에 아무런 홈집도 낼 수 없듯이, 삶의 가혹함은 그 사람의 자기만족에 찬 영혼에 아무런 해를 끼칠 수 없었어. 바로 그 점이 부러웠어. 겸손하고 창백한 얼굴로 그 심문을 주재하던 판사의 한쪽 옆에 앉은 브라이얼리를 보았을 때, 나와 세상 사람들에게 그 사람의 자기만족은 마치 화강암의 표면처럼 단단해 보였어. 그런데 그 사람은 판결을 내린 뒤 얼마 지나지 않아 자살했어.

브라이얼리가 짐의 사건에 지루해했던 것도 당연해. 조사받는 젊은이에 대한 그 사람의 경멸이 엄청나겠다고 생각하며 내가 두려움 비슷한 감정을 느끼는 동안, 그 사람은 아마도 자신의 경우를 말없이 탐문하고 있었을 거야. 그 판결은 그 지독한 죄에 대한 것이 분명했을 테지만, 브라이얼리는 바다에 뛰어들며 그 증거의 비밀까지 가져갔지. 만약 내가 인간에 대해 조금이나마 이해한다면, 이 일엔 분명 엄청나게 중요한 의미가 있었어. 사소한 일이지만, 이런 일 때문에 사람들은 모종의 생각들을 하게 되고, 그럼 살면서 어떤 생각이 계속 머릿속을 떠나지 않게 돼. 그런 생각을 하며 사는 데 익숙하지 않은 사람은 이런 식으로 사는 게 불가능하다는 것을 깨닫게 되지. 나는 그게 돈 문제도 아니고 술이나 여자 문제도 아니라는 것을 알 만한 위치에 있어. 브라이얼리는 심문이 끝나고 일주일도 되지 않아, 그리고 출항하고 사흘도 채 되지 않았을 때 배에서 투신했어. 마치 바다 한복판에서 저세상으로 통하는 문이 있는 정확한 위치에 도달했고, 그 문이 활짝 열린 채 자신을 기다리고 있다는 걸 갑자기 알게 된 듯이 말이야.

하지만 그건 갑작스러운 충동이 아니었어. 브라이얼리 선장의 항해사는 흰머리가 희끗한 노련한 선원이자 낯선 사람들에게도 상냥한 인물이었지만, 자신의 선장을 대하는 태도는 내가 본 사람 가운데 가장 퉁명스러운 일등 항해사였는데, 그럼에도 눈에 눈물을 글썽이며 나에게 그 이야기를 해줬어. 그 항해사가 아침에 갑판으로 나왔을 때 브라이얼리 선장은 해도실에서 뭔가를 쓰고 있었대. 〈새벽 4시 10분 전이었습니다.〉 그 항해사가 말했어. 〈그리고 야간 당직은 아직 교대 전이었습니다. 그분은 선교에서 2등 항해사에게 말을 걸던 제 목소리를 알아듣고 저에게 안으로 들어오라고 하셨습니다. 저는 들어가고 싶지 않았습니다. 정말입니다, 말로 선장님⋯⋯. 말씀드리기 부끄럽지만, 저는 가엾은 브라이얼리 선장을 참아 낼 수가 없었습니다. 우리는 한 사람의 진짜 모습을 결코 알지 못하니까요. 그분은 저 말고도 수많은 사람의 머리를 타 넘고 승진을 해왔고, 〈좋은 아침입니다〉라고 인사하는 방식 하나만으로도 상대를 왜소하게 느끼게 만드는 고약한 재주가 있었지요. 저는 공식 업무의 경우를 제외하고는 그분에게 《선장님》이라는 호칭을 쓰지 않았고, 저로선 그게 혀끝을 맴도는 거친 말이 입 밖으로 튀어나오지 않게 할 수 있는 최선이었습니다.〉(그 대목에서 그 사람은 우쭐해하더군. 항로의 중간 지점을 지날 때까지 브라이얼리 선장이 어떻게 자기 항해사의 그런 태도를 견뎌 냈을까, 나는 종종 궁금해져.) 〈저에게는 아내와 아이들이 있습니다.〉 그 항해사가 계속 말했어. 〈저는 회사에서 10년이나 근무하면서 늘 다음 차례엔 내가 선장에 임명되겠지 하며 기다렸습니다. 정말 바보였지요. 그분은 이런 식으로 말했습니다.《들어오십시오, 존스 씨.》그 으스대는 목소리로 말입니다.《들어오십시오, 존스 씨》라고요. 저는 들어갔습니다.《배의 위치를 기입합시다.》그분은 분할 컴퍼스를 쥐고 해도 위로 몸을 굽힌 채 말했습니다. 근무 규정에 따라 당직을 끝낸 항해사는 교대하면서 해도 기입을 하지요. 하지만 저는 그분이 작은 십자 표시로 배의 위치를 표시하고 날짜와 시간을 적는 동안 아무 말도 하지 않은 채 바라만 보았습니다. 지금 이 순간에도 그분이 깔끔한 글씨로 8월 17일 오전 4시라고 쓰던 모습이 눈에 선합니다. 연도는 해도 윗부분에 붉은 잉크로 적혀 있었습니다. 그분은 자기 해도를 1년 이상 사용하지 않았지요. 그분은 그랬습니다. 저는 그 해도를 지금도 가지고 있습니다. 그분은 기입을 끝내고 자기가 표시한 것을 내려다보며 혼자 웃더니 이윽고 저를 바라보았습니다. 그러고는 말했습니다. 《32마일을 더 항해하면 우리는 위험 지역을 벗어날 겁니다. 그때 진로를 남쪽으로 20도 변경하십시오》라고요.

그 항해에서 우리는 헥터 모래톱 북쪽을 지나고 있었습니다. 저는 《알겠습니다, 선장님》이라고 대답하면서, 어쨌든 간에 진로를 변경하기 전에 알리기로 되어 있는데 왜 벌써 이리 법석을 떠는지 모르겠다고 생각했습니다. 바로 그때 종이 여덟 번 울렸습니다. 우리는 선교로 나왔고, 2등 항해사는 자리를 뜨기 전에 늘 그랬듯이 보고를 했습니다. 《측정기가 71을 가리키고 있습니다.》 그분은 나침반을 보더니 이윽고 주위를 둘러보았습니다. 아직 어두웠지만 맑은 날씨였고, 고위도 지역의 추운 밤처럼 모든 별이 또렷하게 보였습니다. 갑자기 그분은 가볍게 한숨을 쉬며 말했습니다. 《착오가 없도록, 고물로 가서 측정기를 0으로 맞춰 두겠습니다. 이 항로로 32마일을 더 가면 안전한 곳에 도착합니다. 어디 봅시다. 측정기상의 오차 수정으로 6퍼센트를 추가해야 하고, 그러면 다이얼이 가리키는 대로 30을 간 뒤, 즉시 우현으로 20도 돌리십시오. 괜히 더 빙 돌아갈 필요는 없습니다. 안 그렇습니까?》저는 그분이 이렇게 말을 많이 하는 걸 본 적이 없는 데다 제가 보기엔 다 쓸데없는 말이었습니다. 저는 아무 말도 하지 않았습니다. 그분은 사다리를 내려갔고, 그분이 가는 곳이면 어디든 밤이고 낮이고 따라다니는 개가 코부터 이리저리 대가며 그 뒤를 바싹 따랐습니다. 그분의 구두 굽이 고물 쪽 갑판을 툭툭 치는 소리가 들렸고, 이윽고 그분은 걸음을 멈추더니 개에게 말했습니다. 《돌아가, 로버. 선교로 가! 가라니까.》그러고는 어둠 속에서 저에게 외쳤습니다. 《이 개 좀 해도실에 가둬 주시겠습니까, 존스 씨?》

그분의 목소리를 들은 건 그게 마지막이었습니다, 말로 선장님. 그게 살아 있는 사람들이 듣는 곳에서 그분이 한 마지막 말이었습니다.〉이 대목에서 그 늙은이의 목소리는 아주 떨렸어. 〈그분은 그 가엾은 짐승이 자신을 따라 바다로 뛰어들까 걱정된 거죠.〉그 사람은 떨리는 목소리로 계속 말했어. 〈그렇습니다, 말로 선장님. 우리 선장은 저를 위해 측정기를 맞춰 놓았고, 믿으실지 모르겠지만 기계에 기름까지 한 방울 쳐두었더군요. 측정기 근처에 기름 주입기를 두고 가셨더라고요. 5시 반에 갑판장이 고물을 청소하기 위해 호스를 가지고 왔습니다. 그리고 얼마 지나지 않아, 갑판장은 일을 중지하고 선교로 달려왔습니다.《존스 씨, 고물로 와보시겠어요?》갑판장이 말했습니다.《이상한 일이에요. 손을 대고 싶지가 않군요.》그건 브라이얼리 선장의 금시계였는데, 시곗줄이 난간에 조심스레 걸쳐져 있었습니다.

그 시계를 보자마자 퍼뜩 드는 생각이 있었고, 저는 알았습니다, 선장님. 다리에 힘이 빠지더군요. 그분이 난간을 넘어가는 모습이 눈에 선했고, 이제 그분이 얼마나 멀리 떨어져 있을지도 알았습니다. 고물 난간의 측정기는 18과 4분의 3마일을 가리켰고, 큰 돛 주위에 있던 밧줄걸이용 쇠핀 네 개도 보이지 않았습니다. 물속에 가라앉는 데 도움이 되라고 주머니에 넣고 간 거겠지요. 하지만, 맙소사! 브라이얼리 선장처럼 힘 좋은 사람에게 쇠핀 네 개가 무슨 소용 있었겠습니까? 제 생각에, 그분은 아마도 자신에 대한 믿음이 마지막 순간 살짝 흔들린 것 아닐까 싶습니다. 그분이 일생에 걸쳐 드러낸 동요의 증거는 그때뿐이었을 거라고 생각합니다. 하지만 저는 그분을 대신해 대답할 준비가 되어 있습니다. 만에 하나라도 사고로 바다에 빠진다면 그분은 절대 용기를 잃지 않고 하루 종일이라도 물 위에 떠 있으셨겠지만, 자살하기 위해 바다에 뛰어든 거라면 결단코 단 한 번도 허우적거리지 않으셨을 거라고 대답할 수 있단 말입니다. 네, 그렇습니다, 선장님. 언젠가 저는 그분이 자신은 누구에게도 뒤지지 않는다고 말하는 걸 들은 적이 있는데, 그분이 그렇게 말했다면, 정말로 그런 겁니다. 브라이얼리 선장은 야간 당직 시간에 유서를 두 통 썼습니다. 한 통은 회사로 보내는 것이고, 또 하나는 저에게 쓴 것이었습니다. 그 편지에서 브라이얼리 선장은 저한테 항해에 관해 많은 지시를 내렸습니다. 그분이 수습 딱지를 떼기 전부터 저는 이미 선원으로 일했는데 말입니다. 그리고 제가 오사호의 선장으로 임명되기 위해서는 상하이에 있는 우리 회사 사람들에게 어떻게 처신해야 할지 온갖 조언도 해주었습니다. 그분은 마치 아버지가 사랑하는 아들에게 편지를 쓰듯 제게 편지를 썼습니다, 말로 선장님. 저는 그분보다 스물다섯 살이나 나이가 많고, 그분이 제대로 바지를 걸치고 다니기도 전부터 이미 짠물을 맛보고 다녔는데 말입니다. 선주들에게 보낸 편지는 제가 읽어 볼 수 있게 봉하지 않았더군요. 그분은 그 편지에서 회사가 맡긴 임무를 자신은 늘 충실히 수행해 왔다고 했습니다. 죽기 직전까지요. 그리고 지금 이 순간에도 자신은 회사의 신임을 배반하는 것이 아니라고 했습니다. 자신이 이제까지 보아 온 중에 가장 능력 있는 선원에게 배를 맡기고 떠나기 때문이라면서요. 가장 능력 있는 선원이란 바로 저를 가리키는 거였습니다, 바로 저를요! 그리고 자기 일생의 그 마지막 행동 때문에 자신이 회사에서 모든 신임을 잃게 된 것이 아니라면, 자기의 죽음으로 인해 생긴 공석을 채울 때 저의 충실한 근무 태도와 자신의 따뜻한 추천에 무게를 실어 주기 바란다고 적었습니다. 그리고 그 뒤로도 비슷한 내용이 잔뜩 적혀 있었습니다. 저는 제 눈을 믿을 수가 없었습니다. 온통 이상한 기분이 들었습니다.〉 그 늙은이는 아주 심란해했고, 말을 계속하면서 주걱처럼 넓적한 엄지손가락 끝으로 눈가에 고인 뭔가를 꾹 눌렀어. 〈선장님께서는 마치 브라이얼리 선장이 불운한 선원 한 명에게 마지막 출세 기회를 마련해 주기 위해 바다로 뛰어들었다고 생각하시겠죠. 브라이얼리 선장이 이렇게 끔찍하게 떠나는 걸 보고 받은 충격에, 그리고 그 기회에 제가 출세하게 되었다는 생각에 저는 일주일 동안이나 미칠 것 같은 기분이었습니다. 하지만 괜한 짓이었습니다. 펠리언호의 선장이 오사호로 전임되어 상하이에서 승선했거든요. 그 사람은 회색 체크무늬 양복을 입은, 덩치가 작은 멋쟁이였는데 가운데 가르마를 하고 있었습니다.《에…… 내가…… 당신의 새로운 선장입니다……. 성함이…… 아…… 존스 씨.》향수 통에 빠졌다 나왔는지 향수 냄새가 진동하더군요, 말로 선장님. 감히 말하는데, 그 사람이 말을 더듬은 건 제 표정 때문이었습니다. 그 사람은 제가 실망한 것도 당연하다, 자기가 데리고 있던 일등 항해사가 펠리언호의 선장으로 승진했다는 사실을 제가 당장 알아 두는 것이 좋겠다, 물론 자신은 이번 인사 조치에 아무 관련 없으며 회사 측에서 제일 잘 알 것이다, 유감이다 등등을 중얼거렸습니다……. 그래서 제가 말했습니다.《선장님, 이 늙은 존스에 대해서는 마음 쓰지 마십시오. 아쉽긴 하지만, 이런 대접을 받는 데는 아주 이골이 났습니다》라고요. 제 말이 그 사람의 민감한 귀에 충격을 주었다는 사실이 바로 눈에 보였고, 그래서 우리가 처음으로 함께 점심 식사를 하게 되었을 때, 그 사람은 선내의 이런저런 일에 대해 고약하게 트집을 잡기 시작했습니다. 그런 목소리는《펀치와 주디 인형극》에서도 들어 본 적이 없었습니다. 저는 이를 앙다물고 접시만 뚫어져라 쳐다보며 가능한 한 오랫동안 화를 참았습니다. 하지만 마침내 한마디 하지 않을 수 없었습니다. 그랬더니 그자는 발끈해 의자에서 벌떡 일어나더니, 마치 깃을 세우고 덤비는 작은 싸움닭처럼, 그때까지 보이던 깔끔한 모양새도 모두 포기하고 발끈하며 말하더군요. 《앞으로 당신이 상대해야 할 사람은 브라이얼리 선장과 다르다는 사실을 알게 될 겁니다.》저는 《이미 알고 있습니다》라고 아주 뚱하게 대답했고, 그저 스테이크를 먹느라 여념 없는 척했습니다. 그자는 《당신은 늙다리 악당입니다, 에…… 존스 씨. 게다가 업계에서도 당신이 악당인 걸 다 압니다》라고 신경질적으로 소리 지르더군요. 주위에서는 허드레 일꾼들이 입이 찢어져라 웃으며 귀를 기울이고 서 있었습니다. 제가 대답했습니다. 《내가 다루기 어려울 수는 있지만, 당신이 브라이얼리 선장 자리에 앉은 꼴을 참고 볼 만큼 못난 놈은 아닙니다.》그렇게 말하고는 나이프와 포크를 내려놓았습니다. 《이 자리에 당신이 앉고 싶었던 거죠. 그래서 속이 상한 거고요.》그자가 빈정거렸습니다. 저는 식당을 떠나 짐을 꾸렸고, 부두 노동자들이 다시 일을 시작하기 전에 짐을 모두 가지고 부두에 내렸습니다. 네, 10년간의 근무를 끝내고 뭍으로 내려온 겁니다. 그리고 가엾은 아내와 자식 넷이 6천 마일이나 떨어진 곳에서 얼마 안 되는 제 퇴직금에 하루하루 의지하는 상황이 되었지요. 그렇습니다, 선장님! 전 브라이얼리 선장을 모욕하는 소리를 듣느니 차라리 그만둔 겁니다. 그분은 저에게 야간용 쌍안경을 남겨 줬는데, 이게 바로 그겁니다. 그리고 저에게 자기 개를 돌봐 달라고 했는데, 이 개가 바로 그 개입니다. 안녕, 로버. 불쌍한 녀석. 네 선장님은 어디 계시니?》개는 슬픔에 젖은 노란 눈으로 우리를 바라보더니 쓸쓸하게 한 번 컹 하고 짖은 뒤 탁자 밑으로 기어들어 갔어.

이 모든 대화는 브라이얼리 선장이 자살하고 2년도 더 지난 뒤에 나눈 것이었는데, 우린 이 존스라는 사람이 맡은 폐선 같던 파이어퀸호에서 만났어. 존스는 우스운 인연으로 매더슨에게서 그 배를 인수했지. 사람들은 그 사람을 보통은 미치광이 매더슨이라고 불렀어. 너희도 아는, 점령 시절이 시작되기 전에 하이퐁에서 떠돌던 바로 그자야. 존스는 훌쩍이며 계속 이야기했어.

〈네, 선장님. 브라이얼리 선장은 이 세상 다른 곳에서는 몰라도 이곳에서만은 기억될 겁니다. 저는 그분의 부친께 상세한 편지를 보냈지만 답장을 받지는 못했습니다. 고맙다는 말도, 저주를 내리는 말도 없었습니다! 아마도 알고 싶지 않았던 거겠죠.〉

눈물을 글썽이던 늙은 존스가 붉은 면 손수건으로 대머리를 훔치는 광경, 개가 애처롭게 짖는 소리, 브라이얼리의 추억을 간직하는 유일한 사원이지만 파리가 들끓는 작고 지저분한 취사실의 풍경 등을 보고 있노라니, 기억 속 브라이얼리의 모습에 말할 수 없이 처량한 비애감이 겹쳐졌어. 이건 브라이얼리에게 운명이 가하는 사후 보복이었어. 브라이얼리는 자신이 영예로운 존재라고 믿었기 때문에 사람이라면 마땅히 느끼는 공포마저 거의 못 느끼고 살았거든. 거의라니! 어쩌면 완전히라고 해야 맞지 않을까. 도대체 죽음을 어떤 식으로 그럴듯하게 포장했기에 브라이얼리가 자살까지 갈 수 있었던 걸까?

〈그분이 왜 그런 경솔한 행동을 했을까요, 말로 선장님?〉

존스가 두 손바닥을 마주 누르며 물었어. 〈왜 그랬을까요? 저로선 짐작도 안 갑니다! 왜 그랬을까요?〉 존스는 주름진 좁은 이마를 찰싹 때리더군. 〈혹시 그분이 가난했다거나 나이가 많았다거나 빚을 졌다면 — 하지만 그런 기색은 전혀 없었습니다 — 그럴 수도 있었겠지요. 하지만 그분은 미칠 사람이 아니었습니다. 제 말을 믿으세요. 부하 항해사가 선장에 대해 알지 못하는 부분이 있다면 그건 알 가치가 없는 부분인 겁니다. 젊고, 건강하고, 돈 많고, 걱정거리도 없었는데……. 저는 이따금 여기 앉아 생각에 생각을 해보지만, 결국 제 머리만 어지러워질 뿐입니다. 분명히 무슨 이유가 있긴 했을 텐데요.〉

〈분명히 이유가 있을 겁니다, 존스 선장님.〉 내가 말했어. 〈우리 둘이라면 맘 쓰지 않았을 그런 이유가 분명 있었을 겁니다.〉 그랬더니 혼란스럽던 머릿속에 깨달음이 번쩍 찾아오기라도 한 것처럼 늙은 존스는 놀랍도록 심오한 마지막 한마디를 하더군. 존스는 코를 풀고 나서 나에게 애통한 표정으로 고개를 끄덕이며 말했어. 〈그렇습니다, 선장님. 선장님이나 저는 우리 자신을 그토록 대단하게 여긴 적이 없으니까요.〉

내가 브라이얼리와 나눈 마지막 대화는 그 친구가 죽기 바로 얼마 전이었고, 그래서 그 대화 내용을 떠올릴 때마다 그 친구의 죽음이 떠오르는 건 어쩔 수가 없어. 그 심문이 진행될 때 우리는 마지막 대화를 나눴어. 첫 번째 휴정 뒤였는데, 브라이얼리가 길에서 날 쫓아왔어. 브라이얼리는 격앙되어 있었고, 그걸 본 나는 깜짝 놀랐어. 평소 황공하게도 우리와 대화씩이나 해줄 때 그 친구는 완벽하게 냉철한 태도를 견지했고, 자기 대화 상대의 존재 자체가 꽤 재미있는 농담이라는 듯 즐겁게 참아 준다는 기색까지 보였거든. 〈당국에서 나를 붙잡아 두고 이런 걸 조사하라는군.〉 브라이얼리가 말을 하기 시작하더니, 날마다 재판정에 나오기 불편하다며 장황하게 불평을 늘어놓았어. 〈그리고 이 조사가 언제 끝날지 누가 알겠어. 사흘쯤 걸리지 않을까 싶은데.〉 나는 잠자코 그 친구의 말을 들었어. 당시 내 생각으로는 그렇게 하는 게 편들어 주는 척하는 최선의 방법이었거든. 〈이게 무슨 소용 있겠어? 이렇게 멍청한 일은 세상에 또 없을 거야.〉 브라이얼리는 열을 내며 계속 말했어. 그래서 나는 다른 방법이 없다고 말했지. 그랬더니 그 친구는 격한 감정을 억누르며 내 말을 가로챘어. 〈나는 줄곧 바보가 된 느낌이야.〉 나는 그 친구를 바라보았어. 그 정도면 브라이얼리가 아주 흥분한 상태라고 할 수 있었어. 그 친구는 말을 중단하고 내 코트 깃을 움켜쥐고 살짝 잡아당기며 물었어. 〈우리는 왜 그 젊은 녀석을 괴롭히는 걸까?〉 그 물음은 내 마음속의 어떤 생각과 너무나 잘 공명했기 때문에, 나는 그 변절자가 몰래 배를 버리고 도망치는 모습을 떠올리며 〈내가 알 리 없지. 그 녀석이 그렇게 하도록 허용하는 게 아니라면 말이야〉라고 곧바로 대답했어. 꽤 애매모호한 답이었을 텐데도 그 친구가 내 말에 동조했고, 그래서 나는 깜짝 놀랐어. 브라이얼리는 성난 어조로 말하더군. 〈맞아. 녀석은 그 형편없는 선장이 도망치는 걸 못 본 거야? 무슨 일이 일어날지 모르는 건가? 그 녀석을 구제할 방법은 전혀 없어. 그 녀석은 이제 끝이라고.〉 우리는 조용히 몇 걸음 더 걸었어. 〈왜 그 모든 모욕을 감내하는 걸까?〉 브라이얼리는 동양의 기운을 담아 힘주어 말했어. 동경 50도보다 더 동쪽 지역에서 우리가 찾을 수 있는 기운이라고는 그게 유일했으니까. 나는 그 친구가 무슨 생각을 하는지 무척 궁금했지만, 이제는 그 말이 그 친구의 성격과 정확하게 일치하는 것 아닐까 생각해. 가엾은 브라이얼리는 속으로 자기 자신을 생각하고 있던 게 분명해. 나는 브라이얼리에게, 파트나호의 선장이야 자기 살 궁리를 아주 잘 해둔 사람으로 알려져 있으니 거의 어디서든 도망칠 방법을 찾을 수 있을 거라고 지적했어. 하지만 짐의 경우는 달랐어. 당국은 짐을 잠시 선원 숙소에 머물게 했지만, 아마도 그 녀석은 빈털터리일 터였어. 도망치려면 돈이 들지. 〈그래? 늘 그렇지는 않아.〉 브라이얼리는 씁쓸하게 껄껄대며 말했고, 내가 뭐라고 더 말하자 〈그렇다면 좋아. 그 녀석을 땅속으로 20피트쯤 기어들어 가서 살게 하지! 맙소사!《나 같으면》그렇게 하겠어〉라고 하더군. 그 친구의 어조가 왜 나를 자극했는지 모르겠어. 나는 〈도망쳐 봤자 뒤쫓을 사람이 없다는 걸 잘 알면서 여기서 모욕을 당하고 있는 것도 일종의 용기라고 할 수 있지〉라고 말했어. 〈용기 따위가 뭔 소용이야!〉 하고 브라이얼리가 딱딱거렸지. 〈그따위 용기는 사람을 바르게 살도록 하는 데 전혀 소용이 없어. 그리고 나는 그런 용기에 전혀 관심 없어. 혹시라도 그걸 일종의 비겁함이나 심약함이라고 부른다면 모를까. 이렇게 하면 어때? 자네가 1백 루피를 내면 나도 2백 루피를 낼 테니 내일 아침 일찍 그 녀석을 빠져나가게 하자고. 비록 몸에 닿는 것조차 싫지만, 그래도 그 녀석은 신사야. 그러니 이해할 거야. 이해해야만 해! 이 사건이 일반인의 지독한 관심을 끌게 된 건 너무 충격적이야. 녀석이 재판정에 앉아 있는 동안, 괘씸한 원주민들, 선장들, 인도인 선원들, 키잡이들이 그 녀석을 수치심으로 활활 태워 재만 남길 정도의 증거들을 들이대고 있거든. 이건 끔찍해. 말로, 자네는 이게 끔찍하다고 느끼지 않아? 그렇게 생각하지 않는 거야? 바다의 사나이로서 솔직히 말해 봐. 만약 녀석이 도망친다면 이 모든 일도 당장 끝날 거야.〉 브라이얼리는 평소와 아주 달리 흥분해서 그 말을 하더니 당장에라도 지갑을 꺼낼 듯이 손을 뻗었어. 나는 그 친구를 말리면서 내가 보기에 그 네 명의 비겁함은 그리 중요하지 않다고 냉정하게 말했어. 〈그러고도 자네가 바다의 사나이라 할 수 있어?〉 브라이얼리가 화를 내며 말하더군. 나는 내가 바다의 사나이라고 자처할 것이며 실제로도 그렇길 바란다고 했어. 브라이얼리는 내 말을 듣더니 그 큰 팔로 내 개별적인 인격을 박탈하고 나를 군중과 한 무리로 취급하겠다는 듯한 몸짓을 했어. 브라이얼리는 〈최악의 문제는 자네들 모두 존엄성이 무엇인지 전혀 모른다는 거야. 자네들은 마땅히 지켜야 할 본분에 대해 별로 생각이 없어〉라고 말했어.

우린 그런 이야기를 하며 천천히 걷다가 항만 사무실 건너편에서 걸음을 멈추었어. 그곳에선 파트나호의 거대한 선장이 마치 허리케인에 휘말린 조그만 깃털처럼 완전히 사라져 버리던 바로 그 장소가 보였어. 나는 웃음을 지었지. 브라이얼리는 계속 말했어. 〈이건 망신이야. 우리 중에는 온갖 종류의 인간이 있고, 그중 몇은 성유를 바른 악당이지. 하지만 젠장, 우리는 직업적 존엄성을 지켜야 해. 그렇지 않으면 여기저기 떠도는 땜장이보다 나을 게 없잖아. 우리는 신뢰를 받고 있어. 내 말 알아듣겠어? 신뢰를 받는다고! 솔직히, 나는 아시아에서 온 그 모든 순례자들에게는 전혀 관심이 없어. 하지만 제대로 된 인간이라면 낡은 넝마 짐짝을 싣고 간다 하더라도 그렇게 하지는 않아. 우리는 조직화된 집단이 아니야. 그러니 우리를 하나로 묶어 주는 것은 그런 인간다움이라는 명분뿐이지. 그런데 그런 일이 생기면 신뢰가 와르르 무너지는 거야. 강인함을 보일 기회가 전혀 없이 바다 생활을 거의 마치는 사람이 있을 수도 있지. 하지만 그런 기회가 왔을 때는…… 아! 만약 내가…….〉

브라이얼리는 말을 중단했다가 어조를 바꾸어 다시 말했어. 〈지금 자네에게 2백 루피를 주겠어, 말로. 그러니 그 녀석에게 말해. 망할 녀석 같으니! 그놈이 이 지역으로 오지 않았으면 좋았을걸. 사실, 우리 집안에서 그 녀석 가족을 아는 사람들이 있어. 녀석의 부친은 교구 목사이고, 지금 생각해 보니 작년에 사촌과 함께 에식스에 머물 때 그분을 만난 적이 있어. 내 기억이 맞다면, 녀석의 부친은 선원이 된 아들을 각별히 사랑하는 듯해 보였어. 끔찍한 일이야. 그러니 내가 할 수는 없어. 하지만 자네라면…….〉

그렇게 짐의 일을 매개로, 나는 브라이얼리가 자신의 실체와 허상을 모두 바다의 처분에 맡기기 며칠 전 그 친구의 진정한 모습을 힐끗 본 거야. 물론 나는 중간에 끼어들지 않겠다며 거절했지. 물론 브라이얼리로선 그렇게 말하지 않을 수 없었겠지만, 그가 〈하지만 자네라면……〉이라고 말했을 때의 그 어조, 거기엔 내가 곤충처럼 남의 눈에는 띄지도 않을 존재라는 뜻이 담긴 듯해서 나는 그 제안에 발끈했거든. 그리고 바로 그 도발적인 말 때문에, 또는 다른 어떤 이유로 인해, 나는 그 심문이 짐에게는 가혹한 처벌이 될 것이고, 짐이 사실상 자발적으로 심문을 받고 있는 것도 그 혐오스러운 사건에서는 하나의 긍정적인 측면이라고 생각하게 되었어. 그 전까지는 별로 확신이 없었거든. 브라이얼리는 성을 낸 뒤 그 자리를 떠났어. 그때는 그 친구의 심경이 지금보다 더 이해가 안 됐지.

이튿날, 법정에 늦게 간 나는 혼자 앉아 있었어. 물론 브라이얼리와 나눈 대화는 잊을 수 없었고, 둘 다 내 눈앞에 있었지. 둘 가운데 한 명은 음울하면서 뻔뻔한 태도였고, 다른 한 명은 경멸과 지루함이 섞인 태도였어. 하지만 한쪽 표정이 다른 쪽보다 더 진실하지 않을 수도 있었고, 나는 둘 가운데 한 명의 표정이 진실이 아님을 알았어. 브라이얼리는 지루한 게 아니라 분개한 거였어. 그리고 만약 그렇다면, 짐 또한 뻔뻔한 게 아니었을지도 몰라. 내 이론에 따르면, 짐은 뻔뻔하지 않았어. 나는 짐이 절망했다고 생각했어. 바로 그때, 우리의 시선이 마주쳤어. 시선이 마주쳤을 때 날 보는 짐의 눈빛에서, 가서 말을 걸어 볼까 하던 의지가 꺾였어. 뻔뻔함과 절망 중 어느 쪽을 가정하든, 내가 짐에게 아무 소용이 안 될 거란 사실을 느꼈거든. 그날은 심리 이틀째였는데, 시선이 마주치고 얼마 지나지 않아 심문이 다시 이튿날로 미뤄졌어. 백인들은 즉시 자리를 뜨기 시작했지. 짐은 좀 전에 증인석에서 내려와도 좋다는 말을 들어서 맨 먼저 떠나는 사람들에 끼여 나갈 수 있었어. 열린 문으로 들어오는 빛 때문에 짐은 넓은 어깨와 머리의 윤곽만 보였지. 나는 우연히 말을 걸어온 낯선 이와 이야기를 나누며 천천히 걸어 나오다 아직 법정을 나오지 않은 상태에서 짐을 다시 보았어. 짐은 베란다 난간에 두 팔꿈치를 기댄 채, 몇 개 되지 않는 계단을 드문드문 내려가는 사람들에게서 등을 돌리고 있더군. 여러 목소리가 웅얼거렸고, 부츠를 끄는 소리도 들렸어.

그다음 재판은 어떤 대부업자에게 가해진 폭행 구타 사건이었을 거야. 피고인은 흰 수염을 곧게 기른 존경받는 마을 노인이었는데, 바로 문밖의 매트 위에 자기 아들들, 딸들, 사위들, 사위들의 다른 아내들과 함께 앉아 있었고, 아마도 마을 사람 절반은 그 사람 주위에 웅크리고 앉거나 서 있는 것 같았어. 갑자기, 등의 일부와 한쪽 어깨를 드러내고 가는 금 코걸이를 한, 피부가 검고 마른 여자 한 명이 날카롭고 짜증이 담긴 목소리로 말하기 시작했어. 나와 함께 있던 사람은 본능적으로 그 여자 쪽을 바라보았어. 그때 우리는 막 문을 통과해 짐의 건장한 등 뒤를 지나고 있었어.

그 누렁개를 데려온 게 그 마을 사람들인지 아닌지는 알 수 없지만, 어쨌든 그곳에 개가 한 마리 있었어. 동네 개가 늘 그렇듯이 놈도 소리 없이 살금살금 사람들 가랑이 사이를 들락날락했는데, 나와 같이 가던 이가 그 개에 발이 걸렸어. 개는 아무 소리도 내지 않고 잽싸게 사라졌어. 내 동행은 천천히 소리 내어 웃으며 약간 목소리를 높여 〈저 망나니 개새끼 좀 보세요〉라고 말했고, 그 직후 많은 사람이 밀치고 들어오는 바람에 우리는 갈라져 버렸어. 그 낯선 이가 어찌어찌 계단을 내려가 사라지는 동안, 나는 잠시 뒤로 물러나 벽에 기대 서 있었어. 그런데 짐이 갑자기 휙 돌아서더군. 짐은 한 걸음 앞으로 나와 나를 가로막았어. 그곳에는 우리 둘뿐이었어. 짐은 굳은 결의를 보이며 나를 노려보았지. 나는 곤경에 처했다는 걸 깨달았어. 말하자면 숲속에서 강도를 만난 느낌이었지. 그때 베란다는 이미 비어 있었고, 재판정의 소음과 동요도 가라앉은 뒤였거든. 그 건물에는 무거운 정적이 내려앉았고, 건물 안 저 멀리 어디선가 어떤 동양인의 목소리가 비참하게 울부짖기 시작했어. 개는 문으로 살금살금 들어오다 허둥지둥 주저앉더니 벼룩 사냥을 하더군.

〈저보고 하신 말씀입니까?〉 짐이 아주 낮은 목소리로 묻더니, 앞으로 몸을 굽히더군. 많이는 아니지만 나에게 거의 닿을 정도로 가까이였어. 그게 무슨 의미인지 너희도 알 거야. 나는 곧장 〈아니야〉라고 말했어. 짐의 조용한 어조에 담긴 무언가가 나에게 경계하는 것이 좋겠다는 경고를 보냈지. 나는 짐을 지켜보았어. 정말로 숲에서 강도를 만난 것과 아주 유사했지만, 단지 그 친구가 왜 이러는지 훨씬 더 알 수 없다는 차이점이 있었어. 왜냐하면 그 친구는 아마도 내 돈이나 목숨같이, 내가 그냥 포기하거나 꼭 지켜야 할 무언가를 원한 게 아니었거든. 〈말하지 않았다고요? 하지만 들었는데요.〉 짐은 아주 침울하게 물었어. 그래서 나는 무척 당황했지만 그래도 그 친구에게서 눈을 떼지 않고 〈오해겠지〉라고 항의했어. 짐의 얼굴을 지켜보고 있자니, 마치 어스름이 어느새 한 층 한 층 쌓이고, 소리 없이 더욱 격해지는 맹렬함 속에서 암흑이 불가사의하게도 점점 더 짙어지는, 천둥이 치기 전에 어두워지는 하늘을 지켜보는 기분이었어.

〈내가 아는 한, 난 자네가 듣는 곳에서 입을 연 적이 없어.〉 나는 완벽한 진실을 확언해 주었어. 이런 터무니없는 조우를 하게 된 게 살짝 화나기도 했어. 지금 생각해 보니 그때가 내 평생 구타당할 위기에 가장 근접했던 때인 것 같아. 문자 그대로 주먹에 맞는 것 말이야. 난 결국 그렇게 될 거란 어렴풋한 분위기를 감지했던 것 같아. 그 친구가 직접 날 위협하진 않았거든. 그 반대로 짐은 이상할 정도로 수동적이었어. 하지만 그 친구는 언짢은 표정이었고, 비록 덩치가 아주 큰 편은 아니었지만 벽을 허무는 일을 할 정도의 체격은 되어 보였어. 그때 날 안심시키는 징후가 보였는데, 그건 짐의 느릿하고 둔중한 망설임이었어. 나는 그걸 내 태도와 어조에 뚜렷이 담긴 진실함에 바치는 존경의 표시라고 받아들였어. 우리는 서로 마주 보았어. 재판정에서는 구타 사건에 대한 재판이 진행되고 있었어. 그리고 〈네, 들소…… 막대기…… 저는 너무나 겁나서……〉 어쩌고 하는 소리가 띄엄띄엄 들리더군.

〈오전 내내 저를 노려본 건 무슨 의미였습니까?〉 마침내 짐이 말했어. 짐은 나를 다시 위아래로 훑어보더군. 〈우리가 자네의 민감한 기분을 존중해서 모두 눈을 아래로 내리깔고 앉아 있기를 기대했다는 건가?〉 내가 날카롭게 받아쳤어. 나는 그 친구의 말도 안 되는 소리를 고분고분 받아 주고 싶지 않았어. 짐은 다시 시선을 들더니 이번에는 계속해서 나를 빤히 바라보았어. 〈아닙니다, 됐습니다.〉 짐은 이 말의 진실성에 대해 혼자 곰곰이 생각하는 듯한 태도로 말했어. 〈됐습니다, 그건 참을 수 있습니다. 다만,〉 이 대목에서 짐의 말이 약간 빨라졌어. 〈어느 누구든 이 재판정 밖에서 저에게 욕하는 건 참지 않을 겁니다. 선생님은 어떤 사람과 함께였죠. 선생님은 그 사람과 이야기하고 계셨습니다. 오, 그럼요. 저는 압니다. 그건 좋습니다. 선생님께서는 그 사람에게 말하고 계셨지만, 사실은 저더러 들으라고 한 말이었죠······.〉

나는 그 친구에게 그건 지독한 망상이라고 확실하게 말해 주었어. 어떻게 하면 그런 생각을 할 수 있는지 도무지 알 수가 없었어. 〈그런 말을 듣고도 제가 화를 내지 않을 거라고 생각한 겁니까?〉 짐이 살짝 쓸쓸함이 느껴지는 목소리로 말했어. 나는 표현의 아주 미묘한 결까지 알아차릴 정도로 짐에게 관심이 있었지만, 여전히 짐이 왜 그렇게 흥분했는지는 알 수 없었지. 짐의 말 어떤 부분 때문에 내가 갑자기 짐을 최대한 참아 주자고 맘을 바꿨는지는 나 역시 아직도 모르겠어. 어쩌면 말 자체가 아니라 단지 억양 때문이었는지도 몰라. 나는 뜻밖에 처한 궁지에 대해 더는 우려하지 않았어. 짐이 뭔가 오해한 거였고, 그 오해가 몹시 혐오스럽고 불길한 종류라는 직감이 들더군. 나는 개인적 품위를 위해서라도 그 런 상황을 어서 끝내고 싶었어. 마치 누군가가 찾아와서 원 하지도 않는데 끔찍한 비밀을 알려 주겠다고 할 때 그걸 중 단시키고 싶은 것과 마찬가지였어. 그리고 가장 재미있는 부 분은, 이런 고차원적인 생각을 하는 가운데서도 내가 전전긍 긍하고 있었다는 점이야. 이 만남이 창피스러운 소동으로 끝 나더라도 그 원인은 해명될 수 없으니 나만 우스운 꼴이 될 가능성이 있었기 때문이지. 아니, 단순히 가능한 정도가 아 니라 십중팔구 그럴 것 같았어. 나는 파트나호 항해사에게 맞아 눈에 멍이 들거나 어쩌거나 해서 사흘 정도 유명 인사 가 되고 싶은 마음이 전혀 없었어. 짐은 분명 자기 행동에 조 금도 신경 쓰지 않을 거고, 어쨌거나 그는 스스로 완벽히 정 당한 행동이었다고 여겼을걸. 겉보기엔 짐이 아주 조용하고 심지어 무기력하게 굴지만, 실제로는 무언가에 대해 무섭게 화를 내고 있다는 사실을 알아내기 위해 마법사의 도움까지 필요하지는 않았어. 방법만 알았다면 무슨 대가를 치르더라 도 짐을 진정시키고 싶었단 걸 부인하지는 않겠어. 하지만 너희도 충분히 짐작할 수 있겠지만, 나는 그 방법을 알지 못 했어. 어슴푸레한 빛 한 조각 보이지 않는 어둠 속에 있는 것 같았어. 우리는 조용히 서로 마주 보았어. 짐은 15초 정도 우 물쭈물하더니 이윽고 한 걸음 더 다가왔고, 나는 비록 근육 한 가닥 움직이지 않았지만 날아올 주먹을 막을 준비를 했 어. 짐이 아주 부드럽게 말했어. 〈선생님께서 설사 장정 둘을 합친 만큼 덩치가 크고 장정 여섯을 합친 만큼 힘이 세다고 해도, 제가 선생님을 어떻게 생각하는지 말해야겠습니다. 선생님은…….〉그때 내가 〈그만!〉하고 외쳤어. 그러자 짐은 잠깐 멈칫하더군. 그 틈에 내가 재빨리 말했어. 〈자네가 날 뭐라고 여기는지 말하기 전에, 내가 대체 뭐라고 말했기에 또는 뭘 했기에 이러는지 좀 말해 주지 않겠어?〉대화가 중단된 동안 짐은 도끼눈으로 나를 훑어보았고, 나는 초인적인 노력을 들여 기억을 더듬었지만, 그때 재판정에서 어떤 동양인이 거짓말이라는 비난에 대항해 청산유수로 열띠게 반론을 펼치는 소리가 계속 들려와 생각을 집중할 수가 없었어. 이윽고 우리는 거의 동시에 말했어. 짐은 상황이 중대한 국면에 들어섰다는 어조로 〈제가 그런 사람이 아니라는 걸 곧 보여 드리겠습니다〉라고 말했고, 동시에 나는 〈무슨 말을 하는 건지 도무지 모르겠군〉이라고 진지하게 항의했어. 짐은 경멸 어린 시선으로 나를 짓누르려 했지. 〈제가 두려워하지 않는다는 걸 알게 되니까 이제 살살 빠져나가려 드시는군요. 자, 이제 누가 그 망나니 개새끼일까요?〉마침내 나는 무슨 상황인지 알 수 있었어.

짐은 주먹으로 때릴 곳을 찾는 듯 내 얼굴을 꼼꼼히 살폈어. 〈저는 그 누구도 제게 그런 말을 하게 두지…….〉짐은 위협적으로 중얼거렸어. 정말이지 끔찍한 오해였지. 짐은 자신도 모르게 속내를 드러내고 말았어. 그때 내가 얼마나 큰 충격을 받았는지 말로 형용할 수가 없군. 아마도 짐은 내 얼굴에 드러난 감정을 본 모양이야. 그 친구의 표정이 살짝 바뀌었거든. 내가 더듬더듬 말했어. 〈맙소사! 설마 내가 그런 말을 했다고 생각하는 건⋯⋯.〉〈하지만 저는 그 소리를 확실히 들었습니다.〉 짐은 이 비참한 상황이 벌어진 이후 처음으로 목소리를 높이며 계속 자기주장을 되풀이했어. 그런 뒤 경멸의 기색을 띠며 덧붙이더군. 〈그러면 그 말을 한 게 선생님이 아니었습니까? 좋습니다. 그 말을 한 사람을 찾아내겠습니다.〉〈바보 같은 짓 하지 마.〉 내가 분개해서 외쳤어. 〈그런게 절대 아니야.〉〈하지만 들었는데요.〉 짐은 조금도 굴하지 않고 음울하게 다시 말했어.

그 친구가 그렇게 끈질기게 구는 걸 보면, 어떤 사람들은 웃었겠지. 나는 그러지 않았어. 오, 그러지 않았어! 자신의 타고난 충동 때문에 그렇게 사정없이 속을 보일 수 있다니. 단어 하나가 그 친구의 분별력을 빼앗아 간 거야. 우리 몸을 단정하게 하기 위해 옷이 필요한 것 이상으로 내면적 존재의 품위를 위해 필요한 분별력을 말이야. 〈바보같이 굴지 마.〉 내가 다시 말했어. 〈하지만 같이 있던 사람이 그 말을 했다는 건 부인하지 않겠죠?〉 짐은 명료하게 그 문장을 말한 뒤 조금도 물러서지 않고 내 얼굴을 바라보았어. 〈그래, 부인하지 않아.〉 짐의 시선을 맞받으며 내가 말했어. 마침내 짐은 시선을 내려 내 검지가 가리키는 쪽을 보았어. 짐은 처음에는 이해가 안 된다는 표정이었지만, 이윽고 당황했고, 마침내 마치 개가 괴물이라도 되고 개를 난생처음 본다는 듯이 놀라고 기겁한 듯 보였어. 〈자네를 모욕하려던 사람은 아무도 없었어.〉 내가 말했지.

짐은 조각상처럼 꼼짝도 하지 않는 그 비참한 동물을 보며 생각에 잠겼어. 개는 귀를 쫑긋 세우고 뾰족한 주둥이를 출입구 쪽으로 향한 채 앉아 있다가 갑자기 기계처럼 파리 한 마리를 덥석 물었어.

나는 짐을 바라보았지. 햇볕에 심하게 탄 얼굴의 붉은색이 갑자기 뺨 아래까지 깊어지고, 이마를 침범하고, 곱슬거리는 머리털 뿌리까지 번졌어. 짐의 귀는 새빨개졌고, 머리로 치솟은 피 때문에 심지어 맑고 파란 눈조차 한참 더 짙은 색으로 보였어. 그리고 금방이라도 울음을 터뜨릴 것처럼, 짐은 떨리는 입술을 살짝 내밀었어. 나는 짐이 너무나 창피해서 단한 마디도 할 수 없다는 사실을 알아차렸지. 실망감 때문일수도 있겠지만, 그걸 누가 알겠어? 어쩌면 나를 때리려 했던게 자신을 회복하고 달래기 위해서 아니었을까? 당시 한바탕 소란을 피울 기회를 통해 짐이 어떤 구원을 기대했는지 누가 알겠어? 짐은 순진했으니 뭘 기대하든 그럴 수 있었어. 하지만 이번 경우엔 아무것도 얻지 못하고 자기 본색만 드러낸 꼴이 되었지. 짐은 모종의 효과적인 반론을 제기하려는 무모한 희망에 사로잡힌 나머지 나는 물론이거니와 자기 자신에게까지 너무 솔직히 속을 드러냈는데, 얄궂게도 운이 없었던 거지. 짐은 머리를 한 대 맞고도 완전히 정신을 잃지는 않은 사람처럼 목구멍으로 불분명한 소리를 냈어. 가여웠지.

게이트를 완전히 나갈 때까지 나는 짐을 따라잡지 못했어. 심지어 마지막 순간에는 종종걸음까지 쳐야 했지. 결국 짐 곁에 도착해 헐떡이며 왜 도망치느냐고 따졌더니, 짐은 〈도망치는 거 아닙니다!〉라고 말하고는 더는 빠져나갈 수 없었기에 반격을 시작했어. 나는 짐에게 〈내게서〉 도망친다는 뜻으로 한 말이 아니었다고 설명했어. 그러자 짐은 불굴의 자세로 〈누구에게서도 도망치지 않습니다. 지구상 그 누구에게서도요〉라고 단호하게 말했어. 나는 세상에서 가장 용감한 사람들이라 해도 도망칠 수 있는 예외적 상황이란 게 존재한다고 지적해 주려다 말았어. 스스로 곧 알게 되리라 생각했거든. 내가 무슨 말을 할지 생각하는 동안 짐은 나를 바라보며 기다렸지만, 결국 나는 그 순간 무슨 말을 해야 할지 알지 못했고, 짐은 걷기 시작했어. 나는 짐을 따라갔고, 그 친구를 놓치고 싶지 않았기에, 나에게 잘못된 인상을 가지고 있다는 걸 알면서 그냥 가게 할 순 없다고 서둘러 더듬거리며 말했어. 말하면서도 내 말이 어찌나 바보스럽게 들리는지 나도 깜짝 놀랄 지경이었지만, 문장의 힘은 그 의미나 논리와 아무 관계가 없거든. 내가 바보처럼 중얼거린 게 그 친구 맘에 들었나 봐. 짐은 내 말을 가로채더니, 엄청난 자제력 혹은 정신의 놀라운 탄력성을 갖췄다는 증거인 정중하고 침착한 태도로 〈모두 제 잘못입니다〉라고 말했고, 나는 그 말에 무척이나 놀랐어. 마치 어떤 사소한 사건을 언급하는 듯한 느낌이었거든. 짐은 그 말에 담긴 그 지독한 의미를 이해하지 못한 걸까? 〈용서해 주셨으면 합니다.〉 짐이 계속 말했어. 약간 울적해하며 계속 말했지. 〈재판정에서 저를 응시하던 사람 모두가 너무 바보같이 보였고, 그래서…… 그래서 전 아까 제 생각이 맞을 수도 있다고 생각했습니다.〉

이 말을 듣자 놀랍게도 갑자기 짐이 새롭게 보이기 시작했어. 나는 호기심을 품고 짐을 바라보았고, 당당하고 속을 알 수 없는 눈과 마주쳤어. 〈저는 이런 일을 참을 수가 없습니다.〉 짐은 아주 명료하게 말했어. 〈참을 생각이 없습니다. 재판정에선 다릅니다. 참을 수밖에 없지요. 저 역시 참을 수 있고요.〉

　내가 짐을 이해했다고 우길 생각은 없어. 짐이 잠시 내게 보여 준 모습은 짙은 안개가 잠시 갈라진 틈으로 흘끗 보는 광경과 비슷했어. 생생하지만 금세 사라지는 조각조각의 풍경들은 한 지역의 전반적인 모습을 알려 주진 않아. 이런 조각들은 호기심에 답을 주긴 해도 만족감까진 주지 않지. 방향을 잡는 데는 아무런 소용이 없어. 대체로 말해서, 짐은 나를 오도하고 있었어. 그날 저녁 늦게 짐이 나를 떠난 뒤 내가 종합한 그 친구의 모습은 대체로 그런 것이었어. 나는 말라바르 하우스에서 며칠 묵고 있었는데, 간절한 초대 끝에 짐과 거기서 함께 식사하는 데 성공했지.」

7

「그날 오후, 고국에서 온 우편선 한 척이 도착했고, 호텔의 커다란 식당은 주머니에 1백 파운드짜리 세계 일주 티켓이 든 사람들로 반 넘게 찼어. 여행객 중에는 가정적이지만 서로에게 권태감을 느끼는 부부들도 있었고, 크고 작은 단체 여행객들도 있었고, 엄숙하게 혹은 활기 넘치게 식사를 즐기는 외톨이 여행객들도 있었지만, 모두 고국에서 하던 대로 생각하고 대화하고 농담하고 얼굴을 찡그렸어. 그리고 그 사람들은 위층에 놔둔 자신들의 여행 트렁크에 새로운 자국이 생기듯, 새로운 인상들을 지적으로 수용하는 중이었어. 이제부터 여행 트렁크에는 이런저런 곳을 다녀왔다는 스티커가 붙을 것이고, 그 여행객들에게도 그런 흔적이 남을 터였지. 그 사람들은 자신들을 다른 사람들과 구분해 주는 그런 흔적을 소중히 여길 것이고, 트렁크에 붙은 스티커를 서면 증거 또는 자신들의 번영하는 사업을 영원히 입증하는 유일한 흔적으로 간주하며 잘 보존하겠지. 검은 얼굴의 하인들이 광택을 낸 널따란 마루 위에서 소리 없이 움직였고, 이따금 소녀의 웃음소리가 그 마음만큼이나 순진하고 맑게 울렸고, 식기들이 부딪치는 소리가 갑자기 잠잠해지면 재치 있는 누군가가 식탁에 둘러앉아 싱글거리는 사람들을 위해 배에서 있었던 최신 스캔들을 점잔 빼며 천천히 이야기하는 소리도 들렸어. 유랑 중이던 노처녀 둘은 뇌쇄적인 옷차림으로 메뉴를 신랄하게 들여다보며 서로 속삭이고 있었는데, 입술 색은 바래고 얼굴에는 생기가 없고 이상한 게 마치 화려하게 차려입은 허수아비들처럼 보였어. 약간의 와인이 짐의 마음을 열게했고, 말문도 열었지. 보아하니 짐은 식욕도 좋았어. 짐은 우리가 알게 된 계기가 되었던 그 일을 어딘가에 묻어 버린 듯했어. 이 세상에서 더는 물어볼 것이 없는 일이 된 것만 같았지. 저녁 내내 내 앞에는 내 눈을 똑바로 쳐다보던 소년티 나는 파란 눈, 젊은 얼굴, 떡 벌어진 어깨, 금발 머리의 뿌리 아래쪽으로 하얀 두피가 보이는 넓고 갈색으로 그을린 이마가 있었고, 솔직한 모습, 꾸밈없는 미소, 젊은이다운 진지함을 드러내는 그 친구의 외모는 바라보기만 해도 내 동정심을 불러일으켰어. 짐은 올바른 인간이었고, 우리 중 한 명이었어. 짐은 솔직하고 침착하게 이야기했고, 그 조용한 태도는 남자다운 자제력과 건방짐과 냉담함과 엄청난 무의식과 거대한 기만이 빚은 결과물이었을지도 몰라. 그걸 누가 알겠어! 우리의 어조만 가지고 추측했다면, 사람들은 우리가 제3자나 축구 시합이나 작년 날씨에 대해 이야기한다고 여겼을 거야. 내 마음은 억측의 바다를 둥둥 떠다녔고, 그러다가 마침내 적당한 기회가 생겼을 때 지금 심문이 꽤 괴롭겠다는 말을 그 친구의 귀에 거슬리지 않게 할 수 있었어. 그러자 짐은 식탁보를 가로질러 팔을 내밀더니 접시 옆에 있던 내 손을 꼭 잡고 나를 빤히 바라보더군. 나는 깜짝 놀랐어. 그리고 이런 무언의 감정 표시에 당황해서 〈끔찍이 고통스럽겠어〉라고 더듬거리며 말했어. 그러자 갑자기 짐은 목멘 소리로 〈그렇습니다, 지독하게요〉라고 말하더군.

옆 테이블에서는 잘 차려입은 세계 여행 중인 남자 두 명이 아이스크림 푸딩을 먹고 있었는데, 짐의 말과 행동에 깜짝 놀라 우리를 바라보았어. 나는 일어났고, 우리는 커피와 시가를 즐기기 위해 앞쪽 회랑으로 갔어.

작은 팔각 탁자들 위에서는 유리공 안에서 양초가 타고 있었고, 아늑한 등나무 의자 세트들 사이마다 잎이 빳빳한 식물들이 놓여 있었어. 짝을 지어 늘어선 기둥의 불그레한 몸통들에는 높다란 창에서 나온 빛이 길게 떨어졌고, 그 기둥들 사이에는 별빛이 반짝이는 어두운 밤이 화려한 휘장처럼 걸려 있었어. 저 멀리에서 선박들의 정박등이 지는 별처럼 깜박였고, 정박지 너머 언덕은 정지한 검고 둥근 천둥 구름 덩어리처럼 보였어.

〈저는 도망칠 수가 없었습니다.〉 짐이 입을 열었어. 〈선장은 도망쳤습니다. 그 사람에게는 잘된 일이죠. 하지만 저는 도망칠 수가 없었습니다. 도망치고 싶지 않았고요. 모두 이래저래 빠져나갔지만, 저는 그렇게 하고 싶지 않았습니다.〉

나는 의자에서 꼼짝도 하지 않은 채 집중해서 들었어. 나는 알고 싶었어. 하지만 오늘날까지도 모르겠고, 오직 짐작만 할 뿐이야. 짐은 자신만만한 동시에 의기소침했고, 마치 자신은 선천적으로 결백하다는 확신이 그 친구의 마음속에서 꿈틀거리는 진실을 중요한 순간마다 억누르는 듯했어. 짐은 20피트나 되는 담을 자기 힘으로는 타 넘을 수 없다는 것을 자인하는 사람 같은 어조로, 이제 다시는 고향에 돌아갈 수 없을 거라고 말했어. 이 말을 듣자 〈에익스에 있는 그 늙은 교구 목사가 선원이 된 아들을 각별히 사랑하는 듯〉하다던 브라이얼리의 말이 생각났어.

자신이 아버지에게서 〈각별한 사랑〉을 받는다는 걸 짐이 알았는지는 모르겠어. 하지만 짐이 〈제 아버지〉라고 말할 때의 어조에는, 창세 이후 대가족에 대한 걱정에 시달린 모든 이 가운데 그 착하고 늙은 시골 교구 목사가 가장 훌륭한 사람이라는 생각을 내게 심어 주려는 의도가 다분했어. 비록 대놓고 그렇게 말하진 않았지만, 짐이 아버지를 언급할 때마다 그 점을 확실히 해야겠다는 갈망이 그 안에 깔려 있었고, 그 마음이 참으로 진실하고 기특하긴 했지만, 멀리 떨어져 사는 삶의 가슴 아픔을 이야기의 다른 요소들에 더해 주기도 했지. 짐은 〈지금쯤이면 아버지는 고국의 신문을 통해 모든 걸 아셨을 겁니다. 저는 그 가없은 분을 다시는 대면할 수 없습니다〉라고 말했어. 이 말에 내가 감히 시선을 들지 못하고 있는데, 짐이 〈저로선 영영 변명할 수가 없을 겁니다. 아버지도 이해하실 수 없을 거고요〉라고 덧붙이더군. 이윽고 나는 시선을 들었어. 짐은 생각에 잠긴 채 시가를 피웠고, 잠시 뒤 마음을 가다듬고는 다시 말을 하기 시작했어. 짐은 자신이 동료 선원들과 함께 그 뭐랄까, 우선 우리끼리는 범죄라고 표현하도록 하지, 그 범죄를 저지르긴 했지만, 자신을 그자들과 혼동하지 말아 달라고 했어. 자신은 그자들과 같은 부류가 아니라 완전히 다른 부류라면서. 나는 그 친구의 말에 동의하지 않는다는 기색을 전혀 내비치지 않았어. 그럴 생각도 없었고. 쓸모없는 진실 때문에 그 친구가 받을 구원의 은총을 아주 조금이라도 뺏고 싶지 않았거든. 짐이 정말 자기가 다른 부류라고 생각했는지, 얼마나 그렇게 믿고 있었는지는 알 수가 없었어. 무슨 의도로 그런 말을 했는지도 알 수가 없었지. 설사 짐에게 뭔가 의도가 있었다 해도 그 자신도 몰랐을 것 같아. 자기 인식이라는 불쾌한 그늘에서 도피하기 위해 자신이 쓰는 교활한 속임수를 전적으로 아는 사람은 없다는 게 내 믿음이거든. 짐이 〈그 바보 같은 심문이 끝나고 나면〉 자신이 뭘 해야 좋을지 생각하는 동안, 나는 아무 소리도 내지 않았어.

보아하니, 법이 정한 이 심문에 대해 짐도 브라이얼리처럼 경멸적인 견해를 가지고 있었던 듯해. 짐은 자신이 뭘 해야 할지 모르겠노라고 고백했지만, 나에게 말했다기보다는 큰 소리로 생각을 했다는 게 더 맞는 표현이야. 간부 선원 자격증은 박탈될 거고, 경력은 망가졌고, 도망치려 해도 돈이 없고, 짐이 아는 한 일자리도 구할 수 없었어. 고국에서라면 무언가 얻을 수 있겠지만, 그건 도와달라고 가족에게 간다는 걸 의미하니 그럴 수도 없었지. 평선원이 되는 것 말고는 다른 방도가 없었어. 아마도 증기선에서 조타원 자리는 구할

113

수도 있을 것 같다고 했어. 조타원을 해야 하나⋯⋯. 〈그럴 생각은 있어?〉 내가 잔인하게 물었지. 짐은 벌떡 일어서더니 석조 난간으로 가서 밤하늘을 바라보았어. 잠시 뒤, 짐은 돌아와서 내 의자 옆에 섰는데, 젊은 얼굴에는 감정을 억누른 자가 느끼는 고통의 구름이 드리워져 있었어. 짐은 배를 조종하는 자신의 능력을 내가 의심하지 않는다는 사실을 이미 잘 알았어. 짐은 약간 떨리는 목소리로 내게 왜 그렇게 말했느냐고 물었고, 내가 자신에게 〈끝없이 친절하다〉고 말했어. 그리고 이 대목에서 짐은 우물우물 말하기 시작했는데, 자신이 그런 실수를 저질러 멍청이가 되었는데도 내가 자기를 비웃지 않는다고 했어. 나는 짐의 말을 가로채, 내 생각에 그런 실수는 비웃을 일이 아니라고 다정하게 말해 주었어. 짐은 자리에 앉더니 작은 잔에 남은 약간의 커피를 마지막 한 방울까지 신중하게 마셨어. 〈그렇다고 해서 그런 의견이 맞다고 제가 한순간이라도 인정한다는 뜻은 아닙니다.〉 짐이 명확하게 말했어. 〈아니라고?〉 내가 말했지. 그러자 짐은 〈아니죠〉라고 조용하지만 단호하게 대답했어. 〈선장님이라면 어떻게 하셨을지 아십니까? 아세요? 그리고 선장님은 자신을⋯⋯.〉 짐은 뭔가를 삼켰어⋯⋯. 〈선장님은 자신을 망나니 개새끼라고 생각하진 않으시죠?〉

그리고 그렇게 물으면서, 내 명예를 걸고 말하는데, 마치 캐묻는 듯한 눈으로 나를 바라보더군. 그건 *banâ-fidec*(진심에서) 우러나온 질문이었어! 하지만 짐은 대답을 기다리지 않았지. 내가 미처 마음을 가다듬기도 전에 짐은 마치 밤이라는 실체 위에 적힌 무엇을 읽어 내야겠다는 듯이 똑바로 앞을 보며 계속 말했어. 〈마음이 준비되었는가에 모든 것이 달려 있습니다. 저는 준비되어 있지 않았습니다. 되어 있지 않았습니다, 그때는요. 변명하고 싶지 않습니다만, 설명은 해야겠습니다. 누군가가 이해해 줬으면 합니다. 누군가 적어도 한 명은요! 선장님! 선장님이 이해해 주지 않으시렵니까?〉

사람에겐 자신의 도덕적 정체성이 어떠해야 한다는 생각이 있고, 그 마음속 정체성을 비난에서 구해 내려 끙끙거리는 모습은, 언제나 그렇듯이 장엄해 보이는 동시에 또한 살짝 우스꽝스럽기도 하지. 한 인습에 대한 이런 소중한 관념은 단지 게임의 법칙에 불과할 뿐 그 이상은 아니지만, 그럼에도 무시무시하게 효과적이야. 이것이 무한한 힘으로 타고난 본능을 억누를 수 있다는 생각과, 실패할 경우 받게 되는 끔찍한 벌 때문이지. 짐은 아주 나직한 목소리로 이야기를 시작했어. 바다의 부드러운 황혼 속에서 구명정을 타고 표류하던 네 사람은 데일 선박 회사 소속 증기선을 만나 구조받고 그 배에 탔지만, 하루가 지나자 의심의 눈초리를 받기 시작했어. 다른 사람들이 침묵을 지키는 동안 그 뚱뚱한 선장이 이야기를 둘러댔고, 처음에는 그 이야기가 먹혀들었지. 비참하게 죽기 직전은 아니었지만 적어도 잔혹한 고통에 시달리던 조난자들을 천운으로 이제 막 구해 냈는데, 그런 불쌍한 사람들을 앞에 두고 난파 경위를 엄하게 문초할 사람은 없잖아. 나중에 그 문제를 곰곰이 생각해 볼 시간이 지난 뒤에야 비로소 애번데일호의 간부 선원들은 그 일이 뭔가 〈수

상하다〉는 생각을 했을 거야. 하지만 물론 그 사람들은 그 의혹을 가슴속에만 품고 있었지. 그 사람들은 바다에 가라앉은 파트나호의 선장, 항해사와 기관사 둘을 구조했고, 선원으로서 마땅히 취해야 할 행동은 그 정도로 충분했거든. 짐이 그 배에서 보낸 열흘 동안 어떤 느낌이었는지 나는 묻지 않았어. 짐이 그 부분을 말할 때 어조를 근거로 맘대로 추측해 보건대, 짐은 자신이 찾아낸 사실, 즉 자신에 대한 발견으로 인해 어느 정도 크게 놀랐고, 그 발견의 엄청난 가치를 알아줄 유일한 이에게 그것을 해명하려 열심히 애쓰고 있었어. 짐이 그 중대성을 축소하려 들지 않았단 걸 꼭 알아줘. 나는 그 점을 확신해. 그리고 그 부분이 짐이 다른 사람들과 다른 점이야. 상륙한 뒤, 자신이 불행히도 한 부분을 차지하게 된 그 사건의 예측하지 못했던 결말에 대해 알게 되었을 때 자신이 어떤 느낌이었는지 짐은 나에게 아무 말도 하지 않았고, 나로선 그 부분을 상상조차 하기 버거워. 아마도 딛고 있던 땅이 무너지는 듯한 느낌 아니었을까? 그렇지 않았을까? 하지만 짐은 새로이 디딜 곳을 곧바로 찾은 게 분명해. 짐은 상륙한 뒤 선원 숙소에서 대기하며 두 주를 보냈고, 나는 당시 그곳에 머물던 예닐곱 명의 다른 선원에게서 짐에 대한 이야기를 조금 들었어. 그 사람들의 그다지 성의 없는 판단에 따르면, 짐은 다른 결점들도 있었지만, 화난 짐승처럼 굴었다더라고. 짐은 베란다에서 긴 의자에 파묻혀 시간을 보냈고, 그 무덤 같은 곳에서 나오는 것은 오로지 식사 때나 늦은 밤뿐이었고, 밤이면 찾아갈 집이 없는 유령처럼 주위 사람들을 피하고 어쩔 줄 몰라 하며 혼자 말없이 부두를 헤매 다녔다 더군. 〈그곳에 있는 내내 제가 사람들에게 한 말은 세 마디도 되지 않을 겁니다.〉 짐이 이렇게 말했을 때 나는 무척이나 마음이 아팠어. 이어서 짐이 말했어. 〈그 사람들 가운데 한 명은 제가 참지 않기로 결정한 말들을 함부로 툭툭 뱉어 내곤 했지만, 저는 소동을 벌이고 싶지 않았습니다. 네! 그때는 그랬습니다. 저는 너무나…… 너무나…… 그냥 저는 그러고 싶지 않았어요.〉 〈결국에는 그 칸막이벽이 무너지지 않은 거로군.〉 내가 명랑하게 말했어. 짐이 중얼거리더군. 〈네, 버텼습니다. 정말이지, 제가 손을 대자 그 벽이 불거진 게 느껴졌는데도요.〉 〈이따금 고철도 엄청난 장력을 이겨 내지.〉 내가 말했어. 짐은 자기 자리에서 몸을 뒤로 젖히고 다리를 뻣뻣하게 내밀고 두 팔을 늘어뜨린 채 몇 번 가볍게 고개를 끄덕였어. 그보다 더 슬픈 광경을 상상하기란 쉽지 않을 거야. 그리고 갑자기 고개를 들고 바로 앉더니 허벅지를 탁 치더군. 〈아! 엄청난 기회를 놓쳤어요! 맙소사! 엄청난 기회를 놓쳤어요!〉 짐은 그 말을 격렬히 내뱉었고, 두 번째로 〈놓쳤어요〉 라는 말을 할 때는 고통에 겨워 울부짖는 듯했어.

짐은 공을 세울 기회를 놓쳐 아쉬운 마음이 가득 담긴 멍한 표정으로 먼 산을 바라보며 다시 침묵했고, 한순간 콧구멍이 커지며 놓쳐 버린 기회의 달콤하고 아찔한 숨결을 킁킁거렸어. 그때 내가 놀랐다거나 충격을 받았을 거라고 여긴다면 너희는 여러 면에서 나를 오해하는 거야! 아, 짐은 몽상에 사로잡힌 거였어! 짐은 자기 몸을 희생할 각오가 되어 있었어. 자기 목숨을 바칠 각오가 되어 있었지. 밤하늘을 쏘아보는 짐의 눈빛에서, 나는 그 친구의 온 정신이 무모하리만치 영웅적인 열망으로 가득한 공상의 세계로 곧장 돌진하고 있다는 걸 알았어. 짐은 자신이 잃은 것에 대해 후회할 여유가 없었어. 자신이 얻지 못한 것에 대해 너무나 철저하고 당연하게 마음이 사로잡혀 있었거든. 나는 3피트 거리에서 그 친구를 지켜보고 있었지만, 짐 자신은 이미 나에게서 아주 멀리 떨어져 있었어. 매 순간 짐은 비현실적인 성취라는 불가능의 세계로 점점 더 깊이 침투했어. 그리고 마침내 그 세계의 중심에 도달했지! 지극한 행복감에 휩싸인 묘한 표정이 얼굴에 퍼졌고, 우리 사이에서 타던 초의 불빛에 눈이 반짝거렸어. 짐이 환하게 미소를 지었어! 그 세계의 핵심까지 관통해 간 거였지. 핵심까지. 짐의 미소는 너희나 나는 평생 가도 지을 수 없을 그런 황홀한 미소였어. 나는 〈자네가 그 배에 남았어야 했다는 뜻이로군!〉이라고 말해서 짐을 현실 세계로 다시 데려왔어.

짐은 내 쪽을 돌아보았고, 두 눈에는 갑작스러운 놀람과 고통이, 얼굴에는 당황스러움과 경악과 괴로움이 가득한 것이, 마치 별에서 곤두박질친 듯했어. 너희나 나는 그 누구에게도 결코 그런 표정을 지어 보이지 못할 거야. 마치 싸늘한 손가락이 자신의 심장을 건드렸다는 듯 짐은 심하게 몸을 떨었어. 마침내 짐은 한숨을 쉬었지.

나는 자비를 베풀 기분이 아니었어. 짐은 경솔하게 모순되는 말을 해서 나를 자극했거든. 〈자네가 그걸 미리 알지 못했다니 안타까운 일이로군!〉 나는 심술을 잔뜩 담아 말했지만, 내 배반의 창은 아무런 해도 끼치지 못하고 떨어졌어. 말하자면 힘이 다한 화살처럼 짐의 발치에 떨어졌지만, 짐은 그걸 주울 생각도 하지 않았달까. 아마 아예 보지도 못했을 거야. 얼마 뒤, 짐은 편안한 자세로 축 늘어져 말했어. 〈제길! 벽이 불거졌다고요. 아래쪽 갑판에서 앵글을 따라 램프를 비춰 보는데 제 손바닥만 한 크기의 녹 덩어리가 철판에서 떨어졌어요. 저절로요.〉 짐은 손으로 이마를 짚었어. 〈그걸 살펴보고 있는데 그 덩어리가 마치 살아 있는 것처럼 움찔하더니 펄쩍 튕겼어요.〉〈그걸 보고 꽤 불안했겠군.〉 나는 담담하게 말했어. 그러자 짐은 〈선장님은 제 등 뒤로 뱃머리 아래쪽 갑판에서만 160명이 곤히 잠들어 있고, 고물 쪽에는 더 많은 사람이 잠든 상황에서 제가 저 자신만 생각했을 거라고 여기십니까? 그리고 위쪽 갑판에서는 더 많은 사람이 아무것도 모른 채 자고 있었습니다. 설사 시간이 있었다 할지라도, 구명정에 태울 수 있는 사람 수보다 세 배는 더 많은 승객이 타고 있었습니다. 그런데 당장 제 눈앞에서 철판이 갈라지고 그 사람들이 누워 있는 곳으로 바닷물이 밀려 들어올 것만 같았습니다…… 제가 뭘 할 수 있었겠습니까, 뭘 말입니까?〉

나는 사람들로 가득한 그 어둡고 동굴 같은 곳에서 대양의 물이 가하는 무게를 버티는 칸막이벽과, 벽 일부를 비추는 공 모양 램프 불빛 아래 아무런 의식도 없이 잠든 승객들의 숨소리를 듣는 짐의 모습이 아직도 눈에 선해. 떨어져 나온 녹 덩어리를 보고 깜짝 놀라며 절박한 죽음의 예감에 짓눌린 짐이 철판을 응시하는 모습도 눈앞에 그려지고. 내가 알기로, 그때는 그 배의 선장이 짐을 두 번째로 앞으로 보냈을 때였어. 아마도 짐을 선교에서 격리하고 싶었기 때문일 거야. 짐이 말하길, 자신에게 맨 처음 든 충동은 고함을 질러 당장 모든 승객을 잠에서 깨워 공포에 질리게 하는 거였다더군. 하지만 곧 자신을 덮친 무력감에 압도되어 아무런 소리도 낼 수 없었대. 사람들은 혀가 입천장에 달라붙는다는 표현을 쓰는데, 그때가 바로 그런 상태였던 듯해. 그때 상태를 짐은 〈입이 바짝 탔습니다〉라고 간결하게 표현하더군. 아무 소리도 내지 못하며 짐은 1번 뚜껑 문을 통해 갑판으로 기어올랐어. 그곳에 장치된 캔버스 재질 환기통이 돌다가 하필이면 짐과 부딪쳤는데, 천이 얼굴을 가볍게 건드렸을 뿐인데도 짐은 하마터면 뚜껑 문 사다리에서 떨어질 뻔했다고 회상하더군.

앞 갑판에 서서 잠든 다른 무리를 바라보고 있을 즈음에는 무릎이 굉장히 후들거리더라고 짐은 고백했어. 그 무렵엔진은 멈춘 상태였고, 증기가 빠져나오고 있었어. 증기가 내는 육중한 소리 때문에 온 밤이 콘트라베이스의 현처럼 진동했어. 그리고 그 소리에 배도 흔들렸고.

짐이 지켜보는 동안, 여기저기 사람들이 깔고 누웠던 매트에서 머리를 들거나, 일어나 앉아 잠에 취한 상태로 잠시 귀를 기울이다 상자와 증기 권양기와 환기 장치 등이 어지럽게 널린 가운데 도로 누워 버렸지. 짐은 이 모든 사람이 저 이상한 소리를 수상쩍게 여길 정도로 유식하진 않다는 걸 알아차렸어. 철로 만들어진 배나 하얀 얼굴의 사람들, 모든 광경과 모든 소리, 배 위의 모든 것이 무식하고 경건한 다수의 승객들에게는 신기하면서 믿음직하고 영원히 불가사의하게 여겨졌겠지. 짐은 그래서 다행이라는 생각이 들었어. 하지만 동시에 그런 생각만으로도 끔찍했지.

그런 상황에서는 누구나 그랬겠지만, 짐 역시 그 배가 당장에라도 가라앉을 수 있다고 믿었다는 사실을 잊으면 안 돼. 녹슨 채 불거진 상태로 바닷물을 막아 내던 그 철판은 결국 토대가 손상된 댐처럼 한꺼번에 허물어질 게 뻔했고, 그 순간 압도적인 양의 물이 갑작스레 쏟아져 들어올 수밖에 없는 상황이었어. 짐은 가만히 서서 드러누운 사람들을 바라보았지. 곧 죽을 처지의 사람이 이미 죽은 사람들을 바라보며 자신의 운명을 의식하는 느낌이었을 거야. 그 사람들은 죽은 거나 진배없었어! 그 사람들을 살릴 방법은 전혀 없었어! 절반 정도는 구명정에 태울 수 있겠지만, 그럴 시간이 없었어. 시간이 없었어! 시간이! 그가 입을 열거나 손이든 발이든 움직이는 건 의미 없는 일로 보였어. 그가 단 세 마디 외치기도 전에, 또는 단 세 걸음 옮기기도 전에, 살려 달라고 비명을 지르며 필사적으로 몸부림치는 사람들로 하얗게 덮인 끔찍한 바닷물 속에서 그 자신도 허우적거리고 있었을 테니까. 구원의 가망은 없었어. 그는 어떤 일이 일어날지 완벽하게 상상할 수 있었어. 그는 램프를 든 채 뚜껑 문 출입구 옆에 꼼짝 않고 서서, 장차 일어날 일들을 처음부터 끝까지 상상해 봤어. 생각하기조차 괴로운 일을 세세히 마지막까지 상상해 본 거지. 내 생각에, 재판정에서는 말할 수 없었던 것들을 나에게 말하며 짐은 다시 한번 그 상상의 과정을 겪은 것 같아.

〈지금 제가 선장님이 제 앞에 계시다는 사실을 아는 것만큼이나 확실하게, 당시 저는 제가 할 수 있는 일이 아무것도 없다는 사실을 알았습니다. 팔다리에서 기운이 쭉 빠지더군요. 그대로 그 자리에 서서 기다리는 것이 낫겠다 싶었습니다. 시간이 얼마 남지 않았다는 생각이 들었거든요……〉 갑자기 증기 소리가 멈췄다더군. 그때까지는 증기 소리 때문에 정신을 집중할 수 없었지만, 일단 조용해지자 그 중압감이 견딜 수 없을 정도로 커졌다더군.

〈물에 빠지기도 전에 질식할 것 같은 느낌이었습니다.〉 짐이 말했어.

짐은 자기부터 살아야겠다는 생각은 하지 않았다고 항변했어. 짐의 머릿속에서 뚜렷하게 피어오르다 사라지고 다시 피어오르던 생각은 오로지 하나, 〈승객은 8백 명인데 구명정은 일곱 척뿐이야. 승객은 8백 명인데 구명정은 일곱 척뿐이야〉였다더군.

〈누군가가 제 머릿속에서 요란하게 말하고 있었습니다.〉 짐은 살짝 거칠어진 어조로 말했어. 〈승객은 8백 명인데 구명정은 일곱 척. 그리고 시간도 없어! 생각을 해보세요.〉 짐은 작은 탁자 저편에서 내 쪽으로 몸을 내밀었고, 나는 짐의 시선을 피하려 애썼어. 〈제가 죽음을 두려워했다고 생각하시나요?〉 짐이 격하면서도 낮은 목소리로 물었어. 짐은 손바닥으로 탁자를 세게 내리쳤고, 그 때문에 커피잔들이 춤을 췄지. 〈맹세컨대, 저는 두렵지 않았습니다. 두렵지 않았다고요……. 젠장, 두렵지 않았단 말입니다!〉 짐은 벌떡 일어나 팔짱을 꼈고, 턱을 가슴께로 떨어뜨리더군.

접시며 잔들이 가볍게 부딪치는 소리가 높은 창을 통해 들려왔어. 왁자지껄한 목소리가 들렸고, 몇 명이 즐거워하며 회랑으로 들어왔어. 그 사람들은 카이로에서 본 당나귀에 대한 즐거운 추억을 나누고 있었어. 긴 다리로 사뿐히 걷던 창백하고 근심스러운 표정의 젊은이가, 혈색 좋은 얼굴로 으스대며 걷는 세계 일주 여행자에게서 시장에서 산 물건 때문에 놀림을 받고 있었어. 〈아냐, 그렇지 않아. 너는 내가 그 정도까지 속았다고 생각하는 거야?〉 그 사람은 아주 진지한 표정으로 물었어. 그 사람들은 옮겨 가더니 의자에 앉았어. 성냥들에 불이 붙었고, 한순간 표정이라곤 조금도 없는 얼굴들과 하얀 무광 셔츠의 앞자락이 보였어. 열심히 먹고 마시며 생기를 얻은 많은 사람들의 대화가 내게는 터무니없고 무한히 요원하기만 한 웅얼거림으로 들리더군.

〈선원 몇은 제가 팔을 뻗으면 닿을 만한 거리의 1번 출입구에서 자고 있었습니다.〉 짐이 다시 이야기를 시작했어.

알아 둬야 할 게, 그 배에서는 밤이 되면 모든 선원이 돌아가며 당직을 서는 대신 일부 선원만 당직을 섰어. 그래서 오직 조타수와 망보는 사람만 근무하고 모든 선원이 밤사이 잠을 잤어. 짐은 가장 가까이에서 자고 있던 인도인 선원의 어깨를 움켜쥐고 흔들어 깨우고 싶은 충동이 들었지만 그러지 않았대. 뭔가가 짐의 팔을 옆구리에 꾹 누르고 있었다더군.

123

짐은 두려워한 게 아니었어. 오, 천만에! 다만 아무것도 할 수가 없었을 뿐이야. 단지 그것뿐이야. 아마도 짐은 죽음을 두려워하지 않았을 거야. 하지만 위급한 상황은 두려워했어. 그 망할 상상력 때문에 짐의 머릿속은 공황 상태, 이리저리 몰려다니는 사람들, 가엾은 비명, 파도에 휩쓸리는 구명정 따위, 짐이 전에 들어 본 적 있던 해난 사고의 모든 끔찍한 상황으로 가득해졌던 거야. 아마 짐은 죽을 각오는 되어 있었겠지만, 공포 속에서가 아니라 조용히, 일종의 평화로운 무아지경 상태에서 죽고 싶었던 거라고 나는 생각해. 죽을 각오가 된 사람들은 찾기 어렵지 않지만, 철통같은 의지로 무장했더라도 질 게 뻔한 싸움을 끝까지 버티려는 사람은 보기 힘들어. 희망이 줄어들면 마음의 평화를 찾고자 하는 욕구는 점점 더 강해져 결국 삶의 욕구까지 정복해 버리거든. 이 자리에 모인 우리 가운데 그런 상황을, 그러니까 감정적으로 기진맥진하고 노력이 헛되어지고 그만 쉬고 싶은 마음만 가득해지는 상황을 한 번이라도 보거나 직접 경험해 보지 않은 사람이 과연 있을까? 턱없이 큰 힘을 상대로 싸우는 사람들이라면 다들 그걸 잘 알지. 가령 난파선에서 구명정으로 탈출한 사람들이나 사막에서 길을 잃은 나그네들, 상상하기 어려운 자연의 힘이나 군중의 우둔한 포악함에 대항해서 싸우는 사람들이라면 말이야.」

8

「짐이 얼마나 오랫동안 갑판 출입구 옆에 꼼짝 않고 서서 당장에라도 자기 발아래에서 배가 가라앉는 걸 느끼려 했는지, 그리고 밀려 들어온 물이 자신을 뒤로 밀고 가 나뭇조각처럼 던져 버리길 기다렸는지, 나로선 알 수가 없어. 하지만 그리 오래는 아니었을 거야. 아마도 2분 정도였겠지. 그리고 누군지 알아볼 수 없는 남자 둘이 졸음에 겨운 목소리로 대화를 시작했고, 어딘지 알 수는 없었지만 발을 질질 끄는 묘한 소리가 들렸다더군. 이런 희미한 소리 위로 파국에 앞서 끔찍한 정적이, 붕괴 직전의 괴로운 침묵이 주위를 덮고 있었어. 이윽고 짐은 지금 달려가서 구명정을 매어 둔 밧줄을 모두 끊어 두면 배가 가라앉았을 때 구명정들이 물에 뜰 수 있겠다는 생각이 퍼뜩 들었다더군.

파트나호는 선교가 길었고, 구명정들은 모두 선교에 매여 있었어. 한 쪽에 네 척, 다른 쪽에 세 척이 있었는데, 좌현에 있는 가장 작은 건 조타 장치와 거의 나란히 놓여 있었어. 짐은 내가 꼭 믿어 줬으면 하는 눈치로, 구명정들을 곧바로 쓸 수 있도록 늘 각별히 주의를 기울여 왔노라고 힘주어 말했어. 자신의 임무를 알고 있었던 거지. 단언컨대, 짐은 임무에 관해서는 충분히 훌륭한 항해사였어. 〈저는 늘 최악의 상황에 대비하는 것이 중요하다고 믿었습니다.〉 짐은 간절한 표정으로 내 얼굴을 응시하며 말했어. 나는 그 건전한 원칙에 동의하는 의미로 고개를 끄덕였지만, 짐의 미묘한 불건전함에서는 시선을 돌렸어.

짐은 비틀거리며 달리기 시작했어. 사람들의 다리를 건너 뛰고 머리들에 발이 걸리지 않도록 조심해야 했지. 그런데 갑자기 누군가가 밑에서 짐의 코트를 꽉 잡더니 팔꿈치에 가려진 입으로 고통스럽게 뭐라고 말했어. 오른손에 든 램프로 비춰 보니 검은 얼굴의 누군가가 고개를 들고 있었는데, 두 눈이 목소리와 함께 애원했다더군. 짐은 그 지역 언어를 어느 정도 습득해서 〈물〉이라는 단어 정도는 알아들을 수 있었고, 그 사람은 기도 조로, 거의 절망에 빠진 어조로 끈질기게 〈물〉이라는 단어를 몇 차례 되풀이해서 말했다더군. 짐이 빠져나오기 위해 몸을 비틀었지만, 한쪽 팔이 짐의 다리를 움켜잡았어.

〈그자는 물에 빠진 사람처럼 저에게 매달렸습니다.〉 짐이 인상적인 말투로 말했어. 〈물, 물! 그 사람은 무슨 의미로 그 말을 한 걸까요? 그 사람은 무엇을 알았을까요? 저는 최대한 침착하게 그 사람에게 놓으라고 명령했습니다. 그 사람이 저를 잡고 있었고, 시간은 계속 줄어들고 있었으며, 다른 사람들도 움직이기 시작했습니다. 저는 시간이 필요했습니다. 구명정들의 밧줄을 자르고 물에 띄울 시간이오. 이제 그 사람은 제 손을 움켜쥐었고, 왠지 곧 비명을 지를 것만 같았습니다. 그러면 그 사람의 비명 소리에 사람들이 공황에 빠질 수도 있겠다는 생각이 퍼뜩 들었고, 그래서 저는 잡히지 않은 팔을 뒤로 뺐다가 램프로 그 사람의 얼굴을 쳤습니다. 유리가 깨지고 램프 불이 꺼졌지만, 램프에 맞은 충격에 그 사람은 손을 놓았고, 덕분에 저는 그 사람에게서 벗어났습니다. 저는 구명정으로 가고 싶었습니다. 구명정으로요. 그 사람은 뒤에서 저에게 달려들었습니다. 저는 그 사람에게 돌아섰습니다. 그 사람은 가만히 있지 않고 비명을 지르려 했습니다. 저는 그 사람의 목을 졸라 반쯤 죽여 놓고서야 그 사람이 뭘 원하는지 깨달았습니다. 그 사람은 물을, 마실 물을 원했던 겁니다. 아시겠지만, 배에서는 물 배급이 엄격했고, 그 사람에겐 저도 몇 번 본 어린 소년이 있었습니다. 그 아이가 아파서 목이 말랐던 겁니다. 그 사람은 마침 지나가는 저를 보고 물을 좀 달라고 간청했던 거죠. 그뿐이었어요. 우리는 선교 아래, 어두운 곳에 있었습니다. 그 사람은 제 손목을 계속 붙잡고 있었습니다. 그 사람을 쫓아낼 방법이 달리 없었습니다. 저는 제 침상으로 달려가서 제 물병을 집어 그 사람 손에 쥐여 줬습니다. 그러자 그 사람은 사라졌습니다. 그제야 저 역시 무척이나 물을 마시고 싶었다는 사실을 깨달았습니다.〉 짐은 탁자에 한쪽 팔꿈치를 괴고 그 손으로 두 눈을 가렸어.

나는 등골이 오싹해지더군. 이 모든 상황 설명에는 뭔가 특이한 게 있었어. 짐의 이마를 가리고 있던 손가락들이 가볍게 떨렸고, 짐은 짧은 침묵을 깼어.

〈이런 일들은 한 인간에게 오직 한 번만 일어나지요, 그리고…… 휴! 어쨌든! 마침내 제가 선교에 도착했을 때, 그자들은 구명정 한 척을 초크에서 풀어내고 있었습니다. 구명정을요! 제가 서둘러 사다리를 올라가는데, 육중한 타격이 아슬아슬하게 제 머리를 비켜 어깨 위로 떨어졌습니다. 하지만 저는 그 타격에도 멈추지 않았고, 기관장(그때는 이미 침상에서 끌려 나온 뒤였습니다)이 구명정용 들것을 다시 쳐들고 있었습니다. 어찌 된 일인지, 저는 이제 무얼 봐도 전혀 놀랍지 않았습니다. 그 모든 게 자연스러워 보였고 끔찍하고 또 끔찍해 보였습니다. 저는 그 비열한 미친놈을 살짝 피한 다음, 마치 어린아이를 다루듯 그 자식을 갑판에서 끌어냈고, 그 자식은 제 두 팔에 잡힌 채 속삭였습니다.《그러지 마! 그러지 마! 나는 자네가 검둥인 줄 알았어.》저는 그 자식을 밀쳐 냈습니다. 그자는 선교 위를 미끄러져 체구가 작은 2등 기관사의 다리에 부딪혔습니다. 구명정을 준비하느라 정신없던 선장이 돌아보더니 짐승처럼 으르렁거리며 머리를 숙인 채 저에게 다가왔습니다. 저는 전혀 위축되지 않고 바위처럼 당당히 버텼습니다. 저는 여기 이 벽처럼 단단하게 서 있었습니다.〉짐은 자기 의자 옆의 벽을 주먹으로 가볍게 치며 말했어. 〈저는 마치 그 모든 것을 이미 스무 번은 보고 듣고 겪은 듯한 기분이었습니다. 저는 그자들이 두렵지 않았습니다. 저는 주먹을 거둬들였고, 선장은 곧바로 멈추더니 중얼거리더군요.《아! 자네였군. 도와줘, 빨리.》

선장은 그렇게 말했습니다. 《빨리》라니요! 마치 누구든 충분히 빠르게 도울 수 있다는 듯이 말입니다. 《뭔가 조치를 취하지 않으실 겁니까?》제가 물었습니다. 《해야지. 빠져나가야 해.》선장은 어깨 너머로 으르렁거리듯 말했습니다.

저는 그때 선장의 말을 이해하지 못했던 것 같습니다. 그 무렵 다른 두 명은 이미 일어서서 함께 구명정으로 달려갔습니다. 그 둘은 쿵쾅거리고, 헐떡이고, 난폭하게 밀쳐 대고, 구명정과 배와 서로에게, 그리고 저에게 욕을 해댔습니다. 모두가 투덜거렸습니다. 저는 움직이지 않았고, 말도 하지 않았습니다. 저는 배의 기울기를 살폈습니다. 배는 드라이 도크의 좌대에 있는 것처럼 가만히 있었습니다. 단지 이렇게 보였을 뿐입니다.〉그러면서 짐은 손바닥을 아래로 향한 채 손을 들어 올렸는데, 손가락 끝을 아래로 기울이고 있었어. 〈이렇게요.〉짐이 다시 말했어. 〈앞을 보니 뱃머리 위로 수평선이 선명하게 보였습니다. 저 멀리 수평선의 바닷물은 검고 반짝이고 고요했습니다. 고요하기가 마치 연못 같았고, 죽은 듯이 고요했으며, 제가 일찍이 바다에서는 본 적 없을 정도로 고요했습니다. 차마 더는 바라볼 수 없을 정도로 고요했습니다. 더는 배를 버티기 힘들 정도로 너무나 낡고 녹슨 철판에 의지해 침몰을 간신히 면한 채 뱃머리를 숙이고 있는 배를 선장님은 지켜보신 적 있나요? 네? 배를 버틴다! 저는 그 부분을 생각해 보았습니다. 저는 인간이 할 수 있는 모든 방법을 생각해 보았습니다. 하지만 칸막이벽에 5분 안에 버팀목을 댈 수 있겠습니까? 아니, 50분이 있다고 해도 가능하겠습니까? 배 아래로 내려갈 사람은 어디서 구하고요? 그리고 버팀목은요? 버팀목을 어디서 구한단 말입니까! 그 칸막이벽을 본다면 그 누구도 감히 버팀목을 세우기 위해 한 번이라도 메질할 용기가 나지 않았을 겁니다. 선장님은 했을 거라고 말씀하지 마십시오. 선장님은 직접 보지 않으셨잖습니까. 그 누구도 그러지 못했을 겁니다. 제길, 그런 일을 하려면 적어도 가망이 있다는 믿음이 있어야만 합니다. 천에 하나라도 가망이 있어야 한다고요. 실오라기 같은 가망이라도 있어야 합니다. 하지만 그 벽을 보셨다면 그런 믿음을 가질 수 없으셨을 겁니다. 그 누구도 그런 믿음을 갖지 못했을 겁니다. 선장님은 제가 그곳에 그냥 서 있기만 했다고 저를 망나니 놈이라 생각하시겠지만, 선장님이라면 어떻게 하셨을까요? 어떻게요! 알 수 없습니다. 그 누구도 알지 못하지요. 상황을 바꾸려면 시간이 필요합니다. 선장님이라면 제게 무슨 일을 시키셨겠습니까? 저 혼자 힘으로는 구할 수 없고, 그 무엇으로도 구할 수 없는 상황에서 승객 모두를 겁에 질려 미치게 만드는 게 무슨 소용이 있단 말입니까? 보세요! 지금 제가 선장님 앞에서 이렇게 의자에 앉아 있는 것처럼 그건 확실한 사실이었어요…….〉

짐은 마치 고통 속에서도 자기 말의 효과를 살피려는 듯이, 몇 마디 할 때마다 급한 숨을 들이마시고 내 얼굴을 재빨리 훔쳐보았어. 짐은 내게 말하는 것이 아니라 그냥 내 앞에서 말하고 있는 것에 불과했고, 실제로는 어떤 보이지 않는 인격체, 적대적이면서도 자신의 존재와 떼려야 뗄 수 없는 관계의 파트너, 자신의 영혼을 소유한 또 하나의 존재와 논쟁을 벌이고 있었어. 심문 법정에서 다룰 수 있는 범주를 넘어선 문제들이었지. 삶의 진정한 본질에 관한 미묘하고도 중요한 논쟁이었고, 그래서 재판관이 필요 없었어. 짐은 동맹자를, 협력자를, 공범자를 원했어. 나는 마치 눈이 가려진 채 논쟁의 본질 주위를 빙빙 돌면서 그 논쟁에서 명확한 입장을 취하라고 꼬임받고 협박당하는 느낌이었어. 하지만 그 논쟁에 휘말려 있는 모든 유령 같은 존재들에게 공평해지는 것은, 즉 나름의 요구를 하고 있는 평판 좋은 사람들과 나름의 절박함을 겪고 있는 평판 나쁜 사람들 모두에게 공평해지는 것은 불가능했지. 짐을 직접 보지 못한 채 오직 간접적으로만 그 친구의 말을 전해 듣는 너희에게 내 복잡한 감정을 설명할 길이 없네. 나는 상상조차 할 수 없는 일을 이해하라고 강요받는 느낌이었는데, 그런 느낌이 주는 불편함을 무엇에 비해야 할지 모르겠어. 나는 모든 진실 속에 도사린 관행, 그리고 거짓의 본질적 성실함을 꿰뚫어 보라는 요구를 받은 거야. 짐은 한꺼번에 모든 면을 향해 호소했어. 즉 대낮과 같은 밝음을 영원히 지향하는 면과, 달의 뒷면처럼 영원한 어둠 속에서 은밀히 존재하면서 이따금 가장자리에 무시무시한 회색빛이 비치는 게 전부인 우리 인간의 어두운 면을 향해 동시에 호소한 거지. 짐은 내 마음을 흔들리게 했어. 그건 인정해, 인정한다고. 짐의 경우는 애매하고 대수롭지 않았으며, 뭐랄까, 수없이 많은 길 잃은 젊은이 중 하나였어. 하지만 짐은 우리 중 한 명이기도 했어. 그 사건은 개미탑이 홍수에 휩쓸린 것만큼이나 무의미했지만, 수수께끼 같은 짐의 태도는 마치 그 친구가 자기 부류 인간들의 선봉에 선 사람이라도 된다는 듯이, 그리고 그 친구와 관련된 애매한 진실이 인류의 자아관에 영향을 끼칠 만큼 중대한 것이라도 된다는 듯이 나를 사로잡았어…….」

말로는 이야기를 중단하고 꺼져 가던 궐련에 새로 생기를 불어넣었고, 이야기에 대해선 완전히 잊은 듯하더니 갑자기 다시 이야기를 시작했다.

「물론 내 잘못이야. 쓸데없이 그런 일에 관심을 둔 거니까. 그게 내 약점이지. 짐의 약점은 다른 종류의 것이고. 내 약점은 부수적이고 외면적인 것에 대한 분별력이 없다는 거야. 넝마주이의 조잡한 옷과 바로 옆 사람의 고급 옷을 분별하는 눈이 없어. 바로 옆 사람인데도 그렇다고. 그렇다니까. 나는 아주 많은 사람을 만나 봤지.」 말로는 한순간 슬픔을 내비치며 계속 말했다. 「그리고 어떤, 뭐랄까, 아주 인상적인 사람들도 만났지. 가령 이 친구처럼 말이야. 그리고 만날 때마다 내 눈에 보이는 건 오로지 그 인간뿐이었어. 빌어먹을, 모두에게 평등한 시력이라도 완전히 눈먼 상태보다는 낫겠지만 나에게는 전혀 득이 되지 않았어. 장담할 수 있어. 사람들은 자기가 입은 고급 옷을 남들이 알아차려 주길 바라지. 하지만 나는 그런 것들에 열광해 본 적이 없어. 오! 그러니 그건 약점이라고 해야지, 약점. 그러다가 어느 상쾌한 저녁이 찾아오고, 너무 게으른 나머지 휘스트[9]까지 귀찮다고 여기게

9 카드 게임의 일종으로, 2인 1조로 진행된다.

된 사람들이 모이면 그때는 이야기가…….」

말로는 다시 이야기를 멈췄고, 아마도 이야기를 계속해 달라는 청을 기다린 듯했지만 아무도 말하지 않았다. 오직 주인만이 마음 내키지 않는 임무를 수행하듯 중얼거렸다.

「너는 너무 민감해, 말로.」

「누가? 내가?」 말로가 낮은 목소리로 말했다. 「오, 천만에! 하지만 그 친구는 민감했지. 비록 내가 이 이야기를 제대로 전달하기 위해 무척 애쓰고 있긴 하지만, 그래도 나는 이야기에서 수많은 미묘한 색조를 놓치고 있어. 그것들은 무척이나 오묘해서 아무 색깔도 없는 언어로는 표현하기가 너무 어려워. 게다가 그 친구 자신이 너무 단순해서 오히려 문제를 복잡하게 만들기도 했어. 정말 단순한 친구야! ……맙소사! 그 친구는 놀라웠어. 짐은 거기 앉아서, 내가 자기를 눈앞에 두고 보는 것만큼이나 확실하게, 자신은 무엇이건 겁내지 않고 대면할 거라고 말했고, 또 그렇게 믿었어. 어쩜 그렇게 천진하고 엄청날 수 있는지. 정말 엄청난 말이었지! 나는 짐이 혹시 나를 놀리는 것 아닌가 의심이 들어 몰래 살펴보았어. 짐은 자신이 당당히 마주하지 못할 게 없노라고 말했어. 〈당당합니다!〉라고 직접 말하기도 했어. 짐은 〈아주 어린 녀석〉일 때 〈그토록 높은 이상〉을 품었던 시절부터 육지와 바다에서 우리를 덮칠 수 있는 모든 어려움에 대처할 준비를 해왔어. 짐은 이런 종류의 일을 예견했노라고 자랑스럽게 고백했어. 그 친구는 위험과 그 방어 방법에 대해 꼼꼼히 생각해 왔고, 최악의 사태를 예견하면서 자신이 할 수 있는 최선의 행동을 연습했지. 짐은 그 누구보다 숭고한 삶을 살아온 게 분명해. 너희는 상상할 수 있겠어? 일련의 모험, 커다란 영광, 눈부신 발전 같은 것 말이야! 그리고 자신의 슬기로움에 대한 깊은 인식이 그 친구 내면의 삶을 매일같이 화려하게 빛냈어. 짐은 현재 자신의 처지를 잊었고, 눈을 반짝였어. 그리고 말 한마디 한마디마다 짐의 부조리가 내는 빛이 내 가슴속을 훑고 지나갔고, 내 마음은 점점 더 무거워졌어. 나는 비웃을 마음이 없었고, 그래서 혹시라도 미소 짓는 일이 없도록 멍한 표정을 지었지. 짐은 화가 났다는 기색을 보였어.

〈예기치 못한 일은 늘 일어나지.〉 내가 달래는 목소리로 말했어. 내 둔감함에 자극받은 짐은 경멸조로 〈쳇!〉 하는 소리를 내더군. 예기치 않은 일은 자기를 건드릴 수 없다는 의미였던 듯해. 상상조차 하기 어려운 일이 아니고서야 자신의 완벽한 준비 태세를 꺾을 수 없다는 거였지. 짐은 기습을 당했어. 짐은 혼잣말로 바다와 창공과 배와 선원들에 대해 저주를 퍼부었어. 모든 것이 자신을 배반했다는 거지! 짐이 그렇게 자신을 기만하며 고상한 체념 속에 빠져들어 새끼손가락 하나 까딱하지 않는 동안, 실제로 필요한 게 무엇인지 아주 명확하게 인식하던 다른 선원들은 서로 뒤엉켜 땀을 뻘뻘 흘리며 구명정을 띄우려 필사적으로 애썼어. 그런데 마지막 순간에 뭔가 잘못됐어. 선원들이 지나치게 허둥지둥해서 어쩌다 보니 맨 앞쪽에 있던 구명정 초크의 미닫이 빗장이 그만 꽉 끼여 빠지지 않게 되었던 것 같아. 그리고 그 사실을 알자마자, 그자들은 그 사고가 가져올 치명적인 결과가 두려워

그만 혼비백산한 거지. 곤히 잠든 세계의 정적 속에 꼼짝 않고 조용히 떠 있는 증기선 위에서 그자들이 죽어라 힘쓰고, 구명정을 풀어내기 위해 시간을 상대로 싸움을 벌이고, 엎드려 기어다니고, 절망에 빠져 일어서고, 당기고, 밀고, 서로를 향해 독살스럽게 으르렁대고, 당장에라도 서로를 죽일 듯이 굴다가 또 울먹울먹하는 모습은 정말 볼만했을 거야. 그자들이 덤벼들어 서로의 목을 움켜잡지 않은 것은 단지 그자들 뒤에서 완강하고 냉혹한 감독처럼 서 있던 사신을 두려워했기 때문이었어. 오, 그렇고말고! 정말 볼만한 광경이었을 거야. 짐은 그 장면을 모두 보았고, 경멸과 신랄함을 섞어 자기가 본 것을 이야기했어. 짐은 일종의 육감을 통해 당시 상황을 상세히 알고 있었던 거라고 나는 생각해. 왜냐하면 짐이 내게 맹세하길, 자신은 그자들과 떨어져 서 있었고, 그자들이나 구명정 쪽으론 단 한 번도, 단 한 번도 눈길을 준 적이 없었노라고 했거든. 그리고 나는 짐의 말을 믿어. 아마도 짐은 위태로울 정도로 기운 증기선을, 가장 완벽한 안전 속에서 발견한 이 일촉즉발의 위협을 지켜보느라 여념이 없었을 거거든. 자기 머리 위에 오로지 머리카락 한 올로 매달려 있어 언제 떨어질지 모르는 칼에만 정신이 팔려 있었을 거야.

눈앞의 세상에서 실제로 움직이는 것은 아무것도 없었지만, 짐은 어두운 수평선이 갑자기 위로 솟구치고, 광대한 해수면이 별안간 위로 기울어지고, 자신의 몸이 조용히 빠르게 솟았다가 거칠게 튕겨 나와서는 심연 속에 붙잡힌 채 희망 없는 싸움을 벌이고, 머리 위에 있던 별빛이 무덤의 천장처

럼 영원히 닫혀 버리고, 자신의 젊은 생명이 저항하다가 암
담하게 끝나는 모습을 아무런 어려움 없이 상상할 수 있었
어. 정말이야! 맙소사! 누군들 안 그렇겠어? 짐은 그 특정한
방면으로는 더할 나위 없는 예술가이고, 무슨 일이 벌어지기
전에 잽싸게 앞일을 보는 능력까지 타고난, 재능은 있지만
불쌍한 친구란 걸 꼭 기억해 둬야 해. 그 능력으로 본 광경들
앞에서 짐은 발바닥부터 목덜미까지 차가운 돌처럼 변했어.
하지만 머릿속에서는 여러 생각이 열심히 춤을 췄어. 다리를
절고 눈이 멀고 귀가 먹은 생각들, 끔찍할 만큼 장애가 있는
생각들의 소용돌이였어. 마치 나에게 매고 푸는 능력이라도
있는 것처럼,[10] 짐이 내 앞에서 고백했다는 말을 내가 아까 했
던가? 짐은 내게서 죄 사함을 받겠다는 희망에 점점 더 깊이
빠져들었지만, 내가 죄 사함을 한다고 해봤자 짐에게 아무
소용 없었을 거야. 짐의 경우는 어떤 엄숙한 속임수로도 변
명할 수 없고, 그 누구도 도울 수 없으며, 심지어 창조주까지
죄인더러 네가 알아서 하라며 방치해 버리는 그런 경우였으
니까.

　격앙된 광기와 은밀한 음모 속에서 구명정을 내리려는 고
투가 벌어지는 동안, 짐은 현장에서 되도록 멀리 떨어져 있
으려고 선교의 우현에 서 있었어. 그사이 말레이인 선원 두
명은 계속 타륜을 잡고 있었지. 그 특이한 바다의 에피소드

　10 「마태오의 복음서」 18장 18절. 〈나는 분명히 말한다. 너희가 무엇이든
지 땅에서 매면 하늘에도 매여 있을 것이며 땅에서 풀면 하늘에도 풀려 있을
것이다.〉

에 출연한 배역들의 모습을 한번 상상해 봐. 맙소사! 거의 넋이 나가 버린 네 사람은 은밀하지만 필사적으로 애쓰고 있고, 세 명은 꼼짝하지 않고 지켜보고 있는데, 아래쪽으로 천막 밑에서는 자신들이 보이지 않는 손에 잡혀 파멸 직전 상황에 있다는 걸 꿈에도 모르는 수백 명이 피로 속에서도 꿈과 희망을 품고 있단 말이지. 분명 사람들은 이런 상태였을 거야. 배의 상태를 고려할 때 이게 배에 일어날 수 있는 가장 무시무시한 상황이니까. 구명정 옆의 선원들이 공포로 혼비백산한 것도 당연해. 솔직히, 내가 그 자리에 있었다 해도, 1초 뒤 배가 가라앉지 않고 떠 있을 가능성에는 가짜 동전한 닢도 걸지 않았을 거야. 하지만 배는 여전히 떠 있었어! 잠든 순례자들은 온전하게 순례를 마치고 다른 자들의 씁쓸한 운명을 보게 될 운명이었던 거지. 순례자들이 고백했듯이, 자비로 가득한 전능하신 분[11]은 지상에서 순례자들의 겸허한 증언이 얼마 동안 더 필요했기 때문에 아래로 대양을 굽어보며 〈그러지 말지어다〉라고 신호를 보낸 것만 같았어. 낡은 철판도 끈질기게 버틸 수 있다는 사실을 내가 알지 못했더라면, 순례자들이 죽음을 모면했다는 사실은 지극히 해명하기 어려운 사건으로 날 괴롭혔을 거야. 우리는 이따금 지칠 대로 지쳤으면서도 삶의 무게에 맞서 버티는 사람들을 가끔 만나는데, 고철도 그런 사람의 정신처럼 강인한 경우가 더러 있거든. 내가 보기에, 그 20분 동안 두 명의 말레이인 조타수가 보인 행위도 아주 놀라웠지. 재판정에서 증언하도

11 이슬람 문화에서 알라를 일컫는 99개의 이름 가운데 하나.

록 아덴에서 온갖 부류의 원주민을 데려왔는데, 그 가운데 그 둘이 있었어. 그중 한 명은 아주 수줍음을 타서 증언에 애를 먹었고, 아주 젊었는데 그 매끄럽고 쾌활한 황색 얼굴 덕분에 실제 나이보다 더 어려 보였어. 브라이얼리가 통역을 통해 그 조타수에게 당시 일을 어떻게 생각하느냐고 물어보던 것을 나는 아직도 완벽히 기억해. 통역은 조타수와 잠시 대화를 나눈 뒤 심각한 표정으로 법정을 돌아보며 말했어.

〈이 사람은 아무 생각도 하지 않았답니다.〉

눈을 깜빡이며 참을성 있게 기다리던 다른 말레이인은, 너무 많이 빨아 색이 바랜 파란 면 손수건을 숱 많은 잿빛 머리 위로 솜씨 좋게 비틀어 맸고, 두 뺨은 심하게 움푹 들어가 있었으며, 자글자글한 주름살 때문에 갈색 피부는 더욱 검어 보였어. 그 사람은 배에 무언가 재앙이 닥치려 한다는 사실은 알았지만, 아무런 명령도 받지 않았다고 말했지. 아무 명령도 받은 기억이 없고, 그러니 타륜을 떠날 이유가 없었다고 했어. 질문들이 더 이어지자, 그 사람은 야윈 어깨를 뒤로 젖히더니 자신은 그 백인들이 죽음의 공포 때문에 배를 버리려 한다고는 조금도 생각하지 못했다고 단호히 말했어. 그리고 지금도 그렇게 생각하지 않는다고 말했어. 뭔가 숨겨진 이유가 있었을지도 모른다고 말하더군. 그러고는 알 만하다는 듯이 늙은 턱을 끄덕였어. 그래! 은밀한 이유. 그 사람은 경험이 아주 풍부했고, 자신이 아주 여러 해 동안 백인들 밑에서 바다 일을 하며 많은 것을 알게 되었다는 사실을 법정의 〈저〉 백인 나리께서 알아주시길 바랐어. 그 말을 하며 말레이인은 브라이얼리를 바라보았지만, 브라이얼리는 고개도 들지 않았지. 그러다가 말레이인은 돌연 흥분해서 떨리는 목소리로 기이한 발음의 이름들을 잔뜩 쏟아 냈어. 마법에 걸린 듯이 집중해서 바라보던 우리에게 죽어서 사라진 선장들의 이름, 잊힌 지방 선박들의 이름을 퍼부었지. 그 이름들은 마치 오랜 시간에 걸쳐 말 없는 세월의 손길을 받은 것처럼, 귀에는 익지만 일그러진 발음으로 들렸어. 결국 재판관들이 그 사람을 제지했어. 재판정에는 침묵이 돌았고, 적어도 1분 넘게 그 침묵이 계속되다가 점차 낮게 웅얼거리는 소리로 바뀌었지. 이 일은 이튿째 심문 중 가장 화젯거리였고, 모든 방청객, 짐을 제외한 모든 사람에게 영향을 주었어. 짐은 첫 번째 벤치 끝자리에 울적한 심정으로 앉아 있었는데, 어떤 불가해한 변호 이론에 사로잡힌 듯하던 그 끔찍하고 별난 증인을 짐은 단 한 번도 바라보지 않았어.

그러니까 이 두 말레이 선원은 너무 속도가 느려서 배의 키가 작동하지 않는데도 여전히 조타 장치를 꽉 잡고 있었고, 그 둘이 죽을지 아닐지는 오로지 운명의 결정에 달려 있었어. 백인들은 그 둘에게 눈길도 주지 않았고, 아마도 둘의 존재 자체를 잊었을 거야. 짐이 그 둘을 기억하지 못한 것은 확실해. 짐은 자기가 아무것도 할 수 없었다는 것만을 기억했으니까. 이제 혼자이니 아무것도 할 수 없었다고 했거든. 배와 함께 가라앉는 수밖에는 다른 도리가 없었지. 그러니 소동을 벌여 봐야 소용없었어. 안 그래? 짐은 모종의 영웅적 결단을 내릴 생각에 몸이 뻣뻣하게 굳은 채 아무 소리도 내지 않고 서서 기다렸어. 그때 기관장이 조심스레 선교를 가로질러 와서 짐의 소매를 끌어당겼어.

〈이리 와서 도와줘! 제발, 와서 좀 도우라고!〉

그자는 살금살금 구명정 쪽으로 다시 달려갔다가 곧장 돌아와서 짐의 소매를 잡고 애원과 저주를 섞어 가며 귀찮게 굴었지.

〈그자는 제 손에 키스라도 할 기세였습니다.〉 짐이 격하게 말했어. 〈그러더니 다음 순간, 그자는 입에 거품을 물고 제 얼굴을 향해 《시간만 있었어도 넌 내 손에 대갈통이 부서졌어》라고 속삭이더군요. 저는 그자를 밀쳐 냈습니다. 그러자 그자는 갑자기 제 목을 휘감았습니다. 망할 자식! 저는 놈을 쳤습니다. 보지도 않고 때렸습니다. 그자는 《넌 살고 싶지 않은 거야, 이 겁쟁이 자식아》라고 흐느끼며 말했습니다. 겁쟁이라니! 그자는 저를 겁쟁이 자식이라고 불렀습니다! 하! 하! 하! 그자가 말입니다. 하! 하! 하!〉

「짐은 몸을 뒤로 젖히고 흔들며 웃어 댔어. 나는 평생 그 웃음처럼 씁쓸한 소리는 들어 본 적이 없어. 그 웃음소리에 당나귀니 피라미드니 시장이니 하는 것들에 관해 흥겹게 주고받던 이야기들이 모두 시들어 버렸어. 침침한 회랑 한쪽 끝에서 다른 끝까지 모두가 대화를 멈췄고, 흐릿한 윤곽의 창백한 얼굴들이 일제히 우리 쪽을 향했어. 정적이 너무나 깊어 바둑판무늬의 베란다 바닥에 떨어진 찻숟가락이 낸 맑은 쨍그랑 소리가 마치 가늘고 낭랑한 비명처럼 들렸어.

〈사람들이 이렇게 많은 데서 그처럼 시끄럽게 웃으면 안

돼.〉내가 훈계했어. 〈사람들에게 무례한 거야.〉

처음에 짐은 내 말을 들은 척도 하지 않았지만, 잠시 뒤 나 따위는 그대로 건너뛰어 뭔가 무시무시한 환상의 핵심을 살피는 듯한 눈으로 무관심하게 중얼거렸어. 〈아! 저를 술 취한 사람인 줄 알겠죠, 뭐.〉

그러고는 겉으로 보기에 짐은 영영 다시는 아무 소리도 내지 않을 것처럼 보였어. 하지만 쓸데없는 걱정이었지! 짐이 의지력만으로 삶을 중단할 수 없었던 것처럼, 이제는 의지력만으로 이야기를 중단하는 것도 불가능했으니까.」

9

「〈저는 《가라앉아, 젠장! 가라앉으라고!》라고 혼잣말을 했습니다.〉 짐은 그렇게 말하며 다시 이야기를 시작했어. 짐은 그 상황이 끝나길 원했어. 짐은 철저히 혼자 있었고, 머릿속에서 배를 향해 그 저주를 내뱉었어. 동시에, 그 친구는 내가 판단하기에는 저속한 코미디에나 나올 법한 장면들을 직접 목격하는 특권을 누렸어. 선원들은 여전히 초크의 미닫이 빗장에 매달려 끙끙거렸어. 선장은 〈밑으로 들어가서 올려봐〉라고 명령했지만, 다른 이들은 당연히 그러길 꺼렸어. 배가 갑자기 가라앉을 경우 구명정 용골 아래 납작하게 깔리는 게 그리 달가운 상황은 아니잖아. 덩치 작은 기관사는 〈선장님이 해보시죠, 힘이 가장 세잖습니까?〉라고 투덜거렸어. 그러자 선장이 절망에 찬 목소리로 〈젠장, 나는 몸이 너무 커서 안 돼〉라고 내뱉었어. 천사들이라도 울릴 수 있을 정도로[12] 우스꽝스러운 광경이었지. 그자들은 잠시 가만히 있었고, 갑

---

12 셰익스피어의 희극 「자에는 자로」의 인용으로, 천사에게 인간처럼 비장이 있다면 이걸 보고 숨넘어가게 웃겠지만 비장이 없어 운다는 뜻이다.

자기 기관장이 짐에게 다시 달려왔어.

〈와서 도와줘! 유일한 기회를 버리다니, 미친 거야? 와서 좀 도와, 이 친구야! 저길 봐! 저길!〉

그리고 마침내 짐은 기관장이 미친 듯이 집요하게 가리키는 고물 쪽을 바라봤어. 이미 하늘을 3분의 1이나 먹어 버린 시커멓고 조용한 스콜이 짐의 눈에 들어왔어. 1년 중 그 무렵에 스콜이 어떤 식으로 다가오는지는 너희도 잘 알 거야. 처음에는 그냥 수평선이 어두워질 뿐이지. 그러다가 불투명한 구름이 벽처럼 솟아오르고, 가장자리가 일직선이고 기분 나쁜 흰색으로 빛나는 수증기가 남서쪽에서 솟으며 모든 별자리를 삼켜 버려. 그리고 그 그늘이 바다 위로 날아들고, 바다와 하늘을 뒤섞어 하나의 어두운 심연으로 바꾸지. 그러면 모든 것이 고요해져. 천둥도, 바람도, 소리도, 번개의 번뜩임도 없어져. 그러다가 엄청난 어둠 속에 창백한 아치 하나가 나타나고, 깜깜한 어둠 그 자체의 파동 같은 물결이 한두 차례 지나가. 그러고는 갑자기 바람과 비가 마치 단단한 무언가를 막 뚫고 나온 듯한 기세로 유달리 맹렬하고 거세게 몰아치지. 선원들의 시선이 다른 곳을 향해 있는 동안 이런 구름이 다가오고 있었던 거야. 선원들은 조금 전에야 그 구름을 보았고, 그 덕분에 완벽히 고요한 바다에서라면 배가 몇 분 더 떠 있을 수도 있지만 바다가 조금이라도 동요하면 배는 곧바로 끝장날 거라는 의견이 완벽하게 힘을 얻었어. 이런 스콜에 앞서 찾아오는 물결에 배가 앞으로 까딱하는 상황이 되면 배는 그걸 마지막으로 그대로 꼬꾸라져서 바다 밑바닥을 향한 긴 다이빙을 시작하게 되는 거야. 그렇기 때문에 어떻게든 죽음만은 피해 보려고 선원들이 겁에 질려 다시 날뛰고 괴상한 짓을 하며 그 난리를 벌였던 거지.

〈아주 시커먼 구름이었습니다.〉 짐이 침통하지만 차분한 어조로 말했어. 〈그 구름은 우리 뒤에서 몰래 다가왔습니다. 아주 무시무시했죠! 그 전까지 저는 그래도 마음 한구석에 약간의 희망을 품고 있었던 것 같습니다. 어쩌면요. 하지만 이제 그 희망도 모두 끝난 거지요. 이렇게 꼼짝달싹 못 하게 된 걸 알자 미친 듯이 화가 치밀었습니다. 저는 마치 덫에 걸린 듯이 화가 났습니다. 저는 정말로 덫에 걸린 거였습니다! 그리고 그날 밤은 더웠던 것으로 기억합니다. 바람 한 점 없었습니다.〉

짐은 의자에서 헐떡이며 그때를 아주 생생히 떠올렸고, 마치 내 눈앞에서도 땀 흘리며 숨 막혀 하는 듯이 보였어. 그 장면 때문에 짐이 미치게 화난 건 의심할 여지가 없어. 어떤 의미에서 보면, 그 스콜은 다시 한번 짐을 후려쳤다고도 할 수 있지. 하지만 그 덕분에 짐은 자기에게 중요한 목적이 있었다는 것 역시 기억났어. 선교로 그토록 다급하게 뛰어갔다가 까맣게 잊은 그 목적 말이야. 원래는 구명정들을 배에서 분리해 두려고 거기까지 간 거였지. 짐은 나이프를 뽑아 들더니 마치 아무것도 보지 못했고 아무 말도 듣지 못했고 배의 누구와도 모르는 사이라는 듯이 밧줄 끊는 작업에 몰두했어. 선원들은 짐이 완전히 미쳤다고 생각했지만, 그런 불필요한 시간 낭비에 대해 시끄럽게 항의할 마음의 여유가 없었어. 작업을 마친 짐은 처음 있던 바로 그 자리로 돌아갔어. 기관장은 짐을 붙잡고 마치 귀라도 물어뜯을 듯이 얼굴을 바짝 붙이고는 신랄하게 속삭였어.

〈이 멍청아! 저 짐승들이 모두 물에 빠지면 네가 실력을 발휘할 기회가 조금이나마 있을 것 같아? 구명정에 태워 놓으면 놈들이 네 머리통을 부숴 버릴 거야.〉

짐이 자기 말을 무시하자 기관장은 짐 바로 옆에서 한탄했어. 선장은 한쪽에서 초조하게 발을 질질 끌고 다니면서 〈망치! 망치! *Mein Gott*(제길)! 망치를 가져와!〉라고 중얼거렸어.

덩치 작은 기관사는 어린아이처럼 훌쩍였지만, 팔이 부러진 상황에서도 그 무리 가운데 가장 겁을 덜 먹었던 듯해. 그자는 용기를 내어 망치를 찾으러 기관실로 갔거든. 그게 사소한 일이 아니었다는 걸 말해야만 그자에게 공평한 일이 될 거야. 짐은 그 기관사가 궁지에 몰린 사람처럼 절망 가득한 눈으로 쏘아본 뒤 나직이 한 번 울부짖고 기관실로 달려갔다고 말했어. 기관사는 순식간에 손에 망치를 들고 올라오더니 조금도 주저하지 않고 빗장 푸는 일에 달려들었어. 다른 이들은 즉시 짐을 단념하고 기관사를 도우러 달려갔지. 짐은 망치질 소리와 초크가 떨어져 나오는 소리를 들었어. 구명정이 분리된 거야. 그제야 짐은 돌아보았어, 그제야. 하지만 짐은 계속 거리를 두었어. 거리를 두었단 말이야. 짐은 자신이 계속 거리를 두었다는 사실을 내가 알아주길 바랐어. 자신은 망치를 든 다른 선원들과 달랐다는 걸 내가 알아주길 바랐어. 저들과 완전히 달랐다는 걸 말이야. 짐은 아마도 자신과 그 사람들 사이에 건널 수 없는 공간이, 극복할 수 없는 장애물이, 무한히 깊은 틈이 있다고 생각한 듯해. 짐은 그 사람들에게서 되도록 멀리 떨어져 있으려 했고, 그래서 배를 완전히 가로질러 반대편에 있었어.

짐의 발은 멀찍이 떨어진 그곳에 달라붙었고, 짐의 눈은 저 끝에 희미하게 보이는, 같은 공포로 함께 괴로워하며 일제히 숙인 몸을 기이하게 흔들고 있던 무리에 박혀 있었어. 파트나호는 중앙부에 해도실이 없고 대신 선교에 작은 탁자 하나가 있었는데, 그 위의 갑판 기둥에 매달린 휴대용 램프가 작업 중인 선원들의 어깨와 위아래로 움직이는 구부러진 등을 비췄어. 그 사람들은 구명정의 선수를 어두운 밤 속으로 밀고 나갔어. 그자들은 그렇게 구명정을 밀면서 더는 짐을 돌아보지 않았어. 정말로 짐이 너무 멀리 떨어져 있다는 듯이, 멀어도 너무 멀어서 한마디 말이나 눈길이나 손짓 한 번 해볼 가치가 없다는 듯이 짐을 포기해 버린 거야. 그자들에게는 짐의 수동적 영웅주의를 돌아보거나 짐의 신중한 태도가 의미하는 가책을 느낄 여유가 없었어. 구명정은 무거웠고, 그래서 그자들은 영차 소리 한 번 할 숨도 아껴 가며 뱃머리를 밀고 있었어. 하지만 끓어오르는 공포 앞에서 그자들의 자제심은 마치 바람에 날리는 겨처럼 흩어져 버렸고, 필사적인 노력은 단언컨대 광대극에서 법석을 떠는 광대에게나 어울릴 만한 바보 짓거리로 바뀌어 버렸어. 그자들은 손과 머리로 밀었고, 온몸의 무게를 실어 죽어라 밀었고, 온 영혼의 힘을 다해 밀었어. 하지만 구명정을 매달았던 기둥에서 뱃머리가 빠져나오자마자, 그자들은 하나같이 그곳을 떠나 앞다투어 구명정에 올라타기 시작했어. 자연히 구명정은 갑자기 한쪽으로 기울어졌고, 구명정에서 떨어진 선원들은 어쩔 줄 몰라 하며 서로를 난폭하게 밀쳐 댔어. 그자들은 한동안 심하게 당황해 떠올릴 수 있는 온갖 고약한 욕설을 낮은 목소리로 사납게 뱉어 냈고, 다시 구명정에 올라타려 했어. 이런 일이 세 번이나 벌어졌지. 짐은 음울한 생각에 잠긴 채 그 상황을 설명했어. 짐은 그 희극적인 상황을 동작 하나 빼놓지 않고 전부 이야기했어. 〈저는 그자들이 몹시 싫었습니다. 그자들이 미웠습니다. 저는 그 모든 광경을 바라봐야 했습니다.〉 짐은 침울한 눈초리로 나를 관찰하며 담담하게 말했어. 〈저처럼 그렇게 수치스러운 시련을 겪은 사람이 과연 또 있을까요!〉

짐은 엄청난 분노 때문에 미칠 것 같다는 듯이 잠시 두 손으로 머리를 싸잡았어. 이건 짐이 법정에서 설명할 수 없던 일들이었어. 심지어 나에게조차 말이지. 짐이 말하는 중간중간 뜸 들일 때마다 그 의미를 내가 이해할 수 있었으니 망정이지, 그렇지 않았더라면 나 역시 짐의 속내를 듣기에 적당한 인물이지 못했을 거야. 짐의 굳건함을 뒤흔들던 이런 공격에는 악의적이고 사악한 복수심이 어린 냉소적 의도가 있었어. 짐이 겪은 시련에는 익살스러운 풍자의 요소가 있었어. 다가오는 죽음 또는 불명예 앞에서 우스꽝스럽게 얼굴을 찡그리는 모욕이 있었단 말이지.

짐이 해준 이야기 중에서 내가 잊어버린 부분은 없지만,

이렇게 오랜 시간이 지나고 나니 그 친구의 말을 토씨 하나 빠뜨리지 않고 그대로 기억하지는 못해. 그래도, 짐이 그 여러 사건을 꾸밈없이 이야기하는 와중에도 자신의 마음속에 가득하던 증오를 이야기 속에 참으로 잘 녹여 내어 말하던 건 기억나. 짐은 자신에게 이미 종말이 다가왔음을 확신하며 두 번이나 눈을 감았다더군. 그리고 두 번 다 눈을 다시 떠야만 했지. 눈을 뜰 때마다 끝없이 고요한 사방이 점점 더 어둠에 휩싸이는 걸 깨달았어. 조용한 구름의 그림자가 하늘에서 배로 떨어져 배 안에서 우글거리는 생명의 소리를 모두 지워 버린 듯했다더군. 짐은 천막 아래에서 나는 목소리를 더는 들을 수 없었어. 짐이 말하길, 눈 감을 때마다 수많은 사람이 죽음을 기다리며 널브러져 있는 광경이 대낮처럼 환하게 떠오르더라는 거야. 눈을 뜨면 네 명의 선원이 꼼짝 않는 구명정을 상대로 미친 듯이 악전고투를 벌이는 장면이 보였고. 〈그자들은 몇 번이고 구명정에서 손을 떼고 물러나 서로 욕을 퍼부으며 서 있다가 갑자기 다시 한 덩어리가 되어 달려들곤 했습니다……. 그야말로 사람들이 배꼽을 잡고 웃을 만한 광경이었습니다.〉 짐은 시선을 아래로 떨군 채 말하다가 눈을 들더니, 우울한 웃음을 머금고 잠시 내 얼굴을 바라보며 말했어. 〈평생 그 광경을 잊지 못하고 키득거리며 살아야 할 겁니다. 젠장! 죽기 전까지 계속해서 그 우스꽝스러운 광경이 떠오를 테니까요.〉 짐은 다시 시선을 떨어뜨리더군. 〈보고 듣고…… 보고 듣고.〉 짐은 긴 간격을 두고 같은 말을 되풀이했는데, 내내 멍한 눈초리였어.

짐은 다시 정신을 추슬렀어.

〈저는 눈을 꼭 감고 있어야겠다고 결심했습니다.〉짐이 말했어. 〈하지만 그럴 수가 없었습니다. 그럴 수가 없었다고요. 누가 그걸 알고 있든 상관없습니다. 누구든 뭐라 입을 나불대고 싶으면 먼저 겪어 보고 나서 말해 보라지요. 그리고 저보다 더 잘 해보라지요. 그것뿐입니다. 두 번째로 눈꺼풀이 열리자 제 입도 벌어졌습니다. 저는 배가 움직이는 것을 느꼈습니다. 배는 뱃머리를 숙였다가 천천히 들어 올렸습니다. 천천히요! 지루할 정도로 천천히, 그리고 아주 조금만요. 그전까진 여러 날 동안 그런 적이 없었습니다. 그전까지 구름은 배 앞에서 질주하고 있었는데, 이제 납덩이 같은 바다 위를 이 첫 번째 물결이 움직이는 듯했습니다. 그 동요 속에 생명은 전혀 없었습니다. 그러나 그 동요는 제 머릿속의 무언가를 강타했습니다. 선장님이라면 어떻게 하셨겠습니까? 선장님은 자신에 대한 믿음이 있지요, 그렇지요? 바로 지금 이 순간 이 건물이 흔들린다면, 의자 아래가 살짝 흔들리는 것을 느끼신다면 어떻게 하시겠습니까? 펄쩍 뛰시겠죠! 앉으신 자리에서 펄쩍 뛰어올라 저기 덤불에 내려앉으실 겁니다.〉

짐은 돌난간 너머 어둠을 향해 팔을 뻗었어. 나는 잠자코 있었지. 짐은 무척이나 매서운 눈으로 나를 아주 빤히 바라보았어. 분명했어. 그때 나는 위협을 받고 있었고, 그래서 그어떤 반응도 보이지 말아야 했어. 몸짓 하나, 말 한마디만으로도 그 사건과 관련해 난 어땠을 거라 결정적으로 자인하는 꼴이 될 수 있었거든. 그런 위험을 무릅쓸 마음은 추호도 없었어. 짐이 내 앞에 있었다는 사실을 잊지 마. 그리고 진짜로 짐은 너무나 우리 중 한 명 같았기에 위험했어. 하지만 너희가 알고 싶다면, 기꺼이 말해 주겠어. 그때 나는 베란다 쪽을 재빨리 힐끗 보며 그 앞 풀밭 한가운데 시커먼 덩어리까지의 거리를 어림잡아 보았어. 짐은 과장을 한 거야. 내가 아무리 펄쩍 뛰었다 해도 거기서 몇 걸음은 되는 곳에 떨어졌겠더라. 지금 내가 자신 있게 말할 수 있는 건 그것뿐이야.

짐이 생각한 대로 최후의 순간이 왔지만, 짐은 움직이지 않았어. 온갖 생각이 그 친구의 머릿속을 요란하게 돌아다녔지만, 발은 갑판에 딱 달라붙어 있었지. 바로 그때였어. 구명정 주위의 선원 한 명이 갑자기 뒷걸음질 치더니 두 팔을 들어 허공을 움켜잡고 비트적거리다 쓰러졌어. 정확히는 쓰러졌다기보다 가볍게 미끄러져 앉는 자세를 취했고, 등을 구부리더니 어깨를 기관실 천창 가장자리에 기댔어. 〈보조 기관사였습니다. 창백한 얼굴에 콧수염이 텁수룩하고 수척한 자였죠. 3등 기관사를 맡고 있었습니다.〉 짐이 설명했어.

〈죽은 거로군.〉 내가 말했어. 재판정에서 이미 그 일에 관해 들었거든.

〈그렇다더군요.〉 짐은 우울하고 무관심한 목소리로 말했어. 〈물론 저는 전혀 몰랐습니다. 심장이 약했다더군요. 얼마 전부터 몸이 불편하다고 불평을 해왔습니다. 그런데 흥분해서 과도하게 힘을 쓴 거겠죠. 하지만 누가 알겠습니까. 하! 하! 하! 그 사람이 죽고 싶지 않았다는 것만은 쉽사리 알 수 있지요. 우습지 않습니까? 그 사람이 어리석게 굴다가 결국 스스로 자신을 죽인 셈이라는 데 제 목을 걸겠습니다! 어리석었단 말입니다. 그 이상도 그 이하도 아닙니다. 어리석었다고요. 젠장! 제가 그랬던 것처럼요⋯⋯. 아! 그냥 가만히 있었더라면 살았을 텐데요. 배가 가라앉는다고 선원들이 그 사람의 침상으로 달려갔을 때 그자들에게 꺼지라고만 했어도 살았을 텐데요! 주머니에 양손을 찌르고 서서 그자들에게 욕이나 해댔더라면 살았을 텐데요!〉

짐은 일어서서 주먹을 휘두르며 나를 노려보다가 앉았어.

〈안타깝게 됐어, 그렇지?〉 내가 중얼거렸어.

〈왜 웃지 않으십니까?〉 짐이 말했어. 〈지옥에서나 있을 법한 농담인데요. 심장이 약했다니! ⋯⋯가끔은 제 심장도 약했으면 좋았을 거라고 생각합니다.〉

그 말을 듣자 화가 나더군. 그래서 나는 빈정거림을 단단히 실어 〈그래?〉 하고 말했지. 〈네! 이해가 안 되십니까?〉 짐이 외쳤어. 〈자네가 그 이상 뭘 더 바랄 수 있다는 건지 모르겠군.〉 내가 화를 내며 말했어. 짐은 전혀 이해하지 못하겠다는 눈으로 나를 바라보았어. 내 공격의 화살이 이번에도 과녁을 크게 빗나갔고, 짐은 과녁에서 벗어난 화살에 관심을 두는 사람이 아니었어. 정말이지, 짐은 의심이란 게 너무 없었어. 짐은 정당한 사냥감이 아니었어. 나는 내 화살이 낭비되었다는 사실이, 그리고 활시위가 놓이는 소리를 짐이 듣지 못했다는 사실이 다행이라고 생각했어.

물론 그 당시 짐은 그 사람이 죽었다는 사실을 알지 못했어. 바로 다음 순간, 그러니까 짐이 갑판에서 보낸 마지막 순간, 바닷물이 바위에 부딪히듯 온갖 사건과 느낌이 짐 주위에 휘몰아쳤거든. 나는 방금 일부러 직유를 썼어. 왜냐하면 짐의 이야기를 듣자 나는 짐이 그 상황 내내 수동적 자세를 취했다는 기이한 착각을 견지했다는 생각을 지울 수가 없었어. 마치 스스로는 능동적으로 행동한 적이 없고, 자신을 못된 장난의 희생자로 택한 극악한 힘들에 고통스럽게 휘둘렸을 뿐이라는 듯이 말이야. 짐에게 닥쳐온 최초의 것은, 구명정을 매는 육중한 기둥이 마침내 흔들리며 그로 인한 마찰이 급격히 커지는 소리였어. 그 삐걱임은 갑판에서부터 짐의 발바닥을 통해 온몸으로 들어온 뒤 등뼈를 따라 정수리까지 올라가는 것만 같았지. 그리고 이제 스콜이 아주 가까워짐에 따라 이전보다 더 육중한 물결이 몰려와 가만히 있는 선체를 위협적으로 치켜들자 짐은 숨을 죽였고, 공포에 질린 비명들이 단검처럼 짐의 두뇌와 심장을 꿰뚫었어. 〈구명정을 띄워! 맙소사, 어서! 구명정을 띄워! 배가 가라앉는다.〉 뒤이어 구명정을 매단 밧줄이 도르래를 통해 거칠게 움직였고, 천막 아래에서는 수많은 사람이 놀라 웅성대기 시작했어. 〈탈출 준비를 하며 그자들이 어찌나 크게 고함을 쳐대는지, 시체도 그 소리에 놀라 벌떡 일어날 것 같았습니다.〉 짐이 말했어. 다음 순간, 구명정이 물에 떨어지며 풍덩 하는 소리가 들린 뒤, 구명정에서 둔탁하고 커다란 발소리와 쿵쾅대는 소리, 그리고 당황한 외침들이 들렸어. 〈밧줄을 풀어! 밧줄을 풀어! 구명정을 밀어! 밧줄을 풀어! 살고 싶으면 밀어! 스콜이 덮치고 있어…….〉 짐의 머리 위 저 높은 곳에서는 바람의 희미한 중얼거림이 들렸고, 발아래에서는 고통스러운 비명이 들려왔어. 그리고 자포자기한 목소리로 회전 고리가 말을 듣지 않는다며 욕하는 소리가 들리기 시작했어. 증기선의 이물과 고물에서는 벌집을 쑤셔 놓았을 때처럼 붕붕거리는 소리가 나기 시작했어. 그리고 이 모든 이야기를 하는 동안 짐은 태도며 표정이며 목소리며 모든 면에서 아주 차분했는데, 여전히 차분한 목소리로 정말 아무 경고도 없이 그 얘기를 꺼냈어. 〈저는 그 사람 다리에 걸려 넘어졌습니다.〉

짐이 몸을 조금이라도 움직였다는 말을 들은 건 그때가 처음이었어. 나는 놀란 나머지 짧게 목쉰 소리를 냈지. 무엇인가가 마침내 짐을 움직이게 했지만, 뿌리 뽑힌 나무가 자신을 쓰러뜨린 바람이 어떤 바람인지 알지 못하는 것과 마찬가지로, 부동자세에서 벗어난 정확한 순간과 이유에 대해서는 짐도 아는 바가 전혀 없었어. 소리, 장면, 죽은 사람의 다리, 이 모든 것이 한꺼번에 몰려왔던 거야. 맙소사! 지옥에서나 있을 법한 그 농담이 사악하게 짐을 덮치고 있었어. 하지만 짐은 자기가 그런 농담에 당했다는 걸 결코 인정하지 않았지. 본인의 환상을 상대에게 얼마나 잘 주입하는지, 아주 훌륭하다 못해 비범할 정도였어. 나는 시체에 흑마술을 부리는 이야기라도 듣는 것처럼 열심히 귀를 기울였어.

〈그 사람은 아주 천천히 옆으로 굴렀습니다. 그게 제가 갑판에서 기억하는 마지막 광경이었습니다.〉 짐이 계속 말했어. 〈그 사람이 뭘 어쩌든 저는 관심 없었습니다. 그 사람은 마치 일어서려는 듯이 보였습니다. 물론 저는 그 사람이 일어서고 있다고 생각했고요. 저는 그 사람이 번개같이 제 앞을 지나 난간을 넘어 다른 사람들을 따라 구명정으로 뛰어내릴 거라고 생각했습니다. 아래쪽에서 그자들이 소란을 피우는 소리가 들렸고, 누군가가《조지》라고 외치는 목소리가 마치 갱도에 대고 외치는 소리처럼 울렸습니다. 이윽고 세 목소리가 함께 고함을 질렀습니다. 그 목소리들은 제게 따로따로 들렸습니다. 하나는 힘없는 외침이었고, 또 하나는 날카로운 비명이었고, 다른 하나는 길게 울부짖는 소리였습니다. 으으!〉

짐은 몸을 약간 떨었고, 나는 그 친구가 천천히 일어서는 모습을 바라보았어. 마치 머리 위에서 어떤 손이 짐의 머리털을 단단히 잡고 의자에서 끌어 올리는 듯했어. 짐의 몸이 천천히 올라가다 마침내 온몸이 쭉 펴졌고, 무릎이 단단히 고정되자 그 손은 짐을 놓아주었으며, 짐은 선 채로 살짝 휘청거렸어. 짐은 〈그 사람들은 고함을 쳤습니다〉라고 말했고, 그 순간 짐의 얼굴과 동작, 목소리는 주위의 지독한 정적을 암시하고 있었어. 나는 이 연출된 정적을 통해 마치 직접 들릴 듯한 고함을 듣기 위해 나도 모르게 귀를 쫑긋 세웠어. 〈그 배에는 8백 명이 타고 있었습니다.〉 짐은 지독히 멍한 눈으로 나를 바라보며 말했는데, 그 눈길이 마치 내 몸을 의자 등받이에 꼼짝 못 하게 못 박아 버리는 듯했지. 〈살아 있는 사람 8백 명이 있는데, 그자들은 죽은 사람 한 명에게 어서 내려와 목숨을 건지라고 소리치고 있었습니다.《뛰어내려, 조지! 뛰어내리라고! 아, 뛰어내리라니까!》저는 구명정 기둥에 손을 짚고 서 있었습니다. 저는 아주 조용히 있었습니다. 주위는 어느새 칠흑처럼 어두워져 있었습니다. 하늘도 바다도 보이지 않았습니다. 증기선 곁에서 구명정이 부딪치는 소리가 들렸고, 잠시 다른 소리들이 들리지 않았지만, 제 발아래는 사람들의 말소리로 가득했습니다. 갑자기 선장이 울부짖었습니다.《Mein Gott(맙소사)! 스콜이야! 스콜! 출발해!》첫 빗줄기가 떨어졌고, 첫 돌풍이 불었고, 그자들은 외쳤습니다.《뛰어내려, 조지! 우리가 잡아 줄게! 뛰어!》배가 천천히 가라앉기 시작했습니다. 비는 출렁이는 바닷물처럼 배를 휩쓸었습니다. 제 머리에서 모자가 벗겨져 날아갔고, 숨은 목구멍으로 다시 밀려 들어가는 듯했습니다.《조오지 이이! 오, 뛰어내리라니까!》하는 소리가 다시 들렸고, 그 소리를 듣자 마치 제가 탑 꼭대기에 있는 듯한 기분이 들었습니다. 배는 뱃머리부터 가라앉고 있었습니다……》

짐은 조심스럽게 손을 얼굴로 가져가더니 마치 거미줄 때문에 귀찮다는 듯이 손가락으로 뭔가 떼어 내는 동작을 했어. 그리고 손바닥을 펴고 0.5초 정도 살펴본 뒤 다시 불쑥 말했어.

〈저는 뛰어내렸습니다……〉 짐은 말을 중단하고 시선을 돌렸어……. 그러고는 덧붙이더군. 〈그랬던 듯합니다.〉

짐의 맑고 파란 눈이 애처롭게 나를 보았고, 상처받고 어쩔 줄 몰라 하는 상태로 그 친구가 내 앞에 서 있는 모습을 보자 나는 그만 아이가 저지른 재앙을 보고도 속수무책인 노인처럼 헛웃음과 깊은 연민을 느꼈고, 체념하고 받아들여야

155

한다는 슬픔에 가슴이 짓눌리는 기분이었어.

〈그런 것 같군.〉 내가 중얼거렸어.

〈증기선을 올려다보기 전까지 저는 아무것도 몰랐습니다.〉 짐이 황급히 해명했어. 그리고 정말 그랬을 수도 있었어. 나는 곤경에 처한 어린 소년의 이야기를 듣듯이 짐의 말에 귀를 기울여야 했어. 짐은 알지 못했어. 어쨌든 그런 일이 일어나게 된 거야. 다시는 일어나지 않을 일이. 짐은 누군가와 부딪쳤고, 노잡이용 좌석 위로 떨어졌어. 짐은 왼쪽 갈비뼈가 모두 부러졌을 거라는 생각이 들었대. 이윽고 짐은 몸을 돌렸고, 자신이 막 버린 증기선이 구명정 위로 우뚝 솟아 있는 모습을 어렴풋이 보았어. 빗속에서 그 증기선의 빨간 측면 등이 마치 안개 속에 보이는 언덕 꼭대기의 불처럼 크게 이글거렸다더군. 〈배는 성벽보다도 더 높아 보였습니다. 구명정을 굽어보는 절벽 같아 보였지요……. 저는 죽고 싶은 심정이었습니다.〉 짐이 외쳤어. 〈돌아갈 방법이 없었습니다. 저는 우물 안으로 뛰어든 기분이었습니다. 끝없이 깊은 구멍으로 말입니다…….〉」

10

「짐은 손가락을 깍지 꼈다가 풀었어. 그보다 더 진실일 수는 없었어. 짐은 정말로 끝없이 깊은 심연으로 뛰어들었어. 다시는 기어오르지 못할 높은 위치에서 곤두박질친 거야. 그 무렵, 구명정은 증기선의 뱃머리를 지나 앞으로 나가 있었어. 너무 어두워서 그자들은 서로 얼굴을 볼 수 없었을뿐더러, 비가 너무 거세게 내려 눈도 뜰 수 없고 거의 익사할 지경이었어. 짐은 물살에 휩쓸려 동굴을 통과하는 느낌이었다고 했어. 그자들은 스콜을 등지고 있었어. 선장은 스콜에 맞서 구명정을 지탱하기 위해 선미에서 노를 젓고 있었던 듯해. 그리고 2~3분간, 세상의 종말이 온 듯 칠흑 같은 어둠 속에서 비가 퍼부어 댔어. 바다는 〈2만 개의 주전자〉처럼 쉿쉿거렸고. 이건 짐이 쓴 표현이지, 내가 만든 표현이 아니야. 그리고 처음 돌풍이 지난 뒤에는 바람이 심하지 않았던 듯해. 짐 자신도 재판정에서 그날 밤바다에 격랑이 있지 않았다고 시인했어. 짐은 선수 쪽에 웅크리고 앉아 뒤를 흘깃 훔쳐보았어. 돛대 꼭대기에 높다랗게 매달린 노란 등불 하나가

보이는 전부였고, 등불은 막 사라지려는 마지막 별처럼 흐려
지고 있었다더군. 〈그 등불이 아직 그곳에 있는 걸 보니 두려
워졌습니다.〉 짐이 말했어. 딱 그렇게 말했어. 짐이 두려움을
느낀 이유는, 승객들이 아직 물에 빠져 죽지 않았다는 생각
때문이었어. 짐은 그 끔찍한 일이 되도록 빨리 끝나기를 원
했거든. 구명정에서는 아무도 소리를 내지 않았어. 어둠 속
에서 구명정은 날아가는 듯했지만, 물론 별로 멀리 가지는
못했을 거야. 이윽고 앞에서 소나기가 쏟아졌고, 혼을 빼놓
을 정도로 요란하게 쉿쉿거리던 소음이 비를 따라 멀어지더
니 이윽고 사라졌어. 이제 구명정 측면에 물이 가볍게 부딪
히는 소리 말고는 아무 소리도 들리지 않았어. 누군가의 이
가 요란스럽게 부딪치는 소리가 들렸지. 누군가의 손이 짐의
등을 건드렸어. 희미한 목소리가 말을 했지. 〈자네 거기 있
어?〉 다른 누군가가 떨리는 목소리로 외쳤어. 〈배가 사라졌
어!〉 그리고 그 사람들은 모두 일어나 선미 쪽을 바라보았어.
아무런 불빛도 보이지 않았어. 사방이 캄캄했지. 가늘고 차
가운 가랑비가 그 사람들 얼굴에 쏟아지고 있었어. 구명정이
살짝 기우뚱했어. 이가 부딪치는 소리가 빨라지다가 멈추고
다시 나길 두 번 반복한 뒤, 이를 떨던 사람이 진정하고는 말
했어. 〈간, 간신히 때를 맞춰…… 부르르르.〉 짐은 무뚝뚝하
게 말하는 그 목소리가 기관장이란 걸 알아차렸어. 〈배가 가
라앉는 걸 보았어. 마침 그쪽으로 고개를 돌리고 있었거든.〉
바람은 거의 완전히 잦아든 상태였지.
　　그자들은 마치 비명이 들리길 기대한다는 듯이 어둠 속에

158

서 바람이 부는 쪽으로 고개를 반쯤 돌리고 지켜보았어. 처음에 짐은 어둠 덕분에 그 침몰 장면을 볼 수 없다는 걸 고맙게 여겼어. 그렇지만 침몰한 것을 알면서도 그 장면을 전혀 보거나 듣지 못한다는 사실이 왠지 뭔가 끔찍한 불행에 정점을 찍는 것처럼 느껴졌지. 〈이상한 일이지 않습니까?〉 짐은 안 그래도 가끔 끊어 가던 이야기를 또다시 끊으며 중얼거렸어.

나한텐 그렇게 이상한 일이지 않았어. 현실은 자신의 상상력에 의해 빚어진 공포만큼 나쁘거나 고통스럽거나 무섭거나 복수심으로 가득하진 않을 거라고, 짐은 분명 그렇게 무의식중에 확신하고 있었던 거야. 그 첫 순간에, 짐의 심장은 고통받을 모든 사람들에 대한 생각으로 쥐어짜듯 아팠을 거고, 짐의 영혼은 한밤중에 갑자기 폭력적인 죽음의 습격을 받은 8백 명의 그 모든 공포와 두려움과 절망을 한꺼번에 느끼고 있었을 거야. 그렇지 않고서야 짐이 〈저는 그 저주받을 구명정에서 뛰어내려 침몰 현장까지 반 마일 혹은 그 이상이라도 헤엄쳐 가서 직접 봐야 할 것만 같았습니다……〉라고 말했을 리가 없지. 왜 그런 충동이 들었을까? 너희는 그 의미를 알겠어? 왜 그 현장으로 돌아가고 싶었던 걸까? 만약 물에 빠져 죽을 생각이었다면 그냥 따라 죽으면 되는데, 왜 그 현장으로 가서 눈으로 보고 싶었던 걸까? 마치 죽음으로 안식을 얻기 전에 먼저 모든 게 끝났음을 확인해서 자신의 상상력부터 달래야만 한다는 듯이 말이야. 누구든 다른 설명이 가능하면 말 좀 해줘 봐. 그건 안개 속으로 문득 보이는 기이하고도 기막힌 광경 중 하나였어. 아주 놀랍고 비밀스러운 장면이었지. 짐은 그게 인간이 말할 수 있는 것 중 가장 자연스러운 일이란 듯이 털어놓았어. 가서 보겠다는 충동을 일단 억누르고 나자 짐은 침묵을 의식하게 되었지. 짐은 그 부분에 대해 내게 말했어. 바다와 하늘의 정적이 하나로 합쳐져 끝없이 거대한 정적이 되었고, 죽음을 면하고 팔딱이는 이 생명들의 주위를 죽음처럼 고요히 둘러싸고 있었다는 거야. 〈구명정은 바늘 떨어지는 소리도 들릴 듯이 조용했습니다.〉 짐은 마치 지극히 감동적인 사실을 말하면서 자신의 감정을 다스리려는 사람처럼 입술을 이상하게 오므리고 말했어. 정적! 그 친구가 마음속으로 그 정적을 어떻게 받아들였는지는 짐을 지금의 짐으로 만드신 하느님만이 알겠지. 〈이 세상 어딜 가도 그때 그곳처럼 고요할 수는 없을 거라고 생각했습니다.〉 짐이 말했어. 〈하늘과 바다를 구별할 수 없었고, 아무것도 보이지 않았고 아무 소리도 들리지 않았습니다. 희미한 빛 한 조각도, 어렴풋한 형체도, 소리 하나도 없었습니다. 마른 대지가 모조리 바다 밑으로 가라앉아 버리고 저와 그 못난 인간들을 제외하고는 지상의 모든 인간이 익사해 버렸다는 생각이 들 지경이었습니다.〉 짐은 커피 잔들과 술잔, 담배 꽁초들이 널린 가운데에 주먹을 대고 테이블 위로 몸을 기울였어. 〈저는 그렇게 믿었던 듯합니다. 모든 것이 사라졌다고요. 모든 것이 끝났다고요…….〉 짐은 깊은 한숨을 내뱉었어. 〈저와 함께 말입니다.〉」

말로는 갑자기 몸을 바로 세워 앉더니 피우던 궐련을 던져 버렸다. 궐련은 커튼처럼 드리운 덩굴 사이로 쏜 장난감 로켓처럼 빨간 꼬리를 달고 날아갔다. 아무도 움직이지 않았다.

「이봐, 너희는 어떻게 생각해?」말로는 갑자기 활기를 띠며 소리쳤다. 「짐은 자신에게 솔직했어. 그렇지 않아? 목숨을 구했지만 살아도 산 게 아니었어. 발로 디디고 설 땅이 없었고, 눈으로 바라볼 광경이 없었고, 귀로 들을 목소리가 없었지. 절멸이었지. 이런! 그리고 내내 구름 긴 하늘과 출렁이지 않는 바다와 흔들리지 않는 공기뿐이었어. 오직 밤이요, 정적뿐이었지.

그 정적은 한동안 계속되었어. 이윽고 그자들은 자신들이 탈출한 사실에 대해 이구동성으로 떠들어 대고 싶은 마음이 들었나 봐. 〈난 처음부터 배가 가라앉을 걸 알았어.〉〈간신히 때맞춰 탈출했어.〉〈아슬아슬했어, 맙소사!〉짐은 아무 말도 하지 않았지만, 멈췄던 산들바람이 다시 불어왔고, 부드러운 바람은 조금씩 계속해서 서늘해졌어. 압도적 상황에 말문이 막혔던 상태가 지나고 찾아온 이 수다스러운 반응에 바다도 웅얼거리며 합류했어. 배는 가라앉았어! 가라앉았다고! 확실히 가라앉았어. 그 누구도 어쩔 도리가 없었어. 그자들은 마치 스스로는 멈출 수가 없다는 듯이 계속해서 같은 말을 여러 번 반복했어. 배가 가라앉은 것을 절대 의심하지 않았어. 등불의 빛들도 사라졌어. 착각이 아니었어. 빛도 사라졌어. 다른 결과를 기대할 수 없었지. 배는 사라져야 했던 거야……. 짐은 그자들이 마치 빈 배만 남겨 두고 탈출한 것처럼 말하는 것을 깨달았어. 그자들은 일단 침몰이 시작된 이상 그 배가 그리 오래가지 않았을 거라는 결론도 내렸어. 그런 결론에 그자들은 일종의 만족감을 얻는 듯했어. 그자들은 배가 오래 버텼을 리 없다고 서로 장담했지. 〈마치 다리미처럼 가라앉았어.〉 기관장은 배가 침몰하는 순간 돛대 꼭대기에 매달린 등이 마치 〈불붙은 성냥개비를 내던졌을 때처럼〉 떨어지더라고 말했어. 그 말에 2등 기관사가 미치광이처럼 사납게 웃었어. 〈그, 그, 그거, 다, 다행이네요. 다, 다행이에요.〉 짐은 그자의 이가 마치 〈전기 장치를 한 것처럼 덜그덕거렸다〉고 했어. 〈그러고 나서 그자는 갑자기 울기 시작했습니다. 아이처럼 울다가 헐떡이며《오, 맙소사! 오, 맙소사! 오, 맙소사!》하며 훌쩍였습니다. 그리고 얼마 동안 조용히 있다가 갑자기 말했습니다.《오, 내 불쌍한 팔! 내 불쌍한 파아알!》저는 그자를 때려눕히고 싶었습니다. 몇 명은 선미 상판에 앉아 있었습니다. 그 모습도 간신히 알아볼 수 있었습니다. 중얼중얼, 투덜거리는 목소리들이 들려왔습니다. 이 모든 것이 정말 견디기 어려웠습니다. 춥기도 했고요. 그렇지만 저는 아무것도 할 수 없었습니다. 전 생각했죠. 만약 제가 움직인다면, 그때는 뱃전을 넘어가기 위해서일 거라고, 그렇게 넘어가서…….〉

짐의 손이 은밀히 다가와 술잔에 닿았고, 마치 시뻘겋게 타는 석탄 덩이에 닿은 듯이 갑자기 물러났어. 나는 술병을 살짝 밀었어. 〈좀 더 마시겠어?〉 내가 물었지. 짐은 화난 얼굴로 나를 보았어. 〈제가 취하지 않으면 이야기를 다 하지 못할까 봐 그러십니까?〉 짐이 물었어. 세계 일주 여행 중이던 사람들은 이미 자러 가고 없었어. 흰옷 차림으로 그늘 속에 꼿꼿이 서 있던 희미한 형상 하나를 제외한다면 짐과 나밖에 없었고, 그자는 내가 바라보자 굽실거리며 다가오다가 머뭇 거리고는 조용히 물러섰어. 늦은 시각이었지만, 나는 내 손 님에게 이야기를 재촉하지 않았어.

짐은 홀로 떨어져 있던 와중에도 동료들이 누군가를 욕하 기 시작하는 걸 들었어. 〈무엇 때문에 뛰어내리는 걸 주저한 거야, 이 미친놈아?〉 나무라는 목소리가 들렸어. 기관장이 〈그 유례 없는 멍청이 녀석〉에게 적의라도 품은 것처럼 선미 상판을 떠나 앞으로 기어오는 소리가 들렸어. 선장은 노를 잡고 앉은 채 거친 목소리로 듣기 거북한 욕을 큰 소리로 뱉 어 댔어. 짐은 그 소동에 고개를 들었고, 〈조지〉라는 단어와 함께 누군가의 손이 어둠 속에서 짐의 가슴을 쳤어. 〈할 말 있으면 해보라고, 이 멍청아!〉 누군가가 아주 당당한 태도로 분노하며 다그쳤어. 짐이 말했어. 〈그자들은 저를 추궁하고 있었습니다. 저에게 욕을 하고 있었던 거죠……. 제가 조지인 줄 알고요.〉

짐은 말을 멈추고 나를 물끄러미 바라보며 웃음을 지으려 애쓴 뒤, 시선을 돌리고 계속 이야기했어. 〈몸집이 작은 그 2등 기관사는 자기 머리를 제 코밑으로 바짝 들이밀었습니 다.《맙소사, 그 빌어먹을 항해사잖아!》《뭐라고!》구명정 저 편 끝에서 선장이 외쳤습니다.《이럴 수가!》기관장이 외쳤 습니다. 그자 역시 제 얼굴을 살펴보려고 몸을 굽혔습니다.〉

구명정에 불던 바람이 갑자기 멎었어. 다시 비가 내리기 시작했고, 바닷물이 소낙비를 맞을 때 나는 그 끊김 없고 부드러우며 살짝 신비로운 소리가 한밤중에 깜깜한 사방에서 들려왔어. 〈그자들은 너무 놀란 나머지 처음에는 아무 말도 하지 못했습니다.〉 짐이 차분하게 말했어. 〈그리고 저라고 뭐 그자들에게 할 말이 있었겠습니까?〉 짐은 잠시 목소리가 흔들렸지만, 말을 계속하려 애썼어. 〈그자들은 저에게 끔찍한 욕을 해댔습니다.〉 짐의 목소리는 속삭이듯 가라앉았다가 가끔 갑자기 솟구치곤 했는데, 그때마다 목소리엔 마치 은밀하고 혐오스러운 뭔가에 대해 말하는 것처럼 멸시의 감정이 잔뜩 담겨 있었지. 〈그자들이 저에게 무슨 욕을 했는지는 맘 쓰지 마십시오.〉 짐이 침통하게 말했어. 〈저는 그자들의 목소리에서 증오를 들을 수 있었습니다. 그럴 만도 했지요. 그자들은 제가 구명정에 타고 있는 걸 용서할 수 없었던 겁니다. 그자들은 그걸 증오했습니다. 그래서 화가 난 거지요……〉 짐은 짧게 소리 내어 웃었어……. 〈하지만 저는 어떻게 할 수가……. 그래서! 저는 팔짱을 끼고 뱃전에 앉아 있었습니다……!〉 짐은 잽싸게 테이블 가장자리에 앉아 팔짱을 꼈어……. 〈이렇게 말입니다, 아시겠죠? 아주 조금만 뒤로 밀려도 저는 죽은 목숨이었습니다. 다른 사람들 뒤를 따라서요. 조금만 밀렸다면, 아주 조금만, 아주 조금만요.〉 짐은 인상을 쓰더니 가운뎃손가락 끝으로 자기 이마를 톡톡 쳤어. 〈내내 이 안에는 그 생각뿐이었습니다.〉 짐은 인상적으로 말했어. 〈내내 그 생각이었죠. 그리고 비가, 차갑고 무거운 비가, 눈 녹은 물처럼 차가운, 아니 그보다도 더 차가운 비가 제 얇은 면 옷 위로 내렸습니다. 제 평생 다시는 그때보다 더 추울 수 없을 겁니다. 그리고 하늘 역시 새까맸습니다. 완전히 새까맸지요. 별 하나 보이지 않았고, 그 어디에도 빛 한 가닥 없었습니다. 그 빌어먹을 구명정 밖으로 아무것도 보이지 않았고, 제 앞에서는 두 녀석이 나무 위로 쫓겨 올라간 도둑을 향해 짖는 두 마리 잡종견처럼 짖어 댔습니다. 컹! 컹! 네가 여기 왜 있냐? 잘나신 분이 웬일이야! 이런 일에 끼기에는 너무 잘나신 신사 아니셨나. 이제 망상에서 깨신 모양이네? 그래서 몰래 기어든 거야? 그런 거야? 컹! 컹! 너 같은 놈은 살 자격이 없어! 컹! 컹! 둘은 서로 더 큰 소리로 짖으려 경쟁했습니다. 선미 쪽에 앉아 있던 다른 한 명이 짖어 대는 소리도 비를 뚫고 들려왔습니다. 모습은 보이지 않았습니다. 모습은 안 보여도 더러운 욕설 몇 마디가 들렸습니다. 컹! 컹! 멍멍멍! 컹! 컹! 그 소리는 귀에 달콤하게 감겼습니다. 그 소리 덕분에 저는 살 수 있었습니다. 진심입니다. 그게 제 목숨을 구했습니다. 그자들은 소리만으로 저를 구명정에서 밀어내겠다는 듯이 계속 짖어 댔습니다! ……네가 뛰어내릴 용기가 있었다니 놀랍군. 넌 여기에 필요 없어. 네가 누군지 알았더라면 바다에 밀어 넣었을 거야, 이 스컹크 같은 놈아. 우리 동료는 어떻게 한 거야? 뛰어내릴 용기는 어디서 생겼냐, 이 겁쟁이야? 우리 셋이 너를 구명정에서 쫓아내지 못할 것 같아? ……그자들은 숨이 막힐 때까지 짖어 댔습니다. 바다에서 소나기가 지나갔습니다. 그러자 아무것도 없었습니다. 구명정 주위에는 아무것도 없었습니다. 소리 하나 없었습니다. 그자들은 제가 구명정에서 바다로 뛰어드는 걸 원했을까요? 맹세코, 그자들이 닥치고만 있었으면 그 소원대로 되었을 겁니다. 바다로 뛰어들었을 겁니다! 그자들은 그걸 원했을까요?《해보든가.》제가 말했습니다.《동전 하나만 생긴대도 하겠다.》《그것도 네게는 과분해.》놈들은 함께 소리쳤습니다. 너무 어두워서 놈들 가운데 누구라도 움직여야만 전 그 움직이는 자를 볼 수 있었습니다. 맹세코! 놈들이 저를 쫓아냈다면 좋았을 텐데요!〉

나도 모르게 〈별 괴상한 일이 다 있군!〉이라고 외쳤어.

〈꽤 그런 편이지요, 안 그렇습니까?〉 짐은 충격을 받은 듯이 말했어. 〈그자들은 무슨 이유에서인가 제가 보조 엔진 기관사를 죽였다고 주장했습니다. 제가 왜 그러겠습니까? 그리고 대체 제가 무슨 수로 그랬겠습니까? 어쨌든 제가 그 구명정에 타지 않았느냐고요? 그 구명정에요, 저는……〉 짐은 입술 주위의 근육을 오므리며 자신도 모르게 얼굴을 찌푸렸고, 평소의 표정이라는 가면을 뚫고 나온 그 찌푸림은 마치 번개 같았어. 짧지만 강렬하고 환해서, 한순간이지만 구름의 비밀스러운 소용돌이를 볼 수 있게 해주는 번개 말이야. 〈그랬습니다. 저는 분명히 그자들과 함께 있었습니다. 할 수 없이 그런 일을 해야 했는데 책임까지 져야 한다면, 끔찍한 일 아닐까요? 그자들이 청승맞게 짖어 대며 외치는 조지라는 인물에 대해 제가 뭘 알았겠습니까? 전 조지가 갑판 위에서 몸을 웅크리고 있던 모습이 기억났습니다.《겁쟁이 살인자!》

기관장은 계속해서 저에게 욕을 했습니다. 그자는 오직 그 두 단어 외엔 기억할 수 있는 단어가 없는 듯했습니다. 저는 상관하지 않았습니다만, 떠드는 소리는 거슬리더군요. 《닥쳐.》제가 말했습니다. 그 말에 그자는 용기를 내어 미친 듯이 소리를 쳤습니다. 《너는 조지를 죽였어. 네가 죽였다고.》저는 《아니야, 하지만 너는 당장 죽여 주지》하고 외쳤습니다. 제가 벌떡 일어서자 그자는 요란한 소리를 내며 가로장 좌석 위로 자빠졌습니다. 왜 그랬는지는 모르겠습니다. 너무 어두웠거든요. 아마도 뒤로 물러나려고 했던 것 같습니다. 제가 여전히 선미 쪽을 향해 서 있을 때, 그 찌질하고 조그만 2등 기관사가 징징대기 시작했습니다. 《팔이 부러진 사람을 때려선 안 되지. 그러고도 신사라고 할 수 있어?》육중한 걸음 소리가 한 번 두 번 들리더니 쌕쌕거리며 불평하는 소리가 들렸습니다. 다른 놈이 노를 덜거덕거리며 제게 다가오고 있었습니다. 그자의 크디큰 덩치가 마치 안개 속이나 꿈속의 인물처럼 움직였습니다. 《덤벼.》제가 외쳤습니다. 그자가 덤볐다면 저는 그자를 갑판 쓰레기 뭉치처럼 쓰러뜨렸을 겁니다. 그자는 멈춰 서더니 뭐라고 중얼거리고는 돌아갔습니다. 아마도 바람 소리를 들은 거겠죠. 저는 듣지 못했습니다. 그게 우리가 겪은 마지막 돌풍이었습니다. 그자는 자기 노가 있는 곳으로 돌아갔습니다. 저는 아쉬웠습니다. 마음 같아서는 그냥…….》

짐은 구부린 손가락들을 폈다 접었다 했고, 그 열정에 두 손이 잔인하게 떨렸어. 나는 중얼거렸어. 〈진정해, 진정.〉

〈네? 왜 그러십니까? 저는 흥분하지 않았습니다.〉 짐은 아주 기분 나빠 하며 항의했고, 팔꿈치를 휙 움직이다가 그만 코냑 병을 쓰러뜨렸어. 나는 깜짝 놀라 앞으로 몸을 내밀었고, 그러면서 내 의자가 바닥을 길게 긁었지. 짐은 마치 등 뒤에서 지뢰라도 폭발한 듯 테이블에서 펄쩍 물러났다가 반쯤 몸을 돌린 다음 그대로 쭈그려 앉았고, 놀란 두 눈과 하얗게 질린 얼굴로 나를 보았어. 그리고 엄청 속이 상한 표정을 지었지. 〈정말 죄송합니다. 제가 참 바보 같죠!〉 짐은 무척이나 난처해하며 중얼거렸고, 엎질러진 독주의 톡 쏘는 알코올 냄새가 우릴 감싸면서 사방이 갑자기 청량한 밤에 벌인 저급한 술판 분위기가 되었어. 식당의 불이 모두 꺼져 있었어. 긴 회랑에서 우리 식탁의 촛불만이 홀로 희미하게 빛을 냈고, 기둥들도 바닥에서 꼭대기까지 시커멓게 바뀌어 있었지. 산책로 건너편에는 생생한 별들을 배경으로 항만 사무실의 높다란 모퉁이가 또렷이 보였는데, 마치 더 잘 보고 더 잘 듣기 위해 그 시커먼 건물이 이쪽으로 스르르 미끄러져 온 듯했어.

그 친구는 아무래도 좋다는 태도였어.

〈그때 저는 지금보다 더 침착했다고 말씀드릴 수 있습니다. 저는 어떤 일에도 대처할 준비가 되어 있었습니다. 이런 일들은 사소한 거였습니다……〉

〈그 구명정에서 꽤 떠들썩한 시간을 보냈군그래.〉 내가 말했어.

〈저는 준비가 되어 있었습니다.〉 짐이 다시 말했어. 〈증기선의 빛이 사라진 뒤, 그 구명정에서는 무슨 일이라도 일어날 수 있었습니다. 그리고 세상은 절대 그 일을 알 수 없을 거고요. 저는 그걸 느꼈고, 다행이라고 여겼습니다. 그리고 충분히 어둡기까지 했습니다. 우리는 널찍한 무덤에 갇힌 산 사람들 같았습니다. 세상일에는 아무런 관심도 없었습니다. 그 누구도 의견을 내지 않았습니다. 그 무엇도 중요하지 않았습니다.〉그 대화를 시작한 뒤 세 번째로 짐은 거칠게 웃어 댔지만, 주위엔 짐이 그냥 술 취해서 그런다고 생각할 사람조차 없었어. 〈두려움도 없었고, 법도 없었고, 소리도 없었고, 눈도 없었습니다. 적어도 해가 뜰 때까지는 우리 자신의 눈조차 없는 거나 마찬가지였습니다.〉

나는 짐의 말이 의미하는 진실에 충격을 받았어. 넓은 바다에 떠 있는 작은 보트에는 무언가 특이한 데가 있지. 구명정의 지탱을 받아 죽음의 그림자 아래로 떨어지지 않고 간신히 버티는 사람들에게는 그 위로 광기의 그림자가 드리우고 있는 것처럼 보이니까. 탄 배가 우리를 배반하면 온 세상이 우리를 배반하는 것처럼 보여. 우리를 만들어 내고, 통제하고, 돌봐 온 세상이 말이야. 그건 마치 심연 위에 떠다니며 거대한 존재와 접촉하던 인간의 영혼이 과도한 영웅주의, 불합리, 비행을 저지르도록 풀려난 것과 같다고나 할까. 물론 이 세상에 믿음, 사상, 사랑, 미움, 신조, 혹은 심지어 물질의 가시적 외양들까지도 사람 수만큼 많이 존재하듯, 조난 사고도 수없이 많아. 하지만 특히 이 조난 사고에는 그자들을 더욱 철저히 고립시키는 비참한 뭔가가 더 있었어. 상황의 극악함이 그자들을 나머지 세상 사람들, 즉 그토록 사악하고 무시무시한 농담에 본인의 이상적 행동 규범을 시험당해 본 적 없는 사람들에게서 더욱 철저하게 격리시켰어. 그자들은 짐이 우유부단한 회피자라고 격분했어. 짐은 모든 상황에 대한 증오를 그자들에게 집중했고, 짐은 그자들이 그 가증할 기회를 제공한 데 대해 확실하게 복수하고 싶은 심정이었을 거야. 망망대해에서 구명정 한 척에 목숨을 맡기면 모든 생각, 심정, 감각, 감정의 밑바닥에 숨은 부조리함이 표면으로 드러나게 되지. 그자들이 한바탕 싸움질을 하지 않았던 것도 부분적으로는 그 특정한 해상 재난에 팽배한 기괴한 야비함 때문이었어. 그것은 처음부터 끝까지 온통 위험이자 지독히 효과적인 허세이며 거짓이었고, 〈어둠의 힘〉의 엄청난 경멸에 의해 계획되었지만, 그 힘이 지닌 실제적인 공포는 늘 승리를 목전에 두고서도 인간의 꿋꿋함 때문에 영원히 좌절하고 말아. 잠시 기다린 뒤 나는 〈그래서 무슨 일이 일어났는데?〉 하고 물었어. 쓸데없는 질문이었지. 나는 이미 너무 많은 것을 알았기에, 딱 하나라도 내 기분을 낫게 해줄 무엇이 있길 바라는 건, 은근히 드러나는 광기, 숨겨진 공포 같은 쪽으로 이야기가 흘러가길 바라는 건 지나친 욕심이었거든. 〈아무 일도요.〉 짐이 말했어. 〈저는 진심이었지만, 그자들은 그냥 입으로만 떠들 뿐이었습니다. 아무 일도 일어나지 않았습니다.〉

그리고 해가 떴을 때도 짐은 구명정 뱃머리에서 처음 벌떡 일어섰던 자세를 그대로 유지하고 있었어. 불굴의 준비 자세라 할 수 있지! 그리고 짐은 밤새 방향키 손잡이를 잡고 있었어. 그자들은 방향키를 구명정으로 옮겨 실으려다 바다에 빠뜨렸고, 증기선 옆에서 벗어나기 위해 한꺼번에 온갖 짓을 하며 허둥대는 동안 방향키 손잡이가 발길에 차여 뱃머리 쪽으로 왔던 것 같아. 그 손잡이는 단단한 나무토막으로 길고 무거웠는데, 짐은 여섯 시간 정도 그 손잡이를 움켜쥐고 있었던 듯해. 그걸 준비가 되어 있지 않았다고 할 수는 없는 노릇이지! 얼굴에 몰아치는 비바람을 맞으며 거의 밤새도록 말없이 서서 어두운 형상들을 주시하고, 희미한 동작이라도 있으면 바짝 경계하며 지켜보고, 선미 상판에서 드물게 들려오는 나직한 중얼거림 하나 놓치지 않으려고 귀를 기울이는 짐의 모습을 상상해 봐! 그걸 단호한 용기라고 해야 할지, 두려움의 결과라고 해야 할지. 너희는 어떻게 생각해? 그리고 참을성 역시 부인할 수 없지. 짐은 대략 여섯 시간을 그러고 있었어. 바람의 변덕에 따라 구명정이 천천히 움직이거나 멈춰서 떠 있던 여섯 시간 동안, 짐은 꼼짝 않고 경계했어. 그동안 바다는 잠잠하다가 마침내 잠이 들었고, 구름은 머리 위를 지나 사라졌어. 메마른 시커먼 색으로 끝없이 펼쳐져 있던 하늘은 어두컴컴하고 광택이 있는 둥근 천장 모양으로 줄어들더니 점점 더 밝게 반짝이며 동쪽부터 물러났고, 천장은 창백해졌어. 한편 선미 쪽에 낮게 뜬 별들을 가리고 있던 어두운 형체들의 윤곽과 굴곡이 드러나기 시작하더니 어깨, 머리, 얼굴, 이목구비들이 보였지. 그자들은 하얗게 동이 트는 가운데 헝클어진 머리털과 찢어진 옷을 걸친 채 충혈된 눈을 끔뻑이며 음산한 눈초리로 짐을 노려보았어. 〈마치 술에 취해 일주일 정도 하수구에서 뒹군 듯한 몰골들이더군요.〉 짐은 그 모습을 생생하게 묘사했어. 그런 다음, 해가 뜨는 것을 보고 그날 하루가 맑으리라는 사실을 알 수 있었다고 중얼거렸지. 너희도 알겠지만, 선원들은 틈만 나면 날씨 이야기를 하는 버릇이 있잖아. 그리고 나 역시 짐이 중얼댄 몇 마디만 듣고도 그 광경이 눈앞에 선했어. 태양의 아랫부분이 수평선에서 떨어질 때면, 광대한 바다에 잔물결이 진동하며 시야가 미치는 저 끝까지 잔물결이 퍼져 나가지. 마치 저 둥근 빛 덩이를 낳느라 힘들었다고 바다가 전율하는 것 같아. 그동안 미풍은 안도의 한숨을 쉬며 마지막으로 허공을 흔들지.

〈그자들은 선미에서 마치 더러운 세 마리 부엉이처럼 선장을 가운데 끼고 서로 어깨를 맞대고 앉아 저를 노려보았습니다.〉 짐의 목소리에는 증오가 담겨 있었고, 그 증오는 한 잔의 물 속에 떨어진 한 방울의 강력한 독약처럼 평범한 단어들 깊숙이까지 스며들어 있었어. 하지만 내 머릿속은 오로지 그 일출의 광경으로 가득했어. 나는 그 투명한 허공 아래 바다의 고독 속에 갇힌 네 명의 모습과, 하나의 얼룩에 불과한 그 생명체들은 아랑곳하지 않고 더 높은 곳에서 고요한 태양에 비친 자신의 화려함을 열렬히 바라보려는 듯 하늘의 투명한 곡선을 따라 올라가는 외로운 태양을 상상할 수 있었어. 〈그자들은 선미에서 저에게 외쳤습니다.〉 짐이 말했어. 〈마치 자기들과 제가 단짝이었다는 듯이 말이죠. 저는 그 말들을 듣고 있었습니다. 그자들은 저에게 현명하게 굴라며 《그 빌어먹을 나무 막대기》를 버리라고 간청했습니다. 저보고 도대체 왜 그런 식으로 구느냐고 하더군요. 자신들은 저에게 아무런 피해도 주지 않았다고요. 과연 그럴까요? 아무런 피해도 주지 않았다니…… 아무런 피해도!〉

집은 마치 허파에 든 공기를 내뱉을 수 없는 사람처럼 얼굴이 시뻘게졌어.

〈아무런 피해도 주지 않았다니!〉 집이 외쳤어. 〈그건 선장님의 판단에 맡기겠습니다. 선장님은 이해하실 겁니다. 그렇지 않습니까? 선장님은 아실 겁니다. 그렇죠? 아무런 피해도 주지 않았다니! 맙소사! 어떻게 그보다 더 큰 피해를 줄 수 있다는 겁니까? 아, 네, 저는 아주 잘 압니다. 저는 뛰어내렸습니다. 확실히요. 뛰어내렸습니다! 말씀드렸듯이 저는 뛰어내렸지요. 하지만 세상에 그자들을 당할 이는 없었습니다. 제가 뛰어내린 것도 실은 그자들이 저지른 일임이 명백합니다. 그자들이 보트 갈고리로 저를 끌어 내린 것과 진배없습니다. 무슨 말인지 모르시겠습니까? 아셔야 합니다. 말씀해 보세요. 터놓고 말씀해 보시라고요!〉

집은 불안한 눈으로 나를 주목하며 묻고, 애원하고, 요구하고, 간청했어. 어쩔 수 없이 나는 〈맘고생이 많았겠군〉이라고 중얼거려야 했어. 〈부당할 정도였습니다.〉 집은 재빨리 내 말을 받아서 말했어. 〈그런 자들을 상대해야 했으니, 저에게는 기회가 없는 거나 마찬가지였습니다. 그리고 이제 와서 그자들은 다정하게 굴었습니다. 오, 지독히도 다정하게 굴었지요! 단짝이네, 동료 선원이네, 한배를 탔네, 그러니 최선을 다하자 등등. 하지만 그자들 말은 모두 거짓이었습니다. 그자들은 조지에게 아무런 관심이 없었습니다. 조지는 마지막 순간에 무엇인가 챙기러 선실로 갔다가 그만 빠져나오지 못했다더군요. 조지를 터무니없는 바보라면서, 물론 아주 슬프긴 하다더군요……. 그자들의 눈은 저를 향하고 있었고, 입술은 움직이고 있었습니다. 구명정 반대편 끝에서 그 세 사람은 머리를 살랑살랑 흔들며 저에게 손짓을 했습니다. 자기들에게로 오는 게 어떻겠느냐? 너도 결국 뛰어내리지 않았느냐? 저는 아무 말도 하지 않았습니다. 하고 싶은 말이 있었지만 그걸 표현할 단어가 없었습니다. 만약 제가 입을 열었다면, 그냥 짐승처럼 울부짖는 게 다였을 겁니다. 저는 저 자신에게 언제 정신을 차릴지 묻고 있었습니다. 그자들은 저에게 선미로 와서 우선 선장이 하는 말을 좀 들어 보라고 큰 소리로 재촉했습니다. 우리는 저녁이 되기 전에 구조될 게 확실했습니다. 수에즈 운하를 통과하는 모든 배가 지나는 길목에 있었거든요. 그리고 이제 북서쪽에서 연기가 보였습니다.

그 흐릿하고도 흐릿한 얼룩을 본 저는, 그 사이로 뒤편의 바다와 하늘의 경계가 보이는 그 나직이 깔린 갈색 연기를 본 저는 충격에 빠졌습니다. 저는 그자들에게 제가 있는 곳에서도 잘 들을 수 있다고 외쳤습니다. 선장은 까마귀처럼 거친 목소리로 욕을 하기 시작했습니다. 목청껏 외쳐 말하지 않으려 했던 건 바로 제 편의를 위한 거였다면서요.《상륙했을 때 당국에서 당신을 상대로 청문회를 열까 두려운 겁니까?》제가 물었습니다. 선장은 저를 갈기갈기 찢어 버릴 듯한 눈으로 노려보더군요. 기관장은 선장에게 제 비위를 맞추라고 충고했습니다. 기관장은 제가 아직 제정신이 아니라고 했지요. 선장은 선미에서 마치 두툼한 고깃덩이로 만든 기둥처럼 일어나서 말을, 말을 했습니다……〉

짐은 계속 생각에 잠겨 있었어. 〈그래서?〉 내가 말했어. 〈그자들이 뭐라고 말하기로 합의했든 제가 알 바 아니잖습니까?〉 짐이 버럭 소리쳤어. 〈그자들은 자신들이 원하는 대로 말할 수 있었습니다. 그건 그 사람들이 알아서 할 일이었지요. 저는 진짜 이야기를 알았습니다. 그자들이 사람들에게 어떤 걸 믿게 하든 그게 제 이야기를 바꿀 수는 없었습니다. 저는 선장이 말하고 주장하게 두었습니다. 말하고, 또 주장하고. 선장은 말을 하고 하고 또 했습니다. 돌연 다리에 힘이 빠졌습니다. 저는 토할 것 같고 피곤했습니다. 피곤해 죽을 것만 같았습니다. 저는 키 손잡이를 떨구고 그자들에게 등을 돌린 채 맨 앞 가로장에 앉았습니다. 지긋지긋했습니다. 그자들은 제가 제대로 이해했는지 확인하려고 저를 소리쳐 불렀습니다. 선장 말이 맞지 않느냐, 구구절절 옳지 않느냐고요. 맙소사! 그자들의 망상에는 그게 진실이었습니다. 저는 고개를 돌리지 않았습니다. 저는 그자들이 오랜 시간 상의하는 것을 들었습니다. 《저 멍청이는 아무 말도 하지 않을 거야.》《오, 저 친구도 충분히 이해했어.》《내버려 둬. 괜찮을 거야.》《지가 뭘 어쩔 수 있겠어?》제가 뭘 어쩔 수 있겠냐고요! 우리는 한배에 타고 있는 게 아니었나요? 저는 귀먹은 척했습니다. 연기는 북쪽으로 사라졌습니다. 주위는 쥐 죽은 듯 고요했습니다. 그자들은 작은 물통의 물을 마셨고, 저도 마셨습니다. 그리고 그자들은 뱃전에서 돛을 펼치느라 부산을 떨었습니다. 저보고 망을 보겠느냐고 묻더군요. 다행히도 그자들은 돛 아래로 기어들어 가서 보이지 않게 되었습니다. 저는 태어난 뒤 단 한 시간도 자지 못한 것처럼 지치고 피곤했습니다. 반사되어 반짝이는 햇빛 때문에 바닷물을 볼 수가 없었습니다. 가끔, 한 명씩 기어 나와 서서 사방을 두리번거리고는 다시 기어들어 갔습니다. 돛 아래에서 코 고는 소리가 들렸습니다. 몇 명은 잠을 자더군요. 적어도 한 명은 그랬습니다. 저는 잘 수가 없었습니다! 주위는 온통 빛이었고, 보트는 그 빛 속으로 추락하는 것 같았습니다. 가끔 저는 구명정 가로장에 앉은 저 자신을 깨닫고 깜짝깜짝 놀라곤 했습니다…….〉

짐은 내 의자 앞에서 일정한 보폭으로 왔다 갔다 하기 시작했어. 한 손은 바지 주머니에 넣고 생각에 잠긴 듯 고개를 숙인 채, 긴 간격을 두고 한 차례씩 오른팔을 들어 눈에 보이지 않는 침입자를 몰아내려는 듯한 동작을 취하면서 말이야.

〈선장님께서는 제가 미쳐 가고 있었다고 생각하실 겁니다.〉짐이 달라진 어조로 말했어.〈제가 모자를 잃었다는 사실을 기억하신다면, 그렇게 생각하실 법도 합니다. 태양은 동쪽에서 떠서 서쪽으로 질 때까지 천천히 움직이며 제 맨머리를 비추었지만, 그날 저는 아무런 해도 입지 않았던 듯합니다. 태양은 절 미치게 하지 못했습니다…….〉짐은 오른팔로 미치다니 말도 안 된다는 시늉을 해 보였어…….〈절 죽일 수도 없었고요…….〉다시 한번 짐은 팔로 헛된 생각을 물리치는

시늉을 해 보였어.《죽음》은 오롯이 저에게 달려 있었지요.〉

〈그랬어?〉 갑자기 새로운 이야기가 튀어나와 뭐라고 표현할 수 없을 정도로 놀란 내가 말했어. 당시 나는, 짐이 휙 돌아섰는데 완전히 다른 사람 얼굴이 된 걸 본 것 같은 기분으로 짐을 바라보고 있었어.

〈저는 뇌염에 걸리지 않았고, 그 자리에서 쓰러져 죽지도 않았습니다.〉 짐이 계속 말했어. 〈저는 머리에 비치는 태양에는 관심 없었습니다. 그늘에 앉아서 생각에 잠긴 사람 못지않게 냉정하게 생각했습니다. 그 비곗덩어리 짐승 같은 선장은 돛 아래에서 짧게 깎은 큰 머리통을 내밀고 흐리멍덩한 눈으로 나를 바라보았습니다.《Donnerwetter(맙소사)! 너 그러다 죽어.》선장이 으르렁거리더니 거북처럼 머리를 집어넣었습니다. 저는 그자를 보았습니다. 그자가 한 말을 들었습니다. 하지만 그자 때문에 방해받는 일은 없었습니다. 바로 그때, 저는 제가 죽지 않을 거란 생각을 했습니다.〉

짐은 내 옆을 지나가며 주의 깊은 눈길로 내 생각을 읽으려 했어. 〈자네는 자네가 죽을 것인가를 놓고 심사숙고하고 있었다는 거야?〉 나는 되도록 속마음을 비치지 않는 말투로 물었지. 짐은 걸음을 멈추지 않으며 고개를 끄덕였어. 〈네, 제가 거기 혼자 앉아 있을 때 그랬습니다.〉 짐이 말했어. 짐은 왔다 갔다 하던 그 상상 속의 길 끝을 향해 몇 걸음 더 걸어갔다 몸을 돌리더니 두 손을 주머니에 깊숙이 찔러 넣은 채 돌아왔어. 짐은 내 의자 바로 앞에서 걸음을 멈추고 내려다보았어. 〈못 믿으시겠나요?〉 짐은 알고 싶다는 강한 욕구를 내보이며 물었어. 나는 마음이 움직였고, 짐 스스로 해주는 애기라면 뭐든 무조건 믿을 준비가 되어 있다고 엄숙히 선언했지.」

11

「짐은 머리를 한쪽으로 기울인 채 내 말을 들었고, 짐이 움직이고 살아가는 안개[13]에 균열이 생기며 나는 다시 한번 그 친구의 본모습을 힐끗 보았어. 침침한 촛불이 유리공 속에서 펄럭였고, 짐을 볼 수 있게 해주는 빛은 그게 전부였어. 짐의 등 뒤로 별들이 초롱초롱한 밤하늘이 보였고, 아득한 저 멀리 별빛들은 더욱더 깊은 어둠 속으로 내 눈을 유인했어. 하지만 어떤 신비로운 빛이 소년티를 벗지 못한 짐의 머리를 내게 보여 준다는 느낌이 들었어. 마치 그 순간 그 친구 내면의 젊음이 한순간 번쩍였다가 꺼진 것 같았지. 〈이런 말을 찬찬히 들어 주시다니 선장님은 참 좋은 분이십니다.〉 짐이 말했어. 〈저에게 큰 위안이 됩니다. 선장님은 이것이 제게 어떤 의미를 지니는지 모르실 겁니다. 모르실 거예요…….〉 짐은 더는 뭐라고 해야 할지 모르는 듯했어. 그 친구의 영혼을 살짝 들여다볼 수 있는 순간이었지. 짐은 우리가 주변에 두고

---

13 「사도행전」 17장 28절의 〈그분 안에서 숨 쉬고 움직이며 살아간다〉에서 빌려 온 표현이다.

보고 싶어 하는 그런 유의 젊은이였어. 우리 자신이 과거에 저랬으면 좋겠다 싶은 그런 부류, 우리가 이미 사라지고 꺼지고 식어 버렸다고 여겨 온 환상들과 연대를 요구하는 외모를 지닌 그런 젊은이였어. 그리고 그런 환상들은 다른 불꽃이 다가오면 다시 불이 붙은 것처럼 어딘가 깊숙한 곳에서 퍼덕이고, 빛과…… 열기를 주지! ……그래, 나는 그때 짐의 영혼을 힐끗 들여다보았어……. 그리고 짐의 영혼을 조금이나마 본 게 그때가 마지막은 아니었어……. 〈저 같은 처지에 있는 사람에게 다른 이가 자기 말을 믿어 준다는 것이, 연장자에게 속 시원히 털어놓을 수 있다는 것이 얼마나 큰일인지 선장님은 모르실 겁니다. 무척이나 어렵고, 너무나 부당하고, 참으로 이해하기 어려운 일이니까요.〉

안개가 다시 닫히고 있었어. 그 친구에게 내가 얼마나 나이 들어 보였는지, 얼마나 현명한 사람으로 보였는지는 모르겠어. 당시 내가 느꼈던 나이의 절반도 들어 보이지 않았을 거고, 내가 그 쓸모없음을 알고 있던 내 지혜도 두 배는 더 쓸모 있어 보였겠지. 침몰해 죽거나 헤엄을 쳐서 살아나야 할 운명을 이미 직업으로 선택한 이들은 이제 막 배에 발을 내딛는, 빛나는 눈으로 광대한 바다의 반짝임을 바라보는 젊은이들에게 마음이 쏠려. 사실 그 반짝임은 자신들 눈 속에 이글거리는 불길이 수면에 반사된 것일 뿐이라는 걸 모르는 젊은이들에게 말이야. 그리고 이런 심정이 되는 걸로 따지면, 이 세상 어떤 직업의 사람들보다 선원들이 가장 대단하지. 우린 다들 각자 기대하는 게 있어서 바다로 왔고, 엄청나게 막연한 기대감, 가슴이 두근거리는 불확실성, 모험에 대한 찬란한 욕구, 그런 각자의 고유하면서 유일한 자기만족 때문에 바다로 왔어! 그래서 우리가 실제로 얻는 것은…… 뭐, 그 이야기는 하지 말지. 하지만 그런 생각을 할 때 절로 웃음이 나오지 않는 사람이 과연 있을까? 환상과 현실 간 괴리가 선원만큼 큰 경우는 없어. 선원의 삶처럼 온통 환상으로 시작해서 재빨리 현실에 눈을 뜨고, 게다가 그보다 더 빠르게 현실에 철저히 복종하는 경우는 다른 직종의 삶에서 찾아볼 수가 없어. 우리 모두는 똑같은 욕망을 가지고 시작했다가 똑같은 것을 알며 선원 생활을 끝내게 되고, 야비하고 저주받은 날들을 거치면서도 똑같이 소중히 여긴 황홀한 매력에 대한 기억을 가지고 있잖아. 육중한 노선원이 고향으로 돌아오는 날이면 친밀한 유대를 찾을 수 있다든지, 선원 생활에서 맺은 동료 의식 이외에도 더 넓고 강한 감정이 생겨난다든지 하는 것, 이를테면 어른과 아이를 결속해 주는 감정까지 느낄 수 있는 것도 놀랄 일은 아니야. 내 앞의 짐은 내 나이와 현명함이 진실의 고통을 없앨 처방을 찾아내 줄 거라고 믿었고, 나는 그런 짐에게서 자신이 자초한 곤경에 빠진 젊은이의 모습을, 턱수염이 희끗희끗한 선원들이 웃음을 속으로 감추고 엄숙하게 턱을 흔들 만한 그런 지독한 곤경에 빠진 젊은이의 모습을 언뜻 보았어. 그리고 짐은 죽음을 심사숙고했었어. 멍청한 녀석 같으니! 짐은 자신이 목숨은 구했지만, 자기 삶의 모든 매력은 이미 그날 밤 배와 함께 모두 사라졌다고 생각했기 때문에 죽음을 심사숙고하게 됐지. 참으로 당연한 결과였어! 이 일은 성격상 참으로 비극적이면서 참으로 기이해서, 누구에게든 사람이라면 도리상 연민을 느껴 달라고 공공연히 요구할 만했고, 내가 다른 사람들보다 뭐가 잘났다고 그런 연민을 베푸는 걸 거절할 수 있겠어? 내가 그 친구를 바라보는 동안 바로 내 눈앞에서 안개가 틈새를 메웠고, 짐의 목소리가 말했어.

〈그게, 저는 도무지 어찌해야 할지 알 수가 없었습니다. 자신에게 일어날 수도 있다고 생각할 만한 그런 일이 아니었으니까요. 가령 싸움 같은 것과는 다른 일이었습니다.〉

〈그렇지.〉 내가 동의했어. 짐은 갑자기 성숙한 듯이, 조금 전과 달라 보였어.

〈누구도 자신할 수 없었을 겁니다.〉 짐이 중얼거렸어.

〈아아! 자네도 자신 없었고.〉 나는 이렇게 말하고, 밤에 새가 날아가듯이 우리 둘 사이를 지나는 희미한 한숨 소리에 위로를 받았어.

〈네, 그랬습니다.〉 짐이 용기 있게 말했어. 〈그건 그자들이 만든 그 허접스러운 이야기 같은 것이었습니다. 거짓말은 아니지만 진실도 아니었죠. 그건 뭔가 다른 것이었습니다……. 새빨간 거짓말은 곧장 탄로 납니다. 그런데 이 사건의 경우 옳고 그름은 종이 한 장 두께의 차이밖에 없었죠.〉

〈얼마나 더 차이가 있기를 원했지?〉 내가 물었어. 하지만 내가 너무 조용히 말해 짐이 내 말을 듣지 못했던 것 같아. 짐은 마치 삶이 이리저리 얽혀 있고 사이사이에는 깊은 골들이 패어 있는 오솔길들과도 같다는 듯이 계속해서 자기주장을 펼쳤어. 그 친구의 목소리는 이성적으로 들렸어.

〈제가 그러지 않았다고 가정해 보지요. 제 말은, 가령 제가 그 증기선에 남았다고 가정해 볼까요? 그렇다면 얼마나 오래 더 있었을까요? 1분…… 30초나 더 있었을까요. 인정합니다. 30초 후면 저는 분명 그 배에서 뛰어내렸을 겁니다. 그리고 손에 잡히는 건 뭐든지 잡지 않았을까요? 노든, 구명부표든, 격자판이든 뭐든 말이에요. 선장님이라면 안 그러셨겠어요?〉

〈그리고 목숨을 구했겠지.〉 내가 말을 가로챘어.

〈그러려 했겠지요.〉 짐이 날카롭게 대답했어. 〈그리고 저는 그걸 이만저만 바란 게 아니었습니다, 제가…….〉 짐은 마치 끔찍한 맛의 약을 삼키려는 사람처럼 몸서리를 쳤어. 〈뛰어내렸을 때요.〉 짐은 부들부들 떨며 힘겹게 말했고, 마치 그의 고된 노력이 공기의 파동이 되어 이쪽까지 전해지기라도 한 것처럼, 의자에 앉은 나까지 몸이 살짝 흔들렸어. 짐은 험악한 눈으로 나를 노려봤어. 〈제 말을 못 믿으시겠습니까?〉 짐이 외쳤어. 〈맹세합니다! ……젠장! 이야기해 달라고 절 여기로 데려오셨잖습니까. 그럼…… 믿으셔야죠! ……믿겠노라고 말씀하셨잖습니까.〉 〈물론 믿어.〉 나는 당연하다는 어조로 항의를 했고, 덕분에 짐은 진정됐어. 〈용서해 주십시오.〉 짐이 말했어. 〈만약 선장님이 신사가 아니었다면 제가 이 모든 얘기를 하는 일도 없었을 겁니다. 왜 진작에 그 사실을 깨닫지 못했을까요……. 저는…… 저도 신사거든요…….〉 〈그래, 그렇지.〉 나는 황급히 말했어. 짐은 나를 똑바로 바라보다 천천히 시선을 돌렸어. 〈이제 제가 왜…… 왜 그런 식으로 하지 않았는지 아시겠죠. 저는 제가 한 일의 결과에서 도망치고 싶지 않았습니다. 그리고 어쨌든, 증기선에 남았다 하더라도 전 제 목숨을 구하기 위해 최선을 다했을 겁니다. 사람들이 넓은 바다에서 몇 시간이고 표류해 있다가 무사히 구조된 경우도 꽤 있잖습니까. 저는 다른 사람들보다 더 잘 버텨 냈을 겁니다. 제 심장은 전혀 문제가 없습니다.〉 짐이 주머니에서 오른 주먹을 꺼내 자기 가슴을 때리자 숨죽인 폭발음 같은 소리가 한밤중에 공기 중으로 울렸어.

〈그랬겠지.〉 내가 말했어. 짐은 두 발을 살짝 벌리고 턱을 숙이고 생각에 잠겼어. 〈머리카락 한 올.〉 짐이 중얼거렸어. 〈이러느냐 저러느냐 사이에는 머리카락 한 올의 차이조차 없었습니다. 그리고 그때……〉

〈한밤중에 머리카락 한 올을 보기는 어렵지.〉 내가 좀 못된 의도로 말했어. 우리가 선원들의 연대라고 할 때 그게 무슨 뜻인지 다들 알잖아? 나는 짐이 원망스러웠어. 마치 내가 선원 생활을 시작할 때 가졌던 환상을 지켜 나갈 화려한 기회를 놓고 그 친구가 날 속이기라도 한 것처럼, 우리가 공유하는 삶에서 그 매력의 마지막 번쩍임을 그 친구가 빼앗아 가기라도 한 것처럼 말이야. 〈그래서 자네는 증기선을 빠져나왔지. 즉시 말이야.〉

〈뛰어내렸죠.〉 짐이 예리하게 고쳐 말했어. 〈뛰어내렸다고요!〉 짐이 되풀이해서 말했어. 나는 명백하지만 또한 모호한 그 친구의 의도가 뭘지 의아했어. 〈네, 그렇습니다! 어쩌면 저는 그때 볼 수 없었는지도 모릅니다. 하지만 그 구명정에서는 시간이 충분히 있었고, 빛도 어느 정도 있었습니다. 그리고 생각도 할 수 있었습니다. 물론 아무도 알지 못했겠지만, 그렇다고 제 마음이 가벼워지지는 않았습니다. 선장님은 그 점도 믿어 주셔야 합니다. 저는 이 이야기를 하고 싶지 않았습니다……. 하고 싶지 않았습니다……. 아니, 하고 싶었습니다……. 거짓말은 하지 않겠습니다……. 저는 이 이야기를 하고 싶었습니다. 이야기하는 것이야말로 바로 제가 원하던 것이었습니다. 그곳에서요. 선장님이든 누구든 과연 제가 말하게 만들 수 있었을까요? 만약 제가…… 전, 저는 말하는 게 두렵지 않습니다. 그리고 전 생각하는 것도 두렵지 않았습니다. 저는 그걸 정면으로 바라보았습니다. 도망치려 들지 않았습니다. 처음에…… 밤에, 그자들만 아니었더라면 저는 아마도…… 아닙니다! 젠장! 저는 그자들에게 그런 만족감을 주고 싶지 않았습니다. 그자들은 이미 충분히 많은 일을 저질렀습니다. 이야기를 꾸몄고, 제가 알기로는 그 꾸며 댄 이야기를 믿었습니다. 하지만 저는 진실을 알았고, 그 진실을 품고 살 생각이었습니다. 혼자서, 저 혼자서요. 저는 그런 더럽고 부당한 일에 굴복하지 않을 생각이었습니다. 그리고 그 결과가 어떻게 되었나요? 저는 터무니없을 정도로 수모를 당했습니다. 솔직히 말해, 사는 게 괴롭습니다. 하지만 그걸 그런 식으로 회피한다고 해서 좋을 게 뭐 있겠습니까? 그건 바른 방법이 아니었습니다. 제 생각에…… 제 생각에 그렇게 해서는…… 아무것도 제대로 되지 않았을 겁니다……. 아무것도요.〉

서성거리던 짐이 그 마지막 말을 하고는 몸을 돌려 내 바로 앞에서 멈춰 섰어.

　〈선장님은 뭘 믿으십니까?〉 짐은 격렬한 목소리로 물었어. 잠시 말이 중단되었고, 나는 갑자기 깊고 절망적인 피곤에 압도되었어. 마치 꿈속에서 몸도 마음도 힘들어질 정도로 거대한, 텅 빈 공간들을 방황하다 갑자기 짐의 목소리를 듣고 깜짝 놀라 잠에서 깬 듯한 느낌이었지.

　〈……아무것도 제대로 되지 않았을 겁니다.〉 잠시 뒤, 짐은 나를 향해 완고하게 말했어. 〈네! 중요한 것은 당당하게 그 일을 직면하는 것이었습니다. 저 혼자서, 다른 기회를 기다리고, 찾아내는 것이었습니다…….〉」

12

「귀로 들을 수 있는 한, 주위의 모든 것이 고요했어. 마치 짐의 몸부림에 휘저어진 듯 짐의 감정이 우리 둘 사이를 안 개처럼 흘러 다녔고, 이 실체 없는 베일의 틈을 통해 보이는 짐은 형체는 뚜렷하지만 모호한 호소력을 띤 것처럼 보이는 게 마치 그림 속의 상징적인 형상 같았어. 싸늘한 밤공기가 대리석 판처럼 내 팔다리를 무겁게 눌렀어.

〈알겠어.〉 내가 중얼거렸지만, 그건 다른 이유에서가 아니라 내가 멍한 상태를 깨고 나올 수 있음을 나 자신에게 증명해 보이기 위해서였지.

〈일몰이 되기 직전, 애번데일호가 우리를 구조했습니다.〉 짐은 울적한 목소리로 말했어. 〈우리에게 곧장 다가왔습니다. 우리는 앉아서 기다리기만 하면 되었습니다.〉

한참 뒤, 짐이 다시 말했어. 〈그자들은 자기들이 지어낸 이야기를 했습니다.〉 그리고 아까의 압도적인 침묵이 다시 뒤따랐어. 〈그때야 저는 제가 결심했던 게 무엇인지 알게 되었습니다.〉 짐이 덧붙여 말했어.

187

〈자네는 아무 말도 하지 않았군.〉내가 속삭였지.

〈제가 무슨 말을 할 수 있었겠습니까?〉짐이 여전히 낮은 목소리로 말했어…….〈살짝 충격이 있었음. 배를 멈춤. 피해 상태 확인. 승객들이 공황 상태에 빠지지 않게 하며 구명정들을 내리는 조처를 함. 첫 번째 구명정을 내렸을 때 증기선이 스콜 속에서 침몰함. 납덩이처럼 가라앉았음…… 이보다 더 명백한 게 어디 있겠습니까?〉짐은 고개를 떨구었어…….〈그리고 이보다 더 끔찍한 일이 어디 있겠습니까?〉짐의 입술이 떨렸지만, 눈은 내 눈을 똑바로 바라보고 있었어. 〈저는 뛰어내렸습니다. 그렇지 않습니까?〉짐이 환멸에 찬 목소리로 물었어. 〈저는 이제 그 일을 평생 품고 살아야 합니다. 지어낸 이야기 따위는 문제가 아니었습니다.〉……짐은 한순간 두 손을 깍지 끼고 울적한 눈으로 어두운 좌우를 살폈어. 〈그건 죽은 사람들을 속이는 짓과 마찬가지였습니다.〉짐이 더 듣거리며 말했어.

〈그리고 아무도 죽지 않았지.〉내가 말했어.

그 말에 짐은 내게서 멀어졌어. 그건 그렇게밖에 설명할 수가 없어. 잠시 뒤, 난간에 등을 가까이 대고 있는 짐의 모습이 보였어. 마치 밤의 순수함과 평온함을 음미하는 듯 짐은 그곳에 잠시 서 있었어. 아래쪽 정원의 꽃나무 덤불은 축축한 공기 속으로 강한 향기를 풍겼어. 짐은 빠른 걸음으로 다시 내게 돌아왔어.

〈하지만 그건 문제가 되지 않았습니다.〉짐은 더할 나위 없이 완강하게 말했어.

〈그랬겠지.〉 내가 인정했어. 내가 상대하기에 짐은 너무 버거운 사람이라는 생각이 들기 시작하더군. 어찌 되었건, 난 아는 게 없잖아?

〈사람들이 죽었는지 살았는지, 제겐 확인할 길이 없었습니다.〉 짐이 말했어. 〈저는 살아야만 했지요. 안 그렇습니까?〉

〈음, 그렇지. 그런 식으로 본다면 말이야.〉 내가 중얼거렸어.

〈물론 저는 기뻤습니다.〉 짐은 다른 것에 마음이 팔린 채 무심히 내뱉었어. 〈진상이 폭로되어서요.〉 짐은 천천히 말하며 고개를 들었어. 〈그 사실을 듣고 맨 먼저 떠오른 생각이 뭔지 아십니까? 안도감이었습니다. 제가 안도감이 들었던 건 그 고함들 때문이었습니다. 제가 고함들을 들었다고 말씀 드렸던가요? 안 했다고요? 어, 했는데요. 살려 달라는 고함들이…… 이슬비에 섞여 들렸습니다. 지금 생각하니, 상상이었던 거죠. 하지만 저는 그게 상상일 거라곤 전혀…… 정말 멍청하게도……. 다른 사람들은 듣지 못했습니다. 나중에 제가 물어보았습니다. 그자들은 모두 듣지 못했다고 했습니다. 못 들었다니? 저는 그때까지도 그 소리들이 들렸습니다. 그때쯤엔 눈치챘어야 하는데, 전 생각은 하지 않고 오직 듣기만 했습니다. 아주 희미한 비명들이었습니다. 날마다 들렸습니다. 그러던 중, 이곳에 근무하는 조그만 혼혈인이 저에게 와서 말했습니다.《파트나호…… 프랑스 군함이…… 아덴항까지 예인해 냈어요……. 조사…… 항만 사무실이…… 선원용 숙소…… 숙식을 알선해 놓았어요!》라더군요. 저는 그 사람과 나란히 걸으며 침묵을 즐겼습니다. 즉 고함은 없었다는 거죠. 상상이었을 뿐입니다. 저는 그 사람 말을 믿어야만 했습니다. 더는 아무 소리도 들을 수 없었습니다. 제가 그 소리를 얼마나 더 견딜 수 있었을지 모르겠습니다. 그 소리는 점점 더 심해지고 있었거든요……. 제 말은, 더 커졌다는 겁니다.〉

짐은 생각에 잠겼어.

〈하지만 실은 아무 소리도 듣지 못했던 거예요! 네, 그건 못 들었다 치죠. 하지만 불빛은 어떻게 된 거죠! 불빛이 사라졌다고요! 우리는 볼 수 없었어요. 없었다고요. 만약 불빛이 보였다면, 저는 헤엄쳐 돌아갔을 겁니다. 돌아가서 배 옆에서 외쳤을 겁니다. 저를 다시 태워 달라고 애원했을 겁니다……. 위험을 무릅썼을 겁니다……. 제 말을 의심하시나요? ……제가 어떤 심정이었는지 선장님이 어떻게 아시겠어요……. 〈무슨 권리로 제 말을 의심하십니까? ……사실, 저는 거의 돌아갈 뻔했습니다. 이해하시겠습니까?〉 짐의 목소리가 낮아졌어. 〈아주 희미한 빛 하나 없었습니다. 아주 희미한 빛 하나조차요.〉 짐은 침통한 목소리로 항의하듯 말했어. 〈만약 불빛이 보였더라면, 선장님이 지금 여기서 저를 보지 못했으리라는 사실을 모르시겠습니까? 선장님은 저를 보고 있고, 그래서 의심하시는 겁니다.〉

나는 그렇지 않다고 고개를 저었어. 구명정이 증기선에서 4분의 1마일도 떨어져 있지 않았는데 불빛이 보이지 않았다는 건 논란의 여지가 있는 문제야. 짐은 첫 번째 소나기가 지나고 난 뒤 아무것도 보이지 않았다고 주장했어. 그리고 다른 사람들도 애번데일호의 간부 선원들에게 같은 주장을 했어. 물론 사람들은 그 주장에 고개를 저으며 웃었지. 재판정에서 내 옆에 앉아 있던 나이 지긋한 선장 한 명은 하얀 턱수염으로 내 귀를 간질이며 〈물론 거짓말을 하고 싶겠지〉 하고 중얼거리더군. 사실은, 아무도 거짓말을 하지 않았어. 돛대에 매인 등이 성냥불을 던질 때처럼 뚝 떨어졌다고 말한 기관장까지도 거짓말을 한 게 아니었어. 적어도 의식적으로는 거짓말을 한 게 아니었어. 그런 조마조마한 상황에 처한 사람이라면 등 뒤를 힐끗 보기만 했어도 공중에 뜬 한 가닥 불빛을 볼 수 있었을 거야. 그 사람들은 증기선의 등불을 볼 수 있을 만큼 가까이 있었지만, 그 어떤 빛도 보지 못했고, 그 이유에 대한 유일한 설명은, 배가 침몰했다는 거야. 그건 명백하면서 또한 위안이 되는 설명이었어. 예견했던 상황이 그렇게 빨리 다가왔다는 사실은 그 사람들이 황급히 한 행동을 정당화해 주었어. 다른 설명을 굳이 찾으려 하지 않은 것도 이상한 일이 아니야. 하지만 진짜 설명은 아주 간단했고, 브라이얼리 선장이 그 설명을 제시하자 법정은 그 문제에 대해 더는 의문을 제기하지 않았어. 기억하겠지만, 증기선은 멈춰 있었고 밤새 운행 항로 쪽으로 뱃머리를 두고 있었어. 그리고 배 앞부분에 물이 차 있었기 때문에 선미는 비스듬히 올라가고 뱃머리는 물속에 살짝 가라앉아 있었지. 이렇게 배의 균형이 맞지 않은 상태에서 스콜이 배의 뒷부분을 치자, 배는 마치 닻에 고정되어 있는 것처럼 갑자기 바람이 부는 쪽으로 돌았어. 이렇게 위치가 바뀌면서, 증기선에서 바람이 부는 쪽에 있던 구명정에서 보기에는 등불들이 순식간에 사라져 있었다는 거야. 만약 그 등불들이 보였더라면 무언의 호소처럼 작용했을 가능성이 아주 커. 비구름이 몰고 온 어둠 속으로 불빛이 사라져 버리는 대신 가물가물하게라도 비쳤더라면, 가책과 연민의 감정을 깨우는 인간의 눈빛 같은 신비한 힘을 발휘했을 거란 말이지. 그 등불은 〈나 여기 있어, 아직 있다고〉라고 말했을 거야……. 그리고 가장 심하게 버림받은 인간들의 눈이 할 수 있는 말 중 그 무엇이 더 간절할 수 있었겠어? 하지만 증기선은 마치 그 사람들의 운명을 비웃기라도 하듯 그 사람들에게서 등을 돌렸어. 배는 사람들을 잔뜩 싣고 옆으로 돌아서 넓은 바다의 새로운 위험을 꿋꿋이 노려보았고, 신기하게도 거기서 살아남아 폐선 해체장에서 생을 마감했지. 마치 여러 개의 망치가 가하는 매를 맞으며 이름 없이 죽어 가는 것이 그 증기선의 정해진 운명이었다는 듯이 말이야. 순례자들의 운명이 각자를 위해 어떤 다양한 종말을 준비해 두었는지, 나로선 알 수가 없어. 하지만 가까운 미래는 이튿날 아침 9시경에 레위니옹섬에서 귀국 중이던 프랑스 군함을 만나는 거였어. 함장의 보고서는 공공 자료로 공개되어 있어. 함장은 안개 낀 고요한 바다에서 뱃머리를 처박고 위험하게 떠 있는 증기선을 보고 무슨 문제가 있는지 확인해 보려고, 정해진 항로에서 살짝 벗어나 증기선으로 다가갔어. 돛 가름대에는 위험 신호로 거꾸로 단 깃발이 펄럭이고 있었어(원주민 선원은 낮에 조난 신호를 보내야겠다는 생각을 할 정도의 지각 있었지). 하지만 조리사들은 평소처럼 뱃머리 쪽 조리실에서 식사 준비를 하고 있었어. 갑판들은 양 떼 우리처럼 사람들로 가득했고, 사람들은 갑판 난간에 온통 걸터앉아 있거나 선교를 꽉 메우고 있었어. 군함이 증기선 옆에 나란히 섰을 때, 수백 개의 눈이 노려보았지만, 아무 소리도 들리지 않았어. 그 많은 입술이 마치 모두 마법으로 봉해진 듯이 말이야.

프랑스인 함장은 인사했지만 알아들을 만한 대답을 얻지 못했고, 그래서 갑판의 사람들이 전염병에 걸리지 않은 걸 쌍안경으로 확인한 뒤 구명정 한 척을 보내기로 결정했어. 장교 두 명이 승선해서 원주민 선원의 이야기를 들었고, 아랍인과도 이야기를 시도해 보았지만 자초지종을 알 수가 없었어. 하지만 물론 비상 상태란 점만은 아주 확실했어. 그 장교들은 또한 선교에서 몸을 웅크리고 평화로이 죽어 있는 백인 한 명을 발견했어. 먼 훗날, 어느 날 오후 시드니의 카페 비슷한 곳에서 나는 우연히 나이 지긋한 프랑스 대위를 만났는데, 그 사람은 당시 일을 완벽히 기억하며 나에게 〈*Fort intrigués par ce cadavre*(참 흥미로운 시체였습니다)〉라고 말했어. 말이 나온 김에 짚고 넘어가자면, 그 사건에는 기억은 짧고 세월은 길다는 통설을 거부하는 비범한 힘이 있어. 그 사건에는 일종의 신비로운 생명력이 있어서 사람들의 마음속에서, 그리고 혀끝에서 살아 있는 듯했어. 오랜 세월이 흐른 뒤에도, 수천 마일이 떨어진 곳에서도, 그 사건과 완전히 동떨어진 화제가 이야기되다가 갑자기 그 사건이 등장한다든가, 전혀 관계없는 언급을 하는 도중에 그 사건이 표면으로 떠오르는 상황을 겪을 때마다 나는 묘한 즐거움을 느꼈어. 오늘 저녁만 해도 우리의 화제로 그 사건이 등장했잖아?
그리고 여기서는 내가 유일한 뱃사람이잖아. 그 사건을 기억
하는 유일한 사람이라는 거지. 그런데도 그 사건이 화제로
등장했잖아! 그 사건을 알지만 서로 모르는 두 사람이 이 세
상 어디선가 우연히 만나도, 그 둘이 헤어지기 전에 그 이야
기가 운명처럼 튀어나오게 되어 있어. 나는 그 프랑스 사람
을 전에 만난 적이 없었고, 한 시간 뒤 헤어지고 나서 다시는
만나지 못했어. 그 사람 역시 특별히 말이 많아 보이지는 않
았어. 그 사람은 조용했고 덩치가 컸으며, 구겨진 군복 차림
에 검은 액체가 반쯤 찬 텀블러를 앞에 두고 졸린 듯이 앉아
있었지. 견장은 살짝 빛이 바랬고, 깔끔하게 면도한 뺨은 크
고 핏기가 없었어. 그리고 코담배를 킁킁거리는 데 중독됐을
듯이 보였어. 무슨 말인지 알겠어? 그 사람이 진짜로 중독되
었다는 뜻은 아니야. 하지만 꼭 그런 버릇이 있을 것처럼 보
이는 사람이었다는 거지. 그 사람과 이야기하게 된 건, 난 원
하지도 않았는데 그 사람이 『고국 소식』지 여러 부를 대리석
탁자 너머로 건네준 게 계기였어. 나는 〈Merci(고맙습니다)〉
라고 말했지. 우리는 그 사건과 아무 관련 없는 대화를 몇 마
디 나누었고, 정신을 차려 보니 어느새 그 사건 이야기를 하
고 있었어. 그 사람은 자기들이 〈그 시체를 보고 무척 흥미를
느꼈다〉고 말했어. 알고 보니, 그 사람은 당시 승선했던 두
명의 장교 가운데 하나였던 거야.

　우리가 앉아 있던 그곳에는 기항한 해군 장교들을 위해
외국 음료수들이 다양하게 구비되어 있었고, 그 사람 앞에

놓인 약물처럼 보이는 검은 액체는 아마도 카시살로[14]보다 더 고약한 건 아니었겠지만, 여하튼 그 사람은 그걸 한 모금 마시더니 한쪽 눈으로 텀블러를 들여다보며 고개를 살짝 젓더군. 〈*Impossible de comprendre — vous concevez*(도무지 이해할 수 없는 일이지요, 아시겠지만요).〉 그 사람은 무관심함과 깊은 숙고가 묘하게 뒤섞인 말투로 말했어. 그 사건이 그 사람들에게는 도저히 이해할 수 없는 일이었단 사실이 한눈에 보였지. 그 군함에는 그 원주민 선원의 이야기를 알아들을 정도로 영어를 할 수 있는 사람이 한 명도 없었거든. 게다가 그 두 장교 주위가 무척 소란스럽기도 했고, 〈사람들이 우리에게 몰려들었습니다. *Autour de ce mort*(그 시체 주위로) 사람들이 빙 둘러섰죠.〉 그 사람이 설명했어. 〈우리는 가장 시급한 문제부터 처리해야 했습니다. 사람들이 동요하기 시작하고 있었습니다. *Parbleu*(당연하지요)! 사람들이 굉장히 많았습니다. 아시겠죠?〉 그 사람은 철학적 탐닉에 빠져들며 자신의 의견을 불쑥 끼워 넣었어. 그 칸막이벽으로 말하자면, 상태가 너무 나빠 보이니 차라리 그냥 내버려 두는 것이 가장 안전하겠다고 함장에게 건의했다는 거야. 그 사람들은 신속히 굵은 밧줄 두 가닥을 올려 보내고 파트나호의 선미를 앞으로 해서 끌었다더군. 당시 상황으로서는 그게 그리 바보스러운 조치가 아니었어. 왜냐하면 증기선의 키가 물 밖으로 너무 많이 올라와 있어서 방향을 바꾸는 데 별 도움이 되지 않는 데다 그렇게 예인하면 칸막이벽에 대한 수압을 줄

14 블랙 커런트로 만든 검은색 술.

일 수 있었거든. 그 사람이 둔감하게 줄줄 늘어놓은 바에 따르면, 그 칸막이벽은 상태가 위태로워 *exigeait les plus grands managements*(아주 조심스레 다뤄야) 했다는 거야. 그래서 나는 새로 알게 된 그 사람이 대부분의 조치를 하는 데 발언권을 가졌다고 생각하지 않을 수 없었어. 그 사람은 믿음직한 장교처럼 보였고, 전처럼 아주 활동적이진 않았지만, 그래도 그럭저럭 선원다워 보였어. 비록 그곳에서 가볍게 깍지 낀 두툼한 손을 배 위에 대고 앉은 그 모습을 보노라면, 마치 답답하고 조용한 마을에서 여러 세대에 걸쳐 마을 소작농들의 죄와 고통과 후회를 들어 주는, 그리고 얼굴에는 알 수 없는 고통과 상심 위로 평화롭고 순박한 표정을 베일처럼 드리우고 있는 사제가 생각나긴 했지만 말이야. 그 사람은 견장에 놋 단추가 달린 프록코트 대신 그 살찐 턱 밑까지 쭉 단추를 채운 낡은 검은색 수단[15]을 입는 게 더 어울렸을 거야. 그 사람은 넓은 가슴을 규칙적으로 들썩이며 계속해서 말했지. 나도 *en votre qualité de marin*(선원이니) *sans doute*(당연히) 짐작할 수 있겠지만 그건 정말로 끔찍한 일이었노라고 말이야. 이야기를 끝내며 그 사람은 몸을 내 쪽으로 살짝 기울이고 면도한 입술을 오므리고는 조용히 쉬익 하고 숨을 내뱉었어. 〈다행히도,〉 그 사람이 말했어. 〈바다는 지금 이 탁자만큼이나 평평했고, 이곳처럼 바람도 없었지요.〉 ……사실 나는 그곳이 견딜 수 없을 정도로 답답하고 무척이나 더웠어. 아직 당혹감에 얼굴 붉힐 수 있던 젊을 때만큼이나 얼굴이 화끈거

15 로만 칼라가 달리고 발목까지 내려오는 긴 가톨릭 성직복.

렸지. 그 사람은, 군함은 *naturellement*(당연히) 가장 가까운 영국 항구로 진로를 바꾸었고, 항구에 도착했을 때 군함 측의 책임도 끝났다고 말했어. 〈*Dieu merci*(다행이지요).〉 ……그 사람은 납작한 뺨을 살짝 부풀리더군……. 〈왜냐하면 예인하는 내내 우리는 두 명의 조타원에게 도끼를 들고 *notez bien*(주의해서) 밧줄 곁에 서 있게 했거든요. 만약 증기선이 가라앉는 경우 밧줄을 잘라 버리려고 말입니다…….〉 그 사람은 두툼한 눈꺼풀을 아래로 펄럭이며 자신이 의미하는 바를 되도록 명백하게 하려고 했어. 〈선장님이라면 어떻게 하셨겠습니까! *On fait ce qu'on peut*(우리는 능력 안에서 최선을 다하는 게 고작입니다).〉 그리고 장교는 잠시 자신의 무거운 부동자세에 체념의 분위기를 더했어. 〈서른 시간 내내 조타수 두 명을 그곳에 붙여 두었습니다. 두 명이나요!〉 그 장교는 거듭 말하며 오른손을 살짝 들어 손가락 두 개를 펼쳐 보였어. 그 사람이 뭔가 동작을 취하는 건 정말이지 그게 처음이었어. 그 덕분에 나는 그 장교의 손등에 별무늬 흉터가 있는 걸 볼 수 있었지. 총상 흔적이 분명했어. 그걸 보고 내 시력이 더 날카로워졌는지 다른 상처의 봉합 자국도 보이더군. 관자놀이 조금 아래에서 시작해 옆머리의 짧게 깎은 희끗희끗한 머리털 속으로 사라지는 흉터였는데, 창에 스쳤거나 군도에 베인 흔적이었어. 그 장교는 다시 두 손을 자기 배 위에 올려 깍지를 꼈어. 〈저는 그 배에 타고 있었습니다. 그 배 이름이…… 요즘은 기억력이 좋지 않아서. 아! 파트나. *C'est bien ça*(맞습니다). 파트나. *Merci*(고맙습니다). 이렇게 잊다니 우

197

습군요. 저는 그 배에 서른 시간 동안 있었습니다…….〉

〈그러셨군요!〉 내가 외쳤어. 장교는 여전히 자기 손을 물끄러미 바라보며 입술을 살짝 오므렸지만, 이번에는 쉬익 소리를 내지 않았어. 〈그건 올바른 판단이었습니다.〉 그 사람은 냉정하게 눈썹을 치키며 말했어. 〈장교 한 명이 그 배에 남아 *pour ouvrir l'œil*(감시를 한다는 것이오).〉 ……그러고는 나른하게 한숨을 쉬었어……. 〈그리고, 아시겠지만, 예인선과 신호로 연락을 취한다든지 여러 가지 할 일이 있으니까요. 그 밖의 것들도 모두 제 의견대로 했습니다. 우리는 구명정들을 내릴 준비를 했고, 저 또한 그 배에서 할 수 있는 조치들을 취했습니다……. *Enfin*(마침내요)! 사람은 최선을 다해야지요. 미묘한 위치였습니다. 서른 시간 동안요. 사람들은 제가 먹을 음식을 준비해 왔습니다. 포도주로 말하자면, 아무리 찾아봐도 단 한 방울도 없더군요.〉 그 사람은 늘어진 태도나 평온한 표정을 그대로 유지하면서도 자신이 무척이나 불쾌했다는 것을 나에게 참으로 비범하게 전달했어. 〈저는 그게, 포도주 한 잔을 곁들이지 않고는 도무지 식사를 할 수가 없거든요.〉

나는 그 사람이 그 당시의 불평을 장황하게 늘어놓으면 어쩌나 걱정되었어. 비록 그 사람이 팔다리 하나 꼼짝하지 않았고 표정 하나 바꾸지 않았지만, 당시 일을 회상하며 굉장히 불쾌해하는 티가 역력했거든. 하지만 그 사람은 더는 그 일을 떠올리지 않는 듯했어. 그 사람이 설명한 대로, 프랑스군 측은 예인해 온 증기선을 〈항만 당국〉에 인계했어. 그 사람은 당국자가 그 배를 침착하게 인수하는 모습에 놀랐다더군. 〈그런 *drôle de trouvaille*(황당한 상황)에 처한 배를 날마다 인수했나 보다는 생각이 들 정도였죠. 당신들은 별납니다, 별 나요.〉그 사람은 벽에 등을 기댄 채 자기 의견을 덧붙였는데, 그 모습이 마치 곡물 자루만큼이나 감정 표현을 할 수 없는 사람처럼 보이더군. 마침 항구에는 군함 한 척과 인도 해운 회사의 증기선이 한 척씩 있었는데, 그 장교는 그 두 척에서 내려온 구명정들이 파트나호의 승객들을 능률적으로 태우는 모습에 감탄했다고 솔직하게 말했어. 사실, 그 장교의 굼뜬 행동은 아무것도 감추지 않지. 감추질 않으니 간파하기가 불가능한 이 방법을 통해, 장교는 신비하다 못해 거의 기적처럼 보일 정도의 놀라운 효과를 이끌어 냈어. 이거야말로 가장 고급 기술 중에서도 결정판이라고 할 만해. 〈25분이었습니다. 손에 시계를 들고 재봤습니다. 딱 25분 걸리더군요.〉……그 사람은 배에서 두 손을 떼지 않고 깍지만 풀었다가 다시 꼈는데, 놀랐다는 표시로 두 팔을 치켜올리는 것보다 그 동작이 무한히 더 효과적이었어……. 〈*Tout ce monde*(모든 승객)이 자신들의 작은 짐을 들고 상륙했고, 배에는 *marins de l'État*(선원 경비원) 한 명과 *cet intéressant cadavre*(그 흥미로운 시신) 한 구만이 남았습니다. 25분 만에요.〉……시선을 내리깔고 머리를 한쪽으로 기울인 장교는 마치 깔끔하게 끝낸 일을 혀에 올려놓고 천천히 굴리며 음미하는 듯했어. 그 사람은 더 이상의 몸짓 없이, 자신이 인정하는 것은 엄청난 찬사라는 사실을 나에게 전달했고, 거의 흐트러지지 않았던 부동자세로 돌아간 뒤, 자신들은 툴롱까지 최단 시간에 귀항하라는 명령을 받은 상태였기에 두 시간 뒤 출항했다고 내게 말했어. 〈*De sorte que*(그 결과) *dans cet épisode de ma vie*(제 일생일대의 그 사건)에서 많은 것이 불분명한 상태로 남게 되었지요.〉」

13

「여기까지 말하고 나자 그 사람은 원래 자세 그대로 꼼짝 않고 스르륵 침묵 상태로 빠져들었어. 나는 계속 그 옆을 지켰지. 그러다가 갑자기, 하지만 퉁명스럽진 않게, 마치 이제 정해진 시간이 되었기 때문에 부동자세인 자신의 몸에서 온건하고 쉰 목소리가 나오는 거란 듯이 그 사람은 〈정녕! 세월은 참 빠르기도 하지요!〉라고 말했어. 그보다 더 진부한 말도 없었을 거야. 하지만 그 말을 듣는 순간 나는 번쩍하는 깨달음을 얻었어. 우리가 눈을 반쯤 감고 귀는 어둡고 생각은 멍한 상태로 살아간다는 건 정말로 보통 일이 아니야. 어쩌면 그래도 괜찮을지 몰라. 바로 그 우둔함 덕분에 수많은 사람이 삶을 견디고 반기는 것일 수도 있으니까. 그런데도 어떤 번쩍하는 섬광 속에서 많은 것을, 모든 것을 보고 듣고 이해하게 되는 이런 희귀한 깨우침의 순간을 겪어 보지 못한 사람은 거의 없을 거야. 물론 그 순간이 지나면 우리는 다시 즐거운 졸림 상태로 돌아가지만 말이야. 그 사람의 말을 듣고 나는 시선을 들었고, 처음 만난 사람이라도 보듯 그 사람을 바라보았어. 나는 가슴 위로 떨어뜨린 턱, 코트의 맵시 없는 주름들, 깍지 낀 두 손, 꼼짝 않는 자세를 보았고, 기이하게도 그런 것들에서 그 사람이 그곳에 버려졌다는 느낌을 받았어. 진실로 세월은 너무나 빨랐어. 세월은 그 사람을 따라잡고 앞질렀어. 세월은 그 사람을 완전히 따돌리고 떠나면서, 진회색으로 센 머리카락, 그을린 얼굴에 새겨진 격심한 피곤, 두 개의 흉터, 한 쌍의 퇴색한 견장 같은, 몇 가지 초라한 선물을 남겼어. 그 사람은 위대한 명성의 원료가 되는 꿋꿋하고 믿음직한 사람 중 하나였고, 기념비적 성공의 초석 아래에 북소리도 나팔 소리도 없이 묻히는 무수한 사람 중 하나였어. 〈지금 저는 빅토리외즈호에서 중위로 근무하고 있습니다.〉 장교는 벽에서 어깨를 살짝 떼며 자기소개를 했어. 그 군함은 당시 프랑스 태평양 함대의 기함이었어. 나는 탁자 맞은편에서 약간 허리를 굽히며 러슈커터스만에 정박 중인 상선의 선장이라고 소개했어. 그 사람은 내 배를 보았다며 작고 예쁜 선박이라고 하더군. 그 사람은 무덤덤한 어조로 배에 대해 아주 예의 바르게 말했어. 그리고 거칠게 숨을 쉬며 〈아, 네, 검은 칠을 한 작은 선박이지요. *Très coquet*(아주 예쁘더군요). 아주 예뻐요〉라고 계속 말했고, 그러면서 칭찬하는 의미로 고개를 기울이기까지 했던 것 같아. 잠시 뒤, 그 사람은 몸을 천천히 비틀더니 우리 오른쪽에 있던 유리문을 보았어. 〈*Triste ville*(따분한 마을이지요).〉 거리를 응시하며 그 사람이 말했어. 햇빛 찬란한 날이었지. 남쪽에서 쌀쌀하고 거센 바람이 불어왔고, 보도를 지나는 남녀들이 바람에 비틀거렸으며, 길 건너편에서 햇빛을 받고 있는 집들이 높이 이는 먼지바람 때문에 흐릿하게 보였어. 〈제가 상륙한 건,〉 그 사람이 말했어. 〈다리나 좀 펴볼까 하는 생각에서였습니다. 하지만……〉 그 사람은 말을 마치지 않고 깊은 정적 속으로 빠져들었어. 〈말해 주십시오.〉 그 사람은 무겁게 이쪽으로 몸을 기울이며 말했어. 〈그 사건의 밑바닥에 *au juste*(정확히) 무슨 일이 있었나요? 참으로 묘합니다. 가령 그 죽은 사람이라든가 그런 것들이요.〉

〈산 사람도 있었습니다.〉 내가 말했어. 〈그쪽이 더 묘하지요.〉

〈물론이지요, 물론이지요.〉 그 사람은 들릴 듯 말 듯 한 소리로 내 말에 동의하더니 마치 심사숙고했다는 듯이 〈분명히 그렇습니다〉라고 중얼거렸어. 그 사건에서 가장 흥미로웠던 부분을 그 사람에게 전달하는 일은 하나도 어려울 게 없었어. 그 사람은 알 권리가 있는 듯 보였거든. 그 사람은 파트나호에서 서른 시간을 보냈고, 또한 말하자면 임무를 승계한 거고, 더불어 〈최선을 다한〉 거잖아. 그 사람은 내 이야기에 귀를 기울였고, 아마도 시선을 내리깔고 있던 탓이었겠지만 경건하게 집중하는 모습이 그 어느 때보다 더 사제처럼 보였어. 한두 번 눈썹을 치켰는데(하지만 눈꺼풀을 들어 올리지는 않았어), 마치 〈빌어먹을!〉이라고 말하는 듯한 분위기였어. 한번은 나지막이 〈아, 저런!〉 하고 감탄사를 내뱉었고, 내가 이야기를 마치자 입술을 오므리고는 구슬픈 휘파람 소리를 냈어.

다른 사람의 경우라면 그게 지루함이나 무관심의 표시였을 수도 있지. 하지만 그 사람은 자기만의 신비로운 방식으로 자신의 부동자세를 심오한 반응으로 보이게 했고, 달걀이 육질로 가득하듯이 자신이 중요한 생각으로 가득한 것처럼 보이게 했어. 마침내 그 사람이 뱉은 말은 〈아주 흥미롭군요〉라는 정중한 속삭임이 전부였어. 그리고 내가 실망을 미처 떨쳐 버리기 전에 그 사람은 〈그래요, 그랬군요〉 하고 덧붙였지만, 그건 마치 혼잣말을 하는 것 같았지. 그 사람의 턱은 가슴 위로 더욱 처진 듯했고, 몸은 앉은 자리에서 더욱 무거워진 듯했어. 내가 그게 무슨 뜻이냐고 물어보려고 하는데, 마치 무엇인가 준비하듯이 전율이 그 사람의 온몸을 훑고 지나갔어. 흡사 바람이 느껴지기 전에 조용한 수면에 희미한 물결부터 이는 것처럼 말이야. 〈그래서 그 가엾은 젊은 이는 다른 사람들과 도망쳤군요.〉 그 사람은 엄숙한 평정심을 유지한 채 말했어.

내가 그 순간 왜 웃음을 지었는지 모르겠어. 내가 기억하기에, 짐의 일과 관련해 진짜로 웃음을 지은 건 오직 그때뿐이었어. 하지만 그 문제에 대한 단순한 언급도 프랑스어로 말하니까 왠지 우습게 들리더라고……. 〈S'est enfui avec les autres(그 사람은 다른 사람들과 도망쳤군요.)〉 그 중위는 그렇게 말했어. 그리고 갑자기 나는 그 사람의 분별력에 경의를 느꼈어. 그 사람은 당장 요점을 파악한 거야. 내가 관심을 둔 유일한 점을 파악한 거지. 나는 마치 그 문제에 관한 전문적인 견해를 듣는 듯한 느낌이었어. 동요를 모르는 그 사람의 성숙한 침착함은 사실을 전부 파악한 전문가에게나 가능한 것이었는데, 그런 전문가에게는 우리의 당혹감이 아이들 장난에 불과하겠지. 〈아! 젊은이들이란, 젊은이들이란.〉 그 사람이 관대하게 말했어. 〈하지만 어찌 되었든 사람은 그런 걸로 죽지 않습니다.〉 〈그런 거라뇨?〉 내가 즉시 물었어. 〈두려움이요.〉 그 사람은 자기 말뜻을 명확히 하고 음료를 한 모금 마셨어.

나는 그 사람의 다친 손 중에서 가운뎃손가락부터 새끼손가락까지가 뻣뻣해서 따로 움직이지 못한다는 걸 알아차렸어. 그래서 그 사람은 텀블러를 그렇게 꼴사납게 잡고 있던 거야. 〈사람은 늘 두려워하지요. 말은 그렇지 않다고 하더라도요. 하지만…….〉 그 사람은 어색하게 유리잔을 내려놓았어. 〈공포, 공포, 그건 늘 있지요.〉……그 사람은 늣단추 근처의 가슴에 손을 댔어. 짐이 자기 심장에는 아무 문제 없다고 주장하며 손으로 쿵쿵 치던 바로 그 부위였지. 내가 그 말에 동의하지 않는다는 내색을 했나 봐. 왜냐하면 그 사람이 〈그래요! 그렇다고요! 말은 잘하지요, 말은 잘해요. 그건 좋습니다. 하지만 따져 보면 결국 사람들은 누가 더 영리할 것 없이 다 똑같습니다. 더 용감하지도 않고요. 용감하다니요! 언제나 볼 수 있는 일들입니다. 저는 *roulé ma bosse*(제 살덩이를 굴려 봤지요).〉 그 사람은 차분하고도 진지한 목소리로 그런 상스러운 표현을 쓰더군.[16] 〈저는 용감한 사람들을 만나 봤

---

16 프랑스어로 *roulé ma bosse*는 〈세상이 어찌 돌아가는지 알다〉, 〈세상 구석구석을 가보다〉라는 뜻의 비속어이다.

습니다. 유명한 사람들을요! *Allez*(진짭니다)!〉……그 사람
은 위태위태해 보이는 동작으로 음료를 마셨어……. 〈아시겠
지만, 배를 타는 사람들은 용감해야 합니다. *Le métier veut
ça*(직무상 그래야만 하지요). 그렇지 않습니까?〉 그 사람은
내게 합리적으로 호소했어. 〈*Eh bien*(거참)! 승무원이라면
누구나, 제 말은, 하나하나가 모두 정직한 인물이라면, *bien
entendu*(당연히) 고백할 겁니다. 우리 중 가장 훌륭한 사람일
지라도 결국 *vous lâchez tout*(모든 것을 놓아 버리게 되는) 그
런 지점이 있다는 걸 말입니다. 그리고 인간은 그 진실을 품
고 살아야만 합니다. 아시겠습니까? 몇 가지 특정한 상황이
동시에 발생하는 경우, 두려움은 반드시 찾아옵니다. *Un trac
épouvantable*(무시무시한 두려움이요). 그리고 이 진실을 믿
지 않는 사람들에게도 어쨌든 두려움은 있습니다. 자신들에
대한 두려움이지요. 의심의 여지가 없습니다. 제 말을 믿으
세요. 네, 네……. 제 나이가 되면 자신이 무슨 말을 하는지 알
지요. *Que diable*(빌어먹을)!〉……그 사람은 이제껏 그 모든
말을 하면서 마치 추상적인 지혜의 대변인이라도 된 듯 꼼짝
도 하지 않았어. 하지만 이 대목에 이르자 두 엄지손가락을
천천히 비틀기 시작함으로써 초연한 자세의 효과를 높였어.
〈확실합니다, *Parbleu*(젠장)!〉 그 사람이 말을 이었어. 〈아무
리 단단히 결심한다 해도, 사소한 두통이나 *un dérangement
d'estomac*(발작적인 소화 불량)만으로도 그 결심은…… 예를
들어 저를 보십시오. 제가 바로 제 주장의 증거입니다. *Eh
bien*(젠장)! 선장님에게 말을 하고 있는 저도 한때는…….〉

그 사람은 잔을 비우더니 다시 손가락을 비틀었어. 〈아니, 아닙니다. 사람은 그런 걸로 죽지 않아요.〉 마침내 그 사람은 단호하게 말했고, 나는 그 사람이 자기 이야기를 털어놓을 생각이 없다는 걸 알고 무척 실망했어. 그런 종류의 이야기는 재촉할 수 없기에 더욱 실망이 컸지. 나는 조용히 앉아 있었고, 그 사람도 그렇게 있었는데, 마치 침묵보다 더 기분 좋은 건 없다는 듯한 태도였어. 심지어 이제는 엄지손가락마저 가만히 있더군. 그런데 갑자기 그 사람의 입술이 움직이기 시작했어. 〈그렇습니다.〉 그 사람이 평온히 다시 말하기 시작했어. 〈*L'homme est né poltron*(인간은 겁쟁이로 태어납니다). 그래서 어려운 거죠, *parbleu*(정말로요)! 그렇지 않다면 쉬웠을 텐데요. 하지만 습관, 습성이랄까 필요성이랄까, 그게 아니면 남들의 눈 같은 게 있지요. *Voilà*(두둥)! 사람은 그런 걸 견디며 살지요. 그리고 우리보다 더 나을 것 없으면서도 겉으로는 훌륭해 보이는 다른 이들이라는 본보기도 있고요…….〉

그 사람의 목소리가 잦아들었어.

〈그 젊은이는 그런 것들의 인도를 전혀 받지 못했다는 걸 아셔야 합니다. 적어도 그 순간에는요.〉 내가 언급했어.

그 사람은 용서한다는 듯이 눈썹을 치켰어. 〈제 말뜻은 그런 게 아닙니다. 그런 뜻이 아니에요. 그 문제의 젊은이가 최고의 성향…… 최고의 성향을 가지고 있었을 수도 있다는 뜻이었습니다.〉 그 사람은 살짝 혈떡거리며 반복해서 말했어.

〈그처럼 관대하게 보아 주시니 다행이군요.〉 내가 말했어.

207

〈그 문제에서 그 친구의 감정도, 아! 희망에 차 있었죠. 그리고…….〉

탁자 아래에서 그 사람이 발을 끄는 소리에 나는 말을 중단했어. 그 사람은 두꺼운 눈꺼풀을 끌어 올렸어. 그래, 끌어 올렸다는 표현이 딱 맞아. 그렇게 확고하고 신중한 행동을 달리 표현할 방도가 없어. 그리고 마침내 두 눈을 내게 완전히 노출시켰어. 나는 회색의 작은 원 두 개를 정면으로 마주 보게 되었어. 그 원은 완벽히 검은 동공을 둘러싼 작은 강철 고리 같았어. 그 거대한 몸집에서 나오는 날카로운 눈빛은 마치 전투용 도끼의 예리한 날처럼 극단적인 능률을 떠올리게 하더군. 〈*Pardon*(실례했습니다).〉 그 사람은 깍듯이 말했어. 그리고 오른손을 들어 올리며 몸을 앞으로 숙였어. 〈용서하십시오……. 제가 했던 말의 의미는, 용기는 *ne vient pas tout seul*(저절로 생겨나지 않는다는 걸) 다들 아주 잘 알 거라는 겁니다. 그걸로 속상해할 이유는 없습니다. 한 가지 진실을 더 안다고 해서 삶이 불가능해지는 건 아니니까요……. 하지만 명예, 명예는 말입니다, *monsieur*(선생님)! 명예…… 그게 진짜 문제지요. 그게 문제예요! 그리고 삶이 무슨 값어치가 있겠습니까, 만약…….〉 그 사람은 놀란 황소가 풀밭에서 허둥지둥 일어나듯 육중한 몸을 격렬히 세우며 일어났어……. 〈만약 명예가 사라진다면 말입니다. 아, 그렇습니다! *Ah ça! Par exemple*(예를 들면)…… 저는 아무런 의견도 말할 수가 없군요. 아무런 의견도 말할 수가 없어요. 왜냐하면, *monsieur*(선생님), 저는 그런 것에 대해 전혀 모르니까요.〉

나도 일어나 있었고, 우리는 무한히 정중한 태도를 지키려 애쓰며, 마치 벽난로 선반에 놓인 도자기 개 두 마리처럼 말없이 서로를 바라보았어. 못된 놈 같으니라고! 그자는 거품을 찔러서 터뜨린 거야. 인간의 언어를 방해하려고 숨어 있는 부질없음이라는 마름병이 우리 대화에 퍼졌고, 그 덕분에 우리 대화는 그냥 공허한 소리가 되어 버린 거지. 〈좋습니다.〉 당황한 웃음을 지으며 내가 말했어. 〈하지만 그게 너무 작아져서 눈에 안 보이게 된 건 아니었을까요?〉 그 사람은 즉시 반박할 듯한 자세를 보였지만, 막상 말을 할 때는 마음을 바꾸었어. 〈그게, *monsieur*(선생님), 저에게는 매우 미묘한 문제입니다. 제 능력을 훨씬 넘어서는 문제라서 저는 생각도 못 하겠습니다.〉 그 사람은 부상당한 손의 엄지손가락과 집게손가락으로 모자 꼭지를 잡아 앞에 들고서, 느릿느릿 고개를 숙여 인사했어. 나도 고개를 숙여 인사했지. 우리는 함께 고개 숙여 인사한 거야. 정중하게 발을 빼면서 고개 숙여 상대에게 인사했고, 그러는 사이 꼬질꼬질한 웨이터의 표본이라 할 만한 웨이터는 마치 그걸 구경하려고 돈이라도 낸 사람처럼 유심히 우리를 지켜보았어. 〈*Serviteur*(그럼 저는 이만 가보겠습니다).〉 프랑스인이 말했어. 다시 한번 발을 빼며 인사하더군. 〈*Monsieur*(선생님).〉 ……〈*Monsieur*(선생님).〉 ……그 장교의 건장한 등 뒤로 유리문이 닫혔어. 쌀쌀하고 매서운 남풍이 그 사람을 치자 코트 자락이 다리에 휘감겼고, 그 사람은 머리의 모자를 누르고 어깨에 힘을 주면서 바람에 밀리듯 사라졌어.

나는 다시 홀로 앉았고, 낙담했어. 짐의 그 일을 생각하며 낙담한 거야. 3년도 더 지난 일을 그때까지 생생하게 느꼈단 걸 이상해할까 봐 말해 주자면, 사실 그 얼마 전에 짐을 만났기 때문이야. 난 사마랑에서 시드니행 화물을 싣고 곧장 돌아온 참이었거든. 아주 따분한 업무였지. 여기 이 찰리는 그런 걸 내 정상 업무 중 하나라고 말하곤 하지만. 그리고 사마랑에서 나는 짐의 모습을 살짝 보았어. 당시 짐은 내 추천으로 디영에게 고용되어 있었어. 입항선 담당 점원이었지. 디영은 짐을 〈나의 떠다니는 대리점〉이라고 불렀어. 입항선 담당 점원이라는 직업만큼 위안을 주지 못하고 매력의 빛이라고는 찾아볼 수 없는 생활 방식을 너희는 아마 상상도 할 수 없을 거야. 보험 판매원 일을 뺀다면 말이야. 여기 찰리도 잘 아는 리틀 밥 스탠턴이 바로 그런 보험 판매 일을 했었어. 세포라호 참사 때 어떤 숙녀의 하녀를 구하려다 익사한 그 사람 말이야. 짙은 안개가 낀 어느 날 아침 스페인 해안에서 있었던 충돌 사고였어. 너희도 아마 기억할 거야. 모든 승객을 구명정들에 질서 정연하게 태우고 배에서 멀어지고 있는데, 밥만 그 여자를 구한다고 배로 돌아가 갑판으로 기어올라 갔지. 어쩌다 그 하녀만 배에 남게 되었는지는 모르겠어. 어쨌든 그 하녀는 혼비백산해 배를 떠나려 하지 않으면서 필사적으로 난간에 매달려 있었어. 그때 벌어진 레슬링 시합 같은 광경은 구명정에서도 보였지. 가엾은 밥은 상선들에서 근무하는 일등 항해사 가운데 가장 키가 작았고, 그 하녀는 신을 신으면 키가 5피트 10인치나 되는 데다 말처럼 힘이 셌다더군. 그래서 계속 엎치락뒤치락하는 동안 그 불쌍한 하녀는 계속해서 비명을 질렀고, 밥은 이따금 자기 구명정을 향해 배에서 떨어져 있으라고 소리 질렀어. 당시 그 배의 선원 한 명은 웃음을 참으며 그 일을 회상했지. 〈선장님, 그건 아무리 보아도 버릇없는 청년이 자기 어머니하고 싸우는 모습이었습니다.〉 그 늙은 선원은 또한 〈결국 스탠턴은 그 여자를 끌어당기는 걸 포기하고 그냥 옆에 서서 주의 깊게 바라보기만 하더군요. 우리가 나중에 생각해 보니, 스탠턴은 아마도 조만간 물이 몰려와 그 하녀가 난간에서 떨어지면 구조할 기회가 생길 거라고 생각한 듯합니다. 우리는 위험해서 배 옆으로 갈 엄두를 내지 못했습니다. 얼마 뒤, 그 낡은 배는 갑자기 우현으로 기울어지더니 텀벙 가라앉았습니다. 배가 물속으로 빨려 들어가는 모습은 끔찍했습니다. 산 자든 죽은 자든 누구도 다시 떠오르는 걸 볼 수 없었습니다.〉 가엾은 밥은 복잡하게 얽힌 애정 관계 때문에 뭍에서 한동안 살았었던 것 같아. 밥은 이걸로 바다 생활이 영원히 끝났길 바라며 지상에서 누릴 수 있는 모든 기쁨을 즐기려 애썼어. 하지만 결국 보험 외판원이 되었지. 리버풀에 살던 사촌인가가 그 일을 구해 줬어. 밥은 보험 일을 하며 겪은 이야기들을 우리에게 들려주곤 했어. 우린 눈물이 날 때까지 배꼽을 잡고 웃었고, 밥은 우리의 반응에 꽤 즐거워했어. 그러면서도, 작은 키에 난쟁이 요정처럼 수염을 허리까지 기르고 다니던 밥은 우리 사이를 살금살금 걸어다니면서 〈너희가 웃겼다니까 좋아. 하지만 그 일을 일주일 하고 나니까 내 불멸의 영혼이 말라빠진

211

완두콩 크기로 쪼그라들었지 뭐야)라고 말하곤 했어. 짐의 영혼이 그 새로운 생활에 어떻게 적응했는지 모르겠어. 나는 짐에게 근근이 살아갈 일거리를 구해 주는 것만으로도 너무 바빴거든. 하지만 모험을 좋아하는 짐의 마음은 분명 굶주림에 고통스러워했을 거야. 새로운 직장엔 모험심을 만족시킬 만한 먹이가 전혀 없는 게 확실했거든. 짐이 그런 일을 하는 걸 보고 있자니 안타까웠지만, 짐은 꿋꿋하고 차분하게 일을 처리했고, 그 점에서만큼은 후한 점수를 주고 싶어. 나는 초라한 일을 열심히 하는 짐을 지켜보며, 그건 짐이 상상으로 바란 영웅적 행위에 대한 처벌이자 자신이 감당할 수 있는 것 이상으로 화려한 것을 갈망한 데 대한 속죄라고 생각했어. 짐은 자신이 명예로운 경주마라고 생각했는데, 이제는 거리의 행상인이 데리고 다니는 당나귀처럼 아무런 영광도 없이 고된 일을 해야 하는 운명에 처한 거야. 짐은 그 일을 아주 잘했어. 짐은 눈과 귀와 마음을 닫은 채 고개를 숙이고 단 한 마디도 하지 않고 살았어. 아주 잘 지냈지. 때때로 불가항력적으로 파트나호 사건 이야기가 나오는 처참한 경우에 부닥치면 놀라울 정도로 격렬하게 감정을 폭발시키긴 했지만, 그런 경우를 빼면 아주 잘 지냈어. 불행히도 동방의 바다에서 있었던 그 스캔들은 좀처럼 사라지지 않았어. 그래서 나는 짐의 문제에서 영영 손을 뗄 수 없겠다 싶었지.

　프랑스 해군 중위가 떠난 뒤, 나는 앉아서 짐을 생각했어. 하지만 얼마 전 황급히 악수했던 디영 상점의 시원하고 어둑한 뒷방에서의 짐이 아니라, 오래전 말라바르 하우스의 긴 회랑에서 싸늘하고 어두운 밤을 등지고 깜빡이는 마지막 촛불 앞에서 나와 함께 앉아 있던 짐을 떠올렸어. 조국의 법이라는 존경스러운 칼이 짐의 머리 위에서 대롱거렸지. 이튿날, 아니 우리가 헤어지기 오래전에 이미 자정이 지났으니 바로 그날이라고 해야 할까, 냉정한 얼굴의 치안 판사가 구타 사건에 대한 벌금과 수감 기간을 선고한 뒤, 무시무시한 칼을 들어 숙인 짐의 목을 칠 터였어. 그래서 그날 밤 우리가 나눈 교분은 사형 선고를 받은 죄수와 마지막 밤을 함께 새우는 것처럼 특별했어. 짐 역시 죄를 지었어. 내가 여러 번 나 자신에게 말했듯이, 짐은 죄를 지었고, 그로 인해 끝장났어. 그럼에도 나는 공식적인 처형이라는 사소한 절차는 면하게 해주고 싶었어. 왜 그런 마음이 들었는지 설명하는 척하진 않겠어. 설명할 수 없거든. 하지만 만약 이쯤에서도 그 이유를 짐작하지 못하겠다면, 내 이야기가 너무 애매했거나 아니면 너희가 너무 졸려 내 이야기를 제대로 알아듣지 못했거나 둘 중 하나일 거야. 내 도덕성을 옹호하지는 않겠어. 난 도덕성이라곤 전혀 없는 충동에 이끌려 브라이얼리의 제안을 짐 앞에 그대로 내놓았고, 말하자면 도피책인 그 제안은 참으로 거칠고 투박하기 짝이 없었지. 그 계획을 실천하는 데 필요한 돈은 내 주머니에 있었고, 짐은 당장에라도 그 돈을 쓸 수 있었어. 아! 빌려주는 돈이었어. 물론 빌려주는 돈이지. 그리고 랑군에서 짐에게 직장을 알선해 줄 사람에게 보내는 소개장이 필요하다면…… 당연하지! 기꺼이 써줄 참이었어. 2층 내 방에는 펜과 잉크와 편지지가 있었어. 그리고 심지어 짐과 이야기를 나누는 그 순간에도 나는 편지를 쓰고 싶어 몸이 근질거렸어. 모년 모월 모일 오전 2시 30분…… 우리의 옛 우정을 생각해서, 자네가 제임스[17] 아무개 씨의 일자리를 알아봐 줬으면 해. 그 청년은 어쩌고저쩌고……. 나는 짐에 대해 그렇게 쓸 작정이었어. 짐은 내 동정심을 끌어내진 못했지만, 결국 그보다 더 나은 걸 해낸 거야. 짐은 동정심이라는 감정의 원천과 근원에 이르러 있었고, 내 이기심이라는 은밀한 감성까지 건드렸으니까. 나는 너희에게 아무것도 숨기지 않아. 내가 만약 숨기려 한다면 내 행동은 그 누구의 이해할 수 없는 행동보다 더 이해할 수 없어 보일 테니까. 그리고 또 다른 이유로는, 내일이면 너희는 나의 성실성을 과거의 다른 교훈들과 함께 잊어버릴 테니까. 전체적으로 그리고 정확히 말해, 그 거래에서 나는 비난받을 짓을 하지 않았어. 하지만 내 부도덕성에서 비롯된 그 미묘한 의도는 죄인의 도덕적 순박함과의 싸움에서 지고 말았어. 물론 짐도 이기적이라는 점에는 의심의 여지가 없었어. 하지만 짐의 이기심은 더 고귀한 근원과 더 기품 있는 목표를 가지고 있었어. 난 내가 무슨 말을 하든 간에 짐이 처형이라는 의식을 거치려고 단단히 마음먹었다는 걸 알게 되었어. 그리고 나는 많은 말을 하지 않았어. 논쟁을 벌일 경우 짐의 젊음이 내게 아주 불리하게 작용하리라고 느꼈거든. 그리고 짐은 내가 이미 어느 순간 의심을 거두었다는 점을 믿어 주었어. 말로 표현할 수 없고 명확히 서술하기도 어려운 짐의 거친 희망 속에는 어딘가 섬세

17 〈짐〉은 〈제임스〉의 애칭이다.

한 면이 있었어. 〈도망치라니요! 생각도 할 수 없습니다.〉 짐이 고개를 저으며 말했어. 〈자네에게 무슨 사례를 요구하거나 기대해서 이런 제안을 하는 게 아니야.〉 내가 말했어. 〈그 돈은 자네가 편할 때 갚으면 돼. 그리고…….〉 〈정말로 고맙습니다.〉 짐이 시선을 들지 않고 중얼거렸어. 나는 짐을 주의 깊게 살폈어. 짐은 분명 자신의 미래가 끔찍이도 불안정하다고 느꼈을 거야. 하지만 짐은 비틀거리지 않았어. 진짜로 자기 심장엔 아무 이상 없다는 듯이 말이야. 나는 화가 났어. 그리고 그런 게 그날 밤이 처음도 아니었어. 〈자네가 겪은 이 불운한 일은 자네 같은 사람에게 너무 가혹해…….〉 내가 말했어. 〈맞습니다, 그래요.〉 짐이 바닥에 시선을 고정하고 말했어. 그걸 보니 가슴이 미어지더군. 짐은 촛불 위로 우뚝 섰고, 나는 뺨에 난 솜털과 얼굴의 매끈한 피부 아래로 번지는 홍조를 볼 수 있었어. 내 말을 믿을지 모르겠지만, 그 모습을 보니 너무나 가슴이 미어졌어. 그 모습에 자극을 받은 나는 잔인해졌어. 〈그렇지.〉 내가 말했어. 〈그리고 자네가 이 사건의 찌꺼기를 핥는다고 해서 무슨 이득이 있을지 나는 도무지 상상이 안 간다는 사실을 말해야겠어.〉 〈이득이라뇨!〉 가만히 있던 짐이 중얼거렸어. 〈나는 도무지 상상이 안 가.〉 나는 화가 나서 말했어. 〈저는 그 사건과 관련해 모든 걸 선장님께 말씀드리려 애썼습니다.〉 짐은 마치 답할 수 없는 무엇인가를 심사숙고하듯이 천천히 말했어. 〈하지만 어쨌든, 그것은 제 문제입니다.〉 나는 대꾸하기 위해 입을 열었지만, 갑자기 나 자신에 대한 모든 확신이 사라진 걸 깨달았어. 그리고 짐 역시 나를 포기한 듯했어. 혼잣말하는 사람처럼 중얼거렸거든. 〈도망쳐 버렸어요……. 병원에 입원하고…… 누구도 직시하려 들지 않았습니다……. 그자들은요!〉 짐은 손을 살짝 움직여 경멸을 내비쳤어. 〈하지만 저는 이걸 극복해야만 합니다. 저는 꽁무니 빼선 안 됩니다……. 저는 꽁무니를 빼지 않을 겁니다.〉 짐은 조용해졌어. 뭔가에 홀린 듯이 멍한 시선이었지. 무의식적인 얼굴에 경멸, 절망, 결의의 표정들이 차례로 지나갔어. 마치 미끄러지듯 지나는 비현실적인 형상들이 마법의 거울에 비치듯 말이야. 짐은 기만적인 유령들, 가혹한 망령들에 둘러싸여 살았어. 〈오! 말도 안 되는 소리야, 이 친구야.〉 내가 입을 열었어. 짐은 성마른 움직임을 보였어. 〈선장님은 이해하지 못하시는 듯하군요.〉 짐이 가시 돋친 목소리로 말했어. 그리고 눈 한 번 깜빡이지 않고 나를 똑바로 바라봤어. 〈제가 뛰어내렸을지는 몰라도, 도망치지는 않습니다.〉 〈기분 상하게 하려는 뜻은 없었어.〉 나는 이렇게 말하고 바보같이 덧붙였어. 〈자네보다 더 훌륭한 사람들도 때로는 도망치는 것이 편하다고 생각한 적이 있어.〉 짐의 얼굴이 시뻘게졌고, 한편 혼란에 빠진 나는 혀로 나 자신을 거의 질식시키고 있었어. 〈그랬을 수도 있겠죠.〉 마침내 짐이 말했어. 〈하지만 저는 그렇게 잘나지 않았습니다. 그러니 도망칠 깜냥이 안 됩니다. 저는 이번 일을 싸워서 이겨 내야 합니다. 저는 지금 싸우고 있습니다.〉 나는 의자에서 일어났고, 온몸이 뻣뻣하다고 느꼈어. 침묵이 당혹스러웠고, 그 침묵을 끝내려고 내가 생각해 낸 것은 가벼운 어조로 〈벌써 시간이 이렇

게 지난 줄 몰랐네〉라고 말하는 게 고작이었어……. 〈이 일이
선장님은 지겨우시겠죠.〉 짐이 퉁명스레 말했어. 〈그런데 솔
직히 말씀드리자면,〉 짐은 두리번거리며 자기 모자를 찾기
시작했어. 〈저도 그렇답니다.〉

　그렇게 됐어! 그 친구는 더할 나위 없이 훌륭한 그 제안을
거절했어. 짐은 내 구원의 손길을 뿌리쳤어. 그 친구는 이제
떠날 준비를 했고, 난간 기둥 너머에서 밤은 마치 짐을 먹이
로 점찍어 두고 아주 조용히 기다리는 듯 보였어. 짐의 목소
리가 들렸어. 〈아! 여기 있군요.〉 짐은 자기 모자를 찾아낸
거야. 몇 초 정도, 서먹한 순간이 흘렀어. 〈이번 일이 끝나면
어쩔 셈이지?〉 내가 아주 낮은 목소리로 물었어. 〈파멸한 것
과 다를 바 없겠죠.〉 짐이 거친 목소리로 중얼거렸어. 나는
이미 어느 정도 정신을 가다듬었고, 그런 대답은 가볍게 받
아넘기는 게 최선이라고 판단했어. 〈제발 기억해 두게.〉 내
가 말했어. 〈자네가 떠나기 전에 꼭 다시 보고 싶어.〉〈선장
님이 그러지 못하실 이유가 없지요. 이 빌어먹을 일로 제가
안 보이게 되는 것도 아니고요.〉 짐은 아주 냉소적으로 말했
어. 〈그런 운이 제게 있을 리 없지요.〉 그리고 작별하며 짐은
앞뒤가 안 맞고 알아들을 수 없는 말을 더듬더듬 내뱉고, 애
매한 행동을 하고, 망설이는 행동을 보였어. 그 어색한 순간
이라니. 하느님이 그 친구를, 그리고 나를 용서해 주시길! 짐
은 내가 악수를 꺼릴 거라는 터무니없는 생각을 했던 것 같
아. 말로 표현하기에는 너무 끔찍한 순간이었어. 나는 막 절
벽에서 뛰어내리려는 사람을 보고 소리 지르듯 갑자기 소리

를 질렀던 것 같아. 고조된 우리 목소리, 짐의 얼굴에 떠오르던 비참한 미소, 내 손을 으스러질 정도로 꽉 잡던 아귀힘 등이 아직도 생생해. 촛불이 펄럭이다 꺼졌고, 어둠 속에서 내 쪽으로 다가오는 신음 소리와 함께 드디어 그 일은 끝났어. 갑자기 짐은 가버리고 없었어. 밤이 그 친구의 모습을 삼켰어. 짐은 끔찍하게도 서툴렀어. 끔찍하게도. 짐의 부츠 아래에서 자갈들이 빠르게 절그럭거리는 소리가 들렸어. 짐은 뛰고 있었던 거야. 확실히 뛰고 있었어. 갈 곳이 아무 데도 없는데 말이야. 그리고 그때 그 친구는 채 스물네 살도 안 된 나이였어.」

14

「나는 잠을 거의 못 잔 상태로 서둘러 아침 식사를 마치고 살짝 망설이다가 이른 아침에 내 배로 가는 걸 단념했어. 그건 아주 잘못한 결정이었어. 왜냐하면 내 일등 항해사는 여러 면에서 훌륭하지만 아주아주 음울한 망상의 희생자여서, 만약 자신이 기대하는 날짜까지 아내의 편지를 받지 못하면 분노와 질투로 미쳐 모든 일에 손을 놓고 모든 선원과 언쟁을 벌이고 자기 선실에 가서 울거나 사납게 성질을 부렸기 때문에 선원들은 거의 선상 반란을 일으킬 지경까지 몰리곤 했거든. 나는 그 점을 늘 이해할 수 없었어. 둘은 결혼한 지 13년이 되었어. 언젠가 그 아내를 흘깃 본 적 있는데, 솔직히 그처럼 매력 없는 사람 때문에 죄를 지을 정도로 자포자기하는 인간을 나는 이해할 수가 없었지. 가엾은 셸빈에게 그런 내 생각을 말할까 하다가 관두었는데, 그게 잘못한 건지 아닌지 잘 모르겠어. 그 친구는 자기 삶을 스스로 고통스럽게 했고, 그로 인해 나 역시 간접적으로 고통을 겪었지만, 난 일종의 거짓된 배려 때문에 그 말을 하지 못했지. 선원들의 결혼 생활은 흥미 있는 화젯거리이고, 너희에게 해줄 수 있는 이야기가 많아……. 하지만 지금은 그런 이야기를 할 자리도 아니고 때도 아니야. 짐의 이야기를 하던 중이니까. 짐은 미혼이었어. 비록 짐의 상상 속 양심, 자존심, 어린 시절부터 가까이해서 재앙의 씨앗이 된 모든 화려한 유령과 엄격한 허깨비들이 짐이 단두대에서 도망치는 것을 허용하지 않았겠지만, 그런 것들과 애초에 친해 본 적 없는 나로선 짐의 머리가 잘려 굴러떨어지는 꼴을 보러 가고 싶은 충동을 거역할 수 없었어. 나는 재판정으로 갔어. 큰 감명을 받거나 교훈을 얻거나 흥미를 느끼거나 심지어 두려움을 느끼길 바란 건 아니야. 물론 우리 앞에 삶이 조금이나마 남아 있는 한, 이따금 두려움을 체험하는 것이 유익한 학습이긴 하지만 말이야. 그러나 나는 그토록 끔찍하게 낙담하리라고도 예상하지 못했어. 짐이 받는 처벌이 가혹한 이유는 그 냉정하고 비열한 분위기 때문이었어. 범죄의 진짜 중대함은 인류 공동체와의 신의를 깬다는 건데, 그런 관점에서 보면 짐은 결코 비열한 반역자가 아니었어. 하지만 짐의 처형은 은밀히 이루어졌어. 높다랗게 설치된 처형대도 없었고, 주홍색 천도 없었고(타워 힐에서 처형할 때도 주홍색 천이 있었던가? 있었을 거야), 짐의 죄에 경악하면서도 짐의 운명에 눈물 흘리는 군중도 없었고, 음울한 징벌 분위기도 없었어. 내가 걸어가는 동안 밝은 햇빛이 비쳤는데, 햇빛은 밝다 못해 너무나 강렬해서 위로가 되지 못했고, 거리는 망가진 만화경처럼 온갖 색이 뒤죽박죽하게 가득했어. 노랑, 초록, 파랑, 눈부신 하양,

아무것도 걸치지 않은 갈색 어깨, 거세한 황소가 끄는 빨간 차양 달구지, 끈으로 조인 먼지투성이 부츠를 신고 무리를 이루어 행군 중인 황갈색 몸과 검은 머리의 원주민 보병들, 볼품없이 재단한 칙칙한 제복을 입고 에나멜가죽 허리띠를 두른 원주민 경찰. 그 경찰은 동양적인 연민이 가득한 눈으로 나를 바라보았는데, 마치 그 경찰의 떠도는 영혼이 예기치 않은, 그걸 뭐라고 하더라, 그래, 아바타, 화신 때문에 과도한 고통을 겪고 있는 듯했어. 뜰에 외로이 있던 나무 그늘에는 폭행 사건과 관련된 마을 사람들이 그림처럼 모여 앉아 있었는데, 마치 동방 여행기 책에 나오는 다색 석판화 속 무리 같았어. 여기서 빠진 거라고는 전경에서 응당 피어올라야 할 연기와 풀을 뜯는 가축 무리뿐이었어. 그 나무 뒤로는 아무런 장식도 없는 노란색 벽이 우뚝 솟아 눈부신 빛을 반사했어. 재판정은 어두컴컴했고, 그래서 더 넓어 보였지. 저 침침한 재판정 높이에서는 풍카들이 짧게 앞뒤로 오가며 부채질하고 있었어. 아무런 장식도 없는 벽 때문에 왜소해 보이는, 천을 걸친 사람들이 텅 빈 벤치 여기저기에서 마치 경건한 명상에 잠긴 듯 꼼짝 않고 있었지. 구타당했다는 원고는 초콜릿색 피부의 뚱뚱한 남자였는데, 머리는 면도해 밀고 살찐 가슴 한쪽을 드러낸 채 콧날 위쪽에 밝은 노란색 카스트 표시를 하고 당당하게 부동자세로 앉아 있었어. 침침한 실내에서 뒤룩이는 눈알만 번득였고, 숨을 쉴 때마다 콧구멍이 요란하게 벌름거렸지. 브라이얼리는 간밤에 석탄재를 깐 트랙에서 전속력으로 달리며 밤을 새우기라도 한 듯 지친 표정으로 의자 깊숙이 앉아 있었어. 경건한 그 범선 선장은 흥분한 듯한 모습으로 좌불안석이었는데, 당장에라도 일어서서 우리에게 기도하고 참회하자고 열심히 권유하고 싶은 충동을 억누르려 애쓰는 듯했어. 치안 판사의 깔끔하게 손질한 머리털과 유백색 피부의 머리통은 막 씻겨 빗질한 뒤 병상에 부축해 앉혀 놓은 가망 없는 환자의 머리통 같았어. 판사는 줄기가 긴 보라색 꽃다발에 분홍 꽃이 조금 섞인 꽃병을 옆으로 밀더니 두 손으로 푸른 기가 도는 긴 종이 한 장을 움켜쥐고 훑어본 다음 책상 모서리에 두 팔을 받치고는 차분하고 또렷하면서도 무심한 목소리로 낭독하기 시작했어.

맙소사! 내가 단두대니 머리가 굴러떨어지니 하며 멍청한 소릴 하긴 했지만, 실제로는 목이 잘리는 것보다 한없이 더 끔찍했어. 이제는 끝장이라는 무거운 느낌이 사방에 드리워져 있었고, 도끼가 떨어진 다음에는 안식과 안전이 뒤따를 거라는 희망으로도 그 느낌은 가시지 않았거든. 그 심판은 사형 선고에서 보이는 모든 냉혹한 보복과, 유배형에서 보이는 잔인함을 모두 갖추고 있었어. 내 눈에 비친 그날 아침의 상황은 그러했어. 그리고 지금까지도 나는 흔한 사건에 대한 과장된 견해에서 부인할 수 없는 진실의 흔적을 보는 듯해. 당시 내가 얼마나 강렬한 느낌을 받았는지 너희도 알겠지. 이제 모든 것이 끝났음을 나 스스로 인정할 수 없었던 것도 어쩌면 바로 그런 이유 때문일 거야. 그 문제는 실제로는 끝나지 않은 것처럼 늘 내 머릿속을 맴돌았고, 나는 그 문제에 대한 의견이라면 개인적 의견이든 국제적 의견이든 가리지 않고 언제나 열심히 들으려 했어, 맙소사! 가령 그 프랑스 사람과의 대화처럼 말이야. 짐의 고국이 내린 판결은, 만약 기계가 말을 할 수 있다면 사용했을 그런 감정 없고 명확한 용어로 표현되어 있더군. 치안 판사의 머리는 종이로 반쯤 가려져 있었고, 이마는 설화 석고처럼 보였어.

재판관들은 몇 가지 의문을 가지고 있었어. 첫 번째는 그 증기선이 모든 면에서 그런 항해를 하기에 적합했는가 하는 점이었어. 그렇지 않았다는 결론이 내려졌지. 내가 기억하기에, 두 번째 의문은 사고가 발생한 시점까지 선원들이 수칙에 맞는 적정한 방식으로 그 배를 운항했는가였어. 무슨 이유에선가, 재판관들은 그렇다고 말했고, 사고의 정확한 원인을 밝혀 줄 증거가 없다고 선언했어. 어쩌면 버림받고 표류 중이던 배와 부딪혔을 수도 있다고 하더군. 내 기억으로, 당시 송진 채취용 소나무를 싣고 출항했던 노르웨이의 바크선이 실종된 것으로 간주되고 있었는데, 스콜을 만나 전복되어 거꾸로 뒤집힌 채 여러 달 표류하며 어둠 속에서 다른 배를 침몰시킬 기회만 노리는 일종의 바다 귀신 같은 존재가 됐을 수도 있었어. 북대서양엔 그렇게 시체처럼 떠도는 난파선이 흔했어. 북대서양에서는 안개며 빙산, 사고를 저지르려고 작정한 듯한 난파선들, 길고도 불길한 돌풍 따위가 끊임없이 출몰해 흡혈귀처럼 달라붙었어. 그곳에서는 인간이 모든 힘과 정기와 심지어 희망까지 잃고, 결국 빈 껍데기가 된 듯한 느낌이 들지. 하지만 그런 바다에서조차 그 사고는 악의 가득한 섭리가 특별히 꾸며 낸 일처럼 보일 정도로 드문 경우였

223

고, 만약 그 사악한 섭리에 보조 엔진 기관사를 죽이고 짐에게는 죽음보다 더 나쁜 상황을 초래하려는 목표가 없었다고 한다면, 이 사고는 그야말로 아무 목적도 없는 악마의 행태로 보였어. 거기까지 생각이 미치자 나는 집중력이 흐트러졌어. 잠시 그 치안 판사의 목소리가 그저 소음으로 들렸지. 하지만 어느 순간 그 소리가 다시 또렷하게 단어들로 들렸어…… ⟨자신들의 명백한 임무를 완전히 저버리고⟩라고 판사가 말했지. 어찌 된 일인지 그다음 문장은 듣지 못했지만, 뒤이어 ⟨위험한 순간이 되자 자신들의 책임 아래 있는 인명과 재산을 버리고……⟩라는 소리가 기복 없는 목소리로 계속되다 멎었어. 하얀 이마 아래에서 한 쌍의 눈이 종이 위로 음침한 눈길을 흘낏 보냈어. 나는 마치 짐이 사라져 버렸을 거라고 기대했다는 듯이 서둘러 짐을 찾았어. 하지만 짐은 그곳에 있었어. 아주 가만히. 금발 머리에 분홍색 얼굴의 짐은 앉아서 주의를 기울여 치안 판사의 말을 듣고 있었어. ⟨그러므로……⟩ 목소리가 단호해지기 시작했어. 짐은 입술을 벌린 채 응시하며 책상 뒤에 앉은 이의 말을 주의 깊게 들었어. 치안 판사의 말은 풍카에서 나오는 바람에 실려 정적 속으로 전해졌고, 나는 짐의 반응을 살피느라 판결문을 단편적으로만 들었어. ⟨본 법정은…… 독일 출신…… 구스타프 아무개 선장과…… 제임스 아무개 항해사의…… 간부 선원 자격증을 취소한다.⟩ 침묵이 내려앉았어. 치안 판사는 종이를 내려놓고 의자 팔걸이에 기대어 몸을 옆으로 숙이더니 브라이얼리에게 편안히 이야기하기 시작했어. 사람들이 나가기 시작하자 다른 사람들이 들어왔고, 나 역시 문으로 향했어. 밖에서 나는 가만히 서 있다 건물 밖으로 향하는 짐의 팔을 잡아 세웠어. 짐은 자기 처지에 대한 책임이 나에게 있다는 듯이 나를 쏘아보았고, 나는 그 눈빛에 당황했어. 짐은 마치 내가 악의 화신이라도 되는 듯이 바라보았어. 〈이제 다 끝났군.〉 내가 더듬더듬 말했어. 〈네.〉 짐이 탁한 목소리로 말했어. 〈이제는 그 누구도⋯⋯.〉 짐은 내 손아귀에서 팔을 거칠게 빼냈어. 나는 멀어지는 짐의 등을 지켜보았어. 그 길은 길었고, 그래서 나는 한동안 짐을 바라보았어. 짐은 꽤 천천히 걸었는데, 똑바로 걷기 어려운 듯 살짝 다리를 벌리고 걸었어. 내 시야에서 사라지기 직전, 나는 짐이 살짝 비틀거리는 걸 본 것 같았어.

〈배에서 뛰어내렸다던 사람이로군.〉 내 뒤에서 굵은 목소리가 말했어. 돌아보니 내가 살짝 아는 인물이더군. 서부 호주 출신이었는데, 이름은 체스터였어. 그 사람 역시 짐의 뒷모습을 지켜보았던 거야. 체스터는 가슴이 엄청나게 우람하고 마호가니색 얼굴은 거칠었지만, 깨끗이 면도하고 굵고 뻣뻣한 회색 콧수염 두 다발이 윗입술을 거칠게 덮고 있었어. 내가 알기로, 체스터는 진주 채취업자이자 난파선 구조자이자 상인이자 고래잡이였어. 그 사람 말로는, 바다에서 할 수 있는 건 해적질만 아니면 뭐든 다 한다더군. 태평양은 남북을 가리지 않고 어디든 헤집고 다녔어. 하지만 체스터는 싸구려 증기선을 한 척 살 생각으로 마침 그 먼 곳까지 와 있었던 거야. 그 사람 말에 따르면, 얼마 전 어딘가에서 구아노[18] 섬을

18 바닷새의 똥이 쌓여 화석화된 광물질로, 비료로 사용한다.

발견했는데, 접근하기 위험하고, 과장하지 않고 문자 그대로 닻을 내리는 것조차 안전하지 않다고 했어. 〈금광만큼이나 값진 곳이지.〉 체스터가 외쳤어. 〈월폴 암초 한복판에 있는데, 닻을 내릴 만한 바닥이 정녕 모두 40패덤[19] 이상 깊이에만 있다면 어떻게 해야 할까? 그리고 허리케인까지 있어. 하지만 1등급 구아노야. 금광만큼이나, 아니 더 가치 있는 곳이지! 하지만 그곳에 가보려는 바보가 한 명도 없어. 그 근처까지 가겠다는 선장이나 선주조차 구할 수가 없어. 그래서 내가 직접 그 귀한 물건을 실어 나르기로 결심했지.〉 ……그런 이유로 체스터는 증기선이 한 척 필요해진 거고, 내가 알기로 그때 그 친구는 시대에 뒤진 90마력짜리 낡은 쌍돛대 증기선 한 척을 사기 위해 파시교도들의 무역 회사와 열심히 흥정 중이었어. 우리는 전에 몇 차례 만나 이야기를 나눈 적이 있었지. 체스터는 알 만하다는 듯이 짐의 뒷모습을 바라보았어. 〈상심이 큰가?〉 그 친구가 경멸하듯 물었어. 〈아주 크지.〉 내가 말했어. 〈그러면 쓸모없는 놈이로군.〉 체스터가 자기 생각을 말했어. 〈뭘 그런 거 가지고 그러지? 그냥 자격증에 불과하잖아. 그게 있다고 해서 저절로 사람이 되는 건 아니야. 사물의 실상을 보아야 한다고. 그러지 못하면 당장 자격증을 버리는 게 낫지. 세상에서 아무 일도 하지 못할 테니까. 나를 봐. 나는 그 어떤 일에도 상심하지 않는 걸 규칙으로 삼아 실천에 옮기고 있어.〉 〈그렇지.〉 내가 말했어. 〈너

---

19 깊이의 단위로, 주로 바다의 깊이를 잴 때 사용한다. 1패덤은 약 1.83미터다.

는 사물을 있는 그대로 보지.〉 〈내 동업자가 왔으면 좋겠군. 내가 원하는 건 그거야.〉 체스터가 말했어. 〈내 동업자를 알아? 로빈슨이야. 그래, 바로 그 로빈슨. 몰라? 그 악명 높은 로빈슨이야. 한창때는 지금 살아 있는 그 누구보다 많은 아편을 밀수했고, 그 누구보다 더 많은 물개를 잡았지. 들리는 말로는, 안개가 너무 짙어서 하느님 말고는 아무도 서로를 분간할 수 없는 계절에도 알래스카 방면으로 가는 물개잡이 스쿠너선을 탔다더군. 공포의 로빈슨. 바로 그런 자야. 그 사람이 나와 구아노 사업을 같이해. 그 사람 평생에 가장 좋은 기회지.〉 체스터는 내 귀에 대고 말했어. 〈식인종 아니냐고? 뭐, 아주 오래전 사람들이 그렇게 부르긴 했지. 그 이야기 기억해? 스튜어트섬 서쪽에서 배가 난파된 일. 그래, 그거. 일곱 명이 해변에 도착했는데, 서로 사이좋게 지낼 수 없었나봐. 세상에는 성미가 너무 고약해서 무슨 일에든 성질을 내는 사람들이 있지. 나쁜 상황에서 최선의 결과를 끌어내는 방법을 모른다든지, 사물을 있는 그대로 보지 못한다든지 하는 사람들 말이야. 있는 그대로 못 보는 거야! 그러면 결과가 어떻게 되겠어? 뻔하지! 말썽이 생기는 거야, 말썽. 그러면 필시 머리통이 깨지지. 그래도 싸고. 그런 자들은 죽어야 가장 쓸모 있어. 이야기를 계속하자면, 영국 해군의 울버린호에서 구명정을 보냈을 때 로빈슨은 태어났을 때처럼 벌거벗은 채 해초 위에 무릎을 꿇고 찬송가인가 뭔가를 부르고 있었대. 그리고 가볍게 눈이 내리고 있었다더군. 로빈슨은 구명정이 해변에 노 하나 거리만큼 가까워질 때까지 기다렸다가 도망쳤대. 군인들은 한 시간 동안 바위를 오르내리며 로빈슨 뒤를 쫓았고, 결국 해병 한 명이 돌을 던졌는데, 천우신조로 귀 뒤에 맞아 로빈슨은 정신을 잃고 쓰러졌지. 혼자였느냐고? 당연하지. 하지만 그 물개잡이 스쿠너선에 대한 이야기는 그랬대. 그 이야기의 진위야 하느님 말고는 아무도 모르지. 군함 측에서는 그 문제를 깊이 조사하지 않았어. 군인들은 해군 망토로 로빈슨을 감싸고 서둘러 데려왔어. 날은 어두워졌고 날씨도 나빠졌기 때문에 군함에서 5분마다 귀환을 재촉하는 대포를 쏘아 댔거든. 3주가 지나자 로빈슨은 전처럼 건강을 되찾았어. 상륙하자 사람들이 조사한다고 소동을 벌였지만 로빈슨은 아랑곳하지 않았어. 그냥 입을 꼭 다물고 사람들이 소리를 지르게 내버려 뒀지. 자기 배를 잃고 전 재산을 잃었기 때문에 무척이나 속이 상했고, 그래서 사람들이 자기에게 무슨 욕을 하든 상관하고 싶지 않았던 거지. 나는 그런 사람이 필요해.〉 체스터는 길 저쪽의 누군가에게 팔을 들어 신호를 보냈어. 〈로빈슨에게는 약간의 돈이 있고, 그래서 내 사업에 끌어들여야 했어. 그래야만 했어! 그런 구아노 섬을 발견해 놓고 포기한다는 건 죄를 저지르는 거고, 나는 빈털터리였거든. 생살점이 뜯기는 기분이었지만, 나는 상황을 있는 그대로 보았고, 만약 누군가와 동업을 해야 한다면 로빈슨과 해야겠다고 생각한 거야. 난 로빈슨더러 호텔에서 아침을 먹고 오라고 한 뒤 나 먼저 재판정에 왔어. 내게 생각이 있었거든. 아! 오셨습니까, 로빈슨 선장님⋯⋯. 이쪽은 제 친구입니다, 로빈슨 선장님.〉

하얀 능직 양복을 입고 노령으로 떨리는 머리에는 녹색 테를 두른 방서모를 쓴 깡마른 노인이 발을 끌듯이 하며 종종걸음으로 길을 건너 우리에게 합류하더니 두 손을 우산 손잡이에 기대고 섰어. 호박색 털이 섞인 하얀 턱수염이 구불거리며 허리까지 내려오더군. 그 노인은 당황한 듯이 나를 향해 쭈글거리는 눈꺼풀을 끔벅였어. 〈안녕하십니까? 안녕하십니까?〉 그 노인은 카랑카랑한 목소리로 다정하게 말하고는 살짝 비트적거렸어. 〈약간 귀가 먹었어.〉 체스터가 내게 속삭였어. 〈싸구려 증기선 한 척 사려고 이분을 6천 마일이나 데려온 거야?〉 내가 물었어. 〈나는 보자마자 이분을 데리고 지구를 두 바퀴도 돌 것 같은 기분이었어.〉 체스터가 굉장히 힘차게 말했어. 〈증기선이 우리 성공의 열쇠니까, 친구. 호주와 그 부근 군도의 모든 선장과 선주가 멍청한 바보인 게 내 탓일까? 언젠가 한번 나는 오클랜드에서 어떤 사람과 세 시간 동안 이야기를 나눴어. 《배를 한 척 보내 줘.》내가 말했지. 《배를 한 척 보내 줘. 처음 실은 화물의 반을 공짜로 주겠어. 좋은 출발을 바라는 의미에서.》그랬더니 그 사람은 《이 세상에 배를 보낼 만한 곳이 아무리 없다 해도 그렇게는 못 하겠어》라고 하더군. 물론 천하의 멍청이였지. 암초와 조류가 있고, 닻을 내릴 곳은 없고, 배를 댈 곳은 절벽밖에 없으니 보험 회사에서는 그 위험을 부담하려 들지 않을 거고, 그래서 3년 이내에는 짐을 실을 가능성이 없다더군. 멍청이! 그래서 나는 그자 앞에서 거의 무릎을 꿇다시피 하며 사정했어. 《하지만 이 사업을 있는 그대로 봐봐.》내가 말했어. 《암초며 태풍은 엿이나 먹으라고 하고. 상황을 있는 그대로 보라고. 그곳에는 구아노가 있어, 퀸즐랜드의 사탕수수 재배업자들이 서로 갖겠노라고 부두에서 싸움을 벌일 만한 그런 거야. 장담해.》……바보랑 뭘 어쩔 수 있겠어?《그런 실없는 농담은 그만해, 체스터.》그자는 그렇게 말하더군……. 농담이라니! 나는 울고 싶은 심정이었어. 여기 로빈슨 선장님에게 물어봐……. 그리고 또 다른 선주가 있었어. 웰링턴에 살며 하얀 조끼를 입고 다니던 그 뚱보는 나를 무슨 사기꾼 보듯 하더라니까.《당신이 어떤 종류의 바보를 찾고 있는지는 모르지만, 난 지금 바쁩니다. 좋은 아침 되시길.》그자가 그렇게 말하더라고. 나는 그자를 이 두 손으로 붙잡아서 그자의 사무실 창밖으로 던져 버리고 싶은 마음이 굴뚝같았어. 하지만 그러지 않았지. 나는 성직자처럼 온화하게 행동했어.《생각해 보시죠.》내가 말했어.《다시 생각해 보십시오. 내일 다시 오겠습니다.》그자는《종일 외출》이라나 뭐라나 투덜거리더군. 계단에서 나는 짜증이 나다 못해 벽에 머리를 박고 싶었어. 여기 로빈슨 선장님에게 물어보면 대답해 주실 거야. 사탕수수를 쑥쑥 하늘까지 자라게 할 그 멋진 비료가 태양 아래 헛되게 놓여 있다는 생각을 하니 미치겠더군. 퀸즐랜드를 번영시킬 열쇠인데! 퀸즐랜드를 번영시킬 열쇠! 그리고 마지막으로 선주를 구하러 브리즈번으로 갔는데, 그곳에서는 나를 미친놈이라고 하더군. 멍청이들 같으니! 거기서 지각 있는 사람이라고는 나를 태우고 다니던 마부밖에 없었어. 아마도 영락한 귀족 자제였을 거야. 있잖습니까, 로빈슨 선장님!

브리즈번의 마부에 대해 제가 말씀드린 거 기억하시죠? 그 녀석은 뭘 좀 볼 줄 아는 친구였어. 본질을 한눈에 알아보곤 했지. 그 친구와 이야기하는 건 정말 즐거웠어. 어느 날 저녁 하루 종일 선주들 사이에서 속상해하던 내가 너무 기분 나빠서 《취해야겠어. 가지. 취하지 않으면 미쳐 버릴 것 같아》라고 했더니, 그 친구는 《알아서 모시겠습니다, 가시죠》라고 말하더군. 그 마부가 없었더라면 나는 어쨌을까 몰라. 어이, 로빈슨 선장님!〉

그 친구는 동업자의 옆구리를 쿡 찌르더군. 〈헤! 헤! 헤!〉 그 늙은이는 그렇게 웃고는 막연히 거리를 보다가 슬프고 흐릿한 눈으로 나를 수상쩍다는 듯이 바라보았어⋯⋯. 〈헤! 헤! 헤!〉 ⋯⋯노인은 전보다 더 심하게 우산에 기대며 시선을 땅으로 떨어뜨렸어. 말할 필요도 없겠지만, 나는 몇 번이나 그 자리를 떠나려 했고, 체스터는 그때마다 내 코트를 잡으며 막았어. 〈1분만. 내게 생각이 있어.〉 〈무슨 빌어먹을 놈의 생각?〉 마침내 난 감정이 폭발했어. 〈혹시라도 내가 자네 사업에 동참하리라고⋯⋯.〉 〈아니, 아니야. 진정해. 설사 자네가 그걸 원한다 해도 너무 늦었어. 우리는 증기선을 구했어.〉 〈말이 좋아 증기선이지.〉 내가 말했어. 〈그 정도 배면 시작하기에 충분해. 우리는 엉터리 짓은 하지 않아. 그렇지 않습니까, 로빈슨 선장님?〉 〈안 해! 안 해! 안 해!〉 그 노인은 시선을 들지도 않고 쉰 목소리로 말했는데, 단호한 의지 때문에 노망한 머리 떨림이 아주 격해졌어. 〈내가 알기로는, 자네가 저 젊은이와 아는 사이 같은데.〉 체스터는 짐이 이미 사라진

지 오래된 길을 향해 고갯짓하며 말했어. 〈어제저녁 말라바르 하우스에서 함께 식사했다고 들었어.〉

내가 그렇다고 대답했더니, 체스터는 자신도 멋지고 고상하게 살고 싶지만 당장은 한 푼이라도 아껴야 할 형편이라고 하더군. 〈사업을 하는 데는 돈이 많을수록 좋잖아! 안 그렇습니까, 로빈슨 선장님?〉 체스터가 어깨를 곧게 펴고 짤막한 콧수염을 쓰다듬는 동안, 악명 높은 로빈슨은 옆에서 기침을 하며 우산 손잡이를 전보다 더 꽉 움켜쥐었고, 마치 당장에라도 힘없이 주저앉아 낡은 뼈 더미로 바뀔 것만 같았어. 〈이 늙은이가 모든 자금을 가지고 있어.〉 체스터가 은밀하게 속삭였어. 〈이 빌어먹을 사업 계획 때문에 나는 무일푼이 되었거든. 하지만 잠깐만 기다려 봐, 잠깐만. 좋은 시절이 오고 있으니까.〉 ……내가 짜증 내는 기색을 보이자, 체스터는 갑자기 깜짝 놀란 듯했어. 〈아, 이런!〉 체스터가 외쳤어. 〈나는 역사상 가장 큰 사업 이야기를 하고 있는데, 자네는……〉 〈약속이 있어서.〉 내가 살짝 호소하듯 말했어. 〈무슨 약속?〉 체스터는 진심으로 놀라며 물었어. 〈미뤄.〉 〈지금 그렇게 하고 있잖아. 하고 싶은 말이 있으면 그냥 하지 그래?〉 내가 말했어. 그러자 체스터가 혼잣말로 투덜댔어. 〈그런 호텔을 스무 개쯤 사버리는 거야. 그러면 그곳에 묵는 익살꾼들도 스무 배는 많아지겠지.〉 체스터는 잽싸게 고개를 들었어. 〈나는 그 젊은이를 원해.〉 〈무슨 말인지 모르겠는걸.〉 내가 말했어. 〈그 젊은이는 지금 쓸모가 없지, 그렇지?〉 체스터가 활기차게 말했어. 〈그걸 내가 어떻게 알아.〉 내가 항변했어. 〈어

라, 아깐 그 젊은이가 상심했다고 그랬잖아.〉 체스터가 따졌
어. 〈흠, 내 생각에 그런 젊은이는…… 어쨌든, 그런 젊은이는
별로 쓸모가 없을 거야. 하지만 나는 사람을 구하는 중이고,
마침 그 청년에게 딱 맞는 일거리가 있거든. 그 청년을 내 섬
에서 일하게 할 거야.〉 체스터는 의미심장하게 고개를 끄덕
였어. 〈나는 그 섬에 중국인 일꾼 마흔 명을 집어넣을 생각이
야. 그렇게 많은 사람을 훔칠 수 있다면 말이지. 누군가는 그
일을 해야 해. 아! 나는 공정하게 할 거야. 목조 오두막에 골
함석 지붕도 씌울 거야. 호바트에 있는 사람을 하나 아는데,
6개월짜리 어음을 받고 자재를 공급해 줄 거야. 나는 공정하
게 할 거야. 모든 걸 명예를 걸고서. 그리고 물 공급도. 날 믿
고 철제 중고 탱크 여섯 개를 공급해 줄 사람을 찾아 이리저
리 바쁘게 뛰어다녀야겠지. 빗물을 받아 쓸 거야. 그 젊은이
에게 맡기려고. 중국인 일꾼들을 부리는 반장을 시키는 거
지. 좋은 생각이지 않아? 어떻게 생각해?〉 〈월풀에는 1년 내
내 비 한 방울 내리지 않을 때도 있는걸.〉 나는 너무 놀라서
웃지도 못했어. 체스터는 입술을 깨물며 괴로운 표정을 지었
지. 〈뭐, 그렇다면 일꾼들을 위해 무슨 방법을 찾거나 물을
가져가서 보급해야지. 제길! 그런 건 문제가 안 돼.〉

　나는 아무 말도 하지 않았어. 갑자기 짐의 모습이 눈에 선
했어. 그늘 한 점 없는 바위 위에 앉아 있는데, 구아노는 무
릎까지 차올라 있고, 귀에는 바닷새 소리가 시끄럽게 울리
고, 머리 위로는 둥그런 태양이 작열하는 거야. 텅 빈 하늘과
텅 빈 대양은 눈이 미치는 데까지 열기 속에서 함께 끓으며

바르르 떨릴 거고. 〈나라면 제아무리 미운 적이라 할지라도 그곳에 가라고 하지는 않겠어…….〉 내가 입을 열었어. 〈거기가 뭐 어때서?〉 체스터가 외쳤어. 〈그 젊은이에게 보수는 후하게 지불할 거야. 물론 사업이 시작되자마자 그렇게 한다는 뜻이지. 식은 죽 먹기야. 특별히 할 일도 없어. 허리에 육혈포를 두 자루 차고 있기만 하면 되지……. 육혈포 두 자루면 중국인 일꾼 마흔 명이 무슨 짓을 하든 겁낼 이유가 없어. 두 자루나 있는 데다 무기는 그 젊은이만 가지고 있을 거고! 보기보다 훨씬 더 쉬운 일이야. 그 젊은이를 설득하는 걸 좀 도와줘.〉 〈싫어.〉 내가 외쳤어. 로빈슨 노인은 흐릿한 눈을 한순간 음산하게 들었고, 체스터는 한없이 경멸하는 눈으로 나를 바라보았어. 〈그래서, 그 젊은이를 설득하지 않겠다고?〉 체스터가 천천히 중얼거렸어. 〈당연히 안 하지.〉 나는 대답하고는 마치 살인을 도와달라는 요구를 받은 것처럼 분개했어. 〈게다가 그 젊은이는 분명 승낙하지 않을 거야. 비록 깊이 상처 입긴 했지만, 내가 아는 한, 미치지는 않았으니까.〉 그러자 체스터는 머릿속 생각을 큰 소리로 내뱉었어. 〈그 젊은이는 세상 아무짝에도 쓸모가 없어. 내가 주는 일 말곤 말이야. 자네가 사물을 있는 그대로 본다면 그 젊은이가 그 일에 적격이라는 걸 알 거야. 게다가…… 그렇고말고! 가장 멋지고 확실한 재기 기회라고…….〉 체스터는 갑자기 화를 냈어. 〈내게는 사람이 필요해. 그건 그렇고!〉 체스터는 발을 구르며 불쾌하게 웃음을 지었어. 〈어쨌든 나는 그 젊은이에게 그 섬이 침몰하지 않을 거라고 보장해 줄 수도 있어. 그 젊은

이는 침몰에 좀 예민한 것 같으니까.〉〈그럼 이만. 좋은 아침 보내게.〉 내가 무뚝뚝하게 말했어. 체스터는 별 이상한 멍청이 다 본다는 눈으로 나를 바라봤어……. 〈가시죠, 로빈슨 선장님.〉 체스터는 노인의 귀에 대고 갑자기 소리쳤어. 〈그 파시교도 사람들이 계약하려고 안달 나서 우리를 기다리고 있습니다.〉 체스터는 동업자의 팔을 움켜잡고 돌려세우더니 별안간 어깨 너머로 나를 흘겨보았어. 〈나는 그 젊은이에게 친절을 베풀려던 거야.〉 체스터가 주장했어. 그 태도와 어조에 내 피가 끓어올랐어. 〈그 젊은이를 대신해서 말해 주지. 전혀 고맙지 않아.〉 나는 다시 언쟁을 시작했어. 〈오! 잘나셨어.〉 체스터가 빈정거리더군. 〈하지만 자네도 다른 사람들과 다를 바 없어. 너무 비현실적이야. 자네가 그 젊은이를 어떻게 할지 눈에 선하군.〉 〈난 그 젊은이를 어떻게 해야겠다는 생각이 없는데?〉 〈그래서?〉 체스터가 중얼거렸어. 그 순간 그자의 회색 콧수염은 분노로 곤두섰고, 그자 곁에는 악명 높은 로빈슨이 내게 등을 돌리고 우산에 기댄 채, 마차를 끄느라 지쳐 빠진 말처럼 참을성 있게 가만히 서 있었어. 〈난 구아노 섬을 발견한 적이 없으니까.〉 내가 말했어. 〈자네는 손을 잡고 구아노 섬 바로 앞에 데려다 놔도 그 섬을 알아보지 못할걸.〉 체스터가 재빨리 받아쳤어. 〈그리고 이 세상에서는 우선 사물을 제대로 볼 줄 알아야 그걸 쓸 수도 있는 법이야. 더도 말고 덜도 말고, 사물을 꿰뚫어 볼 수 있어야 한다 이 말이지.〉 〈그리고 다른 사람들도 볼 수 있게 해야지.〉 체스터 옆에 있는 굽은 등을 힐끗 보며 내가 넌지시 말했어.

체스터는 콧방귀를 뀌었어. 〈이 노인 눈은 제대로 박혀 있으니 걱정 *끄*시지. 풋내기가 아니라고.〉 〈아무렴, 아니지!〉 내가 말했어. 〈가시죠, 로빈슨 선장님.〉 체스터는 노인의 모자테 아래에 대고 외쳤어. 공손하지만 위협적인 말투였지. 〈공포의 로빈슨〉은 살짝 놀라며 체스터의 말에 따랐어. 허깨비 같은 증기선이, 그 멋지다는 섬의 부(富)가 그 둘을 기다리고 있었어! 그 둘은 아르고선을 타고 모험을 떠나는 영웅 같았어. 건장한 체격의 체스터는 정복자처럼 여유롭고 당당하게 걸었고, 큰 키에 구부정하고 노쇠한 몸의 다른 한 명은 체스터에게 팔을 잡힌 채 필사적으로 서두르며 말라빠진 정강이를 질질 끌며 걸었어.」

15

「나는 곧바로 짐을 찾아 나서진 않았어. 소홀히 할 수 없는 약속이 있었거든. 그런데 운이 나쁘게도, 나는 내 대행업자 사무실에서 멋진 사업 계획을 가지고 마다가스카르에서 막 돌아온 자에게 붙잡혔어. 그 사업은 가축과 탄약과 라보날로 어쩌고 왕자라는 이와 관련된 거였지만, 핵심은 피에르 제독인가 하는 사람의 멍청함에 달려 있었던 것 같아. 모든 것이 그것에 달려 있었는데, 그자는 자신감을 충분히 강하게 표현해 줄 말을 찾지 못했어. 공처럼 불거져 나온 그자의 눈은 물고기 눈처럼 번들거렸고, 이마는 울퉁불퉁했고, 긴 머리는 가르마 없이 뒤로 빗어 넘긴 모습이었어. 그자가 가장 좋아하는 표현은 〈최소한의 위험으로 최대한의 이윤을 챙기는 것이 내 모토랍니다. 어떻습니까?〉라는 거였는데, 그 말을 의기양양하게 반복해서 했어. 그자 때문에 나는 두통이 왔고, 점심 식사까지 망쳤지만, 정작 그자는 내게 얻어 낼 것을 다 얻어 냈어. 어쨌든 그자를 떨쳐 내자 나는 곧장 해안으로 갔어. 부두 난간에 기댄 짐의 모습이 보이더군. 짐 곁에서 원주민 뱃사공 세 명이 5아나를 두고 소란스럽게 언쟁을 벌이고 있었어. 짐은 내가 다가오는 소리를 듣지 못했지만, 내 손가락이 살짝 닿자 덫에서 풀려난 것처럼 휙 돌아섰어. 〈구경하고 있었습니다.〉 짐이 말을 더듬었어. 내가 무슨 말을 했는지는 기억나지 않지만, 여하튼 말을 많이 하지는 않았어. 그런데 짐은 쉽사리 나를 따라 호텔로 왔어.

짐은 어린아이처럼 고분고분하게 나를 따라왔어. 순종적이고 아무런 의사 표현도 없어서, 마치 내가 와서 자신을 데려가길 기다린 것만 같았어. 짐의 그런 고분고분함에 놀랄 필요는 없었어. 어떤 이들은 이 둥근 지구가 너무나 넓다고 여길 거고, 어떤 이들은 겨자씨보다 작다고 여길 테지만, 이 지구 위에 짐이, 뭐라고 말해야 할까, 그래, 틀어박혀 지낼 수 있는 곳, 그런 곳은 그 어디에도 없었거든. 틀어박힌다! 그 표현이 딱 맞아. 고독하게 홀로 있는 것. 짐은 내 옆에서 아주 차분히 걸으며 주위를 힐끗거렸고, 한번은 모닝코트에 노란 바지 차림을 한, 무연탄 덩어리처럼 매끈한 검은 얼굴의 아프리카인 화부(火夫)를 뒤돌아보기도 했어. 하지만 나는 짐이 뭔가를 진짜로 보고 있었는지, 심지어 나와 함께 있다는 사실을 의식하고는 있었는지조차 확신이 안 가. 왜냐하면 내가 만약 때때로 짐을 왼쪽으로 밀거나 오른쪽으로 당기지 않았다면 어느 방향으로든 곧장 걷다가 결국 벽이나 다른 장애물에 부딪혔을 거거든. 나는 짐을 데리고 내 방으로 왔고, 곧바로 의자에 앉아 편지를 썼어. 내 방은 짐이 세상 사람들에게 시달리지 않고 자신을 상대로 담판 지을 수 있는 유일한 곳이었어(월폴 암초에서도 그럴 수는 있겠지만, 그곳은 가기가 꽤 불편하니 빼기로 하지). 그 빌어먹을 사건(짐의 표현이야)이 짐을 보이지 않는 존재로 만들지는 못했지만, 나는 짐이 전혀 보이지 않는 사람처럼 행동했어. 나는 의자에 앉자마자 중세 서기처럼 책상 앞에 웅크렸고, 펜을 쥔 손만 빼고는 온 신경을 집중해서 꼼짝 않고 있었어. 겁을 먹었던 건 아니야. 하지만 마치 방 안에 무언가 위험한 존재가 있어서 내가 조금이라도 움직이는 순간 대번에 내게 덤벼들 것 같은 상황에 처한 것처럼, 나는 옴짝달싹하지 않았어. 그 방에는 물건이 많지 않았어. 이런 데가 어떤지 알잖아. 모기장이 쳐진 사주 침대, 의자 두세 개, 내가 편지를 쓰고 있던 책상, 맨바닥. 그게 전부였어. 위층 베란다에 유리문이 하나 열려 있었는데, 짐은 그 문을 향해 서서 최대한 은밀하게 고통스러운 시간을 보내고 있었어. 땅거미가 졌어. 나는 불법 행위라도 저지르듯 최대한 동작을 자제하며 촛불을 켰어. 짐은 아주 고통스러운 시간을 보내고 있는 게 분명했고, 나 또한 그만 짐이 파멸해 버리거나 적어도 월폴 암초로 쫓겨나길 바랄 정도로 난처했음을 인정해야겠지. 어쩌면 체스터야말로 이런 참사를 효과적으로 다룰 수 있는 사람 아닐까 하는 생각까지 한두 번 들 지경이었어. 그 괴상한 이상주의자는 이 참사를 실용적으로 써먹을 방법을 당장 찾아냈으니까. 그것도 있는 그대로, 아주 정확하게. 그래서 상상력이 부족한 보통 사람들에게는 불가사의하거나 도무지 가망 없어 보이는 것들일지라도, 체스터라면 그 사물들의 참모습을 실제로 볼 수 있을지도 모르겠구나 하는 생각까지 들었어. 나는 쓰고 또 썼어. 그간 미뤄 왔던 답장을 모두 쓰고, 나아가 나의 수다스러운 편지를 기대할 이유가 전혀 없는 사람들에게까지 편지를 썼어. 이따금 나는 곁눈질을 했지. 짐은 뿌리 박힌 듯이 그 자리에 서 있었지만, 발작적인 전율이 그의 등을 따라 내려갔고, 갑자기 어깨를 들먹이곤 했어. 짐은 싸우고 있었어. 대체로 숨을 쉬기 위해 싸우는 듯이 보였어. 양초의 곧은 불꽃에 의해 한쪽 방향으로만 던져진 큰 그림자들에 암울한 의식이 있는 듯했고, 꼼짝 않는 가구들도 내 은밀한 눈에는 주의력을 기울이고 있는 듯 보였어. 난 열심히 편지를 쓰다가 공상에 잠긴 거야. 그리고 내 펜이 긁적이는 소리가 잠시 멎을 때면 방은 온통 정적과 침묵에 휩싸였지만, 나는 생각의 깊은 동요와 혼란 속에서 허우적거렸어. 바다의 거센 돌풍처럼 격렬하고 위협적인 소요가 불러온 생각의 소용돌이였지. 너희 중에 내 말이 무슨 뜻인지 아는 사람도 있을 거야. 불안, 상심, 분노가 일종의 겁먹은 감정과 섞여 몸에 기어드는 듯한 느낌이지. 그 느낌을 인정하는 게 즐겁지는 않지만, 이때야말로 우리의 인내심이 빛을 발하는 순간이지. 짐의 감정이 주는 스트레스에 내가 잘 견딘 것을 자랑할 생각은 없어. 나는 그 스트레스를 피해 편지 쓰기 속에 몸을 숨길 수 있었고, 필요하다면 낯선 사람에게도 편지를 쓸 수 있었어. 내가 새 편지지 한 장을 집어 드는데, 갑자기 낮은 소리가 들렸어. 우리가 그 방에 갇힌 뒤 침침한 정적 속에서 내 귀에 처음 들려온 소리였지. 나는 고개를 숙이고 손을 멈춘 채 가만히 있었어. 환자의 병상 옆에서 밤을 새워 본 적 있는 사람이라면 야간 당직 때 정적 속에서 그렇게 희미한 소리를 들어 본 적 있을 거야. 망가진 육체와 지친 영혼에서 쥐어짜내는 소리 말이야. 짐은 모든 유리가 울릴 정도로 거세게 유리문을 밀고 나갔어. 짐은 밖으로 나갔고, 나는 또 어떤 소리를 듣게 될지 모르는 상황에서 숨죽인 채 귀를 기울였어. 체스터의 엄격한 비판에 따르면 사물을 있는 그대로 볼 수 있는 사람에게는 아무런 가치도 없을 듯한 그런 쓸데없는 형식 때문에, 짐은 너무나 상심하고 있었어. 쓸데없는 형식, 그러니까 한 장의 서류 말이야. 뭐, 그 접근하기 어렵다는 구아노 퇴적지로 말하자면, 전혀 다른 이야기지. 그런 것 때문에 상심하는 건 이해할 수 있으니까. 아래층 식당에서 많은 사람의 목소리가 식기와 유리잔이 부딪치는 소리와 섞여 희미하게 올라왔어. 열린 문을 통해 내 촛불이 짐의 등을 희미하게 비췄어. 그 뒤로는 어둠뿐이었지. 짐은 거대한 불확실성의 가장자리에 서 있었고, 마치 암담하고 절망적인 대양의 기슭에 선 외로운 사람 같았어. 그 대양에는 월폴 암초도 분명히 존재했어. 어두운 허공 속의 얼룩, 물에 빠진 사람을 위한 지푸라기였지. 짐에 대한 나의 연민은 그 순간 짐의 모습을 가족들에게 보여 주고 싶지 않다는 생각으로 자라났어. 생각만으로도 괴로운 일이었어. 짐은 더는 헐떡임 때문에 등을 떨지 않았어. 짐은 화살처럼 꼿꼿이 서 있었지만, 희미하게 보일 뿐이었고, 가만히 있었어. 그리고 이 정적의 의미가 물속으로 떨어지는 납덩이처럼 내 영혼 밑바닥에 가라앉아 내 영혼을 너무 무겁게 했기에, 한순간 나는 내게 남은 유일한 방법이 짐의 장례식 비용을 대는 것이면 좋겠다고 진심으로 원했어. 심지어 법마저 짐을 끝장냈지. 짐을 묻어 버렸다면 아주 쉽고 친절한 행동이 되었을 거야! 삶의 지혜와도 일치하는 일이었겠지. 삶의 지혜는 인간이 우둔하고 연약하고 필멸의 존재라는 사실을 상기시키는 모든 것을 눈앞에서 치워 버려. 실패에 대한 기억과, 사라지지 않는 공포의 단서와, 죽은 친구들의 시체 등 우리의 능률을 저해하는 것들을 모조리 시야에서 없애 버리지. 아마도 짐은 너무나 상심이 컸을 거야. 그리고 만약 그렇다면, 체스터의 제안은……. 이 시점에서 나는 새 편지지 한 장을 들고 단호하게 편지를 쓰기 시작했어. 짐과 어두운 대양 사이에는 나뿐이었어. 나는 책임감을 느꼈어. 내가 말한다면, 꼼짝 않고 서서 괴로워하는 이 젊은이는 불확실성 속으로 뛰어들어 지푸라기를 잡을까? 나는 가끔은 소리를 내기가 무척 어렵다는 사실을 알게 되었어. 입 밖에 낸 말에는 불가사의한 힘이 있어. 그런데 왜 말을 하지 않는단 말이야? 나는 편지를 쓰는 동안 나 자신에게 끈질기게 묻고 있었어. 그러자 갑자기 빈 종이 위의 내 펜촉 끝에서 체스터와 그 늙은 동업자가 아주 또렷하고 온전하게 나타나더니 활보하며 이리저리 손짓을 해댔어. 마치 광학 장난감[20] 안에 보이는 영상 같았지. 나는 그 모습을 잠시 지켜보았어. 아니! 그것들은 너무나 비현실적이고 너무나 얼토당토않아서 사

20 유럽에서 19세기에 만들어진 광학 장치로, 빛과 사물의 운동 원리를 이용해 움직이는 이미지를 구현했다.

람의 운명으로 들어갈 수 없었어. 그리고 말은 세월을 통해 멀리, 아주 멀리까지 옮겨 가며 파괴를 불러와. 허공을 가르고 날아가는 총알처럼 말이야. 나는 아무 말도 하지 않았어. 그리고 저만치 떨어진 곳에서 짐은 촛불을 등진 채, 눈에 보이지 않는 인간의 모든 적에게 묶이고 재갈이 물린 듯 꼼짝도 하지 않고 아무 소리도 내지 않고 있었어.」

16

「짐이 사람들에게 사랑받고, 신뢰받고, 존경받고, 또한 영웅처럼 짐의 이름에 힘과 용기의 전설이 따라다니는 것을 내가 보게 될 날이 다가오고 있었어. 진짜야. 장담해. 내가 여기 앉아 헛되이 짐에 대한 이야기를 하고 있는 것만큼이나 진짜였어. 짐에게는 조그만 암시만 주어져도 자기 욕망의 얼굴과 꿈의 형상을 볼 수 있는 능력이 있었어. 그런 능력이 없다면 이 세상엔 사랑을 하는 이나 모험가는 없을 거야. 짐은 밀림 속에서 큰 명예와 이상향적인 행복을 얻었고(여기서 순진함에 대해서는 아무 말도 하지 않겠어), 평범한 곳에서 찾은 명예와 이상향적인 행복에 만족하는 다른 사람들처럼, 짐 역시 그것에 만족했어. 지극한 행복은, 뭐랄까, 이 세상 어디에서든 황금 잔에 담아 마실 수 있지만, 그 맛은 오롯이 마시는 이에게 달려 있고, 원하는 만큼 그것에 취할 수 있어. 내가 앞서 말한 내용에서 짐작할 수 있겠지만, 짐은 그 행복을 한껏 들이킬 사람이었어. 짐은 비록 취했다고 할 수는 없어도, 그 영약을 입술에 댄 채 얼굴이 상기되었다고 할 수는 있었어. 그 영약을 단숨에 얻은 건 아니야. 알겠지만, 짐은 지긋지긋한 선박용 잡화상들 사이에서 견습 시절을 보냈고, 그동안 고통을 당했고, 나도 뭐랄까, 내 신용이라고 해야 하나, 그런 걸 걱정해야 했어. 짐이 온통 영광에 휩싸인 것을 보고 내가 완전히 마음이 놓였는지는 잘 모르겠어. 내가 마지막으로 본 짐은 그랬어. 강한 빛 속에서 우뚝했고, 그러면서도 밀림에서의 생활, 그곳 사람들과의 생활 같은 자기 주위 환경과 완벽한 조화를 이루고 있었어. 내가 감명받았다는 점은 인정하겠어. 하지만 계속 그런 인상만 받은 건 아니란 점을 짚고 넘어가야겠어. 짐은 자신을 사랑하는 이들에게 편안한 관계로 신의를 지켜 주는 자연과 긴밀하게 교류하며, 자기가 속한 우월한 부류의 유일한 존재로 살기, 즉 고립을 통해 보호받고 있었어. 하지만 내 눈에 비친 짐은 도무지 안전하다는 인상을 주지 못했어. 난 내 방의 열린 문을 통해 보았던, 자기가 겪은 실패의 결과만 놓고 너무 상심에 빠져 있던 짐의 모습을 영원히 잊지 못할 거니까. 물론 내 노력이 좋은 결과를, 심지어 어느 정도는 눈부신 결실까지 빚었다는 점은 기쁘게 생각해. 하지만 내 마음의 평화를 위해서는 체스터의 그 지독히 너그러운 제안과 짐 사이에 내가 끼어들지 않았더라면 더 좋았겠다는 생각이 이따금 들기도 해. 이 세상 수면 위의 모든 땅 중에 가장 철저히 버림받은 메마른 땅 조각인 월폴 암초에서 짐의 넘치는 상상력이 어떤 성과를 거두었을지 궁금하거든. 하지만 내가 그 결과를 듣게 되었을 것 같지는 않아. 왜냐하면 체스터는 그 구닥다리 쌍돛 증기선을 수리하기 위해 어떤 호주 항구에 들른 뒤 모두 합쳐 스물두 명의 일꾼을 태우고 태평양으로 출항했다는 걸 끝으로 더는 어떤 소식도 없었단 말이지. 그와 관련 있을 듯한 유일한 사건은, 한 달쯤 뒤 아마도 월폴 모래톱을 휩쓸고 지나갔으리라 추측되는 허리케인 소식뿐이었어. 아르고선을 타고 모험을 떠난 영웅들은 다시는 털끝 하나 보이지 않았고, 그 황폐한 섬에서는 아무런 소식도 들려오지 않았어. 끝장난 거지! 바다는 격하고 성을 잘 내지만, 태평양은 그런 바다들 가운데 가장 신중해. 뼛속까지 추운 남극해도 비밀을 잘 지켜주긴 하지만, 그곳은 좀 더 무덤 같은 면이 있지.

그리고 그런 신중함 속에는 축복받은 종말의 느낌이 있고, 우리는 그런 느낌을 꽤 진지하게 받아들일 준비가 되어 있어. 그런 느낌 말고 또 어떤 것이 죽음이란 개념을 견딜 만하게 해줄 수 있겠어? 끝! 종말! 이 강력한 단어는 생명의 집에 출몰하는 운명의 그림자를 쫓아내 주지. 내 이 두 눈으로 직접 본 것들과 짐의 진지한 단언에도 불구하고, 나는 짐의 성공담을 뒤돌아볼 때마다 늘 이 점이 아쉬워. 목숨이 붙어 있는 한, 희망도 있지. 진짜야. 하지만 두려움 또한 있어. 내 행동을 후회한다거나, 그 결과로 밤잠을 설칠 거라는 말은 아니야. 하지만 실제로 문제가 되는 것은 죄인데, 짐이 자신의 불명예만 너무 심각하게 여긴다는 생각이 불쑥불쑥 들어. 짐은, 이렇게 말해도 될지 모르겠지만, 나에게 분명치가 않았어. 분명하게 보이지 않았어. 짐은 자기 자신에게도 분명치 못했을 것 같아. 짐에게는 섬세한 감성, 섬세한 감정, 섬세한 동경이 있었어. 일종의 승화되고 이상화된 이기심이라 할 수 있지. 짐은, 이렇게 말해도 된다면, 너무 섬세했어. 너무 섬세했고, 그래서 아주 불행했어. 성격이 조금만 더 무뎠어도 마음고생을 하지 않았을 거야. 한숨을 짓거나 투덜거리거나, 아니면 너털웃음을 짓는 정도로 자신을 받아들였을 거야. 조금만 더 무뎠어도 아무 상처 받지 않을 정도로 무지했을 거고, 남들의 흥미를 전혀 끌지 않았을 거야.

하지만 짐은 내치거나 체스터에게 맡기기에는 너무나 흥미롭고 너무나 불운한 사람이었어. 짐이 내 방에서 끔찍하리만큼 은밀하게 헐떡이며 어떻게든 숨을 쉬기 위해 분투하는 동안, 나는 편지지를 내려다보며 그 점을 절감했어. 짐이 마치 투신이라도 하려는 듯이 베란다로 뛰어나갔다 그만뒀을 때도 느꼈어. 마치 암담하고 희망 없는 바닷가에 선 것처럼 짐이 깜깜한 밖에서 희미한 빛을 받으며 서 있는 내내, 나는 그 점을 점점 더 강하게 느꼈어.

갑자기 육중한 굉음이 들려와서 나는 고개를 들었어. 그 소리는 저 멀리 굴러가는 듯했고, 탐색하는 듯한 격렬한 섬광이 밤의 눈먼 얼굴에 갑자기 떨어졌지. 지속적이고 눈부신 번쩍임이 터무니없이 긴 시간 계속되는 것만 같았어. 빛의 바다 기슭에 단단히 뿌리내리고 선, 시커멓지만 또렷하게 보이는 짐을 바라보는 동안, 천둥의 으르렁거림은 계속해서 커졌어. 최고조에 달한 우레와 함께 번개가 가장 밝게 번쩍이는 순간, 어둠은 뒤로 펄쩍 물러섰고, 마치 알알의 원자로 분해되어 날아가 버린 듯, 짐의 모습도 눈부신 내 눈앞에서 완전히 사라졌어. 거센 한숨 소리가 지나갔어. 분노한 손길들이 관목들을 쥐어뜯고, 그 아래쪽 나무들의 우듬지를 흔들고, 문들을 거세게 치고, 건물 앞면의 유리창을 부수는 듯했어. 짐은 안으로 들어와 문을 닫더니, 책상 위에 몸을 굽히고 있던 나를 보았어. 나는 짐이 무슨 말을 할지 갑자기 걱정되었고, 걱정하다 못해 두려울 지경이었어. 〈담배 한 대 주시겠습니까?〉 짐이 물었어. 나는 고개를 숙인 채 담뱃갑을 짐에게로 밀었어. 〈갑자기 담배가 당기는군요.〉 짐이 중얼거렸어. 나는 기분이 확 좋아졌어. 〈잠깐만.〉 나는 즐겁게 중얼거렸어. 짐은 이리저리 몇 걸음 옮겼어. 〈이제 끝이군요.〉 짐의 목소리가 들렸지. 조난 신호로 쏜 대포 소리처럼 들리는 먼 천둥소리 하나가 바다에서 들려왔어. 〈올해는 몬순이 일찍 오네요.〉 짐이 내 뒤 어딘가에서 대화하듯이 말했어. 그 말에 힘을 얻은 나는 마지막 봉투에 주소를 쓰자마자 몸을 돌렸어. 짐은 방 한가운데에서 게걸스레 담배를 피우고 있었는데, 내가 움직이는 소리를 듣고도 한동안 내게 등을 돌리고 있었어.

〈어떻습니까. 저는 꽤 잘 버텼습니다.〉 짐이 갑자기 돌아서며 말했어. 〈대가도 치렀습니다. 크지는 않지만요. 앞으로 어떻게 될지 궁금하군요.〉 짐의 얼굴은 숨을 멈추고 있는 듯 약간 거무스름해지고 부풀어 올랐을 뿐, 아무런 감정도 드러내지 않았어. 짐은 억지웃음을 짓고 있는 듯했고, 내가 말없이 바라보는 동안 계속해서 말했어. 〈그래도 감사드립니다. 선장님 방은…… 아주 편하네요. 심하게 울적한 놈이 보기에

248

는요.〉……정원에 비가 후드득 내렸어. (구멍이 난 게 분명한) 배수 파이프는 창 바로 밖에서 기묘한 오열과 꾸르륵거리는 애가를 구슬프게 흉내 내 연주했고, 그 소리가 이따금 발작적으로 끊어지며 정적이 찾아오곤 했어……. 〈조금은 피신처도 되고요.〉 짐이 중얼대다가 말을 멈췄어.

희미해진 번개의 섬광이 검은 창틀을 통과해 쏜살같이 들어왔다가 아무 소리도 없이 물러갔어. 짐에게 접근하는 최선의 방법에 대해 고민하고 있을 때(다시 따돌림당하고 싶지 않았거든), 짐이 살짝 소리 내어 웃었어. 〈이제 떠돌이보다 나을 게 없죠.〉……담배 마지막 부분이 짐의 손가락에서 연기를 내고 있었어……. 〈단 하나도요, 단 하나도.〉 짐이 천천히 말했어. 〈하지만…….〉 짐은 말을 멈췄어. 비가 더욱 거세게 내렸지. 〈언젠가, 모든 것을 되찾을 기회가 올 겁니다. 분명히요!〉 짐은 내 구두를 빤히 바라보며 또렷하게 속삭였어.

나는 짐이 그토록 되찾고 싶어 하는 것이 무엇인지, 그토록 아쉬워하는 것이 무엇인지 짐작조차 가지 않았어. 그게 너무 엄청난 거라서 말로 표현하기 어려웠을 수도 있어. 체스터에 따르면, 쓰잘데없는 종잇조각이겠지……. 짐은 심문하듯 나를 바라보았어. 〈아마도 그렇게 될 거야. 인생이 충분히 길기만 하다면 말이야.〉 나는 이유 없이 악의를 품고 이 사이로 중얼거렸어. 〈너무 큰 기대는 하지 말고.〉

〈맙소사! 그 무엇도 저를 건드릴 수 없을 거란 느낌이 들어요.〉 짐은 음침하고 확신이 담긴 목소리로 말했어. 〈만약 이번 일로 쓰러지지만 않는다면, 제가 시간이 부족해 이……

궁지에서 기어 나오지 못할까 봐 두려워할 필요도 없겠지요. 게다가…….〉 짐이 위를 바라보았어.

그 많은 떠돌이와 부랑자가 생겨나 이 세상의 밑바닥 생활로 흘러들어 가는 것도 짐 같은 사람들이 있기 때문이구나, 하는 생각이 퍼뜩 들었어. 〈조금은 피신처도 되고요〉라고 하던 내 호텔 방을 나서자마자, 짐은 그런 무리에 합류해 바닥 없는 심연을 향한 여행을 시작할 터였어. 적어도 나에게 환상은 없었지. 하지만 방금 전까지도 언어의 힘을 그토록 확신하다가 이젠 미끄러운 바닥에서 넘어질까 무서워 꼼짝도 하지 않으려는 사람처럼 말하기를 두려워하고 있는 사람 또한 나 자신이었어. 우리가 다른 사람의 가장 깊숙한 필요를 파악하려 애쓸 때, 바로 그때 우리는 깨닫게 돼. 우리와 함께 별을 보고 함께 태양의 온기를 쬐는 사람들이 실은 얼마나 이해하기 어렵고, 쉽게 흔들리고, 모호한지 말이야. 마치 존재하려면 외로움이라는 가혹한 절대 조건을 충족해야 하는 것만 같지. 우리는 피와 살로 된 육신을 똑바로 바라보지만, 그 육신은 누군가가 그 사람에게 손을 내미는 순간 녹아 버리고, 어떤 눈으로도 좇을 수 없고 어떤 손으로도 잡을 수 없는, 변덕스럽고 위로할 수 없고 종잡을 수 없는 유령만이 남아. 내가 잠자코 있었던 건 짐을 잃을지도 모른다는 두려움 때문이었어. 왜냐하면 만약 짐이 어둠 속으로 사라지게 둔다면, 나는 나 자신을 영원히 용서할 수 없을 거라는 생각이 불가사의한 힘으로 갑자기 나를 짓눌렀거든.

〈에, 다시 한번 감사드립니다. 선장님께서는, 음, 흔히 보기 어려운, 정말로 뭐라고 표현해야 할지…… 흔히 보기 어려운! 정말, 이유를 모르겠습니다. 이 모든 일이 이토록 잔인하게 들이닥치지 않았더라면 저는 지금만큼 감사함을 느끼지 못했을 겁니다. 왜냐하면 마음속으로…… 선장님 자신이……〉 짐이 말을 더듬었어.

〈그럴 수도 있지.〉 내가 말을 가로챘어. 짐이 얼굴을 찡그렸어.

〈어쨌든, 누군가는 책임을 져야죠.〉 짐은 매처럼 나를 바라보았어.

〈그 또한 사실이지.〉 내가 말했어.

〈자, 저는 이번 일을 끝까지 겪었습니다. 앞으로 누구든 이번 일로 저에게 왈가왈부한다면 가만두지 않을 겁니다.〉 짐은 주먹을 불끈 쥐었어.

〈왈가왈부하는 사람 중에 자네 자신도 있는데.〉 심한 억지웃음이긴 했지만 어쨌든 나는 웃으며 말했어. 하지만 짐은 나를 위협적으로 노려보았어. 〈그건 제가 알아서 합니다.〉 짐이 말했어. 불굴의 결심을 하는 기색이 공허한 유령처럼 짐의 얼굴을 스쳐 지나갔어. 다음 순간, 짐은 이전처럼 곤경에 빠진 착한 소년의 표정으로 돌아왔어. 짐은 담배를 던졌어. 〈안녕히 계십시오.〉 짐은 시급한 일을 보러 가야 하는데 너무 오래 머뭇거렸다는 듯이 갑자기 서둘러 말했어. 그러고는 1초 정도 꼼짝 않고 서 있었어. 거센 홍수처럼 모든 것을 닥치는 대로 휩쓸어 버릴 기세로 폭우가 쏟아졌는데, 그 거침없고 압도적인 분노의 소리를 들으니 허물어지는 다리, 뿌리 뽑힌 나무, 무너진 산 따위가 머릿속에 떠오르더군. 저돌적으로 몰려오는 그 엄청난 물살은 그 누구도 헤쳐 나갈 수 없었고, 우리가 섬처럼 의지하며 위태롭게 대피해 숨어 있던 어둑한 정적에 부딪혀 소용돌이치는 듯했어. 살기 위해 안간힘을 써가며 헤엄치는 사람을 밉살스레 비웃듯이, 구멍 난 파이프는 꾸르륵거리고, 숨 막혀 하고, 침을 뱉고, 첨벙거렸어. 〈비가 오고 있어.〉 내가 타일렀어. 〈그리고 나는…….〉 〈비가 오든 해가 나든 상관없습니다.〉 짐이 퉁명스레 입을 열었지만, 이내 말을 멈추고 창으로 걸어갔어. 〈마구 퍼붓는군요.〉 잠시 뒤 짐이 중얼거리더니 유리창에 이마를 기댔어. 〈어둡기도 하고요.〉

〈그렇지, 아주 어둡지.〉 내가 말했어.

짐은 뒤꿈치를 딛고 몸을 빙 돌리더니 방을 가로질렀고, 내가 의자에서 벌떡 일어서기도 전에 이미 복도로 통하는 문을 열었어. 〈기다려.〉 내가 외쳤어. 〈나는 자네와…….〉 〈오늘 저녁에 또 선장님과 식사를 할 수는 없습니다.〉 짐이 내게 덤비듯이 말했을 때 이미 다리 하나는 방 밖으로 나간 상태였어. 〈식사를 함께하자고 말할 생각은 전혀 없었어.〉 내가 외쳤어. 이 말에 짐은 문밖으로 나간 다리를 끌어들였지만, 나를 믿을 수 없다는 듯이 여전히 문간에 서 있었어. 나는 지체하지 않고, 짐에게 바보같이 굴지 말고 어서 들어와 문을 닫으라고 애원했어.」

17

「마침내 짐이 들어왔어. 하지만 들어온 가장 큰 이유는 비 때문이었다고 생각해. 그 무렵엔 비가 모든 걸 때려 부술 듯이 거세게 내렸지만, 우리가 이야기하는 동안 점점 기세가 잦아들었어. 짐의 태도는 아주 차분하고 침착했어. 원래부터 말수가 적은 사람이 뭔가 생각에 사로잡힌 듯한 태도였지. 내 이야기는 짐이 처한 물질적인 형편에 관한 거였어. 그 지역에서 친구도 거처도 없이 지내야 하는 사람들이 곧바로 빠질 수 있는 타락과 파멸과 절망에서 짐을 구하는 것이 내 유일한 목적이었어. 나는 짐에게 내 도움을 받아들이라고 호소했고, 조리 있게 주장했어. 그리고 뭔가에 골몰하는 매끈한 짐의 얼굴을 볼 때마다, 너무나 침통하면서 또한 젊디젊은 얼굴을 볼 때마다, 나는 짐의 상처 입은 영혼이 벌이는 뭔가 은밀하고, 설명할 수 없고, 이해할 수 없는 투쟁에 도움은커녕 방해만 되는 느낌이 들어 심란했어.

〈자네는 평소처럼 먹고 마시고 잘 생각이겠지.〉 이 말을 하며 짜증이 났던 기억이 나는군. 〈자네 몫으로 되어 있는 돈에는 손을 대지 않을 거라고 말하겠지만.〉……내 말에 짐은 그런 부류의 사람이 할 만한 경악의 몸짓을 거의 지을 뻔했어(짐은 파트나호의 항해사로서 3주하고 5일분의 봉급을 받을 수 있었어). 〈뭐, 어쨌든 그건 너무 적어서 신경 쓸 가치가 없고. 하지만 내일은 뭘 하지? 뭘 할 생각이야? 먹고살려면 뭐라도…….〉〈그건 중요하지 않습니다.〉짐이 한숨과 함께 대꾸했어. 나는 그 말을 무시했고, 지나치게 연약해서 느끼는 가책이라고 여겨지는 것을 상대로 싸움을 계속했어. 〈어떤 근거를 놓고 볼지라도,〉내가 결론 내렸어. 〈자네는 내 도움을 받아야 해.〉〈선장님은 도우실 수 없습니다.〉짐은 뭔가 깊은 생각에 잠긴 채 아주 단순하고도 부드럽게 말했어. 나는 그 생각이 어둠 속 웅덩이처럼 아른거리는 걸 볼 수 있었지만, 그 깊이를 헤아리기 위해 접근하는 것은 감당할 자신이 없었어. 나는 잘 균형 잡힌 짐의 몸을 훑어보았어. 〈어쨌든,〉내가 말했어. 〈힘닿는 데까지 어느 정도는 도울 수 있어. 그 이상 해줄 수 있노라고는 하지 않겠어.〉짐은 나를 보지 않은 채 회의적으로 고개를 저었어. 나는 감정이 아주 격해졌어. 〈하지만 할 수 있어.〉내가 주장했어. 〈그 이상도 할 수 있어. 이미 그렇게 하고 있어. 나는 자네를 믿어…….〉〈돈은…….〉짐이 입을 열었어. 〈정말로 자네는 지옥에나 떨어져야 할 사람이로군.〉내가 분통을 터뜨리며 외쳤어. 짐은 깜짝 놀라더니 웃음을 지었고, 나는 정곡을 찌르며 공격했어. 〈이건 돈 문제가 아니야. 자네는 너무 피상적이군.〉내가 말했어(그리고 동시에 〈하, 이제 시작이로군! 어쨌든 자네는 아마도 피상적일 테니까〉라고 생각했어). 〈이걸 봐, 자네가 가지고 갔으면 하는 편지야. 지금까지 내가 단 한 번도 아쉬운 소리를 해본 적 없는 사람에게 쓴 편지야. 자네에 관해 썼는데, 친한 친구에 관해 말할 경우에나 감히 쓸 수 있는 말투로 썼지. 나는 자네에 대해 전적으로 책임을 지려는 거야. 그게 바로 내가 하고 있는 일이야. 그러니 정말로, 만약 자네가 그 뜻을 조금이라도 생각해 줄 마음이 있다면……〉

짐은 고개를 들었어. 비는 그쳤고, 창밖에서는 배수 파이프만이 우스꽝스럽게 계속해서 눈물을 뚝뚝 떨어뜨리고 있었어. 방 안은 아주 조용했고, 단검처럼 꼿꼿하게 타들어 가던 촛불이 던진 그림자들이 방 구석구석에 모여 있었어. 잠시 뒤, 마치 벌써 동이 튼 것처럼, 짐의 얼굴에 부드러운 빛이 가득해 보였어.

〈후아!〉 짐이 거칠게 말했어. 〈고상하시군요!〉

설사 짐이 나를 조롱하며 갑자기 혀를 내밀었다고 해도 그때보다 더 큰 모욕을 느끼지는 못했을 거야. 나는 속으로 〈괜히 쓸데없이 남의 일에 끼어드니 이런 일을 당해도 싸지〉라고 생각했어. 짐은 형형한 눈으로 나를 쏘아보았지만, 나는 그 눈빛에 조롱의 빛이 전혀 없다는 걸 알아차렸어. 갑자기 짐은, 마치 줄에 매달려 움직이는 납작한 나무 인형처럼, 발작하듯 움직였어. 그 친구의 두 팔이 올라가더니 철썩 소리를 내며 내려왔어. 그러고는 완전히 다른 사람이 되었어. 〈그런데 저는 알지 못했습니다.〉 짐이 외치더니 갑자기 입술을 깨물며 얼굴을 찡그렸어. 〈제가 정말 형편없는 바보였다는 걸요.〉 짐은 경외감에 사로잡힌 목소리로 천천히 말했어······. 그리고 목멘 소리로 〈선장님은 참으로 친절하고 너그러우신 분입니다〉라고 외쳤어. 짐은 마치 내 손을 처음 본 듯 덥석 움켜잡더니 곧바로 놓았어. 〈어째야 할까요! 제가······ 선장님께서······ 저는······.〉 짐은 말을 더듬다가 다시 그 멍청하달까 고집스럽달까 하는 태도로 돌아가 괴로운 듯이 말하기 시작했어. 〈제가 짐승이 아니고서야 어떻게 그런······.〉 그리고 목소리가 갈라지기 시작했어. 〈괜찮아.〉 내가 말했어. 짐이 그런 식으로 감정을 드러내고 그 감정을 통해 기이한 의기양양함에 젖어 들자, 나는 거의 오싹해질 지경이었어. 말하자면, 나는 우연히도 인형의 줄을 당긴 거였어. 나는 그 장난감이 어떻게 작동하는지 제대로 알지 못했던 거야. 〈이제 가야겠습니다.〉 짐이 말했어. 〈정말로! 선장님께서는 저를 도와주셨습니다. 가만히 있을 수가 없습니다. 그건 정말······.〉 짐은 곤혹스러운 존경의 눈으로 나를 바라보았어. 〈그건 정말······.〉

물론 그 때문이었어. 십중팔구 내가 짐을 굶주림에서 구해 냈다는 거. 거의 어김없이 술과 관련된 그런 특정한 굶주림에서. 그뿐이었어. 그 점에 대해서는 그 어떤 환상도 없었지만, 짐을 보고 있자니 마지막 3분 동안 그 친구의 가슴속을 차지했을 환상의 성격이 궁금하긴 했어. 나는 그 친구의 손에 억지로 돈을 쥐여 준 거야. 삶의 중요한 일들, 즉 먹고 마시고 자는 일을 평소처럼 깔끔하게 해낼 수 있는 돈, 짐의 상처 입은 영혼이 날개 부러진 새처럼 깡충거리고 퍼덕이다가 구멍에 빠져 결국 굶주림으로 조용히 죽어 갈 동안 생계를 유지할 돈이었어. 내가 내민 건 그거였어. 확실히 별거 아니었지. 하지만! 짐이 그것을 받는 태도 때문에 그 돈은 희미한 촛불 속에서 크고 불분명하고 어쩌면 위험하기까지 한 그림자로 비쳤어. 〈이런 경우 응당 따라야 하는 감사의 말을 하지 않았다고 마음 상해하지 마십시오.〉 짐이 외쳤어. 〈드릴 말씀이 없습니다. 지난밤, 선장님께서는 이미 저에게 더할 나위 없이 잘해 주셨습니다. 제 말을 들어 주셨으니까요. 제 머리꼭지가 날아가 버리겠다고 생각한 게 한두 번이 아니었습니다……〉 짐은 이리저리 휙휙 재빨리 내달았고(진짜로 그렇게 했어), 주머니에 손을 넣었다가 다시 빼더니 격렬한 동작으로 머리에 모자를 썼어. 나는 짐이 그렇게 재빠르고 활기차게 움직일 수 있으리라고는 상상도 하지 못했어. 영문 모를 불안감과 불확실한 의혹이 의자에 앉은 내 몸을 무겁게 짓눌렀고, 그동안 나는 돌개바람에 갇힌 가랑잎을 떠올렸어. 짐은 발각되어 놀라 얼어붙은 사람처럼 우뚝 멈춰 섰어. 〈선장님은 저를 믿어 주셨습니다.〉 짐이 차분하게 말했어. 〈어이쿠! 이런, 그런 말은 하지 말게, 이 친구야!〉 나는 마치 그 말에 맘이 상했다는 듯이 간절하게 말했어. 〈좋습니다. 이제부터는 입을 다물겠습니다. 하지만 제가 생각하는 것까지는 막을 수 없습니다……. 맘 쓰지 마십시오! 하지만 보여 드리겠습니다……〉 짐은 서둘러 문으로 가더니 고개를 숙이고 멈추었다가 신중한 걸음으로 돌아왔어. 〈저는 늘 생각했죠, 사람이 백지상태에서 다시 시작할 수 있을까 하고요……. 그리고 이제 선장님이…… 어느 정도는……. 네…… 백지상태에서요.〉나는 짐에게 손을 흔들었고, 짐은 뒤돌아보지 않고 방을 나갔어. 닫힌 문 뒤에서 짐의 걸음 소리가 점차 작아졌어. 대낮에 걷듯이 거침없는 발소리였지.

하지만 하나뿐인 촛불 옆에 외로이 남겨진 나로 말하자면, 뭐가 어떻게 된 건지 도무지 알 수가 없었어. 나는 이제 더는 젊지 않고, 그래서 고비가 올 때마다 우리가 선과 악 속에서 내딛는 모든 무의미한 걸음들의 장엄함을 눈여겨보지 않게 되었어. 그리고 어쨌든 우리 두 사람 중 뭔가 알게 되는 건 짐이리라는 생각에 싱긋 웃음이 났어. 그리고 슬퍼졌어. 백지상태, 짐은 그렇게 말했지. 마치 우리 각자의 운명을 말하는 머리글자가 암벽에 영원토록 새겨져 있지 않다는 듯이 말이야.」

18

「6개월 뒤, 냉소적이고 중년도 넘은 노총각인데 유명한 괴짜이자 쌀 방앗간 주인인 친구가 내게 편지를 보내왔어. 내 추천서가 워낙 열렬했던지라 내가 그 뒤 소식도 알고 싶어 할 거라 생각한 그 친구는 짐의 완벽함에 대해 다소 장황하게 썼더군. 차분하면서도 아주 인상적인 편지였지. 〈지금까지 나는 인간에 대해 체념하고 아량을 베푸는 게 고작이어서, 이제껏 이 푹푹 찌는 날씨에조차 혼자 살기엔 너무 크다고 할 만한 집에서 홀로 살아왔지. 하지만 얼마간 그 친구를 데리고 함께 살았어. 내가 실수를 한 건 아닌 듯해.〉 그 편지를 읽어 보니 내 친구는 마음속으로 짐에 대해 아량 이상의 감정을 느꼈으며, 본격적으로 짐을 좋아하기 시작한 듯하더군. 물론 친구는 특유의 방식으로 그 근거를 진술했어. 예를 들어 짐은 그런 날씨에도 자신의 싱싱함을 유지하고 있었다더군. 내 친구의 표현에 따르면, 만약 짐이 소녀였다면 요란한 열대 지방 꽃이 아니라 제비꽃처럼 수수하게 피는 꽃이라 할 수 있겠다는 거야. 짐은 내 친구 집에서 6주 동안 머물렀는데, 아직 한 번도 친구의 등을 툭 친다든지, 〈아저씨〉라고 부른다든지, 친구를 살아 있는 고대 화석 취급한 적이 없었대. 상대가 노할 정도로 재잘거리는 젊은이 특유의 버릇도 없다고 했어. 내 친구는, 짐이 온순하고 자기 얘기를 잘 안 하고, 다행히 어딜 봐도 약아빠진 젊은이는 아니라고 적었어. 하지만 짐은 내 친구의 농담을 조용히 들어 줄 만큼은 영리했고, 한편 내 친구는 짐의 순진함이 좋았던 듯해. 〈짐에게는 아직 아침 이슬 같은 면이 있어. 그리고 그 친구에게 내 집의 방한 칸을 내주고 같은 식탁에서 식사하자는 현명한 결정을 내린 뒤로, 나 역시 훨씬 생기가 넘치는 기분이야. 며칠 전에는 짐이 단지 날 위해 문을 열어 주려고 방을 가로질러 오기까지 하더라니까. 짐이 온 뒤 사람과의 교류가 지난 몇 년간 한 교류보다 훨씬 더 많은 것 같아. 웃기지 않아? 물론 짐에게 뭔가 일이 있었다 싶긴 해. 아주 끔찍한 말썽이. 자네는 다 알고 있겠지. 하지만 무섭게 흉측한 일이 확실할지라도, 나는 어떻게든 그걸 용서해 줄 수 있을 것 같아. 짐이 과수원에서 과일을 훔치는 것 이상의 죄를 지었으리라고는 상상할 수 없거든. 그보다 훨씬 더 심각한 죄야? 어쩌면 자네가 말해 줬어야 했을 것 같아. 하지만 우리 둘 다 성인군자 같은 사람이 된 지 너무 오래라서, 우리 또한 한때 죄를 짓고 다녔다는 사실을 자네가 잊은 걸까? 언젠가 난 자네에게 물을 거고, 그 이야기를 듣게 되겠지. 그게 무엇인지 약간이나마 알기 위해 짐에게 물어볼 생각은 없어. 더구나 아직은 너무 일러. 짐이 내게 문 열어 줄 기회를 몇 번 더 준 다음에…….〉 내 친구는 이런 식으로 썼어. 나는 그렇게 잘 지낸다는 사실과 그 편지의 어조, 그리고 나 자신의 현명한 처리 등을 확인하고 세 곱절은 기분이 좋았어. 내가 일을 제대로 해낸 게 확실했어. 사람 보는 눈도 제대로고 뭐 등등. 그래서 생각지 못한 훌륭한 결과까지 났다면 된 거 아닌가? 그날 저녁, 나는 홍콩항에 있었는데, 고물 쪽 천막 아래 내 전용 갑판 의자에 앉아 편히 쉬면서 짐을 위한 사상누각의 첫 주춧돌을 놓았지.

나는 북쪽으로 항해를 갔고, 돌아오니 그 친구가 보낸 다른 편지가 기다리고 있었어. 내가 봉투를 대충 찢어서 연 건 그 편지가 처음이었어. 〈내가 아는 한 숟가락 하나 사라지지 않았어.〉 편지 첫 줄은 그렇게 시작하더군. 〈더 알아보고 싶은 마음도 없어. 짐은 아침 식사 식탁에 짧고 공손한 사과 쪽지를 두고 떠났는데, 바보 같다고 해야 할지 무정하다고 해야 할지. 아마도 두 가지 다겠지. 어쨌든 내게는 매한가지니까. 자네에게 그런 정체불명의 젊은이들이 더 있을까 겁나서 미리 말해 두지만, 나는 가게를 닫았어. 아주, 영원히. 내가 저지르는 괴팍한 짓도 이게 마지막이야. 내가 조금이라도 신경쓸 거라고는 한순간도 생각하지 마. 하지만 테니스 모임 사람들이 짐이 사라진 것을 무척 아쉬워했기 때문에, 그리고 나 자신을 위해 클럽에서 그럴듯한 거짓말을 둘러댔어……〉 나는 그 편지를 던져 버린 뒤 탁자에 놓인 편지 꾸러미를 뒤지기 시작했어. 그리고 짐의 필체를 발견했지. 믿겨? 1백 분의 1의 가능성이었는데 말이야! 하지만 뭔가 일어나는 건 늘 1백 분의 1의 가능성이지! 그 파트나호의 2등 기관사가 꽤 궁핍

한 꼴로 나타나 방앗간의 기계를 돌보는 임시직을 얻었대. 〈저는 그 야비한 짐승이 친근하게 구는 걸 견딜 수 없었습니다.〉 짐은 자기가 편안하게 살 수 있었을 곳을 떠나 남쪽으로 7백 마일이나 떨어진 항구에서 그 편지를 썼어. 〈저는 당분간 에그스트룀 앤드 블레이크 선박용품 상점에서 일합니다. 음, 정확한 직책은 외무원입니다. 신원 보증을 위해 선장님 성함을 댔는데, 그곳에서 잘 알더군요. 선장님께서 저를 위해 한마디 적어 주시면 저는 정규직으로 채용될 겁니다.〉 나는 내가 지은 사상누각의 잔해에 완전히 짓눌려 버렸지만, 당연히 짐이 원하는 대로 추천장을 써 보냈어. 그해가 끝나기 전에 새로 맺은 용선 계약으로 나는 그쪽으로 가게 되었고, 그래서 짐을 만날 기회도 있었지.

짐은 여전히 에그스트룀 앤드 블레이크 선박용품 상점에 있었는데, 우리는 가게 입구에 있는, 직원들이 〈우리 응접실〉이라고 부르는 곳에서 만났어. 짐은 마침 배에 올라갔다 돌아오는 참이었는데, 당장 드잡이라도 할 듯 머리를 숙인 채 나와 마주쳤어. 〈변명할 말이라도 있어?〉 악수를 마치자마자 내가 입을 열었어. 〈편지에 쓴 대로입니다. 더는 할 말이 없습니다.〉 짐이 완강하게 말했어. 〈그 녀석이 떠들어 댄 거야, 아니면?〉 내가 물었어. 짐은 괴로운 웃음을 지으며 나를 바라보았어. 〈아! 아닙니다. 그러지 않았습니다. 그자는 그 일을 우리만 아는 비밀로 하자더군요. 그자는 제가 방앗간에 들를 때마다 도무지 알 수 없는 태도로 저를 대했습니다. 그자는 예의 바른 태도로 저에게 윙크를 하곤 했는데,

《우리끼리만 아는 게 있잖아》라는 의미가 가득 담겨 있었습니다. 지독히 알랑거리고 친근하게 굴고, 그런 식이었습니다…….〉 짐은 의자에 털썩 앉더니 자기 다리를 물끄러미 바라보았어. 〈어느 날 어쩌다 우리 둘만 있게 되자 그 자식은 뻔뻔하게도 《있잖습니까, 제임스 씨》 하고 말을 걸더군요. 그곳에서 저는 그 집 아들이라도 되는 듯 《제임스 씨》라고 불렀습니다. 《이렇게 또 우리가 이곳에서 다시 함께 지내는군요. 이곳이 낡은 배보다는 낫네요. 안 그렇습니까?》……끔찍하지 않습니까? 저는 그자를 바라보았고, 그자는 다 안다는 듯한 태도였습니다. 《불안해하지 마십시오, 나리.》그자가 말했습니다. 《저는 신사분을 만나면 대번에 알아봅니다. 그리고 신사분 기분이 어떤지도 알지요. 하지만 나리께서 절이 자리에 계속 있게 해주셨으면 합니다. 그 망할 파트나호 소동으로 저도 고생을 했거든요.》맙소사! 끔찍했습니다. 마침 통로에서 덴버 씨가 저를 부르지 않았더라면 제가 그 녀석에게 무슨 말을 했을지, 무슨 행동을 했을지 모르겠습니다. 점심시간이었고, 저는 덴버 씨와 함께 뜰을 가로질러 정원을 거쳐 방갈로로 갔습니다. 그분은 나름 다정한 태도로 저를 살짝 놀리기 시작하셨습니다……. 제 생각에 그분은 저를 좋아하셨습니다…….〉

짐은 잠시 조용히 있었어.

〈그분이 절 좋아하셨다는 걸 압니다. 그래서 더 힘들었습니다. 아주 멋진 분이시죠! ……그날 오전에 그분은 제 겨드랑이로 손을 밀어 넣으셨습니다……. 제게 허물없이 대하신 거죠.〉 짐은 짤막하게 웃음을 터뜨리더니 턱을 가슴으로 떨어뜨렸어. 〈쳇! 그 야비한 짐승 놈이 제게 말을 걸던 모습이 생각나자,〉 짐의 목소리가 갑자기 떨리기 시작했어. 〈저는 차마…… 무슨 말인지 아실 겁니다…….〉 나는 고개를 끄덕였지……. 〈아버지 같으시니까요.〉 짐이 외쳤고, 그 뒤로 목소리가 가라앉았어. 〈저는 그분께 다 털어놔야 했을 겁니다. 그런 식으로는 살 수 없으니까요. 안 그렇습니까?〉 〈그럴까?〉 내가 잠시 머뭇거리다가 말했어. 〈그래서 저는 떠나는 쪽을 택했습니다.〉 짐이 천천히 말했어. 〈그 일이 밖으로 드러나선 안 됩니다.〉

우리는 상점에서 블레이크가 에그스트룀을 거친 목소리로 나무라는 소리를 들을 수 있었어. 둘은 여러 해 동안 함께 일해 왔고, 가게에서는 날마다 문을 여는 순간부터 닫을 때까지 하루 종일 매끄러운 검은 머리에 체구가 작고 눈을 불만족스럽게 번뜩이는 블레이크가 통렬하면서도 푸념 섞인 분노를 뿜으며 쉴 새 없이 자기 동업자에게 시비를 거는 소리가 들렸어. 그 끝없이 나무라는 소리는 다른 설비들처럼 그 가게의 일부였어. 그 가게에 처음 온 사람까지도 이내 그 소리를 완전히 무시하든가, 아니면 〈지긋지긋하군〉이라고 중얼거리거나, 벌떡 일어나서 〈응접실〉 문을 닫곤 했어. 에그스트룀은 뼈대가 굵고 육중한 스칸디나비아인으로, 숱이 엄청 많은 금발 구레나룻을 길렀고, 활동적이었으며, 서서 쓰는 책상에서 직원들에게 지시를 내리고, 꾸러미들을 점검하고, 청구서를 발행하고, 편지를 쓰고, 그 소란 속에서도 귀가 전혀 안 들리는 사람처럼 아무렇지 않은 것 같았어. 가끔 에그스트룀은 성가시다는 듯이 형식적으로 〈쉬잇!〉 하는 소리를 냈지만, 효과도 없었고 조금의 효과를 기대하지도 않았어. 〈이곳에서 두 분은 아주 잘 대해 주십니다.〉 짐이 말했어. 〈블레이크는 살짝 못됐지만, 에그스트룀은 괜찮습니다.〉 짐은 재빨리 일어나더니 침착한 걸음으로 창가 삼각대에 놓인 망원경 쪽으로 갔어. 그리고 외항 정박장을 향한 망원경에 눈을 댔어. 〈저 배는 바람이 없어 아침 내내 꼼짝 못 했는데 이제 바람이 불어 들어오네요.〉 짐이 차분하게 말했어. 〈저는 저 배에 가봐야 합니다.〉 우리는 말없이 악수를 나눴고, 짐은 몸을 돌려 걸어가더군. 〈짐!〉 내가 외쳤어. 짐은 문 자물쇠에 손을 댄 채 돌아봤어. 〈자네는, 자네는 굴러들어 온 복을 걷어찬 거야.〉 짐은 문에서 내가 있는 곳까지 다시 걸어왔어. 〈아주 훌륭하신 분이었습니다.〉 짐이 말했어. 〈하지만 제가 어떻게요? 제가 어떻게 그럽니까?〉 짐의 입술이 경련을 일으켰어. 〈이곳에서야 그게 문제가 되지 않겠지만요.〉 〈오! 자네는…… 자네는…….〉 나는 입을 열었지만 마땅한 말을 찾을 수가 없었고, 알맞은 표현이 존재하지 않는다는 사실을 깨닫기도 전에 짐은 나가 버렸어. 밖에서 에그스트룀이 깊고 점잖은 목소리로 명랑하게 〈저건 세라 W. 그랜저호야, 짐. 어떻게든 자네가 제일 먼저 저 배에 올라야 해〉라고 말하는 소리가 들렸고, 곧이어 블레이크가 성난 앵무새처럼 소리를 지르더군. 〈선장에게 우리가 자기 우편물을 보관하고 있다고 말해. 그러면 이쪽으로 올 거야. 알아들었나, 어, 자네 이름이 뭐더라?〉 그리고 짐이 다소 소년티 나는 목소리로 에그스트뢲에게 대답했어. 〈알겠습니다, 재빨리 가도록 하겠습니다.〉 짐은 그 변변찮은 가게에서 보트를 타는 곳으로 피신하는 것처럼 보였어.

그 항해에서 난 다시는 짐을 보지 않았어. 하지만 6개월짜리 용선 계약이었기에 다음번 항해 때 다시 그 선박용품 상점에 들렀어. 문에서 10야드나 떨어진 곳에서도 블레이크의 나무라는 소리가 귀에 들렸고, 내가 들어서자 블레이크는 아주 불쾌하다는 눈으로 힐끗 쳐다보더군. 에그스트뢲이 함박웃음을 지으며 내게 다가와 뼈대가 굵은 커다란 손을 내밀었어. 〈반갑습니다, 선장님……. 쉬잇…… 이곳에 오실 때가 됐다고 생각했습니다. 뭐라고 하셨나요, 선장님? 쉬잇…… 아! 그 친구! 그 친구는 우리를 떠났습니다. 응접실로 들어가시죠.〉……문을 쾅 닫고 나니 블레이크의 긴장한 목소리가 마치 광야에서 외치는 자의 소리처럼 희미해지더군……. 〈그래서 우리 입장이 꽤 곤란했습니다. 우리를 그렇게 대하면 안 되는 건데 말입니다…….〉〈그 친구가 어디로 갔는지 아십니까?〉 내가 물었어. 〈아니요, 물어도 소용없었습니다.〉 에그스트뢲이 말했어. 구레나룻을 기른 얼굴로 내 앞에 공손히 있던 에그스트뢲은 두 팔을 어색하게 양옆에 내리고 있었는데, 가느다란 은제 시곗줄이 구겨진 파란색 서지천 조끼에 아주 낮게 드리워져 있었어. 〈그런 사람은 특별히 어딘가 정해 놓고 가지 않지요.〉 짐의 소식을 듣고 너무 걱정돼서 그게 무슨 뜻이냐고 다시 물을 생각도 못 하고 있는데, 에그스트룀이 계속 말하더군. 〈그 친구가 가게를 그만둔 건, 어디 보자, 홍해에서 순례자들을 싣고 귀국하던 증기선이 프로펠러 날개 두 개를 잃은 채 이곳에 들른 바로 그날이었습니다. 이제 3주 전이군요.〉〈그때 파트나호 사건에 대해 무슨 이야기가 나오지 않았습니까?〉 나는 최악의 경우를 두려워하며 물었어. 에그스트룀은 깜짝 놀라더니 마치 내가 마법사라도 된다는 듯한 표정으로 바라보았어. 〈네, 그렇습니다! 어떻게 아셨습니까? 여기서 몇 명이 그 이야기를 하고 있었습니다. 선장님 한두 분과 부두의 반로 공작소 지배인, 다른 사람 두세 명, 그리고 제가 있었습니다. 짐도 여기서 맥주 한 잔 곁들여 샌드위치를 먹고 있었고요. 아시겠지만 바쁠 때면 제대로 된 점심을 먹을 시간이 없거든요. 짐은 이 탁자 옆에 서서 샌드위치를 먹고 있었고, 나머지 사람들은 망원경 주위에서 그 기선이 들어오는 모습을 지켜보았습니다. 이윽고 반로 공작소의 지배인이 파트나호 기관장 이야기를 시작했습니다. 그 기관장을 위해 배를 수리해 준 적이 있다더군요. 그러면서 그 증기선이 엄청나게 낡았는데, 그런 배를 가지고도 돈을 벌고 있더라고 했습니다. 그 지배인이 그 증기선의 마지막 항해를 언급하자 우리 모두 그 이야기에 끼어들었습니다. 한 명이 이런 이야기를 하면, 다른 사람은 저런 이야기를 했습니다. 별 내용 아니었고, 그저 누구나 할 수 있는 그런 이야기였습니다. 그리고 웃기는 내용도 있었지요. 세라 W. 그랜저호의 오브라이언 선장은 지팡이를 짚고 다니는, 덩치가 크고 요란한 노인인데, 여기 이 안락의자에 앉아 우리 이야기를 듣고 있다가 갑자기 지팡이로 바닥을 치며 《역겨운 놈들이야!》하고 외치지 않았겠습니까. 우리는 모두 놀라서 펄쩍 뛰었습니다. 반로 공작소 지배인은 우리를 향해 윙크를 하더니 물었습니다. 《무슨 일이세요, 오브라이언 선장님?》《무슨 일이냐니! 무슨 일이냐니!》노인은 고함을 치기 시작했습니다. 《이런 인디언 같은 놈들아, 뭐가 그리 재밌다고 웃어 대는 거야? 그건 웃을 일이 아니야. 그 사건은 인간성에 대한 모욕이야. 암, 모욕이고말고. 나는 그런 녀석들과 한 방에 있기도 싫어. 싫다마다!》그 노인은 제게 시선을 돌렸고, 저는 실례를 범하지 않기 위해 무슨 말이든 해야 할 것만 같았습니다. 《역겨운 놈들이지요!》제가 말했습니다. 《당연히 그렇습니다, 오브라이언 선장님. 저도 그런 녀석들은 이 방에 들여놓지 않을 겁니다. 그러니 이 방에서는 안심하셔도 됩니다, 오브라이언 선장님. 뭐 시원한 것 좀 드시지요.》《마실 건 됐어, 에그스트룀.》그 노인이 눈을 번쩍이며 말하더군요. 《마시고 싶으면 내가 큰 소리로 달라고 하겠네. 나는 가야겠어. 이제 여기선 고약한 냄새가 나는군.》이 말에 다른 모든 사람이 웃음을 터뜨렸고, 노인을 따라 밖으로 나갔습니다. 그러자 그 괘씸한 짐 녀석이 손에 들었던 샌드위치를 내려놓고 탁자를 돌아 저에게 걸어오더군요. 잔에는 맥주가 거의 가득 채워져 있었습니다. 《저 가겠습니다.》짐이 말했습니다. 딱 그렇게요. 《아직 1시 반밖에 안 됐어.》제가 말했습니다. 《담배나 한 대 피우고 가.》저는 짐이 이제 일하러 간다는 말인 줄 알았던 거죠. 그리고 짐의 말이 무슨 의미인지 알게 되자 두 팔에서 힘이 쭉 빠지더군요! 선장님도 아시겠지만, 짐 같은 사람은 날마다 구할 수 있는 게 아니거든요. 보트를 모는 솜씨가 정말 귀신이 따로 없었습니다. 어떤 날씨에도 입항 선박을 맞이하러 몇 마일이고 나갈 준비가 되어 있었죠. 입항한 선장이 짐의 활약에 큰 감명을 받고는 이렇게 말한 적도 몇 번이나 있었습니다.《에그스트룀, 당신이 고용한 그 점원 말인데요, 아주 무모한 미치광이더군요. 대낮에도 나는 돛을 반쯤 내리고 조심해서 항구로 다가가는데, 용골 앞 끝 바로 아래에서 안개를 뚫고 물에 반쯤 잠긴 보트가 나타나지 뭡니까. 물보라가 보트의 돛대 꼭대기 위까지 넘나들고, 검둥이 둘은 잔뜩 겁을 집어먹어 바닥널에 달라붙어 있는데, 키 손잡이를 잡은 어떤 녀석이 고함을 지르더라고요. 헤이! 헤이! 여기 보세요! 여기요! 선장님! 헤이! 헤이! 에그스트룀 앤드 블레이크 선박용품 상점 점원이 맨 먼저 선장님께 인사드립니다! 헤이! 헤이! 에그스트룀 앤드 블레이크입니다! 안녕하세요! 헤이! 헤이! 그러고는 검둥이들을 걷어차며, 돛을 펼치라더군요. 스콜이 오고 있는데 말이죠. 그리고 그 친구가 내게 돛을 펴면 자기가 물길을 안내하겠노라고 고래고래 고함을 치고 소리 지르고 함성을 지르는 꼴이, 완전 인간이 아니라 악마 같더라고요. 내 평생 그렇게 보트를 다루는 사람은 처음 봅니다. 설마 술에 취한 건 아니겠죠? 그렇게 조용하고 나긋나긋하게 말하는 친구인데 말입니다. 배에 오르고 나니 마치 여자애처럼 얼굴을 붉히고…….》정말이지, 말로 선장님, 짐이 출동하는 날에는 다른 누구도 처음

입항하는 배를 상대로 거래를 튼다는 게 불가능했습니다. 다른 선박용품상들은 그저 오랜 단골들이나 상대해서 영업을 했습니다. 그리고……〉

에그스트룀은 감정이 북받치는 듯했어.

〈정말이지, 선장님, 우리 상점으로 배를 한 척 붙잡아 오기 위해서라면 그 친구는 낡은 신 한 짝만 신고 1백 마일쯤 바다로 나가는 것도 꺼리지 않을 것처럼 보였습니다. 만약 이 사업이 그 친구 거고 아직 자리를 잡지 못했다 할지라도 그보다 더 열심히 할 수는 없었을 겁니다. 그런데 이제…… 갑자기…… 이렇게 되었습니다요! 저는 생각했죠.《오호라! 봉급을 올려 달라는 거로군. 그게 문제였어?》《좋아.》제가 말했습니다.《이런 식으로 복잡하게 굴 것 없어, 지미. 그냥 원하는 액수를 말하라고. 터무니없지만 않으면 맞춰 주지.》그 친구는 목에 걸린 것을 삼키고 싶어 하는 표정으로 절 바라보더군요.《저는 이 가게에 머물 수가 없습니다.》《그게 무슨 뚱딴지같은 소리야?》제가 물었습니다. 짐은 고개를 저었고, 저는 그 눈빛을 보고 그 친구의 마음이 이곳을 이미 완전히 떠났다는 사실을 알았습니다, 선장님. 그래서 저는 그 친구에게 혼이 빠지도록 욕을 해댔습니다.《뭣 때문에 도망치는 거야?》제가 물었습니다.《누가 괴롭히던가? 두려운 게 있어? 자네는 쥐새끼만큼도 지각이 없군. 쥐도 튼튼한 배에서는 도망치지 않아. 더 나은 직장이 있을 것 같아? 이런저런 일을 해 보면 그렇지 않다는 걸 알게 될걸.》제 말에 그 친구는 괴로운 표정을 지었습니다.《이 사업은 망하지 않아.》제가 말했습니다. 그 친구는 안절부절못하더군요.《안녕히 계십시오.》짐은 말하면서 마치 하인에게 하듯 제게 고개를 까닥했습니다.《당신이 나빠서 떠나는 게 아닙니다, 에그스트룀. 장담하건대, 제가 떠나야 하는 이유를 아신다면 절 붙잡고 싶지 않으실 겁니다.》《그건 자네 평생 가장 큰 거짓말이야.》제가 말했습니다.《제 마음은 제가 압니다.》그 친구 때문에 너무 화가 난 나머지 웃음이 터져 나오더군요.《이 맥주 한 잔을 마저 비울 만큼도 있을 수 없단 말이야, 이 몹쓸 친구야?》그 뒤로는 그 친구에게 무슨 일이 있었는지 모릅니다. 그 친구는 문이 어느 쪽에 있는지도 모르는 듯했습니다. 우스운 일 아닙니까, 선장님? 남은 맥주는 제가 마셨습니다.《자, 자네가 그토록 서둘러야 한다면, 자네 맥주로 자네의 행운을 빌지.》제가 말했습니다.《다만 이 말은 새겨들어. 만약 계속 그런 식으로 살아간다면, 세상은 자네의 경거망동을 받아 줄 만큼 넓지 않다는 걸 곧 알게 될 거야. 내가 해줄 말은 그게 전부야.》짐은 어두운 표정으로 저를 바라본 뒤, 어린아이들이 보면 겁먹을 만한 얼굴을 하고 밖으로 달려 나갔습니다.〉

에그스트룀은 씁쓸하게 콧방귀를 뀌더니 마디 굵은 손가락들로 한쪽 뺨의 고동색 구레나룻을 빗었어.〈그 뒤로 쓸 만한 사람을 구하지 못했습니다. 사업을 하다 보면 걱정거리의 연속이네요. 그리고 이런 걸 물어도 될지 모르겠습니다만, 그 친구를 어디서 알게 되셨습니까?〉

〈그 친구가 바로 그때 그 파트나호의 항해사였습니다.〉뭔가 설명해야 할 의무를 느낀 내가 말했어. 에그스트룀은 한

쪽 구레나룻에 손가락을 묻은 채 잠시 아주 가만히 있더니 버럭 화를 내더군. 〈세상에, 누가 그런 걸 마음에 둔답니까?〉 〈아무도 없겠지요.〉 내가 입을 열었어……. 〈대체 그 친구는 어떤 인간이기에 이런 식으로 사는 걸까요?〉 에그스트룀은 갑자기 왼쪽 구레나룻으로 입을 막더니 깜짝 놀라 서 있었어. 〈맙소사!〉 그 사람이 외쳤어. 〈그런데 저는 그 녀석에게, 세상은 그 녀석의 경거망동을 받아 줄 만큼 넓지 않을 거라고 말해 버렸네요.〉」

19

「이제까지 내가 이 두 에피소드를 장황하게 이야기한 건 짐이 새로운 삶의 환경에 놓이면 어떻게 처신하는지 보여 주기 위해서야. 그리고 그런 에피소드들은 내 열 손가락으로 다 셀 수 없을 정도로 많아. 또한 모든 이야기가 한결같이 고결하지만 어리석기 짝이 없는 의도로 물들어 있고, 그 때문에 이야기들 속의 어리석은 행동이 심오하고 감동적으로 느껴지게 돼. 유령을 상대로 싸우려면 두 손이 자유로워야 한다는 생각에 일상의 생계 수단을 팽개치는 건 일상에서 할 수 있는 영웅적 행동으로 보일지도 몰라. 우리는 이미 세상을 좀 살아 봤기에, 낙오자가 생겨나는 게 망령에 시달리는 영혼 때문이 아니라 배고픈 육신 때문이란 걸 잘 알고 있지. 그럼에도 이제까지 사람들은 생계 수단을 팽개치는 짓을 저질러 왔고, 매일 먹고 살아왔고 앞으로도 먹고 살 생각인 사람들은 그런 사람들의 훌륭한 어리석음에 박수를 보내왔어. 짐은 진실로 불행했어. 그렇게 무모한 짓들을 해댔는데도 불구하고 그 사건의 망령에서 벗어나지 못했으니까. 짐의 용기는 늘 의심을 받았어. 사실의 유령을 쓰러뜨린다는 것은 정녕 불가능한 것 같아. 우리는 그것과 마주하거나 피할 수 있지. 그리고 나는 자신들의 익숙한 망령에 윙크를 보낼 수 있는 사람을 만나 본 적도 한두 번 있어. 하지만 짐은 그렇게 윙크를 할 수 있는 사람이 아닌 게 분명했어. 그런데 짐의 행동 노선이 그 유령을 피하자는 건지 아니면 맞서자는 건지 도무지 알 수가 없었어.

나는 마음의 눈을 부릅뜨고서 짐의 행동 노선을 알아내려고 했지만, 무릇 우리 행동이 모두 그러하듯, 그 차이가 너무 미묘해서 분간하는 게 불가능했어. 그건 도망치는 것일 수도 있고, 전투태세일 수도 있었어. 보통 사람들에게 짐은 그냥 직장을 자주 바꾸는 사람으로 알려졌어. 그게 바로 가장 우스운 부분이었기 때문이야. 시간이 흐르면서, 짐은 자신이 유랑하던 직경 3천 마일 정도 되는 지역에서 완벽하게 알려졌고, 심지어 악명을 떨치기까지 했어. 한 시골 괴짜가 자기 고장 전역에 잘 알려지는 것과 같은 방식이었지. 예를 들어 방콕에서 짐은 용선업자이자 티크 목재상이던 유커 형제에게 고용되었는데, 짐은 햇빛 속에서도 자기 비밀을 꼭 끌어안고 돌아다녔지만 실은 강에 띄워 놓은 오지의 통나무들까지 그 비밀을 다 알고 있었고, 그래서 보기가 참으로 딱할 지경이었어. 짐이 머물던 호텔 주인인 숌베르크는 알자스 출신으로 털이 많고 남자다운 분위기였지만, 그 지방에서 시끄럽게 퍼지는 소문들을 떠벌리지 않고는 못 배기는 사람이었어. 그자는 자기 가게 손님 중 더 비싼 술에 곁들여 소문까지 들으려는 사람이 있으면 두 팔꿈치를 탁자에 올려놓고 맘대로 각색한 이야기를 들려주곤 했어. 〈그리고요, 그렇게 멋진 친구는 또 없습니다.〉 숌베르크는 짐에 대해 관대하게 결론을 내리곤 했어. 〈아주 뛰어나지요.〉 짐이 방콕에서 6개월이나 머물 수 있었다는 사실은 숌베르크의 호텔 단골들이 대략 어떤 사람들인지 많은 것을 말해 주지. 나는 사람들이, 완전히 낯선 사람들까지도, 마치 착한 아이에게 끌리듯 짐에게 끌린다는 걸 알아차렸어. 짐은 아주 내성적으로 굴었지만 외모, 머리카락, 눈, 미소 덕분에 가는 곳마다 친구들이 생겼어. 그리고 물론 짐은 바보가 아니었어. 스위스 본토박이인 지그문트 유커는 지독한 소화 불량에 시달리는 점잖은 인물이었는데, 다리를 너무 심하게 절어 한 걸음 내디딜 때마다 머리가 4분의 1바퀴씩 원을 그리며 흔들렸어. 언젠가 한번은 그 사람이 짐에 대해 젊은 사람치고 〈능력이 대단〉하다고 칭찬하는 말을 들은 적이 있는데, 마치 그 〈능력 *capacity*〉이라는 것이 그냥 〈입체적 용량〉의 문제라는 듯이 표현하더군.[21] 〈내륙으로 보내는 게 어떨까요?〉 내가 걱정되어 제안해 보았어. 유커 형제는 내륙에도 조차지와 티크 숲이 있었거든. 〈말씀하신 대로 그 친구가 능력이 된다면 곧 일을 제대로 파악해 낼 겁니다. 그리고 신체적인 면에서도 아주 알맞지요. 그 친구 건강은 늘 아주 좋으니까요.〉 〈아! 이 지역에서 소화 불량 없이 사는 건 큰 행운이지요.〉 불쌍한 유커가 부러운 듯이 한숨을 지으며 자신의 망가진 위장이 있는 우묵한 부분을 몰래

21 *capacity*란 표현에는 능력과 용량이라는 두 가지 뜻이 있다.

바라보았어. 그러고는 책상 앞에 앉아 생각에 잠긴 채 〈*Es ist ein' Idee. Es ist ein' Idee*(좋은 생각이군요, 좋은 생각이에요)〉라고 중얼거렸고, 나는 그런 유커를 두고 가게를 나왔어. 불행히, 바로 그날 저녁, 호텔에서 난처한 일이 일어났어.

내가 짐을 너무 많이 비난하는 건지 모르겠지만, 그건 정말로 유감스러운 사건이었어. 술집에서 흔히 있는 한심한 난투극이었고, 상대는 변변찮은 사팔뜨기 덴마크 사람이었는데, 명함을 보면 꼴사나운 이름 아래 태국 왕립 해군 중위라고 되어 있었어. 물론 그 자식은 당구에 아주 서툴렀지만, 지는 건 또 싫어했던 것 같아. 여섯 번째 게임이 끝나자 그 자식은 고약한 성미가 드러날 정도로 술에 취해 있었고, 짐에게 뭔가 조롱하는 말을 했어. 그곳에 있던 사람들 대부분은 무슨 말인지 듣지 못했고, 그나마 들은 사람들도 곧바로 이어진 끔찍한 결과에 너무 놀라 정확히 기억하지 못하게 되었던 듯해. 그 덴마크 사람이 수영을 할 수 있어서 정말 다행이었어. 그 술집의 베란다는 그 아래로 아주 넓고 시커먼 메남강이 흘렀거든. 중국인들을 가득 태운, 아마도 도적질을 하러 가는 듯한 배가 태국 왕국의 장교를 건져 올렸고, 자정 무렵 짐은 모자도 쓰지 않은 채 내 배에 나타났어. 〈그 방에 있던 사람 모두가 다 아는 것 같았습니다.〉 싸움 때문에 여전히 숨 가빠 하며 짐이 말했어. 짐은 일어난 일에 대해서는 원칙적으로 유감이라 생각하지만, 이 경우 다른 선택의 여지가 없었다고 했어. 하지만 짐이 정말 경악했던 부분은, 마치 짐이 내내 그 사건을 자랑스레 양어깨에 올려놓고 돌아다니기라도 한 것처럼 모든 이가 그 사건에 대해 잘 알고 있었다는 거였어. 그 일이 있은 뒤 당연히 짐은 그곳에 더 있을 수가 없었어. 짐처럼 미묘한 위치의 사람이 그렇게 야만스러운 폭행을 저지르다니 너무 심하다며 모두가 짐을 비난했어. 어떤 사람들은 당시 짐이 꼴사나울 정도로 취해 있었다고 주장했어. 어떤 사람들은 짐이 기지가 없다고 비난했고. 심지어 숌베르크조차 아주 역정을 냈어. 〈짐은 아주 훌륭한 젊은이입니다.〉 숌베르크는 내게 따지듯 말했어. 〈하지만 그 중위 역시 훌륭한 사람입니다. 중위는 매일 저녁 제가 차린 *table d'hôte*(정식)을 먹습니다. 그리고 당구채도 하나 부러졌습니다. 그건 참을 수가 없습니다. 오늘 아침에 제가 맨 먼저 한 일은 중위를 찾아가서 사과한 것입니다. 그리고 이제 일이 잘 마무리되었다고 생각합니다. 하지만 선장님, 모두가 이런 식으로 하기 시작하면 어떻게 되겠습니까! 그 사람은 물에 빠져 죽을 뻔했습니다! 그리고 여긴 제가 이웃 거리로 뛰어가 당구채를 사 올 수 있는 그런 곳이 아닙니다. 유럽으로 주문 편지를 써야만 합니다. 안 됩니다, 안 돼요! 그런 식으로 성질을 부려선 안 됩니다!〉……숌베르크는 그 문제로 대단히 감정이 상해 있었어.

　이건 짐의…… 어, 짐의 은둔 생활 중에 벌어진 최악의 사건이었어. 그 사건에 대해 나보다 더 애통해하는 사람은 없을 거야. 왜냐하면 설사 누군가 짐의 이름이 언급되는 것을 듣고 〈오, 그래요! 알아요. 그 사람은 이곳에서 한참 동안 떠돌아다녔어요〉라고 말한다 해도, 그 과정에서 짐에 대한 혹평이나 조롱이 나오는 상황만은 용케 피하고 있었기 때문이야. 하지만 그 마지막 사건 때문에 나는 굉장히 불안해졌어. 왜냐하면 만약 까다로운 감수성 때문에 선술집의 주먹다짐에 계속 휘말리면, 결국 남의 속은 상하게 할지라도 해를 끼치지는 않을 바보라는 평가 대신 흔한 떠돌이라는 평판을 얻을 것이기 때문이었어. 비록 내가 짐을 철석같이 믿긴 했지만, 그렇게 될 경우 떠돌이라는 평판과 실제로 떠돌이가 되는 것 사이에는 한 걸음 차이밖에 없을 거라고 생각하지 않을 수 없었어. 너희도 이해하겠지만, 그 무렵 내가 짐에게서 손을 뗀다는 건 이미 생각도 할 수 없는 일이었어. 나는 짐을 내 배에 태우고 방콕을 떠나 긴 항해를 했어. 짐이 자기 안으로 움츠러드는 모습을 보니 불쌍했거든. 선원이란 단순히 승객의 자격으로 배를 탔을 때도 배에 관심을 보여. 예를 들면 다른 사람이 그린 그림을 바라보는 화가처럼, 비판적인 감상 자세로 선원 생활을 바라보는 거지. 모든 면에서 그 승객은 〈당직〉이라 할 수 있어. 하지만 짐은 마치 밀항자라도 된 듯 대부분의 시간을 갑판 아래에서 살금살금 걸어다녔어. 그 친구의 분위기에 감염되어 나는 항해 중인 두 선원 사이에 자연히 등장할 법한 전문적인 화제를 피하게 되었어. 며칠 동안 우리는 한마디도 나누지 않았어. 짐이 있을 때는 간부 선원들에게 명령을 내리는 게 굉장히 꺼려졌어. 종종 갑판이나 선실에서 짐과 단둘이 있을 때면, 우리는 어디로 눈길을 줘야 할지 몰라 했어.

나는 짐을 디영에게 맡겼어. 짐작하겠지만, 어떤 식으로든 짐을 정리할 수 있어 기뻤지만, 그 친구의 처지가 이제 견디기 어려운 지경이 되어 간다는 확신이 들었어. 원래 짐은 몇 번 쓰러져도 늘 다시 일어나 꿋꿋이 자기 자리로 돌아가는 친구였지만, 이제는 그 탄력성을 잃고 있었어. 어느 날 상륙하는데, 부두에 서 있는 짐이 보였어. 정박장과 앞바다의 바닷물이 서로 매끄럽게 이어지며 뒤로 갈수록 높아졌고, 가장 바깥쪽에 정박해 있는 배들은 꼼짝 않고 있는데 점점 하늘로 올라가는 것만 같았어. 우리 발치에는 보트 하나가 출항 준비 중인 선박으로 보낼 작은 필수품 꾸러미들을 적재하는 중이었고, 짐은 그 보트가 물건을 다 싣기를 기다리고 있었어. 인사를 나눈 뒤, 우리는 말없이 나란히 서 있었지. 〈제길!〉 갑자기 짐이 말했어. 〈이 일은 너무 고되군요.〉

　짐은 내게 웃어 보였어. 짐은 어떤 상황에서도 웃음을 지을 줄 아는 사람이라는 말을 꼭 하고 넘어가야겠어. 나는 아무 대꾸도 하지 않았어. 짐이 자기 직무에 대해 말하는 게 아니라는 걸 나는 잘 알았지. 짐은 디영의 가게에서 편히 지냈으니까. 그런데도 짐이 말하자마자, 나는 그 일이 무척 고달플 거라고 확신하게 되었어. 나는 짐을 보지도 않았어. 〈이 지역과 완전히 다른 곳에서 살아 보고 싶어? 캘리포니아나 서부 해안으로 가보겠어? 내가 도와줄 수 있는 일이 있는지 알아볼게…….〉 짐은 살짝 조롱하는 듯이 내 말을 가로챘어. 〈그런다고 달라질 게 뭐 있겠습니까?〉……나는 그 말이 옳다는 걸 곧바로 깨달았어. 그런다고 달라질 건 아무것도 없었어. 그건 짐이 원하는 구원이 아니었어. 나는 짐이 원하는 것이 무엇인지 애매하게나마 감지했어. 짐이 원하는 건, 짐이 기다리는 건, 딱 잘라 정의할 수는 없지만, 뭔가 기회 비슷한 거였어. 나는 짐에게 많은 기회를 주었지만, 그것은 모두 밥벌이 수단에 불과했어. 하지만 누군들 뭘 더 해줄 수 있었겠어? 그 처지가 내게는 절망적으로 느껴졌고, 가엾은 브라이얼리가 〈그 녀석을 땅속으로 20피트쯤 기어들어 가서 살게 하지〉라고 했던 말이 떠올랐어. 땅 위에서 불가능한 일을 기다리느니 차라리 그쪽이 낫겠다 싶었지. 하지만 그것조차 확신할 수 없었어. 그때 그 자리에서, 짐의 보트가 부두를 떠나 노 세 개 길이만큼도 가지 않았을 때, 나는 저녁에 스타인을 찾아가 상담해야겠다고 마음먹었어.

이 스타인이라는 사람은 부유하고 존경받는 상인이었어. 스타인의 〈회사〉(스타인 앤드 컴퍼니라는 진짜 회사였어. 그리고 스타인 말로는 말루쿠 제도를 돌보는 동업자 비슷한 존재도 있다고 했어)는 섬들을 오가며 대규모 거래를 했는데, 농수산물을 모으기 위해 심한 오지까지 수많은 교역소를 두고 있었어. 스타인이 부유하고 존경받는 사람이라는 이유로 내가 그 사람에게서 조언을 구하려고 했던 건 아니야. 내가 처한 어려움을 스타인에게 솔직하게 털어놓고 싶었던 건, 그 사람이 내가 아는 가장 믿을 만한 사람 가운데 한 명이기 때문이었어. 스타인의 길고 수염 없는 얼굴은 순박하면서 끈기 있는, 그리고 이지적이고 착한 성품에서 우러나는 부드러운 빛으로 가득했어. 스타인은 얼굴에 아래로 처진 깊은 주름이 있고 마치 늘 앉아서만 지내는 사람처럼 안색이 창백했지만, 실은 그와 아주 거리가 먼 삶을 살았지. 그리고 성긴 머리를 크고 넓은 이마 뒤로 빗어넘기고 있었어. 스타인을 보고 있으면 그 사람은 스무 살 때도 예순 살인 지금과 똑같이 생겼을 거라는 생각이 들었어. 얼굴이 꼭 학생 같았거든. 단지 거의 하얗게 센 짙고 텁수룩한 눈썹과 단호하고 탐색적인 눈빛이, 뭐랄까, 학식 있어 보이는 용모와 조화를 이루지 못했어. 스타인은 키가 컸지만 몸이 다부지지는 않았어. 허리는 약간 굽었고, 여기에 순진한 웃음이 더해지면 언제든 사람들 이야기에 호의적으로 귀 기울여 주려는 사람처럼 보였어. 긴 팔과 창백하고 큼직한 손은 무언가 가리키며 시범을 보이려는 듯 매우 신중한 동작을 취했어. 내가 스타인에 관해 이렇게 길게 이야기하는 건, 이런 외모 속에 올곧고 관대한 성품과 더불어 대담한 정신과 실행의 용기까지 지녔기 때문이야. 그 대담함과 용기는, 훌륭한 소화력처럼 전적으로 자의식이 없는 육체의 자연스러운 기능처럼 보였으니 망정이지, 그렇지 않았더라면 무모하다고 할 수 있었을 거야. 가끔 사람들이 쓰는 표현 중 목숨을 내놓고 다니는 사람이란 말이 있잖아? 그런 표현은 스타인에게 적절치 못했어. 동양에 와서 살기 시작하던 초기에 스타인은 자중하며 조심조심 살았으니까. 다 지나간 일이긴 하지만, 나는 스타인이 살아온 이야기며 재산을 모으게 된 기원을 알았어. 스타인은 또한 꽤 뛰어난 박물학자였지. 아니, 어쩌면 박식한 수집가라는 편이 더 맞겠군. 곤충학이 전문 분야였어. 스타인은 딱정벌레인 비단벌레와 하늘소를 수집했는데, 그 무섭게 생긴 꼬마 괴물들은 죽어서 꼼짝하지 않는데도 아주 사악해 보였어. 그리고 나비 보관장 유리 상자들 속에는 아름다운 나비들이 생명 없는 날개들을 펼치고 떠 있었지. 이런 수집품 덕분에 스타인은 온 세상에 명성을 떨쳤어. 스타인은 상인이자 모험가였고, 언제나 〈내 가엾은 모하메드 본소〉라고 지칭하던 한 말레이 술탄을 위해 얼마 동안 자문을 맡기도 했는데, 잔뜩 모아 둔 죽은 곤충들 덕분에 유럽 학자들에게 이름을 알리게 된 거야. 하지만 학자들은 스타인의 삶이나 성격에 대해서는 그 무엇도 알 수 없었고, 알고 싶어 하지도 않았어. 그런 걸 아는 나는 스타인이야말로 나 자신의 어려움뿐 아니라 짐이 겪는 어려움까지 털어놓고 이야기하기에 가장 알맞은 사람이라고 생각했어.」

20

「그날 저녁 늦게, 나는 아주 으리으리하지만 텅 비고 아주 침침하게 밝혀진 식당을 통과해 스타인의 서재로 들어갔어. 집은 조용했어. 나는 하얀 재킷과 노란 사롱을 제복으로 입은 나이 지긋하고 엄격해 보이는 자바 출신 하인을 따라갔는데, 그 하인은 문을 활짝 열더니 〈주인어른!〉 하고 나직하게 외치고 옆으로 비켜난 뒤 신비로운 방식으로 사라졌어. 마치 오롯이 날 인도하기 위해 잠깐만 육체화되었다 사라진 유령 같았어. 스타인은 의자를 빙글 돌렸고, 동시에 안경이 이마로 밀려 올라가는 듯했어. 그 친구는 조용하고도 익살스러운 목소리로 나를 반겼어. 그 넓디넓은 방에서 책상이 놓인 한쪽 구석만 갓이 달린 독서등으로 환하게 밝혀져 있고, 나머지 공간은 동굴처럼 형체 없는 어둠 속으로 녹아 들어간 듯했어. 똑같은 모양과 색깔의 거무죽죽한 상자들로 가득한 좁은 선반들이 벽들을 둘러가며 설치되어 있었는데, 바닥에서 천장까지 쭉 쌓인 게 아니라 폭이 4피트 정도 되는 칙칙한 띠 모양으로 이어져 있었어. 딱정벌레들의 무덤이었지. 나무

명판들이 그 위에 일정하지 않은 간격으로 걸려 있었어. 명판 하나에 불빛이 미쳤는데, 〈딱정벌레목〉이라고 적힌 금색 글자가 넓디넓은 어둠 위로 신비하게 번쩍였어. 수집한 나비를 담은 유리 상자들은 다리가 가는 작은 탁자들 위에 세 줄로 길게 놓여 있었어. 유리 상자 하나는 원래 자리에서 책상 위로 옮겨져 있었는데, 책상에는 작은 글자들이 빼곡히 쓰인 길쭉한 종잇조각들이 흩어져 있었어.

〈난 이렇게 산다네.〉 스타인이 말했어. 스타인은 유리 상자 위로 한 손을 들고 있었고, 손 아래 상자에는 나비 한 마리가 외로이 장엄함을 과시하며 짙은 청동색 날개를 펴고 있었어. 그 날개는 가로 길이가 7인치쯤 되어 보였는데, 아름다운 하얀 줄들이 있고, 가장자리에는 노란 점들이 우아하게 수놓아진 모양이었어. 〈이런 표본은 자네 고국의 런던에 딱 하나 더 있고, 다른 어디에도 더는 없어. 내가 죽으면 내가 태어난 작은 마을에 이 수집품을 기증할 거야. 내 일부라고 할 수 있지. 최상품이야.〉

스타인은 의자에서 몸을 앞으로 숙이고 상자 앞면에 턱을 대다시피 하며 집중해서 응시했어. 나는 스타인의 등 뒤에 서 있었어. 〈경이롭군.〉 스타인이 속삭였어. 마치 내가 와 있다는 사실도 잊은 듯했어. 그 친구는 이력이 유별났어. 바바리아에서 태어났고, 스물한 살 젊은이 때는 1848년 혁명 운동에 열심히 참여했지. 신상의 위협이 심각해지자 스타인은 어찌어찌 도망쳤고, 처음에는 트리에스테에 있는 어느 가난한 공화주의자 시계 제조공을 찾아가 숨어 지냈어. 거기서 스타인은 싸구려 시계들을 들고 트리폴리로 가서 행상을 했어. 화려한 출발은 아니었지만, 돌아보니 그때가 행운의 시작이었어. 거기서 어떤 네덜란드인 여행자를 만났거든. 꽤 유명한 사람인 걸로 아는데, 이름은 생각나지 않는군. 스타인을 일종의 조수로 고용해 동양으로 데려간 사람이 바로 그 박물학자였어. 둘은 4년 넘게 함께 또는 각자 말레이 군도를 여행하며 곤충과 새를 수집했어. 이윽고 박물학자는 귀국했고, 돌아갈 집이 없던 스타인은 술라웨시라는 섬 내륙을, 어, 술라웨시에도 내륙이 있다고 말할 수 있을지는 모르겠지만 말이야, 하여튼 거길 여행하다가 우연히 만난 어떤 늙은 상인에게 고용되어 그곳에 남게 되었어. 이 늙은 스코틀랜드인은 당시 그 나라에서 거주를 허락받은 유일한 백인이었는데, 와조 제국의 통치자였던 여인과 친구가 되어 특권을 누린 거였어. 몸 한쪽이 살짝 마비되어 있던 그 사람은 스타인을 원주민 궁정에 소개해 주었는데, 얼마 지나지 않아 다시 뇌졸중이 재발해 세상을 떴고, 스타인은 그때 이야기를 내게 자주 들려줬어. 그 사람은 몸이 육중했고, 족장 같은 하얀 수염을 기른데다 위풍당당했다더군. 스타인이 그 사람과 의사당으로 들어가니 라자[22]들과 왕족들과 귀족들과 추장들이 모여 있었고, 뚱뚱하고 주름이 많은 여왕(스타인에 따르면, 말을 아주 함부로 하더라는군)은 차양이 있는 높은 소파에 비스듬히 몸을 뉘고 있었어. 그 사람은 지팡이를 쿵쿵 짚고 다리를 질질 끌면서도 스타인의 팔을 잡고 똑바로 소파로 데려갔어.

22 인도 반도와 동남아시아에서 통치자, 우두머리를 뜻한다.

〈보아 주십시오, 여왕님, 그리고 라자 여러분. 이 사람은 제 아들입니다.〉 그 사람은 아주 큰 소리로 선언했어. 〈저는 여러분의 부친들과 무역을 해왔고, 제가 죽으면 이 사람이 여러분 그리고 여러분의 아들들과 무역을 하게 될 겁니다.〉

이런 간단한 형식적인 절차를 통해, 스타인은 그 스코틀랜드인의 특혜받는 지위와 모든 거래 상품, 그리고 그 나라에서 배가 다닐 수 있는 유일한 강의 둔덕에 있는 요새화한 집을 물려받았어. 말을 함부로 하는 늙은 여왕이 죽고 얼마 되지 않아, 여러 사람이 왕위 계승을 주장하는 탓에 그 나라는 혼란에 빠졌어. 스타인은 차남 편을 들었는데, 그 아들이 30년 뒤 스타인이 〈내 가엾은 모하메드 본소〉라고만 부르던 그 사람이야. 둘은 수없이 많은 공적을 세운 영웅이 되었고, 놀라운 모험들을 했으며, 한번은 스코틀랜드인 집에서 겨우 스무 명 정도 되는 추종자만 데리고 다수의 군인을 상대로 한 달 동안 포위를 버텨 낸 적도 있었지. 아마도 원주민들은 오늘날까지도 그 전쟁 이야기를 하고 있을 거야. 그러는 한편으로, 스타인은 나비와 딱정벌레를 잡을 기회가 있으면 절대로 그 기회를 놓치지 않은 듯해. 8년에 걸쳐 전쟁, 협상, 거짓 휴전, 돌연한 전투 재개, 화해, 배신 등을 겪은 뒤, 평화가 마침내 영구히 정착하는 듯했을 때, 스타인의 〈가엾은 모하메드 본소〉는 사슴 사냥을 잘 마치고 의기양양하게 돌아와 자기 궁전 게이트에서 말에서 내리다 암살당했어. 이 사건으로 스타인의 처지는 아주 위험해졌지만, 그래도 얼마 지나지 않아 모하메드의 누이까지 잃지만 않았더라도 아마 스타인은 계속 거기에 머물렀을 거야. 스타인은 그 여자를 〈공주이자 나의 사랑하는 아내〉라고 엄숙하게 부르곤 했고, 둘 사이에 딸이 한 명 있었는데, 어떤 전염성 열병에 걸려 모녀가 사흘도 안 되는 간격을 두고 모두 죽었어. 그 가혹한 상실을 견딜 수 없던 스타인은 그 나라를 떠나게 되었지. 스타인의 삶에서 첫 부분이자 모험적인 부분은 이렇게 끝났어. 그 뒤의 일은 앞부분과 너무나 달랐기에, 스타인의 가슴속에 남아 있던 슬픈 현실의 기억만 아니었다면, 이 묘한 앞쪽 과거는 참으로 꿈처럼 느껴졌을 거야. 스타인에게는 돈이 조금 있었어. 스타인은 삶을 새로 시작했고, 세월이 흐르며 상당한 재산을 모았어. 처음에는 섬들을 빈번히 다녔지만 어느새 나이를 먹었고, 그래서 최근에는 마을에서 3마일 떨어진 넓은 집을 떠나는 일이 드물었어. 그 집에는 널찍한 정원이 있었고, 마구간들과 사무실들, 그리고 많은 하인과 식솔이 사는 대나무 오두막들로 둘러싸여 있었어. 스타인은 마을에 백인과 중국인 서기들이 일하는 사무실을 두었고, 아침마다 이륜마차를 타고 마을로 갔어. 스타인은 스쿠너선들과 원주민 배들로 구성된 작은 선단을 가지고 섬의 농수산물을 대규모로 거래했어. 그 일 외에는 고독하게 살았지만, 인간 혐오증에 걸린 건 아니었어. 책과 수집품이 있었고, 표본을 분류해 정리하고, 유럽의 곤충학자들과 서신 교환도 하고, 소장한 보물들에 설명을 곁들인 목록도 작성했어. 뚜렷한 희망도 없이 짐의 문제를 상담하러 내가 찾아간 사람은 바로 그런 이였어. 짐에 관해 스타인이 해주는 말만 들어도 위안이 될 것 같았어. 나는 어서 짐에 관해 이야기하고 싶었지만, 스타인은 나비 한 마리에 열심히, 거의 정열적으로 빠져들었고, 나는 그런 스타인을 존중했어. 스타인은 그 연약한 날개의 청동색 광채, 하얀 선, 화려한 무늬에서 마치 다른 무언가를 보는 듯했는데, 그건 죽어서도 손상 없이 화려함을 유지하고 있는 이 섬세하고 생명 없는 세포들만큼이나 쉽게 손상될 수 있으면서도 파괴를 거부하는 무엇인가의 이미지였어.

〈경이롭군!〉 스타인이 나를 바라보며 되풀이해서 말했어. 〈보라고! 이 아름다움을. 하지만 이건 아무것도 아니야. 이 정확함을, 조화로움을 봐. 얼마나 연약한지도! 얼마나 강한지도! 그리고 얼마나 정밀한지도! 이게 자연이야. 거대한 힘들의 균형. 모든 별이 그렇고, 모든 풀잎이 그렇게 서 있지. 그리고 완벽한 균형 상태의 강력한 우주가 이것을 만들어 내. 이 경이로움을, 자연이 만들어 낸 이 걸작품을 봐. 자연은 위대한 예술가야.〉

〈곤충학자가 이렇게 말하는 걸 들어 본 적은 없는데.〉 내가 기분 좋게 말했어. 〈걸작이지! 그러면 인간은 어떨까?〉

〈인간은 놀라운 존재이긴 하지만 걸작은 아니야.〉 스타인은 유리 상자에 시선을 고정한 채 말했어. 〈아마도, 인간을 만들 때 그 예술가는 살짝 미쳐 있었을 거야, 안 그래? 자네 생각은 어때? 아무도 원하지 않고 인간을 위한 자리가 마련되어 있지 않은데도 인간이 나타난 것처럼 보일 때가 가끔 있어. 그런 게 아니라면 왜 인간이 모든 곳을 갖고 싶어 하겠어? 왜 여기저기 뛰어다니며 주위에 큰 소동을 벌이고, 별에

대해 이야기하고, 풀잎을 어지럽히겠어?〉

〈나비들도 잡고.〉 나는 장단을 맞춰 주었어.

스타인은 웃으며 몸을 의자에 기대더니 다리를 쭉 폈어. 〈앉아.〉 스타인이 말했어. 〈어느 아주 맑은 날 아침에 이 희귀한 표본을 잡았어. 그때의 기분은 아주 날아갈 듯했어. 수집가가 이런 희귀한 표본을 잡았을 때 어떤 기분인지 자네는 모를 거야. 알 수가 없지.〉

나는 흔들의자에 편히 앉아서 웃었어. 스타인은 벽 너머를 물끄러미 바라보는 듯했어. 그러다가 그 친구는 어느 날 밤 자신의 〈가엾은 모하메드〉가 심부름꾼을 보내 자기 〈저택〉(그 친구는 그렇게 표현했어)에서 만나자고 요청했다는 이야기를 했어. 여기저기 숲이 있는 드넓은 경작지에 난 승마 전용 도로를 따라 9마일에서 10마일 정도 가야 하는 곳이었어. 아침 일찍, 스타인은 어린 딸인 에마를 껴안아 주고 아내인 〈공주〉에게 지휘권을 넘긴 뒤 요새화한 집을 떠났어. 스타인은 아내가 한쪽 손을 말의 목에 댄 채 게이트까지 따라 걸어오던 모습이 어땠는지 설명했어. 하얀 재킷을 입고, 머리에는 황금 핀을 꽂고, 왼쪽 어깨 위로 맨 갈색 가죽띠에는 권총이 꽂혀 있었다더군. 〈아내는 평범한 여자들처럼 말했어.〉 스타인이 말했어. 〈조심하라고, 그리고 가능하면 어두워지기 전에 돌아오라고, 나 혼자 가는 건 정말 아닌 것 같다고 했어. 전시였고, 그 나라는 안전하지 않았거든. 내 부하들은 집에 방탄 덧문을 달고 소총에 장전을 하고 있었고, 아내는 부디 자기 걱정은 말라고 했어. 내가 돌아올 때까지 누구든 상대해 집을 지킬 수 있다는 거지. 그래서 나는 기뻐하며 소리 내어 살짝 웃었어. 나는 아내가 그토록 용감하고 젊고 강한 게 좋았어. 나도 그때는 젊었지. 게이트에 도착하자 아내는 내 손을 한 번 꼭 잡고는 뒤로 물러났어. 나는 뒤에서 게이트 빗장 거는 소리가 들릴 때까지 게이트 밖에서 말을 조용히 세워 놓고 기다렸어. 내게는 아주 큰 적이 있었어. 위세 당당한 귀족인 데다 아주 못된 악당이었는데, 패거리를 끌고 부근을 어슬렁거리곤 했지. 나는 4~5마일쯤 말을 구보로 가게 했어. 밤사이 비가 왔지만 안개는 걷혔고, 대지의 얼굴은 깨끗했어. 대지는 마치 어린아이처럼 아주 상쾌하고 천진난만하게 내게 웃음을 지었어. 그때 갑자기 누군가가 일제 사격을 했어. 적어도 스무 발은 되는 듯했어. 귓전에 총알들이 지나는 소리가 들렸고, 모자가 머리 뒤로 풀쩍 젖혀졌어. 자네도 짐작하다시피, 작은 음모가 있었던 거지. 놈들은 내가없은 모하메드를 시켜 나를 불러들인 뒤 매복하고 있었던 거야. 나는 한순간에 사태를 파악했고, 수완을 좀 발휘해야겠다고 생각했어. 내 조랑말이 히힝거리며 껑충 뛰어올랐다가 서자, 나는 천천히 몸을 앞으로 숙이면서 머리를 말갈기에 묻었어. 말은 걷기 시작했고, 한 눈으로 말 목 너머를 보니 왼쪽 대나무 숲 앞에서 화약 연기가 맴도는 게 보였어. 나는 〈아하! 이 친구야, 좀 더 기다렸다 쏘지 그랬어? 아직은 *gelungen*(성공하지) 못했어, 오, 천만이지!〉 하고 생각했어. 나는 오른손으로 내 리볼버를 조용히, 조용히 쥐었어. 어쨌든 그 악당 놈들은 일곱 명밖에 안 되었으니까. 놈들은 풀숲에서 일어나더니 사롱을 걷어붙이고 머리 위로 창을 휘두르며 달려오기 시작했고, 내가 죽었으니 조심해서 말을 붙잡으라고 서로 외쳐 대더군. 나는 놈들이 여기서 저 문만큼 떨어진 거리까지 다가오도록 가만히 기다렸다가 탕, 탕, 탕, 매번 정조준해서 총을 쏘았어. 한 놈의 등을 향해 한 발을 더 쏘았지만, 빗나갔지. 이미 너무 멀었거든. 그런 다음 나는 홀로 말에 앉아 있었고, 깨끗한 대지는 내게 웃어 보였어. 땅에는 세 명의 시체가 쓰러져 있었지. 한 명은 개처럼 몸을 구부리고 있었고, 다른 하나는 등을 대고 누워 햇빛을 막으려는 듯 한쪽 팔을 눈에 대고 있었고, 세 번째는 다리를 아주 천천히 끌어당기더니 발을 차며 다시 쭉 뻗더군. 나는 말에 탄 채 그자를 유심히 지켜보았지만, 더는 아무런 동작도 없이 *bleibt ganz ruhig*(가만히 있었어). 혹시 그자가 살아 있지 않나 싶어 얼굴을 살피고 있을 때 뭔가 희미한 그림자가 그자의 이마 위로 지나갔어. 바로 이 나비의 그림자였어. 이 날개의 형태를 봐. 이 종은 강한 날개로 높이 날아. 내가 고개를 드니 이 나비가 날개를 펄럭이며 그자에게서 멀어지고 있었어. 나는 〈어떻게 이런 일이?〉라고 생각했지. 그러고 나서 이놈이 사라졌어. 나는 말에서 내려 말을 끌고 아주 천천히 걸으며 한 손에 리볼버를 잡고 위아래로 좌우로 사방을 두리번거렸어! 마침내 10피트 떨어진 곳에서 작은 흙더미에 앉아 있는 이놈을 찾아냈어. 그걸 보자마자 내 심장이 빠르게 뛰기 시작했어. 나는 말을 놓은 뒤 한 손에 리볼버를 들고 다른 손으로는 부드러운 펠트 천으로 된 모자를 벗어 들었어. 서두르지 않고 한

걸음. 또 한 걸음. 휙! 그리고 이놈을 잡은 거야! 일어나면서
나는 흥분에 겨워 몸이 잎사귀처럼 떨렸고, 이 아름다운 날
개를 펴보고는 내가 귀하고 아주 특별할 정도로 완벽한 표본
을 갖게 되었다고 확신하게 됐지. 그로 인해 감정이 고조되
어 머리가 빙빙 돌고 다리가 후들거려 땅바닥에 주저앉고 말
았어. 교수를 위해 수집하던 시절, 나는 그 종의 표본을 무척
이나 갖고 싶었어. 나는 긴 여정을 겪었고, 심한 박탈감을 겪
었지. 나는 자면서도 이놈 꿈을 꾸곤 했는데, 갑자기 내 손에
들어온 거야. 그것도 내가 직접 잡다니! 시인의 말을 빌린다
면(이 대목에서 스타인은 시인을 쉬인이라고 발음했어) 이
렇게 말할 수 있지.

〈*So halt' ich's endlich denn in meinen Händen,*
Und nenn' es in gewissem Sinne mein
(그리고 나는 드디어 그걸 손에 넣으니
확실히 내 것이라 할 수 있구나).[23]〉

스타인은 갑자기 목소리를 낮춰 〈내 것〉이라는 단어를 강
조하면서 천천히 내 얼굴에서 시선을 뗐어. 스타인은 조용히
기다란 파이프에 바쁘게 담배를 재기 시작하더니 엄지손가
락을 담배통 구멍에 댄 채 다시 나를 유심히 바라보았어.

〈맞아, 친구여. 그날 나는 바랄 게 없었어. 내 주적(主敵)도
크게 괴롭혔고, 나는 젊고 강했고, 친구도 있고, 여인의 사랑
도 있고(이 대목에서는 〈사랑〉을 〈쏴랑〉이라 발음했어), 아
이도 있으니 내 마음은 아주 흡족했어. 게다가 꿈에서까지 그

---

23 요한 볼프강 폰 괴테의 시 「토르콰토 타소」.

리던 것마저 손에 넣었으니!〉

스타인이 성냥을 긋자 불꽃이 확 타올랐어. 생각에 잠긴 그 친구의 잔잔한 얼굴에 경련이 한 번 일었어.

〈친구, 아내, 아이.〉 작은 불꽃을 물끄러미 바라보며 스타인이 천천히 말하더니 〈후우!〉 하고 불었어. 성냥불이 꺼졌지. 스타인은 한숨을 쉬고 다시 유리 상자로 시선을 돌렸어. 그러자 그 연약하고 아름다운 날개들이 가볍게 떨렸어. 그 친구의 숨이 순간적으로 꿈에서도 그리던 화려한 대상에 생명을 되돌려 주기라도 한 듯이 말이야.

〈이 일은,〉 스타인이 흩어져 있던 종잇조각들을 가리키며 갑자기, 하지만 평소처럼 점잖고 명랑한 어조로 말을 시작했어. 〈큰 진전을 보고 있어. 나는 이 희귀한 표본에 대한 설명을 만들고 있었어…… 그건 그렇고! 뭔가 좋은 소식이라도 있어?〉

〈사실은 말이지, 스타인,〉 나는 입을 열었지만, 말하는 게 놀랄 만큼 힘들었어. 〈내가 여기 온 건 어떤 표본 하나를 설명하려고…….〉

〈나비야?〉 스타인은 믿을 수 없다는 듯한, 그리고 익살스러운 어조로 열의를 보이며 물었어.

〈그런 완벽한 게 아니야.〉 갑자기 온갖 의심이 들며 기가 꺾인 내가 대답했어. 〈사람이야!〉

〈아하!〉 그 친구가 중얼거렸고, 웃음 짓고 있던 얼굴이 나를 돌아보며 심각해졌어. 한동안 나를 바라보던 스타인이 천천히 말했어. 〈뭐, 나도 사람이지.〉

스타인은 이런 사람이었어. 스타인은 상대에게 격려를 아끼지 않음으로써, 속 이야기를 털어놓으려던 신중한 사람을 망설이게 만드는 방법을 알았어. 하지만 내가 망설였다 할지라도 그 순간은 오래가지 않았어.

스타인은 다리를 꼬고 앉아 내 이야기를 끝까지 들었어. 가끔 담배 연기가 폭발하듯 피어오르며 그 친구의 머리가 완전히 사라졌고, 그 연기 속에서 동정이 담긴 웅얼거림이 들리곤 했어. 내가 이야기를 마치자, 스타인은 꼬았던 다리를 풀고 파이프를 내려놓더니 의자 팔걸이에 팔꿈치를 댄 채 양손의 손가락 끝을 마주 대고 진지한 표정을 지으며 내 쪽으로 몸을 숙였어.

〈잘 알겠어. 그 친구는 낭만적이군.〉

스타인은 나를 위해 진단을 해주었고, 처음에 나는 그 진단이 너무나 단순해서 아주 놀랐어. 사실, 우리의 만남은 의학 진찰과 아주 비슷했어. 유식한 모습의 스타인은 책상 앞에 놓인 안락의자에 앉아 있었고, 나는 다른 의자에 초조하게 앉아 몸을 한쪽으로 약간 돌리고 있었거든. 그래서 이렇게 묻는 것도 자연스러워 보였어.

〈어쩌면 좋을까?〉

스타인은 기다란 집게손가락을 들어 올렸어.

〈치료법은 단 하나뿐이야! 한 가지만이 우리의 모습에서 우리를 치료해 줄 수 있어.〉 손가락이 책상으로 내려갔고, 빠르게 톡 소리를 냈어. 앞서 스타인이 그토록 단순해 보이게 했던 짐의 경우가 이제는 더욱더 단순해 보였고, 완전히 가망 없어 보이기도 했어. 정적이 흘렀어. 〈그래,〉 내가 말했어. 〈엄밀하게 말해, 문제는 어떻게 치료받느냐가 아니라 어떻게 사느냐야.〉

스타인은 고개를 끄덕이며 내 말에 동의했는데, 살짝 슬픈 듯이 보였어. 〈Ja, ja(맞아, 맞아)! 일반적으로, 자네 나라의 그 위대한 시인의 말을 빌리자면《그것이 문제로다》인 거지…….〉 스타인은 공감하며 고개를 계속 끄덕였어……. 〈어떻게 사느냐! 아! 어떻게 사느냐.〉

스타인은 책상에 손가락들 끝을 댄 채 일어났어.

〈우리는 온갖 다른 방식으로 살고 싶어 해.〉 스타인이 다시 말을 하기 시작했어. 〈이 화려한 나비는 작은 흙더미를 발견하면 그 위에 가만히 앉아 있지. 하지만 인간은 결코 자신의 진흙 더미 위에 가만히 있지 않아. 인간은 이렇게 있고 싶어 하다가 또 저렇게 있고 싶어 하지.〉……스타인은 손을 위로 들었다가 이윽고 다시 내렸어……. 〈인간은 성자가 되고 싶어 하다 악마가 되고 싶어 하고, 매번 눈을 감을 때마다 자신이 아주 훌륭한 사람이라고 여겨. 너무나 훌륭해 자신이 결코 될 수 없는 그런 사람…… 꿈에서나…….〉

스타인은 유리 뚜껑을 내렸고, 자동 자물쇠가 날카롭게 찰칵 소리를 내자 두 손으로 상자를 들고 경건한 자세로 제자리로 가져갔어. 그 친구는 등불의 불빛이 만든 밝은 원을 벗어나 좀 더 빛이 희미한 고리로 들어간 다음, 마침내 형체 없는 어스름 속으로 들어갔어. 참으로 묘한 느낌이었어. 그 몇 걸음만으로 그 친구는 이 실체적이고 복잡한 세상을 벗어나 버린 것만 같았거든. 키가 큰 스타인의 몸이, 마치 실체를 박탈당한 듯이, 허리를 숙이고 불분명한 동작들을 취하며 보이지 않는 물체들 위를 소리 없이 떠돌고 있었어. 저 멀리서 비물질적인 관심을 쏟으며 알 수 없이 바쁘게 움직이던 스타인은 흐릿하게만 보였고, 그의 목소리도 먼 거리 덕분에 더는 날카롭지 않고 부드럽게 변한 채 그저 크고 엄숙하게 울리는 듯했어.

〈그리고 인간은 늘 눈을 감고 있을 수는 없기 때문에 진짜 괴로움, 그러니까 마음의 고통, 염세주의적 세계관 같은 걸 겪게 되지. 이보게, 친구, 자신이 충분히 강하지 못해서, 혹은 충분히 영리하지 못해서 꿈을 이룰 수 없다는 사실을 알게 되면 유쾌하지 않잖아. 그래! ……그렇지만 그 역시 훌륭한 사람이야! *Wie? Was? Gott im Himmel*(어떻게? 무엇을? 맙소사)! 어떻게 그럴 수 있을까? 하! 하! 하!〉

나비들의 무덤 사이를 배회하던 그림자가 시끄럽게 웃어댔어.

〈그래! 이 사실은 끔찍하지만 너무 우습기도 해. 세상에 태어난 인간은 마치 바다에 빠지는 사람처럼 꿈속에 빠져들지. 만약 그가 경험 없는 사람들처럼 공기 속으로 기어 나오려 하면 익사하고 말아, *nicht wahr*(그렇지 않아)? ……그러면 안 돼! 이봐! 살고 싶다면, 그 파괴적 원소에 자신을 맡기고 물속에서 손발을 열심히 움직여 깊은 바다가 몸을 받치게 해야 해. 그래서 만약 자네가 내게 어떻게 살아야 하느냐고 묻는다면?〉

스타인의 목소리가 갑자기 현저히 강해지는 것이, 마치 어스름 속에서 지혜의 속삭임을 통해 영감을 받은 듯했어. 〈이봐! 그 질문의 답 역시 단 하나뿐이야.〉

스타인은 슬리퍼를 급하게 슥슥 끌며 희미하게 밝혀진 고리 속에 어렴풋이 모습을 드러내더니, 갑자기 램프의 밝은 원 안에 나타났어. 그 친구는 한 팔을 뻗어 마치 권총처럼 내 가슴을 겨누었어. 깊게 들어간 눈은 나를 꿰뚫는 듯했지만, 실룩이는 입술에서는 아무 말도 나오지 않았고, 어스름 속에서 보이던 단호하게 확신하며 기뻐하던 표정은 얼굴에서 사라지고 없었어. 내 가슴을 가리키던 손이 내려갔고, 이윽고 한 걸음 더 다가온 스타인은 부드럽게 내 어깨에 손을 올렸어. 그리고 쓸쓸한 어조로, 세상에는 결코 말로 표현할 수 없는 것이 있지만, 자신은 너무나 외로이 살아왔기에 이따금 잊는다고 했어. 잊는다고. 멀찍이 그늘 속에 서 있을 땐 영감을 주었던 확신이, 밝은 곳에 들어오자 빛에 파괴되어 버린 거야. 스타인은 의자에 앉더니 책상에 두 팔꿈치를 괴고 이마를 문질렀어. 〈그래도 그게 진실이야, 진실. 그 파괴적 원소에 잠겨야 해.〉……스타인은 나를 보지 않은 채, 두 손을 양쪽 뺨에 대고 가라앉은 어조로 말했어. 〈그게 방법이야. 꿈을 좇고, 다시 꿈을 좇고, 그리고 그렇게 — *ewig*(영원히) — *usque ad finem*(끝까지)…….〉 신념에 차서 속삭이는 스타인의 소리를 듣자, 내 앞에 광대하고 불확실한 공간이 펼쳐지는 듯했어. 그건 새벽 평원의 어슴푸레하고 광활한 지평선이었어. 아니, 어쩌면 저녁이 다가올 때의 광활한 지평선이었던 걸까? 인간에겐 어느 쪽인지 결정할 용기가 없었어. 어쨌거나 그건 황홀하고 거짓된 빛이었고, 그 어슴푸레함이 빚은 이해할 수 없는 시를 함정들 위로, 무덤들 위로 던졌어. 스타인의 삶은 고귀한 이념을 위한 희생과 열정에서 시작되었고, 스타인은 다양한 길을 따라, 낯선 길들을 따라 아주 멀리까지 여행을 했지만, 어떤 길을 따라가든 비틀거린 적이 없었고, 그래서 부끄러움도 후회도 없었지. 스타인이 옳았어. 그게 유일한 방법이었음은 의심의 여지가 없었어. 그렇지만 그 모든 것에도 불구하고 인간이 무덤들과 함정들 사이를 헤매는 거대한 평원은, 어슴푸레한 빛이 빚은 이해할 수 없는 시 속에서 여전히 너무나 황량했고, 중심은 그늘졌지만 둥그런 가장자리는 아주 환했어. 마치 화염으로 가득한 심연에 둘러싸인 듯이 말이야. 마침내 내가 침묵을 깬 건, 이 세상의 그 어느누구도 스타인 자신보다 더 낭만적일 수 없으리라는 의견을 밝히기 위해서였어.

스타인은 천천히 고개를 저었어. 그리고 참을성 있고 내 의향을 묻는 눈으로 물끄러미 나를 바라보았어. 스타인은 치욕이라고 말했어. 우리는 그 악행을, 그 큰 악행(스타인은 익살스럽고 관대한 웃음을 지으며 이 표현을 되풀이했어)을 바로잡을 뭔가 실용적인 것, 실용적인 해결책을 찾기 위해 머리를 맞대는 대신, 마치 아이처럼 앉아서 이야기나 나누고 있다고 했어. 하지만 그럼에도 우리 대화는 더 실용적으로 되지 못했어. 우리는 마치 우리 의논에서 피와 살을 제외하려는 것처럼, 또는 짐이 잘못이나 저지르는 인간에 불과하며 고통을 당하는 이름 없는 유령에 불과하다는 듯이, 짐의 이름을 꺼내는 일을 피했어. 〈안 되겠어!〉 스타인이 일어나며 말했어. 〈오늘 밤은 여기서 자도록 해. 내일 아침에는 뭔가 실용적인 걸 떠올릴 수 있을 거야. 실용적인 걸……〉 스타인은 쌍촛대에 불을 붙이고 앞장섰어. 나는 스타인이 든 불빛을 따라 텅 비고 어두운 방들을 지났어. 불빛은 왁스 칠한 바닥을 미끄러지고, 광을 낸 탁자의 표면을 여기저기 휩쓸고, 가구의 일부 곡선들 위로 껑충 뛰어오르거나 멀리 떨어진 거울들을 들락거리며 수직으로 번쩍였고, 그러는 사이 거울에는 두 사람의 모습과 두 개의 일렁이는 촛불이 수정 같은 허공을 가로질러 살금살금 가는 모습이 순간적으로 보였어. 스타인은 구부정하지만 정중한 태도로 한 걸음 앞서 천천히 걸었어. 얼굴에는 귀를 기울이는 듯 심오한 고요함이 맴돌았고, 흰 머리가 섞인 담황색 머릿단은 살짝 숙인 목 위로 성기게 흩어져 있었어.

〈그 친구는 낭만적이야, 낭만적.〉 스타인이 되풀이해서 말했어. 〈그리고 그 점이 아주 고약하지. 아주 고약해……. 아주 좋기도 하고.〉 스타인이 덧붙였어. 〈하지만 그 친구가 정말 낭만적이야?〉 내가 물었어.

〈*Gewiss*(물론이지).〉 스타인은 말하고 나서 촛대를 들고 가만히 서 있었지만, 나를 바라보지는 않았어. 〈명백해! 그 친구에게 내면의 고통을 통해 자신을 알게 해주는 게 뭐겠어? 그 친구가 자네나 내 앞에서 존재케 하는 게 뭐겠어?〉

그 순간은 짐의 존재를 믿기가 어려웠어. 어느 시골 목사관에서 출발한 짐의 모습이 먼지구름에 가려지듯 사람들 무리에 가려 흐릿해졌고, 현실 세계에서 삶과 죽음의 요구가 시끄럽게 충돌하는 소리에 짐의 소리는 묻혀 버렸어. 하지만 짐의 소멸할 수 없는 실체는 거역할 수 없는 힘과 확신을 지니고 나에게 다가왔어! 나는 그걸 생생하게 보았어. 마치 우리가 일렁이는 촛불에 의지해 높다랗고 조용한 방들을 통과하던 중에, 그리고 깊이를 알 수 없는 투명한 심연 속에서 깜박이는 촛불을 들고 살금살금 지나가는 인간들의 모습이 돌연 나타났다 사라지는 것을 보며 지나가던 중에, 그러던 중에 절대적 진실에 더 가까이 접근하게 된 것 같은 기분이었어. 그 절대적 진실은, 아름다움 그 자체처럼, 고요하고 잔잔한 신비의 바다에 반쯤 잠긴 채 모호하고 종잡을 수 없는 상태로 둥둥 떠 있었어. 〈아마도 낭만적인 게 맞을 거야.〉 나는 동의하며 가볍게 소리 내어 웃었고, 그 웃음이 예상외로 크게 울린 탓에 곧바로 목소리를 낮췄어. 〈하지만 나는 자네도 낭만적이라고 믿어.〉 스타인은 머리를 가슴으로 떨군 채 촛대를 높이 들고 다시 걷기 시작했어. 〈뭐, 나도 존재하는 인간이니까.〉 스타인이 말했어.

스타인이 앞장서 갔어. 내 눈은 그 친구의 움직임을 따라갔지만, 내가 보는 이는 회사의 대표나 오후 환영식장에 나타난 반가운 손님, 학술 단체의 투고자, 길 잃은 박물학자들의 접대자가 아니었어. 내가 본 것은 오로지 스타인의 운명의 실체였어. 나는 그 친구가 흔들림 없이 확고하게 쫓아간 운명, 미천한 환경에서 시작해 커다란 열정과 우정과 사랑과 전쟁 등 그 모든 낭만적 요소를 최고조로 누렸던 일생의 실체를 보고 있었어. 내 방문 앞에서 스타인과 나는 마주 보았어. 〈그렇지.〉 마치 토론을 계속하듯이 내가 말했어. 〈그리고 어리석게도 자네는 그 모든 것 중에서 어떤 특정한 나비를 꿈꾸었어. 하지만 어느 맑은 아침 자네의 꿈이 실현될 기회와 마주쳤을 때, 자네는 그 멋진 기회를 놓치지 않았어. 안 그래? 하지만 그 친구는……〉 스타인이 손을 들어 올렸어. 〈그리고 자네는 내가 얼마나 많은 기회를 놓쳤는지 알아? 다른 꿈들이 실현될 기회를 얼마나 많이 놓쳤는지 알아?〉 스타인은 애석하다는 듯이 고개를 저었어. 〈그중 어떤 것은 이루어 냈다면 아주 멋졌을 거야. 그런 기회를 얼마나 많이 잃었는지 알아? 아마 나 자신도 모를걸.〉 〈그 친구의 꿈들이 멋졌든 아니든,〉 내가 말했어. 〈그 친구는 자기가 확실히 못 잡은 꿈이 하나 있다는 건 알아.〉 〈그런 건 누구나 한두 개씩은 있지.〉 스타인이 말했어. 〈그리고 그게 바로 문제야. 커다란 문제……〉

스타인은 문간에서 악수를 했고, 들어 올린 팔 아래로 내 방을 힐끗 보았어. 〈잘 자게. 내일 우리는 뭔가 실용적인 방법을 찾아야만 해. 실용적인 걸……〉

스타인의 방은 내 방 맞은편에 있었지만, 나는 스타인이 왔던 길을 돌아가는 걸 보았어. 그 친구는 나비들이 있는 곳으로 돌아가고 있었어.」

21

「너희 중에 파투산이란 곳에 대해 들어 본 사람이 과연 있으려나?」시가에 조심스레 불을 붙이느라 잠시 침묵하던 말로가 이야기를 다시 시작했다. 「상관없어. 밤이면 우리 위에 빽빽이 떠 있는 천체들 가운데도 인류가 한 번도 들어 본 적 없는 게 많잖아. 천체는 인류의 활동 영역 밖이고, 천체의 구성, 무게, 궤도, 운행의 불규칙성이나 빛의 광행차 따위, 말하자면 일종의 과학계 스캔들에 대해 유식한 말을 하는 걸로 벌어먹는 천문학자들을 빼면 그 누구든 콩알만큼도 중요하지 않아. 파투산도 그래. 그곳은 바타비아 정부 내부에서도 한정된 직원들만 언급하는 곳이었는데, 특히 그곳의 부정이나 탈선 때문이었지. 그리고 상업에 종사하는 사람 가운데 아주 극소수에게만 그 이름이 알려져 있었어. 하지만 그곳에 가본 사람은 아무도 없었고, 아마 직접 가보고 싶어 한 사람도 없었을걸. 내 생각에 그건, 마치 먼 천체로 전출 명령을 받은 천문학자가 강하게 반발하는 것과 비슷해. 그곳에서는 지구에서 받는 급여도 못 받을뿐더러 낯선 하늘의 모습에 어리둥절해질 테니까. 하지만 천체나 천문학자는 파투산과 아무 관계가 없어. 그곳으로 간 건 짐이었어. 그리고 스타인이 짐을 5등성 별로 보내도록 주선했다 하더라도 그 변화가 더 클 수는 없었을 거라는 점을 꼭 이해해 줬으면 해. 짐은 이 땅에서의 실패와 평판을 뒤로하고, 자신의 상상력을 발휘할 수 있도록 전혀 새로운 환경들이 갖춰진 곳으로 간 거야. 그곳은 완전히 새롭고 오롯이 주목할 만한 곳이었어. 그리고 짐은 주목할 만한 방식으로 그 새로운 환경들을 휘어잡았어.

스타인은 파투산에 대해 그 누구보다 잘 알았어. 정부 안의 한정된 직원들보다도 더 잘 알았을걸. 내 생각에는, 스타인이 나비 사냥을 다니던 시절, 또는 훗날 그 친구의 고칠 수 없는 버릇대로 자신의 상업적 부엌에서 만든 기름진 요리에 낭만을 한 꼬집 뿌려 보려던 중에 그곳에 가본 게 분명해. 스타인은 말레이 제도가 아직 원래의 어둠에 잠겨 있을 때, 원주민을 도덕적으로 계몽할 빛이(그리고 심지어 전등 빛도) 아직 거기까지 닿지 않았을 때, 그리고, 그리고, 음, 큰 이익을 남기기 전에, 이미 그곳 대부분을 가보았어. 스타인이 파투산을 언급한 건, 우리가 짐에 대해 이야기한 이튿날 아침 식사 때 내가 가엾은 브라이얼리의 말을 인용해 〈그 녀석을 땅속으로 20피트쯤 기어들어 가서 살게 하지〉라고 말했을 때였어. 스타인은 마치 날 희귀한 곤충 보듯 흥미롭다는 눈으로 바라보았어. 〈그렇게 할 수도 있지.〉 커피를 홀짝이며 스타인이 말했어. 〈일종의 매장이지.〉 내가 설명했어. 〈물론 누군들 정말 그렇게 하고 싶겠냐만, 지금의 그 친구를 보면 그게 최선일 거야.〉〈그래, 그 친구는 젊어.〉스타인이 생각에 잠겨 말했어. 〈현존하는 가장 젊은 인간이지.〉내가 동의했어. 〈*Schön*(좋아). 파투산이 있어.〉스타인은 같은 어조로 계속 말했어⋯⋯. 〈게다가 이제 그 여인은 죽었고.〉스타인은 알아듣지 못할 말을 덧붙였어.

당연히 나는 그 이야기를 몰라. 언젠가 과거에 파투산이 모종의 죄악이나 범죄, 불운의 무덤으로 사용되었으리라고 추측할 뿐이야. 스타인을 의심하는 건 불가능해. 스타인에게 있었던 유일한 여자는 그 친구가 늘 〈공주인 내 아내〉라고 부르거나 드물게 말이 많아질 경우 〈내 에마의 어머니〉라고 부르던 그 말레이 여인뿐이었어. 스타인이 파투산과 관련해 언급한 여자가 누군지 나는 알 수가 없어. 하지만 그 친구의 여러 암시에서 미루어 보면, 그 여자는 네덜란드인과 말레이인 사이에서 태어났고, 교육을 잘 받았고, 아주 예뻤으며, 비극적이랄지 그냥 불쌍하달지 그런 과거가 있었는데, 그중에서도 가장 고통스러운 부분은 단연코, 네덜란드 식민지에 있는 어느 무역 회사 서기였던 말라카 지역 포르투갈인과의 결혼이었어. 스타인의 이야기에서 추측해 보면, 이 남자는 여러 가지 면에서 변변찮았으며, 다소 우유부단하고 무례했어. 스타인이 그자를 스타인 상사의 파투산 주재 교역소장으로 임명한 것도 오직 그자의 아내를 위해서였어. 하지만 상업적으로는 그 조치가, 적어도 회사에는 성공적이지 못했어. 그리고 이제 그 여자가 죽었기에 스타인은 소장을 바꾸고 싶었어. 코닐리어스라는 이름의 그 포르투갈인은 자기가 능력으로 보면 더 높은 직위에서 더 나은 대우를 받아야 하는데 푸대접을 받는다고 여겼어. 스타인은 짐을 보내 그 사람을 대신하자는 거였지. 〈하지만 코닐리어스가 그곳을 떠나려 할 것 같지 않아.〉 스타인이 말했어. 〈내 알 바 아니지. 오직 그 여인을 위해서였으니까……. 하지만 딸이 하나 남아 있는 것을 생각해, 만약 그자가 원한다면 지금 집에서 계속 살게 할 생각이야.〉

파투산은 원주민이 다스리는 나라의 벽지였고, 그곳의 가장 큰 정착지도 같은 이름으로 불렸어. 바다에서 강을 따라 40마일 정도 들어가면 처음으로 가옥들이 보이고, 거기서 서로 아주 가까이 붙어 솟은 가파른 언덕 두 개가 숲 위로 보이는데, 그 언덕들 사이에는 깊은 틈 같은 것이, 무언가 강력한 힘에 의한 균열 같은 것이 있어. 사실 그 계곡은 단지 좁은 협곡에 불과해. 정착촌에서 보면 대충 원추형으로 생긴 언덕 하나가 반으로 쪼개진 뒤 살짝 밖으로 기울어진 듯한 모습이야. 보름달이 뜨고 사흘째 되는 날 밤에 짐의 집 앞 공터에서 보면, 달은 정확히 이 두 언덕 뒤에서 떴어(내가 짐을 방문했을 때, 짐은 토착 형식의 아주 멋진 집을 가지고 있었어). 처음에 달빛이 먼저 위로 퍼지면서 두 덩어리의 언덕은 아주 진한 검은색 돋을새김으로 보였고, 이윽고 거의 완벽한 원형의 달이 불그레하게 이글거리며 모습을 드러냈어. 달은 언덕들 사이 깊은 틈에서 미끄러지듯 솟아올라 언덕 꼭대기들 위로 떠올랐고, 그 모습이 마치 벌어진 무덤에서 점잖고 의기양양하게 빠져나오는 듯했어. 〈아주 인상적이죠.〉 내 옆

에서 짐이 말했어. 〈볼만하지 않습니까?〉

마치 이 멋진 장관을 조율하는 데 자기가 일조했다는 듯이 뿌듯해하는 말투에 나는 그만 웃음이 나오고 말았어. 짐은 파투산에서 참으로 많은 것을 조율하고 있었어! 그리고 이 모두가, 전에라면 달이나 별의 운행만큼이나 그 친구 능력으로는 통제하기 어려워 보였을 일들이었어.

상상도 하지 못한 일이었어. 스타인과 나는 짐이 걸리적거리지 않게 치워야겠다는 생각에 별 의미 없이 짐에게 그런 일을 맡긴 것뿐이었는데, 그 일의 특성이 바로 그랬던 거야. 걸리적거리지 않게 치운다는 말은, 짐이 자신에게 걸리적거리지 않게 해준다는 뜻이야. 그게 우리의 주요 목적이긴 했지만, 나에게 약간의 영향을 준 다른 동기도 어쩌면 하나 더 있었다는 걸 고백하겠어. 나는 얼마 동안 귀국하려던 참이었어. 그래서 떠나기 전에 나 스스로 의식하던 것 이상으로 짐에게서 손을 떼고 싶었을 수도 있어. 나는 귀국할 참인데, 그 친구는 안개 속에서 짐을 지고 헐떡이는 사람처럼 비참한 고민거리와 허깨비 같은 주장을 들고 내게 온 거야. 나는 짐을 한 번도 명확하게 이해한 적이 없었어. 심지어 내가 그 친구를 마지막으로 본 뒤 오늘에 이르기까지 말이야. 하지만 내가 그 친구를 이해하지 못하면 못할수록, 나는 인간의 지식에서 불가분의 일부를 이루는 〈의심〉 때문에 짐에게 더욱더 얽매인다고 느꼈어. 내가 나 자신에 대해 더 많이 알았던 건 아니지만 말이야. 다시 말하지만, 나는 귀국할 참이었고, 고향이 너무나 멀었기에, 마치 고향의 모든 벽난로 앞 재받이돌들이 실은 모두 하나여서 아무리 미천한 사람도 벽난로 앞에 앉아서 쉴 권리가 있다는 느낌이었어. 인간은 수천, 수만 명이 이 지구의 표면을 헤매 다니고, 더러는 유명해지고 더러는 전혀 알려지지 않고, 바다 너머까지 명성을 떨치고 돈을 버는가 하면 겨우 입에 풀칠만 하며 살기도 해. 하지만 내가 보기에 우리 각자에게 귀국은 결산을 하러 가는 것과 같아. 우리는 상사들과 친척들과 친구들을, 우리가 복종하는 사람들과 사랑하는 사람들을 만나러 가는 거야. 하지만 이런 이들이 없는 사람들, 가장 자유롭고 외롭고 무책임하고 모든 관계를 잃은 사람들까지도, 고향에 정다운 얼굴이나 귀에 익은 목소리가 없는 사람들까지도 고향의 땅속, 하늘 아래, 공기 속, 골짜기 속, 언덕 위, 들판, 물속, 숲속에 사는 정령을 만나야 해. 말 없는 친구이자 심판자이자 영감의 고취자를 말이야. 하지만 누가 뭐래도, 그 기쁨을 얻고, 그 평화를 숨 쉬고, 그 진실과 대면하려면, 마음에 거리낌 없이 귀국해야 해. 이 모든 것이 너희에게는 단순한 감상주의로 보일 수도 있어. 그리고 사실 익숙한 감정의 표면 안쪽을 의식적으로 들여다볼 의지나 능력을 갖춘 사람은 거의 없지. 그곳에는 우리가 사랑하는 여인들, 우리가 우러러보는 사람들, 부드러운 손길, 우정, 기회, 쾌락이 있어! 하지만 그런 건 결백한 손으로 만져야지, 그렇지 않으면 손안에서 낙엽이나 가시로 변하게 돼. 내 생각에, 자기 것이라 부를 수 있는 난롯가나 애정의 대상이 없는 외로운 사람들, 집으로 돌아가는 것이 아니라 단지 고향 땅 그 자체로 돌아가는 사람들은 육신 없이 불멸불변하는 정령을 만나게 돼. 바로 이런 사람들은 그 정령의 가혹함을, 구원의 힘을, 고래 적부터 그 정령이 우리에게 신의와 복종을 요구하는 것이 얼마나 은혜로운 일인지 가장 잘 이해하지. 그렇고말고! 우리 가운데 거의 누구도 그걸 이해하지 못하지만, 그래도 우리 모두는 그걸 느끼고 있어. 나는 예외 없이 〈모두〉 그걸 느낀다고 말하는데, 왜냐하면 그걸 느끼지 못한다면 인간이라 할 수 없기 때문이야. 풀잎 하나하나가 대지에서 자리를 잡고 그곳에서 생명력과 힘을 끌어내듯이, 인간 역시 대지에 뿌리를 내리고 그곳에서 자신의 생명과 믿음을 끌어내. 나는 짐이 얼마나 이해했는지 알지 못해. 하지만 짐이 이런 진실 혹은 환상의 요구를 느꼈으며, 혼란스럽긴 해도 강력하게 느꼈다는 건 알아. 그걸 진실의 요구라 부르든, 환상의 요구라 부르든, 상관없어. 그래 봤자 별 차이없고, 차이가 있다 해도 그다지 의미 없으니까. 중요한 건, 짐이 감정을 느끼기 때문에 인간이라 할 수 있다는 거야. 이제 짐은 고향으로 절대 돌아갈 수 없었어. 절대 안 됐지. 결코 그럴 수 없었어. 짐이 마음을 생생하게 표현할 수 있었다면, 짐은 자기 생각에 스스로 전율했을 거고, 주위 사람들마저 전율케 했을 거야. 하지만 짐이 나름대로 표현력이 있긴 해도 그 정도로 표현할 수 있는 부류는 아니었어. 고향으로 돌아간다는 생각을 할 때면, 짐은 몸이 완전히 굳어 꼼짝도 하지 못했고, 턱을 숙이고 입술을 내밀었으며, 얼굴을 찡그리고, 파랗고 솔직한 두 눈으로는 섬뜩하게 노려봤어. 마치 무언가 견딜 수 없는 것을 대하는 듯한, 무언가 혐오스러운 것을 마주친 듯한 모습이었지. 숱 많은 머리털이 모자처럼 덮고 있던 그 친구의 단단한 두개골 속에서 모종의 상상이 발동하고 있었던 거야. 나로 말하자면, 내게는 상상력이 없고 (만약 상상력이 있었더라면 오늘 내가 짐에 대해 좀 더 자신 있게 말했겠지), 그러니 내가 고향에 돌아가면 도버 해안에서 백악 절벽 위로 솟은 대지의 정령을 만나게 될 거고, 그 정령에게 어리디어린 동생은 어쩌고 혼자서만 사지 멀쩡히 돌아왔느냐는 질문을 받을 거라는 생각을 떠올렸다는 말은 할 생각이 없어. 나는 그런 잘못을 할 수 없었어. 세상에는 누구도 찾으려 들지 않는 사람들이 있고, 짐이 그런 부류라는 걸 나는 아주 잘 알았어. 나는 짐보다 더 훌륭한 사람이 밀려나고, 사라지고, 완전히 자취를 감추는데도 사람들이 조금도 궁금해하거나 슬퍼하지 않는 경우들을 보았어. 대규모 사업체를 운영하는 이가 그렇듯이, 대지의 정령도 수많은 사람의 운명에는 관심이 없어. 낙오자들에게 화 있을진저! 우리는 서로 뭉쳐 있을 때만 존재할 수 있어. 짐은 낙오했다고 볼 수 있고, 무리 속에 매달려 있지 못한 거야. 하지만 짐은 그걸 강하게 의식했고, 바로 이 점이 짐을 애처로워 보이게 했어. 마치 한 인간이 치열한 삶을 살수록 그 죽음이 나무 한 그루의 죽음보다 더 감동적으로 다가오는 것과 비슷하달까. 나는 우연히 짐 가까이 있었고, 우연히 짐에게 감동했던 거야. 그게 전부야. 나는 짐이 앞으로 어떻게 밀려날지 그 방식에 관심이 있었어. 가령 짐이 술에 절어 살았다면 나는 가슴 아팠을 거야. 이 세상은 너무 좁았고, 그래서 눈은 충혈되고 얼굴은 부어오른 누추한 부랑자가 캔버스 천으로 만든, 바닥이 다 닳아 없어진 신을 신고, 팔꿈치 주변에는 누더기를 펄럭이며 어느 날 갑자기 나타나 옛 친분을 들먹이며 5달러만 빌려달라고 하면 어떻게 하나 나는 두려웠어. 한때 품위 있던 이들이 이렇게 허수아비 같은 모습으로 나타나 거칠고도 무례한 목소리와 반쯤 외면하는 오만한 시선으로 끔찍하게 으스대는 거, 다들 겪어 봤을 거야. 회개하지 않고 죽는 사람을 지켜보는 성직자도 괴롭지만, 인생에서 결속이 중요하다고 믿는 사람들이 이런 만남을 겪는 일이 더 괴로워. 솔직히 말해, 그게 짐과 나를 두고 내가 상상할 수 있는 유일한 위험이었어. 하지만 난 내 부족한 상상력도 믿지 않았어. 상황이 더 나쁜 쪽으로, 즉 내 상상력을 가지고 예측할 수 없는 방향으로 악화될 수도 있었으니까. 짐은 자기 상상력이 풍부하다는 사실을 내가 잊지 못하게 했는데, 상상력이 풍부한 사람들은 마치 자기들을 불편하게 삶에 묶어 두는 밧줄이 다른 사람들 것보다 더 길다는 듯이 어떤 방향으로든 더 멀리 나가지. 상상력이 풍부하면 그래. 그리고 술에 빠지기도 하고. 그런 두려움 때문에 내가 짐을 과소평가했을 수도 있어. 내가 어떻게 알겠어? 심지어 스타인마저 짐이 낭만적이라는 말밖에 하지 못했는걸. 나는 그저 짐이 우리 중 한 명이란 사실만 알 뿐이었어. 그리고 짐이 낭만적이어서 뭐? 그에 대해서는 할 이야기가 별로 없기 때문에 내가 너희에게 나 자신의 본능적 느낌과 혼란스러운 생각만 이렇게 잔뜩 늘어놓는 거야. 나에게 짐은 그냥 존재했고, 너희에겐 결국 나를 통해서만 짐이 존재하지. 나는 짐의 손을 잡고 여기로 데리고 나왔어. 그리고 너희 앞에서 행진하게 했어. 내 진부한 두려움은 부당한 것이었을까? 지금도 난 모르겠어. 어쩌면 너희가 더 잘 알지도 몰라. 가까운 제 눈썹 못 본다는 옛말도 있잖아. 어쨌든 그런 두려움은 괜한 것이었어. 짐은 밀려나지 않았어. 전혀. 오히려, 놀랍게 잘해 나갔어. 주사위처럼 똑바로 구르며 아주 잘해 나갔지. 그래서 짐이 분발할 뿐 아니라 그 상태를 유지할 수 있다는 걸 보여 주었어. 그건 내가 한몫 거들어 준 일에서 거둔 성공이니 나도 기뻐해야만 했어. 하지만 나는 기대했던 것만큼 기쁘지 않았어. 짐은 안개 속에서 그리 대단하진 않을지라도 흥미로운 모습으로 떠다녔고, 대오 속에 미천하나마 자기 자리가 있길 바라며 안타깝게 찾아 헤매던 낙오자였어. 그런데 그렇게 돌진함으로써 짐은 정말 그 안개 속에서 빠져나온 걸까 나는 자문해 보게 돼. 게다가 최종 판단은 아직 내려지지 않았고, 아마도 영원히 내려지지 않을 거야. 완전한 발언이야말로 우리가 일생 동안 말을 더듬으면서도 성취하고픈 유일하고 불변인 목적이지만, 그런 발언을 하기에는 사람의 일생이 너무 짧잖아? 만약 최종 판단이 내려질 수만 있다면 그 울림은 하늘과 땅을 모두 진동케 하겠지만, 나는 그런 판단이 가능할 거란 기대를 이미 버렸어. 우리의 사랑, 욕망, 믿음, 후회, 굴종, 반항 등에 대해 우리가 최종적인 의견을 말할 수 있는 시간은 영영 없을 거야. 하늘과 땅은 진동하면 안 된다고 생각해. 적어도 그것들에 대해 많은 것을 아는 우리는 그래선 안 돼. 짐에 대한 내 최종 판단은 몇 마디 되지 않을 거야. 나는 짐이 위대함을 성취했다는 사실을 인정해. 하지만 그걸 이야기할 때, 아니 더 정확히는, 그걸 들을 때 그 위대함은 작아지고 말 거야. 솔직히, 내가 불신하는 건 내 말이 아니라 너희 마음이야. 너희가 육신을 살찌우느라 상상력을 굶주리게 했다는 두려움만 없었다면, 나는 막힘 없이 술술 이야기할 수도 있었을 거야. 무례하게 굴려는 건 아니야. 아무런 환상도 가지지 않고, 그래서 안전하고, 그래서 이득을 보고, 그래서 멍청하게 지내는 건 결코 부끄러운 일이 아니야. 하지만 너희도 한때는 삶의 강렬함을, 사소한 것들의 충격 속에서 창조된 매혹의 빛을 분명 경험했잖아. 차가운 돌을 때려 만들어 낸 불꽃처럼 경이롭지만, 안타깝게도 역시 경이로울 정도로 짧은 순간 후에 끝나 버리는 그 빛을!」

22

「사랑, 명예, 사람들의 신뢰를 획득하고, 거기서 자부심과 힘을 얻는 것은 영웅담의 소재로 딱이지. 우리의 마음은 그런 성공의 겉모습에 의해서만 감명을 받지만, 짐이 거둔 성공에는 아무런 겉모습이 없었어. 30마일에 걸친 밀림이 짐의 성공을 무심한 바깥세상에 보이지 않게 했고, 해안을 따라 부서지는 하얀 파도 소리는 짐의 명성을 전하는 목소리를 바깥세상에 들리지 않게 했으니까. 문명의 흐름은 마치 파투산에서 북쪽으로 1백 마일 떨어진 곳(串)에서 동쪽과 남동쪽으로 갈라진 것만 같았고, 그래서 파투산의 평원과 골짜기와 오래된 수목과 오래된 인류는, 거침없이 맹렬하게 흐르는 두 강줄기 사이에 고립된 채 허물어져 가는 보잘것없고 조그만 섬 같은 형세였지. 옛 항해 기록집을 보면 그 지역 이름이 심심찮게 나와. 17세기 무역업자들은 후추를 구하기 위해 그곳에 갔어. 제임스 1세 시절 네덜란드와 영국 모험가들의 가슴에서 후추에 대한 열정이 사랑의 불길처럼 불타올랐거든. 그런 사람들이 어딘들 가지 않았을까! 한 포대의 후추를 손에 넣을 수만 있다면 서로의 목을 망설임 없이 베었을 거고, 소중하기 그지없는 자기 영혼이라도 곧바로 내놓았을 거야. 후추에 대한 기이하리만치 집요한 욕망 때문에 사람들은 어떤 식의 죽음도 불사했어. 미지의 바다를 항해하고, 역겹고 괴상한 병에 걸리고, 다치고, 잡히고, 굶주리고, 전염병에 걸리고, 절망에 빠지는 걸 마다하지 않았어. 그 덕분에 그 사람들은 위대해졌어! 진짜야! 그 덕분에 그 사람들은 영웅이 됐어. 그리고 그 때문에 처량해 보이기도 했지. 융통성 없는 죽음이 나이를 막론하고 목숨을 세금 걷듯이 빼앗아 가는데도 그 사람들은 무역을 갈망했거든. 단지 탐욕 때문에 인간이 그처럼 집요하게 어떤 목표에 매달릴 수 있고 그처럼 맹목적으로 끈질기게 노력하고 희생할 수 있었다니 참으로 믿기 어려울 지경이야. 그리고 사실, 목숨 걸고 모험에 나섰던 이들은 작은 보답을 위해 자신들이 가진 모든 것을 걸었어. 고국의 사람들에게 부(富)가 흘러갈 수만 있다면, 그 사람들은 먼 나라 바닷가에서 자기의 뼈가 하얗게 변해 뒹구는 것도 마다하지 않았어. 우리, 그 사람들에 비해 시련을 덜 겪는 우리 후배들에게 그 사람들이 위대해 보이는 것은 그 사람들이 무역 상인이었기 때문이 아니라, 그 사람들이 정해진 운명의 도구로서 내면의 목소리와 핏속에 고동치는 충동과 미래에 대한 꿈의 명령에 복종하며 미지의 세계로 진출했기 때문이야. 그 사람들은 경이로웠어. 그리고 인정하건대, 그 사람들은 경이로운 것들을 맞을 준비가 되어 있었어. 그 사람들은 고통 속에서, 바다의 형세 속에서, 낯선 나라의 풍습 속에서,

그리고 화려한 통치자들이 보여 주는 장관 속에서 그 경이로움을 기록하며 흡족해했어.

파투산에서 그 사람들은 많은 후추를 찾아냈고, 술탄의 장엄함과 지혜에 감명을 받았어. 하지만 어찌 된 일인지, 파란만장한 한 세기가 지나고 나자, 그 지역은 무역상들에게서 점차 잊혀 가는 듯했어. 아마도 후추가 바닥났을 거야. 사정이야 어쨌든 간에 이제는 누구도 그곳에 관심을 두지 않아. 영광은 끝났고, 술탄은 왼손에 엄지손가락이 둘 달린 백치 젊은이이고, 비참한 백성에게서 쥐어 짜낸 불확실하고 변변찮은 수입을 많은 숙부가 빼돌리고 있지.

이건 물론 내가 스타인에게서 들은 이야기야. 스타인은 그 사람들 이름을 알려 주었고, 각자의 삶과 성격에 대해서도 짤막하게 말해 주었어. 스타인은 원주민 국가에 관한 정보를 공식 보고서 못지않게 많이 가지고 있었는데, 그 친구의 정보가 훨씬 더 재미있었어. 스타인은 거기에 대해 모를 수가 없었어. 스타인은 많은 지역과 거래했는데, 어떤 지역, 가령 파투산 같은 곳에서는, 네덜란드 당국의 특별 허가 아래 교역소를 둔 유일한 업체가 바로 스타인의 회사였어. 네덜란드 정부는 스타인의 판단을 믿었고, 스타인이 온갖 위험을 무릅쓴다는 사실도 알았어. 스타인이 고용한 사람들 역시 그 사실을 알았지만, 스타인은 그 사람들에게 그런 모험을 무릅쓸 가치가 있게 해줬어. 그날 스타인은 아침 식사를 하며 내게 모든 것을 아주 솔직하게 말해 줬어. 스타인은 마지막 소식을 들은 게 정확히 13개월 전이라면서, 자신이 아는 한 그곳에서는 생명도 재산도 전적으로 불안한 상태에 있는 게 오히려 정상이라고 말했어. 파투산에는 적대 세력들이 있었는데, 그중 하나는 라자 알랑으로, 술탄의 숙부 가운데 가장 악랄했고, 강을 지배했으며, 착취와 약탈을 일삼았고, 이주하고 싶어도 이주할 능력이 없어 전적으로 무방비 상태인 현지 태생 말레이인들을 거의 멸종할 지경까지 몰아붙이고 있었어. 〈솔직히 말해,〉 스타인이 말했어. 〈그 사람들이 어디로 갈 수 있으며, 무슨 방법으로 그곳을 떠날 수 있겠어?〉 그리고 그 사람들은 그곳을 떠나고 싶은 생각조차 없는 게 분명했어. 너무 높아 지날 수 없는 산들로 둘러싸인 그곳은 이미 그 높은 자의 손아귀에 들어가 있었어. 그리고 사람들은 〈그 라자〉에 대해 알았어. 라자 알랑은 그 사람들의 왕가 출신이었어. 나중에 나도 그 라자를 만날 기회가 있었지. 그자는 상스럽고 덩치가 작고 노쇠한 늙은이였는데, 눈빛은 사악하고 입은 우묵하고, 두 시간마다 아편제를 삼켰으며, 일반적인 예절에 어긋나게도 머리털을 가리지 않아, 거친 노끈 같은 머리털이 쭈글쭈글하고 더러운 얼굴에 흘러내렸어. 접견할 때면 그자는 쓰러져 가는 헛간처럼 보이는 홀 안에 세워둔 좁은 무대 비슷한 곳으로 기어올랐는데, 홀의 썩은 대나무 마루 틈 사이로, 마루에서 12에서 15피트쯤 아래에 온갖 폐기물과 쓰레기가 더미더미 쌓여 있는 게 보였어. 내가 짐과 함께 예를 갖추어 그자를 찾아갔을 때, 그자가 우리를 맞이한 곳도 바로 그곳이었어. 그 방에는 약 마흔 명이 있었고, 아래쪽 넓은 뜰에는 그 세 배 정도 되는 사람이 있었어. 우리 뒤에서는 사람들이 밀치고 중얼거리면서 끊임없이 들락거렸어. 화려한 비단옷을 입은 젊은이 몇 명이 멀찍한 곳에서 눈을 번득이며 노려보더군. 대부분 사람은 노예이거나 천한 하인들이었는데, 재와 진흙으로 더러워진 누더기 사롱만 걸친 반라 차림이었어. 짐은 이제까지 내가 한 번도 본 적 없는 심각하고 침착한 모습이었는데, 속을 알 수 없으면서 아주 인상적이라고 느껴졌어. 검은 얼굴의 사람들 속에서 건장한 몸에 흰옷을 걸치고 머리는 번쩍이는 금발인 짐의 모습은, 매트로 벽을 두르고 이엉으로 지붕을 얹은 침침한 홀의 닫힌 덧창 틈으로 조금씩 흘러들어 오는 햇빛을 독차지한 것처럼 보였어. 짐은 단지 인종이 다를 뿐 아니라 본질까지 다른 생명체처럼 보였어. 짐이 카누를 타고 강을 올라오는 모습을 보지 못했더라면, 아마도 그 사람들은 짐이 구름에서 땅으로 내려왔다고 생각했을 거야. 하지만 짐은 사실 당장에라도 가라앉을 것 같은 통나무 카누를 타고 오면서 카누가 뒤집힐까 두려워 양 무릎을 모은 채 꼼짝 않고, 내가 빌려준 주석 상자 위에 앉아 무릎에는 내게서 이별 선물로 받은 해군용 권총을 올려놓고 있었어. 그런데 하늘의 뜻이 개입한 결과인지, 아니면 짐답게 뭔가 잘못 생각한 결과인지, 그것도 아니면 그저 본능적 현명함 덕분인지, 짐은 그 권총을 장전하지 않은 채 들고 다니기로 작정했더군. 짐은 그렇게 파투산강을 거슬러 올라간 거야. 세상에 그보다 더 평범하면서 더 위험하고, 더 터무니없이 무심하고, 더 외로운 모습은 없었을 거야. 운명이란 건 참으로 묘해서, 짐은 뭘 해도 늘 도망자마냥 아무 생각 없이 충동적으로 모든 것을 버리고 미지의 세계로 뛰어드는 사람처럼 보였어.

나를 가장 놀라게 하는 것도 바로 이런 짐의 무심한 태도야. 스타인과 나는, 은유적으로 말해, 우리가 짐을 끌고 가서 그 친구를 아무렇게나 담 너머로 던져 놓으면서도 담 너머가 어떨지 사실 잘 몰랐거든. 그 순간 나는 단지 짐이 사라져 주길 바랐어. 스타인은 그 친구답게, 감상적 동기가 있었어. 스타인은 그동안 잊지 않고 있던 오랜 빚을 같은 방식으로 갚으려 했어. 사실, 일생 동안 스타인은 브리튼 제도에서 온 사람이면 누구에게나 각별히 다정했어. 맞아, 스타인을 후원했던 고인은 심지어 이름까지도 알렉산더 맥닐[24]일 정도로 스코틀랜드인이었어. 그리고 짐은 트위드강에서 남쪽으로 멀리 떨어진 곳에서 왔어.[25] 하지만 6천에서 7천 마일 떨어진 거리에서 보면 그레이트 브리튼이 실제와 상관없이 아주 작아 보이기 때문에, 심지어 영국인들조차 그 세부적 차이의 중요성을 잊게 돼. 스타인의 마음은 이해해 줄 만했고, 스타인의 은근한 의도가 너무나 관대해 나는 그 친구에게 당분간 그 의도를 숨겨 달라고 간절하게 부탁했어. 나는 짐이 타인의 이익을 고려하느라 판단에 영향을 받는 일은 없어야 한다고, 그런 영향의 위험조차 감수해선 안 된다고 느꼈거든. 우리는 또 다른 종류의 현실을 다루어야 했어. 짐은 피신처를

24 스코틀랜드인의 성(姓)이다.
25 트위드강은 스코틀랜드와 잉글랜드를 가르는 강으로, 북쪽이 스코틀랜드이고 남쪽이 잉글랜드다.

원했고, 그 피신처를 얻으려면 위험이라는 대가를 치러야 했지만, 그 이상은 필요 없었어.

나는 다른 모든 점에 관해서는 짐에게 완전히 솔직했고, 심지어 그 일에 뒤따르는 위험에 대해서는 (당시 내가 믿던 대로) 과장하기까지 했어. 하지만 알고 보니, 나는 그 일을 과소평가한 거였어. 파투산에서 짐의 첫날이 바로 마지막 날이 될 뻔했거든. 만약 짐이 그처럼 무모하지 않았거나 자신에 대해 그처럼 모질지 않아서 기꺼이 그 권총을 장전했더라면 첫날 죽었을 거야. 짐이 숨을 곳에 대해 우리가 짠 멋진 계획을 내가 설명하자, 끈질기지만 지쳐 버린 그 친구의 체념이 놀람, 흥미, 궁금함을 거쳐 소년 특유의 열의로 점차 바뀌던 게 지금도 기억나. 이건 짐이 꿈꿔 오던 기회였어. 짐은 자신이 그런 대접을 받을 가치가 없다고 생각했어. 이 은혜는 죽어서도 다 갚지 못할 거라고 했어…… 그리고 스타인, 상인인 스타인에게 고맙…… 물론 나에게 고맙…… 나는 짐의 말을 막았어. 짐은 제대로 말을 못 하고 있었고, 감사 표시가 나에게는 영문 모르게 고통스러웠어. 나는 짐에게 말하길, 그런 기회가 생긴 것에 대해 누군가에게 감사하려면 짐이 들어 본 적도 없는 어떤 스코틀랜드인에게 해야겠지만, 그 사람은 이미 오래전에 죽었을 뿐 아니라, 그 사람에 관해서는 목소리가 우렁찼고 거칠 정도로 정직했다는 사실밖에 남은 게 없다고 했어. 사실, 짐에게서 고맙다는 말을 들어야 할 사람은 아무도 없었어. 스타인은 자기가 젊은 시절 받은 도움을 이제 다른 젊은이에게 건네주는 것뿐이었고, 나는 스타인에게 짐의 이름을 언급한 게 전부였어. 이 말에 짐은 얼굴을 붉혔고, 손가락으로 종잇조각을 비틀며 내가 늘 자기를 믿어 주었노라고 숫기 없이 말했어.

나는 내가 짐을 믿어 왔단 말이 맞다고 시인하고 잠시 가만히 있다가 짐도 내 본보기를 따르길 바란다고 말했어. 〈제가 그러지 않을 거라고 생각하시나요?〉 짐은 거북한 듯이 물었고, 그러는 걸 먼저 보여야 했나 보라고 중얼거렸어. 그러고 나서 얼굴이 밝아지더니 목소리를 높여 내가 자기를 믿은 것을 후회하지 않을 거라며, 그건, 그건…….

〈오해하지는 마.〉 내가 말을 가로챘어. 〈내가 후회하고 안하고는 자네가 어떻게 할 수 있는 게 아니니까.〉 후회는 없을 터였어. 그리고 혹시 후회한다 해도 그건 전적으로 내 문제일 거고. 한편 나는 이번 조치, 아니 실험은 전적으로 짐에게 성공 여부가 달려 있다는 걸 짐이 확실하게 이해하길 바랐어. 오롯이 짐의 책임이며 다른 누구의 책임도 아니라는 걸 말이야. 〈좋죠, 좋고말고요!〉 짐이 말을 더듬었어. 〈이 일이야말로 제가 그토록…….〉 나는 짐에게 어리석게 굴지 말라고 빌다시피 했고, 그러자 짐은 한층 더 이해가 안 간다는 표정을 지었어. 짐은 지금 견딜 수 없이 가혹한 삶에 스스로 발을 들여놓는 것일 가능성이 아주 다분했어……. 〈선장님은 그렇게 생각하시나요?〉 짐이 심란해하며 물었어. 그러고는 곧 자신 있게 덧붙였어. 〈하지만 계속 그랬는걸요. 안 그렇습니까?〉 짐에게 화를 내는 건 불가능했어. 나는 웃음을 짓지 않을 수 없었어. 그리고 옛날에는 사람들이 이런 식으로 살다 결국에는 밀림의 은둔자가 되더라고 말해 주었지. 짐은 순간 〈은둔자 따위는 뒈지라죠!〉 하고 삐죽거렸어. 물론 짐은 밀림을 개의치 않았어…… 〈그 말을 들으니 다행이군.〉 내가 말했어. 밀림은 짐이 갈 곳이었으니까. 가보면 정말 활기찬 곳이란 걸 알게 될 거라고 나는 장담했어. 짐은 〈네, 네〉 하며 열심히 대답했어. 나는 굽히지 않고, 예전엔 그가 세상 밖으로 나가 문을 쾅 닫아 버리고 싶어 하지 않았느냐고 계속 캐물었어…… 〈제가요?〉 짐이 말을 가로챘고, 그 순간 마치 지나가는 구름의 그림자에 덮이듯, 갑작스레 침울함이 머리끝부터 발끝까지 짐의 온몸을 감싸는 듯했어. 하여튼 짐은 감정 표현 하나는 기가 막혔어. 정말 대단했지! 〈제가요?〉 짐은 씁쓸하게 다시 말했어. 〈제가 언제 그렇게까지 난리를 쳤다고 그러시나요. 그리고 저는 버틸 수 있습니다. 단지, 젠장! 문이 어디 있는지만 알려 주세요.〉 〈……좋아, 가게.〉 내가 끼어들었어. 나는 짐이 나가고 나면 보복으로 문을 닫아 버리겠다고 엄숙하게 약속이라도 할 수 있었어. 짐의 운명은, 그게 뭐가 되었든, 잊힐 터였어. 왜냐하면 그 나라는 비록 타락했지만, 그렇다고 내정 간섭을 당할 정도는 아직 아니었거든. 일단 그곳으로 가면, 바깥세상 사람들에게 짐은 존재한 적도 없는 것과 마찬가지가 될 터였어. 짐은 오로지 자신의 두 발에만 의지해 일어서야 할 거고, 우선 딛고 설 땅부터 찾아야 했어. 〈존재한 적도 없는 것과 마찬가지라…… 바로 그 거야, 정말로.〉 짐이 혼자 중얼거렸어. 내 입술을 빤히 보던 짐의 눈이 반짝였어. 만약 조건을 충분히 이해했다면 지금 당장 마차를 잡아타고 스타인의 집으로 가서 최종 지시를 받는 것이 좋겠다고 나는 결론을 지어 말했어. 그리고 내가 말을 미처 끝내기도 전에 짐은 벌써 방에서 나가 버렸지.」

23

「짐은 이튿날 아침까지 돌아오지 않았어. 짐은 그곳에 붙잡혀 저녁 식사와 숙박까지 했던 거야. 짐이 말하길, 스타인 씨같이 훌륭한 사람은 또 없다고 하더군. 짐의 주머니에는 코닐리어스(〈짐 싸서 나가게 될 그 녀석요〉라고 설명하며 짐의 의기양양하던 기분이 한순간 가라앉았어)에게 보내는 편지가 있었어. 그리고 원주민들이 쓰는 은반지 하나를 기뻐하며 보여 주었는데, 닳아서 아주 얇아져 있었고 양각 무늬 흔적이 흐릿하게 보였어.

그 반지는 도라민이라는 노인에게 짐을 소개하는 목적이라더군. 도라민은 그곳 원주민 우두머리 가운데 한 명인데, 그 나라에서 스타인 씨가 온갖 모험을 할 때 사귄 거물이라고 했어. 짐은 스타인 씨가 그 사람을 〈전우〉라고 불렀다면서, 전우는 좋은 거 아니냐고 하더군. 그리고 스타인 씨는 영어를 아주 잘한다면서 하고 많은 곳 중 술라웨시에서 영어를 배웠다니, 정말 웃긴다고 했어. 그리고 스타인 씨에게는 특이한 악센트가 있다면서 나도 그걸 알아차렸냐고 물었어. 도라민이라는 사람이 스타인 씨에게 반지를 주었대. 마지막으로 헤어지던 날 교환한 선물이었다지. 영원한 우정을 약속하는 징표랄까. 짐은 이 부분이 멋지다면서 내게 그렇게 생각하지 않느냐고 물었어. 그 모하메드 뭐라나 하는 사람이 살해되었을 때, 둘은 목숨을 구하기 위해 서둘러 그 나라를 빠져나왔다고도 했지. 물론 나는 그 이야기를 알았어. 짐은 그게 아주 수치스러워 보이지 않느냐고 내게 물었어…….

짐은 손에 포크와 나이프를 들었지만 접시 위 음식은 까맣게 잊은 채(짐은 점심시간에 나를 찾아왔어) 계속 이런 식으로 이야기했어. 얼굴이 살짝 상기되고 눈 색깔은 한참 더 짙어졌는데, 그건 짐이 흥분했다는 증거였어. 그 반지는 일종의 신용장이었어(짐은 고마워하는 목소리로 〈책에나 나올 법한 이야기 같지 않나요〉라고 큰 소리로 말했어). 그리고 도라민이 자기를 위해 최선을 다할 거라더군. 스타인 씨는 도라민의 목숨을 구해 준 적이 있는데, 스타인 씨는 그게 순전히 우연이었다지만, 짐은 생각이 달랐어. 스타인 씨는 그런 우연을 일부러 찾아다닐 사람이라고 말이야. 그렇지만 상관없다면서, 우연이든 고의든, 그 일이 자기에겐 큰 도움이 될 거라고 했어. 그 늙은이가 그간 실성하지 않았기만을 바란다고 했지. 스타인 씨도 그 부분은 장담하지 못 하겠다고 했대. 1년 넘게 소식을 못 들었고, 부족들끼리 끊임없이 지독하게 싸워 대는 데다 강의 물길도 막혔다는 거야. 아주 난처한 상황이지만, 짐은 두렵지 않다면서, 어떻게든 틈을 찾아서 들어갈 거라고 했어.

짐이 들떠서 조잘대는 걸 보니, 감명 깊은 한편으로 더럭 겁이 났어. 짐은 마치 즐거운 고생길이 예견되는 긴 휴가를 떠나기 전날 밤의 아이처럼 수다스러웠는데, 다 큰 어른이, 그것도 이런 상황에서, 그런 심리 상태에 빠진다는 것이 왠지 놀랍고, 살짝 광기도 보이고 위험하고 불안전해 보였어. 짐에게 이 일을 좀 더 진지하게 바라보라고 간청하는 말이 목 끝까지 올라왔을 때, 짐이 나이프와 포크를 내려놓고(짐은 얼마 전부터 음식을 먹고 있었어, 아니 무의식적으로 삼키기 시작했다는 말이 더 맞겠군) 접시 주위에서 뭔가 찾기 시작했어. 반지! 반지! 어디 있는 거야⋯⋯. 아하! 여기 있군⋯⋯. 짐은 커다란 손으로 반지를 잡더니 주머니를 하나하나 확인해 나갔어. 젠장! 이걸 잃어버리면 안 되는데. 짐은 반지를 움켜쥐고 곰곰이 생각에 잠겼어. 잠깐! 목에 걸고 다니면 되겠군! 그러고는 곧바로 (면으로 만든 구두끈처럼 생긴) 끈을 꺼내 반지를 꿰었어. 됐군! 이러면 되겠어! 혹시나 재수가 없더라도⋯⋯. 그리고 그날 처음으로 내 얼굴을 힐끗 보는 듯했고, 그 덕분에 짐은 약간 차분해졌어. 짐은 순박하고 엄숙한 어조로, 자신이 이 증표를 얼마나 중요하게 여기는지 나는 모를 거라고 말했어. 그 증표는 친구를 의미했고, 친구를 갖는다는 건 좋은 일이라고 말했어. 짐도 친구에 대해 뭔가 좀 알았던 거지. 짐은 나를 향해 의미심장하게 고개를 끄덕였지만, 내가 어찌 알겠냐는 몸짓을 하기도 전에 손에 머리를 괴고 잠시 조용히 생각에 잠긴 채 식탁보에 떨어진 빵 부스러기를 만지작거렸어⋯⋯. 〈문을 쾅 닫는다니, 아주 적절한 표현입니다.〉 짐은 소리 지르더니 벌떡 일어나 방 안을 서성였는데, 그때 짐의 어깨와 머리의 방향과 저돌적이고 고르지 못한 걸음을 보니, 짐이 역시 서성였던 그날 밤이 떠올랐어. 짐은 그렇게 서성이다 고백했고, 뭐든 자기가 해명하고 싶은 부분에 대해 해명했지. 하지만 그날 밤 마지막 순간에 짐은 내 앞에서 진정으로 살아 있었어. 자신만의 작은 구름 아래, 자신의 무의식적 예민함을 모두 발휘해, 슬픔을 자아내는 원인에서 동시에 위안을 찾아내며 말이야. 이날 아침에도 짐은 그때와 같은 기분이었어. 그렇지만 그건 같으면서도 달랐어. 마치 늘 같은 눈동자, 같은 걸음걸이, 같은 충동이지만 오늘 우리를 올바른 길로 인도하다가도 내일이면 완전히 엉뚱한 길로 인도하는 변덕스러운 친구처럼 말이야. 짐의 걸음걸이는 자신 있었고, 색이 짙어진 눈동자는 뭔가 찾는 듯 방황했어. 부츠 한 짝에 문제가 있는지 한쪽 걸음 소리가 다른 쪽 걸음 소리보다 더 크게 들렸고, 그래서 마치 짐의 걸음 속에 보이지 않는 망설임이 있는 듯한 묘한 인상을 주었어. 짐은 한 손을 바지 주머니에 깊이 넣은 채, 갑자기 다른 손을 머리 위로 흔들었어. 〈문을 쾅 닫는다는 거죠!〉 짐이 외쳤어. 〈저는 그걸 기다려 왔습니다. 하지만 아직 보여 드릴 것이…… 제가…… 저는 그 어떤 어려운 일도 맞설 준비가 되어 있습니다…… 저는 이걸 꿈꿔 왔습니다…… 젠장! 여기서 벗어나는 겁니다, 젠장! 마침내 운이 찾아온 겁니다……. 두고 보세요, 저는…….〉

짐은 두렵지 않다는 듯이 고개를 휙 들어 올렸고, 고백건대 예기치 않게 나는 짐을 알게 된 뒤 처음이자 마지막으로 그 친구에게 완전히 질려 버렸어. 왜 이런 허세를 부리는 걸까? 짐은 터무니없을 정도로 크게 팔을 저으며 방 안을 성큼성큼 걸어다니고, 옷 안에 반지가 잘 있는지 확인하기 위해 가끔 가슴을 만져 보았어. 무역소 사무원으로 임명된 사람이, 그 것도 무역이라고는 별로 없는 지역으로 가게 된 사람이 그토록 의기양양해하다니, 대체 무슨 생각이었을까? 왜 온 우주에 덤벼들 듯한 자세인 걸까? 그건 일을 착수하는 사람의 올바른 마음가짐이 아니었어. 짐뿐 아니라 다른 누구에게도 올바른 마음가짐이 아니라고 나는 말했어. 짐은 가만히 서서 나를 내려다보았어. 그리고 조금도 차분해지는 기색 없이 웃음을 지으며 나보고 그렇게 생각하느냐고 물었고, 나는 그 웃음 속에서 갑자기 뭔가 오만한 기운을 감지했어. 하지만 나는 짐 그 친구보다 스무 살이나 더 먹었는걸. 젊음은 오만하지. 그럴 권리가 있고, 그럴 필요가 있어. 젊음은 그 자체를 주장해야 하고, 의혹으로 가득한 이 세상에서는 모든 주장이 도전이자 오만이야. 짐은 방 저쪽 구석까지 갔다가 돌아왔는데, 비유적으로 말해, 나를 갈기갈기 찢어 버릴 기세였어. 내가 짐에게 그런 이야기를 했던 건, 내가, 짐에게 끝없이 친절했던 나마저 그 일을, 짐에게 불리하게도, 그 일을 기억하기 때문이었어. 그러니 다른 사람들, 세상의 다른 사람들은 어땠을까? 그러니 짐은 벗어나고 싶어 했고, 벗어나려 했고, 또 세상 바깥에 머물러 있으려 했어. 어떻게 해서든! 그런데 나는 고작 올바른 마음가짐에 대해 이야기한 거였어!

〈기억하는 건 나나 세상이 아니야.〉 내가 외쳤어. 〈기억하

는 건 바로 자네, 자네야.〉

짐은 움츠리지 않고 열을 내며 말했어. 〈모든 것을, 모든 사람을, 모든 사람을 잊어야 합니다.〉……그 친구의 목소리가 잦아들었어. 〈선장님만 빼고요.〉 짐이 덧붙였어.

〈그래, 그리고 도움이 된다면 나도 잊어.〉 나는 낮은 목소리로 말했어. 그 뒤 우리는 완전히 지쳐 버린 듯 한동안 가만히 있었어. 이윽고 짐이 차분한 어조로 내게 말했어. 파투산에 가면 과연 그곳이 계속 있을 만한지 한 달 정도 살펴보고 그다음에 짐이 살 새집을 지으라고 스타인 씨가 지시했다는 거야. 〈헛된 경비〉 지출을 피할 수 있도록 말이야. 짐은 스타인 씨가 진짜로 웃기는 표현들을 썼다고 했어. 〈헛된 경비〉라는 표현은 아무렇지 않았다더군……. 하지만 〈계속 있을 만〉하다니? 당연하지요! 짐은 그곳에 있겠노라고 했어. 그곳에 가게만 해달라고 했어. 계속 있겠다고 답할 거라고 했어. 그곳을 절대로 떠나지 않을 거라면서. 그곳에 있는 건 쉬울 거라더군.

〈무모한 소리 말고.〉 짐의 위협적인 목소리에 불편해진 내가 말했어. 〈오래 지내면 돌아오고 싶어질 거야.〉

〈무엇 때문에 돌아온단 말입니까?〉 짐이 벽에 걸린 시계판에 시선을 고정한 채 멍하니 물었어.

나는 잠시 침묵을 지켰어. 〈그러면 절대로 돌아오지 않을 생각이야?〉 내가 말했어. 〈절대로요.〉 짐은 나를 보지도 않고 꿈꾸는 듯한 목소리로 말하더니 갑자기 다시 활기를 띠었어. 〈맙소사! 2시군요. 4시에 배를 타고 떠나야 하는데.〉

사실이었어. 그날 오후에 스타인 소유의 쌍돛대 범선이 서쪽으로 떠날 예정이었고, 짐은 그 배를 타라는 지시를 받았지만, 스타인은 배의 출항을 늦추라는 명령은 내리지 않았어. 아마도 스타인이 깜빡한 듯해. 짐은 급하게 짐을 챙기기 시작했고, 나는 내 배로 출발했어. 짐은 외항 정박지로 가는 길에 잠시 내 배에 들르겠노라고 약속했고, 엄청 서두르던 와중에도 정말 나타났는데, 작은 가죽 가방 하나를 들고 있더군. 그걸로는 안 될 듯해서 나는 내 낡은 주석 트렁크를 하나 주었어. 방수가 되는, 적어도 방습은 되는 거였어. 짐은 밀 포대 비우듯이 가죽 가방에 들어 있던 내용물을 쏟아 내 뚝딱 옮겨 담더군. 내용물이 쏟아질 때 보니 책이 세 권 있었어. 두 권은 작고 어두운색 표지였고, 다른 한 권은 녹색과 금색의 두꺼운 책으로 반 크라운짜리 셰익스피어 전집이었어. 〈이걸 읽어?〉 내가 물었어. 〈네, 기분을 돋우는 데 최고입니다.〉 짐이 서두르며 말했어. 나는 짐이 셰익스피어를 좋아한다는 말에 감명받았지만, 셰익스피어 이야기를 하고 있을 시간이 없었어. 묵직한 권총 한 자루와 총알 상자 작은 것 두 개가 선실 탁자에 놓여 있었어. 〈이걸 가지고 가.〉 내가 말했어. 〈거기 있으려면 이게 도움이 될 거야.〉 그리고 그 말을 하자마자, 나는 내 말이 아주 암담한 의미로 들릴 수도 있겠다는 걸 깨달았어. 〈자네가 자리 잡는 데 도움이 될 수도 있다는 말이야.〉 나는 후회하며 고쳐 말했어. 하지만 짐은 그 애매한 뜻 차이에 신경 쓰지 않았어. 짐은 헤플 정도로 고맙다는 말을 반복했고, 밖으로 뛰어나가며 어깨 너머로 작별 인사를 외쳤어. 내 배의 측면을 통해 짐이 사공들에게 가자고 말하는 소리가 들렸고, 선미 쪽 창으로 내다보니 보트가 선미 돌출부 아래를 돌고 있었어. 짐은 앞쪽으로 기울어진 보트의 선수에 앉아 목소리와 몸짓으로 사공들을 북돋웠어. 그리고 권총을 손에 든 모습이 마치 사공들 머리를 겨누는 듯했어. 나는 자바인 네 명의 겁에 질린 표정을, 그리고 그 표정이 바로 잊힐 만큼 미친 듯이 노를 젓던 그 동작들을 절대 잊지 못할 거야. 이윽고 돌아서니 총알 상자 두 개가 선실 탁자에 그대로 있는 게 바로 눈에 띄었어. 짐은 그걸 깜박하고 가져가지 않은 거야.

나는 내 보트에 즉시 인원을 배치했어. 하지만 미친놈과 한배에 타고 있는 이상 목숨이 위태로워 어쩔 수 없다는 듯 짐의 사공들은 아주 일사불란하게 보트를 저어 갔고, 그래서 내가 그 보트까지 거리를 반도 가기 전에 짐은 벌써 범선으로 난간을 타 넘어갔고, 트렁크도 배로 올라가는 게 보였어. 쌍돛대 범선의 돛은 모두 풀려 있었고, 주돛은 펼쳐져 있었는데, 내가 그 배 갑판에 올라섰을 때는 권양기가 막 삐걱거리기 시작했어. 그 배의 선장은 나이가 마흔 정도 되고 날렵해 보이는 혼혈인으로, 파란 플란넬 양복을 입었고, 눈에는 생기가 넘치고 둥근 얼굴은 레몬 껍질 색이었는데, 두툼하고 진한 색 입술 양쪽으로는 검고 성긴 콧수염이 축 늘어져 있었어. 선장은 내게 선웃음을 지으며 다가왔어. 그 선장은 자만심 강하고 유쾌한 겉모습과 달리 사실은 걱정이 많은 성격이었어. (짐이 잠시 선실로 내려간 사이) 그 선장은 내 질문에 〈오, 네. 파투산요〉라고 답했어. 선장은 말하길, 짐을 파투산강 하구까지만 데려갈 뿐 절대로 〈강을 거슬러 상승하지는〉 않을 거라고 했어. 선장의 유창한 영어는 마치 미치광이가 편찬한 사전에 나올 만한 단어들로 이루어져 있었어. 선장은, 만약 스타인 씨가 〈상승〉을 원할지라도, 자신은 〈물품의 안전을 위해 공경하며 반대했을〉 거라더군(내 생각에는 〈공경하며〉가 〈공손하게〉라는 뜻인 것 같았지만, 진짜 의미야 누가 알겠어). 만약 자기 의견이 무시되었더라면 〈그만두겠다고 사표〉를 냈을 거라고 했어. 그 선장은, 자기 배가 파투산에 마지막으로 간 게 12개월 전이었는데, 코닐리어스 씨가 무역을 〈덫에 걸린 물고기〉처럼 쉽게 해준다는 조건으로 라자 알랑 씨와 〈지도층 인구〉에게 〈거액의 헌금을 상납〉했지만 배가 강을 따라 내려오는 내내 밀림으로부터 〈무책임한 쪽〉의 총격을 받아, 선원들은 〈신체의 노출을 피해 조용히 숨어 있게〉 되었고, 그 결과 쌍돛대 범선은 모래톱의 모래언덕에 거의 좌초할 지경에 이르렀으며, 그곳에서 〈인간이 어쩔 수 있는 범위를 초월해서 파멸할 뻔했다〉고 하더군. 당시 일에 대한 분노 어린 혐오감과 말하면서도 본인이 열심히 귀 기울이며 심취하던 자신의 유창한 영어에 대한 자부심이라는 두 감정이 그자의 크고 바보 같은 얼굴을 독차지하겠노라고 서로 다투어 댔지. 그자는 내게 얼굴을 찡그렸다 활짝 웃었다 하면서, 자신의 어법이 내게 미치는 명확한 효과를 만족스럽게 지켜보았어. 잔잔한 바다 위로 음산하고 찌푸린 기색이 빠르게 번져 갔고, 돛대의 중간 돛을 활짝 펴고 주활

331

대를 배 중앙에 놓은 쌍돛대 범선은 미풍 속에서 어찌할 바를 모르고 당황하는 것 같았어. 그자는 이를 갈며 계속 말하길, 라자는 〈가소로운 하이에나〉라더군(나는 그 선장이 하이에나를 어떻게 이해하고 있는 건지 모르겠어). 한편 다른 어떤 이에 대해서는 〈악어의 무기〉보다 훨씬 더 거짓되다고 했어. 그자는 한쪽 눈으로는 뱃머리 쪽에서 움직이는 선원들을 지켜보며 계속 유창하게 이야기를 이어 나갔어. 파투산을 〈오랫동안 차별받지 않아 게걸스러워진 짐승들의 우리〉에 비유했지. 아마 그 사람은 〈차별〉이 아니라 〈처벌〉을 말하려 했던 듯해. 그 사람은 〈강도 짓에 명확히 결부될 일에 자신을 드러낼〉 의향이 전혀 없다고 외쳤어. 선원들이 도르래로 닻을 끌어 올리는 동안 길게 계속되던 불평이 마침내 끝났고, 선장은 목소리를 낮췄어. 〈파투산은 이제 아주 신물이 납니다.〉 선장이 활기차게 말했어.

나중에 들은 바에 따르면, 그 선장은 파투산에서 무분별하게 처신하다 결국 등나무 줄기로 만든 올가미를 목에 건 채, 라자의 집 앞 진창 구덩이 한복판에 박힌 기둥에 묶인 적이 있었대. 그 선장은 하루 낮의 대부분과 온 밤을 그런 불쾌한 상태로 보냈지만, 그게 일종의 장난으로 한 짓이라고 믿을 근거는 얼마든지 있어. 선장은 그 끔찍했던 기억을 잠시 떠올리는 듯하더니, 키를 잡기 위해 선미 쪽으로 가던 이에게 시비조로 말을 걸었어. 선장이 다시 나에게 말을 걸었을 때는 격한 감정이 사라지고 차분한 상태였어. 선장은 그 신사를 바투 크링의 강어귀까지 데려갈 거라고 했어(파투산 마을은 〈30마일 안쪽에 위치〉한다고 하더군). 그리고 선장은 그때까지 유창하던 말투를 지겹고 지친다는 어조로 바꾸더니, 자기 눈에는 그 신사가 이미 〈시체와 상사〉하다고 자신 있게 말했어. 〈뭐라고요? 무슨 말입니까?〉 내가 물었어. 그 사람은 놀랄 만큼 포악한 태도로 등 뒤에서 칼을 찌르는 시늉을 완벽하게 해내더군. 〈이미 추방된 이의 시체처럼 되었다는 겁니다.〉 선장은 눈뜨고 봐주기 어려울 정도로 잘난 척하며 설명했는데, 스스로 영리하게 굴었다고 착각하는 부류가 취하는 그런 태도였어. 나는 짐이 그 사람 뒤에서 내가 놀라 소리 지르지 못하게 한 손을 들어 올린 채 나를 향해 조용히 웃고 있는 걸 깨달았어.

그 혼혈인이 잘난 척하며 큰 소리로 명령을 내리는 동안, 그리고 돛대보들이 삐걱이며 흔들리고 육중한 주활대가 올라가는 동안, 짐과 나는 주돛이 바람을 막아 주는 쪽에 둘이 서서 서로 손을 꼭 잡고 서둘러 마지막 인사를 나눴어. 짐의 운명에 대해 관심을 품을 때마다 늘 함께 따라다니던 묵직한 분노가 내 가슴속에서 사라졌어. 스타인의 조심스러운 말보다 그 혼혈인이 되는대로 지껄인 말이 짐의 앞길에 놓인 위험이 얼마나 끔찍한지 더 제대로 알려 주었어. 우리 만남에서 늘 함께하던 격식이 그 순간에는 우리 대화에서 사라졌어. 나는 짐을 〈사랑하는 동생〉이라고 불렀고, 짐은 고맙다고 중얼중얼하면서, 마치 내 나이에다 자기가 당면할 위험을 대비시키면 우리가 나이나 감정 면에서 더 동등해진다고 여기는 듯이 나를 〈선배〉라고 불렀어. 우리 사이에는 진실되고 심오한, 친밀한 순간이 돌연 찾아왔다 순식간에 사라졌어. 마치 영원한 무언가, 구원의 진실에 관한 무언가를 흘낏 본 느낌이었지. 짐은 우리 둘 중에 자신이 더 성숙한 사람인 듯이 나를 달래려 애썼어. 〈괜찮아요, 괜찮아.〉 짐은 감정에 북받쳐 빠르게 말했어. 〈조심하겠다고 약속하겠습니다, 네. 어떤 위험한 짓도 하지 않겠습니다. 위험한 짓은 단 하나도 하지 않겠습니다. 절대 안 하겠습니다. 저는 버텨 낼 작정입니다. 걱정, 마세요. 젠장! 그 무엇도 저를 건드리지 못할 것 같은 느낌입니다. 정말입니다! 이 일은 《떠난다》라는 말이 나왔을 때부터 운이 좋았습니다. 저는 이런 엄청난 기회를 망치지 않을 겁니다!〉……엄청난 기회라니! 그래, 엄청난 건 맞지만, 기회인지 아닌지는 인간이 하기 나름이니, 내가 그걸 어떻게 알겠어? 짐의 말대로, 나마저, 나마저 짐이 원치 않는데도 짐의 불행한 사건을 잊지 않고 계속 기억했어. 그건 진실이었어. 그러니 짐은 떠나는 게 최선의 방법이었지.

내 보트가 쌍돛대 범선 뒤쪽으로 멀어졌고, 나는 선미에선 짐이 지는 해의 햇빛 속에 머리 위로 모자를 높이 든 채 사라져 가는 모습을 지켜보았어. 희미한 고함이 들렸어. 〈소식-들으실-겁니다.〉 자기 소식을 직접 전하겠단 건지, 남을 통해서라도 들을 일이 있을 거란 건지 불분명했어. 분명 후자였을 것 같아. 짐의 발아래 쪽 바다에 반사된 햇살이 너무 눈부셔 나는 짐의 모습을 분명히 볼 수 없었어. 나는 절대로 짐을 뚜렷이 볼 수 없는 운명이었어. 하지만 짐의 모습은 어떻게 보더라도 그 떠벌이 혼혈인의 표현처럼 〈시체와 상사〉

하지는 않았다고 단언할 수 있어. 짐의 팔꿈치 아래쪽 부근에, 잘 익은 호박의 생김새와 색상을 연상시키던 그 덩치 작은 철면피가 얼굴을 내밀고 있는 것이 보였어. 그자 역시 무언가를 아래로 내리누르려는 듯 팔을 들고 있었지. *Absit omen*(흉조가 되지 않기를)!」

24

「나는 거의 2년이 지나서야 파투산을 보게 되었는데, 파투산의 해안은 직선에 거무칙칙하고, 앞의 바다는 안개가 가득해. 붉은 오솔길들은, 낮은 절벽을 덮은 덤불과 덩굴의 암녹색 잎 아래에서 녹물의 폭포처럼 보여. 강 하구에는 습지 많은 평원이 펼쳐져 있고, 광활한 숲 너머로는 거칠고 푸른 봉우리들이 보여. 앞바다에는 허물어지고 있는 듯한 모습의 검은 섬들이 햇살을 받으며 영원히 걷히지 않는 실안개 속에 있는데, 마치 파도에 깨진 성벽의 잔재같이 보이지.

바투 크링 지류 어귀에는 어촌이 하나 있어. 오랫동안 막혀 있던 그 강은 마침 열려 있었고, 내가 타고 간 스타인의 소형 스쿠너선은 세 차례의 밀물을 이용해 강을 거슬러 올라갔어. 다행히 〈무책임한 쪽〉에게 노출되어 일제 사격을 받는 일은 없었어. 도선사 노릇을 해주러 배에 탄 그 어촌의 늙은 촌장 말을 믿는다면, 그런 총격 상황은 이미 옛 역사에 속한다더군. 촌장은 내내 자신 있는 어조로 이야기했는데, 이야기 대부분은 자신이 평생 처음 만난 백인에 관한 거였어(내가 평생 두 번째로 만나 본 백인이라더군). 촌장은 그 백인을 〈투안 짐〉이라고 불렀는데, 짐을 언급하는 어조에 친근함과 경외심이 묘하게 섞여 있어 신기했어. 그 어촌 사람들은 모두 짐에게서 특별한 보호를 받았는데, 그것은 곧 짐이 아무런 악의도 없다는 뜻이었어. 짐이 나에게 자기 소식을 듣게 될 거라고 한 말은 참으로 진실이었어. 그날 나는 그 친구 소식을 듣고 있었으니까. 짐이 강 상류로 가는 것을 돕기 위해 조수가 정해진 시간보다 두 시간이나 빨리 바뀌었다는 이야기도 들었어. 그 수다스러운 노인이 직접 카누를 조종했는데, 그 현상을 보고 경탄했다더군. 더구나 노인의 가족 모두가 그 경이로움을 체험하는 영광을 누렸어. 노인의 아들과 사위가 노를 저었거든. 하지만 그자들은 경험 없는 젊은이라서 노인이 그 놀라운 사실을 지적한 뒤에야 비로소 카누 속도가 달라진 걸 알았다더군.

그 어촌에 짐이 온 것은 축복이었어. 하지만 많이들 그렇듯, 그 사람들도 그 축복을 처음엔 공포라고 느꼈어. 마지막 백인이 그 강을 찾아온 뒤 워낙 여러 세대가 지났기 때문에 백인에 대해 전해져 내려오는 이야기 자체가 없어진 거야. 그래서 배에서 내려 다가오더니 파투산으로 데려가 달라고 완강히 요구하는 백인을 보고 마을 사람들은 매우 불안해했어. 파투산으로 가겠다는 말도 놀라웠고, 너그러움도 몹시 의심스러웠지. 들어 본 적 없는 요구였어. 전례가 없었지. 백인의 말대로 해주면 라자가 이 일에 대해 뭐라고 할까? 그리고 마을 사람들에게 어떻게 할까? 마을 사람들은 그날 밤을 거의 새우다시피 하며 상의했어. 하지만 그 이방인의 분노에서 나오게 될 즉각적인 위험이 너무 커 보였기 때문에 결국 마을 사람들은 부실한 통나무 카누 한 척을 준비해 줬어. 카누가 떠나자 여인들은 슬픔의 비명을 질렀어. 겁 없는 노파하나는 그 이방인을 저주했지.

아까도 말했지만, 카누에서 짐은 주석 상자 위에 앉았고, 장전하지 않은 권총을 무릎에 올려놓았어. 짐은 경계하며 앉아 있었고(세상에 그보다 피곤한 일은 없지), 이런 모습으로 그 땅에, 장차 내륙의 푸른 봉우리들부터 해안에 밀려오는 하얀 파도 띠에 이르기까지 온 구석구석에 자기 명성을 떨칠 운명이던 그 땅에 들어갔어. 강이 처음으로 굽이지는 곳을 지나자, 솟아오르려 끝없이 애쓰지만 가라앉고 사라졌다 또다시 솟아오르는 파도로 가득한 바다는 더 이상 보이지 않았고, 짐은 생존하려 애쓰는 인간의 몸부림을 꼭 닮은 바다 대신 숲을 마주하게 되었어. 아래로는 땅속 깊이 뿌리를 내리고 위로는 햇빛을 향해 솟아올라 꼼짝도 하지 않은 채, 은밀하면서도 강력하게 유구한 세월을 버텨 온 그 숲은 생명 그 자체라고 할 수 있었지. 그리고 짐의 기회는, 주인의 손이 베일을 걷어 올려 주기만을 기다리는 동방의 신부처럼, 베일을 쓴 채 옆에 앉아 있었어. 짐 역시 은밀하면서도 강력하게 버텨 온 유구한 세월의 계승자였어! 하지만 짐은 내게 말하길, 그 카누를 타고 있을 때처럼 의기소침하고 피곤했던 적은 또 없었다고 했어. 짐이 꼼짝 않고 있다 간신히 한 행동도, 신발 사이에 떠 있던 반쪽짜리 코코넛 껍질을 살그머니 잡은 다음 아주 살짝만 움직여 조심스레 카누에 고인 물을 퍼낸 게 전부였어. 짐은 주석 상자 뚜껑이 앉아 있기에 너무 딱딱하다는 사실을 깨달았어. 짐은 영웅답게 건강했지만, 그 여행을 하는 동안 몇 차례나 현기증을 겪었고, 가끔 햇볕 때문에 자기 등에 생긴 물집이 얼마나 클지 흐릿한 정신으로 골똘히 생각해 보았어. 심심풀이로 짐은 앞을 바라보며 강가의 진흙투성이 물체가 통나무인지 악어인지 알아맞혀 보려 했어. 하지만 얼마 지나지 않아 단념했지. 재미없었거든. 늘 악어였던 거야. 그중 한 마리가 다리를 퍼덕이며 강물로 뛰어들어 하마터면 카누가 뒤집힐 뻔하기도 했어. 하지만 그걸로 사건은 바로 끝이었고, 더는 흥분할 일이 없었지. 이윽고 강 옆으로 길게 펼쳐진 텅 빈 땅에서 원숭이 한 무리가 짐이 지나는 것을 보고 모욕이라도 주려는 듯이 강둑으로 내려와 한바탕 소란을 벌였고, 이 모습을 본 짐은 아주 기뻐했어. 이런 식으로, 짐은 일찍이 그 누가 성취한 것보다 더 순수한 위대함을 향해 다가가고 있었어. 하지만 짐은 다른 무엇보다 해가 지기를 간절히 원했고, 노를 젓던 세 명은 짐을 라자에게 인계할 계획을 실행에 옮길 채비를 하고 있었어.

〈아마도 저는 피로로 멍해졌거나 잠시 졸았던 듯합니다.〉 짐이 말했어. 정신 차려 보니 짐의 카누가 강둑에 다가가고 있었어. 곧이어 짐은 자신이 숲을 벗어났다는 것, 저 높은 곳에 처음으로 집들이 보인다는 것, 왼쪽으로는 방책이 있다는 것, 카누를 젓던 이들이 모조리 땅의 낮은 지점으로 뛰어내리더니 부리나케 달려가는 것을 알아차렸어. 짐도 본능적으로 그자들을 따라 카누에서 뛰어내렸어. 처음에는 무슨 알지 못할 이유로 자신이 버림받았다고 생각했지만, 곧 흥분한 고함 소리들이 들렸고, 게이트가 활짝 열리면서 수많은 사람이 쏟아져 나오더니 자기 쪽으로 다가왔대. 동시에, 무장한 사람들을 가득 태운 보트 한 척이 강에 나타나더니 짐이 타고 온 카누 옆에 나란히 서서 짐의 퇴로를 막았어.

〈저는 너무나 놀라서 도저히 냉정을 지킬 수 없었습니다. 이해하시죠? 그리고 만약에 그 권총이 장전되어 있었다면 저는 누군가를 쏘았을 겁니다. 아마도 두세 명은 죽였을 거고 저도 끝장났겠죠. 하지만 장전되지 않았습니다……〉〈왜 안 했는데?〉내가 물었어. 〈뭐, 어차피 그곳 사람들 전부와 싸울 수는 없는 노릇이고, 게다가 저는 목숨을 잃을까 두려워하는 모습으로 그 사람들에게 가고 싶지 않았습니다.〉짐은 그렇게 말하며 나를 힐끗 보았는데, 그 눈길에서 지독히 골난 기색이 희미하게 느껴졌어. 나는 약실이 비었다는 것을 그 사람들이 알 리 없다는 사실을 지적하려다 참았어. 짐도 나름대로 자기만족을 해야 하잖아……〈어쨌든 장전되어 있지 않았습니다.〉짐이 기분 좋게 반복해서 말했어. 〈그래서 저는 가만히 서서 그 사람들에게 왜들 그러냐고 물었습니다. 그 질문에 그 사람들은 놀라 말문이 막힌 듯했습니다. 그 강도 가운데 몇 명이 제 상자를 가지고 가는 게 보였습니다. 다리가 긴 늙다리 악당 카심(내일 만나게 해드리겠습니다)이 제게 뛰어오더니 라자가 절 만나고 싶어 한다며 야단법석을 떨더군요. 제가 말했습니다. 《좋습니다.》저도 라자를 만나고 싶었던 참이라 그 게이트를 거쳐 안으로 들어갔고, 그렇게 해서, 제가 여기 있게 된 겁니다.〉 짐은 소리 내어 웃더니 갑자기 힘주어 말했어. 〈그리고 가장 잘된 게 뭔지 아십니까?〉 짐이 물었어. 〈말씀드리죠. 저를 없애 버렸다면 아쉬운 건 결국 이 지역이었을 거라는 겁니다.〉

아까 말한 바로 그날 저녁, 짐은 자기 집 앞에서 내게 그렇게 말했어. 언덕들 사이 틈으로 마치 무덤에서 나와 승천하는 영혼처럼 달이 떠오르는 모습을 지켜본 뒤였어. 달빛은 죽은 햇빛의 유령처럼 싸늘하고 창백했어. 그 달빛에는 어딘지 유령의 기운이 돌았어. 해체된 영혼의 무심함과 불가사의한 신비를 품고 있었어. 뭐니 뭐니 해도, 사람은 햇빛에 의지해서 살아야 해. 햇빛과 달빛의 관계는, 소리와 메아리의 관계와 비슷하거든. 소리의 분위기가 조롱하는 것이든 슬픈 것이든, 메아리는 사람을 오도하고 혼란에 빠뜨리잖아. 무엇보다, 달빛은 결국 우리 인간의 영역이라 할 수 있는 모든 형태의 물질에서 그 실체를 빼앗고, 그림자들에게만 불길한 박진성을 안겨 주지. 그래서 우리 주위의 그림자들은 아주 실감 났지만, 내 옆의 짐은 아주 굳세 보였어. 마치 이 세상의 그 무엇도, 심지어 달빛의 신비로운 힘마저 내 눈앞에서 그 친구의 실체감을 빼앗을 수는 없을 듯했어. 아마도 짐이 암흑의 힘의 공격을 받고도 살아남았기 때문에 이 세상의 그 무엇도 그 친구를 건드릴 수 없었나 봐. 모든 것이 고요했고, 모든 것이 잠잠했어. 심지어 강물 위에서조차 달빛은 웅덩이 위에 있는 듯 잠들어 있었어. 만조의 그 순간, 강물의 흐름이 멈춘 그 부동의 순간은 세상에서 잊힌 이 구석진 곳의 철저한 고립을 강조하고 있었어. 잔물결이나 반짝거림 없이 그저 드넓게 빛나는 강을 따라 빽빽이 들어선 집들은 한 줄로 서서 서로 밀치닥거리는 회색과 은색의 흐릿한 형태들이 되어 검은 그림자 덩어리들과 뒤섞인 채 강물을 딛고 서 있었고, 그 모습이 마치 생기도 실체도 없는 강에서 물을 마시려고 밀어닥치는 형체 없는 허상의 짐승 무리처럼 보였어. 여기저기 대나무로 지은 벽들 안에서 어슴푸레하게 반짝이는 붉은빛은 살아 있는 불똥처럼 따뜻해 보였고, 인간의 애정과 안식과 휴식을 암시했어.

짐은 이 작고 따뜻한 미광이 하나씩 꺼지는 것을 자주 지켜보았노라고, 자기가 보는 앞에서 사람들이 내일의 안전을 굳게 믿으며 잠자리에 드는 것을 즐겨 바라보곤 했다고 고백했어. 〈여기는 평화롭지요?〉 짐이 물었어. 짐이 달변은 아니었지만, 이어서 한 말이 의미심장했어. 〈이 집들을 보세요. 어딜 가도 저를 믿는 사람들뿐입니다. 정말이에요! 제가 이곳에서 버텨 낼 거라고 말했잖습니까. 남녀노소 할 것 없이 아무에게나 물어보세요……〉 짐은 말을 멈추었어. 〈어쨌든 저는 이제 괜찮습니다.〉

결국엔 마음이 편해지는 곳을 찾아냈겠다고 나는 재빨리 말했어. 그리고 자네가 해낼 줄 알았다고 덧붙였지. 짐은 고개를 저었어. 〈그러셨나요?〉 짐은 내 팔꿈치 위쪽을 가볍게 눌렀어. 〈뭐, 그렇다면 제대로 생각하신 겁니다.〉

그 나직한 외침에는 환희와 자부심, 그리고 거의 경외심까지도 담겨 있었어. 〈정말로!〉 짐이 외쳤어. 〈그게 제게 무슨 의미인지 생각해 보세요.〉 그리고 짐은 다시 내 팔을 눌렀어. 〈그리고 선장님은 제가 떠날 생각인지 물으셨죠. 맙소사! 떠나다니요! 특히 스타인 씨의 생각을 제게 전해 주시고서 그런 질문을 하시다니……. 떠나다니요! 천만에요! 그건 제가 두려워하는 겁니다. 떠나는 건, 떠나는 건 죽기보다 더 어려울 겁니다. 떠나지 않습니다. 맹세합니다. 웃지 마세요. 저는 날마다, 눈을 뜰 때마다 제가 신뢰받고 있다는 걸, 누구에게도 권리가 없다는 걸 느껴야만 합니다. 아시겠어요? 떠나다니요! 어디로요? 무엇 때문에요? 뭘 얻으려고요?〉

이 대화 바로 전에 내가 짐에게 했던 말은, 원래 거기까지 간 것도 이 말을 하기 위함이었는데, 이 거래가 아무 문제 없이 정기적이고 합법적으로 이루어질 수 있도록 스타인이 아주 좋은 조건으로 집과 무역 상품들을 즉시 제공하려 한다는 거였어. 짐은 처음에는 코웃음을 치며 성질을 부렸어. 〈까다롭게 좀 굴지 말게!〉 내가 외쳤지. 〈그건 스타인이 주는 게 아니야. 자네가 스스로 이뤄 낸 걸 받는 것뿐이야. 그리고 어쨌든 맥닐에 대한 이야기는 자제하게. 저세상에서 만날 때를 대비해서 말이야. 그런 날이 빨리 오지 않기를 바라네…….〉 짐은 내 주장에 굴복했어. 왜냐하면 짐이 이룬 모든 정복, 신임, 명성, 우정, 사랑 같은 것은 짐을 지배자로 만든 동시에 사로잡힌 몸으로 만들기도 했거든. 짐은 저녁의 평화를, 강을, 집들을, 숲의 영원한 삶을, 오랜 인류의 삶을, 대지의 비밀을, 자기 마음속의 자부심을 소유주의 눈으로 바라보았어.

하지만 사실은 그런 것들이 짐을 소유하고 있었고, 짐의 가장 내밀한 생각까지, 피의 가장 미미한 흐름까지, 짐의 마지막 숨결까지 모두 자기들의 것으로 삼고 있었어.

그건 자랑스러워할 만한 거였어. 비록 그 흥정의 엄청난 가치에는 썩 확신이 없었지만, 나 역시 짐이 자랑스러웠어. 참 대단했어. 하지만 짐의 대담함에 대해선 별생각이 안 들었어. 그걸 대수롭지 않게 여겼다니 참으로 이상하지. 마치 대담함이 너무 상투적인 거라서 핵심적인 부분이 되지 못한다는 듯이 말이야. 아니, 그래서가 아니었어. 난 짐이 보여준 다른 재능들에 더 크게 감명받아서 그런 거였어. 짐은 자신에게 낯선 상황을 장악하는 능력이 있음을, 그쪽 분야에서 머리가 기민하게 잘 돌아간다는 것을 증명한 거야. 게다가 준비도 되어 있었어! 놀라운 일이었어. 그리고 이 모든 게 짐에겐 마치 품종 좋은 사냥개에게 불어온 강렬한 냄새 같았어. 짐은 달변이 아니었지만, 체질적 과묵함에는 위엄이 있었고, 말을 더듬거릴 때조차 깊이 있는 진지함이 느껴졌어. 얼굴이 붉어지는 오랜 버릇은 여전히 어쩔 수 없었지. 하지만 이따금 흘리는 단어 하나, 문장 하나만으로도, 짐이 자신에게 새 삶의 확신을 준 그 일에 대해 얼마나 크게 느끼는지, 얼마나 진지하게 느끼는지 알 수 있었어. 바로 그런 이유에서, 짐은 일종의 격렬한 이기심과 오만한 애정을 품고 그 땅과 그 땅의 사람들을 사랑하는 듯했어.」

25

「〈여기가 제가 사흘 동안 갇혀 있던 곳입니다.〉 우리가 겁에 질려 소동을 피우는 식솔들 사이를 천천히 걸으며 툰쿠 알랑의 뜰을 가로지르고 있을 때, 짐이 중얼거렸어(우리가 라자를 방문한 날이었어). 〈더러운 곳 아닙니까? 제가 배고프다고 아우성치지 않으면 먹을 것도 주지 않고, 그나마 주는 음식도 작은 접시에 담은 쌀밥과 가시고기보다 그리 크지 않은 튀긴 물고기 한 마리가 전부였습니다. 빌어먹을 놈들! 젠장! 이 악취 나는 우리에서 제가 배고파 어슬렁거리고 있으면, 이 망나니 놈들이 제 코밑에 낯짝을 들이밀었습니다. 선장님이 주신 그 멋진 권총은 놈들이 달라기에 곧바로 줬습니다. 그걸 없애 차라리 잘되었지요. 장전되지 않은 총을 들고 다녀 봐야 바보처럼 보였을 테니까요.〉 그 순간 우리는 라자 앞에 도착했고, 짐은 자신을 한때 잡아 가둔 사람 앞에서 움츠러들지 않고 위엄을 갖추며 경의를 표했어. 오! 진짜 볼 만했어! 그때를 생각하면 지금도 웃음이 나온다니까. 하지만 또한 인상적이기도 했어. 그 악명 높은 늙은이 툰쿠 알랑은 두려움을 감추지 못했고(그자는 자신의 열띤 젊은 시절에 대해 즐겨 이야기하곤 했지만, 영웅은 아니었어), 또한 한 때 자신의 포로이던 짐을 대하는 태도에는 신임하지만 왠지 아쉽다는 느낌이 배어 있었어. 생각해 보라고! 심지어 짐은 가장 미움받아야 할 곳에서조차 신임받고 있었어. 짐과 라자의 대화에서 내가 이해한 바로는 짐이 강연을 통해 상황을 개선해 가고 있었어. 가난한 마을 사람 몇이 쌀과 교환할 고무인지 밀랍인지를 몇 조각 가지고 도라민의 집으로 가던 중에 매복한 강도들에게 그걸 빼앗겼어.〈도적은 도라민이야.〉라자가 버럭 외쳤어. 부들거리는 분노가 그 노인의 연약한 몸을 사로잡았어. 라자는 매트 위에서 섬뜩하게 몸을 비틀고, 손짓 발짓을 하고, 엉킨 머리를 흔들었어. 무력한 분노의 화신이었지. 주위 사람들은 입을 딱 벌리고 물끄러미 바라보았어. 짐이 말을 시작했지. 짐은 단호하고 냉정한 어조로, 그 누구도 자기 자신과 자식들의 식량을 정직하게 구하는 행위를 제지받아선 안 된다는 내용의 말을 한동안 장황하게 늘어놓았어. 라자는 마치 작업 중인 재단사처럼 앉아서, 두 손을 양 무릎에 얹고 고개를 숙인 채, 눈 위로 흘러내린 흰 머리 사이로 짐을 응시했어. 짐이 말을 마치자 굉장한 정적이 감돌았어. 숨조차 쉬는 이가 없는 듯했어. 아무도 소리를 내지 못하고 있는데 라자가 가볍게 한숨을 짓고는 머리를 치켜들고 위를 보며 재빨리 말했어.〈여러분은 들었다, 나의 백성이여! 더는 이런 짓을 하지 마라.〉사람들은 깊은 침묵으로 이 포고를 받아들였어.

덩치가 꽤 크고, 신임받는 자리에 있는 게 분명하고, 눈빛이 총명하고, 뼈가 드러나게 앙상하지만 크고 아주 검은 얼굴에, 명랑하면서 거만한(나중에 알게 되었는데 사형 집행인이었어) 태도의 남자가 하급 시종의 손에서 커피 두 잔이 놓인 놋쇠 쟁반을 받아 우리에게 주었어. 〈마시지 않아도 됩니다.〉 짐이 재빨리 중얼거렸어. 나는 처음에는 그 의미를 알지 못해 짐을 바라보기만 했어. 짐은 넉넉히 한 모금 마신 뒤 왼손으로 잔받침을 들고 차분히 앉아 있었어. 다음 순간, 나는 굉장히 화가 났어. 〈대체 어쩌자고,〉 나는 정답게 웃음 지으며 짐에게 속삭였어. 〈자네는 이런 멍청한 위험에 나를 노출시키는 거지?〉 짐이 아무런 반응도 보이지 않는 사이 나는 커피를 마셨고, 물론 아무 일도 일어나지 않았어. 그 뒤 거의 곧바로 우리는 그곳을 떠났어. 우리가 그 이지적이고 명랑한 사형 집행인의 호송을 받으며 뜰을 지나 보트로 가는 동안 짐은 아주 미안하다고 말했어. 물론 위험할 가능성은 거의 없다더군. 개인적으로 자신은 독살당할 걱정을 하지 않는댔어. 그럴 가능성은 희박하디희박하다는 거야. 짐은 나를 안심시키려고, 자신이 위험한 인물이 아니라 한없이 유용한 인물로 여겨지고 있다느니 어쨌다느니 하는 말들을 늘어놓았어. 〈하지만 라자는 자네를 끔찍이 두려워해. 누가 봐도 알 수 있어.〉 나는 살짝 역정을 내며 반박했고, 인정하건대, 내내 나는 끔찍한 복통이 시작될 기미는 없는지 계속 초조하게 주의를 기울이고 있었어. 아주 진저리가 났어. 〈제가 이곳에서 잘 지내면서 현재 위치를 유지하려면,〉 짐이 보트에서 내

옆자리에 앉으며 말했어. 〈그런 위험을 감수해야 합니다. 저는 적어도 한 달에 한 번은 그런 위험을 받아들입니다. 많은 사람이 제가 그렇게 하리라고 믿습니다. 자신들을 위해서요. 저를 두려워하죠. 바로 그겁니다. 제가 그 사람의 커피를 두려워하지 않기 때문에 그 사람이 저를 두려워한다고 봐도 무방합니다.〉 그리고 짐은 방책의 북쪽 벽 중 한 곳을 가리켰는데, 그곳에 박힌 말뚝 몇 개는 뾰족한 끝부분이 부러져 있었어. 〈여기가 바로 파투산에서 사흘째 되던 날 제가 방책을 뛰어넘은 곳입니다. 아직도 새 말뚝을 설치하지 않았네요. 멋지게 뛰어넘지 않았습니까?〉 곧이어 우리는 진흙탕인 좁은 개울의 어귀를 지났어. 〈이곳은 제가 두 번째로 뛰어넘은 곳입니다. 저는 얼마쯤 달려오다 여기서 몸을 날려 이 개울을 넘으려 했지만, 거리가 살짝 모자랐습니다. 그래서 여기서 죽겠구나 생각했지요. 발버둥 치다 신도 잃어버렸습니다. 그리고 내내, 이런 진창에 처박힌 채 그 빌어먹을 긴 창에 찔리면 정말 고약하겠구나 하는 생각만 들었습니다. 그 수렁에서 허우적댈 때 메스꺼웠던 그 느낌이 아직도 생생합니다. 진짜로 메스꺼운 느낌이었습니다. 뭔가 썩은 것을 깨물었을 때와 같은 느낌요.〉

그런 상황이었어. 그리고 짐의 기회는 짐 옆에서 함께 뛰었고, 개울을 뛰어넘었고, 진창에서 허우적거렸어…… 여전히 베일을 쓴 채 말이야. 뜻밖에도, 단검에 찔려 강물에 버려질 운명에서 짐을 구해준 건, 바로 짐이 갑자기 나타났다는 사실이었어. 그자들은 짐을 붙잡았지만, 유령이나 망령, 불길한 전조를 붙잡은 거나 마찬가지였어. 그게 무슨 의미일까? 어떻게 해야 할까? 짐과 화해하기에 너무 늦은 걸까? 더지체하지 말고 짐을 죽이는 게 낫지 않을까? 하지만 그러면 무슨 일이 일어나게 될까? 비열한 알랑 노인은 불안해서, 그리고 결정을 내리기 힘들어서 거의 미칠 지경이었어. 회의는 몇 번이나 중단되었고, 그자의 자문들은 허둥거리며 문을 나서 베란다로 나갔어. 전해 들은 바로는, 심지어 한 명은 15피트 정도 되는 높이에서 뛰어내려 다리가 부러졌다더군. 파투산의 그 귀족 통치자에겐 기괴한 버릇들이 있었는데, 그 가운데 하나는 열띤 토론이 벌어질 때마다 잘난 척하며 과장된 표현을 쓰고, 점차 흥분하면 손에 단검을 쥐고 자리를 떠나는 거였어. 하지만 그런 중단을 빼면, 짐의 운명에 대한 심사숙고는 밤낮으로 계속되었어.

그러는 사이 짐은 뜰에서 어슬렁거렸는데, 어떤 이들은 짐을 피했고 어떤 이들은 짐을 노려보았지만, 모두가 감시의 눈길을 멈추지 않았어. 도끼를 든 부랑아가 덤비기라도 하면 짐은 꼼짝없이 당할 상황이었어. 짐은 허물어진 작은 창고를 숙소로 썼어. 오물과 썩은 물건들의 악취가 아주 고통스러웠지만, 식욕은 잃지 않았던 듯해. 거기서 지낸 그 끔찍한 기간에 계속해서 배가 고팠다고 했거든. 가끔 회의에서 대표로 보낸 〈귀찮은 바보〉가 짐에게 달려와 달콤한 목소리로 〈네덜란드 사람들이 이 나라를 빼앗으러 오는 겁니까? 백인께서는 강을 다시 내려갈 생각입니까? 이런 보잘것없는 지역에는 무슨 일로 왔습니까? 라자께서는 백인께서 시계를 수

리할 줄 아는지 알고 싶어 하십니다〉 같은 놀라운 질문을 하곤 했어. 그 사람들은 뉴잉글랜드에서 만든 니켈 시계를 진짜로 짐에게 가져왔고, 그래서 오로지 견딜 수 없는 권태에서 벗어나 보겠다는 일념으로 짐은 그 자명종을 고쳐 보려고 애썼어. 자기가 처한 극단적인 위험에 대해 처음으로 진지하게 인식한 것도 창고에서 이렇게 시간을 보내던 때인 듯해. 짐은 그 시계를 〈뜨거운 감자처럼〉 내려놓고 서둘러 밖으로 나갔지만, 무엇을 할지, 무엇을 할 수 있을지 전혀 알지 못했어. 짐은 그저 자신의 처지가 견디기 어렵다는 것만 알고 있었어. 짐은 아무런 목적도 없이 어슬렁거리다 기둥들 위에 지은 다 쓰러져 가는 작은 곡식 창고 너머까지 가게 되었고, 방책의 부서진 말뚝들이 눈에 띄었어. 그래서 짐은 그 어떤 정신적 과정이나 정서적 동요 없이, 마치 한 달 동안 짠 계획을 실천에 옮기듯이, 곧바로 도망치기 시작한 거야. 짐은 도망칠 기회를 잡기 위해 우선 아무렇지 않게 걸었고, 주변을 살펴보니 창잡이 두 명의 경호를 받는 어떤 고위 관리가 바로 옆에서 무슨 일이냐고 물어보려 하더래. 짐은 바로 그 고위층의 〈코밑에서〉 달려 나갔고, 〈새처럼〉 방책을 뛰어넘어 그 뒤쪽에 떨어졌는데, 그때 받은 충격에 온몸의 뼈가 흔들리고 머리가 깨지는 것 같더라고 했어. 짐은 곧바로 벌떡 일어났어. 당시에는 그 어떤 생각도 들지 않았대. 오로지 기억나는 건 고함 소리뿐이었다더군. 4백 야드 앞쪽에 파투산의 첫 번째 집들이 보였대. 짐은 그 개울을 보고 무의식중에 더 빨리 뛰었어. 짐의 발아래 땅은 뒤로 날아가는 듯했어. 짐은 마지막 마른 땅을 딛고 뛰어올랐고, 자신이 허공을 난다고 느꼈지만, 곧 지나치게 부드럽고 진득거리는 진흙땅에 아무런 충격 없이 사뿐히 떨어져 꽂혔어. 짐은 다리를 움직여 보려고 했지만 움직일 수 없다는 사실을 깨달았고, 그때야, 짐의 표현을 빌리자면, 〈정신이 번쩍 들었〉다더군. 짐은 〈빌어먹을 긴 창〉에 대해 생각하기 시작했어. 사실 방책 안에 있던 사람들이 게이트로 뛰어간 다음 다시 선착장까지 가서 보트를 타고 돌출부를 돌아와야 한다는 걸 고려해 보면, 짐은 자신이 생각한 것 이상으로 앞서 있었어. 게다가 수위가 낮아지고 있었기 때문에, 그 개울에는 물이 없었고(물론 맨땅처럼 건조했다고 할 수는 없었어), 아주 먼 곳에서 날아올지도 모를 총알만 아니라면 한동안 짐은 모든 것으로부터 안전했어. 6피트 정도 떨어진 앞쪽 높은 곳에 단단한 땅이 있었어. 〈어차피 거기로 가도 죽겠지만, 한번 가보자고 저는 생각했습니다.〉 짐이 말했어. 짐은 손을 뻗어 뭐든 움켜잡으려고 필사적으로 애썼지만, 끔찍하게 차갑고 미끌거리는 번쩍이는 진흙만이 계속해서 가슴께에 쌓일 뿐이었고, 그 진흙은 턱밑까지 차올랐어. 짐은 자신을 생매장하는 느낌이 들어 주먹을 마구 휘둘러 진흙을 흩뜨리며 치웠어. 진흙은 머리와 얼굴과 눈 위로 떨어졌고, 입으로도 들어갔지. 그리고 갑자기 라자의 뜰이 생각났는데, 자신이 오래전에 아주 행복하게 지내던 곳 같은 느낌이 들더라고 하더군. 그곳으로 돌아가 다시 그 시계나 수리하고 있었으면 좋겠다고 간절히 바랐대. 시계 수리라니, 그 상황에서 그걸 떠올렸다더군. 짐은 애썼고, 흐느끼고 헐떡이며 엄청나게 애썼고, 눈알이 터져 눈이 멀 것처럼 애썼어. 결국 어둠 속에서 그 극도의 노력은 강력한 힘이 되어 마침내 진흙땅을 가르고, 짐의 사지를 해방시켰고, 짐은 어느새 힘없이 둑을 오르고 있었어. 그 친구는 단단한 땅에 몸을 펴고 누워 빛을, 하늘을 바라보았어. 그러자 잠들어도 될 것 같다는 일종의 행복한 생각이 들었대. 짐은 자신이 진짜로 잠들었다고 주장했어. 아마도 1분, 어쩌면 20초 아니면 단지 1초 동안 잠들었나 봐. 하지만 격렬하게 발작하듯 놀라며 잠에서 깨어난 일은 뚜렷이 기억했어. 짐은 잠시 꼼짝 않고 누워 있다가 머리에서 발끝까지 진흙투성이가 된 채 일어나 서서, 자신이 사방 몇백 마일에 걸쳐 유일한 백인이며, 사냥꾼에게 쫓기는 짐승처럼 어느 누구의 도움도 동정도 연민도 기대할 수 없는 외로운 처지라는 생각이 들었다더군. 첫 번째 집들은 짐에게서 기껏해야 20야드 정도 떨어져 있었어. 그리고 짐을 다시 한번 놀라게 한 건, 겁에 질려 아이를 데리고 도망치려던 어떤 여자가 필사적으로 지르는 비명이었어. 짐은 양말 차림으로 똑바로 앞을 향해 맹렬히 달렸는데, 온몸이 진흙투성이라 인간과는 도저히 닮았다고 할 수 없는 상태였지. 짐은 그 마을을 반 넘게 가로질렀어. 날랜 여자들은 좌우로 도망쳤고, 굼뜬 남자들은 하던 일을 놓고 입을 떡 벌린 채 돌처럼 그 자리에 가만히 있었어. 짐은 날아다니듯 빠르게 공포를 퍼뜨렸어. 어린아이들은 살기 위해 도망쳤고, 그러다가 엎어져 발을 허우적거리기도 했다더군. 짐은 방향을 바꿔 두 채의 집 사이 비탈을 올라간 뒤 벌목한 나무로 만든 바리케이드를 필사적으로 타 넘었어(당시 파투산에서는 단 일주일도 전투 없이 지나는 일이 없었어). 짐은 울타리를 뚫고 옥수수밭으로 들어갔는데 그곳에서 겁먹은 소년 하나가 짐에게 작대기를 던졌고, 짐도 놀라 그만 오솔길로 들어서 다시 달리다 돌연 놀란 남자 몇 명 앞으로 뛰어들었어. 짐은 헐떡이며 간신히 〈도라민! 도라민!〉이라고 외쳤어. 짐은 언덕 꼭대기까지 반은 끌려가다시피 반은 밀리다시피 하며 올라가던 일, 야자수와 과일나무들로 둘러싸인 넓은 장소에서 머리끝까지 흥분해 소란을 피우는 사람들 속에서 육중하게 의자에 앉은 덩치 큰 남자에게 인도된 일을 생생히 기억했어. 짐은 반지를 찾으려고 진흙 속과 옷을 이리저리 뒤지다, 갑자기 자신이 등을 대고 누워 있는 것을 깨닫고는 누가 자기를 때려눕힌 걸까 의아해했어. 사실은, 사람들이 짐을 잡았던 손을 그냥 놓은 것뿐이었는데 짐이 혼자 서 있을 수 없었던 거지. 언덕 발치에서는 마구잡이 총성이 들렸고, 마을의 지붕들 위에서는 둔탁한 놀람의 함성이 들렸지. 하지만 짐은 안전했어. 도라민의 사람들은 게이트에 바리케이드를 치고 짐의 목구멍으로 물을 넘겨 주었어. 활동적이고 동정심 가득한 도라민의 늙은 아내는 날카로운 목소리로 딸들에게 명령을 내렸어. 〈그 늙은 여자는,〉 짐이 차분히 말했어. 〈제가 마치 자기 아들인 것처럼 소란을 피웠습니다. 사람들은 저를 거대한 침대에 눕혔습니다. 그 여자의 침대였습니다. 그리고 그 여자는 분주하게 드나들며 자기 눈을 훔치고 제 등을 쓰다듬었습니다. 제가 참으로 딱해 보였던 게 분명

합니다. 저는 통나무처럼 그곳에 누워 있었는데, 얼마나 오
랫동안 그렇게 있었는지는 모르겠습니다.〉

짐은 도라민의 늙은 아내를 무척이나 좋아하는 듯했어. 그
여자 또한 짐을 아들처럼 좋아했어. 그 여자의 암갈색 얼굴은
둥글고 차분하고 잔주름투성이였고, 커다란 입술은 밝은 빨
간색이었고(베텔[26]을 꾸준히 씹었지), 자꾸만 깜박거리고 힘
들어 보였지만 눈에 인정이 가득 담겨 있었어. 그 여자는 깨
끗한 갈색 피부에 크고 진지한 눈을 한 젊은 여자들, 그러니
까 자신의 딸들, 하녀들, 노예 소녀들을 바쁘게 꾸짖고 끊임
없이 명령을 내리며 계속 움직였어. 그 사람들의 가정이 어떤
지 너희도 알 거야. 차이를 알아보기란 일반적으로 불가능하
지. 그 여자는 아주 야위었고, 보석 장식이 된 여미개로 앞부
분을 여민 넉넉한 겉옷마저 어쩐지 여자를 빈약해 보이게 만
들었어. 검은 맨발에는 중국인이 만든 노란 짚 슬리퍼를 신었
지. 나는 그 여자가 엄청나게 숱이 많은 긴 흰머리를 양쪽 어
깨에 늘어뜨린 채 경쾌하게 돌아다니는 모습을 직접 본 적이
있어. 그 여자는 순박하면서도 예리하게 말했고, 귀족 출신에
다 괴팍하고 변덕스러웠어. 오후가 되면 그 여자는 남편 맞은
편에 있는 아주 널찍한 안락의자에 앉아 벽에 넓게 낸 창을
통해 정착지와 강의 탁 트인 풍경을 물끄러미 바라보곤 했어.

그 여자는 언제나 두 발을 깔고 앉았지만, 늙은 도라민은
평야에 자리 잡은 산처럼 당당하고 반듯하게 앉았어. 도라민

---

26 구장잎에 빈랑목 열매 조각과 생석회, 향료 등을 넣어 둥글게 싼 씹는
담배를 말하며, 동남아의 오랜 기호품이다. 씹으면 입과 치아가 붉어진다.

은 〈나코다〉[27]라는 상인 계급에 불과했지만, 사람들에게서 받는 경의와 풍채에서 우러나오는 위엄이 아주 인상적이었어. 도라민은 파투산에서 두 번째로 큰 세력의 우두머리였어. 술라웨시에서 이주해 온 사람들(60가족 정도 되는데, 식솔까지 합하면 〈단검을 찬 남자〉를 2백 명쯤 모을 수 있는 집단이었어)이 오래전에 그 사람을 우두머리로 뽑았어. 그 부족 사람들은 지적이고 진취적이며 복수심이 있었고, 다른 말레이 부족들보다 훨씬 더 용감하고 억압을 참지 못했어. 그 사람들은 라자의 반대 세력이 되었어. 물론 그 다툼은 무역 때문이었지. 무역이 당파 간 싸움의 주원인이었고, 마을 이곳저곳을 연기와 불길과 총성과 비명으로 가득 채우곤 하는 갑작스러운 전투들의 주된 원인도 이것이었어. 라자가 아닌 다른 사람들과 무역을 한 죄로 마을들이 불타고 남자들이 라자의 방책 안으로 끌려가 살해되거나 고문을 당했어. 짐이 도착하기 하루이틀 전에도 바로 그 어촌에 살던 가장 몇 명이 술라웨시에서 온 장사꾼에게 팔기 위해 식용 새 둥지를 수집했다는 혐의로 라자의 창잡이들에게 쫓기다 절벽에서 떨어졌는데, 그 후 그 마을은 짐의 특별 보호를 받게 되었어. 라자 알랑은 자신이 그 나라의 유일한 무역인이라 우겼고, 그 독점권을 깬 죄는 죽음이었어. 하지만 라자가 생각하는 무역은 가장 흔한 형태의 강도 행위와 다를 바 없었어. 라자는 잔혹하고 탐욕스러운 만큼이나 겁이 많아 술라웨시인들

27 말레이어로 추장, 선장, 선주라는 의미이며, 선주라는 의미에서 확장되어 상인이라는 의미도 지니고 있다.

의 조직화된 힘을 두려워했어. 다만 짐이 오기 전까지는 가만히 있을 정도로 겁내지 않았을 뿐이지. 라자는 부하들을 보내 술라웨시인들을 공격했고, 딱하게도 자신이 옳다고 여겼어. 그러다가 낯선 아랍계 혼혈인 한 명이 흘러들어 오며 상황이 복잡하게 얽혔어. 내가 알기로, 그 사람은 오롯이 종교적인 이유에서 내지에 사는 부족들(짐은 그 사람들을 덤불족이라 불렀어)을 선동해 봉기하게 한 뒤, 쌍둥이 언덕의 한쪽 정상에 요새를 만들고 정착했어. 그자는 양계장을 노리는 매처럼 파투산 마을을 굽어봤지만, 평지는 이미 황폐해져 있었어. 사람들이 떠난 마을들의 집들은 맑은 강 둔덕에 세운 시커멓게 변한 기둥 위에서 썩어 갔고, 벽의 풀잎과 지붕의 나뭇잎들은 조금씩 물 위로 떨어졌는데, 그 자연적 퇴락은 집을 마치 뿌리에 마름병이 걸린 식물처럼 보이게 하는 기묘한 효과를 냈어. 파투산의 두 세력은 이 게릴라가 자기들 중 어느 쪽을 더 약탈하고 싶어 하는지 알지 못했어. 라자는 이 게릴라 우두머리와 약하게나마 내통했어. 부기스족 정착민 일부는 끝없이 계속되는 불안한 삶에 지친 나머지 게릴라의 우두머리를 불러들이자는 쪽으로 마음이 반쯤 기운 상태였어. 그들 중 젊은이들은 조롱조로 〈샤리프[28] 알리와 그분의 거친 부하들의 도움을 얻어 라자 알랑을 이 나라에서 몰아내자〉라고 조언하기도 했어. 도라민은 그 사람들을 억눌렀지만, 쉽지 않았어. 도라민은 늙어 갔고, 비록 영향력이 줄지는 않았지만, 상황은 점차 그 사람이 통제할 수 있는 범위

28 이슬람교의 지도자라는 뜻이다.

를 벗어나고 있었어. 바로 이런 상황에서 짐은 라자의 방책에서 도망쳐 나와 부기스 정착지의 우두머리 앞에 나타나 반지를 보여 주고, 그 지역 사회의 말하자면 핵심 속으로 받아들여진 거야.」

26

「도라민은 내가 만난 말레이족 가운데 가장 범상치 않은 사람 중 한 명이었어. 말레이인치고 몸집이 대단히 컸지만, 단지 비대해 보이는 게 아니었어. 그 사람은 압도적이고 위풍당당해 보였어. 움직임 없는 몸에는 염색한 비단과 금실 자수를 한 화려한 옷감으로 지은 옷을 걸쳤고, 큰 머리에는 붉은색과 황금색 두건을 둘렀어. 납작하고 크고 둥근 얼굴에는 주름과 고랑이 보였고, 깊이 파인 반원형 주름살 두 개가 넓고 험상궂은 콧구멍 양쪽에서 시작되어 두툼한 입술을 감쌌지. 목은 황소 같았고, 오만하게 응시하는 눈 위로 골이 파인 넓은 이마가 자리 잡고 있었어. 이런 특징들이 합쳐져, 그 얼굴은 한 번 보면 결코 잊을 수 없었어. 그의 동요 없는 자세는(도라민은 한 번 앉으면 팔다리를 거의 움직이지 않았어) 위엄의 과시처럼 보였어. 도라민은 목소리를 높인 적이 한 번도 없었다더군. 그 목소리는 마치 멀리서 들려오는 것처럼 살짝 가려져 거칠고 힘찬 중얼거림으로 들렸지. 걸을 때, 허리 아래로만 하얀 사롱을 두르고 뒷머리에 검은 모관을 쓴 작고 강건한 젊은 남자 둘이 팔꿈치를 부축했는데, 그 사람들은 도라민을 편히 앉히고 나면 도라민이 다시 일어서고자 할 때까지 의자 뒤에 서 있었어. 도라민은 일어나고 싶을 때는 힘들다는 듯이 고개를 천천히 좌우로 돌렸고, 그러면 그 사람들이 겨드랑이를 잡고 일어나는 걸 도왔어. 하지만 그렇다고 도라민의 신체에 장애가 있는 건 아니었어. 그 반대로, 그 모든 느릿느릿한 동작들은 강력하고도 신중한 힘의 표현 같았어. 그는 공적인 일은 아내와 상의한다고 보통 알려져 있었지만, 내가 아는 한 그 누구도 두 사람이 단한 마디라도 주고받는 걸 들은 적이 없었어. 둘이 넓은 창가에 근엄하게 앉아 있을 때는 늘 침묵이 흘렀어. 지는 햇살 속에서 창을 통해 내려다보면, 광대한 숲은 저 멀리 심홍색과 보라색 산맥에 이를 때까지 구불구불하게 뻗은 채 시커멓게 잠들어 있는 암녹색 바다처럼 보였고, 반짝이는 구불구불한 강은 은을 얇게 두들겨 펴서 만든 거대한 S자 같았고, 집들은 양쪽 강둑을 따라 펼쳐진 갈색 리본 같았어. 쌍둥이 언덕들은 좀 더 가까운 우듬지들 위로 우뚝 솟아 있었지. 두 사람은 놀라울 정도로 대조를 이루었어. 여자는 몸이 가볍고 섬세하고 깡마르고 날쌔서 살짝 마녀처럼 보였고, 침착하면서도 어머니처럼 유난을 떨 때가 있었지만, 맞은편에 앉은 거구의 육중한 남자는 바위로 대충 깎아 놓은 듯했고, 그 부동자세에는 도량이 넓으면서도 무자비한 면이 깃들어 있었어. 그런데 이 노부부의 아들은 아주 뛰어난 젊은이였어.

그 부부는 늦게 자식을 보았어. 어쩌면 그 아들은 보기보다 젊지 않을지도 몰라. 남자 나이 열여덟에 한 가족의 아버지가 되는 사회에서 스물네다섯은 그리 젊은 나이라고 할 수 없지. 아들이 그 커다란 방에 들어가면, 벽과 바닥은 고급 매트로 되어 있고 높은 천장에는 하얀 천을 덧댄 그 방에 부부가 엄숙하게 앉아 있었는데, 주위에는 더할 나위 없이 공손한 시종들이 있었어. 아들은 곧바로 아버지에게 가서 근엄하게 내미는 손에 키스를 한 뒤 어머니에게 건너가서 그 의자 옆에 서 있곤 했어. 어쩌면 부모가 그 아들을 우상처럼 생각했다고 말할 수도 있겠지. 하지만 나는 그 노부부가 아들을 공공연히 힐끗거리는 걸 본 적이 없어. 사실 그 모든 행동은 공적인 거였어. 그 방에는 늘 많은 사람이 있었어. 만나고 헤어질 때 주고받는 인사의 격식, 몸짓과 표정과 낮은 속삭임으로 표현하는 깊은 존경은 말로 표현할 수 없을 정도였지. 〈볼만한 광경이지요.〉 우리가 돌아가려고 강을 건널 때 짐이 말했어. 〈책에나 나올 법한 사람들이지 않습니까?〉 짐이 의기양양하게 말했어. 〈그리고 그 부부의 아들인 데인 워리스[29]는 제 평생 가장 친한 친구입니다, 선장님을 제외하면요. 스타인 씨가 《전우》라고 부를 만한 사람입니다. 저는 운이 좋았습니다. 맙소사! 제가 막판에 굴러든 곳이 하필 그 사람들 속이라니, 전 정말 운이 좋았어요.〉 짐은 고개를 숙이고 생각에 잠겼다가 이윽고 활기를 되찾으며 덧붙였어.

〈물론 저는 그 행운을 모른 척하지 않았습니다, 그렇지만······.〉 짐이 다시 말을 멈추었어. 〈정말로 그 행운이 저를

29 〈귀한 상속자〉, 〈영예로운 상속자〉라는 뜻이다.

찾아왔다고 해야 맞을 것 같습니다.〉 짐이 중얼거렸어. 〈저는 어떻게 해야 할지 곧바로 깨달았습니다.〉

　「그 행운의 기회가 짐을 찾아왔다는 데는 의심의 여지가 없었어. 그리고 당연하게도, 그 기회는 전쟁을 통해 왔어. 왜냐하면 짐에게 생긴 권력은 평화를 성취할 수 있는 힘이었거든. 너무나 자주 그 권력을 정당화할 수 있는 것도 오직 그런 의미가 있기 때문이야. 짐이 자기가 갈 길을 곧바로 찾아냈다고 생각하진 말아 줘. 짐이 도착했을 때 부기스 공동체는 가장 위태로운 상황에 처해 있었어. 〈그 사람들은 모두 두려워했습니다.〉 짐이 내게 말했어. 〈라자와 그 떠돌이 샤리프 사이에서 그 사람들이 한 명씩 험한 일을 당하지 않으려면 당장 무슨 조치든 취해야 한다는 게 너무나 명백했지만, 모두 겁만 먹고 있더군요.〉 그걸 그저 보고만 있어서야 아무 소용도 없었지. 그래서 자기가 할 수 있는 일을 생각해 낸 짐은 공포와 이기심이라는 벽을 뚫고 주민들의 주저하는 마음속으로 그 생각을 밀어 넣어야만 했어. 그리고 마침내 밀어 넣는 데 성공했지. 하지만 그건 아무것도 아니었어. 짐은 그걸 실현할 수단을 생각해 내야 했어. 짐은 그 수단을 찾아냈지. 대담한 계획이었어. 하지만 그것만으로는 아직 절반의 성취에 불과했어. 사람들이 당치도 않은 은밀한 이유로 겁을 먹고 뒷걸음쳐, 짐은 자신감을 보여 그런 이들의 용기를 북돋워야 했어. 또한 어리석은 시기심을 달래 회유해야 했고, 논의를 통해 온갖 종류의 불신도 씻어 버려야 했어. 도라민의 권위와 그 아들의 불같은 열정이 무게를 실어 주지 않았더라

361

면 짐은 실패했을 거야. 데인 워리스는 뛰어난 젊은이였고, 가장 먼저 짐을 믿어 줬어. 둘의 우정은 갈색인종와 백인종 사이에 생길 수 있는 낯설고 심오하면서도 드문 종류의 우정으로, 인종 간 차이 그 자체가 공감이란 신비로운 요소를 통해 둘을 더 가깝게 끌어당기는 듯했어. 데인 워리스에 대해, 주민들은 〈백인처럼 싸우는 법을 아는 사람〉이라며 자랑스럽게 여겼어. 그건 진실이었어. 데인 워리스에게는 백인 같은 용기가 있었어. 밖으로 내보일 수 있는 그런 용기. 하지만 또한 그 젊은이에게는 유럽적인 정신도 있었어. 우리는 이따금 그런 것과 마주치는데, 전혀 예상 밖인 곳에서 우리에게 익숙한 사상, 명료한 통찰, 확고한 목적의식, 이타주의의 색채를 발견하고 깜짝 놀라지. 데인 워리스는 체구는 작았지만 놀라울 정도로 몸에 균형이 잘 잡혀 있었고, 태도는 당당하고 세련되고 편안했으며, 성미는 투명한 불꽃 같았어. 거무스름한 얼굴과 크고 검은 눈은 행동할 때면 표현이 풍부했지만, 차분할 때는 생각에 잠긴 듯했어. 데인 워리스는 침묵을 좋아했고, 확고한 눈매, 비웃는 듯한 웃음, 정중하고 사려 깊은 태도는 워리스의 높은 지력과 힘을 암시하는 듯했어. 이런 사람들을 보면, 흔히 피상적인 것에만 관심을 갖는 서구인들은 그제야 기록되지 않은 세월의 신비에 싸인 사람들과 땅들의 숨겨진 가능성에 대해 깨닫지. 데인 워리스는 짐을 믿었을 뿐 아니라 이해까지 했을 거라고 나는 확신해. 내가 데인 워리스 이야기를 하는 건 그 젊은이에게 매료되었기 때문이야. 이렇게 표현해도 된다면, 그 젊은이가 신랄하면서도 차분한 성격이며 또한 짐의 열망에 지적 공감을 한다는 점이 내 마음에 들었어. 나는 우정의 근원을 보는 듯했어. 만약 짐이 선도했다면, 데인 워리스는 자기의 선도자를 사로잡은 거야. 사실 짐은 선도자이긴 하지만 어떤 면으로 봐도 사로잡혔다고 할 수 있었지. 땅, 주민, 우정, 애정은 질투하면서 짐의 육신을 보호하는 수호자와도 같았어. 날마다 짐의 기이한 자유를 얽어맨 사슬에 고리가 하나씩 늘어났어. 그리고 날마다 듣는 이야기가 늘어 갈수록, 내 확신도 더더욱 굳어졌지.

그 이야기! 나는 그 이야기를 들었어. 나는 행진을 하며, 야영을 하며 그 이야기를 들었어(짐은 내가 눈에 보이지 않는 사냥감을 찾듯이 그 나라를 샅샅이 뒤지고 다니게 했어). 그 이야기의 많은 부분을 쌍둥이 봉우리 중 하나의 꼭대기에서 들었지. 마지막 1백 피트를 손과 무릎으로 기다시피 하며 오른 뒤에 말이야. 마을을 찾아다닐 때마다 추종자들이 자발적으로 우리를 호위해 줬는데, 이 자발적 수행원들은 그동안 언덕 중턱의 평평한 곳에서 야영을 했어. 바람 한 점 없는 고요한 저녁, 나무가 타며 나는 연기가 아래쪽에서 올라와 엄선된 향료의 냄새처럼 우리 코를 자극했지. 목소리들도 올라왔는데, 어찌나 명료하고 실체 없이 맑은지 아주 경이로웠어. 짐은 벌목한 나무에 앉아 파이프를 꺼내더니 담배를 피우기 시작했어. 새로 풀과 덤불이 돋아나고 있었는데, 가시나무의 가지 뭉치 아래 흙으로 만든 보루의 흔적이 보였어. 〈모든 것은 여기에서 시작되었습니다.〉 생각에 잠겨 길게 침묵하던 짐이 말했어. 음산한 절벽에서 2백 야드 떨어진 건너편 언덕 위에는 까맣게 변한 높은 말뚝들이 여기저기 한 줄로 을씨년스럽게 서 있었어. 샤리프 알리가 세운 난공불락의 진지 잔해였지.

하지만 그 진지는 함락되었어. 그건 짐의 발상이었지. 짐은 도라민의 낡은 대포들을 언덕 정상에 설치했어. 7파운드짜리 포탄을 발사하는 녹슨 철제 대포 두 개, 그리고 많은 소형 놋쇠 대포들이었어. 놋쇠 대포는 물품 화폐로 쓰이는 거였지. 비록 놋쇠 대포가 부의 상징이긴 해도, 포구에 마구 쑤셔 넣어 장전한다면 가까운 거리는 탄알을 쏘아 보낼 수도 있었어. 문제는 대포를 어떻게 언덕 위까지 올리느냐 하는 거였지. 짐은 밧줄을 어디에 고정했는지 내게 보여 주었고, 속을 파낸 통나무 토막을 뾰족한 말뚝에 끼워 돌려 조잡하게나마 밧줄을 감아올리는 장치를 임시변통으로 만들었다고 설명해 주었고, 파이프 대통을 가지고 흙으로 만든 보루의 윤곽을 그려서 보여 줬어. 그것들을 가지고 오르는 마지막 1백 피트가 가장 어려웠어. 짐은 이 일의 성공을 책임진다고 이미 약속한 바 있었어. 짐은 전투원들이 밤새도록 열심히 작업하도록 유도했어. 그리고 일정한 간격으로 큰불들을 설치해 비탈의 내리막을 온통 밝혔어. 〈하지만 이 위쪽에서는,〉 짐이 설명했어. 〈인양 작업반이 어둠 속에서 뛰어다녀야 했습니다.〉 정상에서 짐은 사람들이 비탈에서 개미처럼 부지런히 움직이며 일하는 모습을 보았어. 짐 자신도 그날 밤 다람쥐처럼 바쁘게 작업선 상을 오르내리며 지도와 격려와 감시를 계속했어. 늙은 도라민은 안락의자에 앉은 채 그 언덕을 올라갔지. 사람들이 도라민의 의자를 비탈의 평평한 곳에 내려놓았고, 그 노인은 큰불들의 불빛을 받으며 그곳에 앉아 있었어. 〈놀라운 노인이자 진정한 족장이었습니다.〉 짐이 말했어. 〈작고 매서운 눈을 부릅뜨고 있었고, 무릎에는 부싯돌 방아쇠가 장착된 커다란 권총 한 쌍을 가지고 있었죠. 흑단에 은 장식을 한 총이었는데, 발사 장치가 아름답고 총구는 옛날 나팔 총처럼 생긴 멋진 물건이었습니다. 선장님도 아시는 그 반지를 주고 스타인 씨에게서 받은 선물인 듯했습니다. 원래는 맥닐 소유였지요. 맥닐이 그 물건을 어떻게 손에 넣었는지 누가 알겠어요. 도라민은 그곳에서 마른 덤불을 태우는 불을 등지고 앉아 팔다리를 꿈쩍도 하지 않은 채 가만히 있었고, 많은 사람이 그 주위를 바쁘게 돌아다니며 고함을 치고 밧줄을 당겼습니다. 그때 도라민은 이 세상에서 가장 엄숙하고 당당한 노인네였습니다. 만약 셰리프 알리가 자신의 못된 부하들을 풀어 우리를 공격하고 제 운명을 짓밟았더라면, 도라민에게는 별 가망이 없었을 겁니다. 안 그렇습니까? 어쨌든 도라민은 무엇이든 잘못될 경우 죽을 각오로 그곳에 올라왔습니다. 실수를 하면 안 되는 상황이었죠! 맙소사! 도라민 노인이 그곳에서 바위처럼 있는 걸 본 저는 전율을 느꼈습니다. 하지만 샤리프는 우리가 미쳤다고 생각한 게 분명합니다. 그래서 우리가 어떻게 하는지 구태여 와서 확인하지 않았지요. 누구도 그 일이 성공하리라 믿지 않았습니다. 당연하죠! 그 일을 하느라 당기고 밀고 땀을 흘리던 녀석들조차 그 일이 성공할 거라고 믿지 않았을 겁니다!

맹세코, 저는 그 사람들이 믿지 않았다고 생각합니다……〉

짐은 연기가 피어오르는 파이프를 움켜쥐고 똑바로 서서 입술에 웃음을 머금었고, 소년 같은 눈을 반짝였어. 나는 짐 발치의 나무 그루터기에 앉아 있었고, 우리 아래로는 햇빛 속에서도 어둑해 보이며 바다처럼 일렁이는 광대한 숲이 펼쳐져 있었어. 강은 구불구불 흐르며 반짝였고, 마을의 집들은 회색 반점들로 보였는데, 곳곳의 빈터들은 계속 이어지는 시커먼 우듬지들 속에서 마치 조그만 빛의 섬처럼 보였어. 침침한 어둠이 이 광대하고 단조로운 풍경을 덮고 있었고, 빛은 심연 속을 비추듯이 그 위로 떨어졌어. 땅이 햇빛을 게걸스레 삼켰고, 오직 저 멀리 해안을 따라 엷은 아지랑이 속에서 매끈하게 반질거리던 텅 빈 바다만이 강철 벽 안에서 하늘을 향해 솟아 있는 듯했어.

그리고 나는 짐의 역사적인 봉우리 정상에서 햇빛을 받으며 짐과 함께 있었어. 짐은 숲과 영속하는 어둠과 오래된 인류를 지배했어. 짐은 대좌 위에 세워 놓은 인물상처럼 자신의 영원한 젊음, 힘, 그리고 어쩌면 이제 막 어둠 속에서 모습을 드러낸 영원히 늙지 않는 종족의 고결함까지도 대표했어. 어째서 짐이 내게는 늘 상징적으로만 보였는지 모르겠어. 아마도 그 점이 내가 짐의 운명에 관심을 가진 진짜 이유일 거야. 짐의 삶에 새로운 방향을 제공해 주었던 그 사건을 기억하는 것이 정확히 짐에게 공평한 일이 될 수 있을지는 잘 모르겠지만, 바로 그 순간 나는 아주 분명히 기억했어. 그건 빛 속의 그림자 같은 거였어.」

27

「짐이 초능력을 가졌다는 전설이 벌써 나돌았어. 맞아, 여러 개의 밧줄을 교묘하게 배치하고 여러 명이 힘을 써서 신기한 장치를 돌리니까 마치 산돼지가 주둥이로 덤불을 파헤치며 나아가듯, 대포가 하나씩 관목 숲을 가르며 천천히 올라갔다는 거야. 하지만……. 그리고 가장 지혜로운 사람들은 고개를 저었어. 그 일에는 분명 초자연적인 뭔가가 있었단 거지. 밧줄과 인간의 팔 힘만으로 어떻게 그럴 수 있느냐는 거야. 사물에는 반항적인 혼이 깃들어 있고, 그건 강력한 주문과 마법으로 극복해야 한다는 거지. 그래서 어느 날 저녁, 나는 파투산에서 아주 존경받는 가장인 수라 노인과 대화를 나누었어. 수라는 직업 주술사이기도 해서, 사물의 완강한 혼을 진정시킬 목적으로 사방 몇 마일에 걸쳐 모든 벼의 파종과 수확에 참여했어. 수라는 그걸 몹시 힘든 일이라고 여기는 듯했고, 어쩌면 사물의 혼이 인간의 혼보다 더 완강할 수도 있다고 했어. 외곽 마을의 순진한 사람들은 짐이 대포를 한꺼번에 두 개씩 짊어지고 언덕을 올라갔다고 믿었고, 실제로 그렇게 말했어(마치 세상에서 가장 자연스러운 일이라는 듯이 말이야).

이 말을 하자 짐은 짜증스럽게 발을 굴렀고, 분통이 터진다는 듯 잠깐 소리 내어 웃으며 외쳤어. 〈이런 바보 같은 놈들과 무슨 일을 할 수 있겠습니까? 그 사람들은 바보 같은 이야기를 하며 밤늦도록 자지 않는데, 허풍이 심하면 심할수록 더 좋아하는 듯하더군요.〉 짐이 이렇게 화를 내는 모습에서 나는 주위 환경이 그 친구에게 은근히 영향을 끼쳤다는 걸 확인했어. 짐은 또한 그런 식으로 그곳의 포로가 되어 있었어. 짐이 진지하게 부인하는 모습이 재미있었고, 그래서 마침내 나는 말했어. 〈이봐, 나까지 그걸 믿는다고 생각하진 마.〉 짐은 깜짝 놀라며 나를 바라보았어. 〈당연하죠! 그렇게 생각하지 않습니다.〉 그러고는 요란한 웃음을 터뜨렸어. 〈어쨌든 대포는 저곳으로 올라갔고, 해가 뜰 무렵 일제히 발사했습니다. 세상에! 파편들이 날아가는 광경을 보셨어야 하는데.〉 짐이 외쳤어. 짐 곁에서 조용히 웃음을 지으며 듣고 있던 데인 워리스가 눈을 감고 발을 살짝 뒤척였어. 대포 설치에 성공한 것이 짐의 편 사람들에게 자신감을 주었고, 그래서 짐은 예전에 전투 경험이 있는 나이 지긋한 부기스족 두 명에게 대포를 맡기고 골짜기로 가서 거기 숨어 있던 데인 워리스와 공격 부대에 합류했어. 오밤중이 되자 짐과 공격부대원들은 살금살금 언덕을 기어오르기 시작했고, 3분의 2 정도 올라간 뒤, 젖은 풀밭에 누워 해가 뜨길 기다렸어. 해 뜨는 게 미리 정해 둔 신호였거든. 짐은 내게 말하길, 새벽이 빠르게 다가오는 것을 지켜보며 마음이 무척 초조하고 힘들었대. 대포 운반 작업을 하고 언덕을 오르내리느라 몸이 뜨거워졌다가 이제는 싸늘한 이슬에 뼛속까지 차가워졌고, 전진할 시간이 되기 전에 자기 몸이 나뭇잎처럼 떨까 봐 몹시 겁났다더군. 〈제 일생에서 가장 느리게 지나간 30분이었습니다.〉 짐이 단언했어. 차츰 짐의 머리 위로 하늘을 등지고 조용한 방책이 보이기 시작했어. 비탈에 흩어져 있던 사람들은 검은 바위들과 물이 뚝뚝 떨어지는 관목 숲속에 웅크리고 있었어. 데인 워리스는 짐 곁에 납작 누워 있었지. 〈우리는 서로를 바라보았습니다.〉 짐이 자기 친구의 어깨에 부드럽게 손을 올리며 말했어. 〈데인 워리스는 제게 아주 활짝 웃어 보였고, 저는 몸이 발작적으로 떨릴까 봐 두려워서 차마 입을 열지 못했습니다. 이런, 정말입니다! 거기에 숨어 있는 동안 저는 엄청나게 땀을 흘렸습니다. 상상이 가실 겁니다······.〉 짐이 힘주어 말했어. 그리고 짐은 결과가 어떻게 될지는 두렵지 않았다고 했는데, 나는 그 말을 믿어. 짐은 오직 몸이 떨리는 것을 억제하지 못할까 봐 그것만 걱정했어. 그 결과에 대해서는 마음 쓰지 않았지. 짐은 무슨 일이 있어도 그 언덕의 정상까지 올라가서 머물 테니까. 돌아갈 수는 없었어. 사람들은 짐을 절대적으로 믿었지. 짐만을 믿었어! 짐이 말만 하면······.

이 대목에서 짐이 말을 멈추고 나를 응시하던 모습이 생생히 기억나. 〈제가 아는 한, 아직 그 사람들이 절 믿은 걸 후회할 일은 한 번도 없었습니다.〉 짐이 말했어. 〈한 번도요. 저는 앞으로도 결코 그럴 일이 없기를 하느님께 빌었습니다. 한편, 공교롭게도 그 사람들은 무슨 일을 하든 모든 일에서 제 말을 받아들이는 습성에 젖어 들었습니다. 이해하시겠습니까? 왜 그러는 걸까요? 며칠 전만 해도, 평생 처음 보는 사람이 한참 멀리 떨어진 곳에서 저를 찾아와 자기가 아내와 이혼해야 하는지 묻더군요. 사실이 어쩌고, 굳은 맹세가 저쩌고 장황하게 이야기를 늘어놓더군요. 제가 왜 이런 상황에 처하게 됐는지 영문을 모르겠더군요. 선장님은 이해되십니까? 베란다에 쭈그리고 앉아 베텔 열매를 씹으며 한 시간 넘도록 한숨을 짓거나 사방으로 침을 뱉고, 장의사처럼 뚱해 있다가 마침내 그 지독한 곤경이라는 걸 털어놓더군요. 그런 일은 보기보다 재미가 없습니다. 그 작자가 뭐라고 했는지 아십니까? 좋은 아내냐고 물었더니, 늙기는 했지만 좋은 아내라더군요. 그러고는 놋쇠 냄비들에 관해 주절주절 한참 이야기하더군요. 15년이랬나 20년이랬나, 기억은 안 나지만 아무튼 오랫동안 함께 살았다더군요. 아주 오래 같이 살았고, 좋은 아내이고, 아내가 젊었을 때는 좀 때리기도 했지만 많이는 아니고 아주 조금만 때렸다, 자기 체면 때문에 때렸다, 라고 하더군요. 그런데 그 여자가 늙더니 갑자기 친정 조카며느리에게 놋쇠 냄비를 세 개 빌려주고, 날마다 큰 목소리로 자기에게 욕을 하기 시작했대요. 그래서 그 사람은 사이가 안 좋은 이들에게 비웃음을 샀고, 체면이 말이 아니게 되었다는 거예요. 냄비는 찾아올 길이 없다네요. 그래서 상심이 말이 아닐 정도라고 하더군요. 그런 이야기는 도무지

종잡기가 어렵습니다. 그래서 저는 집에 돌아가 있으면 제가 찾아가서 문제를 해결해 주겠다고 말했습니다. 듣고 웃기는 쉬워도 해결하기는 여간 귀찮은 게 아니지요! 숲을 통과하는 데 하루가 걸렸고, 바보 같은 그 마을 사람 여러 명을 구슬려 그 사건의 진상을 파악하느라 또 하루가 걸렸습니다. 그 일로 유혈 사태가 벌어질 판이더군요. 멍청한 자식들은 하나같이 남편 아니면 아내 편을 들었고, 마을 사람들 절반은 뭐든 손에 잡히는 걸 들고 나머지 절반을 향해 덤벼들 태세였습니다. 정말입니다! 농담이 아닙니다! ······농작물을 돌보는 대신 그러고 있더군요. 물론 저는 그자에게 그 빌어먹을 냄비들을 찾아 주었고, 양쪽 모두 진정시켰습니다. 그걸 해결하는 건 어렵지 않았습니다. 당연히 어렵지 않았습니다. 이곳에서는 가장 무시무시한 싸움이라 해도 별 어려움 없이 해결할 수 있지요. 문제는, 진상을 파악하는 겁니다. 제가 양쪽에 공평했는지는 지금 이 순간에도 자신이 없습니다. 그게 걱정되었습니다. 그리고 그 이야기들! 맙소사! 도대체 두서가 없다니까요. 차라리 20피트 높이의 방책을 공격하는 쪽이 더 편할 것 같습니다. 훨씬 더요! 진상을 파악하고 일을 처리하는 것에 비하면 20피트 높이의 방책을 공격하는 건 아이들 장난이지요. 시간이 그렇게 오래 걸리지도 않고요. 네, 맞습니다, 전체적으로 보면 우스꽝스러운 소동이지요. 그 바보는 제 할아버지뻘 정도로 나이가 많아 보였습니다. 하지만 다른 관점에서 보면 마냥 웃기다고만 할 수는 없었습니다. 샤리프 알리를 쳐부순 뒤로는 제 말이 모든 것을 결정했습니다. 엄청난 책임감이 생긴 거죠.〉 짐이 반복해서 말했어. 〈농담은 그만두고, 진짜로, 녹슨 놋쇠 냄비 세 개가 아니라 세 명의 목숨이 걸려 있었다 할지라도 마찬가지였을 겁니다…….〉

짐은 자신이 전쟁에서 거둔 승리의 도덕적 효과를 그렇게 설명했어. 참으로 굉장한 효과였어. 그것은 짐을 반목에서 평화로 인도했고, 죽음을 거쳐 사람들의 가장 깊숙한 삶 속으로 들어가게 해주었으니까. 하지만 햇살 아래에서도, 땅에 퍼져 있는 어둑함은 헤아리기 어렵고 영원토록 평안한 모습을 그대로 간직했어. 짐의 싱싱하고 젊은 목소리가(짐은 피로한 기색이 거의 없다는 게 참으로 놀라웠어) 경쾌하게 공기 중을 떠돌다, 숲의 변하지 않는 표면 위로 퍼져 나갔어. 짐이 자기 몸의 한기를 어떻게 잘 통제할 것인가 말고는 세상에 아무런 걱정이 없던, 그 싸늘하고 이슬 맺힌 아침에 울린 대포 소리도 딱 그렇게 숲 위로 퍼져 나갔지. 움직이지 않는 우듬지를 따라 첫 햇살이 비스듬히 비추자, 육중한 포성과 함께 한쪽 언덕 정상에 하얀 연기구름이 화환처럼 둘러졌고, 맞은편 언덕 정상에서는 고함, 돌격의 함성, 분노와 경악과 고통의 비명이 터져 나왔어. 짐과 데인 워리스가 맨 먼저 말뚝에 도착했어. 소문에 따르면, 짐이 손가락 하나를 슬쩍 대기만 했는데 방책 게이트가 허물어졌다고 하더군. 물론 짐은 그런 일 없었다고 열심히 부인했어. 방책 전체가 부실한 상태였다고 열심히 설명했어(샤리프 알리는 그곳이 접근 불가능하다는 사실을 과신했어). 어쨌든 방책은 이미 다 허물어졌고, 어찌어찌 서로 엉겨 기적처럼 쓰러지지 않고 서 있는 상태였어. 그런 방책에 짐은 바보같이 어깨를 대고 힘껏 밀치는 바람에 안으로 곤두박질쳤어. 맙소사! 만약 데인 워리스가 없었다면, 얽은 얼굴에 문신한 망나니가 짐을 창으로 찔러 마치 스타인의 딱정벌레처럼 들보에 꿰어 놨을 거야. 세 번째로 들어간 사람은 짐의 하인인 탐 이탐인 듯해. 탐 이탐은 북쪽에서 온 말레이 이방인인데, 어찌어찌해서 파투산으로 흘러들어 왔고, 라자 알랑에게 붙잡혀 공용 보트 중 하나에서 노를 저었어. 탐 이탐은 도망칠 기회가 생기자마자 도망쳤고, 부기스 정착민들 사이에서 불안정한 피신 생활을 하다가(거의 굶다시피 했어) 짐을 따르게 되었어. 그 사람은 피부가 아주 검고, 얼굴은 밋밋하고, 툭 튀어나온 눈엔 분노의 기운이 감돌았어. 〈백인 주인〉에 대한 그 사람의 헌신에는 어딘지 과도하고 거의 광적인 구석이 있었어. 그 사람은 시무룩한 그림자처럼 짐에게 찰싹 붙어 다녔어. 공식 행사가 있으면 한 손은 단검 손잡이에 댄 채 자기 주인 뒤를 바짝 따라다녔고, 도끼눈으로 사람들을 노려보며 가까이 오지 못하게 했어. 짐은 그 사람을 자신이 이룬 질서 체제의 우두머리로 삼았고, 그래서 파투산의 모든 이는 그 사람을 영향력 있는 사람으로 존중하며 환심을 사려 했어. 그 방책을 무너뜨릴 때, 그 사람은 체계적이면서 포악하게 싸워 전투에서 큰 공을 세웠어. 공격 부대가 너무 빠르게 다가갔기 때문에 그곳 수비대는 공황 상태에 빠졌고, 짐의 말에 따르면 이랬어. 〈그 울타리 내부에서 5분 동안 열띤 백병전을 벌이던 중, 어떤 멍청이가 나뭇가지와 마른 풀로 지은 집에 불을 붙이는 바람에 우리는 걸음아 날 살려라 하며 도망 나오지 않을 수 없었습니다.〉

싸움은 상대의 완패로 끝난 듯해. 자신의 커다란 머리 위로 화약 연기가 천천히 퍼지는 가운데 언덕 비탈의 의자에서 꼼짝 않고 기다리던 도라민은 승전 소식을 듣고 낮은 목소리로 뭐라고 중얼거렸어. 그리고 자기 아들이 무사하며 추격전을 지휘하고 있다는 보고를 듣자 더는 소리를 내지 않고 일어서려 안간힘을 썼지. 시종들이 서둘러 도우러 와서 도라민을 경건히 일으켜 세웠고, 도라민은 아주 위엄 있게 발을 끌며 약간 그늘진 곳으로 들어가 눕더니 하얀 시트 한 장을 푹 뒤집어쓰고 잠들었어. 파투산에서는 사람들이 엄청나게 흥분했어. 짐이 내게 말하길, 잉걸불과 검은 재, 반쯤 타다 만 시체들이 있는 그 언덕의 방책에서 등을 돌리자 강 양쪽으로 집 사이 빈터들에 갑자기 사람들이 들끓다가 곧바로 텅 비는 모습이 여러 차례 보였다더군. 짐의 귀에는 아래에서 들려오는 엄청나게 큰 징소리와 북소리가 희미하게 들렸고, 군중의 거센 함성은 멀리서 희미하게 터지는 포효처럼 아런했대. 여러 장의 가느다란 장식 깃발들이 흰색, 빨간색, 노란색의 작은 새들처럼 갈색 지붕들 사이에서 펄럭였고, 〈자네는 분명히 그 광경을 즐겼겠군.〉 나는 짐이 느꼈을 감동을 희미하게나마 함께 느끼며 중얼거렸어.

〈그건…… 그건 대단했어요! 대단했어요!〉 짐이 두 팔을 활짝 펼치고 크게 외쳤어. 그 갑작스러운 동작에 나는 깜짝 놀랐어. 마치 햇빛을 향해, 그리고 음울한 숲과 견고부동한 바다를 향해 가슴속 비밀을 드러내는 짐의 모습을 본 것 같았기 때문이야. 우리 아래쪽 마을은 잠든 듯 보이는 강의 강둑들 위에서 완만히 곡선을 그리며 평화롭게 자리 잡고 있었어. 〈대단했어요!〉 짐은 같은 말을 세 번째 반복했고, 이번의 속삭임은 단지 자신을 위한 말이었어.

대단했을 거야! 대단했을 게 분명해. 성공시키겠다던 약속을 지켜냈고, 자신의 발이 디디고 설 땅도 정복했고, 사람들의 맹목적인 신뢰를 받았고, 자신에 대한 믿음도 불속에서 건져 냈으니. 그는 이 성취의 고독감까지 누리고 있었어. 내가 앞서 너희에게 경고했듯이, 이 모든 대단함을 이야기로는 제대로 전달할 수가 없어. 짐이 처한 절대적이고 철저한 고립에 대한 인상을 너희에게 말로 오롯이 전달하는 건 불가능해. 물론 그곳에서 인종으로 보든 어떤 면으로 보든 짐이 남들과 너무나 다른 부류였다는 건 나도 알아. 하지만 짐의 천성에 존재하는 뜻밖의 면들 때문에 짐은 주위 환경과 지나치게 밀접한 관계를 갖게 되었고, 그래서 이 고립은 오로지 짐의 능력의 결과로 보였던 거야. 고립은 짐의 위상을 더 높여 주었어. 짐 주위에는 짐과 비교될 만한 게 아무것도 없었거든. 얼마나 명성이 높은지로만 평가할 수 있는, 그런 예외적 인간처럼 보였달까. 그리고 기억해야 할 건, 사방으로 여러 날 걸려서야 갈 수 있는 지역 안에서 짐의 명성이 가장 높았다는 거야. 그 명성, 그 목소리가 들리는 범위를 벗어나려면 오랫동안 지겹게 노를 젓고, 삿대질을 하고, 오솔길을 걸어야 했어. 그 목소리는 우리 모두가 아는 품위 없는 여신의 나팔 소리처럼 귀에 거슬리거나 뻔뻔하지 않았어. 그 목소리는 과거가 없는 땅, 날마다 짐의 말이 진리로 통하는 그 땅의 정적과 어둠에서 음색을 얻었어. 또한 그 목소리는 그 정적의 성질을 어느 정도 공유했고, 그 공유를 통해 아무도 가본 적 없는 깊은 오지까지 우리와 동행했고, 우리 곁에서 끊임없이 들리고 스며들고 멀리 뻗어 나갔고, 그것을 속삭이는 사람들의 입술 위에서 경탄과 신비로움의 기운을 더했어.」

28

「패배한 샤리프 알리는 더는 버티지 않고 그 나라에서 도망쳤고, 그동안 비참하게 쫓겨 다니던 마을 사람들은 숲에서 기어 나와 무너져 가는 자기 집으로 돌아오기 시작했어. 그때 데인 워리스와 상의해 촌장들을 임명한 이가 짐이었어. 그렇게 해서 짐은 그 땅의 사실상 지배자가 되었어. 툰쿠 알랑 노인으로 말하자면, 처음에 그 노인은 끝도 없이 두려워했어. 들리는 바에 따르면, 짐이 그 언덕을 성공적으로 공략했다는 보고를 받자 그자는 자기 접견실의 대나무 바닥에 엎드려 하루 밤낮을 꼼짝 않고 숨죽인 소리로 중얼거렸는데, 그 소리가 너무 끔찍해서 그자가 엎드린 곳에서 창 한 자루이내 거리에는 감히 그 누구도 접근하지 않았다더군. 이미 그자의 머릿속엔 파투산에서 불명예스럽게 쫓겨난 뒤의 미래가 그려지고 있었어. 버림받고 아편도 없고 아내도 없고 추종자도 없이 방랑하다가 처음 마주친 도전자에게 좋은 사냥감이 되어 살해될 신세였지. 샤리프 알리 다음에는 자기 차례일 텐데, 그런 악마 같은 자가 이끄는 공격을 누가 버텨 낼 수 있겠어? 사실 내가 파투산에 갔을 때, 그자가 여전히 목숨과 권위를 유지하고 있던 건 오직 공정성에 대한 짐의 견해 덕분이었어. 부기스족은 옛 원한을 갚고 싶어 무척이나 안달이었고, 감정이 없어 보이는 도라민 노인도 자기 아들이 파투산의 통치자가 되는 것을 보았으면 하는 소망을 품었어. 우리가 만난 자리에서도 도라민은 그 은밀한 야망을 일부러 나에게 드러냈어. 세상의 그 무엇도 도라민이 화제에 접근하는 그 위엄 있고 신중한 방식보다 더 우아할 순 없을 거야. 도라민은, 자신이 젊은 시절에 힘깨나 썼지만 이제는 늙고 지쳤다는 말부터 꺼냈어……. 그 덩치 큰 사람이 작고 거만한 눈으로 무언가 캐내려는 듯 기민한 시선을 던지는 모습을 보면, 그 누구라도 노회한 코끼리를 떠올리지 않을 수 없었어. 그 사람의 넓은 가슴은 느리긴 해도 잔잔한 바다가 굽이치듯 힘차고 규칙적으로 오르내렸어. 도라민 역시 투안 짐의 지혜에 무한한 신뢰를 보낸다고 주장하더군. 그러면서 약조 하나만 받아 낼 수 있으면 좋겠다는 거야! 단 한 마디면 족하다고 강조하더군! ……숨소리 중간중간 들리는 나직한 불만의 목소리는 힘이 빠져 버린 뇌우의 마지막 안간힘을 연상시켰어.

　나는 화제를 돌리려 애썼어. 하지만 짐에게 권력이 있는 게 분명했기에, 그렇게 하기 어려웠어. 짐의 새 영토에서 짐은 뭐든 원하는 대로 가지거나 줄 수 있어 보였거든. 하지만 다시 말하는데, 도라민의 이야기에 귀를 기울이는 척하는 동안, 나는 짐이 자기 운명을 지배할 수 있는 단계에 아주 근접한 것처럼 보인다는 생각을 하게 되었고, 그런 생각에 비하면 짐의 권력은 별것 아니었어. 도라민은 자기 나라의 미래를 걱정했고, 그다음에 이어진 도라민의 말에 나는 깜짝 놀랐어. 땅은 신이 만든 대로 남아 있지만 백인은 왔다가 얼마 뒤 떠난다고 말하더군. 백인들은 떠난다는 거지. 그러면 버림받은 사람들은 백인들이 언제 돌아올지 알지 못한다는 거야. 백인들은 자기 나라로, 자기 사람들에게 돌아가니, 지금 이 백인도 돌아가지 않겠느냐는 거야…… . 나는 뭐에 홀려 그렇게 말했는지 모르겠지만, 이 부분에서 힘차게 〈아니요, 아닙니다〉라고 말했어. 이런 내 경솔한 발언이 어느 정도 효과가 있었는지는 도라민이 내 쪽으로 얼굴을 휙 돌렸을 때 명백해졌어. 도라민은 거대한 갈색 가면처럼 거칠고 깊은 주름 속에 고정되어 변하지 않는 표정으로 그거 정말 좋은 소식이라고 생각에 잠겨 말했고, 왜 그렇게 생각하는지 알고 싶어 했어.

내 다른 쪽 옆에는 모성애 많은 작은 마녀 같은 느낌을 주는 도라민의 아내가 앉아 있었는데, 머리에 뭔가 쓰고 두 발을 깔고 앉은 자세로 거대한 덧창 구멍을 응시했어. 내가 볼 수 있는 건 삐져나온 흰 머리카락과 높은 광대뼈, 뭔가 질겅질겅 씹고 있는 뾰족한 턱뿐이었어. 언덕들이 있는 곳까지 쭉 펼쳐진 광대한 숲에 시선을 고정한 채, 그 여자는 불쌍하다는 듯한 목소리로, 무슨 이유에서 짐 같은 젊은이가 고국을 떠나 이렇게 멀리 와서 온갖 위험을 겪는 거냐고 내게 물었어. 고국에 가정도 친척도 없느냐, 아들의 얼굴을 언제까지나 기억할 늙은 어머니도 없느냐고 물었어…… .

나는 그 질문에 전혀 준비되어 있지 않았어. 나는 그냥 중얼거리며 모호하게 고개만 저었어. 나중에 그 곤경에서 벗어나려 애쓰느라 내가 아주 딱한 모습을 보였다는 사실을 깨달았어. 하지만 그 순간 늙은 나코다는 말이 없어졌어. 도라민은 별로 기분이 좋지 않아 보였어. 내가 생각할 거리를 제공한 게 분명했어. 참으로 이상하게도, 바로 그날(내가 파투산에서 보낸 마지막 날이었어) 나는 짐의 운명에 대한, 대답할 수 없는 그 물음에 다시 한번 직면한 거야. 그리고 이런 이야기를 하니 짐의 사랑 이야기를 안 할 수가 없군.

아마도 너희는 그 이야기를 혼자서도 상상 가능한 그런 이야기라고 생각할 거야. 그런 이야기는 워낙에 많이 들어 봤고, 우리 대부분은 이런 걸 사랑 이야기라고 여기지 않아. 대체로 우리는 이런 걸 우연한 기회와 관련된 이야기로 여기지. 기껏해야 열정에 관한 에피소드로 보거나 겨우 청춘과 유혹의 에피소드 정도에 불과해 혹시 애정과 회한이라는 현실을 거친다 해도 결국은 잊히고 말 이야기라고 생각하지. 이런 견해는 대체로 옳고, 어쩌면 이 경우도 그럴지 몰라……. 하지만 모르겠어. 이 이야기를 하는 건 생각처럼 쉽지 않아. 정상적인 관점으로 얘기하는 게 적절하다면 말이지. 겉으로 보기에, 이 이야기는 다른 이야기들과 아주 비슷해. 하지만 내겐 이야기 뒤편에 우울한 여인이 한 명 보여. 외로운 무덤에 묻힌 채 입술을 꾹 다물고 미련이 남은 눈으로 무력하게 바라만 보고 있는, 잔인한 지혜의 유령이지. 나는 이른 아침에 산책을 나갔다가 그 무덤을 발견했어. 이 갈색 무덤은 형태는 볼품없었지만, 아래쪽에 하얀 산호 덩어리들을 박아 깔끔하게 경계를 만들었고, 주위에는 묘목을 껍질째 쪼개서 만든 둥그런 울타리가 있었어. 가느다란 기둥들 꼭대기에는 잎과 꽃으로 만든 화환이 엮여 있었지. 꽃들은 모두 싱싱했어.

그래서 그 유령이 내 상상력의 산물이든 아니든 간에, 여하튼 나는 그 잊히지 않은 무덤에 관한 의미심장한 사실을 언제든 지적할 수 있어. 게다가 그 소박한 울타리를 짐이 손수 만들었다는 사실을 들으면, 너희는 대번에 이 이야기의 특색을, 개성을 알아차릴 거야. 짐은 다른 사람의 것인 기억과 애정을 자기 것처럼 여기며 아끼곤 했는데, 그건 짐만의 독특한 진지함이라고 할 수 있지. 그리고 짐에겐 도덕심도 있었는데, 매우 낭만적인 도덕심이었어. 그 고약한 코닐리어스의 아내에게는 평생토록 딸이 친구이자 속내를 털어놓을 수 있는 유일한 사람이었어. 그 여인이 딸의 생부와 헤어진 뒤 어떻게 그 조그만 말라카 출신 포르투갈 사람과 재혼했는지, 그리고 그 생부와의 헤어짐이, 더러는 자비로운 죽음에 의한 것인지 아니면 무자비한 관습의 압력 때문인지는 나도 몰라. (아주 많은 이야기를 아는) 스타인이 내게 들려준 얼마 안 되는 내용으로 미루어 볼 때, 나는 그 여인이 범상하지 않았다고 확신해. 그 여인의 부친은 백인 고관이었어. 뛰어난 재주를 타고났지만 자기가 거둔 성공을 소중히 지킬 만큼 우둔하지 못해 결국 출세길이 꺾이는 경우가 많은 그런 부류의 사람이었어. 그 여인 역시 자신을 구해 줄 우둔함이 부족했던 게 분명해. 그래서 그 여인의 일생도 파투산에서 끝난 거야. 우리 인간의 공통적인 운명은…… 이 세상에서 진실로 지각 있는 사람치고, 생명보다 소중한 누군가 혹은 무언가에게 완전히 소유되었다 버려진 기억이 막연하게라도 없는 이가 있을까? ……우리 인간의 공통적인 운명은 여자들에게 특히 잔인하게 달라붙어 있어. 운명은 주인이 노예를 처벌하듯 처벌하진 않지만, 달랠 수 없는 은밀한 원한을 갚으려는 듯 꾸준히 고통을 줘. 이 세상을 지배하도록 뽑힌 운명이, 세속적 조심성이라는 속박을 끊고 일어서는 데 거의 성공한 사람들에게 복수하려는 것 아닌가 싶기도 해. 왜냐하면 이따금 자기 사랑 속에 뭔가, 즉 공포나 초현세적 느낌을 줄 정도로 뚜렷한 요소를 집어넣을 수 있는 건 여자들뿐이거든. 이 세계가 여자들에게는 어떻게 보일지, 그리고 여자들이 보는 세계에도 우리 남자들이 아는 형상과 내용과 우리 남자들이 숨 쉬는 공기가 있는지 궁금해! 가끔 나는 그 세계가 분명 여자들의 모험심 가득한 영혼의 흥분으로 들끓고, 모든 가능한 위험과 자제라는 영광으로 불 밝혀지는, 불합리한 숭고함의 영역일 거라는 생각도 해. 나는 이 세상에 많은 사람이 살고 남녀의 수가 같다는 사실을 잘 알지만, 그럼에도 여자의 수가 아주 적다고 생각해. 하지만 그 딸이 여자인 것과 마찬가지로 그 어머니도 여자였던 건 확실해. 나는 그 둘을 마음속으로 그려 보지 않을 수 없었어. 처음에는 젊은 여자와 아이였고, 나중에는 나이 든 여자와 아가씨인 두 사람, 쏙 빼닮은 모습, 홀쩍 지나간 시간, 숲이란 장벽, 둘의 외로운 삶을 둘러싼 고립과 격동, 둘이 나눈, 슬픈 의미로 젖은 한 마디 한 마디를 말이야. 모녀는 속마음을 털어놓았을 거고, 내 생각에, 대화 내용은 사실에 대한 것보다 내면의 감정, 후회, 두려움, 경고에 대한 것이었음에 의심의 여지가 없어. 어머니가 죽은 뒤에야 딸은 그 경고의 의미를 오롯이 이해하게 되었고, 바로 그때 짐이 나타난 거야. 나는 그때 그 딸이 많은 것을 이해했다고 믿지만, 전부는 아니었을 거고, 대체로 두려움만 알게 된 듯해. 짐은 보석처럼 귀하다는 의미에서 그 아가씨를 〈주얼 *jewel*〉이라고 불렀어. 예쁜 이름이지? 하지만 짐은 뭐든 할 수 있었어. 짐은 자신의 불행을 감당할 능력이 있었던 것과 같이, 자신의 행운을 감당할 능력도 있었어. 짐은 그 아가씨를 주얼이라고 불렀어. 그리고 마치 결혼한 사이에서 상대를 〈제인〉이라 부를 때처럼 편안하고 평화롭게 그 아가씨를 주얼이라고 불렀어. 내가 그 이름을 처음 들은 건 짐의 뜰에 도착하고 고작 10분 정도 지났을 때였어. 짐은 거의 내 팔을 뽑을 것처럼 악수를 하고 계단을 뛰어 올라가 무거운 처마 아래 문 앞에서 즐거운 소년처럼 소란을 피우기 시작했어. 〈주얼! 오! 주얼, 어서! 여기 내 친구가 왔어요.〉 ……그리고 침침한 베란다에서 갑자기 나를 응시하더니, 〈뭐, 이게, 실없는 짓이 아니고요, 제가 그 사람에게 너무나 큰 빚을 지며 살 거든요, 그래서, 그러니까, 아시겠지요, 저는, 정확히 말해서, 그게 마치……〉라고 진지하게 중얼거렸어. 짐의 급하고도 애타는 속삭임은, 집 안에서 하얀 형체가 경쾌하게 움직이며 희미한 외침을 토하는 바람에 중단되었어. 그리고 어린아이 같지만 활기차고 이목구비가 고운 작은 얼굴이 깊이 있고 세심한 눈길로, 마치 깊숙한 둥지에서

383

새가 밖을 내다보듯, 어둑어둑한 집 안에서 밖을 훔쳐보더 군. 당연히 나는 그 이름에 깊은 인상을 받았어. 하지만 나중 에야 내가 그곳으로 오던 중 파투산강에서 남쪽으로 230마 일 떨어진 해변의 어느 작은 마을에서 들었던 놀라운 소문과 그 이름을 연결지어 생각하게 됐어. 내가 타고 가던 스타인 의 스쿠너선은 농수산물을 수집하기 위해 그곳에 들렀는데, 해안으로 다가가면서 그 보잘것없는 지역에 3급 외교관 대 리보 한 명이 있다는 사실을 알고 나는 아주 놀랐어. 그자는 덩치가 크고 뚱뚱하고 기름기가 번지르르한 혼혈인으로, 눈 을 계속 깜박거렸고, 뒤집힌 입술이 번들거렸어. 내가 갔을 때 그 사람은 등나무 의자에 몸을 펴고 누워 있었는데, 볼썽 사납게 단추를 끄른 채 뜨끈뜨끈한 머리 위에는 커다란 녹색 잎을 한 장 덮고, 또 한 장은 손에 쥐고 부채 삼아 느긋하게 흔들고 있었어……. 파투산으로 간다고요? 아, 그렇군요. 스 타인의 무역 회사랬더니, 안다더군. 허가를 받았다고 하니, 그건 자기 알 바 아니라나. 이제는 그곳도 그리 나쁘지 않다 고 심드렁하게 말하더니 느릿느릿한 말투로 계속 말했어. 〈듣자 하니 떠돌이 백인 한 명이 그곳에 흘러들어 왔다던데 요……. 그래요? 뭐라고요? 친구라고요? 그렇군요! ……그렇 다면 그곳에 *verdomde*(악당) 하나가 있다는 게 사실이었군 요. 무슨 속셈이랍니까? 악당이 자기 있을 곳을 찾아간 건가 요? 제가 지금까진 확신이 없었거든요. 파투산이라는 곳은 자기들끼리 목이나 그어 대는 곳이니까요. 뭐, 우리가 상관 할 바는 아니지만요.〉 그자는 하던 말을 멈추고 신음을 내뱉었어. 〈쳇! 맙소사! 덥군요! 더워요! 그렇다면, 뭐, 그 이야기에도 근거가 있겠군요. 그리고……〉 그자는 한 눈으로 나를 노려보며 짐승처럼 번들거리는 다른 눈을 감았어(눈꺼풀이 계속 떨렸지). 〈보십시오.〉 그자가 종잡을 수 없는 말을 하더군. 〈만약에, 아시겠어요? 만약에 그 녀석이 아주 좋은 물건을 손에 넣었다면, 녹색 유리 조각 같은 것 말고요, 아시겠어요? 저는 정부 관리니까, 그 악당 녀석에게 말을 해주시면……. 네? 뭐라고요? 친구라고요?〉 ……그자는 계속 의자에서 평화롭게 빈둥거렸어……. 〈그렇게 말하시는데, 그게 바로 문젭니다. 그리고 제가 기꺼이 힌트를 드리지요. 선장님도 그 일에서 뭔가 얻길 바라시겠죠? 방해하지 마십시오. 그 친구에게 제가 그 이야기를 들어 알고 있다고만 말하십시오. 하지만 정부에는 아직 아무런 보고도 하지 않았다고요. 아직은 안 했다고요. 아시겠습니까? 뭐 하러 보고한답니까? 안 그렇습니까? 그 나라 사람들이 살려서 보내거든 저를 찾아오라고 하십시오. 그자는 몸조심하는 게 좋을 겁니다. 안 그렇습니까? 아무런 질문도 하지 않겠노라고 약속합니다. 은밀하게 처리하겠다고요. 이해하시겠습니까? 선장님에게도 약간 챙겨 드리겠습니다. 수고한 대가로 약간의 수수료를 드리겠다고요. 방해하지 마세요. 저는 정부 관리지만 보고하지 않겠습니다. 이건 사업입니다. 아시겠습니까? 저는 값진 물건을 사는 좋은 사람들을 알고 있고, 그 사람들은 그 녀석이 평생 만져 본 것보다 더 많은 돈을 그 녀석에게 줄 수 있습니다. 저는 그 녀석 같은 부류가 어떤지 잘 압니다.〉 뜻밖의 말에 어리둥절해진 내가 그자를 굽어보며 미친 건지 취한 건지 가늠하는 동안, 그자는 두 눈을 뜨고 나를 빤히 바라보았어. 그자는 땀을 흘리고 헐떡이고 가볍게 신음하고 몸을 긁어 댔는데, 그 모습이 너무나 끔찍할 정도로 침착해서 나는 내 궁금증을 해결할 만큼 오랫동안 그 꼴을 지켜볼 수가 없었어. 이튿날, 그곳의 작은 원주민 궁전 사람들과 이야기를 나누며 시간을 보내다 그곳 해안을 따라 어떤 소문 하나가 천천히 퍼져 나가고 있다는 것을 알게 되었어. 파투산의 어떤 정체불명의 백인이 값을 매길 수 없을 정도로 귀중한 보석을, 그러니까 엄청나게 큰 에메랄드를 하나 손에 넣었다는 거였어. 동양 사람들은 통념상 다른 어떤 보석보다 에메랄드를 가장 가치 있다고 여기는 듯해. 그 백인은 자신의 놀라운 힘과 잔꾀를 이용해 어느 먼 나라 지배자에게서 그 보석을 획득한 뒤 곧장 그곳에서 달아났고, 엄청난 고생을 하며 파투산에 도착한 다음, 지독히 포악하게 굴어 주민들에게 겁을 주고 있으며, 그 무엇도 그자의 포악함을 누를 수 없다는 거였어. 나에게 정보를 제공해 준 사람 대부분은 그 보석이 아마도 불행을 가져올 거라고 생각했어. 마치 예전에 수카다나의 술탄이 가지고 있던 그 유명한 보석이 그 나라에 여러 차례 전쟁과 엄청난 재앙을 불러왔던 것처럼 말이야. 어쩌면 그 백인의 보석이 바로 그 보석일지도 모른다고 했어. 사실 엄청나게 큰 에메랄드에 대한 소문은 백인들이 말레이 제도에 처음 도착했을 때부터 있어 왔어. 그 소문에 대한 믿음이 너무나 끈질겨 거의 40년 전에는 네덜란드 정부가 공식적으로 그 소문의 진상을 조사하기까지 했어. 짐과 관련된 이 놀라운 헛소문의 대부분을 나는 어떤 늙은이에게서 들었는데, 그곳의 작고 보잘것없는 라자 밑에서 일종의 필경사 노릇을 하는 이였어. 여하튼 그 사람이 그 시력 나쁜 침침한 눈을 내 쪽으로 치켜뜨며(나에 대한 경의의 표시로 그 사람은 오두막의 바닥에 앉아 있었어) 말하길, 그런 보석은 여자의 몸에 숨겨야 가장 안전하게 보관할 수 있다더군. 하지만 모든 여자가 그렇게 할 수 있진 않다는 거야. 그러려면 젊은 여자여야 하고, 이 대목에서 그 사람은 깊게 한숨을 쉬었어, 사랑의 유혹에 무감각해야 한다는 거지. 그 사람은 그런 여자가 있을 수 없다는 듯이 회의적으로 고개를 저었지만, 그러면서도 그런 여자가 진짜로 존재하는 것 같다고 말했어. 자신이 듣기로, 그 백인이 굉장히 대우하고 보살피는 키 큰 아가씨가 한 명 있는데, 누군가 동반하지 않고는 집에서 나오는 일이 없을 정도라는 거야. 사람들은 그 백인이 거의 날마다 그 아가씨와 함께 있더라고 했고, 둘은 터놓고 나란히 걸어다녔는데, 그 백인이 그 아가씨의 팔을 끼고 옆구리에, 아주 이상한 방식으로, 이렇게, 딱 붙이고 다녔다는 거야. 사람이 그런 행동을 하는 건 이상한 일이기에, 그 소문은 거짓일 수도 있다고 그 사람은 시인했어. 하지만 그 여자가 가슴에 그 백인의 보석을 숨기고 다니는 것만은 의심할 수 없다고 하더군.」

29

　「이게 짐 부부의 저녁 산책에 관한 추측이었어. 나는 그 산책에 세 번째 사람으로 몇 번 참여했고, 그때마다 코닐리어스가 불쾌했어. 그자는 자신의 법적 부권을 침해당했다고 생각했고, 근처에서 어슬렁거리며 마치 늘 이를 갈기 직전인 듯 특유의 방식으로 입술을 씰룩였어. 하지만 너희도 알아차렸는지 모르겠지만, 전신 케이블과 우편선 항로가 끝나는 지점에서도 3백 마일이나 떨어진 곳에서는 우리 문명의 초라한 공리적 거짓말들이 시들어 사라지고, 그 자리에 상상력이, 예술 작품처럼 무익하지만 종종 매력을 지니며 더러는 깊은 진실을 숨긴 상상력이 대신 들어서게 되지. 연애가 짐을 콕 집어 자기 것으로 삼았고, 바로 그것이 이 이야기의 참된 부분이야. 그렇지 않다면 이 이야기는 전적으로 잘못된 거지. 짐은 자기 보석을 숨기지 않았어. 사실 짐은 그 보석을 매우 자랑스러워했어.

　지금 생각해 보니, 나는 그 아가씨를 제대로 본 적이 거의 없었어. 내가 가장 잘 기억하는 부분은, 얼굴색이 고르게 창백한 올리브색이었다는 것과, 예쁜 머리통에 조그만 진홍색 모자를 뒤로 많이 젖혀 썼는데 모자 아래로 풍성하게 흘러내린 머리카락이 아주 새까맣고 윤기가 흘렀다는 거야. 그 아가씨의 동작은 자유롭고 자신감이 있었으며, 부끄러울 때면 얼굴이 암적색으로 바뀌었어. 짐과 내가 이야기를 나누고 있을 때면, 그 아가씨는 주위를 오가며 빠르게 우리를 힐끔거리곤 했는데, 그때마다 그 아가씨에게선 우아함과 매력과 확실하게 경계하는 기운이 느껴졌어. 그 아가씨의 태도에는 수줍음과 대담함이 기이하게 섞여 있었어. 예쁜 웃음을 지을 때면 언제나 곧이어 말없이 억누른 불안함의 기색이 뒤따랐는데, 마치 어떤 끝나지 않을 위험에 대한 기억에 쫓겨 도망치는 듯했어. 때때로 우리와 함께 앉아 있을 때면 작은 주먹으로 부드러운 뺨을 받치고 우리 이야기에 귀를 기울였어. 그리고 우리 입에서 나오는 단어 하나하나가 눈으로 볼 수 있는 형상을 지니고 있다는 듯이, 크고 맑은 두 눈을 우리 입술에서 떼지 않았어. 어머니에게서 읽고 쓰기를 배웠고, 짐에게서도 영어를 꽤 배웠는데, 짐의 소년티 나는 빠른 억양을 배워 아주 즐거운 어조로 말했어. 그리고 그 아가씨의 다정함은 마치 퍼덕이는 날개처럼 짐의 머리 위를 선회했어. 하도 짐만 바라보며 살다 보니 그 아가씨는 외모까지도 짐을 닮아 갔고, 팔을 펴고 고개를 돌리고, 시선을 돌리는 방식마저 짐을 생각나게 하는 데가 있었어. 그 아가씨의 경계심 어린 애정은 너무나 강렬해서, 우리는 거의 오감으로 그걸 느낄 정도였어. 실제로 그 애정은 주위의 공간에 존재하며 독특한 향기처럼 짐을 감싸고, 나지막하게 진동하는 열정적인 음처럼 햇빛 속에 자리 잡고 있는 듯했어. 너희는 나 역시 낭만적이라고 생각하겠지만, 그건 오해야. 나는 내가 어쩌다 마주친 어떤 청춘의 모습과 기이하고 불안정한 연애에 대해 내가 받은 인상을 차분하게 이야기해 주는 것뿐이야. 나는 짐의, 뭐랄까, 행운이 성취한 결과를 흥미롭게 관찰했어. 짐은 질투심 어린 사랑을 받았지만, 그 아가씨가 무엇을 왜 질투했는지는 나도 몰라. 땅과 사람들과 숲은 그 아가씨의 공범자가 되어 한마음으로 경계심을 보이며, 격리와 신비로움과 불굴의 소유심으로 짐을 지켰어. 즉 호소의 여지가 없었어. 짐은 자신의 권력이라는 바로 그 자유 속에 갇혔고, 그 아가씨는 짐을 위해서라면 자기 머리를 발판으로 내줄 준비까지 되어 있었지만, 한편 자기 남자가 마치 간수하기 어려운 존재인 것처럼 완강하게 지켰어. 우리가 외출할 때면 아까 말한 탐 이탐이 잔혹한 술탄의 근위병처럼 (짐의 권총 말고도) 단검과 도끼와 창으로 무장하고는 머리를 빳빳이 들고 백인 주인의 뒤를 따라다녔는데, 심지어 탐 이탐까지도 타협할 줄 모르는 보호자의 기운을 풍겼고, 자기 포로를 지키기 위해서라면 목숨까지 버릴 준비가 된 무뚝뚝하고 헌신적인 간수처럼 보였어. 우리가 밤늦도록 자지 않고 함께 있을 때면, 탐 이탐의 말 없고 희미한 형체가 발소리도 없이 베란다 아래를 지나가고 또 지나갔으며, 어떤 때는 내가 머리를 들면 뜻밖에도 그늘 속에 꼿꼿이 서 있는 모습이 보이곤 했어. 대체로 그 사람은 어느 정도 시간이 흐른 뒤 아무 소리도 없이 사라지곤 했어. 하지만 우리가 일어서면 그 사람은 마치 땅에서 솟아난 듯 우리 곁에 나타나 짐이 내리는 그 어떤 명령이건 수행할 준비가 되어 있었어. 그 아가씨 또한 우리가 잠자리에 들기 위해 헤어질 때까지 절대 자지 않았다고 나는 생각해. 내 방 창문을 통해, 그 아가씨와 짐이 조용히 함께 나와서 거친 난간에 기댄 모습을 몇 번 봤어. 하얀 두 형체는 아주 가까이 서 있었는데, 짐의 팔이 그 아가씨의 허리를 감았고, 그 아가씨의 머리는 짐의 어깨에 놓여 있었어. 둘의 부드러운 속삭임은 밤의 정적 속에서 조용하고도 슬픈 가락이 되어 아련히 들렸는데, 마치 한 명이 두 가지 어조로 말하는 자기반성의 목소리 같았어. 나중에 모기장 속 침대 위에서 몸을 뒤척이고 있을 때면, 나는 가벼운 삐걱거림, 희미한 숨소리, 조심스러운 헛기침 소리를 어김없이 들을 수 있었고, 그 소리들을 통해 탐 이탐이 그때까지도 서성이고 있다는 걸 알았어. (백인 주인이 베푼 호의로) 탐 이탐은 경내에 집이 있었고, 아내도 〈취했고〉, 최근에는 아이까지 얻는 축복을 누렸지만, 어쨌든 내가 그곳에 머무는 동안에는 밤마다 베란다에서 잤다고 생각해. 이 충실하고 섬뜩한 하인에게 말을 시키기란 아주 어려웠어. 심지어 짐조차 왜 말이 없느냐고 따져야 겨우 툭하고 던지듯 내뱉는 짧은 대답을 얻어 내는 게 고작이었어. 그 사람은 말하는 것은 자기와 관계없는 일이라고 은근히 내비치는 듯했어. 탐 이탐이 한 자발적 발언 중 내가 들은 가장 긴 것은, 어느 날 아침 갑자기 뜰 쪽으로 팔을 펼치고 코닐리어스를 가리키면서 〈여기 예수쟁이가

오는군요〉라고 한 거였어. 내가 마침 옆에 서 있긴 했지만, 그 사람이 내게 한 말이라고는 생각하지 않아. 그 사람의 목적은 온 우주의 분노 어린 주의를 불러일으키는 데 있는 것 같았어. 이어서 개[30]와 구운 고기 냄새에 대해 뭐라고 중얼거리는 소리가 들렸는데, 이상하게도 내 귀에는 아주 적절한 표현으로 들렸어. 커다란 정사각형 뜰에는 뜨거운 햇볕이 이글거렸고, 코닐리어스는 강렬한 빛 속에서 슬그머니긴 해도 눈에 보이게 뜰을 가로질러 오고 있는데도 참으로 묘하게 왠지 몰래 다가오는 듯한 느낌을 주었어. 그자는 입맛 떨어지게 하는 모든 것을 생각나게 하는 인물이었어. 그자가 느릿느릿 힘겹게 걷는 모습은, 혐오스러운 딱정벌레가 다리를 끔찍스러울 정도로 열심히 움직이지만 몸은 미끄러지듯 기어오는 것과 닮았어. 그자는 본인 생각엔 가려는 곳을 향해 똑바로 걸었지만, 한쪽 어깨가 앞으로 기울어져 있어 남들 눈에는 사선으로 걷는 듯이 보였어. 그자는 냄새라도 뒤쫓듯 헛간들 사이를 천천히 돈다거나, 몰래 위쪽을 힐끗거리며 베란다 앞을 지난다든가, 오두막 모퉁이를 돌아 느긋하게 사라지는 일이 자주 있었어. 코닐리어스는 짐에게 치명타가 됐을 수도 있는 어떤 사건에서 (아무리 줄여 말해도) 아주 수상한 역할을 한 적이 있기 때문에, 그자가 그곳에서 거리낌 없이 다니는 듯 보였다는 것은 짐이 어처구니없이 부주의하거나 짐이 그자를 한없이 경멸한다는 뜻이었어. 사실 바로 그 점이 짐

---

30 일부 이슬람 문화에서 개는 불결해 피해야 할 동물이었기에 악령의 매개체로 여겨졌다.

의 영광을 높여 주었어. 그러나 그곳에서는 모든 것이 짐의 영광을 높여 주었지. 하지만 한때 자기 목숨에 대해 지나치게 마음을 썼던 짐이 이제는 마치 불사신처럼 보인다는 사실이야말로 짐이 누리는 행운의 아이러니였어.

짐은 도착한 뒤 얼마 지나지 않아 도라민의 집을 떠났다는 사실을 말해 둘게. 사실 짐의 안전을 고려하면 너무 일찍 떠난 셈인데, 물론 전쟁이 있기 오래전 일이었어. 이 점에서 짐에게 동기로 작용한 건 의무감이었어. 자신은 스타인의 사업을 돌봐야 했다고, 그렇지 않으냐고 말하더군. 그 목적을 위해, 짐은 자기 몸의 안전은 완전히 무시하고 강을 건너 코닐리어스의 집에 거처를 정했어. 그 거친 시기에 코닐리어스가 어떻게 살아남았는지 나는 몰라. 어쨌든 스타인의 대리인 자격으로 어느 정도는 도라민의 보호를 받았겠지. 치명적이고 복잡한 상황에 빠질 때마다 코닐리어스는 온갖 수단을 동원해 어떻게든 그 상황을 빠져나왔어. 하지만 그자가 어떤 노선을 취해야 했든 간에, 그자의 행위에는 그 인간의 표상인 비열함이 각인되어 있었다고 난 장담해. 비열함은 그자의 특징이었어. 다른 사람들이 두드러지게 관대하거나 탁월하거나 외모가 훌륭하듯이, 그자는 근본적으로, 그리고 표면적으로도 비열했어. 비열함은 그자의 모든 행위, 열정, 감정 속에 스며 있는 천성이었어. 그자는 비열하게 분노했고, 비열하게 웃었고, 비열하게 슬퍼했어. 그자의 예의 바름과 분노도 한결같이 비열했어. 나는 그 모든 감정 중에서도 그자의 애정이 가장 비열했을 거라고 확신해. 하지만 혐오스러운 곤충이 사랑에 빠지다니, 상상이 돼? 그리고 그자는 혐오스러움까지도 비열했기 때문에, 그냥 혐오감만 불러일으키는 사람은 그자 옆에 서 있으면 고귀해 보일 지경이었어. 그자는 이 이야기에서 배경도, 전경도 차지하지 않아. 그자는 이 이야기 주변에서 겁먹은 듯이 살금살금 숨어 돌아다니고, 수수께끼같고 불결한 존재로서, 이야기 속 젊음과 순박함이 풍기는 향기만 오염시킬 뿐이야.

어떤 경우에도 그자의 처지는 극히 비참할 수밖에 없었지만, 그자는 분명 그런 처지에서도 뭔가 이득이 될 만한 걸 찾아냈을 거야. 짐도 그자가 자신을 처음 맞을 때 가장 정다운 감정조차 비열하게 표현하더라고 말했어. 〈그자는 기뻐서 자신을 주체하지 못하는 것 같았습니다.〉 짐이 불쾌해하며 말했어. 〈그자는 아침마다 제게 부리나케 와서 제 두 손을 잡고 악수를 했어요. 망할 녀석! 하지만 아침 식사는 줄 생각도 하지 않더라고요. 이틀에 세 끼 먹으면 운 좋은 거였어요. 그런데도 매주 저에게 10달러짜리 계산서에 서명하게 했습니다. 그러면서 스타인 씨가 설마 자기에게 공짜로 숙식 제공하라는 뜻은 아니었을 거라고 말하더군요. 참 나, 어떻게든 비용을 들이지 않으며 저를 데리고 있으려 하더라고요. 그리고 그 이유를 그 나라의 불안정한 상황 탓으로 돌리면서, 자기 머리를 쥐어뜯을 듯이 굴고 하루에도 스무 번씩은 제 양해를 구하는데, 결국 저는 그자에게 다 이해하니 걱정하지 말라고 말할 수밖에 없었습니다. 진저리가 나더군요. 집 지붕은 반쯤 내려앉았지, 마른 풀줄기는 여기저기 튀어나와 있지, 벽마다 매트는 다 망가져 모퉁이가 풀럭거리지, 집 전체가 아주 꼴이 말이 아니었습니다. 그자는 지난 3년 동안의 거래에서 스타인 씨가 자신에게 빚을 졌다고 아주 열심히 주장했지만, 회계 장부는 찢어져 있었고, 어떤 장부는 아예 없었습니다. 그자는 그게 모두 세상을 떠난 자기 아내 탓이라더군요. 아주 구역질 나는 악당 놈입니다! 결국 저는 그자에게 고인이 된 아내 이야기는 더 꺼내지 못하게 했습니다. 어머니 이야기만 나오면 주얼이 울었기 때문입니다. 거래하던 상품들이 어떻게 되었는지는 알 수가 없었습니다. 가게는 나뒹구는 갈색 종이와 낡은 포장재들로 지저분했고, 쥐들만 신나게 놀고 있었지요. 여러 면에서 볼 때, 저는 그자가 어딘가 많은 돈을 묻어 두었으리라 확신했지만, 물론 그자에게서는 아무것도 얻어 낼 수 없었습니다. 그 더러운 집에서 머무는 동안, 저는 평생 가장 비참한 생활을 했습니다. 저는 스타인 씨가 준 임무를 수행하려 했지만, 다른 문제들도 고려해야 했습니다. 제가 도라민에게로 도망쳤을 때, 늙은 툰쿠 알랑은 겁에 질려 제 물건들을 모두 돌려줬습니다. 이곳에서 작은 가게를 하는 한 중국인을 통해 극비리에 간접적으로요. 하지만 제가 부기스 구역을 떠나 코닐리어스에게 가서 살게 되자, 라자가 머지않아 저를 죽이기로 마음먹었다는 소문이 공공연히 돌기 시작했습니다. 재밌지 않습니까? 그자가 정말로 그렇게 마음먹었다면, 왜 실행에 옮기지 않고 미적거리는지 알 수가 없었습니다. 하지만 그중에서도 최악은, 제가 스타인 씨나 저 자신을 위해 이득이 되는 일을 조금도 하지 못하고 있다는 생각을 떨칠 수 없었다는 겁니다. 오! 정말 끔찍했습니다. 꼬박 6주를 그렇게 보냈습니다.〉」

30

「짐은 자신이 왜 계속 거기에 남았는지 자기도 모르겠다고 했어. 물론 우리는 짐작할 수 있지. 짐은 그 〈야비하고 비겁한 악당〉 밑에서 살아야 하는 무방비 상태의 그 아가씨를 깊이 동정한 거야. 코닐리어스는 그 아가씨에게 물리적 학대만 하지 않았을 뿐, 끔찍한 삶을 살게 한 듯해. 그리고 물리적 학대까지 가지 않은 건 단지 그럴 용기가 없었기 때문이고. 그자는 그 아가씨에게 자신을 아버지라 부르라고 주장했어. 그리고 〈존경심, 존경심을 담아서〉 부르라고 소리 지르며 작고 비열한 주먹을 그 아가씨 얼굴에 대고 흔들곤 했어. 〈나는 점잖은 사람이야, 그런데 넌 뭐야? 말해 봐, 넌 뭐야? 너는 내가 남의 자식을 키우면서 존경받지 못해도 되는 그런 사람이라고 생각하는 거냐? 아버지라고 부르도록 허락해 준 걸 고맙게 생각해야지. 자, 말해 봐. 그래, 아버지라고 해 봐…… 싫어? 얼마나 버티는지 보자.〉 그러고 나면 그자는 죽은 여인을 욕하기 시작했고, 결국 그 아가씨는 두 손으로 머리를 잡고 달아나곤 했어. 그자는 집 안팎으로, 주변으로,

헛간 사이로 뒤쫓아다니며 아가씨를 구석으로 몰았고, 그러
면 아가씨는 귀를 막고 무릎을 꿇었지. 그러면 그자는 멀찌
감치 서서 그 아가씨의 등을 향해 반 시간씩이나 더러운 욕
설을 퍼부어 대곤 했어. 〈네 에미는 악마였어, 교활한 악마였
어, 그리고 너도 악마로구나.〉 그자는 마지막으로 이렇게 말
하고는 마른 흙이나 (집 주위에 많이 있던) 진흙을 한 줌 집
어 그 아가씨의 머리에 던지곤 했어. 하지만 이따금 그 아가
씨가 경멸 가득한 얼굴로 말없이 그자와 맞서기도 했는데,
그때 그 아가씨가 얼굴을 침울하게 찡그리고 간혹 한두 마디
하면 그것만으로도 상대방은 침에 찔린 듯이 펄펄 뛰며 몸부
림쳤다더군. 짐은 끔찍한 광경이었다고 했어. 오지에서 그런
상황에 부닥치다니, 참으로 이상하지. 그런 교활하게 잔인한
상황이 끝없이 계속되었다는 걸 생각하면 무섭기도 해. 그
존경받아 마땅하시다는 코닐리어스를 말레이인들은 〈넬리
우스 씨〉라고 부르며 얼굴을 찡그렸고, 그것만으로도 많은
걸 의미했어. 그자는 자기 계획이 수포로 돌아가서 실망이
매우 큰 상태였어. 그자가 결혼의 대가로 어떤 걸 기대했는
지는 나도 몰라. 스타인은 자기 선장들에게 운반을 부탁할
수 있는 한 어김없이 상품을 공급했는데, 코닐리어스는 여러
해 동안 스타인의 무역 회사에서 보내온 상품을 자기에게 가
장 편한 방법으로 자유롭게 훔치고 횡령하고 착복하면서도,
그것만으로는 자신의 고귀하신 이름을 희생하는 데 대한 공
정한 대가가 될 수 없다고 여기는 게 분명했어. 짐은 코닐리
어스를 반 죽도록 패주고 싶었을 거야. 한편 그런 상황들이

너무나 고통스럽고 불쾌했기 때문에, 짐은 그런 꼴을 당하는 아가씨의 심정을 고려해서라도 코닐리어스의 목소리가 들리지 않는 곳으로 뛰쳐나오고 싶은 충동이 일었을 거야. 그런 일이 있고 나면 아가씨는 심란해하며 말이 없었지. 절망에 빠져 망연자실한 얼굴로 가슴을 움켜쥐곤 했고, 그러면 짐은 그 아가씨에게 슬며시 다가가서 편치 않은 목소리로 〈저, 그게, 이런다고 무슨 소용 있겠어요, 뭐라도 좀 먹도록 해요〉라고 말하거나 해서 연민을 표하곤 했어. 코닐리어스는 살금살금 문을 드나들고 베란다를 오가며 물고기처럼 말이 없었고, 그의 시선에선 악의와 불신과 음흉함이 드러났어. 〈저는 그자가 이런 짓을 못 하게 할 수 있습니다.〉 한번은 짐이 그 아가씨에게 말했어. 〈그러니 말만 하세요.〉 그러자 아가씨가 뭐라고 대답했는지 알아? 짐이 너무나 인상적이었다며 내게 이야기해 줬는데, 그 아가씨는 코닐리어스 자신도 지독히 불행한 인간일 거라고 믿는다면서, 그렇지 않았다면 자기 손으로 그자를 죽여 버릴 용기를 냈을 거라고 말했다는 거야. 〈생각해 보세요! 거의 아이나 다름없는 그 가엾은 아가씨가 그런 말을 할 지경에 이르렀다고요.〉 짐은 끔찍하다는 듯이 소리쳤어. 그 아가씨를 야비한 악당에게서 구하는 건 고사하고 그 아가씨 자신으로부터 구하는 것조차 불가능해 보였어! 짐은 그 아가씨를 동정해서 그런 건 아니었다고 단언했어. 그건 동정 이상이었어. 그런 생활이 계속되는 동안 짐의 양심에 무언가가 걸려 있는 것 같았다는 거야. 그 집을 떠난다는 건 야비하게 그 아가씨를 버리는 것처럼 보였을 거라더군. 마침내 짐은 더 머물러 봐야 아무것도 기대할 수 없고, 회계 내용이나 돈 또는 어떤 종류의 진실도 얻어 낼 수 없다는 걸 알게 되었지만, 그래도 계속해서 그 집에 머물렀지. 그 결과 격분한 코닐리어스는 미칠 지경까지는 아니지만 일을 한번 벌여 볼까 용기를 내려는 지경에까지 이르렀어. 한편, 짐은 자기 주위로 온갖 위험이 은근히 모여들고 있다는 것을 느꼈어. 도라민은 신임하는 하인을 두 번이나 보내 심각하게 말하길, 짐이 강을 다시 건너와서 예전처럼 부기스족 지역에서 살지 않는다면 짐의 안전을 위해 자신이 할 수 있는 일이 아무것도 없다고 했어. 여러 계층의 사람들이 와서 (한밤중에 찾아오는 경우도 잦았어) 짐을 암살하려는 음모가 있다는 사실을 알려 주곤 했어. 독살 계획이 있다고 했어. 욕실에서 칼로 찌를 거라고 했지. 강에 띄운 배에서 짐에게 총을 쏠 계획이 있다고도 했고. 이런 정보를 제공한 사람들은 모두 하나같이 자신이 짐의 아주 좋은 친구라고 자처했어. 그 정도면 그 누구라도 결코 편히 쉴 수 없게 하기에 충분했다고 짐이 말했어. 그런 음모는 매우 있을 법했고, 아니 아마도 있었겠지만, 그런 거짓 경고들은 음모가 암암리에 사방에서 짐을 둘러싸고 진행 중이라는 느낌만 주었어. 제아무리 담대한 사람이라도 그처럼 치밀하게 계산된 음모에는 흔들릴 수밖에 없지. 드디어 어느 날 밤 코닐리어스 자신이 아주 조심스레 경계하며 은밀히 나타나더니, 진지하면서도 구슬리는 말투로 계획을 제시했다더군. 1백 달러, 아니 80달러만 내면 자신이 믿음직한 사람을 고용해 짐을 아주 안전하게 강

밖으로 몰래 데려다주겠다는 거였어. 짐이 목숨을 조금이라도 아긴다면 달리 방법이 없다고 했다더군. 80달러가 대수냐, 사소한 액수 아니냐, 그러더래. 한편 그곳에 남아 있어야 하는 코닐리어스 자신은 스타인 씨의 젊은 친구를 헌신적으로 도와주었다는 증거로 인해 전적으로 죽음을 자초하는 셈이라고 했다더군. 그자가 야비하게 얼굴을 찡그린 모습은 차마 봐줄 수 없을 지경이었다고 짐은 말했어. 그자는 자기 머리카락을 움켜잡고, 가슴을 치고, 두 손을 배에 대고 몸을 앞뒤로 흔들며 심지어 진짜로 눈물을 흘리는 척까지 했다더군. 〈자네가 죽으면 그건 자네가 자초한 거야.〉 마침내 그자는 이렇게 소리치고 뛰어나갔어. 그 제안을 할 때 코닐리어스가 어디까지 진심이었을지는 답하기 어려운 질문이야. 그자가 가고 나서 짐은 한숨도 눈을 붙이지 못했다고 고백했어. 짐은 대나무 마루에 깐 얇은 매트 위에 누워 천장 서까래를 괜히 식별해 보기도 하고, 지붕의 찢어진 이엉에서 들리는 바스락 소리에 귀를 기울였어. 지붕에 난 구멍에서 갑자기 별 하나가 반짝했어. 짐은 온갖 생각이 들었지. 하지만 짐이 샤리프 알리를 진압할 계획에 진전을 본 날도 바로 그날 밤이었어. 짐은 별 소득 없이 스타인의 사업 내용을 조사하는 틈틈이 늘 진압 구상을 하고 있었는데, 정확한 계획이 그날 밤 갑자기 떠올랐다고 하더라고. 사실 언덕 꼭대기에 대포들이 놓인 광경이 갑자기 눈앞에 그려졌대. 짐은 누운 채로 엄청난 흥분에 휩싸였어. 자는 건 아예 불가능해져 버렸지. 짐은 벌떡 일어나 맨발로 베란다로 나갔어. 그리고 조용히 걷다가 마치 망을 보듯 벽에 기대어 꼼짝 않는 그 아가씨와 마주쳤어. 당시 짐은 본인의 마음 상태가 그렇다 보니 그 아가씨가 아직 깨어 있는 걸 보고도 이상하지 않았고, 코닐리어스 못 봤느냐고 근심스레 속삭이며 묻는 걸 들어도 이상하지 않았어. 짐은 그저 모르겠노라고 답했어. 아가씨는 살짝 신음을 토하며 캄퐁 안을 살펴보았어. 모든 것이 아주 조용했어. 짐은 자신의 새 계획에 푹 빠져 있었고, 오로지 그 생각뿐이어서 그 아가씨에게 당장 그 계획을 말해 주지 않을 수 없었어. 그 아가씨는 주의 깊게 듣더니 가볍게 손뼉을 치며 좋은 계획이라고 부드럽게 속삭였지만, 이야기를 듣는 동안에도 계속 경계를 늦추지 않았어. 그간 짐은 그 아가씨를 절친한 친구로 여겼던 듯하고, 그 아가씨는 파투산에 대해 쓸모 있는 단서들을 많이 제공할 수 있었으며 실제로도 제공했다는 점엔 의심의 여지가 없어. 짐은 그 아가씨의 충고로 자기 일이 잘못된 적은 한 번도 없었다고 몇 번이나 말했어. 어쨌든 짐이 그때 그 자리에서 자기 계획을 상세히 설명하고 있는데, 갑자기 그 아가씨가 짐의 팔을 한 번 꾹 누르더니 곁에서 사라지더라는 거야. 이윽고 코닐리어스가 어디선가 나타나더니 짐의 존재를 깨닫고는 마치 총에라도 맞은 듯 옆으로 풀쩍 비켜나 어둠 속에서 꼼짝 않고 서 있었대. 마침내 그자는 수상한 고양이처럼 조심스럽게 앞으로 나왔어. 〈어부들이 와서 말이야, 생선을 가지고.〉 그자가 떨리는 목소리로 말했어. 〈생선을 팔러 왔더라고.〉 ……하지만 시각이 새벽 2시는 되었을 텐데, 누가 그런 시간에 생선을 팔러 다니겠어!

하지만 짐은 그 말을 흘려들었고, 주의를 기울이지 않았어. 다른 문제들로 여념이 없는 데다 딱히 눈에 보이거나 들리는 게 없었거든. 그래서 별생각 없이, 〈아!〉라고 말한 뒤 그곳에 있던 물병에 담긴 물을 마셨어. 그리고 뭔가 알 수 없는 감정에 휩싸여 다리에 힘이 빠진 듯 벌레 먹은 베란다 난간을 두 팔로 껴안고 있던 코닐리어스를 내버려 두고, 다시 방으로 가서 매트에 누워 생각에 잠겼어. 이윽고 살금살금 다가오는 발소리가 들렸어. 그 소리가 멈추더니 떨리는 목소리가 벽을 통해 속삭였어. 〈자?〉 〈아니요! 왜요?〉 짐이 재빨리 대답하자 속삭이던 이가 깜짝 놀란 듯 밖에서 갑자기 움직이는 소리가 들린 뒤 다시 조용해졌어. 매우 화가 나서 짐이 충동적으로 밖으로 나와 보니, 코닐리어스는 희미하게 비명을 지르며 베란다를 달려가 계단까지 가더니 부서진 난간 기둥에 매달렸어. 너무나 어리둥절해진 짐은 멀찌감치 떨어진 채 무슨 일이냐고 외쳤어. 〈내가 한 말 생각해 봤어?〉 코닐리어스가 물었는데, 그자는 마치 열병에 걸려 오한이 든 사람처럼 단어들을 어렵사리 발음했어. 〈아니요!〉 짐이 격노해서 외쳤어. 〈생각해 보지 않았고, 생각해 볼 마음도 없습니다. 저는 여기, 파투산에서 살 겁니다.〉 〈여기…… 이, 있으면…… 주-죽게…… 되, 될 거야.〉 코닐리어스가 여전히 격하게 떨면서 숨넘어가는 듯한 목소리로 말했어. 이 모든 수작이 너무나 터무니없고 도발적이었기 때문에 짐은 이걸 재밌다고 여겨야 할지 화를 내야 할지도 모를 정도였어. 〈코닐리어스 씨가 이곳에서 없어지는 걸 제가 보기 전에는 그렇게 되지 않을 겁니다.〉 짐은 화가 났지만 동시에 웃음이 터질 것 같은 상태로 외쳤어. 자기 생각들에 흥분한 나머지, 짐은 반쯤 건성으로 계속 소리쳤어. 〈아무것도 절 건드릴 수 없습니다! 맘대로 하세요.〉 어찌 된 일인지, 짐의 눈에는 멀찌감치 그림자에 싸인 코닐리어스가 자신이 그동안 마주쳤던 모든 괴로움과 어려움을 불쾌하게 구현한 존재 같았대. 짐은 여러 날 신경이 날카로운 상태였기에 그만 자제력을 잃었고, 코닐리어스에게 사기꾼, 거짓말쟁이, 형편없는 악당 따위 온갖 욕을 해댔어. 평소와 다른 모습이었지. 짐은 자신이 이성을 잃고 제정신이 아니었다고 인정했어. 짐은 파투산의 모든 사람에게 자기를 위협해서 쫓아낼 테면 쫓아내 보라고 대들었고, 파투산 사람들이 자기 장단에 맞춰 춤추게 하겠다는 둥 위협적이며 오만하게 큰소리를 쳤다. 철저히 허세를 부리며 어리석게 굴었다고 하더군. 그 당시를 회고하는데도 짐은 귀가 시뻘게졌어. 아무래도 자기가 좀 어떻게 됐던 것 같대……. 우리와 함께 앉아 있던 그 아가씨는 내 쪽을 향해 작은 머리를 재빨리 끄덕이며 가볍게 얼굴을 찡그리고는 어린아이처럼 엄숙하게 〈저도 그 말을 듣고 있었답니다〉라고 말했어. 짐은 소리 내어 웃고는 얼굴을 붉혔어. 결국 짐을 진정시킨 건 침묵이었어. 멀리 떨어진 난간에 엎어져 꼼짝 않고 걸려 있는 듯하던 그 희미한 형체가 죽은 듯이 완벽한 침묵에 잠겨 있었다는 거야. 짐은 정신을 차리고 갑자기 말을 멈추었고, 자신이 한 짓에 몹시 놀랐어. 잠시 지켜보았지만, 아무런 움직임도, 소리도 없었어. 〈제가 그 모든 소동을 벌이는 동안 그자가 죽어 버린 것 같았습니다.〉 짐이 말했어. 짐은 너무 부끄러워 더는 한마디도 안 하고 서둘러 자기 방으로 가서 다시 드러누웠어. 하지만 그 소동이 짐에게 도움이 됐던 듯해. 그날 밤은 아기처럼 푹 잤거든. 그처럼 달게 잔 것은 몇 주 만에 처음이었어. 〈하지만 저는 자지 않았답니다.〉 아가씨가 한쪽 팔꿈치를 탁자에 기대고 손으로 뺨을 감싼 채 끼어들었어. 〈저는 지켜보고 있었어요.〉 그 아가씨는 반짝이는 커다란 눈을 살짝 굴리더니 내 얼굴을 빤히 바라보았어.」

31

「내가 얼마나 흥미롭게 들었을지는 말 안 해도 알겠지. 내가 들었던 그 모든 사항이 중요한 의미였다는 게 스물네 시간 뒤에 밝혀졌어. 아침이 되자 코닐리어스는 간밤에 있었던 일에 시치미를 뚝 뗐어. 짐이 도라민의 캄퐁으로 가기 위해 카누에 올라탈 때, 코닐리어스가 슬그머니 다가와서 〈초라하긴 하지만 내 집으로 다시 돌아오리라 믿겠어〉라고 무뚝뚝하게 중얼거렸어. 짐은 그자를 보지 않은 채 고개만 끄덕였어. 〈자네 눈엔 이 모든 게 참 재미있겠지.〉 상대가 심술궂게 중얼거렸어. 짐은 하루 종일 늙은 나코다와 함께 있었고, 중요한 회의를 위해 소집되었던 부기스 공동체의 지도자들에게 용기 있는 행동의 필요성을 호소했어. 짐은 그날 자기가 달변으로 사람들을 설득하던 일을 즐겁게 회상했어. 〈저는 당시 그 사람들에게 약간의 용기를 주려 했고, 성공했습니다.〉 짐이 말했어. 샤리프 알리의 최근 공격으로 정착지 외곽이 파괴되었고, 마을의 여인 몇 명이 방책으로 끌려간 뒤였어. 그 전날에는 샤리프 알리의 사자들이 시장에서 목격되었는데, 그자들은 흰 망토를 두르고 거드름을 피우며 라자와 자기 주인이 얼마나 친한지 자랑했어. 나무 그림자 속에 있던 그자들 가운데 한 명은 앞으로 나와서 소총의 긴 총신에 기댄 채 사람들에게 기도와 참회를 권했고, 그곳 사람들과 섞여 사는 이방인들을 전부 죽이라고 회유했어. 이방인 일부는 불신자이고, 나머지는 이슬람교도로 가장한 사탄의 자식들이니 더 나쁘다는 거였어. 청중 사이에 섞여 있던 라자 측 사람 몇 명이 요란하게 찬성을 표했다더군. 보통 사람들은 엄청난 공포에 휩싸였어. 한편 자신이 이룬 하루 동안의 성과에 만족한 짐은 해가 지기 전에 다시 강을 건넜어.

짐은 부기스족에게서 행동을 취하겠노라는 확고한 다짐을 받아냈고, 그 성공을 자신이 책임진다는 약속도 했어. 그래서 아주 기분이 좋아져 가벼운 마음으로 코닐리어스에게도 잘 해주려 노력했어. 하지만 코닐리어스는 짐을 대하면서 과하게 기뻐했고, 거짓되게 킥킥거리며 웃고, 몸을 꿈틀거리며 눈을 끔벅이고, 갑자기 턱을 잡고는 멍한 눈을 하고 식탁 위로 나직이 몸을 구부리는 등 거의 눈 뜨고 봐주기 어려운 행동을 했다는군. 아가씨는 나타나지 않았고, 짐은 일찍 자러 가기로 마음먹었어. 짐이 코닐리어스에게 잘 자라고 인사하기 위해 일어나자, 코닐리어스가 벌떡 일어서면서 의자가 쓰러졌고, 그자는 뭔가 떨어진 물건을 집으려는 듯 탁자 아래로 몸을 숙였어. 그리고 탁자 아래에서 쉰 목소리로 잘 자라고 말했어. 이윽고 코닐리어스가 다시 모습을 드러내더니 입을 벌리고 멍하니 겁먹은 눈으로 짐을 응시해서 짐은 깜짝 놀랐어. 코닐리어스는 탁자 가장자리를 움켜쥐었어. 〈왜 그래요? 몸이 안 좋습니까?〉 짐이 물었지. 〈맞아, 맞아, 맞아. 배가 심하게 아프군.〉 상대가 말했어. 짐 생각에 그 말은 완벽하게 진실이었어. 만약 그렇다면 그자가 하려던 행동을 생각해 볼 때, 그건 그자가 뼛속까지 냉혹한 사람은 아니었다는 비참한 신호이고, 그 점에 대해서는 어느 정도 점수를 주어야겠지.

어찌 되었든 간에, 잠을 자던 짐은 하늘에서 놋쇠 울리듯 커다란 소리가 울리는 심란한 꿈을 꾸었어. 그 목소리는 짐에게 〈일어나라! 일어나라!〉 하고 외쳤고, 그 소리가 워낙 커서 기필코 잠을 자야겠다는 짐의 의지에도 불구하고 결국 잠에서 깨고 말았어. 잠에서 깨보니 허공에서 바지직거리며 빨갛게 이글거리는 불이 보였지. 검고 짙은 연기가 똬리를 틀고 솟아오르며 어떤 유령의 머리를 휘감았고, 온통 하얀색인 그 초자연적인 존재는 심각하고 긴장되고 걱정스러운 표정을 짓고 있었어. 1~2초 뒤, 짐은 그 아가씨를 알아보았어. 그 아가씨는 팔을 뻗쳐 수지 횃불을 높이 쳐들고 있었는데, 완강하고 다급하고 단조로운 목소리로 반복해서 말했어. 〈일어나세요! 일어나세요! 일어나세요!〉

돌연히 짐은 벌떡 일어났어. 그리고 그 즉시 아가씨는 짐의 손에 권총을 쥐여 주었어. 짐이 못에 걸어 두었던 권총이었지만, 이번에는 장전되어 있었어. 짐은 불빛 때문에 눈을 끔벅이며 어리둥절한 채로 말없이 권총을 움켜쥐었어. 짐은 뭘 어떻게 해달라는 건지 궁금했어.

그 아가씨는 아주 낮은 목소리로 다급하게 물었어. 〈이것으로 남자 네 명을 상대할 수 있나요?〉 이 대목에서 짐은 자기가 보였던 정중함과 기민함을 떠올리며 웃더군. 짐은 아주 민첩하게 행동한 듯해. 〈할 수 있습니다, 당연히요. 할 수 있습니다. 말만 하세요.〉 짐은 아직 잠이 덜 깼지만, 그런 비상 상황에서도 아주 정중해야 하며 아무런 질문도 하지 않고 기꺼이 헌신하는 자세를 보여야겠다고 생각했어. 그 아가씨는 방을 나갔고, 짐이 그 뒤를 따랐어. 도중에 둘은 그 집에서 음식을 만드는 노파의 잠을 깨웠어. 하지만 그 노파는 너무 노쇠해 사람 말을 거의 알아듣지 못할 정도였지. 그 노파가 일어나더니 치아 없는 입으로 뭐라고 중얼거리면서 절룩이며 둘의 뒤를 따랐어. 베란다로 나오자, 코닐리어스의 범포 해먹이 짐의 팔꿈치에 닿아 가볍게 흔들렸어. 해먹은 텅 비어 있었어.

스타인 무역 회사가 세운 다른 모든 교역소와 마찬가지로, 파투산의 교역소도 원래는 네 채의 건물로 되어 있었어. 그 가운데 두 채는 두 더미의 나뭇가지, 부러진 대나무, 썩은 이엉의 집합체라 표현할 만했는데, 건물의 네 모서리에 세워 두었던 단단한 목재 기둥들은 이엉 지붕 위로 튀어나와 각기 다른 각도로 꼴사납게 기울어져 있었어. 하지만 주된 창고는 대리인의 집을 향해 아직도 서 있었지. 그 창고는 진흙과 점토로 지은 직사각형 오두막으로, 한쪽 끝에 튼튼한 널빤지로 만든 넓은 문이 있었는데, 문은 아직도 경첩에 매달려 있었어. 그리고 한쪽 벽에는 창 역할을 하는 정사각형 구멍에 세 개의 나무 창살이 걸려 있었어. 몇 개 안 되는 계단을 내려오기 전에 그 아가씨는 뒤를 돌아보며 재빨리 말했어. 〈주무시는 동안 공격당할 예정이었어요.〉 짐은 실망스러운 느낌이 들었다고 말하더군. 진부한 이야기였어. 자기 목숨을 노린다는 이야기라면 신물 나게 들었으니까. 짐은 그런 경고를 너무 많이 들어서 지긋지긋했어. 짐은 속았다는 생각에 그 아가씨에게 화가 나더라고 했어. 짐이 아가씨를 따라온 건, 아가씨에게 자기 도움이 필요하다고 느껴서였는데, 이제는 불쾌해져 다시 돌아가 버릴까 하고 반쯤 마음을 굳힌 상태였어. 〈정말이지,〉 짐이 심각하게 말했어. 〈그 무렵 저는 몇 주째 제정신이 아니었습니다.〉 〈에이, 아무리 그래도 그렇지.〉 나는 반박하지 않을 수 없었어.

하지만 그 아가씨는 잽싸게 움직였고, 짐은 그 아가씨를 따라 뜰로 들어섰어. 모든 울타리는 이미 예전에 허물어졌고, 아침이면 이웃의 버펄로들이 깊은 콧방귀 소리를 내며 그 공터를 느릿느릿 거닐곤 했어. 정글 자체가 이미 그 뜰을 침범하고 있었어. 짐과 아가씨는 잡초가 우거진 속에서 걸음을 멈추었어. 횃불 때문에 사방의 어둠이 더욱 짙어 보였고, 머리 위에서만 별들이 초롱초롱 반짝였어. 짐은 그날 밤 강에서 산들바람이 살짝 불며 시원하고 아름다웠다고 말했어. 짐은 그날 밤의 정겨운 아름다움을 알아차린 듯해. 내가 지금 너희에게 말하는 건 사랑 이야기라는 걸 잊지 마. 아름다운 밤의 숨결이 둘을 부드럽게 어루만지는 듯했어. 횃불은 이따금 깃발처럼 퍼덕이는 소리를 내며 끊임없이 움직였고,

한동안 오로지 그 소리만 들렸어. 〈그자들이 창고에서 기다려요.〉그 아가씨가 속삭였어. 〈그자들은 신호를 기다리고 있어요.〉〈누가 신호를 보내는데요?〉짐이 물었어. 아가씨가 홰를 흔들자 불똥이 소나기처럼 떨어진 뒤 횃불이 활활 탔어. 〈그런데도 이리저리 뒤척이며 주무시더군요.〉아가씨가 계속해서 속삭였어. 〈저도 주무시는 걸 지켜보았어요.〉〈당신이요?〉짐은 소리치며 목을 길게 뽑고 주위를 살폈어. 〈오늘밤만 지켜본 줄 아시는군요!〉그 아가씨는 실망 섞인 분노를 보이며 말했어.

짐은 가슴을 강타당한 느낌이었다고 말했어. 짐은 헐떡였어. 그간 자신이 왠지 못난 짐승처럼 행동해 왔다는 생각이 들었고, 후회와 감동과 행복과 환희를 느꼈어. 다시 한번 상기시키겠는데, 이건 사랑 이야기야. 그 어리석음을 보면 사랑 이야기인 걸 알겠지만, 그건 역겨운 어리석음이 아니라, 여기까지 나와 횃불을 환히 밝히고 있는 식의 환희에 찬 어리석음이었어. 마치 숨어 있던 암살자들을 교화하기 위해 결판을 짓겠다고 일부러 여기로 나온 거란 듯이 말이야. 짐의 말대로, 만약 샤리프 알리의 사자들이 한 푼어치의 기백이라도 있었다면, 바로 그때 달려들어야 했어. 짐의 가슴이 쿵쾅거렸어. 두려워서가 아니라, 풀이 바스락거리는 소리를 들은 듯했기 때문이야. 그래서 짐은 불빛이 미치는 범위를 벗어나 재빨리 걸어갔어. 뭔가 어둑하고 흐릿한 형체가 재빨리 시야에서 사라졌어. 짐은 우렁차게 외쳤지. 〈코닐리어스! 오, 코닐리어스!〉깊은 침묵이 뒤따랐고, 짐의 목소리는 20피트도 채 퍼지지 않는 듯했어. 다시 그 아가씨가 짐 옆으로 다가왔어. 〈도망치세요!〉 아가씨가 말했어. 노파가 다가오고 있었고, 불빛이 미치는 끄트머리에서 불구의 몸으로 절룩이는 모습이 보였어. 둘은 그 노파의 중얼거림을, 가볍게 앓는 듯한 한숨 소리를 들었어. 〈도망치세요!〉 아가씨가 다시 흥분해서 말했어. 〈그자들은 이제 겁을 먹고 있어요. 이 불빛과 목소리 때문이에요. 그자들은 당신이 이제 잠에서 깼다는 걸 알고, 몸집이 크고 힘이 세고 겁이 없는 분이라는 것도 알아요…….〉 〈만약 제가 정말로 그렇다면…….〉 짐이 말을 시작했지만, 아가씨가 말을 가로챘어. 〈네, 오늘 밤은요! 하지만 내일 밤은 어떨까요? 그다음 날 밤은요? 그 많은 밤을 어떻게 하시려고요? 제가 늘 지켜볼 수 있을까요?〉 아가씨가 숨죽여 흐느끼는 모습을 본 짐은 뭐라고 말로 표현할 수 없는 감동을 받았어.

짐은 그때처럼 자신이 작고 무력하다고 절절히 느낀 적이 없었다고 했어. 그리고 용기가 있어도 무슨 소용이겠냐고 생각했다더군. 너무나 무력한 상태였기 때문에 도망치는 것조차 소용없을 것 같다고 느꼈어. 아가씨는 열띠고 완강한 어조로 〈도라민에게 가세요, 도라민에게 가세요〉라고 계속해서 속삭였지만, 짐은 그 모든 위험을 백배로 증폭하고 있는 고립 상태에서 자신을 구해 줄 수 있는 이는 오직 아가씨밖에 없다는 사실을 깨달았어. 짐이 내게 말했어. 〈전 주얼 곁을 떠나면 그걸로 모든 것이 끝장이라고 생각했습니다.〉 하지만 언제까지나 그 뜰 가운데 있을 수는 없었기 때문에, 짐은 창고로 가서 안을 살피기로 했어. 아가씨가 뒤를 따라왔지만, 짐은 말려야겠다는 마음이 전혀 들지 않았어. 둘은 마치 헤어질 수 없이 하나로 합쳐진 것 같았어. 〈나는 두렵지 않아, 두렵지 않아.〉 짐은 이를 악물고 중얼거렸어. 아가씨가 짐의 팔을 잡고 말렸어. 〈제 목소리가 들릴 때까지 여기서 기다리세요.〉 아가씨는 그렇게 말하고는 횃불을 들고 가볍게 모퉁이를 돌아 달려갔어. 짐은 문 쪽으로 고개를 돌린 채 어둠 속에 혼자 서 있었지만, 창고 안에서는 아무 소리도, 숨쉬는 소리조차 들리지 않았어. 짐의 등 뒤 어디에선가 노파가 지친 신음을 토했어. 그리고 아가씨가 거의 비명에 가까운 고음의 목소리로 외치는 소리가 들렸어. 〈지금요! 미세요!〉 짐은 난폭하게 문을 밀었어. 문이 삐걱이며 덜컥 열리자 나지막한 지하감옥 같은 내부가 기분 나쁘게 흔들리는 불빛을 받으며 드러났고, 그 모습에 짐은 경악했어. 바닥 한가운데 놓인 텅 빈 나무 상자 위로 소용돌이 연기가 어지러이 내려앉고 있었고, 지저분하게 흩어진 누더기와 지푸라기들이 외풍에 날아오르려다 말고 미미하게 떨리고 있었어. 아가씨는 창살 사이로 횃불을 들이민 상태였어. 힘주어 쭉 뻗은 아가씨의 통통한 맨팔이 쇠 받침대처럼 단단히 홰를 잡고 있었지. 저쪽 구석에는 낡은 매트들이 원추형으로 거의 천장까지 쌓여 있었고, 그게 전부였어.

　짐은 그 광경을 보고 크게 실망했다고 내게 말했어. 짐은 굳은 용기를 지녔지만 그동안 너무나 많은 경고에 시달리고, 몇 주에 걸쳐 수많은 위험의 암시에 에워싸여 있었기에, 무

언가 현실적이고 실제적인 것과 마주침으로써 해방감을 맛
보고 싶었던 거야. 〈그랬더라면 적어도 두 시간 정도는 마음
이 편했을 겁니다. 무슨 말인지 아시겠죠?〉 짐이 내게 말했
어. 〈제길! 저는 여러 날 동안 가슴에 돌이 얹힌 기분으로 살
아왔습니다.〉 이제 마침내 뭔가 잡게 되었다고 생각했는데,
허탕이었던 거지! 그 누구의 흔적도, 낌새도 없었어. 짐은 문
을 활짝 열면서 무기를 들어 올렸지만, 이제 팔을 내렸어. 〈쏘
세요! 방어하세요.〉 바깥에서 아가씨가 고통스러운 목소리
로 외쳤어. 그 아가씨는 어둠 속에서 작은 구멍을 통해 팔을
어깨까지 들여 넣고 있었기 때문에 무슨 일이 벌어지는지 알
수 없었지. 그럼에도 홰를 꺼내 달아나려 하지 않았어. 〈이곳
에는 아무도 없어요!〉 짐이 경멸하듯 외쳤지만, 원망과 화가
섞인 웃음을 터뜨리고 싶던 충동은 아무 소리도 내지 못한
채 사라지고 말았어. 막 돌아서려는 순간 매트 더미 속에 숨
어 있던 한 쌍의 눈과 시선이 마주친 거야. 짐은 흰자위가 번
뜩이며 움직이는 것을 보았어. 〈나와!〉 약간 의심이 든 짐이
성을 내며 외쳤고, 얼굴이 검은 머리 하나가, 몸통이 없는 머
리가 쓰레기 속에서 모습을 드러냈어. 기이하게도 몸에서 분
리된 듯한 머리가 줄곧 험악한 표정으로 짐을 노려보았어.
다음 순간, 더미 전체가 꿈틀거리더니, 나직하게 용쓰는 소
리와 함께 남자 한 명이 재빨리 모습을 드러내 짐에게 달려
들었어. 그자 뒤쪽으로 매트들이 튕겨 날아갔고, 그자는 팔
꿈치를 굽힌 자세로 오른팔을 치켜들고 있었는데, 머리 위로
살짝 올라가 있던 주먹에서는 단검의 무딘 날이 빠져나와 있

었어. 그자의 사타구니에 단단히 감긴 천은 청동빛 피부에 대비되어 눈부시게 하얗게 보였고, 벗은 몸은 마치 젖은 것처럼 번들거렸어.

짐은 이 모든 것을 집중해서 바라보았어. 짐은 형언할 수 없는 안도감과 복수심으로 들뜬 기분을 느꼈다고 하더군. 짐은 총 쏘는 걸 일부러 늦추고 있었어. 짐은 10분의 1초 정도, 상대가 세 걸음 떼는 동안 발사를 늦췄는데, 엄청나게 긴 시간처럼 느껴졌다더군. 짐은 〈저놈은 이제 죽었어!〉라고 혼잣말하는 기쁨을 맛보기 위해 발사를 늦췄던 거야. 짐은 완벽하게 자신 있었어. 짐은 상대가 다가오게 내버려 뒀어. 문제될 게 없었거든. 어차피 죽을 녀석이었으니까 말이야. 짐은 상대의 벌름거리는 콧구멍, 크게 뜬 눈, 의지와 열의로 가득한 침착한 얼굴을 자세히 본 뒤 총을 쐈어.

밀폐된 공간이었기에 총성이 엄청났지. 그자는 한 걸음 물러섰어. 그자는 머리를 뒤로 젖히며 두 팔을 앞으로 뻗었고, 단검을 떨어뜨렸어. 나중에 확인해 보니, 총알이 그자의 입을 위로 비스듬히 관통해 두개골 상단 뒷부분을 뚫고 나갔다더군. 그자는 관성 때문에 달려오던 그대로 계속 나왔어. 얼굴이 갑자기 쩍 갈라지며 찌그러지고, 장님이 된 듯 두 손을 펴고 더듬다가 요란한 소리와 함께 고꾸라졌는데, 이마가 짐의 맨발가락에 닿을락 말락 한 거리에 떨어졌어. 짐은 그 세세한 광경을 조금도 놓치지 않았어. 마치 그자의 죽음이 모든 것을 속죄한 듯, 짐은 아무런 원한도 불안감도 없이 차분하고 편안해졌어. 실내는 횃불에서 나오는 시커먼 연기로 가득해지고 있었고, 횃불은 흔들림 없이 핏빛으로 곧게 타고 있었어. 짐은 시체를 넘어 단호히 걸어간 뒤 맞은편 끝에서 희미하게 모습을 드러내고 있던 또 다른 한 명의 벗은 몸을 향해 권총을 겨누었어. 짐이 방아쇠를 당기려는 순간, 상대는 무거운 단창을 내던지고 항복하듯 주저앉더니 등을 벽에 대고 두 손을 가랑이 사이에 깍지 껴 쥐었어. 〈살고 싶은가?〉 짐이 말했어. 상대는 아무 소리도 내지 않았어. 〈몇 명이나 더 있지?〉 짐이 다시 물었어. 〈두 명이 더 있습니다, 투안.〉 그자는 홀린 듯이 휘둥그레진 눈으로 총구를 들여다보면서 아주 나직이 말했어. 그 말과 함께 매트 아래에서 두 명이 더 기어 나오며 과장되게 빈손을 내보였어.」

32

「짐은 유리한 위치를 차지하고 세 사람을 모아 문밖으로 데리고 나갔어. 그러는 내내 햇불은 조금도 흔들리지 않는 아가씨의 작은 주먹에 수직으로 들려 있었어. 세 명은 아무런 말도 없이 짐의 명령에 따라 기계적으로 움직였어. 짐은 그자들을 한 줄로 세우고 명령했어. 〈서로 팔짱을 껴.〉그자들은 시키는 대로 했어. 〈팔을 빼거나 고개를 돌리는 놈은 죽을 줄 알아.〉짐이 말했어. 〈앞으로 가!〉그자들은 굳은 동작으로 걸었고, 짐이 뒤를 따랐으며, 곁에서는 검은 머리털을 허리까지 늘어뜨리고 바닥에 끌리는 하얀 드레스를 입은 아가씨가 햇불을 들었어. 꼿꼿한 자세로 움직이는 아가씨는 땅을 딛지 않고 미끄러지는 듯했고, 들리는 소리라곤 비단 자락이 스치는 소리와 긴 풀잎이 바스락거리는 소리뿐이었어. 〈멈춰!〉짐이 외쳤어.

강둑은 가팔랐어. 아주 상쾌한 기운이 위로 올라왔고, 불빛은 잔물결 없이 거품을 내며 흐르던 검고 매끄러운 강물 가장자리에 떨어졌어. 좌우로 또렷한 지붕 윤곽들 아래로 집

의 형상들이 늘어서 있었어. 〈내가 직접 만나러 가겠지만 우
선 샤리프 알리에게 안부를 전해라.〉 짐이 말했어. 셋 중 누
구 하나 고개를 끄덕이지 않았어. 〈뛰어들어!〉 짐이 큰 소리
로 외쳤어. 셋이 동시에 강에 뛰어들며 물이 엄청나게 튀었
고, 검은 머리들은 경련하듯 수면 위에 나타났다 사라졌다
하다가 보이지 않게 되었어. 하지만 크게 씩씩대는 소리와
첨벙거리는 소리는 계속 들렸고, 혹시 작별의 총알이라도 날
아올까 봐 열심히 물속으로 몸을 숨기는 바람에 점차 그 소
리도 희미해졌어. 짐은 그동안 말없이 주의 깊게 지켜만 보
던 아가씨에게 돌아섰어. 심장이 갑자기 너무 커지더니 가슴
을 가득 채우고 목구멍을 막은 듯한 느낌이 들었어. 필시 그
때문에 그렇게 오랫동안 말없이 서 있기만 했을 거야. 그리
고 아가씨는 짐과 눈길을 마주친 뒤 팔을 크게 휘저어 횃불
을 강으로 던졌어. 불에 타던 횃불은 밤을 가로질러 길게 날
아가 요란하게 소리를 내며 꺼졌고, 평온하고 부드러운 별빛
이 거침없이 둘 위로 쏟아졌어.

　마침내 목소리를 되찾은 짐이 뭐라고 말했는지는 짐에게
서 듣지 못했어. 짐이 유창하게 말했을 것 같지는 않아. 세상
은 고요했고, 밤이 둘을 향해 숨을 쉬고 있었어. 다정함을 담
도록 마련된 듯한 그런 밤이었지. 그리고 마치 어두운 장막
속에서 막 해방된 듯 우리 영혼이 예리한 감성으로 타오르는
순간이 있는 법이고, 그럴 때면 침묵이 달변보다 더 강력한
힘을 발휘하기도 하지. 그 아가씨에 관해 짐은 이렇게 말했
어. 〈주얼은 감정이 북받치는 듯했어요. 흥분한 겁니다. 반작

용도 있었고요. 엄청 지쳤을 겁니다. 그 모든 일이 다요. 그리고, 그리고, 주얼은 절 좋아하고 있었습니다, 모르셨나요? 저도요⋯⋯. 물론 몰랐습니다⋯⋯. 전 정말 전혀 생각도⋯⋯.〉

그리고 짐은 일어서더니 살짝 격앙해서 서성이기 시작했어. 〈저는, 저는 주얼을 정말로 사랑합니다. 말로 설명할 수 없을 정도로요. 물론 말로 설명할 수 없지요. 자신의 존재가 다른 사람에게 필요하다는 것을, 필요하다는 것을 알면, 매일 어쩔 수 없이 깨닫게 되면, 사람은 행동이 달라집니다. 저는 그걸 느끼게 되었습니다. 놀라운 경험이었습니다. 하지만 그간 주얼이 어떻게 살아왔는지 생각해 보세요. 너무 끔찍했습니다! 그렇지 않습니까? 제가 여기서 주얼을 만난 건 마치 산책 나갔다 어떤 외지고 어두운 곳에서 물에 빠져 죽어 가는 사람을 갑자기 보게 된 것과 같았습니다. 맙소사! 우물쭈물할 시간이 없지요. 네, 그건 신뢰이기도 합니다⋯⋯. 저는 그런 신뢰를 감당할 수 있다고 믿습니다⋯⋯.〉

그 얘기를 하기 조금 전에 그 아가씨가 우리만 두고 그 자리를 떴다는 얘기를 해둬야겠군. 짐은 자기 가슴을 철썩 쳤어. 〈그렇습니다! 저는 그걸 느낍니다. 하지만 저는 제가 이 모든 행운을 누릴 만하다고 생각합니다!〉 짐에게는 자신에게 일어나는 모든 일에서 특별한 의미를 찾아내는 재능이 있었어. 그게 바로 짐이 자신의 애정 관계를 보는 시각이었지. 목가적이고 약간 엄숙했고, 진심이었지. 짐의 믿음은 젊은이 특유의 흔들리지 않는 진지함으로 가득했거든. 얼마 뒤, 다른 때 짐이 내게 말했어. 〈저는 이곳에 온 지 2년밖에 되지 않았습니다. 그런데 이제는, 정말이지, 다른 곳에 산다는 건 생각도 할 수 없습니다. 바깥세상은 생각만 해도 겁이 납니다. 왜냐하면 아시겠지만……〉 우리는 강둑을 산책 중이었는데, 부츠 신은 발로 조그만 마른 진흙덩이 하나를 밟아 뭉개던 짐은 눈을 내리깔고 부츠만 바라보며 말을 이었어. 〈제가 왜 이곳에 왔는지 잊은 적이 없거든요. 아직 잊지 않았습니다!〉

나는 짐을 바라보는 걸 자제했어. 하지만 짤막한 한숨 소리를 들은 듯해. 우리는 말없이 침묵 속에서 그곳을 한두 번 돌았어. 〈제 영혼과 양심을 걸고 말씀드리는데,〉 짐이 다시 말을 시작했어. 〈만약 그런 일이 잊힐 수만 있다면, 전 제 마음에서 그 일을 떨쳐 버릴 권리가 있다고 생각합니다. 여기 아무에게나 물어보세요.〉……짐의 목소리가 바뀌었어. 이제 짐은 부드러운, 거의 갈망하는 어조로 말했어. 〈여기 모든 사람에게, 저를 위해서라면 무슨 일이든 하려는 이곳의 모든 사람에게 그걸 이해시킬 수 없다는 게 이상하지 않습니까? 절대 불가능합니다! 만약 선장님이 절 못 믿으셨다면, 지금 이 얘기도 할 수 없었을 겁니다. 어쨌든 어려울 듯합니다. 전 바보가 아닐까요? 제가 뭘 더 원할 수 있을까요? 만약 선장님께서 그 사람들에게 누가 용감하고, 누가 진실하고, 누가 공정하고, 누가 믿고 목숨을 맡길 만하냐고 물으시면 그 사람들은《투안 짐》이라고 답할 겁니다. 그런데도 그 사람들은 진짜, 진짜 진실만은 영영 알 수 없죠……〉

그게 내가 짐과 보낸 마지막 날, 짐에게 들은 말이었어. 나는 중얼거리는 소리 하나 허투루 듣지 않았어. 나는 짐이 말을 더 하려 했지만, 그랬더라도 문제의 핵심에는 더 이상 접근하지 못할 거라고 느꼈어. 지구를 쉼 없는 한 점의 먼지로 축소시킬 듯이 이글거리던 태양은 이미 숲 너머로 가라앉았고, 오팔색 하늘에서 퍼진 빛은 그림자도 광휘도 없는 세상에, 차분히 생각에 잠긴 위대한 존재의 환상을 던지는 듯했어. 짐의 이야기를 들으며 왜 내가 강과 하늘이 차츰 어두워지던 광경을 그처럼 주의 깊게 관찰했는지 지금도 그 이유를 모르겠어. 마치 검고 고운 먼지가 꾸준히 떨어지듯이, 밤은 거역할 수 없게 천천히 다가오며 눈에 보이는 모든 형체 위에 조용히 내려앉아 그 윤곽을 지우고 형태들을 점점 더 깊이 묻어 버렸어.

〈젠장!〉 갑자기 짐이 입을 열었어. 〈너무 어리석어서 아무것도 할 수 없는 날이 있잖아요. 하지만 제가 뭘 원하는지는 말씀드릴 수 있어요. 그 일을 끝내는 것, 제 뇌리에 자리 잡은 그 일을 끝내는 겁니다. 잊고 싶지만…… 잊고 싶지만…… 도무지 그 방법을 알 수가 없습니다! 조용히 생각해 볼 수는 있지요. 결국 그래서 어떻게 되었나요? 아무런 효과가 없었지요. 선장님께서는 그렇게 생각하지 않으시겠지만…….〉

나는 항의 조로 투덜거렸어.

〈상관없습니다.〉 짐이 말했어. 〈저는 만족합니다…… 거의요. 누구든 제가 맨 처음 마주치는 사람의 얼굴을 보기만 해도, 저는 자신감을 되찾을 수 있습니다. 그 사람들은 제 마음 속에서 일어나는 일을 이해할 수 없어요. 그게 뭐 대수입니

까. 보세요! 저는 그럭저럭 괜찮게 해왔잖습니까.〉

〈그럭저럭 괜찮게 해왔지.〉 내가 말했어.

〈하지만 그렇대도, 선장님은 저를 선원으로 고용하고 싶지는 않으시죠?〉

〈쓸데없는 소리!〉 내가 외쳤어. 〈그런 말 하지 말게.〉

〈아하! 보세요.〉 짐이 평온하게 나를 굽어보며 의기양양하게 말했어. 〈하지만,〉 짐이 계속 말했어. 〈이곳 사람 중 누구에게라도 그렇게 말해 보세요. 그 사람들은 선장님을 바보나 거짓말쟁이, 또는 그보다 더한 사람으로 생각할 겁니다. 그리고, 그래서 제가 견딜 수 있는 겁니다. 저는 이곳 사람들에게 한두 가지 일을 해주었을 뿐인데, 그 사람들은 저를 이토록 신임합니다.〉

〈이 친구야,〉 내가 외쳤어. 〈자네는 언제까지나 이곳 사람들에게 해명되지 않는 수수께끼로 남을 거야.〉 그리고 우리는 침묵에 잠겼어.

〈수수께끼라.〉 짐이 내 말을 반복하더니 고개를 들고 나를 바라보았어. 〈그렇다면 제가 언제까지나 이곳에 있게 해주십시오.〉

해가 지고 나니 바람이 슬쩍슬쩍 불 때마다 어둠이 그 바람을 타고 우리에게 몰려오는 듯했어. 산울타리 길 한가운데에서는 마치 외다리처럼 보이는 탐 이탐이 으스스한 모습으로 꼿꼿이 서서 경계하고 있었지. 그리고 어둑한 가운데서도 지붕을 받치는 기둥 뒤쪽에 무언가 하얀 물체가 오락가락 움직이는 게 보였어. 짐이 탐 이탐을 데리고 저녁 순찰을 나서

자마자 나는 혼자서 집으로 돌아갔는데, 뜻밖에도 도중에 그 아가씨와 마주쳤어. 아가씨는 날 만날 기회를 기다린 게 분명했어.

그 아가씨가 나에게서 얻어 내려 한 것이 정확히 무엇인지 설명하기란 쉽지 않아. 아마도 뭔가 아주 단순한 것이었을 거야. 이 세상에서 가장 단순하면서 불가능한 거. 예를 들어 구름의 모양을 정확히 묘사하는 일 같은 것 말이야. 그 아가씨는 보장을, 진술을, 약속을, 설명을 원했어. 그걸 뭐라고 불러야 할지 모르겠어. 이름이 붙어 있지 않은 거였으니까. 튀어나온 지붕 아래는 어두웠고, 그래서 내가 볼 수 있는 건 그 아가씨가 입은 옷의 흘러내리는 선, 하얀 치아가 반짝이는 작고 창백한 타원형 얼굴, 내 쪽을 향한 크고 음울한 눈동자가 전부였어. 그 눈동자에는 희미한 동요의 빛이 감도는 듯했는데, 아주 깊은 우물 바닥을 응시하면 보이지 않을까 싶은 그런 동요였어. 거기서 무엇이 움직이고 있을까? 궁금할 거야. 눈먼 괴물일까, 아니면 우주에 흩어진 어슴푸레한 빛에 불과할까? 내가 어떤 생각을 했는지 듣고 웃지 마. 나는 삼라만상은 서로 다르지만, 아이들처럼 세상 물정 모르던 그 아가씨는 나그네들에게 유치한 수수께끼를 내던 스핑크스보다 더 속을 헤아리기 어렵다는 생각을 했어. 그 아가씨는 눈을 뜨기도 전에 파투산으로 와서 살았어. 파투산에서 자랐기 때문에 본 것도 없고, 아는 것도 없었으며, 그 무엇에 대해서도 개념이 없었어. 그 아가씨가 다른 무엇의 존재를 믿고 있었는지, 나는 몰라. 바깥세상에 대해 무슨 생각을 했는지, 나는 상상조차 할 수 없어. 바깥세상의 주민에 대해 그 아가씨가 아는 거라고는 배반당한 여인과 어리석고 심술궂고 사악한 남자 한 명이 전부였어. 그 아가씨의 애인 또한 바깥세상에서 왔고, 거역하기 힘든 온갖 매력을 지니고 있었지. 하지만 만약, 자기네 사람을 되찾아야겠다고 언제나 주장하고 나서는 듯한 그 미지의 세상으로 애인이 돌아가야 하는 날이 오면 그 아가씨는 어떻게 될까? 그 아가씨의 어머니는 죽기 전에 눈물을 흘리며 바로 그 점을 조심하라고 경고했어…….

그 아가씨는 내 팔을 꽉 잡았고, 내가 걸음을 멈추자마자 서둘러 손을 놓았어. 아가씨는 대담했지만 위축되어 있었어. 아가씨는 아무것도 두려워하지 않았지만, 깊은 불신과 극단적인 이질감 때문에 조심스러워했어. 마치 어둠 속을 더듬는 용감한 사람 같았어. 그 아가씨가 보기에, 나는 어느 순간에 건 짐을 돌려달라고 주장할 수 있는 미지의 세상에 속해 있었지. 말하자면, 나는 그 세상의 비밀스러운 성격과 의도를 아는 한 명이자, 위협적인 수수께끼의 절친이자, 아마도 그 세계의 힘으로 무장까지 하고 있는 것으로 보인 거야! 그 아가씨는 나를, 말 한마디만 하면 짐을 자기 품에서 앗아 갈 수 있는 그런 존재로 보았어. 냉정하게 판단해 보건대, 내가 짐과 오랫동안 이야기하자 그 아가씨는 불안해서 미칠 지경이었던 거야. 그 아가씨는 현실적이면서 견딜 수 없는 고뇌를 겪었고, 영혼이 충분히 강인해서 자기 행동의 엄청난 결과를 감당할 수만 있었어도, 아마 그 고뇌 때문에 날 죽일 음모라도 꾸몄을걸. 그게 내가 받은 인상이고, 내가 너희에게 설명할 수 있는 전부야. 그 모든 것이 차츰 내 머릿속에 떠올랐고, 생각들이 점점 더 선명해져 감에 따라 나는 천천히 다가오는 믿기 어려운 경이감에 압도되었어. 그 아가씨는 내가 자기 말을 믿게 했어. 하지만 그 단도직입적이면서 격렬한 속삭임, 부드러우면서 열정에 찬 어조, 갑자기 말을 멈추고 숨죽인 채 하얀 팔을 날쌔게 뻗을 때의 그 호소력 있는 동작 같은 것들이 얼마나 인상적이었는지는 도저히 말로 표현할 수가 없어. 두 팔이 내려갔어. 그리고 유령 같던 아가씨는 바람 속의 가느다란 나무처럼 흔들렸어. 창백한 타원형 얼굴을 숙이고 있어 표정을 분간하기가 불가능했어. 눈동자에 감도는 어둠도 그 깊이를 헤아릴 수 없었지. 양팔의 넓은 소매가 어둠 속에서 날개를 펴듯 올라갔고, 그 아가씨는 두 손으로 머리를 잡은 채 말없이 서 있었어.」

33

「나는 엄청나게 감동했어. 그 아가씨의 젊음, 무지, 야생화같이 단순한 매력과 섬세한 생명력을 가진 아름다움, 애처로운 간청, 고립된 상태 등이 아가씨의 지나치지만 당연한 두려움에 버금가는 힘으로 내게 호소했거든. 우리 모두와 마찬가지로, 그 아가씨 역시 미지의 세계를 두려워했고, 무지로 인해 그 세계는 한없이 넓어 보였어. 나는 미지의 세계를, 나 자신을, 너희를 대표했고, 또한 짐에게 관심도 필요도 못 느끼는 온 세상을 대표하는 사람이었어. 난 이 바글거리는 세상은 짐에게 무관심하다고 대답할 준비가 되어 있었어. 하지만 짐 역시 그 아가씨가 두려워하는 정체불명의 세계에 속한다는 생각, 내가 아무리 많은 것을 대표해도 짐을 대표하지는 않는다는 생각이 들었어. 그 때문에 나는 그 말을 못 하고 주저했어. 절망적 고통의 중얼거림이 내 입술에서 터져 나왔어. 나는 적어도 짐을 데리고 가려는 의도로 그곳에 온 건 아니라며 말을 시작했어.

　그렇다면 내가 온 이유가 뭘까? 아가씨는 살짝 뒤척인 뒤 한밤의 대리석상처럼 꼼짝도 안 했어. 나는 간단히 설명하려 애썼어. 우정, 사업. 만약 그 문제와 관련해 내가 바라는 것이 있다면 그건 오히려 짐이 파투산에 머무는 것이라고 말했지…….〈그 사람들은 늘 우리를 버린답니다.〉아가씨가 중얼거렸어. 아가씨가 늘 경건하게 화환으로 장식하던 어머니 무덤에서 나온 슬픈 지혜의 숨결이 희미한 한숨이 되어 지나가는 듯했어…….그래서 나는 그 무엇도 아가씨에게서 짐을 떼어 놓을 수 없을 거라고 했어.

나는 지금도 내가 한 말을 굳게 믿어. 그 당시에도 굳게 믿었고. 그게 그 일에 관련된 모든 사실에서 이끌어 낼 수 있는 유일한 결론이었거든. 아가씨는 혼잣말하듯 〈그이도 저에게 그렇게 맹세했답니다〉라고 속삭였지만, 그 속삭임이 내 결론을 더 확실하게 만들어 주진 못했어. 〈짐에게 물어보았나요?〉 내가 말했어.

그 아가씨는 한 걸음 더 다가왔어. 〈아니요, 한 번도요!〉 오히려 짐에게 떠나라고 했다는 거야. 그 말을 한 건, 그날 밤 강둑에서였어. 짐이 사람을 죽인 뒤였지. 짐이 너무나 자신을 빤히 바라보는 바람에 그만 횃불을 강물에 던져 버린 뒤였대. 횃불이 너무 밝은 데다, 잠시지만 위험이 사라졌거든. 잠시 말이야. 그때 짐은 그 아가씨를 코닐리어스에게 내버려 두지 않겠노라고 말했어. 아가씨는 고집을 부렸어. 자기를 버리고 떠나기를 원했어. 짐은 그럴 수 없으며 그건 불가능하다고 말했어. 짐은 그 말을 하며 몸을 떨었고, 그 아가씨는 그런 짐의 떨림을 느꼈어…….상상력까지 동원하지 않더라도, 그 장면이 어땠고 둘의 속삭임이 어땠을지 다들 눈에 선하겠지. 그 아가씨는 짐 때문에도 두려웠어. 내 생각에, 당시 그 아가씨는 짐이 여러 위험에 결국 희생되고 말 운명이라고만 보았고, 짐보다 그 위험을 더 잘 알았어. 짐은 존재 자체만으로도 그 아가씨의 마음을 지배했고, 그 아가씨 머릿속을 가득 채웠으며, 아가씨의 모든 애정을 독차지했지만, 그럼에도 아가씨는 짐이 거기서 성공할 가능성을 과소평가했어. 그 무렵에는 모든 사람이 짐의 성공 가능성을 과소평가한 게 분명해. 엄밀히 말하자면, 짐에게는 가능성이 조금도 없어 보였어. 코닐리어스도 그렇게 평가했어. 코닐리어스는 이 불신자를 없애려는 샤리프 알리의 음모에서 자신이 맡은 구린 역할을 축소해 말하는 과정에서 내게 그렇게 고백했어. 이제 확신하건대, 심지어 샤리프 알리마저 그 백인에게는 오로지 경멸의 감정만 품었던 거야. 내 생각에 샤리프 알리가 짐을 죽이려던 것도 주로 종교적인 이유 때문이었어. 신앙심 때문에 저지른 단순한 행동이며 무한히 칭찬받을 만하지만, 그 밖에는 별 의미가 없지. 이 의견에 대해서는 코닐리어스도 동의했어. 〈존경하는 선장님,〉 그자가 어떻게든 나와 단둘이 있을 기회를 만든 적이 딱 한 번 있는데, 그때 그자가 비열하게 말했어. 〈존경하는 선장님, 제가 어떻게 알았겠습니까? 그자가 정말 어떤 자였는지를요? 과연 어떤 일까지 해내서 사람들의 신임을 얻게 될 줄 제가 어찌 알았겠습니까? 그따위 애송이를 보내 오랫동안 봉사해 온 사람에게 큰소리나 치게 하다니, 대체 스타인 씨는 무슨 생각이었을까요? 저는 80달러에 그자의 목숨을 구해 주려 했습니다. 단돈 80달러에요. 왜 그 바보는 떠나지 않았답니까? 낯선 사람 때문에 제가 칼에 찔려야 했겠습니까?〉 그자는 간사하게 허리를 굽히고 내 앞에서 진심으로 굽실거렸고, 내 무릎 부근에 있던 그자의 두 손은 마치 내 다리를 당장에라도 껴안을 것 같았어. 〈80달러가 대숩니까? 죽은 악처 때문에 일생을 망치고 무방비 상태에 있는 늙은이에게 주는 돈치고는 보잘것없는 액수지요.〉 이 대목에서 그자는 눈물을 흘리더군. 하지만 나는 이미 그자가 그렇게 나올 걸 예상했어. 그날 코닐리어스와 만나기 전에 이미 나는 그 아가씨와 대화를 나눈 상태였거든.

짐에게 자기를 버리라고, 심지어 그 나라를 떠나라고 재촉했을 때, 그 아가씨에게는 사심이 없었어. 마음속에 가장 먼저 떠오른 건 짐의 안전이었어. 설사 그 아가씨가 자신의 목숨을 구하고 싶었다 할지라도 그건 아마 무의식 속에서였을 거야. 하지만 그 아가씨는 자신이 받은 경고를 떠올렸고, 자신의 모든 기억의 중심이자 얼마 전에 죽은 어머니의 삶이 주는 교훈들을 생각해 보았어. 그러다가 그 아가씨는 부드러운 별빛 아래 그 강가에서 짐의 발치에 쓰러졌다고, 아가씨가 내게 직접 말했어. 별빛 속에 보이는 것은 묵묵하고 거대한 그림자들과 무한히 펼쳐진 공간들뿐이었고, 그 넓은 강물 위에서 희미하게 떨리는 별빛 때문에 강은 바다처럼 넓어 보였다더군. 짐이 그 아가씨를 일으켜 세웠어. 그러고 나자, 아가씨는 더는 몸부림치지 않았어. 당연하지. 강인한 팔, 다정한 목소리, 그리고 작고 외로운 머리를 기댈 우람한 어깨가 있었으니까. 아픈 마음과 혼란스러운 생각을 달래려면 그 모든 것이 무한히 필요했고, 젊음의 충동과 그 순간의 숙명도 작용했겠지. 너희라면 어땠을까? 세상 그 무엇도 이해할 능력이 없는 사람이 아니고서야 누구나 이해할 수 있을 거야. 그리고 그 아가씨는 짐이 자기를 일으켜 세우고 붙잡아 주자 만족했어. 〈아시잖아요, 젠장! 진지한 거예요. 허튼짓이 아니라고요!〉 짐은 자기 집 문간에서 괴롭고 걱정스러운 얼굴로 황급히 속삭였어. 나는 허튼짓에 대해 아는 게 없지만, 둘의 연애에는 경박한 데가 없어. 유령이 나오는 폐허에서 맹세하는 기사와 처녀처럼, 둘은 삶의 재앙이 던지는 그림자 아래에서 만나 함께하게 되었어. 그런 이야기에는 별빛 정도면 충분했지. 너무나 희미하고 아득해서 제대로 그림자를 만든다거나 강 건너 기슭을 보여 줄 수 없는 그 빛 정도면. 그날 밤, 바로 그 장소에서 나는 강물을 바라보았어. 조용히 흐르는 그 강은 삼도천처럼 시커멨어. 이튿날, 나는 그곳을 떠났어. 하지만 짐에게 너무 늦기 전에 떠나라고 애원했을 때, 그 아가씨가 어떤 구원을 받고 싶었던 건지 나는 절대로 잊지 못할 거야. 아가씨는 차분히 마음을 가라앉힌 뒤, 그때 본인이 빠져나오고 싶었던 처지에 대해 이야기했어. 단순한 흥분 상태라기엔 너무나 열렬히 집중해서 말했지. 그때의 조용한 목소리는, 희미하게 보이던 자신의 하얀 모습만큼이나 불분명했어. 〈저는 울다가 죽고 싶지 않았답니다.〉 그 아가씨가 말했어. 나는 내가 제대로 듣지 못했다고 생각했지.

〈울다가 죽고 싶지 않았다고요?〉 내가 그 말을 되풀이하며 물었어. 〈어머니처럼요.〉 그 아가씨는 곧바로 덧붙였어. 아가씨의 하얀 모습은 미동도 하지 않았어. 〈어머니는 돌아가시기 전에 무척이나 슬피 우셨어요.〉 아가씨가 설명했어. 마치 밤새 조용히 홍수가 불어나듯이, 어느새 거대한 정적이 우리 주위에서 솟아나 감정의 익숙한 지표들을 지워 버린 듯했어. 그때 마치 물속에서 발 디딜 곳을 잃어버릴 때처럼, 갑작스러운 두려움, 깊이를 알 수 없는 두려움이 날 덮쳤어. 어머니 임종 순간에, 아가씨는 어머니와 단둘이 있었다고 했어. 하지만 코닐리어스가 들어오지 못하게 하느라 병상 옆을 떠나 등으로 문을 막고 있어야 했대. 그자는 들어오고 싶어 했고, 두 주먹으로 계속 문을 두드리고 이따금 쉰 목소리로 〈문 열어! 문 열어! 문 열어!〉라고 외칠 때만 두드림을 멈췄어. 저쪽 구석에 깔아 놓은 몇 장의 매트 위에서 죽어 가던 여인은, 이미 말을 잃고 팔을 들어 올릴 힘조차 없이 고개만 돌린 채 〈안 돼! 안 돼!〉라고 명령하듯이 힘없이 손을 움직였고, 딸은 그 명령에 따라 온 힘을 다해 어깨로 문을 막으며 어머니를 바라보았어. 〈어머니 눈에서 눈물이 흘렀고, 이윽고 어머니는 돌아가셨어요.〉 그 아가씨는 아무런 동요도 없이 단조로운 목소리로 말을 맺었어. 다른 그 무엇보다, 하얀 조각처럼 꼼짝 않고 서 있던 그 아가씨의 모습보다, 바로 그 어조에 나는 말로 형언할 수 없이 심란해졌고, 그 임종 장면에 속절없이 깊은 두려움을 느꼈어. 나에겐 존재한다는 것에 대해 나름의 관념이 있었고, 다들 그러하듯, 껍데기 속으로

숨어드는 거북처럼 위험한 순간에 기어들 나만의 피난처가
있었어. 하지만 아가씨의 그 목소리가 강력한 힘으로 나를
그 관념에서, 피난처에서 끄집어냈어. 한순간 나는 거대하고
음침한 무질서가 지배하는 듯한 세계를 보았어. 하지만 사실
그 세계는 우리의 지칠 줄 모르는 노력 덕분에 작은 편의들
을 인간이 상상할 수 있는 한 가장 밝고 따뜻하게 정돈해 둔
곳이야. 하지만 내가 본 건 오직 한순간에 불과했어. 나는 곧
장 내 껍데기 안으로 돌아갔거든. 돌아가야만 하니까. 알잖
아? 비록 난 그 어두운 생각들의 혼돈 속에서 1~2초 정도 황
당하게도 말을 모두 잃은 듯했지만, 잃어버렸던 말을 아주
금방 되찾았어. 말 또한 우리의 은신처를 이루는 빛과 질서
라는 보호 개념의 일부거든. 내가 말을 언제든 맘대로 사용
할 태세를 마쳤을 때, 그 아가씨가 조용히 속삭였어. 〈우리가
단둘이 그곳에 서 있을 때, 그이는 절대로 저를 떠나지 않겠
노라고 맹세했어요! 맹세했어요!〉 ……〈그런데도! 그런데도
그 친구의 말을 믿지 못하시는 겁니까?〉 진짜로 충격을 받은
내가 진심으로 나무라며 물었어. 왜 그 아가씨는 짐의 맹세
를 믿을 수 없었을까? 어째서 그 아가씨는 불확실성만 갈망
하며 두려움에 매달렸을까? 마치 불확실성과 두려움이 자기
사랑의 수호자인 듯이 말이야. 끔찍했어. 그 아가씨가 해야
할 일은, 그 정직한 애정으로 자신을 위한 난공불락의 평화
로운 피난처를 만드는 거였는데 말이야. 그 아가씨는 그래야
한다는 걸 몰랐고, 아마 알았더라도 만들 재간이 없었을 거
야. 밤이 빠르게 다가왔어. 우리가 있던 곳이 칠흑처럼 어두

워지자, 그 아가씨는 미련 많고 심술궂은, 실체 없는 유령처럼 미동도 하지 않고 사라졌어. 그리고 갑자기 그 아가씨가 다시 조용히 속삭이는 소리가 들렸어. 〈다른 사람들도 똑같은 맹세를 했답니다.〉 그 말이 슬픔과 두려움으로 가득한 어떤 생각에 대한 사색적인 논평처럼 들리더군. 그리고 더 낮은 목소리로 덧붙였어. 〈제 아버지도 그랬지요.〉 그 아가씨는 말을 멈추고 소리 없이 숨을 쉬었어. 〈외할버지도요.〉 ……그 아가씨는 그런 일들이 있던 걸 알고 있었어! 나는 즉시 말했어. 〈아! 하지만 짐은 다르답니다.〉 그 아가씨는 내 주장에 시비를 걸 생각이 없는 듯했어. 하지만 잠시 뒤, 허공을 꿈결처럼 떠돌던 기이하고 조용한 속삭임이 내 귓가로 전해졌어. 〈왜 그이는 다르지요? 더 훌륭한가요? 아니면……〉 나는 그 아가씨의 말을 끊고 말했어. 〈맹세코, 저는 그 친구가 더 훌륭하다고 생각합니다.〉 우리는 말이 신비하게 들릴 정도까지 목소리를 낮췄어. 짐의 인부들은 대부분 샤리프의 방책에서 해방된 노예였는데, 그 사람들이 살던 오두막 어딘가에서 누군가가 새된 목소리로 느릿느릿 노래하기 시작했어. 강 건너, 아마도 도라민의 거처인 듯한 곳에서 커다란 불길이 타올랐는데, 밤의 어둠 속에서 완전히 허공에 뜬 타오르는 공처럼 보였어. 〈그이가 더 진실한가요?〉 그 아가씨가 속삭였어. 〈네.〉 내가 말했지.

〈그 누구보다 더 진실한가요?〉 그 아가씨가 여운이 남는 목소리로 반복해서 말했어. 〈이곳에서는 그 누구도,〉 내가 말했지. 〈그 친구의 말을 꿈에도 의심하지 않을 겁니다. 아무

433

도 감히 그러지 못할 겁니다. 아가씨만 빼고요.〉

이 말에 그 아가씨가 몸을 살짝 움직인 듯해. 〈더 용감한가 요?〉 그 아가씨는 달라진 목소리로 물었어. 〈두려움 때문에 그 친구가 아가씨에게서 도망치는 일은 없을 겁니다.〉 내가 살짝 찔려 하며 말했어. 새된 음조의 노래가 뚝 끊어졌고, 저 멀리서 몇 명이 대화를 나누는 소리가 들리기 시작했어. 짐 의 목소리도 들렸어. 나는 그 아가씨의 침묵에 놀랐어. 〈짐이 아가씨에게 뭐라던가요? 뭔가 이야기를 했나요?〉 내가 물었 어. 아무런 답도 없더군. 〈짐이 아가씨에게 무슨 말을 했나 요?〉 내가 끈질기게 물었어.

〈제가 말씀드릴 수 있다고 생각하세요? 제가 어떻게 알겠 어요? 제가 어떻게 이해하겠어요?〉 마침내 그 아가씨가 외 치더군. 살짝 움직임이 느껴졌어. 아마도 걱정으로 두 손을 꽉 쥐고 있었을 거야. 〈그이에게는 영영 잊지 못할 무슨 일이 분명 있어요.〉

〈하지만 아가씨가 그 덕을 봤지요.〉 내가 음울하게 말했어.

〈그게 뭔가요? 무슨 일이죠?〉 그 아가씨는 간청하는 어조 에 엄청난 호소력까지 실어 말했어. 〈그이는 자신이 겁먹은 적 있다고 했어요. 제가 그걸 어떻게 믿을 수 있겠어요? 제 가 미치지 않고서야 그 말을 어떻게 믿겠어요? 그이와 선장 님 모두 뭔가 기억하고 있죠! 자꾸만 그 기억으로 돌아가고 있잖아요. 그게 뭔가요? 말씀해 주세요! 그게 무엇인가요? 아직 진행 중인 일인가요? 아니면 끝난 건가요? 저는 이런 상황이 싫어요. 잔인해요. 그 재앙에 얼굴이나 목소리가 있나요? 그이가 그걸 보게 되나요? 듣게 되나요? 그이는 자다 말고, 아마도 저를 보지 못하고, 일어나 가버리겠지요. 아! 저는 그이를 절대 용서하지 못할 거예요. 제 어머니는 용서 하셨지요. 하지만 저는 절대로 그럴 수 없어요! 신호가 있을 까요? 부름이…….〉

놀라운 경험이었어. 그 아가씨는 짐의 수면 그 자체를 믿지 못했고, 내가 그 이유를 설명해 줄 수 있을 거라고 믿는 듯했 어! 바로 그 때문에, 망령의 마력에 홀린 가엾은 인간이 또 다른 유령으로부터 거대한 비밀을 쥐어짜 내려 했는지도 몰 라. 육체에서 분리되어 이 세상의 열정들 사이를 헤매는 영 혼에 대해 저세상이 주장하는 소유권의 비밀을. 내가 디디고 선 바로 그 땅바닥이 내 발밑에서 녹아 버리는 듯했어. 그리 고 그건 아주 단순했어. 하지만 만약에 우리 인간의 두려움 과 불안에 의해 불려 나온 유령들이, 고독한 마술사인 우리 앞에서 서로의 불변성을 보장해야 한다면, 그렇다면, 나는, 육신을 가지고 살아가는 우리 중에서도 나만 그 과업의 절망 적인 냉혹함 속에서 몸서리를 치고 있었던 거야. 신호! 부 름! 그런 표현은 그 아가씨의 무지를 말해 주었지. 고작 단어 몇 개로 말이야! 어떻게 그 아가씨가 그런 단어를 알게 되었 으며, 어떻게 그걸 입에 올리게 되었는지 나는 상상도 안 가. 우리 남자들에게는 그저 끔찍하고 불합리하고 부질없는 순 간의 압박이지만, 여자들은 그 속에서도 영감을 찾아내지. 그 아가씨가 목소리를 냈다는 사실만으로도 가슴이 철렁하 기에 충분했어. 걷어차인 돌멩이 하나가 아프다고 비명을 지른다 해도, 이보다 더 크고 가련한 기적으로 보이지는 않았을 거야. 어둠 속을 떠도는 그 몇 단어를 듣고 나자, 어둠에 잠긴 둘의 삶이 내 가슴에 비극으로 다가왔어. 그 아가씨에게 이해시킨다는 건 불가능했어. 나는 내 무력함에 속으로 화를 냈어. 짐 역시 그랬지. 불쌍한 녀석! 누가 짐을 필요로 할까? 누가 짐을 기억해 줄까? 짐은 자신이 원하던 걸 가졌어. 그 무렵, 짐의 존재는 이미 잊힌 뒤였어. 그리고 둘은 자신들의 운명을 지배하게 되었어. 그 운명은 비극적이었고.

내 앞에서 꼼짝 않고 있던 그 아가씨는 기대에 찬 기색이 역력했고, 내 역할은 망각의 유령들의 왕국에서 온 내 동생 같은 짐을 대변하는 거였어. 나는 내 책임감과 그 아가씨의 고뇌를 절감했어. 그 아가씨의 연약한 영혼을 달랠 능력을 얻을 수만 있다면, 나는 뭐든 내놓았을 거야. 그 영혼은 극복할 수 없는 무지 상태에서, 새장의 무자비한 쇠살을 여린 날개로 때리고 있는 작은 새처럼 자신에게 고통을 가하고 있었어. 두려워하지 마십시오! 말로는 그처럼 쉬운 게 없지. 하지만 행동에 옮기려면 그보다 어려운 게 없어. 어떻게 두려움을 없앨 수 있지? 유령의 심장을 쏘아 관통시키거나, 유령의 머리를 잘라 내거나, 유령의 목덜미를 움켜잡을 방법이라도 있어? 꿈에서는 그런 일을 하겠노라고 용감하게 달려들지만, 결국은 머리가 땀에 흠뻑 젖고 사지를 벌벌 떨며 도망쳐 나온 것만으로도 감사하게 되지. 그런 총알은 발사된 적이 없고, 그런 칼은 벼려진 적이 없고, 그런 사람은 태어난 적이 없어. 날개 달린 진실의 단어들마저 납덩이처럼 우리의 발치에 떨어지고 말아. 그런 필사적인 조우를 위해서는, 이 세상에서는 찾아볼 수 없는 미묘한 거짓말로 적셔 둔 마법의 독화살이 있어야 해. 꿈에서나 가능한 일이지, 친구들!

나는 액막이를 시작했어. 마음은 무거웠고, 일종의 음침한 분노마저 느꼈지. 갑자기 엄격한 어조로 높아진 짐의 목소리가 뜰 건너에서 들려왔어. 강가에서 어떤 바보 놈이 저지른 부주의를 나무라는 소리였어. 나는 또렷하게 속삭였어. 그 미지의 세계에는, 아가씨의 열띤 상상과 달리, 아가씨의 행복을 앗아 가려는 그런 것이 전혀 없다고, 그 아가씨 곁에서 짐을 떼어 낼 수 있는 존재는 없다고, 산 자 가운데도 죽은 자 가운데도 없으며, 그런 얼굴이나 목소리나 힘은 없다고 말이야. 내가 숨을 돌리는 사이, 그 아가씨가 부드럽게 속삭였어. 〈그이도 그렇게 말했어요.〉 〈그 친구는 진실을 말한 겁니다.〉 내가 말했어. 〈그 어떤 것도 없다고 했죠.〉 그 아가씨는 한숨을 짓더니 갑자기 날 바라보며 거의 들리지 않는 어조로 말했어. 〈선장님은 왜 이곳에 오셨나요? 그이는 선장님 이야기를 매우 자주 해요. 저는 선장님이 두려워요. 선장님은 혹시, 혹시 그이를 원하시나요?〉 우리의 황급한 속삭임이 은근히 격해지기 시작했어. 〈저는 다신 오지 않을 겁니다.〉 내가 쓸쓸하게 말했어. 〈그리고 저는 그 친구를 원하지 않습니다. 그 누구도 그 친구를 원하지 않아요.〉 〈그 누구도라고요?〉 그 아가씨는 의심스럽다는 듯이 내 말을 되풀이했어. 〈그 누구도요.〉 내가 단언했고, 알 수 없는 흥분이 내 온몸을 휘감았어. 〈아가씨는 그 친구가 강하고 현명하고 용감하고 위대하다고 생각하면서 왜 진실하다고 생각하진 않는 겁니까? 저는 내일 떠날 거고, 그러면 모든 것이 끝납니다. 아가씨는 두 번 다시 다른 세상의 목소리로 고통받지 않을 겁니다. 아가씨가 알지 못하는 그 세상은 너무 커서 짐이 없더라도 아쉬워하지 않습니다. 아시겠습니까? 너무 크다고요. 아가씨는 짐의 마음을 잡았습니다. 그걸 느끼셔야 합니다. 그걸 아셔야 합니다.〉〈네, 알아요.〉 그 아가씨는 마치 조각상이 속삭이듯 조용히 힘들게 숨을 쉬었어.

　나는 아무것도 하지 않은 느낌이었어. 내가 하길 원한 것은 무엇이었을까? 지금도 모르겠어. 당시 나는 마치 어떤 위대하고 필수적인 과업을 앞둔 사람처럼, 설명하지 못할 열정과 활기가 가득했어. 내 정신적, 정서적 상태에 그 순간이 미친 영향 때문이었을 거야. 누구라도 평생 그런 순간이 있지. 밖에서 그런 순간이, 그런 영향이 불가해하고 거역할 수 없이 찾아오는 때가 말이야. 마치 행성 간 신비한 합에 의해 일어난 일만 같지. 내가 그 아가씨에게 말한 대로, 그 아가씨는 짐의 마음을 차지하고 있었어. 마음뿐 아니라 모든 것을 차지하고 있었지. 본인이 믿지 않았을 뿐이야. 나는 그 아가씨에게 말해 주어야 했어. 이 세상에서 짐의 마음과 정신과 도움을 원하는 사람은 아무도 없다고 말이야. 그건 모든 이에게 지워진 공통의 운명이었지만, 한 사람을 딱 찍어서 그런 말을 하려니 끔찍하게 느껴졌어. 그 아가씨는 한마디 말도 없이 듣고만 있었고, 그런 고요함은 확고한 불신을 단호히 드러내는 듯했어. 나는 밀림 저편의 세계에 대해 걱정할 이유가 뭐 있느냐고 물었어. 수많은 사람이 그 광대한 미지의 세상을 채우고 있지만, 그 가운데 그 누구도 짐이 살아 있는 동안 그 어떤 신호도 부름도 보내는 일이 없을 거라고 장담했어. 절대로 없을 거라고 했지. 나는 그만 너무 열중해 버렸어. 절대로! 절대로! 그토록 끈질기고 격한 어조로 말했다니, 지금 생각해도 놀라울 따름이야. 마침내 그 망령의 목을 움켜쥐었다는 환상을 갖게 됐거든. 사실 모든 실체는, 상세하고 경이로운 인상을 주는 꿈 너머에 그대로 남아 있었는데 말이야. 그 아가씨가 두려워해야 할 이유가 뭐냔 말이야? 그 아가씨는 짐이 강하고 진실하고 슬기롭고 용감한 걸 알았어. 짐은 진짜로 그랬어. 확실히 그랬어. 아니, 그 이상이었지. 짐은 위대하고 무적이었으며, 세상은 그 친구를 원하지 않았고, 이미 잊어버렸으며, 심지어 짐을 알지조차 못할 터였어.

　나는 말을 멈추었어. 파투산을 덮은 정적은 깊었고, 강 가운데 어디선가 카누의 옆면에 노가 부딪히는 가늘고 메마른 소리가 들리면서 그 정적이 끝없이 깊게 느껴졌어. 〈왜죠?〉 그 아가씨가 중얼거렸어. 나는 드잡이질할 때나 느끼는 그런 분노를 느꼈어. 그 망령이 내 손아귀에서 빠져나가려 하고 있었거든. 〈왜죠?〉 그 아가씨가 더 큰 소리로 물었어. 〈말해 주세요!〉 그리고 내가 당황해서 어쩔 줄 몰라 하고 있는데, 그 아가씨가 버릇없는 아이처럼 발을 쿵쾅거렸어. 〈왜죠? 말해 주세요.〉 〈알고 싶은가요?〉 내가 분개하며 말했어. 〈네!〉 그 아가씨가 외쳤어. 〈왜냐하면 짐은 그 정도로 괜찮은 사람이 아니기 때문입니다.〉 내가 잔인하게 말했어. 한순간 정적이 흘렀고, 그사이 나는 강 저쪽의 불이 활활 타올라 놀란 눈처럼 둥그렇게 팽창했다가 갑자기 줄어들어 빨간 점으로 변하는 모습을 지켜보았어. 그 아가씨가 손으로 내 팔을 잡았어. 그제야 나는 그 아가씨가 얼마나 가까이 있는지 깨달았어. 그 아가씨는 목소리를 높이지 않으면서도 잔인한 경멸과 신랄함과 절망을 한없이 쏟아 냈어.

〈그이도 바로 그렇게 말했지요⋯⋯. 선장님은 거짓말을 하시는군요!〉

그 아가씨가 마지막으로 내게 외친 두 단어는 원주민 언어였어. 〈내 말을 들어 보세요!〉 내가 간청했어. 그 아가씨는 떨며 숨을 헐떡였고, 내 팔을 뿌리쳤어. 〈누구도, 누구도, 그 정도로 괜찮은 사람은 없습니다.〉 나는 최대한 진지하게 말하기 시작했어. 그 아가씨가 흐느끼며 힘들게 숨 쉬는 소리가 무서울 정도로 빨라졌어. 나는 고개를 숙였어. 해명한다고 무슨 소용 있을까? 다가오는 발걸음 소리가 들렸어. 나는 더는 아무 말도 하지 않고 그곳을 떠났어⋯⋯.」

34

말로는 두 다리를 앞으로 뻗더니 벌떡 일어났고, 마치 허공을 가르며 날아가서 내려앉은 사람처럼 살짝 비틀거렸다. 말로는 난간에 등을 기대고, 여기저기 놓인 기다란 등나무 의자들을 바라보았다. 의자에 길게 누워 있던 사람들은 말로의 동작에 놀라 나른한 상태에서 깨어났다. 한두 명은 무슨 일인가 하며 일어나 앉았다. 여기저기서 아직도 시가가 타고 있었다. 말로는 터무니없을 정도로 황당무계한 꿈에서 깬 듯한 눈으로 그 사람들을 바라보았다. 한 명이 목청을 가다듬더니 차분한 목소리로 시들하게 〈그래서?〉라고 말하며 이야기를 계속하라고 청했다.

「아무 일도 없었어.」 말로가 살짝 놀라서 말했다. 「짐은 그 아가씨에게 이미 말했고, 그게 전부야. 그 아가씨는 짐의 말을 믿지 않았어. 더는 믿지 않았어. 나로 말하자면, 즐거워해야 할지 아니면 안타까워해야 할지, 대체 어떻게 하는 것이 정당하고 올바르고 품위 있는 일인지 알 수가 없었어. 난 뭘 믿었을까. 지금도 모르겠고 아마 평생 모를 거야. 하지만 그 가엾은 친구는 무얼 믿었을까? 진리가 승리한다는 말이 있잖아. *Magna est veritas et*(진실은 위대하고)······.[31] 맞는 말이지. 하지만 진리도 기회를 얻어야 이기는 법이야. 모든 일에는 규칙이라는 게 있어. 마찬가지로 주사위를 던질 때는 어떤 법칙이 우리의 운명을 규정하지. 하지만 고르고 세심한 균형을 유지해 주는 것은 인간의 종복인 정의가 아니라, 우연과 운명과 행운 같은, 참을성 많은 시간의 동지들이야. 우리 둘은 똑같은 말을 했어. 그런데 우리 둘 다 진실을 말한 걸까, 아니면 우리 가운데 한 명만 진실을 말한 걸까, 그것도 아니면 둘 다 진실을 말하지 않은 걸까?」

말로는 말을 멈추고 팔짱을 긴 뒤 어조를 바꾸었다.

「그 아가씨는 우리가 거짓말을 한댔어. 가엾은 영혼 같으니. 하지만 그건 시간의 동지인 우연에 맡기도록 하지. 시간은 서두른다고 빨리 흐르지 않으며, 그 적인 죽음은 기다려 주지 않아. 나는 살짝 겁을 먹고 물러섰어, 인정해. 나는 두려움 그 자체와 한판 승부를 벌였지만, 당연히 내동댕이쳐진 거야. 내가 성공한 거라고는, 뭔가 은밀한 공모가 있다는 암시, 그리고 그걸 그 아가씨에게 영원히 숨기려는, 해명도 납득도 불가능한 음모가 있다는 암시만 그 아가씨의 고뇌에 더한 게 전부였어. 그리고 그 암시는 짐의 행동 그리고 그 아가씨 본인의 행동을 통해 쉽고 자연스럽고 불가피하게 찾아왔어. 운명은 우리를 희생자로 그리고 도구로 삼는데, 나는 마치 그 달랠 수 없는 운명의 작용을 내 눈으로 보게 된 듯했어.

31 *Magna est veritas et praevalet*(진실은 위대하고 그 무엇보다 강하다).

미동도 없이 서 있던 그 아가씨를 내가 내버려 두고 왔다고 생각하면 끔찍해. 짐은 나를 보지 못한 채 끈을 맨 무거운 부츠를 신고 뚜벅뚜벅 걸었고, 그 친구의 걸음은 숙명적인 소리를 냈어. 〈어라? 불도 안 켰잖아요!〉 짐이 놀란 목소리로 크게 말했어. 〈거기 두 사람, 이 어두운 곳에서 뭘 하는 거예요?〉 다음 순간, 짐은 그 아가씨를 보았던 듯해. 〈안녕, 아가씨?〉 짐이 명랑하게 외쳤어. 〈안녕, 총각!〉 그 아가씨는 놀랍게도 용기를 내어 대답했어.

둘은 평소 그렇게 인사했는데, 그 아가씨가 다소 고음이지만 달콤한 목소리로 약간 으스대며 그렇게 하는 말이 아주 우습고 예쁘면서도 천진난만했어. 그 목소리를 들은 짐은 몹시 즐거워했어. 내가 둘의 친밀한 인사 교환을 들은 것도 그때가 마지막이었는데, 그 소리는 내 심장을 서늘하게 했어. 그 인사에는 여전히 고음의 달콤한 목소리, 예쁜 노력, 으스댐이 있었지만, 모두 때 이르게 사라져 버리는 듯했고, 그 유쾌한 인사가 신음처럼 들렸어. 그 인사는 지독하리만큼 끔찍했어. 〈말로 선장님과 뭐 한 거예요?〉 짐이 묻더니 이내 다시 말했어. 〈가셨다고요? 그래요? 이상하네, 못 만났는데…….〉 거기 계세요, 말로 선장님?〉

나는 대답하지 않았어. 나는 들어갈 생각이 없었어. 어쨌든 아직은 아니었어. 정말로 나는 들어갈 수가 없었어. 짐이 부를 때 나는 새로 튼 공터로 통하는 작은 게이트를 지나 도망치고 있었거든. 아니, 나는 아직 둘을 대면할 수가 없었어. 나는 고개를 숙인 채, 사람들의 왕래로 다져진 오솔길을 따라 황급히 걸었어. 그 공터는 완만한 오르막이었고, 커다란 나무 몇 그루를 베고 덤불들을 제거하고 풀을 태워 만든 곳이었어. 짐은 거기서 커피 농장을 꾸려 볼 계획이었어. 떠오르는 달의 맑고 노란 빛 속에서 석탄처럼 까맣게 보이는 두 개의 봉우리를 치켜든 그 큰 언덕은, 시험 재배를 위해 만들어 둔 땅 위로 그림자를 던지는 듯했어. 짐은 언제나 온갖 실험을 해보려 했어. 나는 짐의 활력, 사업 계획, 통찰력에 감탄했어. 하지만 이제 이 지상에 짐의 활력과 계획과 열정만큼 비현실적인 게 없는 듯했어. 시선을 드니 계곡 밑바닥의 관목들을 통해 빛나는 달의 일부가 보였어. 한순간 원반처럼 미끈한 달이 하늘의 자기 자리에서 지상으로 떨어진 다음 그 절벽의 밑바닥으로 굴러떨어진 것처럼 보이더군. 달이 하늘로 올라오는 모습이 꼭 땅에 부딪혔다 천천히 튀어 오르는 반동 같았어. 달은 엉켜 있던 나뭇가지들을 헤치고 나왔는데, 비탈에서 자라던 나무의 헐벗고 뒤틀린 가지가 달을 가로지르며 까만 금을 그렸어. 달은 마치 동굴에서 비치듯이 저 멀리까지 수평의 광선을 던졌고, 월식 때처럼 구슬픈 이 빛 속에서 벌목하고 남은 둥치들이 시꺼멓게 솟아 있었지. 사방에서 무거운 그림자들이 내 발치로 떨어지고, 움직이는 내 그림자, 그리고 언제나 화환으로 장식되어 있던 외로운 무덤의 그림자는 내가 걷던 오솔길에 걸쳐져 있었어. 침침한 달빛 속에서, 엮여 있는 꽃송이들은 인간의 기억에 생소한 형태를 띠었는데 인간의 눈으로는 정의하기 힘든 색이었어. 마치 사람의 손으로 모은 것이 아니고, 이 세상에서 가꾼 것도 아니며, 오직 망자들을 위해서만 사용될 운명인 특별한 꽃 같았어. 더운 공기 속에 감돌던 강력한 향기는 마치 향을 피울 때의 냄새처럼 공기를 탁하고 무겁게 만들었어. 그 어두운 무덤 둘레의 하얀 산호 덩어리들은 표백된 두개골들을 뗀 장식띠처럼 빛났고, 주위 모든 게 너무나 조용해서 내가 가만히 서 있자 이 세상의 모든 소리와 움직임이 끝난 듯이 느껴졌어.

마치 이 세상이 하나의 무덤인 듯, 엄청난 정적이었어. 그리고 한동안 나는 거기에 서서, 인류에게 알려지지 않은 오지에 묻혀 지내면서도 여전히 인류의 비극적이거나 괴기스러운 불행에 동참해야 하는 운명 속에 사는 이들에 대해 주로 생각하고 있었어. 인류의 고귀한 투쟁에도 동참하고 있을지 모르지. 그걸 누가 알겠어. 인간의 마음은 온 세상을 포용할 만큼 넓어. 모든 짐을 짊어질 수 있을 만큼 용감하지. 하지만 그 짐을 벗어던질 용기는 어디에 있는 걸까?

나는 감상적이었던 게 분명해. 내가 아는 건, 내가 철저한 고독감에 완전히 사로잡힐 정도로 오랫동안 그곳에 서 있었다는 것뿐이야. 그 결과, 내가 그때까지 보고 들었던 것과 인간의 발언 그 자체의 존재가 사라지고, 마치 내가 이 세상의 마지막 사람이라는 듯이 오직 내 기억 속에서만 잠시 더 살아 있는 듯했어. 그건 다른 모든 환상과 마찬가지로 비몽사몽 상태에서 생겨나는 기이하고 우울한 환상이었지. 그래서 나는 그게 너무 멀어 파악할 수 없는 진리가 희미하게 모습을 드러낸 것뿐이라고 생각해. 정말로 그곳은 이 세상에서 잃어버리고 잊어버린 미지의 땅 가운데 한 곳이었어. 나는 눈에 잘 띄지 않는 그 표면의 내부를 들여다보았어. 그리고 이튿날 내가 그곳을 영영 떠나면 그곳은 존재하지 않게 되고, 나 자신의 망각 세계로 들어가는 날까지 내 기억 속에서만 존재하리라 느꼈어. 나는 지금도 그렇게 느껴. 아마도 바로 이 느낌의 부추김 때문에 나는 너희에게 이 이야기를 하게 됐을 거고, 너희에게 그 존재와 실체를, 한순간의 환상 속에 드러나는 진실을 전달하려고 애쓰게 된 걸 거야.

코닐리어스가 그 정적을 깼어. 그자는 우묵하게 꺼진 땅에 자라던 긴 풀 속에서 해충처럼 튀어나왔어. 비록 그 방향으로 멀리 가본 적이 없어 직접 보진 못했지만, 그 근처 어딘가에 썩어 가는 그자의 집이 있었을 거라 생각해. 그자는 오솔길을 따라 내 쪽으로 달려왔어. 더러운 흰색 신을 신은 발이 검은 땅 위에서 반짝였어. 그자는 멈춰 서더니 높다란 실크해트를 쓴 채 어쩔 줄 몰라 하며 낑낑거렸어. 말라 버린 자그마한 시체 같은 그자의 몸은 검은 모직 양복에 완전히 삼켜진 듯했어. 그건 그자가 휴일이나 의식 때 입는 옷이었어. 그걸 보니 그날이 내가 파투산에서 보낸 네 번째 일요일인 게 떠올랐어. 나는 거기 머무는 내내, 그자가 나에게 속내를 털어놓고 싶어 한다는 사실을 어렴풋이 알고 있었어. 우리 둘만 있게 되면 말이야, 그자는 불쾌하고 작고 노란 얼굴에 무언가 열렬한 갈망의 기색을 드러내며 내 주위에서 어슬렁거렸거든. 하지만 그자가 워낙 겁이 많아 내게 감히 다가오지 못하기도 했지만, 나 역시 기질적으로 그런 재수 없는 인간을 상대하는 걸 꺼렸어. 그런데도 누군가가 바라볼 때마다 그자가 슬그머니 사라지려고만 하지 않았더라면 그자는 나에게 접근하는 데 성공했을 거야. 그자는 짐의 매서운 시선 앞에서, 또는 무관심해 보이려 하던 내 시선 앞에서, 그리고 심지어 탐 이탐의 쌀쌀맞고 깔보는 듯한 시선 앞에서도 늘 슬그머니 사라지곤 했어. 그자는 언제나 슬그머니 사라졌어. 눈에 띌 때마다 그자는 얼굴을 어깨에 묻은 채 불신에 차 투덜거리는 소리를 내거나 우울하고 애처로운 표정을 지으며 말없이 사라졌어. 하지만 그자가 어떤 표정을 지어도 구제불능의 타고난 그 비열함은 숨길 수가 없었어. 아무리 옷을 잘 입혀도 추하고 괴이한 신체적 불구를 감출 수 없는 것처럼 말이야.

내가 두려움이란 유령과 대결하다 완패한 지 미처 한 시간도 되지 않은지라 의기소침해져서 그런지 몰라도, 저항하는 척조차 하지 못하고 그자에게 붙잡히고 말았어. 나는 그자가 은밀히 털어놓는 말을 들으며 대답할 수 없는 물음과 맞서야 하는 불운에 처했지. 그건 시련이었어. 하지만 그자에 대한 멸시가, 그자의 외모에서 비롯된 이유 없는 멸시가, 그 괴로움을 견딜 만하게 해주더군. 그자가 내게 문제 될 수는 없었어. 그 무엇도 문제 될 수 없었어. 내가 유일하게 아끼는 짐이 마침내 자기 운명을 극복했다고 확신하게 된 이상은 말이야. 짐은 나에게 자신은 만족하며 산다고 했어…… 거의 말이야. 그 정도면 우리 대부분이 자신 있게 말할 수 있는 것 이상이었어. 나는 자신을 좋게 여길 권리가 있지만, 그렇게 자신 있게 말하지는 못해. 여기 있는 너희 그 누구도 마찬가질걸……」

말로는 대답을 기대했다는 듯이 말을 멈추었다. 그러나 아무도 대답하지 않았다.

「그렇겠지.」말로가 다시 이야기를 시작했다. 「아무도 모르게 하자고. 잔인하고 작고 끔찍한 파국만이 우리에게서 진실을 짜낼 수 있으니까 말이야. 하지만 짐은 우리 중 한 명이고, 자기는 만족한다고 말할 수 있었어…… 거의. 생각해 봐! 거의 만족한다니. 그렇다면 짐이 겪은 파국이 거의 부러울 지경이잖아. 거의 만족한다니. 그렇다면 더는 문제 될 게 없었어. 짐을 누가 의심하고 누가 신뢰하고 누가 사랑하고 누가 미워하느냐 하는 건 문제가 되지 않았어. 미워한 이가 코닐리어스라면 특히 더 그렇고.

어쨌든 그건 일종의 깨달음이었어. 사람을 판단할 때, 우리는 그 사람의 친구는 물론이고 적까지도 판단의 기준으로 삼아야 하는 법이고, 짐의 적인 코닐리어스로 말하자면, 품위 있는 사람이 적을 가지고 있다는 걸 부끄러워하지는 않겠지만, 크게 신경 쓸 정도도 아닌 그런 인물이었어. 짐은 바로 그런 의견이었고, 나도 동감이었어. 하지만 짐은 일반적으로 그자를 무시하고 있었어. 〈말로 선장님,〉짐이 말했어. 〈전제가 똑바로 나아간다면 그 무엇도 저를 건드릴 수 없다고 느낍니다. 정말입니다. 이제 여기 오신 지 좀 되셨으니 충분히 둘러보셨을 겁니다. 솔직히 말해, 제가 꽤 안전하다고 생각하지 않으세요? 모든 게 저에게 달렸어요. 그리고 하! 이제는 자신감도 많이 생겼어요. 그자가 저지를 수 있는 최악의 짓은 절 죽이는 거겠지요. 전 그자가 그러리라고는 단 한 순간도 생각한 적이 없습니다. 그자는 그럴 위인이 못 됩니다. 설사 제가 그자에게 장전한 소총을 준 뒤 등을 돌린 채 쏘라고 해도 그자는 쏘지 못할 겁니다. 그자는 그런 위인입니다. 설사 그자에게 쏠 의사나 능력이 있다고 해보죠. 그래서요? 제가 목숨이나 구걸하자고 여기에 온 건 아니잖습니까. 저는 막다른 골목에 몰려 여기까지 온 것이니, 이곳에 계속 머물 작정입니다……〉

〈자네가 아주 만족할 때까지.〉 내가 말을 가로챘어.

그때 우리는 짐의 보트 선미 지붕 아래 앉아 있었어. 한쪽에 열 개씩 모두 스무 개의 노가 하나처럼 번뜩이며 동시에 물을 때렸고, 우리 등 뒤에서는 탐 이탐이 말없이 좌우로 살짝살짝 몸을 기울이고 강 하류를 똑바로 응시하며, 가장 강한 물살 속에서 카누가 흔들리지 않도록 신경 쓰고 있었어. 짐은 고개 숙여 인사했고, 우리가 나눈 마지막 대화는 가물거리며 영원히 사라지는 듯했어. 짐은 강어귀까지 나를 배웅하는 중이었어. 스쿠너선은 그 전날 썰물을 타고 내려갔고, 나는 하룻밤을 더 머물렀어. 그리고 이제 짐이 나를 배웅하고 있었어.

짐은 어쨌든 내가 코닐리어스를 언급한 일로 살짝 화가 나 있었어. 사실 내가 말을 많이 한 건 아니었어. 그자는 증오심을 잔뜩 품고 있긴 했지만, 너무 하찮아서 위험하지는 않았거든. 그자는 한 문장 건너 나를 〈존경하는 선생님〉이라 불렀고, 자신의 〈망처〉가 누운 무덤에서 짐의 거주지로 들어

가는 게이트에 이를 때까지 나를 따라오면서 곁에서 낑낑거렸어. 그자는 자신이 세상에서 가장 불행한 사람이고, 짓밟힌 벌레 같은 희생자라고 주장했어. 그자는 자기를 봐달라고 애원했지. 하지만 나는 고개를 돌리지 않았어. 그렇지만 내 그림자 뒤로 아부하듯 매끄럽게 따르는 그자의 그림자가 곁눈으로 보였고, 우리 오른쪽 하늘에 걸린 달은 그 모습을 고소해하며 바라보는 듯했어. 내가 말했듯이, 그자는 그 기념할 만한 밤에 있었던 사건에서 자신이 맡은 역할에 대해 해명하려 들었어. 그건 개인적인 편의와 관계되는 문제였다는 거야. 누가 유리하게 될지 자신이 어떻게 알았겠냐더군. 〈저는 그 친구의 목숨을 구했을 겁니다, 존경하는 선생님! 80달러만 줬으면 구했을 겁니다.〉 그자는 한결같은 걸음으로 나를 따라오며 다정한 말투로 항변했어. 〈그 친구는 자기 힘으로 목숨을 구했지요.〉 내가 말했어. 〈그리고 그 친구는 당신을 용서했습니다.〉 킥킥거리며 웃는 소리가 들리기에 고개를 돌려보니, 그자는 당장에라도 도망칠 듯이 보였어. 〈왜 웃는 겁니까?〉 내가 가만히 서서 물었어. 〈속지 마십시오, 존경하는 선생님!〉 그자는 감정의 통제력을 모두 잃은 듯이 소리를 질렀어. 〈자기 힘으로 목숨을 구했다고요? 그 친구는 아무것도 모릅니다, 존경하는 선생님, 아무것도 몰라요. 그 친구가 누굽니까? 이곳에서 원하는 게 뭐죠? 크게 한탕하는 건가요? 이곳에서 뭘 하는 겁니까? 그 친구는 모든 사람의 눈을 속이고 있습니다. 선생님 눈도 속이고 있습니다, 존경하는 선생님. 하지만 제 눈은 속이지 못합니다. 그 친구는 엄청

난 바보입니다, 존경하는 선생님.〉 나는 경멸을 담아 웃고는
다시 몸을 돌려 걷기 시작했어. 그자는 내 곁으로 달려오더
니 우격다짐하듯 속삭였어. 〈이곳에서 그 친구는 어린아이
에 불과합니다. 어린아이 같다고요, 어린아이.〉 물론 나는 그
자의 말을 전혀 귀담아듣지 않았지. 검게 탄 공터의 번뜩이
는 대나무 울타리에 가까워지자, 시간이 없다는 걸 알게 된
그자가 요점을 말했어. 그자는 비열할 만큼 눈물을 머금고
말했어. 자신이 너무나 큰 불행을 겪은 나머지 머리가 이상
해졌다는 거야. 자신이 당한 고통 때문에 그런 말을 했으니
전부 잊어 달라더군. 무슨 의도가 있던 건 아니라면서. 〈존경
하는 선생님〉께서는 인간이 망가지고 깨지고 짓밟히는 것이
어떤 건지 모를 거라더군. 이런 서론 끝에 그자는 가슴속에
품었던 주제에 접근했지만 어찌나 겁을 먹고 횡설수설 절규
를 해대던지, 그자가 말하려던 것이 무엇인지 알아차리기까
지 한참 걸렸어. 그자는 내가 짐에게 자기에 대해 좀 잘 말해
주길 원한 거였어. 그것 역시 일종의 돈 문제 같았어. 〈소소
한 비용, 적당한 선물〉이라는 표현을 여러 번 들었거든. 그자
는 무엇인가에 대한 대가를 요구하는 듯했고, 인간이 모든
것을 빼앗기면 인생도 살 가치가 없어진다고 열을 내며 장광
설을 늘어놓기까지 했어. 물론 나는 한마디도 하지 않았지
만, 그렇다고 귀를 막고 있지도 않았어. 용건의 요지가 점차
분명해졌는데, 그건 그 아가씨를 짐에게 넘기는 대가로 자신
이 돈을 얼마 받을 권리가 있다는 거였어. 자신이 그 아가씨
를 키웠다는 거지. 다른 사람의 아이인데도 자기가 키웠다,

자기가 많은 고통을 겪고 고생했으며, 이제 늙기까지 했으니 적당한 선물이 있어야 한다는 거야. 만약 존경하는 선생님께서 말 한마디만 잘 해주시면……. 나는 가만히 서서 의문이 담긴 눈으로 그자를 바라보았고, 그자는 자신이 터무니없는 요구를 하는 걸로 보일까 봐 두려웠는지 서둘러 양보했어. 당장 〈적당한 선물〉을 준다면, 그 보답으로 〈짐이 귀국할 때가 되면 더 이상 비용을 받지 않고도〉 그 아가씨를 기꺼이 떠맡을 용의가 있다고 단언하더라고. 그 작고 노란 얼굴이 마치 쥐어짠 듯 온통 쭈글거리고, 극도의 탐욕과 열망으로 안달이 나 있었어. 그자는 달래는 목소리로 낑낑거렸어. 〈더는 문제 삼지 않을 겁니다. 당연한 후견인이고, 어느 정도 액수만 되면…….〉

　나는 거기 서서 경탄을 금치 못했어. 그자에게 그런 일은 천직인 게 분명했어. 갑자기 나는 그자의 쩔쩔매는 태도에서 일종의 자신감을 보기 시작했어. 평생 그 자신감으로 이 일을 해온 듯했어. 그자는 내가 자기 제안을 냉정하게 고려하고 있다고 생각한 게 분명해. 왜냐하면 그자의 목소리가 꿀처럼 달콤해졌거든. 〈모든 신사분이 귀국할 때가 되면 비용을 냅니다.〉 그자가 은밀하게 말했어. 나는 작은 게이트를 거칠게 닫았어. 〈이 경우에는, 코닐리어스 씨,〉 내가 말했지. 〈그럴 때가 절대 오지 않을 겁니다.〉 그자는 몇 초 정도 내 말뜻을 이해하지 못했어. 〈뭐라고요!〉 그자는 거의 비명을 질렀어. 〈왜요,〉 나는 문을 사이에 두고 계속 말했어. 〈그 친구에게 못 들으셨습니까? 그 친구는 절대로 귀국하지 않을 겁니다.〉〈오! 그럴 수가.〉 그자가 외쳤어. 그자는 이제 나를 〈존경하는 선생님〉이라고 부르지 않았어. 그자는 한동안 미동도 하지 않더니, 이윽고 비굴한 기색이라고는 전혀 없이 아주 낮은 목소리로 말했어. 〈영영 귀국하지 않는다니, 아하! 그러니까, 그, 그 친구는 별안간 어딘가에서 나타나, 여기에서 저를, 그러니까 밟아 죽이겠다는 거로군요.〉 그자는 두 발로 부드럽게 땅을 짓밟았어. 〈이렇게요, 아무 이유도 없이, 제가 죽을 때까지요⋯⋯.〉 그자의 목소리는 완전히 잦아들었고, 그자는 잔기침으로 괴로워했어. 그러고는 울타리 쪽으로 바짝 다가와 아주 은밀하고 애처로운 어조로 자신은 짓밟히지 않을 거라고 말했어. 〈참자, 참아.〉 그자는 가슴을 치며 중얼거렸어. 나는 그자를 비웃었는데, 그자는 갑자기 내게 거친 웃음을 퍼부었어. 〈하! 하! 하! 어디 두고 봅시다! 두고 봐! 뭐? 내 걸 훔쳐? 모든 걸 훔치겠다고? 전부! 전부!〉 그자는 고개를 한쪽 어깨 위로 기울이고 가볍게 깍지 낀 두 손을 앞으로 늘어뜨리고 있었어. 그 장면을 본 사람이라면 그자가 그 아가씨를 엄청나게 사랑하고 아끼고, 가장 가혹한 약탈을 당한 뒤 이루 말할 수 없는 상심으로 고통스러워하고 있다고 여겼을 거야. 갑자기 그자는 고개를 들더니 욕을 내뱉었어. 〈지 어미랑 똑같아. 그년은 사기꾼 지 어미랑 똑같아. 빼줬어. 얼굴까지 닮았어. 얼굴까지. 못된 년!〉 그자는 이마를 울타리에 대고 포르투갈어로 위협과 끔찍한 욕설, 비참한 불평과 신음을 아주 나직이 내뱉으며 어깨를 들썩였는데, 마치 치명적인 발작이 일어난 듯한 모습이었어. 뭐라고 말로 형용할 수 없을 정도로 괴이하고 역겨워서 나는 서둘러 그 자리를 떠났어. 그자는 내 등을 향해 뭐라고 외치려고 했어. 짐을 멸시하는 말인 듯했지만, 목소리를 너무 높이지는 않았어. 우리는 집에 매우 가까이 있었거든. 내가 확실히 들은 건 〈어린아이에 불과해, 어린아이〉라는 말이 전부였어.」

35

「하지만 이튿날 아침에 배가 강의 첫 굽이를 돌며 파투산의 집들이 보이지 않자, 이 모든 것의 실체는 그 색과 형태와 의미와 함께 내 시야에서 통째로 사라지고 말았어. 마치 캔버스 위에 상상해서 그린 그림을 오랫동안 곰곰이 들여다보다 마지막으로 등을 돌릴 때의 느낌이랄까. 내 기억 속에 남은 그 장면에서, 삶은 불변의 빛 속에서 정지된 상태이며, 모든 것이 미동도 없고 퇴색하지 않은 상태로 지속돼. 그 안에는 야심과 두려움과 미움과 희망이 존재하고, 그것들은 내가 본 그 모습 그대로 내 기억에 남아 있지. 강렬하지만 마치 표현되다 중간에 영원히 중단된 것 같은 모습으로 말이야. 나는 그 그림에서 등을 돌려, 사건들이 일어나고 사람들이 변하고 빛이 가물거리고 그곳이 진흙밭이든 자갈밭이든 가리지 않고 그 위로 삶이 맑은 강처럼 흘러가는 세계로 돌아가고 있었어. 나는 그 안으로 뛰어들 생각은 없었어. 내 일만으로도 벅찼거든. 하지만 내가 등을 돌리고 나온 세계에 대해서는, 어떤 변화도 상상할 수가 없어. 함께 대지를 응시하며 부모로서 야심 어린 꿈을 은밀히 키우던 덩치 크고 도량 넓은 도라민과 그의 모성애 가득하고 작은 마녀 같은 아내. 쭈글거리는 얼굴에 당혹한 기색이 농후한 툰쿠 알랑. 이지적이고 용감하며, 짐을 신뢰하고, 흔들림 없는 시선으로 짐을 바라보며, 아이러니한 우정을 보이는 데인 워리스. 두려움과 의심 가득한 마음으로 사랑에 빠진 그 아가씨. 무뚝뚝하지만 충성스러운 탐 이탐. 달빛 속에서 이마를 울타리에 대고 있는 코닐리어스. 나는 지금도 그 모습들을 또렷하게 볼 수 있어. 그것들은 마치 마법 지팡이의 영향 아래 놓인 듯이 존재해. 하지만 이 모든 것은 한 인물을 둘러싸고 모여 있으며, 그 사람은 살아 있지만 나는 그 사람을 확실히 볼 수가 없어. 그 어떤 마법의 지팡이도 내 눈앞에서 그 사람을 고정해 놓을 수 없어. 그 사람은 우리 중 한 명이야.

말했듯이, 짐은 자신이 버리고 온 세계로 돌아가는 나와 처음 얼마간은 같이 가줬어. 이따금 그 길은 아무도 건드린 적 없는 밀림의 중심을 통과해 가는 듯했어. 텅 빈 기슭은 높이 뜬 태양 아래에서 반짝거렸고, 벽처럼 높이 솟은 초목들 사이의 강에선 열기가 수면 위에서 조는 듯했으며, 힘차게 노를 젓는 보트는 우뚝 솟은 나무들의 그늘에 내려앉은 듯한 짙고 더운 공기를 가르며 나아갔어.

임박한 이별의 그림자가 이미 우리 사이에 엄청난 공간을 차지하고 있어, 우리는 서로에게 이야기하려면 굉장한 노력이 필요했어. 마치 지금도 먼데 계속해서 더 멀어지는 상대에게 낮은 목소리로 힘들여 얘기해야 하는 기분이었어. 배는 아주 빠르게 나아갔어. 우리는 엄청나게 뜨거워진 채 괴어 있던 공기 속에 나란히 앉아 무더위에 시달렸어. 진흙과 늪의 냄새, 기름진 대지의 원초적 냄새가 얼굴을 찌르는 듯했어. 그러다가 어떤 굽이에 이르렀을 때, 갑자기 먼 곳에서 거대한 손이 무거운 커튼을 걷어 올리고 웅대한 문을 열어젖힌 듯했어. 빛 자체가 떨리는 듯했고, 머리 위 하늘은 넓어졌으며, 먼 곳에서 속삭이는 소리까지 우리 귀에 들렸고, 신선한 기운이 우리를 감싸며 허파를 가득 채우고 우리의 사고와 혈류와 회한을 재촉했어. 그리고 정면에는 검푸른 바다의 물마루를 배경으로 숲이 가라앉아 있었어.

나는 심호흡을 했고, 탁 트인 수평선의 광대함을 한껏 즐겼으며, 삶의 노력 그리고 흠잡을 데 없는 세계의 기운과 더불어 진동하는 듯하던 색다른 분위기에 흠뻑 빠져들었어. 하늘과 바다가 내 앞에 펼쳐져 있었어. 그 아가씨가 옳았어. 그 안에는 신호와 부름이, 내가 온몸의 신경 하나하나, 근육 한 올 한 올로 화답하게 되는 무엇인가가 있었어. 나는 그 탁 트인 공간을 이리저리 둘러보았어. 마치 감금되어 있다가 풀려난 사람이 뻣뻣한 팔다리를 쭉 뻗어 보고, 달리고, 뛰고, 자유가 불어넣는 의기양양함에 응답하듯이 말이야. 〈장엄한 광경이로군!〉 내가 외쳤어. 그러고는 내 옆에 있던 죄인을 바라보았어. 짐은 가슴께로 고개를 숙인 채 〈네〉라고만 했을 뿐 시선을 들지 않았어. 마치 앞바다의 맑은 하늘에 자기의 낭만적인 양심을 나무라는 말이 크게 적혀 있는 걸 보게 될까 봐 두려워하는 듯했어.

나는 그날 오후에 있었던 일을 아주 사소한 부분까지 기억해. 우리는 백사장에 보트를 댔어. 그 모래밭의 배경을 이루던 나지막한 절벽 윗부분은 숲으로 덮여 있었고 그 아래로는 덩굴식물이 바닥까지 드리워져 있었지. 우리 아래쪽으로는 잔잔한 진청색 바다가 있었는데, 우리 눈높이로 그어져 있던 실 같은 수평선을 향해 약간 위로 경사지며 뻗어 있었어. 얽은 자국이 난 검은 표면을 따라 거대하고 반짝이는 파도가 가볍게 불어왔어. 산들바람에 날리는 깃털처럼 재빨랐지. 넓은 어귀를 바라보며 점점이 흩어져 자리 잡은 덩치 큰 섬들은, 해안의 윤곽을 충실하게 반사하는 창백하고 유리 같은 수면에 널려 있었어. 무색의 햇빛 속 높은 곳에서는 온통 새까만 새 한 마리가 외로이 선회하며 날개를 약간 흔들어 같은 지점에 떨어졌다 솟았다를 반복했어. 여러 개의 높고 구부정한 흑단색 말뚝 위에 지은, 조악하고 검댕투성이 얇은 거적 오두막들은 거꾸로 된 그림자를 아래쪽으로 던졌어. 작은 검정 카누 한 척이 덩치 작은 흑인 둘을 태우고 말뚝들 사이에서 나왔는데, 그 사람들은 파리한 수면을 때리면서 과하게 애쓰고 있었고, 카누는 거울 위를 힘겹게 미끄러지는 것처럼 보였어. 그 초라한 오두막들은 어촌이었고, 백인 지배자의 각별한 보호를 받는 것을 자랑스럽게 여겼으며, 카누로 건너오던 두 명은 늙은 촌장과 그 사위였어. 둘은 상륙해서 백사장에 있는 우리를 향해 걸어왔는데, 마치 연기 속에서 건조시킨 듯 비쩍 마르고 짙은 갈색이었어. 아무것도 걸치지 않은 어깨와 가슴에선 잿빛 얼룩들이 보였어. 둘은 머리에 더럽지만 정성 들여 접은 손수건을 둘렀고, 늙은이는 짐을 향해 여윈 팔을 뻗더니 충혈된 눈으로 짐을 당당히 바라보며 거침없이 불평을 늘어놓았어. 그 노인은, 라자의 사람들이 자기네를 내버려 두지 않는다, 저쪽 작은 섬에서 자기 마을 사람들이 수집한 여러 개의 거북 알 때문에 말썽이 있었다며 적당히 떨어진 노에 기댄 채 갈색의 깡마른 손으로 바다를 가리켰어. 짐은 고개를 들지 않고 한동안 듣고 있다가 마침내 촌장에게 기다리라고 부드럽게 말했어. 가까운 장래에 이야기를 들어 주겠노라고 했어. 촌장과 사위는 그 말에 순종하며 약간 떨어진 곳까지 물러나더니 노를 앞에 놓고 모랫바닥에 쭈그리고 앉았어. 두 사람의 눈은 은빛으로 번뜩이며 참을성 있게 우리의 동작을 좇았어. 그리고 활짝 펼쳐진 바다의 드넓음과 내 시력이 미치지 않는 곳까지 남북으로 뻗은 해변의 정적은 하나의 거대한 실재를 이루었고, 반짝이는 모래 띠 위에 고립되어 있던 우리 네 난쟁이를 지켜보았어.

〈문제는요,〉 짐이 울적한 목소리로 말했어. 〈저 마을의 불쌍한 어부들은 벌써 몇 세대에 걸쳐 라자의 사노예처럼 여겨져 왔다는 겁니다. 그리고 저 노인의 머리로는 도저히……〉

짐이 말을 멈췄어. 〈자네가 그걸 모두 바꾸어 놓았고.〉 내가 말했어.

〈네, 제가 그걸 모두 바꿨습니다.〉 짐이 울적한 목소리로 말했어.

〈자네에겐 기회가 있었지.〉 나는 하려던 말을 마저 했어.

〈제가요?〉 짐이 말했어. 〈뭐, 그렇죠. 그렇다고 생각합니

459

다. 네, 저는 자신감을 되찾았습니다. 명성도요. 하지만 가끔 제가 바라는 건…… 아닙니다! 저는 제가 얻은 것을 지킬 겁니다. 더는 바랄 수 없지요.〉 짐은 바다를 향해 두 팔을 활짝 폈어. 〈어쨌든 저쪽 세상에서는 그럴 수 없으니까요.〉 짐은 발을 쿵쿵거리며 모래를 밟았어. 〈여기가 제 한계입니다. 여기를 떠나서는 불가능하지요.〉

우리는 계속해서 해변을 서성였어. 〈네, 제가 그 모든 걸 바꿨습니다.〉 짐은 참을성 있게 쭈그리고 있던 두 어부를 곁눈질하며 말했어. 〈하지만 제가 떠난다면 어떻게 될지 생각해 보세요. 제길! 상상이 안 되세요? 아수라장이 될 겁니다. 그럴 수 없어요! 내일, 저는 바보 늙다리 툰쿠 알랑을 찾아가서 위험을 무릅쓰고 그자가 주는 커피를 마실 겁니다. 그리고 그 빌어먹을 거북 알 문제도 무슨 수를 쓰든 해결할 겁니다. 아니요, 저는 이젠 됐다는 말을 할 수 없습니다. 절대로요. 그 무엇도 저를 건드릴 수 없다는 확신을 얻으려면 저는 목표를 잃지 않고 계속해서 앞으로 나아가야만 합니다. 저는 저 사람들의 믿음에 매달려야만 안전하다고 느낄 수 있고, 또, 또…….〉 짐은 말을 맺을 적당한 단어를 찾고 있었고, 그 단어를 찾기 위해 바다를 보는 듯했어……. 〈접촉을 계속할 수 있습니다…….〉 짐의 목소리가 갑자기 낮아지며 중얼거림으로 바뀌었어……. 〈아마도 제가 다시는 보지 못할 사람들과 말이죠. 예를 들면 선장님과요.〉

짐의 말에 나는 무척이나 초라함을 느꼈어. 〈제발.〉 내가 말했어. 〈나를 그렇게 추켜세우지 마. 그냥 자네 몸이나 잘 돌봐.〉 그냥 평범한 대중에 속하는 나를 그 낙오자가 그렇게 특별히 생각해 주는 것에 나는 고마움과 애정을 느꼈어. 하지만 어쨌든 그게 자랑할 만한 일은 아니지! 나는 화끈거리는 얼굴을 돌리고 말았어. 불 속에서 끄집어낸 잉걸불처럼 어두운 진홍색으로 이글거리며 낮게 뜬 태양 아래 펼쳐진 바다는, 이글거리며 다가오는 천체에 그 엄청난 정적을 바치고 있었어. 짐은 두 번이나 말하려다 말더니, 마침내 공식이라도 발견한 듯이 말했어.

〈저는 충실할 겁니다.〉 짐이 조용히 말했어. 〈저는 충실할 겁니다.〉 짐은 나를 바라보지 않고 반복해서 말했어. 하지만 처음으로, 짐은 바닷물 위로 시선을 보냈어. 파랬던 바다는 지는 해의 이글거리는 빛 아래 우울한 자주색으로 변해 있었어. 아! 짐은 낭만적이었어. 낭만적. 스타인이 했던 말이 떠올랐어⋯⋯. 〈그 파괴적인 원소 안에 푹 잠겨야 해! ⋯⋯꿈을 좇고 다시 꿈을 좇고, 그런 식으로 영원히, *usque ad finem*(끝까지)⋯⋯.〉 짐은 낭만적이었지만 진실하기도 했어. 서쪽으로 지는 해의 이글거림 속에서 짐이 무슨 형상을, 무슨 광경을, 무슨 얼굴을, 무슨 용서를 보았는지 누가 알겠어! ⋯⋯나를 데려가려고 스쿠너선에서 보낸 작은 보트가 두 개의 노로 규칙적으로 물을 때리며 천천히 백사장으로 다가오고 있었어. 〈그리고 주얼이 있어요.〉 짐은 대지와 하늘과 바다의 엄청난 정적을 깨며 말했고, 나는 그 정적에 압도되어 있어 짐의 목소리에 깜짝 놀랐지. 〈주얼이 있어요.〉 〈그렇지.〉 내가 중얼거렸어. 〈주얼이 제게 어떤 존재인지는 말씀드릴 필요도 없겠지요.〉 짐이 말했어. 〈선장님께서는 보셨죠. 때가 되면 주얼도 알게 될 겁니다……〉 〈그러길 바라.〉 내가 말을 가로챘어. 〈주얼도 저를 신뢰합니다.〉 짐은 생각에 잠기더니 이윽고 어조를 바꿔 말했어. 〈언제쯤 선장님을 다시 만날 수 있을까요?〉 짐이 말했어.

〈영영 못 만날 거야. 자네가 나오지 않는다면 말이야.〉 나는 짐의 시선을 피하며 대답했어. 짐은 놀라지 않는 듯했고, 한동안 조용히 나를 바라보기만 했어.

〈그렇다면 이제 헤어져야겠군요.〉 잠시 뒤 짐이 말했어. 〈어쩌면 그게 나을지도 모르겠습니다.〉

우리는 악수를 했고, 나는 뱃머리를 해안에 대고 기다리던 보트를 향해 걸어갔어. 주돛을 펴고 삼각돛을 바람 부는 쪽으로 향하고 있던 스쿠너선은 자줏빛 바다 위에서 일렁였고, 돛들에는 장밋빛이 감돌았어. 〈곧 귀국하시나요?〉 내가 뱃전에 다리를 들어 올리고 있을 때 짐이 말했어. 〈1년 정도 뒤에 돌아갈 거야. 내가 살아 있다면 말이지.〉 내가 말했어. 용골 앞 끝이 모래 위로 드르륵 소리를 냈고 보트가 물 위로 뜨자 젖은 노가 번쩍이더니 한 번, 두 번 물에 잠겼다가 나왔어. 물가에 서 있던 짐이 목청을 높였어. 〈말 좀 전해 주세요……〉 짐은 말을 시작했어. 나는 선원들에게 신호를 보내 노젓기를 중단시킨 뒤, 무슨 말이 나올지 궁금해하며 기다렸어. 누구에게 말을 전해 달라는 걸까? 반쯤 물에 잠긴 태양이 짐의 얼굴을 비추었어. 멍하니 나를 바라보는 짐의 눈동자에서 나는 태양의 빨간 이글거림을 볼 수 있었어……〈아니, 아닙니

462

다.〉 짐이 말하고는, 배를 향해 가볍게 손짓하며 떠나라는 신호를 했어. 나는 스쿠너선에 오를 때까지 해변 쪽을 다시는 보지 않았어.

스쿠너선에 올랐을 무렵, 해는 이미 진 상태였어. 동쪽에는 황혼이 깔렸고, 검게 변한 해변은 밤의 요새처럼 보이는 어두운 벽을 무한히 펼쳤지. 서쪽 수평선은 황금색과 진홍색이 섞인 하나의 거대한 화염으로 변해 있었고, 그 안에서 커다란 구름 하나가 시커멓고 고요하게 떠서 그 아래 수면에 청회색 그림자를 던졌어. 해변을 보니, 짐은 그곳에서 스쿠너선이 바람을 타고 항해하는 모습을 지켜보고 있더군.

반라의 두 어부는 내가 떠나자마자 일어났어. 그 둘은 자기들의 보잘것없고 비참하고 억압받는 삶에 대한 불평을 그 백인 지배자의 귀에 쏟아붓고 있을 게 분명했어. 또한 짐은 불평을 들으면서 그걸 자신의 것으로 삼고 있는 게 분명했고. 이 또한 짐의 행운의 일부였겠지? 〈이 일은《떠난다》라는 말이 나왔을 때부터 운이 좋았습니다〉라고 짐이 말했을 때의 그 행운의 일부, 짐이 자기가 그 행운을 누릴 만하다고 내게 단언했을 때 그 행운의 일부였겠지? 그 사람들 역시 운이 좋았다고 나는 생각했고, 또한 그 사람들의 집요함도 그런 행운을 누릴 만하다는 확신이 들었어. 그 사람들의 검은 몸이 검은 배경에서 사라진 뒤에도 한참 동안, 그 사람들의 보호자는 내 시야에서 사라지지 않았어. 짐은 머리에서 발 끝까지 새하   고, 등 뒤로는 밤의 요새를, 발치에는 바다를, 옆에는 기회를 둔 그 친구의 모습이 계속해서 시야에 보였어. 비록 그 기회는 여전히 가려져 있었지만 말이야. 너희는 어떻게 생각해? 여전히 가려져 있던 게 맞을까? 난 모르겠어. 내가 보기에, 해변과 바다의 정적에 싸여 있던 그 하얀 형체는 어떤 거대한 수수께끼 한가운데 서 있는 듯했어. 짐의 머리 위 하늘에서는 황혼이 빠르게 물러가고 있었고, 짐의 발아래 모래 띠도 이미 가라앉아 있었어. 짐은 어린아이처럼 작아지더니 이윽고 단지 얼룩으로, 작고 흰 얼룩으로 바뀌었어. 어두워진 세상에 남은 모든 빛을 독차지한 듯한 흰 얼룩으로……. 그리고 갑자기, 그의 모습이 보이지 않게 되었어…….」

36

이 말을 마지막으로 말로는 이야기를 끝냈고, 멍하니 생
각에 잠긴 듯한 말로의 시선을 받으며 청중은 이내 흩어졌
다. 사람들은 아무런 감상도 말하지 않고 혼자 혹은 짝을 지
어 곧바로 베란다를 떠났는데, 마치 그 미완의 이야기의 마
지막 이미지와 미완결성 자체, 그리고 서술자의 어조 때문에
논의가 의미 없어지고 의견을 내기가 불가능해진 것 같았다.
사람들은 각자 자신이 받은 인상을 마치 비밀처럼 품고 떠나
는 듯했다. 하지만 그 이야기의 마지막 부분을 들은 건 그들
가운데 단 한 명뿐이었다. 그날로부터 2년도 더 지난 뒤, 그
는 고향에서 그 마지막 부분을 접하게 되었다. 그것은 말로
가 반듯하고 뾰족뾰족한 필체로 주소를 쓴 두툼한 꾸러미에
담겨 그의 손에 들어왔다.

그 특혜를 받은 사람은 꾸러미를 열고 내용을 확인한 뒤
그걸 놓아두고 창으로 갔다. 그의 아파트는 높다란 건물에서
도 가장 높은 층이었고, 투명한 유리창을 통해 마치 등대에
서 보듯 저 멀리까지 볼 수 있었다. 비탈진 지붕들이 반짝거

렸고, 끊어졌다 이어지곤 하는 지붕의 시커먼 능선들은 물마루를 세우지 못한 채 음산하게 이는 물결처럼 끝이 없었으며, 그의 발아래 도시의 깊숙한 곳에서는 식별할 수 없는 웅얼거림이 끊임없이 솟았다. 아무렇게나 흩어져 있는 교회들의 무수한 첨탑은, 수로도 없이 미궁처럼 널린 모래톱에 박힌 표시등처럼 솟아 있었고, 거센 비가 이제 막 시작된 겨울 저녁의 황혼과 섞여 몰아쳤다. 커다란 시계탑이 시간을 알리는 소리가 중심에 날카로운 진동음을 지닌 채 굵고 근엄하게 퍼져 나갔다. 그는 무거운 커튼을 끌어당겼다.

갓 달린 독서등의 불빛은 비바람이 들지 않는 웅덩이처럼 고요하게 잠들어 있었고, 그의 걸음은 카펫 위에서 아무 소리도 내지 않았으며, 그가 세상을 떠돌던 시절은 끝났다. 언덕 너머, 개울 건너, 물결 저편으로 〈발견된 적 없는 땅〉을 열정적으로 찾아다니던 시절의, 희망처럼 무한하던 수평선도 사원처럼 엄숙한 숲속에 내리던 황혼도 이제 더는 없었다. 시간을 알리는 소리가 울렸다! 더는 없다! 더는 없다! 하지만 등불 아래 뜯어 놓은 꾸러미가 과거의 소리와 광경과 느낌을 되살렸다. 강렬하지만 위안이 되지 않는 햇빛 아래 머나먼 바닷가에서 서서히 사라지고 있는, 희미해져 가는 무수한 얼굴, 웅성거리는 나직한 목소리들을 떠올리게 했다. 그는 한숨을 쉬었고, 읽기 위해 자리에 앉았다.

우선, 그는 내용물이 세 개로 구별되어 있는 것을 알아차렸다. 검은 잉크로 빽빽하게 쓴 여러 장의 종이가 한데 묶여 있었다. 그리고 회색기가 도는 네모난 종이 한 장에는 그가 본 적 없는 필적으로 몇 개의 낱말이 적혀 있었고, 말로가 쓴 설명 편지가 있었다. 말로의 편지에서 세월이 흘러 누렇게 변색되고 접은 부분이 닳은 또 한 통의 편지가 떨어졌다. 그는 그 편지를 집어 들었다가 놓아두고 말로의 편지 쪽으로 시선을 돌려 처음 몇 줄을 재빨리 읽은 뒤 잠시 멈칫했고, 그때부터 마치 발견된 적 없는 땅을 힐끗 본 사람이 조심스러운 걸음과 경계의 눈으로 다가가듯 신중히 읽어 나갔다.

「……네가 잊었으리라고는 생각하지 않아.」 편지는 그렇게 계속되었다. 「이야기가 끝난 뒤에도 짐에게 관심을 보인 사람은 너뿐이었으니까. 하지만 짐이 자기 운명을 극복했다는 걸 네가 인정하지 않으려 한 것도 뚜렷이 기억해. 너는 짐이 지겨워하게 될 거라고, 자신이 얻은 명예와 스스로 짊어진 과업, 연민과 젊음에서 비롯된 애정도 지겨워하고 역겨워하는 파탄을 겪을 거라고 예언했지. 너는 〈그런 종류의 일〉과 환상에 불과한 만족감, 불가피한 기만에 대해 아주 잘 안다고 했어. 또 〈우리가 그런 사람들에게 목숨을 거는 건(《그런 사람들》이란 피부색이 갈색이거나 노랗거나 검은 인종을 의미했어) 야수에게 우리의 영혼을 파는 것과 다름없어〉라고 말하던 것도 기억에 생생해. 너는 〈그런 종류의 일〉은, 우리 백인종의 이념들이 진실하다는 확고한 믿음이 있을 때만 지속 가능하고 실제로 지속되며, 그 이념의 이름으로 질서와 윤리적 발전의 도덕성이 확립된다고 단언했어. 〈우리는 그 이념의 힘을 배경으로 삼길 원해.〉 너는 이렇게 말했지. 〈우리가 값지게 그리고 의식적으로 우리의 생명을 바치기 위해서는, 그 이념의 필요성과 정당성에 대한 믿음이 필요해. 그런 믿음이 없다면 희생은 그냥 잊힐 뿐이고, 그런 희생은 파멸에 이르는 길에 불과해.〉 달리 말해, 너는 우리가 대오 속에서 싸워야지 그렇지 않으면 우리 삶이 무의미하다는 주장을 한 거야. 그럴 수도 있지! 정말 악의 없이 하는 말인데, 넌 혼자 힘으로 위험한 곳에 뛰어들었다가 고약한 결과를 당하기 전에 잘 도망쳐 나온 적이 한두 번 있었으니 당연히 알고서 하는 말이었을 거야. 하지만 중요한 건, 다른 사람은 몰라도 짐만큼은 오직 자기 자신만을 상대했다는 점이고, 그래서 요점은 마지막에 그 친구가 질서와 진보의 법칙들보다 더 강한 믿음을 인정하지 않았겠느냐 하는 거야.

나는 아무것도 단언하지 않겠어. 아마도 다 읽고 나면 네가 판단할 수 있을 거야. 〈구름에 가려진 듯 모호한〉이라는 흔한 표현이 있잖아. 그 표현에는 많은 진실이 담겨 있어. 짐을 뚜렷이 이해하는 건 불가능해. 특히 우리가 보는 그 친구의 마지막 모습이, 다른 사람의 눈을 통해 보는 거라서 더욱 그래. 짐이 곧잘 쓰던 표현처럼 〈자신에게 찾아온〉 그 마지막 에피소드에 관해 내가 아는 모든 것을 주저하지 않고 네게 말해 주겠어. 나는 그 친구가 이 흠결 없는 세상에 보낼 메시지를 만들기에 앞서 최상의 기회를, 만족스러운 마지막 시험을 기다리고 있는 것 같다고 늘 생각했는데, 그 마지막 에피소드가 바로 그 기회이자 시험이었을지 궁금해. 너도 기억하겠지, 내가 짐에게 마지막으로 작별할 때 짐은 내게 곧 귀국할 예정인지 물었고, 갑자기 〈말 좀 전해 주세요!〉라고 외쳤던 걸 말이야. ······나는 궁금하기도 하고 기대감도 들어 그 뒷말을 기다렸지만, 짐은 그냥, 〈아니, 아닙니다〉라고만 외쳤을 뿐이야. 그땐 그게 다였고, 그 후로도 더는 없을 거야. 사실을 전달하는 언어에서 우리 각자가 해석할 수 있는 메시지를 뺀다면, 앞으로 아무런 메시지도 없을 거란 말이야. 하지만 그 언어라는 것은 가장 교묘하게 배열해 놓은 단어들보다도 뜻이 더 모호하기 일쑤지. 짐이 속내를 털어놓으려 한 번 더 시도한 것은 사실이야. 하지만 자네가 여기 동봉한 회색 풀스캡 종이[32]를 읽어 보면 알겠지만, 그 시도 역시 실패했어. 짐은 글로 적으려 했어. 평범한 필적을 알아차리겠어? 첫머리에 〈파투산, 요새에서〉라고 적혀 있어. 짐은 자신이 살던 집을 방어 요새로 만들려던 의도를 실행에 옮겼던 듯해. 깊은 참호, 흙담 위에 올린 울타리, 정사각형 요새의 각 면을 방어할 수 있도록 모서리마다 포좌에 얹은 대포들. 아주 훌륭한 계획이었어. 도라민은 짐에게 대포를 제공하겠노라 약속했고, 짐의 사람들은 자신들에게 안전한 곳이 있으며 갑작스러운 위험이 닥쳐올 경우 모든 충실한 무리가 그곳에 결집할 수 있다는 걸 알게 되었을 거야. 이 모든 것은 짐의 선명한 선견지명과 미래에 대한 믿음을 보여 주었어. 짐이 〈나의 백성〉이라 부르는 이들은 샤리프에게 잡혔다 해방된 사람들로, 그 요새의 담장 아래 오두막을 짓고 작은 땅을 가짐으로써 그곳을 파투산의 특수 구역으로 만들 계획이었

---

32 현재 널리 사용되는 A4지가 영국에 보급되기 전에 쓰던 종이 크기. 210×297밀리미터인 A4지보다 세로가 조금 큰 203×330밀리미터다.

어. 그 안에서 짐은 무적의 자아를 갖출 테고. 〈파투산, 요새에서.〉 보다시피, 날짜가 없어. 무수한 날 중 어떤 하루에 숫자나 이름이 무슨 대수겠어? 게다가 짐이 펜을 잡았을 때 누구에게 쓰려 했는지도 알 수 없어. 스타인? 나? 아니면 온 세상? 아니면 그저 자신의 운명과 맞선 외로운 인간이 아무 목적 없이 내뱉는 경악의 절규에 불과한 걸까? 〈끔찍한 일이 일어났습니다.〉 짐은 이렇게 쓰고 처음으로 펜을 놓았어. 그 단어들 아래 화살촉 같은 잉크 자국을 봐. 잠시 뒤 짐은 마치 납덩이 같은 손으로 무겁게 휘갈겼어. 〈저는 즉시…….〉 손이 떨려 펜이 미끄러졌고, 이번에 짐은 쓰기를 포기했어. 더는 없어. 짐은 자기 시력이나 목소리로는 도저히 건널 수 없는 드넓은 간극을 보았어. 나는 그걸 이해할 수 있어. 짐은 설명할 수 없는 것에 압도되었어. 짐은 자기 자신의 인격에 압도되었어. 짐이 그토록 최선을 다해 극복하려 했던 그 운명이 선물한 그 인격에 말이야.

네게 오래된 편지 한 통을 같이 보내. 아주 오래된 편지야. 짐의 서류 상자에 소중하게 보관되어 있던 거야. 짐의 아버지가 보낸 편진데, 그 안에 적힌 날짜로 미루어 보건대, 짐이 파트나호를 타기 며칠 전에 받은 게 분명해. 그러니 짐이 집에서 받은 마지막 편지일 거야. 짐은 그 편지를 오랫동안 소중히 간직했어. 그 선량한 늙은 목사는 선원이 된 아들을 무척 사랑하고 아꼈어. 편지 곳곳에서 그런 부분을 찾아볼 수 있어. 애정이 듬뿍 담기지 않은 부분이 없어. 그 목사는 〈사랑하는 제임스에게〉 지난번에 받은 긴 편지가 아주 〈솔직하고 재미있더라〉라고 썼어. 짐이 〈사람들을 너무 엄격하거나 성급하게 판단하지〉 않기를 바랐어. 네 쪽에 걸친 편지에는 느슨한 훈계와 가족의 소식이 담겨 있었어. 톰은 〈성직에 올 랐고〉, 캐리의 남편은 〈금전적 손실〉을 보았다는 등의 내용 이었어. 그 노인은 하느님의 뜻과 우주의 정해진 질서를 신 뢰하지만, 또한 그 사소한 위험들과 작은 자비로움에 대해서 도 잘 알았어. 흰 머리에 평온한 얼굴의 그 목사가 책으로 둘 러싸인, 빛바랬지만 편안한 서재라는 신성한 안식처에 앉아 있는 모습이 눈에 선했어. 그곳에서 그 목사는 40년 동안 신 앙과 덕행, 올바르게 사는 법, 올바르게 죽는 유일한 법에 대 한 일련의 소박한 생각들을 진지하게 곱씹었을 거야. 그곳에 서 그 목사는 수많은 설교문을 썼고, 그곳에 앉아 바다 저편, 지구 반대편에 가 있는 아들에게 이야기했지. 하지만 그렇게 멀리 떨어져 있는데 그런 이야기가 거기서도 통할까? 온 세 상에 덕행은 하나뿐이고, 신앙도 하나뿐이고, 생각할 수 있 는 바른 삶도 하나뿐이고, 바르게 죽는 법도 하나뿐이야. 그 목사는 〈사랑하는 제임스〉가 〈인간은 유혹에 일단 굴복하면 곧바로 전면적인 타락과 영원한 파멸이라는 위험을 겪게 된 다〉는 사실을 결코 잊지 말며, 〈어떤 동기에서도 잘못이라고 여겨지는 짓은 하지 않겠다는 결의를 단단히 하기〉를 바랐 어. 또한 애완견 소식이 적혀 있었고, 〈너희가 어릴 때 타고 다니던〉 조랑말이 이제 늙어 눈이 먼 탓에 사살해야 했다는 소식도 있었어. 그 노인은 하늘의 축복을 기원했고, 모친과 집에 있는 모든 딸의 안부 인사를 대신 전했어…… 맞아, 그 오랜 세월 짐의 손에 소중히 간직되다 떨어져 나온 그 노랗게 바래고 해진 편지에는 별 내용이 없었어. 그 편지에 대한 답장은 결코 쓰이지 않았지만, 짐이 편지 속 사람들과 마음속으로 어떤 대화를 나누었을지 누가 알겠어? 무덤 속만큼이나 위험과 반목이 없는 어느 조용한 세상 한 귀퉁이에서, 시험받은 적 없는 도덕적 올바름을 공기처럼 당연하게 알고 살아온 사람들, 편지 속에서 평온하고 색깔 없는 형체로 되살아난 그 사람들과 말이야. 그렇게나 많은 일을 〈겪은〉 짐이 그런 세계의 일원이라는 게 참으로 놀랍게 느껴져. 그 사람들은 평생 아무 일도 겪은 적이 없었어. 앞으로도 불의의 일을 당하는 일은 결코 없을 거고, 운명과 맞서 싸우라는 부름을 받는 일도 없을 거야. 짐의 부친이 온화하게 전한 그 소식 덕분에, 그 사람들이 모두 내 앞에 환생한 듯했어. 그의 뼈에서 나온 뼈요 그의 살에서 나온 살[33]이기도 했던 모든 형제자매가 맑고 무의식적인 눈으로 바라보고 있었고, 나는 드디어 고향으로 돌아온 짐의 모습을 보는 듯했어. 짐은 이제 어떤 엄청난 수수께끼의 핵심에 있는 하얀 점이 아니라, 완전히 본래의 모습으로 돌아와서 동요 없는 형상들 사이에 무시당하며 서 있었는데, 그 모습은 근엄하고 낭만적이었지만, 항상 말이 없고 어두웠어. 구름에 가려진 듯 모호했지.

마지막 사건들의 이야기는 이 편지에 동봉한 몇 쪽에서 찾아볼 수 있을 거야. 그 이야기가 짐의 소년 시절 가장 무모한 꿈마저 능가할 정도로 낭만적이라는 건 너도 인정하게 될

33 「창세기」 2장 23절을 인용해 변형했다.

거야. 하지만 내가 보기에, 그 속에는 일종의 심오하고 무서운 논리가 들어 있어. 마치 압도적인 운명의 힘을 우리에게 풀어놓을 수 있는 것은 오직 우리의 상상력뿐인 듯이 보인다는 거야. 우리 사고의 무모함은 결국 우리의 머리로 돌아오기 마련이야. 칼을 쓰는 사람은 칼로 망하지. 이 놀라운 모험에서 가장 놀라운 부분은 그게 진실이라는 점이고, 이 모험은 결국 불가피한 결과였다는 인상을 줘. 뭔가 그런 일이 일어나게 되어 있었던 거야. 우린 이 말을 계속 되풀이하면서도, 불과 재작년에 그런 일이 있었다는 점에 또 놀라워해. 어쨌든 그런 일은 일어났고, 그 논리를 두고 왈가왈부할 순 없어.

너를 위해, 나는 그 일을 직접 목격한 것처럼 적어 놓았어. 내가 아는 정보는 단편적이지만, 그것을 짜 맞춰 보니 그럭저럭 알아볼 만하게 그림을 그리기에는 충분했어. 짐이라면 이 이야기를 어떤 식으로 했을지 궁금해. 짐이 나에게 속마음을 너무 많이 털어놓아, 때로는 그 친구가 당장에라도 들어와서 자기 입으로 이야기해 줄 것 같은 느낌이 들어. 목소리는 산만하면서도 다정할 것이고, 태도는 약간 당혹스럽고 약간 귀찮고 약간 속상하다는 듯이 퉁명스러울 것이고, 이따금 한두 마디 어구로 자신의 속 모습을 흘깃 보여 주겠지만, 그래 봤자 짐의 참모습을 아는 데는 전혀 도움이 되지 않을 거야. 짐이 다시는 나타나지 않을 거라니, 믿기지가 않아. 나는 짐의 목소리를 다시는 듣지 못할 것이고, 이마에 하얀 줄이 있는 그 갈색과 분홍색이 섞인 매끈한 얼굴도, 흥분하면 깊이를 헤아릴 수 없을 정도로 깊은 청색으로 변하던 그 젊음에 찬 눈도 다시는 보지 못하겠지.」

37

「이야기는 브라운이라는 남자의 놀랄 만한 위업으로 시작해. 그자는 삼보앙가 근처의 작은 만(灣)에서 스페인 스쿠너선을 훔쳐 내는 데 성공했지. 내가 그자를 발견하기까지는 그자에 대한 정보가 불완전했지만, 아주 뜻밖에도 그자가 자신의 오만한 영혼을 포기하기 몇 시간 전에 나는 그자와 마주쳤어. 다행히 그자는 천식 발작으로 숨 막혀 하는 중간중간 이야기해 줄 의지가 있었고, 가능하기도 했어. 그자는 짐을 생각하는 것만으로도 악의 가득한 희열을 느끼며 망가진 육신을 비틀어 댔어. 그자는 〈그 건방진 자식에게 따끔한 맛을 보여 줬다〉고 생각하며 그렇게 좋아한 거야. 나는 원하는 걸 알아내기 위해, 눈가에 주름이 가득하고 우묵한 그자의 눈이 보내는 시선을 참아야만 했어. 그래서 나는 어떤 형태의 악은 강렬한 이기주의에서 비롯되어 저항심으로 불타며 영혼을 갈기갈기 찢고 육신에 거짓 용기를 줌으로써 광기에 가까워지기도 한다는 생각을 하며 그 시선을 참고 있었어. 그자의 이야기는 또한 비열한 코닐리어스가 품었던 간계가 얼마나 교묘했는지 드러나게 했어. 코닐리어스의 비열하고 도 강렬한 증오는, 복수를 향해 한 치의 오차도 없이 나 있는 길을 가리키는 정교한 영감처럼 작용했어.

〈그 녀석을 보자마자 나는 그 녀석이 멍청이라는 걸 한눈에 알아보았습니다.〉 죽어 가던 브라운이 헐떡이며 말했어. 〈그게 사내자식이라니! 제길! 그 녀석은 속 빈 강정이었습니다. 《내 약탈품에 손대지 마!》라고 분명히 말하지도 못할 듯했거든요. 못난 놈! 그런 말을 할 수 있어야 남자죠! 되잖게 고고한 영혼이라니! 저는 그 녀석의 손아귀에서 꼼짝 못 하는 신세였지만, 그 녀석에게는 절 죽일 만한 배짱이 없더군요. 그 녀석은 그럴 그릇이 못 되었습니다! 저 같은 사람을 일고의 가치도 없는 인간처럼 놓아준 걸 보면 알 수 있지요!〉 브라운은 숨을 쉬기 위해 안간힘을 썼어……. 〈속임수였는데…… 저를 놓아주었죠……. 그래서 저는 그 녀석을 끝장내 버렸습니다…….〉 그자는 다시 숨 막혀 했어……. 〈이러다가 저는 죽겠지요. 하지만 이제는 맘 편히 죽을 겁니다. 선생님께서는…… 여기 선생님은…… 저는 아직 선생님 성함을 모릅니다. 만약 제게 5파운드 지폐가 있다면 그 소식을 전하기 위해 그 돈을 선생님께 드렸을 겁니다. 그렇지 않으면 제가 브라운이 아니죠…….〉 그자는 끔찍하게 히죽거렸어……. 〈저는 젠틀맨 브라운입니다.〉

그자는 이렇게 말하면서 심하게 헐떡였고, 갈색의 길고 망가진 얼굴에 박힌 노란 눈으로 나를 쏘아보았어. 그자가 왼팔을 갑자기 움직였어. 헝클어진 잿빛 턱수염은 거의 무릎에 닿을 정도였고, 더럽고 누덕누덕한 담요가 다리에 덮여 있었어. 나는 방콕에서 쇼베르크를 통해 그자를 찾아냈어. 쇼베르크는 호텔을 경영하며 남의 일에 참견하길 좋아하던 사람인데, 나에게 브라운을 만날 수 있는 곳을 몰래 말해 주었지. 늘 술이나 푸고 빈둥거리며 방랑하다 원주민 속에 섞여서 태국 여인과 살던 백인이 한 명 있었는데, 그자는 그 유명한 젠틀맨 브라운에게 임종을 맞이할 마지막 안식처를 제공하는 일을 마치 큰 특전처럼 여긴 듯해. 다 쓰러져 가는 오두막에서 브라운이 나에게 이야기하며 매 순간 죽음과 싸우고 있을 때, 우둔하고 거친 얼굴의 태국 여인은 커다란 맨다리를 드러낸 채 어두운 구석에 앉아 무신경하게 베텔을 씹고 있었어. 이따금 그 여자는 일어나 문으로 들어온 닭을 쫓아냈어. 그 여자가 걸어다닐 때면 온 오두막이 흔들렸어. 그리고 노란 피부의 못생긴 아이는 이교도들의 작은 신처럼 벌거벗고 불룩한 배를 드러낸 채 손가락을 입에 넣고 침대 발치에 서서 죽어 가는 그자를 눈여겨보느라 여념이 없었어.

브라운은 열을 내며 이야기했어. 하지만 종종 단어를 내뱉다 말고 마치 보이지 않는 손에 목이라도 잡힌 듯이 의혹과 고뇌에 찬 표정으로 말없이 날 바라만 보곤 했지. 그자는 혹시라도 내가 기다리다 지쳐서 자신이 아직 애기를 다 못마쳤는데 그냥 가버릴까 봐, 자신이 의기양양해질 기회가 없어질까 봐 두려워하는 것처럼 보였어. 그자는 그날 밤에 죽은 듯한데, 어쨌거나 그 무렵 나는 이미 알아낼 건 다 알아낸 상태였어.

하지만 지금은 브라운 이야기를 이 정도에서 끝내도록 하지.

브라운을 만나기 8개월 전, 사마랑으로 온 나는 평소처럼 스타인을 만나러 갔어. 스타인의 집 정원 쪽 베란다에서 말레이인이 내게 수줍게 인사했고, 나는 파투산에 있는 짐의 집에서 그 사람을 보았던 기억이 났어. 저녁이면 찾아와서 전쟁 회고담을 끝도 없이 늘어놓거나 나랏일을 의논하던 부기스족 사람들 사이에 끼여 있던 이였지. 한번은 짐이 그 사람을 가리키면서, 꽤 잘나가는 소상인으로 바다까지 나갈 수도 있는 소규모 원주민 선박을 가지고 있으며 〈방책을 함락하는 데 가장 큰 공을 세운 사람 가운데 한 명〉이라고 말했어. 나는 그 사람을 보고 크게 놀라진 않았어. 사마랑까지 진출하는 파투산 사람이라면 당연히 스타인의 집을 찾아가게 되어 있었거든. 나는 그 사람에게 답례를 하고 지나갔어. 스타인의 방문 앞에서 또 한 명의 말레이인과 마주쳤는데, 탐 이탐이었어.

나는 곧바로 그 사람에게 여기서 뭘 하는지 물었어. 짐이 방문 중일 수도 있다는 생각이 들었거든. 그런 생각을 하니 반가워 흥분되었지. 탐 이탐은 뭐라고 말해야 할지 모르는 듯한 표정을 지었어. 〈투안 짐은 안에 있습니까?〉 내가 안달하며 물었어. 〈아니요.〉 탐 이탐은 잠시 고개를 숙이고 중얼거리더니 갑자기 진지해지며 말했어. 〈그분은 싸우려 하지 않았습니다, 그분은 싸우려 하지 않았습니다〉라고 두 번 반복해서 말했어. 그 사람이 더는 말하지 못하는 듯했기에 나는 그 사람을 밀치고 안으로 들어갔어.

키가 크고 허리가 굽은 스타인은 방 한가운데, 나비 상자들이 줄지어 놓인 사이에 혼자 서 있었어. 〈아하! 자넨가, 친구?〉 스타인은 안경 너머로 응시하며 슬프게 말했어. 스타인은 알파카 모직으로 만든 기다란 황갈색 양복 상의를 걸치고 있었는데, 무릎에 이르기까지 단추를 채우지 않았더군. 파나마 모자를 쓰고 있었고, 창백한 뺨에는 깊은 주름이 보였어. 〈무슨 일이야?〉 내가 초조해하며 물었어. 〈탐 이탐이 있던데……〉 〈그 아가씨를 만나 보게. 그 아가씨를 만나 봐. 이곳에 와 있어.〉 스타인은 내키지 않는다는 몸짓을 보이며 말했어. 나는 스타인을 붙들고 물어보려 했지만, 그 친구는 점잖게 고집을 피우며 내 간절한 질문을 피하려 했어. 〈그 아가씨가 여기 와 있어, 그 아가씨가 여기 와 있어.〉 스타인은 크게 동요하며 되풀이해서 말했어. 〈그 사람들은 이틀 전에 여기로 왔어. 나 같은 늙은이가, 이방인이, 할 수 있는 일이 별로 없어서…… 이리 오게……. 젊은이들은 용서를 몰라…….〉 나는 스타인이 몹시 상심한 걸 알 수 있었어……. 〈젊은이들의 생명력, 그 잔인한 생명력…….〉 스타인은 중얼거리며 집 깊숙한 곳으로 앞장서 갔어. 나는 온갖 침울하고 화나는 추측을 하면서 스타인을 따라갔어. 거실 문에 이르자 스타인은 나를 세웠어. 〈그 친구는 그 아가씨를 무척이나 사랑했어, 그렇지?〉 스타인은 따져 묻는 듯한 말투로 말했고, 나는 그저 고개만 끄덕였어. 씁쓸한 실망감이 너무나 커서, 지금 입을 열었다간 뭔가 말실수를 할 것만 같았어. 〈아주 끔찍한 일이야.〉 스타인이 중얼거렸어. 〈그 아가씨는 나를 이해하지 못해. 나는 그냥 낯선 늙은이에 불과하거든. 하지만 자네라면……. 그 아가씨는 자네를 알잖아. 가서 이야기해 봐. 이렇게 내버려 둘 순 없어. 그 친구를 용서하라고 말해 봐. 아주 끔찍한 상황이야.〉〈확실히 그래 보이네.〉 나는 아직 아무것도 모르는 상태인 것에 격분하며 말했어.〈그런데 자네는 용서했어?〉 스타인은 이상한 표정으로 나를 바라보았어.〈곧 듣게 될 거야.〉 스타인은 그렇게 말한 뒤 문을 열고 나를 막무가내로 밀어 넣더군.

스타인의 커다란 집과 두 개의 거대한 응접실은 사람이 살지 않고 살 수도 없는 곳처럼 깨끗하고 고요했어. 인간의 눈에 보인 적 없는 듯한 번쩍이는 것들로 가득했지. 그곳들은 가장 더운 날에도 시원해서 실내로 들어가면 마치 반질거리게 닦아 놓은 지하 동굴에 있는 기분이 들어. 한쪽 응접실을 거쳐 다른 응접실로 들어가니 그 아가씨가 커다란 마호가니 탁자의 한쪽 끝 앞에 앉아 탁자에 머리를 기대고 얼굴을 두 팔에 묻고 있는 모습이 보였어. 왁스로 광을 낸 마룻바닥은 얼어붙은 수면처럼 그 아가씨의 모습을 어렴풋이 반사하고 있었어. 등나무 스크린은 내려져 있고, 창밖의 나뭇잎들이 만든 이상하게 초록빛이 도는 어둠을 통해 강한 바람이 휘몰아쳐 창문과 문간에 쳐놓은 기다란 커튼들이 흔들렸어. 아가씨의 하얀 모습은 눈으로 빚은 사람처럼 보였고, 커다란 샹들리에에 달린 수정들이 그 아가씨 머리 위에서 반짝이는 고드름처럼 쨍그랑거렸지. 아가씨는 고개를 들고 내가 다가오는 모습을 지켜보았어. 나는 그 넓은 방들이 서늘한 절망의 거처인 듯 한기를 느꼈어.

아가씨는 단박에 나를 알아보았고, 내가 멈춰 자신을 내려 보자마자 조용히 말했어. 〈그이는 저를 버렸어요. 당신들은 늘 우리를 버리고 떠나지요. 당신들의 목표를 위해서요.〉그 아가씨의 얼굴이 굳어 있었어. 모든 생명의 열기가 그 아가씨 가슴속에 있는 어떤 접근 불가능한 곳으로 숨어 버린 듯했어. 〈그이와 함께 죽는 것이 쉬웠을 거예요.〉그 아가씨는 말을 계속했고, 이해할 수 없는 것들은 단념해 버린다는 듯이 살짝 지친 듯한 몸짓을 했어. 〈그이는 그러려고 하지 않았어요! 마치 눈이 먼 것 같았어요. 하지만 그이에게 말하고 있었던 건 바로 저예요. 그이의 눈앞에 서 있던 이도 바로 저고요. 그이가 늘 보고 있던 이도 바로 저예요! 아! 당신들은 무정하고 배반이나 하지 진실이나 연민은 없지요. 왜 당신들은 그렇게 사악한가요? 아니면 당신들 모두 미친 건가요?〉

내가 그 아가씨의 손을 잡았는데 아무런 반응이 없어서 다시 놓았더니 손이 그대로 축 늘어지더군. 눈물, 울부짖음, 원망보다 더 무서운 무관심이 세월과 위안을 거역하고 있는 듯했어. 무슨 말을 해도, 그 고요하고 마비시키는 듯한 고통이 자리한 곳까지 미치지 못할 것 같은 느낌이 들었어.

스타인은 〈곧 듣게 될 거야〉라고 말했지. 그리고 나는 듣게 되었어. 나는 모든 이야기를 들었고, 놀람과 두려움을 느끼며 아가씨의 한결같은 지친 어조에 귀를 기울였어. 그 아가씨는 자기가 하는 이야기의 참뜻을 이해할 수 없었고, 아가씨의 분노를 본 나는 아가씨에게, 그리고 짐에게 연민을 느꼈어. 이야기가 끝난 뒤에도 나는 그 자리에서 꼼짝 않고 서 있었어. 아가씨는 팔을 탁자에 괸 채 냉정한 눈으로 응시했고, 바람이 몰아치자 그 초록빛 도는 어둠 속에서 수정들이 쨍그랑거렸어. 아가씨는 혼잣말로 계속 속삭였어. 〈그렇지만 그이는 저를 바라보고 있었어요! 그이는 제 얼굴을 볼 수 있었고, 제 목소리를, 제 슬픔을 들을 수 있었어요! 전 그이의 발치에 앉아서 제 뺨을 그이의 무릎에 기대고, 그이는 제 머리에 손을 얹곤 했지만, 그때조차 잔인함과 광기의 저주가 그이의 마음속에 자리 잡고 밖으로 발산될 날만 기다린 거예요. 그리고 그날이 왔죠! ……그리고 그날 해가 지기도 전에 그이는 저를 더는 볼 수 없었어요. 그이는 눈이 멀었고, 귀가 먹었고, 연민을 느낄 수 없게 된 거예요. 당신들이 모두 그렇듯이요. 저는 그이를 위해 눈물을 흘리지 않을 거예요. 절대로, 절대로요. 단 한 방울도요. 그러지 않을 거예요! 그이는 제가 마치 죽음보다 끔찍한 존재인 듯 저를 떠나갔어요. 그이는 꿈에서나 보고 들을 법한 어떤 저주받은 것에 쫓기는 듯 도망쳤어요……〉

아가씨의 꿋꿋한 눈은 강력한 꿈에 휩쓸려 자신의 품에서 떨어져 나간 남자의 모습을 뒤쫓느라 긴장한 듯했어. 내가 조용히 고개 숙여 인사했지만 아가씨는 아는 척하지 않았어. 나는 기꺼이 그 자리에서 빠져나왔어.

나는 그 아가씨를 한 번 더 보았어. 그날 오후였지. 아가씨를 두고 나오는 길에 스타인을 찾았지만, 집 안에 없었어. 고민에 쫓기며 밖으로 나와 정원으로 들어갔지. 온갖 열대 저지대 식물과 수목을 볼 수 있는, 스타인 소유의 유명한 정원이었어. 시내를 깊이 파 운하로 만든 물길을 따라가다 관상용 연못 가까이 있던 그늘진 벤치에 오랫동안 앉아 있었어. 그곳 연못에는 날지 못하도록 큰 날개깃이 잘린 물새들이 물에 뛰어들며 요란스레 첨벙거렸지. 등 뒤에서 끊임없이 가볍게 흔들리던 목마황나무의 가지들은 고향의 전나무들이 살랑이는 소리를 생각나게 했어.

쉼 없이 들리는 그 구슬픈 소리는 내 명상에 어울리는 반주였어. 그 여자는 짐이 꿈에 휩쓸려 자기를 떠났다고 말했지만, 그 말에 대해 그 누구도 뭐라고 답할 수 없었어. 그런 탈선 행위는 도저히 용서할 수 없어 보였거든. 하지만 우리 인간들은 원래가, 지나친 잔인함과 지나친 헌신이라는 어두운 오솔길에서 자신의 위대함과 힘이라는 꿈에 휩쓸려 맹목적으로 밀고 나가는 것 아닐까? 그리고 결국, 진실의 추구라는 게 뭐란 말이야?

내가 집으로 돌아가려고 일어났을 때 나뭇잎들 사이로 스타인의 헐렁한 황갈색 양복 상의가 얼핏 보였고, 곧이어 오솔길 모퉁이에서 그 아가씨와 함께 걷던 스타인과 마주쳤어. 아가씨는 작은 손을 스타인의 팔뚝에 얹고 있었고, 넓고 평평한 테가 둘린 파나마모자를 쓴 스타인은 머리가 센 아버지처럼 연민과 기사도 정신이 어린 경의를 표하며 그 여자를 굽어보았어. 나는 옆으로 비켜섰지만, 둘은 발을 멈추고 나를 마주 보았어. 스타인의 시선은 땅의 자기 발을 향해 있었고, 똑바로 서서 스타인의 팔에 살짝 기댄 아가씨는 맑고 흔들림 없는 까만 눈으로 내 어깨 너머를 침울하게 응시했어. 〈*Schrecklich*(끔찍한 일이야).〉 스타인이 중얼거렸어. 〈끔찍해! 끔찍해! 어떻게 해야 한담?〉 스타인은 나에게 호소하는 듯했지만, 아가씨의 젊음 그리고 아가씨는 아직 살날이 구만리 같다는 점이 나에게는 더 호소력 있었어. 그래서 비록 아무 말도 할 수 없다는 걸 알면서도 아가씨를 위해, 돌연 나는 짐이 택한 길을 변호하고 있었어. 〈그 친구를 용서해야 합니다.〉 나는 결론을 말했지만, 내 목소리는 귀먹어 아무런 반응도 없는 거대한 공간 속에서 뭉개지는 듯했어. 〈우리 모두 용서받고 싶어 하지 않습니까.〉 잠시 뒤 내가 덧붙였어.

〈제가 뭘 어쨌는데요?〉 그 여자는 입술만 움직여 물었어.

〈아가씨는 늘 짐을 불신했습니다.〉 내가 말했어.

〈그이는 다른 사람들과 같았어요.〉 그 여자가 천천히 말했어.

〈다른 사람들과 달랐습니다.〉 내가 항의했지만, 그 여자는 아무런 감정도 드러내지 않은 채 침착하게 말했어.

〈그이는 거짓이었어요.〉 그리고 갑자기 스타인이 끼어들었어. 〈아니! 아니! 아니! 불쌍한 것!〉 스타인은 자기 소매 위에 힘없이 놓인 그 여자의 손을 쓰다듬었어. 〈아니! 아니! 거짓이 아니야! 진실! 진실! 진실한 사람이야!〉 스타인은 돌처럼 굳은 그 여자의 얼굴을 바라보려 했어. 〈너는 이해하지 못하는구나. 아! 왜 이해하지 못하는 거냐? ……끔찍하군.〉 스타인이 내게 말했어. 〈언젠가는 이 아가씨도 이해하게 될 거야.〉

〈자네가 설명해 주겠나?〉 내가 스타인을 단호한 눈으로 보며 물었어. 둘은 걷기 시작했지.

나는 두 사람을 지켜보았어. 아가씨의 드레스는 오솔길에 질질 끌리고, 묶지 않은 검은 머리털을 늘어뜨리고 있었어. 아가씨는 키가 큰 스타인 곁에서 꼿꼿한 자세로 가볍게 걸었어, 스타인의 구부정한 어깨에는 세로로 주름이 간 길고 펑퍼짐한 양복 상의가 걸려 있었고, 두 다리는 느릿느릿하게 움직였지. 유식한 사람이라면 구별할 수 있는 열여섯 종의 대나무가 함께 자라던 숲(아마 자네도 기억하겠지) 너머로 두 사람은 사라졌어. 나는 꼭대기가 뾰족한 잎과 복슬복슬한 끝부분들로 덮인 그 마디 식물 숲의 세련된 우아함과 아름다움에 매료되었고, 그 경쾌함과 활기, 그리고 동요 없이 번성하는 생명체의 목소리처럼 독특한 그 매력에 푹 빠졌어. 위안을 주는 속삭임이 들리는 곳에서 떠나지 못하고 꾸물거리는 사람처럼, 내가 오랫동안 그 대나무 숲을 바라보며 서 있었던 기억이 나. 하늘은 진주 같은 회색이었어. 열대 지방에서는 보기 드물게 잔뜩 흐린 날이었는데, 다른 지역에서 본 해변이며 얼굴들이 떠오르는 그런 날씨였어.

그날 오후, 나는 탐 이탐과 또 한 명의 말레이인을 데리고 마을로 돌아갔어. 재앙이 몰고 온 당혹감, 공포심, 암울함 속에서, 아가씨와 탐 이탐은 그 말레이인 소유의 항해용 배를 타고 도망쳐 나온 거였어. 그 재앙의 충격으로 인해 그들은 성격이 달라진 듯했어. 아가씨의 열정은 돌처럼 식었고, 늘 실쭉하고 말이 없던 탐 이탐은 거의 수다스러워졌다고 할 수 있었어. 실쭉함도 이해하기 어려운 겸손함으로 바뀌어 있었는데, 마치 어떤 강력한 매력이 절정의 순간에 그 힘을 잃는 광경을 지켜보기라도 한 듯했어. 수줍고 망설임 많은 부기스족 상인은 할 말이 없다는 게 아주 명백했어. 둘 다 이 이해 불가능하고 수수께끼 같은 사건 때문에 말로 표현할 수 없는 깊은 놀라움의 감정에 완전히 위압당한 게 확실했어.」

　　말로의 편지는 서명과 함께 그렇게 끝났다. 특혜를 입은 독자는 등잔 심지를 올렸고, 바다 위의 등대지기처럼, 도시의 지붕들이 이루는 거대한 물결을 발아래 두고 홀로 앉아, 이야기가 적힌 종이로 시선을 돌렸다.

38

「말했듯이, 이야기는 브라운이라는 사람과 함께 시작해.」
말로의 이야기는 이렇게 시작했다. 「서태평양 부근을 돌아
다녀 본 사람치고 그 사람 이름을 들어 보지 못한 사람은 없
을 거야. 그자는 호주 해안 지방의 대표적인 악당이었어. 그
자가 그곳에 자주 나타나서가 아니라, 그곳 사람들이 고국에
서 온 방문객들에게 들려주는 무법자들 이야기 속에 그자가
늘 등장했기 때문이야. 그리고 케이프요크에서 이든베이에
이르는 지역에 나돌던 그자의 비행에 관한 이야기들은, 가장
경미한 것도 제대로 법이 선 곳에서였다면 교수형을 당하기
충분할 정도였어. 그리고 이야기마다 그자가 준남작의 아들
로 여겨졌다는 내용이 담겨 있었지. 그게 사실이든 아니든,
그자가 초기 금광 채굴 시절 고국에서 온 배에서 직무를 이
탈한 건 분명했고, 몇 년 뒤에는 폴리네시아의 이런저런 섬
들에서 공포의 대상이 되어 사람들 입에 오르내리게 되었어.
그자는 원주민들을 납치했고, 홀로 있는 백인 상인을 입고
있던 파자마만 남기고 몽땅 털었으며, 강도질을 마치면 십중

팔구 바닷가에서 엽총 결투를 하자는 제안을 하곤 했는데, 이 무렵 상대방이 이미 공포로 초주검 상태가 되지만 않았더라면 그 결투가 그런대로 공정하다고 할 수 있었을 거야. 브라운은 현대의 해적이지만, 그자의 원형이 되었던 더 악명 높은 해적들과 마찬가지로 비열한 자였어. 하지만 그자가 동시대 악당이었던 위협자 헤이스, 감미로운 목소리의 피스, 향수를 뿌리고 구레나룻을 흩날리며 다니던 멋쟁이 악한 더티 딕 등과 구별되는 점은, 비행을 저지를 때 보인 오만한 기질, 그리고 넓게는 인류 전체, 좁게는 자기 희생자에게 보인 강렬한 멸시였어. 다른 해적들이 그저 비열하고 탐욕스러운 짐승이라면, 그자는 어떤 복합적인 의도 때문에 행동하는 듯했어. 그자는 강도짓을 할 때 자신이 상대를 얼마나 업신여기는지 보여 주는 것이 유일한 목적인 듯 행동했고, 생면부지인 조용하고 온순한 사람을 쏴 죽이거나 불구자로 만들 때도 야만적이고 복수심 가득한 열의까지 보였는데, 세상에서 가장 무모한 무법자도 그 광경에는 겁을 먹을 지경이었어. 그자의 기세가 절정에 달했던 시절, 그자는 무장한 바크선을 소유하고 있었고, 카나카인들[34]과 도망쳐 나온 포경선 선원들을 선원으로 썼어. 그리고 진실인지는 알 수 없지만, 그자는 또 코프라[35] 무역상들로 구성된 매우 존경받는 회사에서 비밀리에 자금 지원을 받는다며 자랑하고 다녔어. 훗날 그자

---

34 예전 19세기 중반부터 20세기 초까지 호주에 납치 또는 고용되어 노예처럼 일했던 남태평양 원주민들.

35 코코야자의 배유를 말린 것으로, 야자유의 원료다.

는 어떤 선교사의 부인과 도망친 것으로 알려져 있는데, 런던의 클래펌 지역 출신인 그 젊은 여자는 순간적 열정에 사로잡혀 마음은 곱지만 지루한 이와 결혼했고 갑자기 멜라네시아로 옮겨 와 살다가 어찌 된 셈인지 그만 인내심을 잃은 거야. 암울한 이야기였지. 브라운이 데려갈 당시 이미 병들어 있던 그 여자는 결국 그자의 배에서 죽었어. 그 여자의 시신을 놓고 그자는 침통하고도 격렬한 슬픔을 터뜨렸다고 전해지는데, 이 이야기의 가장 놀라운 부분이라 할 수 있지. 그리고 곧이어 행운 역시 그자를 떠나고 말았어. 그자는 말레이타섬 부근의 암초에서 배를 잃었고, 배와 함께 침몰해 버린 듯 한동안 보이지 않았어. 그러다가 누카히바에 나타났다는 소문이 들렸고, 거기서 그자는 그 지역 정부에서 쓰던 낡은 프랑스 스쿠너선을 한 척 샀대. 무슨 훌륭한 사업을 하려고 그 배를 사기로 마음먹었는지 모르겠지만, 고등 판무관, 영사, 군함, 국제적 통제 따위의 말들이 나돌던 당시 남태평양 일대는 너무 열기를 띠어 확실히 브라운 같은 성향의 인물들을 수용할 수 없었던 듯해. 그자는 자기 활동 무대를 훨씬 서쪽으로 옮긴 게 분명했어. 왜냐하면 1년 뒤 그자는 횡령을 일삼는 총독과 법망이나 피하는 게 주업무인 재무관이 주축을 이루던 마닐라만에서 어떤 심각하면서도 우습기도 한 사업을 벌였는데, 거기서 믿을 수 없이 대담한 역할을 하면서도 별로 이익을 얻지 못했거든. 그 뒤 그자는 다 썩어 가는 스쿠너선을 타고 필리핀 일대를 돌아다니며 역경과 싸웠고, 결국 자기의 정해진 운명대로 어둠의 힘의 맹목적인 공범자가 되어 짐의 이야기 속으로 항진해 들어갔어.

이야기에 따르면, 스페인의 순찰 커터선이 그자를 잡았을 때, 그자는 그저 반군들을 위해 약간의 총포 밀수를 하려 했을 뿐이었대. 그게 정말이라면, 그자는 도대체 뭐 하러 민다나오섬 남쪽 해안에 가 있었던 걸까. 내 생각에, 그자는 해안을 따라 원주민 마을들을 공갈협박하며 다녔을 거야. 중요한 건, 그 커터선이 경비병 한 명만 승선시킨 뒤 브라운을 삼보앙가까지 항해하게 했다는 거야. 그곳에 가는 도중 무슨 이유에서인지 두 배는 (결국 흐지부지된) 스페인의 새 정착지 한 곳에 들러야 했는데, 그곳 해안 책임자는 민간인 공무원 한 명뿐이었고, 멋지고 단단한 연근해 스쿠너선 한 척이 그 작은 만에 정박하고 있었어. 그리고 브라운은 모든 면에서 자기 배보다 훨씬 더 좋은 그 범선을 훔쳐야겠다고 마음먹었지.

그자가 내게 직접 말했듯이, 그자의 운은 다해 가고 있었어. 그자는 20년 동안이나 사납고 공격적으로 이 세상을 멸시하며 협박했지만, 물질적 이득이라는 면에서 남은 건 고작 은화 한 자루뿐이었고, 그자는 〈악마조차 냄새 맡지 못하도록〉 그 자루를 자기 선실에 감춰 두었어. 그게 전부였어. 오직 그뿐이었지. 그자는 삶을 지겨워했고 죽음을 겁내지 않았어. 그자는 한순간의 변덕스러운 생각만으로도 신랄하고 냉소적인 무모함을 보이며 목숨을 걸었지만, 감옥에 갇히는 것만큼은 지독히 두려워했어. 감옥에 갇힐 가능성이 조금이라도 보이면 식은땀을 비 오듯 흘리고 진저리를 치며 몸의 피가 물로 변해 버리는 듯한 공포에 시달리곤 했어. 미신을 믿는 사람이 자신에게 귀신이 들렸다는 생각을 하면서 느낄 만한 그런 공포였지. 그러므로 예비조사를 위해 그 나포선에 오른 민간인 관리는 하루 종일 열심히 조사한 뒤 어두워진 뒤에야 망토로 몸을 감싸고 상륙하면서 브라운의 얼마 되지 않는 돈이 자루에서 짤랑거리는 소리를 내지 않도록 몹시 신경 썼어. 나중에, 그러니까 이튿날 저녁이라고 생각되는데, 약속을 중시하던 그 관리는 관용 커터 순찰함을 긴급한 특수 업무에 보냈어. 그 순찰함 함장은 나포선에 자기 선원들을 남겨 둘 만큼 인원에 여유가 있지 않았기 때문에 브라운의 스쿠너선에 있던 돛을 모두 압수하는 정도로 만족해야 했고, 그 배의 구명정 두 척을 2마일 정도 떨어진 해변까지 예인해 두도록 세심하게 신경 썼어.

하지만 브라운의 선원 중에 젊은 시절 납치되어 브라운에게 헌신하게 된 솔로몬 제도 출신이 한 명 있었는데, 브라운의 부하 가운데 제일 유능했어. 목표를 이루기 위해 그자는 모든 도르래의 밧줄을 풀어내 만든 예인삭의 끝부분을 쥐고 5백 야드 정도 떨어진 연안 운항선까지 헤엄쳐 갔어. 바다는 잔잔했고, 만은, 브라운의 표현을 빌리자면, 〈암소의 배 속처럼〉 깜깜했어. 그 솔로몬 제도 사람은 예인용 밧줄의 끝을 입에 물고 연안 운항선의 현장을 타 넘었어. 연안 운항선의 선원들은 모두 타갈로그인들로, 원주민 마을에서 한바탕 놀기 위해 상륙해 있었어. 배를 지키던 선원 둘은 갑자기 잠에서 깨어 그 악마를 보았지. 악마는 눈을 번뜩이며 번개처럼 빠르게 갑판을 뛰었어. 공포에 질려 온몸이 마비된 두 선원은 무릎을 꿇고 성호를 그으며 뭐라고 중얼거리며 기도했어. 배의 조리실에서 긴 칼을 찾아낸 솔로몬 제도 사람은 두 선원의 기도를 방해하지 않으며 한 명씩 칼로 찔렀어. 그리고 같은 칼로 야자 열매 껍질 섬유로 짠 밧줄을 톱질하듯이 꾸준히 잘랐고, 마침내 밧줄이 갑자기 끊어지며 물을 튀겼어. 이윽고 그자는 조용한 만에서 조심스럽게 고함을 쳤고, 그동안 어둠 속에서 앞을 노려보며 희소식을 들으려 귀 기울이던 브라운 일당은 예인삭의 자기네 쪽 끝을 부드럽게 끌어당기기 시작했어. 5분도 지나지 않아 두 척의 스쿠너선은 가볍게 충돌했고, 돛대를 삐걱이며 나란히 서게 되었어.

브라운 일당은 한순간도 지체하지 않고 자기네 무기와 수많은 탄약을 가지고 옮겨 탔어. 일당은 모두 열여섯 명이었어. 도망쳐 나온 수병 둘, 양키 군함에서 온 여윈 탈영병 하나, 금발에 멍청한 스칸디나비아인 둘, 변변찮은 흑백 혼혈인 한 명, 시원찮은 중국인 요리사 하나, 그리고 남태평양이 만들어 낸 보잘것없는 인간들이었어. 누구도 관심을 주지 않는 사람들이었지. 브라운은 그자들을 자기 뜻대로 굴복시켰고, 교수대는 두려워하지 않으면서도 스페인의 감옥이라는 망령으로부터 도망치고 있었어. 브라운은 부하들에게 보급품을 충분히 옮겨 실을 만큼 시간을 주지 않았어. 날씨는 조용했고 공기는 이슬을 머금고 있었어. 그들이 밧줄을 풀어내고 연안의 희미한 바람에 의지해 돛을 펼쳤을 때, 축축한 범포는 전혀 펄럭이지 않았어. 브라운의 낡은 스쿠너선은 그 훔친 배에서 점잖게 떨어져 나갔고, 검은 덩어리로 보이는 해안과 함께 조용히 밤 속으로 미끄러져 들어가는 것 같았어.

그자들은 무사히 빠져나갔어. 브라운은 마카사르 해협을 통과한 여정을 내게 자세히 말해 주었어. 괴롭고 절망적인 여정이었지. 식량과 물이 부족했고, 원주민 배에 올라 조금씩이나마 먹을거리 구하는 일을 몇 번이나 반복했어. 당연하게, 브라운은 훔친 배로 어떤 항구에도 감히 들어가려 하지 않았어. 뭘 사려 해도 돈이 없었고, 내보일 증명 서류도 없었으며, 궁지에 몰리면 빠져나갈 그럴듯한 거짓말도 없었거든. 그자들은 어느 날 밤 풀라우 라우트섬에 정박한 네덜란드 선적의 아랍 바크선을 기습해, 더러운 쌀 약간과 바나나 한 송이, 물한 통을 손에 넣었어. 북동쪽에서 불어온 사흘 동안의 강풍과 안개가 브라운의 스쿠너선을 자바해 건너편으로 밀어냈어. 굶주린 악당들은 노란 흙탕물 파도에 흠뻑 젖었지. 그자들은 지정된 항로를 운항하는 우편선들을 보았고, 날씨가 좋아지거나 조수가 바뀌기를 기다리며 보급품을 풍족하게 싣고 얕은 바다에 정박 중인, 측면 철판에 녹이 슨 고국의 선박들을 지나쳤어. 어떤 날은 가느다란 돛대 두 개가 있는 영국 포함이 하얗고 깔끔한 모습으로 그자들의 뱃머리 앞을 멀리 지나갔고, 어떤 날은 육중한 검은색 미스트를 장착한 네덜란드의 코르벳함이 선미 쪽에 나타나 안개 속을 죽은 듯이 천천히 항진하기도 했어. 그자들은 눈에 띄지 않거나 무시당한 채 슬그머니 빠져나가고 있었지만, 파리하게 핏기 없는 얼굴의 이 추방자 무리는 배고픔과 두려움으로 미칠 지경이었어. 브라운은 마다가스카르로 갈 작정이었어. 브라운은 그곳에 가면 타마타브에서 별 의심 받지 않고 배를 팔 수 있거나 배에 관한 적당한 위조 문서를 구할 수 있으리라 기대했어. 전혀 근거 없는 환상은 아니었지. 하지만 그전에, 긴 인도양 횡단에 앞서 식량이 있어야 했고, 물도 필요했어.

어쩌면 브라운은 파투산에 관해 들은 적이 있었을지도 몰라. 아니면 해도에 작은 글자로 적힌 지명을 우연히 본 게 다일 수도 있고. 그자는 필시 파투산을 어느 원주민 국가의 강 상류에 있는 큼직한 마을이라 오해했고, 배가 많은 항로나 해저 케이블의 단말 지역에서 멀리 떨어져 있어 전적으로 무방비 상태일 거라 여긴 듯했어. 브라운은 과거에도 그런 일을 해본 적이 있었어. 그때는 사업 삼아서였지. 하지만 이번에는 꼭 해야 하는 일이었어. 이번에는 생사의 문제, 혹은 자유가 걸려 있었거든. 특히 자유가! 브라운은 비육우나 쌀, 고구마 같은 식량을 얻을 자신이 있었어. 불쌍한 무리는 기대감에 부풀어 올랐지. 스쿠너선에 싣고 갈 농수산물을 갈취할 것이고, 어쩌면 손가락으로 튕기면 쨍그랑 소리를 내는 진짜 돈까지 빼앗을 수도 있으니까! 그곳 추장과 촌장 중엔 쥐어짜면 넉넉하게 토해 낼 이도 있을 거였어. 브라운은 약탈을 방해하는 놈이 있으면 발을 불에 태우는 고문도 서슴지 않을 생각이었다고 내게 말했어. 정말 그랬을 거라고 나는 믿어. 브라운의 부하들도 그자의 말을 믿었지. 부하들은 말 없는 무리였기에 환호성을 지르지는 않지만, 탐욕스럽게 준비했어.

날씨 면에서는 운이 좋았어. 며칠만 바람이 안 불었어도 스쿠너선에 탄 그자들은 말할 수 없는 공포에 빠졌겠지만,

육지와 바다에서 바람이 불어온 덕에 브라운은 순다 해협을 통과한 뒤 일주일도 안 되어 바투 크링 하구 근처에 정박했어. 어촌까지 권총 사정거리만큼 떨어진 곳이었지.

무리 중 열네 명은 스쿠너선에 있던 대형 보트(하역 작업에 쓰던 커다란 보트였어)에 빽빽이 타고 강을 거슬러 가기 시작했고, 남은 두 명은 열흘 동안 아사를 간신히 면하게 해줄 정도의 식량을 가지고 배를 지켰어. 누더기 돛을 단 그 흰 대형 보트는 조류와 바람의 도움으로 어느 날 오후 일찍, 바닷바람을 등지고 파투산의 강기슭으로 들어갔어. 비쩍 마른 열네 명의 잡배는 굶주린 눈으로 앞을 노려보며 싸구려 소총의 노리쇠를 만지작거렸지. 브라운은 자신의 출현에 주민들이 놀라고 겁에 질리길 기대하고 있었어. 그자들은 마지막 밀물을 타고 들어갔어. 하지만 라자의 방책에서는 아무런 기색도 보이지 않았어. 양쪽으로 보이던 가장 앞쪽 집들에는 아무도 없는 듯했어. 강을 따라 전속력으로 도망치는 카누 몇 척이 보였어. 브라운은 그 마을의 크기에 놀랐지. 깊은 정적이 내려앉았어. 집들 사이로 바람이 내리 불었지. 보트는 두 개의 노를 내밀고 계속 상류로 올라갔고, 브라운은 주민들이 저항할 생각을 하기 전에 마을 한복판에 거점을 구축할 생각이었어.

하지만 바투 크링 어촌의 촌장이 제때 경고를 보내는 데 성공한 듯했어. 그 대형 보트가 마을의 모스크(도라민이 지은 것으로, 박공이 있고 지붕 마감은 조각한 산호로 되어 있었어)와 나란히 섰을 때, 앞에 있던 빈 공간에 사람들이 가득했어. 누군가가 고함을 쳤고, 뒤이어 강을 따라 징들이 울렸어. 위쪽 어디에선가 두 문의 작은 6파운드 놋쇠 대포가 발사되었고, 포탄이 텅 빈 기슭으로 날아와 강에서는 물기둥들이 솟아올라 햇빛 속에서 반짝였어. 모스크 앞에서 많은 사람이 함성을 지르며 일제 사격을 했고, 총탄이 수면을 때리며 강물을 가로질렀어. 강 양쪽에서 보트를 향해 불규칙하고 파상적인 일제 사격을 퍼부었고, 브라운의 부하들도 사납고 빠른 사격으로 응사했어. 나와 있던 노들은 이미 안으로 들인 뒤였지.

강이 금세 만조에서 썰물로 바뀌어, 강 가운데에서 화약 연기에 거의 파묻혀 있다시피 하던 보트는 선미를 앞세우고 떠내려가기 시작했어. 양쪽 강변에도 짙은 화약 연기가 평평한 띠를 이루며 지붕 아래로 깔렸는데, 마치 산허리를 가로지르는 기다란 구름 띠 같았어. 전투의 함성, 울리는 징 소리, 깊이 코를 고는 듯한 북소리, 분노의 외침, 일제 사격의 총성들이 합쳐져 주위는 온통 떠들썩했고, 그 소란 속에 앉아 있던 브라운은 당황한 와중에도 키의 손잡이를 단단히 잡은 채, 정당방위를 감행하는 원주민들을 상대로 증오와 분노를 뿜어 댔어. 부하 둘은 이미 부상당했고, 마을 아래쪽의 퇴로는 툰쿠 알랑의 방책에서 나온 보트들로 차단된 것이 보였지. 여섯 척의 보트에 남자들이 가득 타고 있었어. 그렇게 포위되어 있는 동안, 좁은 지류의 입구가 브라운의 눈에 띄었어(짐이 썰물 때 뛰어들었던 바로 그 지점이었어). 하지만 지금 그곳은 물이 가득 차 있었어. 그들은 그곳으로 보트 방향을 돌려 상륙했고, 간략히 말하자면 방책에서 9백 야드 정도 떨어진 곳에 있던 작은 언덕 위에 자리 잡았는데, 그곳에서는 방책을 내려다볼 수 있었어. 언덕 비탈은 헐벗었지만, 정상에는 나무 몇 그루가 있었어. 브라운 일당은 그 나무들을 베어 임시 방어벽을 쌓고, 어두워지기 전에 참호 속에 꽤 안전하게 숨을 수 있었어. 한편 라자의 보트들은 묘하게 중립을 지키며 강에 남아 있었어. 해가 지자, 강기슭에서 그리고 육지에 두 줄로 늘어선 집들 사이에서, 땔감을 태우는 불빛들이 타올랐고, 불빛 때문에 지붕과 가느다란 야자나무 숲과 빽빽한 과일나무 숲이 시커멓게 두드러져 보였어. 브라운은 주위의 풀을 태우라고 명령했어. 천천히 피어오르는 연기 아래, 낮게 테를 이룬 가느다란 불길이 빠르게 꿈틀거리며 언덕 비탈을 타고 내려갔어. 여기저기서 건조한 덤불들에 불이 붙었고, 높다란 불길들이 무시무시하게 으르렁거렸어. 불은 그 작은 집단의 소총 사격을 위한 시계를 깨끗이 청소했고, 밀림 가장자리와 수로의 진흙 둑을 따라 꺼진 뒤 연기만 냈어. 언덕과 라자의 방책 사이에는 우묵한 습지가 있었고, 그 습지에서 띠를 이루며 우거진 밀림에 다다른 불길은 대나무 줄기들이 터지는 요란한 파열음을 내며 꺼졌어. 하늘은 어둡고 벨벳처럼 매끄러운 느낌이 나며 별들이 빽빽했어. 시커멓게 변한 땅에서는 소리 없이 연기가 피어오르며 작은 불씨가 나직하게 퍼지곤 했는데, 마침내 산들바람이 살짝 불어와 모든 것을 날려 버렸어. 브라운은 밀물이 충분히 높아져 자신의 퇴로를 차단하고 있던 보트들이 수로로 들어오면 곧

바로 공격해 오리라 예상했어. 어쨌거나 분명히, 자신이 타고 온 대형 보트를 가져가려는 시도가 있을 터였어. 그 보트는 언덕 아래, 희미하게 빛나는 젖은 개펄에 시커멓고 높다란 덩어리로 남아 있었어. 하지만 강의 보트들은 아무런 움직임도 없었어. 브라운은 방책과 라자의 건물들 너머로 불빛들이 물에 반사된 것을 보았어. 놈들은 강 너머에 정박하고 있는 것 같았어. 강에 떠 있는 다른 불빛들은 강을 건너갔다 돌아왔다 하며 강 유역에서 움직이고 있었어. 기슭을 따라 강의 만곡부까지 뻗은 집들의 기다란 벽에도 가만히 고정된 빛들이 반짝였고, 그 만곡부 너머와 고립된 오지 쪽으로도 빛들이 있었어. 크게 지펴 놓은 불들의 어렴풋한 빛 속에 건물들과 지붕들과 검은 기둥들이 브라운의 시력이 미치는 끝까지 그 모습을 드러냈어. 그곳은 엄청나게 큰 마을이었어. 베어 낸 나무들 뒤에 납작 엎드려 있던 열네 명의 필사적인 침입자는 턱을 들고 마을의 동정을 살폈어. 강 상류로 몇 마일에 걸쳐 뻗은 듯한 마을에는 수천 명의 성난 남자가 들끓는 것 같았어. 그자들은 서로에게 아무 말도 하지 않았어. 가끔씩 요란한 고함 소리나 멀리 어디선가 발사된 단발 총성이 들리곤 했어. 하지만 그자들의 주변은 고요하고 어둡고 조용했어. 그자들은 벌써 잊힌 존재 같았어. 마치 모든 주민을 깨워 놓은 흥분이 그자들과는 아무 관계 없다는 듯이, 그자들이 이미 죽어 버렸다는 듯이 말이야.」

39

「그날 밤은 모든 사건이 엄청나게 중요했어. 그때 빚어진 상황은 짐이 돌아올 때까지 조금도 변하지 않고 그대로였거든. 당시 짐은 일주일 넘게 내륙에 가 있었고, 그래서 그 최초의 격퇴를 지휘한 이는 데인 워리스였어. 〈백인의 방식으로 싸우는 법을 알았던〉 그 용감하고 지적인 청년은 당장 그 문제를 해결하고 싶었지만, 그 청년에게는 주민들이 너무 벅찼어. 짐이 누리던 인종적 특권과 불패의 초자연적 힘을 지녔다는 평판이 그 청년에겐 없었거든. 데인 워리스는 확고한 진리와 확고한 승리를 상징하는, 보고 만질 수 있는 그 화신이 아니었어. 비록 애정과 신임과 찬양의 대상이긴 했지만, 짐이 〈우리〉 중 한 사람인 데 반해 그 청년은 여전히 〈그들〉 중 한 사람에 불과했어. 더구나 그 백인은 그 자체로 곤경스러운 상황에서 믿을 수 있는 난공불락의 존재임에 반해, 데인 워리스는 살해될 수도 있는 사람이었지. 비록 드러내 놓고 말한 건 아니지만, 이런 견해들이 그 지역 지도부의 여론을 지배했어. 마치 부재중인 백인의 거처에 가면 지혜와 용기를 찾을 수 있으리라 기대하는 듯이, 그 사람들은 짐의 요새에 모여 긴급 상황에 대해 논의하기로 했어. 브라운 일당의 사격 솜씨가 훌륭했든 아니면 운이 좋았든, 방어하는 측에는 이미 여섯 명의 부상자가 생겼어. 부상자들은 베란다에 누워 여인들의 간호를 받았지. 마을 저지대에 사는 여자들과 아이들은 첫 경보가 있자 짐의 요새로 피신했어. 요새에서는 주얼이 아주 능률적으로 원기왕성하게 지휘했고, 짐의 〈백성〉은 그 아가씨의 말에 복종했어. 그 사람들은 다 함께 방책 아래 작은 거주지를 떠나 요새로 들어온 뒤 주둔군을 형성했어. 이 난민들은 주얼 주위로 몰려들었고, 그 사건의 모든 과정 동안, 비참한 마지막 순간까지 주얼은 비범한 전투적 열의를 보였어. 마을이 위험해졌다는 첫 정보를 접하자 데인 워리스가 당장 찾아간 이도 주얼이었어. 파투산에서 화약을 다량 보유한 이는 짐이 유일했거든. 편지로 짐과 친밀한 관계를 유지해 오던 스타인이 네덜란드 정부로부터 특별 수출 허가를 받아 파투산에 5백 통의 화약을 보내 준 거였지. 화약고는 거친 통나무로 지은 작은 오두막이었는데, 완전히 흙으로 덮여 있었고, 짐이 없을 때는 주얼이 열쇠를 보관했어. 밤 11시에 짐의 식사실에서 열린 회의에서 주얼은 강경책으로 즉시 대응하자는 데인 워리스의 의견을 지지했어. 내가 듣기로, 주얼은 긴 탁자 첫머리에 있던 짐의 빈 의자 곁에 서서 전쟁을 주장하는 열띤 연설을 했는데, 모여 있던 지도부는 곧바로 그 의견에 소곤거리며 찬성을 표했다더군. 1년 넘게 문밖출입을 하지 않던 늙은 도라민도 아주 어렵게 그 자리까지 실려 와 있었어. 물론 거기서는 도라민이 우두머리였지. 회의에 온 지도자 중 성질이 격한 이들은 절대로 용서하지 말자는 의견이었고, 도라민의 말 한마디면 그대로 그쪽으로 결정이 내려질 터였어. 하지만 내 생각으론, 자기 아들의 불같은 용기를 잘 알았기에 도라민은 쉽게 입을 뗄 수 없었을 거야. 지연책을 쓰자는 지도자들의 의견이 지배적이었지. 하지 사만이라는 이는 장황하게 말하길 〈이 포악하고 사나운 이들은 어떤 식으로든 죽음 앞에 자신을 내놓은 셈입니다. 그 언덕 위에서 고집스레 버티다 굶어 죽거나, 자기네 보트를 되찾으려다 지류 건너편에 매복한 사람들한테 총격을 받고 죽거나, 아니면 탈출해 밀림으로 도망친 뒤 거기서 하나하나 죽어 갈 운명입니다〉라고 했어. 그 사람은 또한 적절한 책략을 쓰면 전투할 위험 없이 그 간악한 이방인들을 물리칠 수 있다고 주장했는데, 그 말은 특히 파투산 남자들에게 큰 영향을 미쳤어. 마을 사람들은 라자의 보트들이 결정적인 순간 행동을 취하지 않았다는 점에 마음이 흔들렸어. 그 회의에서 라자를 대표한 사람은 외교 수완이 있는 카심이라는 이였지. 카심은 말이 아주 적었고, 미소를 지으며 다른 사람의 말에 귀를 기울이고 아주 다정했지만, 속을 알 수 없는 인물이었어. 회의가 진행되는 동안 거의 몇 분마다 연락원들이 도착해 침입자들의 동태를 보고했어. 걷잡을 수 없이 과장된 소문이 난무했지. 강어귀에는 대포를 장착한 대형 선박에 많은 사람이 타고 있었는데, 일부는 백인이고 일부는 흑인이지만 한결같이 피에 굶주린 외모였다고 했어. 그자들은 모든 생명체를 멸종시키기 위해 더 많은 보트를 타고 오고 있다고도 했어. 영문 모를 위험이 가까이 와 있다는 느낌이 주민들에게 영향을 주었어. 한번은 마당에 모인 여자들이 공포에 질려 비명을 지르며 날뛰었고 아이들이 울어 댔어. 하지 사만이 나가서 여자와 아이들을 진정시켰어. 그때 요새의 보초병이 강 위에서 움직이는 뭔가를 향해 사격하는 바람에, 하마터면 카누에 자기 집 여자들과 가장 귀중한 가정용품들과 여남은 마리의 가금류를 싣고 오던 마을 사람을 죽일 뻔했어. 이로 인해 더 큰 혼란이 일어났지. 그러는 동안 짐의집 안에서는 주얼 앞에서 탁상공론이 계속됐어. 도라민은 사나운 얼굴로 육중하게 앉아 발언자들을 차례로 바라보며 황소처럼 천천히 숨을 쉬었어. 카심이 자기 주인의 방책을 방어할 사람들이 필요하니 라자의 보트들을 불러들이겠노라고 선언한 뒤에도 도라민은 마지막까지 말을 하지 않았어. 주얼이 짐의 이름으로 데인 워리스에게 발언을 간청했지만, 데인 워리스는 자기 아버지 앞에서 의견을 말하려 들지 않았어. 침입자들을 당장 쫓아내고 싶은 마음에, 주얼은 데인 워리스에게 짐의 부하들을 제공하겠노라고 말했어. 하지만 데인 워리스는 도라민을 한두 번 힐끗 본 뒤 고개를 저을 뿐이었어. 마침내 회의가 끝났고, 적의 보트를 이쪽이 원하는 대로 통제할 수 있도록 지류에 가장 가까운 집들에 인원을 잔뜩 배치하자는 결정이 내려졌지. 보트 자체는 공개적으로 건드리는 일이 없을 거였어. 그러면 언덕의 강도들이 보트에 타고 싶은 유혹을 받을 것이고, 그때 조준 사격으로 그자들을 대부분 죽일 수 있을 것이 분명했거든. 생존자들의 퇴로를 차단하기 위해, 그리고 더 많은 자가 오는 것을 막기 위해, 도라민은 데인 워리스에게 명령하길, 일단의 무장한 부기스족을 데리고 강을 내려가, 파투산에서 하류로 10마일 떨어진 어떤 지점의 강변에 진지를 구축하고 카누들로 강을 봉쇄하라고 했어. 나는 도라민이 증원군의 도착을 두려워했다고는 단 한 순간도 생각하지 않아. 아마도 도라민은 그저 아들을 위험한 곳에서 빼내려고 그런 조치를 했을 거야. 마을에 대한 기습 공격을 막기 위해, 새벽이 되면 왼쪽 강둑의 도로 끝에 방책 건설을 시작할 예정이었어. 늙은 나코다는 그곳에서 친히 지휘하겠노라고 선언했어. 주얼의 감독 아래 곧바로 화약과 총알과 뇌관이 분배되었어. 짐의 정확한 위치가 알려지지 않았기에 짐에게 연락하기 위해 여러 곳에 전령들을 보내기로 했어. 전령들은 새벽에 출발했지만, 그 전에 이미 카심은 포위된 브라운과 연락하는 데 성공했어.

능숙한 외교가이자 라자의 심복인 카심은 요새를 떠나 자기 주인에게 돌아가려던 길에 뜰에서 사람들 틈에 조용히 섞여 살금살금 돌아다니던 코닐리어스를 발견하고 자기 보트에 태웠어. 카심은 남몰래 꾸미던 바가 있었는데, 그 작은 계획에 통역자로 코닐리어스가 필요했던 거야. 마침내 아침이 되자 자신이 처한 절망적인 상황을 생각하고 있던 브라운은 아래쪽 풀이 우거진 우묵한 습지에서 누군가가 외치는 소리를 들었어. 긴장해서 떨고 있었지만 우호적인 그 목소리는 아주 중요한 사명을 가지고 올라갈 테니 신변 안전을 약속해

달라고 영어로 요청했어. 브라운은 무척이나 기뻤지. 누군가가 말을 걸어 온다면, 이제 브라운은 더이상 사냥꾼에 쫓기는 야수 신세가 아니었으니까. 어디서 치명적인 타격이 날아들지 모르는 장님 같은 신세라 좀처럼 경계를 늦추지 못하고 심각하게 스트레스받던 그자들에게, 이 다정한 목소리는 참으로 가뭄의 단비 같았어. 브라운은 굉장히 망설이는 척했어. 그 목소리는 자기가 〈백인이며 이곳에서 여러 해 동안 살아왔지만 가엾게도 몰락한 늙은이〉라고 주장했어. 그 언덕 비탈에는 습하고 싸늘한 안개가 깔려 있었고, 몇 번 더 외침이 오간 뒤 브라운은 〈그렇거든 올라와. 하지만 혼자 와야 한다는 걸 명심해!〉라고 소리쳤어. 자신이 처했던 무력한 상황을 떠올리며 분노로 괴로워하던 브라운은 나에게 말하길, 사실 혼자 오건 여럿이 오건 아무 차이도 없었다고 했어. 몇 야드 앞도 보이지 않았기에 상대가 배반한다 해도 상황이 더 나빠질 수 없었거든. 이윽고 일상복인 누덕누덕하고 더러운 셔츠와 바지를 입고 테가 망가진 방서모를 쓴 코닐리어스가 맨발로 진지를 향해 쭈뼛쭈뼛 다가오는 모습이 보였어. 코닐리어스는 가끔 걸음을 멈추고 앞을 응시하는 자세로 귀를 기울이곤 했어. 〈어서 와, 당신은 안전해.〉 부하들이 응시하는 동안 브라운이 고함을 질렀어. 그자들이 살아날 모든 희망이 돌연 그 남루하고 초라한 차림의 방문자에게 온전히 달려 있었어. 나무 몸통을 쓰러뜨려 만든 방책을 아무 말 없이 서툴게 타 넘은 코닐리어스는 불만과 불신이 어린 얼굴로 몸을 떨면서, 수염이 텁수룩하고 불안하고 잠이 부족한 악당 무리를 살폈어.

코닐리어스와 반 시간 동안 밀담을 나누고 나자, 브라운은 파투산의 내부 사정을 훤히 알게 되었어. 브라운은 당장 경계 태세를 취했어. 가능성이, 굉장한 가능성이 보였지만, 브라운은 코닐리어스의 제안을 놓고 협상하기에 앞서 신의를 보장한다는 뜻으로 약간의 음식을 올려 보내 달라고 요구했어. 코닐리어스는 라자의 궁전이 있는 쪽을 향해 언덕을 느릿느릿 내려갔고, 얼마 뒤 툰쿠 알랑의 부하 몇 명이 약간의 쌀과 매운 고추, 건어물을 가지고 올라왔어. 아무것도 없는 것보다는 한없이 나았지. 나중에 코닐리어스가 카심을 데리고 왔어. 카심은 샌들을 신고 목에서 발목까지 남색 천을 감은 차림으로 완벽하게 호의적이고 신뢰한다는 분위기를 풍기며 걸어왔지. 카심은 브라운과 정중히 악수했고, 셋은 자리를 옮겨 협상에 들어갔어. 자신감을 되찾은 브라운의 부하들은 서로 등을 가볍게 두드려 격려하고는 분주하게 취사 준비를 했고, 중간중간 자기 두목에게 어떻게 돌아가는지 알겠다는 눈빛을 보내곤 했어.

카심은 도라민과 부기스족을 무척이나 싫어했지만, 새로 들어선 질서는 더 싫어했어. 그러다가 이 백인들이 왔고, 이 백인들과 라자 추종자들의 힘을 합치면 짐이 돌아오기 전에 부기스족을 공격해 격퇴할 수 있다는 생각이 든 거야. 그러면 마을 사람들의 총체적 이탈이 분명히 뒤따를 것이고, 가난한 사람들을 보호해 주던 그 백인의 지배도 끝나리란 것이 카심의 계산이었어. 새로운 동맹자들은 그다음에 처리하기로 하고. 그자들에게는 우호 세력이 없을 테니까. 카심은 사람 보는 데 일가견이 있었고, 백인들을 여럿 보아 왔기에 새로 온 이들이 무법자이며 나라가 없다는 것을 알아챘어. 브라운은 단호하고 속을 드러내지 않는 태도를 유지했어. 접근을 허용해 달라고 요구하는 코닐리어스의 목소리를 처음 들었을 때, 브라운은 그저 어쩌면 도망칠 수도 있겠다는 작은 희망을 본 게 전부였어. 하지만 한 시간도 지나지 않아 그자의 머릿속에 다른 생각들이 끓어올랐어. 브라운은 극단적인 궁핍에 몰려 고작 식품이나 아마도 몇 톤 정도의 고무나 아교, 어쩌면 약간의 현금 정도를 빼앗기 위해 그곳을 찾아왔는데, 순식간에 죽을 위기에 처해 버린 거였어. 하지만 이제 카심의 제안을 받고 나니 그 나라 전체를 훔쳐야겠다는 생각이 들기 시작했어. 어떤 망할 놈이 이미 그곳에서 그런 짓을 했고, 그것도 혼자 힘으로 한 게 분명했어. 하지만 잘 해냈을 리 없었어. 어쩌면 그놈과 손잡고 함께 일할 수도 있을 것 같았어. 모든 것을 짜낸 뒤 조용히 빠져나갈 수 있을 터였지. 브라운은 카심과 협상하는 중에, 사람을 많이 태운 대형 선박이 바깥에서 자신의 명령을 기다린다고 카심이 생각한다는 사실을 알게 됐어. 카심은 브라운에게 그 많은 대포와 사람을 실은 대형 선박을 한시바삐 강으로 가져와 라자에게 봉사하라고 간절하게 청했어. 브라운은 그럴 의향이 있다고 말했고, 서로 불신하는 가운데에서도 그 의향을 근거로 회담이 진행되었어. 정중하고 능동적인 카심은 그날 오전에만 세 번이나 언덕을 내려가 라자를 만난 뒤 바쁜 걸음으로 성큼성큼

다시 언덕을 올라왔어. 거래 계약을 하는 동안, 브라운은 무장한 범선으로 여겨지는 배가 사실은 선창에 먼지 더미밖에 없는 하찮은 스쿠너선이며, 대규모 부하들이 사실은 그 배에 남은 중국인 한 명과 레부카에서 부두 건달 노릇을 하던 절름발이 한 명에 불과하다는 생각에 음험한 즐거움을 만끽했어. 오후에 브라운은 추가로 음식을 제공받았고, 약간의 돈을 약속받았으며, 부하들이 안식처를 만들도록 매트도 받았어. 부하들은 이글거리는 햇빛을 피해 누워 코를 골았지만, 브라운은 베어 놓은 나무 몸통에 앉아 햇빛을 오롯이 받으며 마을과 강의 풍경으로 눈요기를 했어. 그곳에는 약탈할 거리가 널려 있었어. 그 진지에 머무는 것이 편해진 코닐리어스는 브라운 곁에서 그 일대를 가리키며 조언을 해주었고, 짐의 성격에 대한 나름의 견해와 지난 3년간 있었던 사건들에 대한 나름의 논평도 했어. 브라운은 겉으로는 무관심한 척 외면하면서 한마디도 놓치지 않고 주의 깊게 듣고 있었어. 하지만 짐이 어떤 종류의 인간인지 도무지 감이 오질 않았어. 〈그자 이름이 뭐라고? 짐! 짐! 사람 이름으로는 불충분하군.〉〈여기 사람들은 그 사람을 투안 짐이라 부릅니다.〉 코닐리어스가 조롱 조로 말했어. 〈선장님의 언어로는 로드 짐에 해당하지요.〉〈뭐 하는 자야? 어디서 왔지?〉 브라운이 캐물었어. 〈어떤 자야? 영국인인가?〉〈네, 네, 영국인입니다. 저도 영국인이고요. 말라카 출신입니다. 그 녀석은 바보입니다. 그놈을 죽이기만 하세요. 그러면 선장님이 이곳의 왕이 될 겁니다. 모든 것이 그 녀석 것이거든요.〉 코닐리어스가 설명했어. 〈머지않아 그 녀석이 그 모든 것을 다른 누군가와 나누어 가질 수밖에 없을 거란 생각이 드는군.〉 브라운이 들릴락 말락 한 소리로 말했어. 〈아니, 아닙니다. 제대로 하려면, 기회가 오자마자 그놈을 죽여 버려야 합니다. 그러면 선장님은 뭐든 뜻대로 할 수 있을 겁니다.〉 코닐리어스가 열심히 주장했어. 〈이곳에서 여러 해 살아온 제가 선장님에게 친구로서 충고하는 겁니다.〉

한편으로는 그렇게 교섭하고 또 한편으로는 자신의 먹이로 점찍은 파투산을 만족스럽게 바라보며 브라운은 그날 오후의 대부분을 보냈고, 그사이 부하들은 휴식을 취했어. 바로 그날, 데인 워리스의 카누 선단은 지류에서 가장 멀리 떨어진 기슭으로 한 척씩 몰래 이동해 거기서 강을 내려갔고, 브라운의 퇴각에 대비해 강 하류를 봉쇄했어. 브라운은 이 사실을 알지 못했고, 해가 지기 한 시간 전에 언덕을 올라온 카심도 그 사실을 알리지 않으려 무척이나 조심했어. 카심은 그 백인의 배가 강을 올라오길 원했기에, 강이 봉쇄되었다는 소식을 들으면 브라운의 기가 꺾일까 봐 걱정됐거든. 카심은 브라운에게 〈명령〉을 보내라고 재촉했고 믿음직한 전령을 구해 주겠노라고 제안했어. 카심은 전령을 육로로 강어귀까지 내려보내 배에 〈명령〉을 전달해야 일을 은밀히 진행시킬 수 있다고 설명했지. 얼마 동안 심사숙고한 브라운은 수첩에서 종이를 한 장 뜯어내 〈우리는 잘 있다. 큰 사업 도모 중. 이자를 가둘 것〉이라고 간단하게 적어 보내는 것이 좋겠다는 결론을 내렸어. 카심이 선발한 멍청한 젊은이는 임무를 성실히 수행했고, 그 보답으로 스쿠너선에 남아 있던 전직 부두 건달과 중국인은 그 젊은이를 선창에 머리부터 거꾸로 처박은 뒤 서둘러 뚜껑 문을 닫았어. 그 청년의 운명이 어떻게 되었는지는 브라운이 말하지 않았어.」

40

「브라운의 목적은 카심의 외교를 가지고 놀며 시간을 버는 거였어. 진짜 사업을 벌이려면 그 백인을 협력 상대로 여기지 않을 수 없었거든. 원주민들을 그렇게 장악한 걸 보면 그 녀석은 아주 영리한 게 분명했고, 브라운이 돕겠다고 제안하면 그렇게 똑똑한 녀석이 그 제안을 거부하리라곤 상상도 할 수 없었지. 혼자 힘으로 사업하는 사람은 언제나 느리고 조심스럽고 위험한 속임수를 써가며 움직일 수밖에 없지만, 누구 한 명만 옆에서 도와줘도 그럴 필요가 없어지니까. 브라운 자신이 짐이라는 자에게 그 조력을 제안할 거였어. 그 누구도 주저할 리 없었지. 분명한 이해의 여부에 모든 게 달려 있었어. 물론 둘은 나누어 가질 터였어. 그곳에 요새가 있다는 생각에, 게다가 코닐리어스를 통해 알았지만 대포까지 갖춘 진짜 요새가 있다는 생각에, 그런 곳이 자기 손에 들어올 것이라는 생각에 브라운은 가슴이 두근거렸지. 일단 그 안에 들어가기만 하면……. 브라운은 수수한 협상 조건을 내놓을 생각이었어. 하지만 너무 낮은 요구는 하지 않을 생각이었지. 브라운이 상대할 자가 바보 같아 보이진 않았으니까. 둘은 형제처럼 일할 것이고…… 때가 되어 언쟁이 벌어지면 총알 하나로 모든 계산을 끝내겠지. 약탈할 생각에 바짝 안달이 난 브라운은 당장 짐이라는 자를 만나 이야기를 하고 싶었어. 벌써 그 땅이 자기 것이 되어 마음대로 찢고 착취한 뒤 팽개칠 수 있을 듯했어. 그동안 식량을 위해, 그리고 제2의 수단을 마련하기 위해, 카심을 속여야만 했어. 하지만 가장 중요한 것은 하루하루 먹을 것을 구하는 일이었어. 게다가 라자 편에 서서 싸움을 시작함으로써 총알로 자기를 맞이한 주민들에게 교훈을 주자는 생각도 싫지 않았어. 그자는 전투욕에 휩싸였지.

그 이야기 대부분은 물론 브라운에게서 들은 것이지만, 브라운의 말을 직접 인용할 수 없어서 너무 안타까워. 브라운은 죽음의 손길이 자기 목을 조이는 가운데도 내 앞에서 자기 생각을 밝혔는데, 그자의 토막토막 끊어지면서도 격렬한 말 속에는 노골적으로 잔인한 의지, 자신의 과거에 대한 복수심으로 가득한 기이한 태도, 모든 인류에 반항하는 자기 의지의 정당성에 대한 맹목적인 믿음이 담겨 있었어. 이는 떠돌이 살인마 무리를 이끌던 우두머리가 자신을 〈신의 채찍〉[36]이라 부르며 자랑스러워하던 때의 심정과 유사했어. 그런 성격의 바탕이 되었던 그 무분별하고 타고난 포악성은 자신이 처한 절망적인 상황, 실패와 불운 그리고 최근에 겪은 궁핍으로 더욱 악화된 게 분명했어. 하지만 가장 주목할 부분은,

36 훈족의 마지막 왕인 아틸라의 별명이다.

비록 그자가 거짓 동맹 관계를 계획하고, 속으로는 그 백인의 운명에 대해 이미 결정을 내리고, 고자세로 당돌하게 카심과 음모를 꾸미기는 했지만, 그자가 진정으로 원한 바는 따로 있었다는 거야. 거의 자각하지 못했어도 그자의 본심은 바로 자신을 거역했던 밀림의 마을을 파괴해 온통 시신으로 덮이고 불길에 휩싸이게 하는 것임을 누구라도 감지할 수 있었지. 그 무자비하고 헐떡이는 목소리에 귀를 기울이고 있노라니, 그자가 언덕 위에서 마을을 내려다보며 마음속으로 그곳에 살인과 약탈의 광경을 가득 그리고 있었을 게 충분히 상상되더군. 지류에 가장 가까운 곳은 마치 사람들이 모두 떠난 듯 보였지만, 사실은 집집마다 무장하고 경계 중인 사람들이 몇 명씩 숨어 있었어. 여기저기에 나지막하고 빽빽한 덤불들과 파헤쳐진 땅들과 쓰레기 더미들이 있고 그 사이로 다져진 오솔길들이 나 있는 버려진 땅 너머에서, 갑자기 아주 자그마해 보이는 남자 한 명이 홀로 어슬렁거리며 나타나더니, 곧 그 끝자락에 있던 어둡고 생기 없고 굳게 닫힌 건물들 사이 인적 없는 길로 들어섰어. 아마도 강 저편으로 도망친 주민 중 한 명이 살림에 쓸 물건을 가지러 온 걸 거야. 그 사람은 강 건너에 있던 언덕에서 그 정도 떨어져 있으니 아주 안전하다고 여긴 게 분명해. 그 길 어귀는 그 사람의 친구들로 가득했고, 주위에는 급하게 세운 가벼운 방책도 있었지. 그 사람은 느긋하게 움직였어. 브라운은 그 사람을 보자 즉시 자기 밑에서 2인자 노릇을 하던 양키 탈영병을 곁으로 불렀어. 깡마르고 흐느적거리던 양키 탈영병은 무표정한 얼굴로 나른하게 소총을 끌며 앞으로 나왔어. 브라운이 원하는 것이 무엇인지 알게 된 탈영병은 이를 드러내며 살기와 자만심이 감도는 웃음을 지었고, 그로 인해 핏기 없이 가죽만 앙상한 우묵한 뺨에는 두 가닥의 깊은 주름이 생겨났어. 그자는 자신이 명사수라는 걸 자랑스러워했어. 그자는 한쪽 무릎을 꿇더니 베어서 쓰러뜨린 나무에 남아 있는 가지들 사이로 총을 받치고 조준해 발사한 뒤 바로 일어나 결과를 확인했어. 멀리 길 어귀의 그 남자는 총소리가 난 쪽으로 고개를 돌리더니 앞으로 한 걸음 더 나아갔고, 멈칫하는 듯하다가 갑자기 기는 자세를 취했어. 소총에서 나온 날카로운 파열음 뒤에 내린 정적 속에서 그 명사수는 목표물에서 눈을 떼지 않았고, 〈앞으로 저기 저 검은 녀석의 건강을 친구들이 걱정할 일은 없을 것〉이라고 추측했어. 그 남자는 팔다리를 빨리 움직이며 기어서 도망치려 애썼어. 그 공터에서는 여러 명이 놀라고 경악해 고함을 질렀지. 그 남자는 납작 엎어지더니 더는 움직이지 않았어. 〈우리는 그런 식으로 그놈들에게 우리의 능력을 보여 주었습니다.〉 브라운이 내게 말했어. 〈갑자기 죽게 될지도 모른다는 두려움을 그놈들에게 심어 주는 거, 그게 목적이었습니다. 우리는 2백 대 1로 열세였지만, 그 사격으로 놈들에게 그날 밤 생각할 거리를 주었습니다. 놈들 중 어느 누구도 그런 장거리 사격이 가능하다는 생각을 한 적이 없었을 겁니다. 라자에게 딸려 있던 그 못난 놈은 완전히 넋이 나가서 갑자기 언덕을 허겁지겁 내려가더군요.〉

그 이야기를 하며 브라운은 퍼레진 입술에 묻은 얇은 거품을 떨리는 손으로 훔치려 했어. 〈2백 대 1이었습니다. 2백 대 1…… . 공포를 심어 주어야…… 공포를, 공포를요. 그래야만…… .〉 브라운 자신이 넋이 나가기 시작했어. 그자는 깡마른 손가락으로 허공을 할퀴며 자빠지더니 다시 일어나 앉았고, 털투성이 얼굴을 숙인 채 민담에서나 나올 법한 짐승 인간처럼 나를 곁눈으로 노려보며 비참하고 끔찍한 고통에 입을 벌리고 있었지. 결국 그자는 그 발작이 지나고서야 말을 되찾았어. 세상에는 영영 잊을 수 없는 광경이 있는 법이지.

그에 더해, 적의 사격을 유도함으로써 지류를 따라 난 덤불 속에 숨어 있을지도 모르는 사람들의 위치를 파악하려고, 브라운은 솔로몬 제도 출신 부하에게 보트로 가서 노를 하나 가져오라고 했어. 마치 스패니얼에게 물에 뜬 막대기를 가져오라는 식으로 말이야. 하지만 그 방법은 실패했고, 그 부하는 어느 방향에서도 단 한 발의 사격도 당하지 않고 돌아왔어. 〈아무도 없군요.〉 부하 몇 명이 의견을 냈어. 〈이상한데요.〉 양키가 말했어. 그 무렵 카심은 이미 가고 없었어. 카심은 아주 깊은 인상을 받았고 기뻐하는 한편으로 불안해했지. 자신의 사악한 책략을 성공시키기 위해 카심은 데인 워리스에게 전령을 보내, 자신이 알기로는 백인들의 배가 강을 거슬러 올라올 예정이니 경계하라는 경고를 전했어. 카심은 배의 병력을 최소한으로 줄여서 알렸고, 그 배의 진입을 저지하라고 충고했어. 이런 속임수는 부기스족의 병력을 분산시킨 다음 전투를 통해 약화시키려는 그자의 목표에 부합했지. 한편 그날 카심은 마을에 모인 부기스족 우두머리들에게 소식을 보내, 자신은 침입자들이 물러가도록 유도하려 노력 중이라고 확언했어. 카심은 또 요새에 라자의 부하들을 위한 화약을 공급해 달라고 간청했어. 툰쿠 알랑의 접견실 무기 선반에는 머스킷총이 20여 자루 있었지만, 녹슬어 가는 그 총들에 쓸 탄약은 다 떨어진 지 이미 오래였지. 그 언덕과 궁전이 공공연하게 소통하자 많은 사람이 불안해했어. 어느 쪽이든 한쪽을 편들어야 할 때가 되었다는 말이 돌기 시작했지. 곧 유혈 사태가 벌어지고, 뒤이어 수많은 사람이 큰 곤경에 처할 터였어. 모든 사람이 미래에 대한 확신을 가질 수 있던 질서정연하고 평화로운 삶이라는 사회 구조, 짐이 자기 손으로 직접 쌓아 올린 그 체계가 그날 저녁에는 당장에라도 피비린내를 풍기며 우르르 무너져 내릴 것만 같았지. 비교적 가난한 사람들은 이미 덤불 숲으로 피했거나 강 상류로 도망치고 있었어. 상당히 많은 상류층 사람은 라자를 찾아가서 경의를 표할 필요가 있다고 판단했지. 라자 측 젊은이들은 그 사람들을 무례하고 난폭하게 다루었어. 두려움과 망설임으로 거의 넋이 나가 있던 늙은 툰쿠 알랑은 찾아온 상류층을 맞아 실쭉하게 침묵하거나, 아니면 무엄하게도 빈손으로 찾아왔다고 혹독하게 나무랐지. 사람들은 무척이나 놀라 자리를 떴어. 오직 늙은 도라민만이 자기 백성을 단합시키고 자기 전술을 꿋꿋이 유지했어. 임시 방책 뒤에 놓인 큼직한 의자에 당당히 앉은 도라민은, 수시로 날아드는 소문들 따위는 전혀 들리지도 않는다는 듯 꼼짝도 하지 않은 채, 탁하지만 깊고 우렁찬 목소리로 명령을 내렸어.

황혼이 내려 죽은 남자의 시체부터 가렸지. 그 남자는 마치 땅바닥에 못 박힌 듯 두 팔을 쭉 펴고 쓰러진 채 남겨졌어. 이윽고 회전하는 밤하늘이 파투산 위에서 매끄럽게 돌다 멈추고 무수한 천체의 반짝이는 빛을 지구 위로 쏟아 냈어. 그 마을의 노출된 부분에서는 하나뿐인 거리를 따라 커다란 불들이 다시 한번 타올랐고, 그 불빛을 받아 이쪽 끝에서 저쪽 끝까지 직선으로 경사진 지붕들, 어지럽게 허물어진 흙벽 조각들, 여기저기 검은 세로줄무늬로 보이는 높은 말뚝들 위에 세워진 온전한 오두막들이 모습을 드러냈어. 그리고 흔들리는 불빛에 이리저리 드러난 주거지들이 이루는 그 모든 선은 불빛과 함께 깜박거리며 강 상류 쪽으로 구불구불 이어지다 뭍의 심장부가 있는 어둠 속으로 사라지는 듯했어. 줄을 지어 소리 없이 타오르는 어렴풋한 불꽃들을 감싸던 엄청난 정적은 언덕 기슭의 어둠 속까지 펼쳐져 있었지. 하지만 요새 앞쪽의 강가에 외로운 모닥불을 피워 놨을 뿐 온통 어둡기만 한 맞은편 강둑에서는 점점 더 커져 가는 진동음이 허공을 울리고 있었는데, 그 소리는 많은 사람이 발을 구르는 소리 같기도 하고, 많은 사람이 홍얼거리는 소리 같기도 하고, 멀리서 거대한 폭포수가 떨어지는 소리 같기도 했어. 브라운은 내게 고백하길, 부하들을 등지고 앉아 그 모든 광경을 바라보던 바로 그때, 그자는 자신이 지녔던 저들에 대한 경멸, 자신에 대한 확고한 믿음에도 불구하고, 돌연 자신이 머리로 바위를 들이박고 있다는 좌절감에 휩싸였다고 했어. 브라운은 그 당시 보트가 물에 떠 있기만 했더라도 몰래 도망치려 했을 거라고, 강에서 오랫동안 추격당하고 바다에서 굶어 죽는 위험도 무릅썼을 거라고 했어. 브라운이 정말 그렇게 했더라도 과연 도망치는 데 성공했을지는 아주 의심스럽지만 말이야. 그러나 브라운은 도망치지 않았어. 다음 순간, 브라운은 마을을 습격할까 하는 생각을 잠깐 해보았지만, 결국 불 밝혀진 거리로 들어가게 되어 여러 집에서 날아오는 총알을 맞고 개처럼 사살될 것을 아주 잘 알았어. 브라운은 자신들이 2백 대 1로 불리하다고 생각했어. 한편 브라운의 부하들은 거의 꺼져 연기가 피어오르는 두 무더기의 모닥불 주위에 모여 마지막 바나나를 씹으며 카심의 외교 덕분에 구한 약간의 얌들을 굽고 있었지. 코닐리어스는 그자들과 섞여 앉아 부루퉁한 표정으로 졸고 있었어. 그때 백인 가운데 한 명이 보트에 담배가 약간 남아 있다는 걸 떠올렸어. 솔로몬 제도 출신이 아무런 해도 입지 않고 돌아온 점에 고무된 그자는 담배를 가져오겠다고 말했어. 이 말에 다른 모든 사람은 절망을 떨쳐 버릴 수 있었지. 그자가 허락을 구하자 브라운은 〈그렇게 원하면 가서 죽든가〉라고 조롱 조로 말했어. 그자는 어둠을 타고 지류로 내려가면 전혀 위험하지 않다고 생각했어. 그 남자는 나무 몸통을 타 넘어가 어둠 속으로 사라졌지. 얼마 뒤, 그자가 보트에 오르는 소리가 들렸고, 이내 기어 나왔어. 그자는 〈찾았어〉라고 외쳤지. 그리고 언덕 기슭에서 번쩍하는 빛과 함께 총성이 들렸어. 〈총에 맞았어.〉 그자가 외쳤어. 〈어이, 어이, 총에 맞았다고.〉 그리고 그 즉시 모든 소총이 발사되었어. 그 언덕은 작은 화산처럼 밤공기 속으로 불과 총성을 뿜어 댔고, 브라운과 양키가 욕설을 내뱉으며 손을 휘둘러 공포에 질린 사격을 제지하자 지류 쪽에서 깊고 힘겨운 신음이 올라오고 뒤이어 하소연이 들렸어. 그 소리에 담긴 가슴을 찢을 듯한 슬픔은 마치 독약처럼 듣는 이의 피를 싸늘하게 만들었어. 이윽고 강 건너편에서 누군가가 우렁찬 목소리로 또렷하지만 알아들을 수 없는 단어 몇 개를 말했어. 〈아무도 사격하지 마.〉 브라운이 외쳤어. 〈저게 무슨 뜻이지?〉 〈……언덕에서 듣고 있나? 듣고 있나? 듣고 있나?〉 그 목소리는 세 번 반복해서 말했어. 코닐리어스가 통역을 했고, 응답을 촉구했어. 〈말해.〉 브라운이 외쳤어. 〈듣고 있다.〉 그러자 그 목소리는 어렴풋하게 보이는 황무지의 가장자리를 계속해서 옮겨 다니며 낭랑하고 과장된 전령의 어조로 외치길, 파투산에 사는 부기스족과 언덕 위의 백인들 및 그들과 한패인 자들 사이에는 신의도, 연민도, 대화도, 평화도 없을 것이라고 선언했어. 덤불이 바스락거리더니 난사가 이어졌지. 〈젠장, 멍청하긴!〉 양키가 투덜대면서 격분해 개머리판으로 땅을 내리쳤어. 코닐리어스가 통역했어. 언덕 아래에서는 부상자가 〈날 좀 데려가! 날 좀 데려가!〉라고 두 번 외친 뒤 신음 섞인 소리로 불평을 계속했어. 그자는 시커멓게 탄 비탈에 있었을 때나 나중에 보트 속에 웅크리고 있었을 땐 안전했지만, 담배를 찾아서 기쁜 나머지 자기 처지를 잊고 배의 위험한 쪽으로 뛰쳐나온 것 같아. 해안에 밀려 올라온 하얀 보트를 배경으로 브라운의 부하가 보였어. 그 지류의 그곳은 폭이 7야드가 채 되지 않았고, 마침 반대편 덤불 안에 남자 한 명이 웅크리고 있었어.

그 사람은 최근 파투산으로 온 톤다노의 부기스족으로, 그날 오후 총에 맞아 죽은 사람의 친척이었어. 이미 유명해진 그 장거리 사격은 지켜본 사람들을 공포에 떨게 했지. 아주 안전해 보이던 그 사람이 친구들 눈앞에서 사격을 받고는 입에 농담이 채 가시지도 않아 쓰러졌고, 그걸 지켜본 사람들은 그 행위의 포악함을 보고 격분했어. 죽은 이의 친척은 이름이 시라파였는데, 사격이 있을 때 몇 걸음 떨어진 방책 안에서 도라민과 함께 있었어. 그 사람들을 아는 이라면, 시라파가 어둠 속에서 혼자 메시지를 전하겠노라 자원한 게 흔히 찾아보기 어려운 용감한 행동임을 인정해야 할 거야. 시라파는 공터를 기어 건넌 뒤 왼쪽으로 에둘러 보트 맞은편으로 갔어. 브라운의 부하가 고함을 질렀을 때 시라파는 깜짝 놀랐어. 그 사람은 앉은 자세로 총을 어깨에 댔고, 상대가 보트에서 뛰어나오며 몸을 노출하자 방아쇠를 당겨 그 재수 없는 자의 복부에 정통으로 조잡한 총탄을 세 발 박아 넣었지. 이윽고 바로 오른쪽 덤불 숲으로 총탄이 빗발쳤어. 그동안 시라파는 얼굴을 땅에 대고 납작 엎드린 채, 이렇게 죽는구나 생각했지. 총격이 멈추자 시라파는 전할 말을 외치며 몸을 숙인 채 은폐물에서 은폐물로 내내 뛰어다녔어. 마지막 말을 한 뒤 그 사람은 옆으로 뛰어내렸고, 잠시 엎드려 있다가 아무런 해도 입지 않고 집들이 있는 곳으로 돌아갔어. 시라파가 그날 밤에 얻은 명성을 자손들은 영원히 잊지 않고 기억할 거야.

그리고 언덕 위의 버림받은 무리는 고개를 숙인 채 두 무더기의 잉걸불이 꺼지게 내버려 두었어. 그자들은 입술을 꼭 다물고 시선을 떨어뜨리고 낙담한 채 앉아, 언덕 아래에서 들려오는 동료의 신음에 귀를 기울였어. 그자는 강했기에 쉽게 죽지 않았고, 더러는 크게 신음을 토하다 때로는 기이하고 내밀한 고통의 소리를 냈어. 이따금 비명을 질렀고, 잠시 조용해졌다가 정신착란에 빠진 듯 길고 알아들을 수 없는 불평을 길게 중얼거렸어. 그자는 한순간도 그치지 않았어.

〈소용없어.〉 낮게 욕설을 내뱉고 내려갈 준비를 하던 양키를 본 브라운이 냉정하게 말했어. 〈그렇긴 하죠.〉 탈영병은 브라운의 말에 동의하고 마지못해 그만두었어. 〈이곳에서는 부상자에게 용기를 북돋워 주는 일조차 불가능하네요. 반면 저 친구의 신음은 남은 우리 모두에게 앞일을 아주 심각하게 생각하도록 만들 거고요, 선장님.〉 〈물!〉 부상자는 아주 또렷하고 힘 있는 목소리로 외치고는 가냘픈 신음을 토했어. 〈그래, 물. 물이 해결할 거야.〉 탈영병이 체념한 듯 중얼거렸어. 〈물이라면 곧 아주 많아질 거야. 밀물이 들고 있으니까.〉

드디어 밀물이 들어 하소연과 고통의 비명을 지웠어. 브라운은 손바닥으로 턱을 괴고 앉아 오를 수 없는 산을 응시하듯 파투산을 바라보고 있었는데, 새벽이 가까울 무렵, 멀리 마을 어디에선가 울려오는 6파운드짜리 놋쇠 대포의 짤막한 포성이 들렸어. 〈저게 무슨 소리지?〉 브라운이 자기 주위에서 서성거리던 코닐리어스에게 물었어. 코닐리어스는 귀를 기울였어. 나직한 함성이 강 하류 마을을 온통 울렸어.

커다란 북이 울리기 시작하자 다른 북들이 응답해서 둥둥 울렸지. 어둠에 싸여 있던 마을 반쪽 여기저기에서 작은 빛들이 반짝이기 시작했고, 이미 불빛으로 밝혀져 있던 나머지 반쪽에서는 저음으로 소곤거리는 소리들이 계속해서 이어졌어. 〈그 녀석이 왔군요.〉 코닐리어스가 말했어. 〈뭐? 벌써? 확실해?〉 브라운이 물었어. 〈네! 네! 확실합니다. 저 소리를 들어 보십시오.〉 〈왜 저리 소란을 피우는 거지?〉 브라운이 물었어. 〈기뻐서 그러는 겁니다.〉 코닐리어스가 콧방귀를 뀌었어. 〈그 녀석은 아주 위대하니까요. 하지만 동시에 그 녀석은 아이처럼 아는 게 없습니다. 그래서 사람들은 그 녀석을 즐겁게 하기 위해 저 소란을 벌이는 거죠. 달리 더 나은 방법을 알지 못하니까요.〉 〈이봐,〉 브라운이 말했다. 〈저 사람하고 연락하려면 어떻게 해야 하지?〉 〈선장님과 이야기하러 여기로 올 겁니다.〉 코닐리어스가 자신 있게 말했어. 〈그게 무슨 말이야? 이곳으로 어슬렁어슬렁 산책이라도 온다는 거야?〉 코닐리어스는 어둠 속에서 힘차게 고개를 끄덕였어. 〈네, 그 녀석은 당장 이곳에 와서 선장님과 얘기할 겁니다. 영락없는 바보라니까요. 얼마나 바보인지 알게 되실 겁니다.〉 브라운은 믿을 수가 없었어. 〈아시게 될 겁니다, 아시게 될 거예요.〉 코닐리어스가 반복해서 말했어. 〈그 녀석은 겁이 없어요. 그 무엇도 겁내지 않아요. 그 녀석이 찾아와서 자기 사람들을 건드리지 말고 그냥 놔두라고 선장님에게 명령할 겁니다. 그 누구도 그자의 사람들을 건드리면 안 되지요. 그 녀석은 어린아이 같습니다. 곧장 선장님을 찾아올 겁니다.〉 불행히도, 브라운이 훗날 〈야비한 스컹크 같은 놈〉이라고 부르던 코닐리어스는 짐을 너무나 잘 알았어. 〈네, 틀림없습니다.〉코닐리어스는 열을 내며 말했어. 〈그러니 선장님, 총을 가진 저 키다리에게 그 녀석을 쏴 죽이라고 말하세요. 그 녀석만 죽이면 모든 사람이 겁먹을 거고, 그러면 선장님은 그 사람들에게 뭐든 원하는 대로 할 수 있습니다. 무엇이든 빼앗은 뒤 떠나고 싶을 때 떠나면 되는 거죠. 하! 하! 하! 좋지요…….〉코닐리어스는 조바심과 열의에 넘쳐 거의 춤을 추다시피 했어. 그리고 어깨 너머로 그런 코닐리어스를 바라보던 브라운의 눈에, 매정한 새벽빛 속에 누더기를 걸치고 이슬에 흠뻑 젖은 채 초췌하고 겁먹은 표정으로 진지의 식어 버린 모닥불 재와 쓰레기 사이에 앉은 부하들의 모습이 들어왔어.」

41

「서쪽 강둑에 피워 놓은 불들은 마지막 순간까지, 날이 훌쩍 밝아 올 때까지, 환하고 또렷하게 그자들 앞에서 이글거렸어. 그리고 날이 밝자 브라운은 맨 앞에 있던 집들 사이에서 꼼짝 않고 있는 유색인 무리에 둘러싸인 남자를 보았어. 유럽인의 복장에 방서모를 쓰고 흰색 일색이었어. 〈저 녀석입니다. 보세요! 보세요!〉 코닐리어스가 흥분해서 말했어. 브라운의 부하들은 모두 벌떡 일어나 흐리멍덩한 눈을 하고 브라운 뒤로 몰려들었어. 강렬한 색의 옷을 입은 검은 얼굴의 사람들이 하얀색 차림의 남자를 둘러싼 채 언덕을 바라보고 있었어. 브라운은 사람들이 맨팔로 눈을 가려 햇빛을 막으면서 다른 쪽 갈색 팔을 들어 언덕을 가리키는 모습을 볼 수 있었어. 어떻게 해야 할까? 주위를 둘러보니 사방에서 브라운을 마주하는 밀림은 마치 불평등한 시합이 벌어질 투기장을 에워싸고 있는 듯했어. 브라운은 다시 한번 부하들을 바라보았어. 경멸, 피로, 삶의 욕구, 한 번 더 기회가 있으면 좋겠다는 희망, 다른 곳에서 죽었으면 좋겠다는 소망 등이 브라운의 가슴속에서 들끓었어. 백인의 윤곽을 근거로 추측하건 대, 그 백인은 그 땅의 모든 힘의 지원을 받으며 쌍안경으로 브라운의 위치를 살피고 있는 듯했어. 브라운은 통나무 위로 뛰어올라 팔을 치켜들고 두 손바닥을 밖으로 내보였어. 유색 인들이 두 번씩이나 그 백인을 둘러쌌다 물러선 뒤에야 그 백인은 유색인들을 벗어나 혼자 천천히 걸었어. 가시덤불 사 이로 나타났다 사라졌다 하던 짐이 거의 지류에 닿을 때까지 브라운은 통나무 위에 서 있었어. 이윽고 브라운은 통나무에 서 뛰어내려 짐을 만나러 언덕을 내려갔어.

내 생각에, 둘이 만난 곳은 짐이 두 번째로 목숨을 구하기 위해 필사적으로 뛰어내려 파투산에서의 삶을 시작한 곳, 결 국 그곳 사람들의 신임과 사랑과 신뢰를 얻는 출발점이 된 바로 그 지점에서 그리 멀지 않은 곳이거나 아니면 바로 그 곳이었을 거야. 둘은 지류를 사이에 두고 마주 섰고, 입을 열 기 전에 우선 단호한 시선으로 서로를 이해하려 애썼어. 둘 의 시선에 적대감이 담겨 있던 게 분명해. 나는 브라운이 첫 눈에 짐을 미워하게 된 걸 알아. 브라운이 품었던 희망이 뭐 였든 간에, 그 희망이 순식간에 사라졌을 거야. 짐은 브라운 이 기대한 그런 사람이 아니었던 거지. 바로 그런 이유에서 브라운은 짐을 미워했어. 햇볕에 검게 그을린 홀쭉한 얼굴에 회색 턱수염을 기르고 팔꿈치께에서 소매를 잘라 낸 체크무 늬 플란넬 셔츠 차림의 브라운은 상대의 젊음과 자신감과 맑 은 눈과 차분한 태도를 진심으로 저주했어. 상대는 자신보다 한참 먼저 와서 이곳을 휘어잡은 상태였어! 그리고 뭐든 간에 선뜻 도와줄 인물로 보이지 않았어. 상대는 소유, 안전, 권력 등 모든 이점을 가지고 있었어. 게다가 압도적인 세력과 한편이었지! 굶주리거나 절망하지 않았고, 조금도 겁을 내는 것 같지 않았어. 그리고 하얀 방서모에서 캔버스 천의 각반이나 하얀 점토 칠을 한 구두에 이르기까지 깔끔하디깔끔한 짐의 복장에는, 브라운의 음산하고 성난 눈으로 볼 때 자신이 삶에서 경멸하고 무시해 온 것들과 한 부류로 보이는 무언가가 담겨 있었어.

〈넌 누구냐?〉 마침내 짐이 평범한 어조로 물었어. 〈내 이름은 브라운이다.〉 상대가 큰 소리로 답했어. 〈브라운 선장이라고 하지. 네 이름은 뭐냐?〉 짐은 잠시 가만히 있더니 그 질문을 듣지 못했다는 듯이 조용히 말했어. 〈여기는 왜 왔나?〉 〈그게 궁금한가?〉 브라운이 적의를 담아 말했어. 〈대답하기 쉬운 질문이군. 굶주림 때문이지. 넌 왜 여기에 왔나?〉

〈그 녀석은 이 질문에 깜짝 놀라더군요.〉 브라운은 둘 사이에 있었던 그 기이한 대화의 시작 부분을 이야기하며 그렇게 말했어. 둘은 지류의 진흙 바닥을 사이에 두었을 뿐이지만, 모든 인류를 포함해 생명이란 개념의 이해에서는 양극단에 서 있었지. 〈내 질문에 그 녀석의 얼굴이 시뻘게지더군요. 대답하기 심각한 질문이었던 모양입니다. 나는 그 녀석에게, 날 죽은 사람 취급하며 멋대로 굴 순 있겠지만, 그 녀석이라고 실제 형편이 나보다 나을 건 조금도 없다고 말했습니다. 언덕 위에서는 내 부하가 줄곧 그 녀석에게 총을 겨누며 내 신호만을 기다렸습니다. 이런 협박에 그 녀석이 놀랄 이유는 없었지요. 그 녀석은 스스로 거기까지 걸어왔으니까요.《합의를 하자.》내가 말했습니다.《우리 둘은 모두 죽은 목숨이나 마찬가지야. 그러니 이 점을 근거로 평등한 입장에서 이야기하지. 죽음 앞에서는 모두가 평등하니까.》내가 말했습니다. 나는 쥐덫에 갇힌 쥐의 처지임을 인정했지만, 우리가 덫으로 몰린 것이고, 덫에 갇힌 쥐도 물 수 있다고 말했습니다. 그 순간 그 녀석이 말을 가로챘습니다.《쥐가 죽을 때까지 덫 가까이 가지 않으면 물리지 않지.》그래서 나는 그 녀석에게 그런 책략은 그 녀석이 거느린 원주민들에게나 어울리는 짓이고, 그 녀석처럼 피부색이 하얀 사람이라면 쥐라도 그렇게 대접하지 않으리라 본다고 했지요. 네, 나는 그 녀석과 이야기를 하고 싶었습니다. 하지만 목숨을 구걸할 생각은 없었습니다. 내 부하들도 뭐 그렇고 그런 인간들이었지만, 어쨌든 그 녀석과 같은 인간이었으니까요. 우리가 녀석에게 원한 건, 탁 까놓고 대화를 통해 결판을 내는 게 전부였습니다.《젠장.》내가 말했습니다. 그 녀석은 나무 기둥처럼 그곳에 가만히 서 있기만 했지요.《날마다 쌍안경을 들고 나와 우리 중 몇 명이나 아직 살아 있는지 세어 볼 생각은 아니겠지? 이봐, 그 못돼 처먹은 원주민 무리를 이끌고 우리와 맞붙든지, 아니면 우리가 바다로 나가 굶어 죽게 하라고! 입으로는 원주민들이 네 백성이고 너도 그 녀석 중 하나니 어쩌니 하지만, 한때는 너도 백인이었잖아. 안 그래? 이런다고 얻는 게 뭔데? 이곳에서 뭘 얻었기에 그리 소중한 거지? 엉? 설마 우리가 이곳으로 내려오길 원하는 건 아니겠지? 너희는 2백

대 1로 우세해. 우리에게 은폐물이 없는 곳으로 내려오라는 소리는 아니겠지? 그래! 너희가 우리를 끝장내기 전에 우리도 어느 정도는 타격을 줄 수 있다는 걸 알아야지. 너는 우리가 비겁하게도 죄 없는 사람들에게 덤벼들었다고 말하지. 하지만 나 자신이 거의 아무 죄도 없이 굶어 죽는 판인데, 원주민들에게 아무 죄도 없다는 사실이 내게 무슨 의미가 있겠어? 그렇지만 나는 비겁한 놈이 아니야. 너도 그렇지 않았으면 좋겠고. 원주민들을 끌고 와. 안 그러면 우리가 무슨 수를 쓰든 너의 그 죄 없다는 백성의 반을 화약 연기로 싸서 우리와 함께 하늘나라로 데려갈 테니까!》》

이 이야기를 하는 동안 브라운의 꼴은 끔찍했어. 그자는 그 비참한 오두막의 초라한 침대에서 해골 같은 몰골로 고통에 시달리고 있었는데, 몸을 웅크려 무릎까지 내린 악의 가득한 얼굴을 갑자기 의기양양하게 쳐들고 나를 바라보았지.

〈나는 그 녀석에게 그렇게 말했습니다. 무슨 말을 해야 할지 알았거든요.〉 브라운은 다시 말을 시작했고, 처음에는 힘이 없었지만 믿을 수 없이 빠르게 기운을 내며 격렬하게 조롱하는 말을 내뱉기 시작했어. 〈우린 절대 밀림으로 들어가 산송장 꼴로 헤매 다니다 하나하나 쓰러져 산 채로 개미밥이 될 생각은 없었습니다. 아무렴요! ……그 녀석은《너희는 그보다 나은 대접을 받을 자격이 없어》라고 하더군요.《하지만 너는 더 나은 대접을 받을 자격이 있고?》내가 그 녀석에게 외쳤죠.《보아하니 이곳에 숨어 들어와 책임이며 죄 없는 생명, 그 빌어먹을 임무 어쩌고 하며 입으로만 떠드는 너 같은 자가? 나라고 너를 잘 아는 건 아니지만, 너는 나에 대해 뭘 안다고 그래? 나는 여기에 식량을 구하러 왔어. 알겠어? 우리 배를 채울 식량 말이야. 하지만 너는 무엇 때문에 이곳에 온 거지? 여기 왔을 때 뭘 원했던 거지? 우리가 원하는 건, 우리와 싸우든지 아니면 우리가 원래 있던 곳으로 돌아가게 길을 내달라는 게 전부야……》《지금 당장 너희와 싸우겠어.》그 녀석은 작은 콧수염을 잡아당기며 말하더군요.《날 쏠 테면 쏴봐. 덤벼 봐.》내가 말했습니다.《나야 여기서 끝장나든 다른 데서 끝장나든 상관없어. 내 불운한 삶도 이제 지긋지긋하니까. 하지만 그건 너무나 안이한 짓이 되겠지. 나와 같은 배를 탄 부하들이 있으니까. 나는 혼자서 살아 보겠다고 부하들을 궁지에 남겨 놓고 탈출하는 그런 놈이 아니야.》내가 말했습니다. 그 녀석은 잠시 서서 생각에 잠기더니 하류 쪽을 고갯짓하고《저쪽》이라고 말하면서 대체 내가 무슨 짓을 하고 다녔기에 이런 곤혹을 겪는지 알고 싶어 하더군요.《여기가 서로의 지난 과거나 논하자고 만난 자린가?》내가 물었습니다.《너부터 말해 보지. 싫어? 나도 듣고 싶지 않아. 혼자만의 비밀로 간직하라고. 내 쪽 이야기보다 더 나을 것도 없다는 걸 아니까. 나는 그렇게 살아왔고, 너도 그랬어. 입으로는 마치 더러운 지상에는 발을 대지 않고 날아다닐 날개라도 가진 듯이 말하지만 말이야. 맞아, 더럽지. 그리고 나는 날개가 없어. 내가 이곳에 오게 된 건 일생 동안 딱 하나를 겁냈기 때문이야. 뭔지 알고 싶어? 감옥이야. 난 감옥이 겁나. 그걸 아는 게 도움이 된다면 알아 두라고. 너는 무엇이 겁나서 이런 끔찍한 곳에 오게 되었는지 묻지 않겠어. 하지만 보아하니 꽤 짭짤하게 챙기는 듯하더라고. 그건 네 행운이야. 내 행운은, 당장 사살해 달라고 빌거나 아니면 쫓겨나 내 방식으로 자유로이 살다 굶어 죽을 은혜나 베풀어 달라고 비는 특권 정도가 고작이지만.》

　브라운의 쇠약한 몸이 어찌나 격렬하고, 자신 있고, 악의적인 희열로 부들부들 떨어 댔는지, 그 오두막에서 그자를 기다리던 사신마저 쫓겨난 듯했어. 그자의 미쳐 버린 허영심이란 시체가, 마치 어둡고 무시무시한 무덤에서 일어나듯이, 그 누더기며 궁핍을 떨치고 일어섰어. 그 당시 그자가 짐에게 얼마나 거짓말을 했고 이제 내게 얼마나 거짓말을 했는지, 그리고 자신에겐 늘 얼마나 거짓말을 해왔는지 나로선 알 수가 없어. 허영심은 늘 우리의 기억을 상대로 지독한 속임수를 쓰며, 모든 열정의 진실은 약간의 가식이 있어야 살아갈 수 있으니까. 거지꼴을 하고 저승 문턱에 서 있던 그자는 자기가 저지른 악행들 속에서 이 세상에 뺨을 때리고 침을 뱉고 엄청난 멸시와 증오를 쏟아부었어. 그동안 그자는 모든 사람을, 남자, 여자, 야만인, 상인, 악당, 선교사 들을 압도해 왔고, 〈그 투실투실한 면상의 새끼〉라는 짐까지도 압도했어. 그자가 죽음의 순간에 거둔 이 승리가, 모든 세상을 자기가 짓밟았다는 식의 사후에나 생길 법한 환상이 나는 조금도 부럽지 않았어. 그 추악하고 역겨운 고통 속에서 그자가 나에게 허풍을 떠는 동안, 나는 그자의 전성시대와 관련된 재미있는 이야기를 떠올리지 않을 수 없었어. 1년 이상을, 젠틀맨 브라운의 배가 떴다 하면 며칠이고 어느 작은 섬 근해를 떠돌던 때가 있었지. 파란 바다 위의 이 섬은 초록색 숲이 주위에 둘러지고 하얀 해변에는 선교사의 집이 검은 점처럼 놓여 있었지. 브라운은 그 섬에 상륙했고, 멜라네시아 지역에 사는 걸 너무나 버거워하던 낭만적인 여인을 유혹하는 한편, 그 남편에게는 굉장한 개종의 성과를 거둘 수도 있겠다는 희망을 주었지. 그 가엾은 남편은 〈브라운 선장을 더 나은 삶의 길〉로 인도해야겠다는 의도를 여러 차례에 걸쳐 밝혔어……. 어떤 교활한 부랑아의 표현에 따르면, 그 선교사는 〈하느님의 영광을 위해 젠틀맨 브라운을 붙잡아, 서태평양 일대에서 활약하는 상선의 선장이 어떤 인간인지 저 위쪽 세상 사람들이 보도록〉 하려 했던 거야. 죽어 가는 어떤 여자를 데리고 도망친 뒤 그 여자의 시체 위에서 눈물을 흘렸던 이도 바로 브라운이었어. 〈마치 덩치 큰 아기처럼 굴더군요.〉 그 당시 브라운의 간부 선원으로 있던 사람은 입에 침이 마르도록 그 이야기를 했어. 〈브라운 선장이 그 일에 왜 그토록 빠졌는지 나로선, 병든 카나카 제도 원주민들의 발길에 차여 죽으면 죽었지 도저히 모르겠더군요. 그런데 말입니다! 그 여자를 배로 데리고 왔을 때 그 여자는 병이 너무 깊어 브라운 선장을 알아보지도 못했어요. 그 여자는 그저 브라운 선장의 침상에 누워 무서울 정도로 번들거리는 눈으로 대들보만 쳐다보다 죽었지요. 아주 지독한 열병이었던 듯합니다…….〉 내가 그 모든 이야기를 떠올리는 동안, 브라운은 더러운 소파에서 납빛 손으로 떡진 턱수염 뭉치를 쓰다듬으며, 너무 깔끔해서 손끝 하나 못 대게 할 것 같던 그 재수 없는 녀석을 상대로 어떻게 자신의 불리한 처지를 유리하게 돌려 놓고 목적을 달성했는지 그 과정을 나에게 말하고 있었어. 브라운은, 짐을 쉽게 겁먹게 할 수 없었던 건 사실이지만, 그래도 길은 있었다고, 자기 앞에는 〈고속도로처럼 널찍해서, 그 안에 들어가 짐의 하찮은 영혼을 마음대로 흔들고 뒤집고 뒤엎을 길이 있었죠!〉라고 말했어.」

42

「나는 브라운이 기껏해야 그 곧게 난 길을 바라보는 정도에서 그쳤을 거라고 생각해. 브라운은 자신이 본 것 때문에 혼란을 겪었던 듯해. 왜냐하면 하던 이야기를 중단하고 몇 번이나 〈그 대목에서 나는 그 녀석을 거의 종잡을 수가 없었습니다. 그 녀석의 정체를 알 수 없었죠. 그자는 대체 누구였습니까?〉라고 말했거든. 그리고 도끼눈을 뜨고 나를 노려본 뒤 다시 기쁨에 들떠 비웃으며 이야기를 계속했어. 이제 와서 생각해 보면, 둘이 지류를 사이에 두고 나눈 대화는 일종의 무시무시한 결투였고, 그 결말을 미리 알던 운명의 여신은 냉혹한 눈으로 둘을 바라보고 있었을 거야. 물론 브라운이 짐의 영혼을 뒤집어 놓지는 못했지만, 브라운으로선 도저히 이해할 수 없던 짐의 정신이 그 결투의 쓴맛을 제대로 봤을 거란 점만은 단언할 수 있어. 짐은 자신이 〈저쪽 세상〉에서 살기에는 부족하다고 여기고 그곳을 떠났어. 그런데 그 세계가 보낸 백인 사자(使者)인 브라운 일당이 그 세계와 함께 짐을 은둔지까지 뒤쫓아 온 거야. 짐이 이루어 낸 일에 대한 위협과 충격과 위험, 그게 짐을 찾아온 것들이었어. 내 생각에, 짐의 성격을 파악하려던 브라운을 혼란스럽게 한 것은, 짐이 이따금 던지는 몇 마디 말에 일관되게 배어 있던 원망과 체념이 섞인 슬픈 감정이었어. 일부 위대한 사람들이 위대해질 수 있는 가장 큰 이유는, 자신이 도구로 이용하려 마음먹은 사람들에게서 자기 일에 도움이 되는 정확한 자질을 간파해 내는 능력이 있기 때문이야. 그리고 브라운은 마치 자신이 실제로 위대하기라도 한 듯, 자기 희생자들에게서 최대 장점과 최대 약점을 알아내는 악마 같은 능력이 있었어. 짐이라는 사람은 아첨이 통하는 인물이 아니었다고 브라운은 내게 인정했어. 그래서 브라운은 자기 자신이야말로 불운과 비난과 재앙 같은 것들에 당당히 맞설 수 있는 인물이란 점을 부각시키려 했어. 브라운은 총 몇 자루 밀수하는 건 큰 죄가 아니라고 주장했어. 파투산을 찾아온 일에 대해선, 자기가 구걸하러 온 게 아니라고 누가 감히 그렇게 말할 수 있느냐고 따졌지. 묻지도 따지지도 않고 강 양쪽에서 망할 놈의 원주민들이 자신에게 총질부터 했다고 주장했어. 뻔뻔한 주장이었지. 왜냐하면 사실 데인 워리스가 취한 적극적인 조치 덕분에 최악의 재앙을 막은 거였거든. 브라운이 내게 분명히 말한 대로, 그자는 그 지역의 크기를 깨닫자마자, 거점을 확보하는 대로 이리저리 닥치는 대로 불을 지르고 눈에 보이는 생명체는 모조리 사살하는 일부터 시작하기로 결심했어. 주민들을 겁주고 공포에 질리게 하려고 말이야. 브라운은 기침 발작을 하면서, 세력의 불균형이 너무나 컸기 때문에 목적을 달성할 가능성이 조금이나마 있는 방법은 이게 유일했다고 주장했어. 하지만 짐에게 그런 말을 하지는 않았지. 브라운 일당이 그동안 겪은 고생과 굶주림은 모두 틀림없는 사실이었어. 일당의 꼴을 보면 충분히 알 수 있었지. 브라운은 짐이 잘 볼 수 있도록 날카로운 휘파람 소리로 부하들을 불러 통나무 방책 위에 한 줄로 늘어세웠어. 원주민 한 명을 죽이긴 했지만, 궁지에 몰린 상황이라 어쩔 수 없었다고, 그리고 이건 전투 아니었느냐고 물었어. 그 원주민은 가슴에 관통상을 입고 고통 없이 죽었기에 지류에 쓰러진 가엾은 자기 부하의 경우와 다르다고 주장했어. 자신들은 총탄에 내장이 찢어진 동료가 죽어 가는 소리를 여섯 시간이나 들어야 했다고도 했지. 어쨌든 양쪽에서 한 명씩 목숨을 잃었으니 공평하다고 했어…… 이런 말을 하는 내내, 브라운은 마치 악운이 가하는 박차 때문에 어디로 가는지 더 이상 관심 없이 계속 앞으로 내닫기만 하는 사람의 피로함과 무모함을 보였어. 브라운은 절망한 인간에게서나 보일 그런 무례한 솔직함을 보이며 묻기를, 〈어둠 속에서 자기 목숨을 구하고자 하는 이라면 다른 사람들을 개의치 않을 것이며, 그 수가 세 명이든 서른 명이든 3백 명이든 상관없다는 점〉을 당장 이해하지 못하겠느냐고 했어. 마치 악마가 그자의 귀에 대고 속삭인 말을 그대로 따라 하는 듯했지. 〈내 말에 그 녀석은 움찔하더군요.〉 브라운이 내게 자랑했어. 〈이내 그 녀석은 내 앞에서 의로운 척하기를 그만두었습니다. 그 녀석은 격노한 표정으로 그 자리에 말없이 서서 나를 외면한 채 땅을 내려

534

다보았습니다.〉브라운은 짐에게, 살면서 수상한 짓을 한 적이 한 번도 없느냐, 그래서 뭐든 닥치는 대로 방법을 찾아 절망의 구렁텅이에서 빠져나가려 애쓰는 사람에게 이토록 잔인하게 구는 거냐고 묻는 등 계속해서 따졌어. 그런데 그 거친 주장에는 자신들이 결국 같은 부류라는, 다시 말해 자신들이 공통된 경험을 했다는 가정에 대한 언급이 미묘하게 담겨 있었어. 자신들은 같은 죄를 지었으며 자신들의 생각과 감정을 하나로 묶는 은밀한 지식을 공유하고 있다는 기분 나쁜 암시가 내재되어 있었지.

마침내 브라운이 털썩 드러눕더니 곁눈질로 짐을 지켜보았어. 짐은 지류의 자기 쪽에서 채찍으로 다리를 툭툭 치며 생각에 잠겨 있었지. 눈에 보이는 집들은 마치 전염병이 모든 생명의 숨결을 휩쓸어 간 듯 조용했어. 하지만 보이지 않는 눈들이 집 안에 숨어, 지류를 사이에 두고 맞선 두 사람과 땅에 얹혀 오도 가도 못 하는 하얀 보트, 그리고 지류의 진흙 속에 반쯤 파묻힌 세 번째 남자의 시체를 지켜보았어. 강에서는 카누들이 다시 움직였어. 백인 통치자가 돌아온 뒤 파투산 사람들은 지상의 규칙의 안정성에 대한 믿음을 회복했거든. 오른쪽 강둑, 주택용 받침대들, 강기슭에 묶어 둔 뗏목들, 심지어 목욕용 오두막의 지붕들까지 사람들로 덮여 있었어. 너무 멀어 대화 내용이 들리지 않고 제대로 보이지 않는데도 다들 라자의 방책 너머 언덕을 긴장된 눈으로 바라보고 있었어. 반짝이는 강물에 의해 양쪽으로 갈라지고 넓은 숲으로 불규칙하게 에워싸인 땅 안에선 정적이 흘렀어. 〈이곳 해안을 떠난다고 약속하겠나?〉 짐이 물었어.

　브라운은 손을 들었다가 떨어뜨렸는데, 말하자면 모든 것을 포기하고 불가피한 운명을 받아들이겠다는 몸짓이었어. 〈그리고 무기도 버릴 거고?〉 짐이 말을 이었어. 브라운은 벌떡 일어나 앉더니 지류 너머를 쏘아보았어. 〈무기를 버리라니! 와서 우리 굳센 손에서 빼앗아 가보든가. 내가 지금 공포로 맛이 간 것 같나 보지? 천만에! 배에 두고 온 후장총 몇 정을 제외하면, 내가 가진 것이라곤 지금 걸친 이 누더기와 총이 전부야. 그리고 배를 만날 때마다 식량을 구걸하면서 혹시 마다가스카르까지 갈 수 있다면 그곳에서 이 무기를 팔 생각이라고.〉

　이 말에 짐은 아무런 대꾸도 하지 않았어. 이윽고 짐은 손에 든 채찍을 던져 버리더니 혼잣말하듯 〈내게 그런 권한이 있는지 모르겠어⋯⋯〉라고 말했어. 〈모르겠다니! 그러면서 방금 나에게 무기를 버리라고 말했단 말이지! 웃기는군.〉 브라운이 외쳤어. 〈저자들이 너에게 하는 말과 내게 하는 말이 다르면 우리는 어쩌란 말이야?〉 브라운은 눈에 띄게 차분해졌어. 〈너에겐 권한이 있어. 그렇지 않다면 이런 대화가 다 무슨 소용이란 말이야?〉 브라운이 계속 말했어. 〈너는 무엇 때문에 이곳에 온 거야? 심심해서 시간이나 죽이려고?〉

　〈좋아.〉 오랫동안 침묵하던 짐이 갑자기 고개를 들며 말했어. 〈너희가 아무런 방해도 받지 않고 가든지 아니면 한바탕 싸울 수 있게 해주지.〉 그러고 나서 짐은 휙 몸을 돌려 그곳을 떠났어.

브라운은 즉시 일어났지만, 짐이 가장 가까운 집들 사이로 사라지는 모습을 확인한 뒤에야 언덕을 올랐어. 그 후 브라운은 다시는 짐에게 시선을 주지 않았어. 돌아오는 길에 브라운은 축 처져 고개를 숙일 대로 숙이고 있던 코닐리어스를 만났어. 코닐리어스는 브라운 앞에 섰어. 〈왜 그 녀석을 안 죽인 겁니까?〉 언짢음과 불만이 담긴 목소리로 코닐리어스가 캐물었어. 〈죽이지 않는 편이 더 낫거든.〉 브라운이 재미있다는 웃음을 지으며 말했어. 〈아닙니다! 절대로 그렇지 않아요!〉 코닐리어스가 격렬하게 항의했어. 〈죽이는 게 낫습니다. 저는 이곳에서 오랫동안 살아왔다고요.〉 브라운은 흥미롭다는 눈으로 코닐리어스를 바라보았어. 브라운에게 무력으로 항거하는 그곳 사람들의 삶에는 숨겨진 이야기가 많이 있었어. 브라운은 절대 알아내지 못할 그런 일들이었지. 코닐리어스는 절망하며 강 쪽으로 살금살금 걸어갔어. 그는 이제 새로 사귄 친구들을 떠나고 있었어. 그자는 사태가 실망스럽게 진행되는 것을 받아들였지만, 뚱하니 완고한 표정 때문에 늙고 작고 노란 얼굴이 더욱 일그러졌어. 그는 내려가면서 계속 이곳저곳 곁눈질했고, 자신의 원래 생각을 결코 포기하지 않았어.

이후로는 마치 깜깜한 샘터에서 물이 흘러나오듯, 사건들이 사람들의 가슴에서 흘러나오며 거침없이 빠르게 진행되고, 우리는 대체로 탐 이탐의 눈을 통해 짐이 주민들 사이에 섞여 있는 모습을 보게 돼. 주얼의 눈도 짐을 지켜보긴 하지만, 주얼의 삶은 짐의 삶과 너무 엉켜 있어. 주얼의 열정과

537

의혹과 분노가 있고, 무엇보다 공포와 용서할 줄 모르는 애정이 있지. 그 충실한 하인으로 말하자면, 사태를 이해하지 못했다는 점은 다른 사람들과 매한가지지만, 그 사람의 가슴속에선 오로지 충성심 하나만이 불타올랐어. 자기 주인에게 바친 충성과 믿음이 어찌나 강했던지 결국 탐 이탐은 놀라움마저 진정시킨 뒤 그저 슬픔에 잠겨 주인의 영문 모를 실패를 받아들였지. 탐 이탐의 눈은 오직 한 명만 지켜보았고, 미궁처럼 어지러운 상황 속에서도 꿋꿋이 주인을 지키고 돌보고 주인의 명령에 복종했어.

탐 이탐의 주인은 백인들을 상대로 한 협상을 마친 뒤 거리의 방책을 향해 천천히 걸어왔어. 짐의 귀환을 보고 모든 사람이 기뻐했지. 짐이 나가 있는 동안 다들 짐이 살해될 걱정은 물론이고 그 뒤 일어날 일들에 대한 생각으로 떨고 있었거든. 짐은 도라민이 피신한 집으로 들어가 부기스족 정착민의 우두머리와 둘이서 오랜 시간을 보냈어. 앞으로 어찌해야 할지 도라민과 의논한 게 분명하지만, 둘이 대화를 나눌 때 곁에는 아무도 없었어. 오직 문에 바짝 붙어 있던 탐 이탐만이 자기 주인이 하는 말을 들었을 뿐이야. 〈네, 그게 제가 원하는 바라고 모든 사람에게 알릴 겁니다. 하지만, 오, 도라민, 누구보다 당신에게 가장 먼저, 단독으로 말씀드리는 겁니다. 당신만이 제 마음을 이해하니까요. 제가 당신의 마음과 가장 큰 소망을 이해하듯이요. 그리고 제가 주민들의 이익만을 생각한다는 것도 잘 아시니까요.〉 이윽고 탐 이탐의 주인이 문간에 친 가림막을 들치며 밖으로 나왔고, 탐 이탐의 눈에 방 안에서 두 손을 무릎에 올린 채 의자에 앉아 두 발 사이를 내려다보는 도라민이 힐끗 보였어. 그 뒤 탐 이탐 은 주인을 따라 요새로 갔는데, 그곳에는 부기스족과 파투산 주민의 지도자들이 회의에 소집되어 있었지. 탐 이탐은 약간 의 전투가 있기를 바랐어. 그는 〈언덕 하나를 더 점령하는 일 에 불과하잖습니까?〉라고 아쉽다는 듯이 외쳤어. 하지만 마 을의 많은 사람이 원하는 건, 싸울 준비가 된 용감한 사람들 이 아주 많다는 걸 그 탐욕스러운 이방인들에게 보여 주어 그자들이 놀라서 이곳을 떠나도록 유도하자는 거였어. 그자 들이 떠나면 좋겠다는 거였지. 날이 새기 전에 요새에서 포 를 쏘고 큰북을 울려 짐의 도착을 알린 뒤로, 파투산에 드리 워졌던 공포는 마치 바위에 부딪힌 파도처럼 부서져 버렸고, 물거품처럼 들끓는 흥분과 호기심과 끝없는 억측만 남았어. 주민 절반이 방어진 구축 때문에 자기 집에서 쫓겨나 강 왼 쪽의 거리에 살며 요새 주변에서 북적이고 있었고, 위험한 강둑에 있는 자기네 빈집들이 혹시나 불에 타지 않을까 시시 각각으로 가슴을 졸였어. 주민들은 대체로 사태가 신속히 해 결되길 열망했어. 피난민들의 식량 문제는 주얼이 맡아 처리 했어. 자기네 편 백인이 이 상황을 어떻게 해결할지 그 누구 도 알지 못했지. 어떤 사람들은 이번 싸움이 셰리프 알리의 전쟁 때보다 더 고약하다고 했어. 그때는 많은 사람이 전쟁 이 어떻게 끝나든 상관하지 않았어. 하지만 지금은 지면 모 든 사람이 뭔가 잃을 판이었지. 사람들은 마을의 두 지역 사 이를 오가던 카누들의 동향을 관심 있게 지켜보았어. 부기스족 전투선 두 척이 강을 보호하기 위해 강 한복판에 닻을 내리고 있었는데, 각각의 이물에서 연기가 한 가닥씩 피어올랐어. 배에서는 사람들이 점심밥을 짓는 중이었지. 그때 브라운, 도라민과의 만남을 차례로 마친 짐은 강을 건너 자기 요새의 수문으로 들어갔어. 안에 있던 사람들이 짐을 에워쌌기 때문에 짐은 집 쪽으로 걸음을 옮기기조차 버거웠어. 간밤에 돌아온 짐은 자기를 맞기 위해 선착장으로 내려온 주얼과 몇 마디 나눈 뒤 곧바로 강 건너편의 촌장들과 전투원들을 만나러 갔기 때문에, 주민들은 귀환한 짐을 아직 보지 못했거든. 사람들은 짐을 반기며 큰 소리로 인사했어. 어떤 노파가 다급하게 사람들을 밀치고 앞으로 나와 원망하는 말투로 도라민에게 가 있는 자기 두 아들이 강도들의 손에 다치지 않게 해달라고 짐에게 요구하는 바람에 사람들이 한바탕 큰 소리로 웃어 댔어. 곁에 있던 몇 명이 그 노파를 밀어내려 했지만, 그 노파는 몸부림치며 소리쳤어. 〈이거 놔, 왜 이러는 거야, 이 무슬림들아. 이렇게 웃는 건 옳지 않아. 저놈들은 살인을 마음먹은 잔인하고 피에 굶주린 강도들이잖아.〉〈그분을 놔 주세요.〉짐이 말했어. 그리고 갑자기 조용해지자 짐이 천천히 말했어. 〈모두 안전하실 겁니다.〉커다란 안도의 한숨과 만족해서 요란하게 웅얼대는 소리가 채 가라앉기도 전에 짐은 집으로 들어갔어.

브라운이 안전하게 바다로 돌아갈 수 있게 해주어야겠다고 짐이 마음먹은 건 확실했어. 반항으로 가득한 짐의 운명이 그 친구의 손을 잡아끌었지. 노골적인 반대에 직면한 짐은 처음으로 자기 의지를 다시 천명해야 했어. 〈논의가 분분했고, 처음에 제 주인님은 조용히 계셨습니다.〉 탐 이탐이 말했어. 〈어둠이 내렸고, 그래서 저는 기다란 탁자 위의 초를 켰습니다. 촌장들은 탁자 양쪽에 앉아 있었고, 아가씨께서는 주인님 오른쪽에 앉아 계셨습니다.〉

짐이 말을 하기 시작했을 때, 익숙지 않은 어려움은 짐의 결심을 더 확고하게 했을 뿐인 듯했어. 언덕 위의 백인들은 짐의 대답을 기다리고 있었어. 그자들의 우두머리는 짐의 언어로 짐에게 말해, 다른 언어로는 설명하기 어려웠을 여러 사안을 분명히 전달했어. 그자들은 고생 때문에 옳고 그름을 판단하지 못하는 범법자들이었어. 이미 여러 명이 목숨을 잃은 건 사실이지만, 더 많은 목숨을 잃어야 할 이유가 뭐란 말인가? 짐은 그 자리에 모여 자기 말을 듣던 촌장들에게, 당신들의 행복이야말로 곧 내 행복이고, 당신들의 상실은 곧 내 상실이요, 당신들의 슬픔은 곧 내 슬픔이라고 선언했어. 짐은 침통한 표정으로 귀 기울이던 얼굴들을 둘러보며, 자신들은 나란히 서서 함께 싸우고 함께 일해 왔다는 점을 기억해 달라고 했어. 다들 자신이 얼마나 용감한지 알 거라고 했지……. 그때 누군가가 중얼거리며 짐의 말을 막았어……. 그리고 자신은 한번도 그 사람들을 속인 적이 없다고 했지. 오랫동안 함께 살았으며, 그 땅과 주민들을 한없이 사랑한다고 했어. 그 턱수염을 기른 백인들이 물러가게 허락해 준다면, 그로 인해 주민들에게 피해가 생길 경우 자신이 목숨 걸고 책임지겠노라고 했어. 그자들은 비록 악당이지만, 불운한 자들이라고 했어. 짐은 자신이 그릇된 조언을 하거나, 자기 말 때문에 사람들이 고통을 겪은 적이 있느냐고 물었지. 짐은 이 백인들과 그 추종자들을 살려 보내는 게 최선책이라고 믿었어. 그게 작은 선물이 될 거라고 했지. 〈여러분은 그동안 저를 시험해 보고 제가 언제나 진실하다는 것을 확인했을 겁니다. 그런 제가 여러분에게 그 사람들을 보내 주자고 요청하는 겁니다.〉 짐은 도라민을 바라보았어. 늙은 나코다는 미동도 하지 않았어. 〈그렇다면,〉 짐이 말했어. 〈당신의 아들이자 제 친구인 데인 워리스에게 시키십시오. 저는 이 일을 주도하지 않을 것이기 때문입니다.〉」

43

「짐의 의자 뒤에 있던 탐 이탐은 대경실색했어. 짐의 선언
은 엄청난 반향을 불러일으켰지. 〈그 사람들을 내보냅시다.
제 판단으로는 그게 최선이고, 제 판단이 여러분을 속인 적
이 없지 않습니까.〉 짐이 주장했어. 침묵이 흘렀지. 어두운
뜰에서는 많은 사람의 숨죽인 속삭임과 발 끄는 소리가 들렸
어. 도라민은 무거운 머리를 들더니, 사람들의 마음을 읽기
란 손으로 하늘을 만지는 것만큼이나 어렵다고 하면서도 짐
의 제안에 동의했어. 다른 사람들도 차례로 자기 의견을 냈
어. 〈그게 최선입니다〉〈그자들을 보내 줍시다〉 등등. 하지만
대부분은 그냥 간단히 〈투안 짐을 믿습니다〉라고만 말했어.
   짐의 의견에 대한 이런 간단한 동의들은 이 상황의 전체
적 요지를 대변하고 있었어. 즉 주민들의 믿음, 짐의 진실성
을 보여 줬고, 짐의 충직성 또한 입증했어. 이 충직성은 짐
자신의 눈에 짐이 결코 자기 사람들을 버리지 않는 완전무결
한 사람 중 하나가 되었다는 표시였어. 〈낭만적이야! 낭만
적!〉이라고 했던 스타인의 말이 저 멀리서 울려오는 듯해.

하지만 짐의 결함과 미덕에 대해 무관심한 그 세계, 그리고 커다란 슬픔과 영원한 이별 때문에 아연해서 짐에겐 단 한 방울의 눈물도 흘리지 않겠다는 열렬하고 집요한 애정에도 무관심한 그 머나먼 세계로 짐이 다시 넘겨지는 일은 없을 거야. 지난 3년간의 삶에서 보인 짐의 진실성이 주민들의 무지와 공포와 분노를 누르고 이기는 그 순간부터, 짐은 더는 내가 마지막으로 보았던 그 모습으로 보이지 않아. 이제 내게 짐은 침침한 해변과 어두운 바다에 남은 희미한 빛을 모두 끌어모으던 하얀 점이 아니야. 오히려 자신을 가장 사랑하던 여자에게까지 잔인하고 불가사의한 존재로 남은, 더 위대하고 더 가련한, 고독한 영혼으로 보여.

짐이 브라운을 불신하지 않은 건 분명해. 브라운의 이야기를 의심할 아무런 이유도 없었고, 그자가 자기 행동의 도덕성과 그 결과를 받아들이면서 보인 거친 솔직함과 나름 꿋꿋한 진지함이 그 이야기의 진실함을 보장하는 듯했거든. 하지만 짐은 그자에게 거의 상상도 못 할 정도로 지독한 자기중심적 성향이 있는 걸 알지 못했어. 브라운은 자기 의지가 거부되고 방해받을 경우, 마치 자기 뜻을 이루지 못한 폭군이나 보일 법한 분노와 복수심으로 광분했어. 그렇지만 짐이 브라운을 불신하지는 않았어도, 어떤 오해로 인해 충돌과 유혈 사태로 끝나지 않을까 걱정한 건 분명해. 이런 이유로, 말레이족 촌장들이 떠나자마자 짐은 주얼에게 먹을 것을 좀 챙겨 달라면서, 요새를 나가 마을 사람들을 지휘하고 오겠다고 했어. 주얼은 피곤할 텐데 그러지 말라고 반대했지만, 짐은 뭔가 일이라도 생기면 자신을 결코 용서할 수 없을 거라고 말했어. 〈저는 이곳에 사는 모든 사람의 목숨을 지킬 책임이 있어요.〉 짐이 말했어. 처음에 짐은 우울해 보였어. 주얼은 스타인이 짐에게 선물한 정찬 식기에 담긴 음식을 탐 이탐에게서 받아 들고 손수 식사 시중을 들었어. 얼마 뒤, 짐은 다시 기분이 좋아졌고, 주얼에게 하룻밤 더 요새를 지휘해 달라고 부탁했어. 〈주민들이 위험에 놓여 있는데 우리에게 잠이 웬 말인가요.〉 짐이 말했어. 나중에 짐은 농담 삼아 말하길, 주얼이야말로 모든 주민 가운데 가장 훌륭한 사람이라고 했어. 〈만약에 당신과 데인 워리스가 당신 소원대로 했더라면 이 가엾은 악당들은 한 명도 살아남지 못했을 거예요.〉 〈아주 나쁜 사람들인가요?〉 주얼이 짐의 의자로 몸을 숙이며 물었어. 〈인간이란 주변 사람들에 비해 별로 더 나쁘지 않으면서도 이따금 아주 못되게 행동할 때가 있지요.〉 짐은 잠시 머뭇거리다 말했어.

탐 이탐은 요새 밖 선착장까지 주인을 따라갔어. 밤하늘은 맑았지만 달이 없어 강 가운데는 어두웠어. 하지만 양쪽 강둑 아래 물은 〈라마단 때의 저녁처럼〉[37] 많은 불빛을 반사했다고 탐 이탐은 말했어. 전투선들은 어두운 뱃길을 따라 조용히 떠다니거나 닻을 내리고 커다란 파문을 일으키며 조용히 떠 있었어. 그날 밤, 탐 이탐은 카누에서 노 젓기를 꽤 많이 했고, 주인을 따라 오래 걸어다녔어. 둘은 불을 피운 곳

37 라마단 동안 이슬람교도들은 일출부터 일몰까지 금식하기에 밤이 되면 음식을 준비하고 식사를 하느라 평소보다 더 분주하다.

을 찾아 거리를 오갔고, 들판에서 보초를 선 작은 무리의 사람들을 격려하려고 내륙의 마을 외곽을 돌아다녔어. 투안 짐은 명령을 내렸고, 다들 복종했지. 마지막으로 짐은 라자의 방책을 찾아갔는데, 그날 밤에는 짐의 편에서 파견된 사람들이 그곳에 배치되어 있었어. 늙은 라자는 그날 아침 일찍 자기 여자 대부분과 함께 강의 지류에 있던 정글 마을 근처 작은 집으로 피해 없었어. 방책에 남겨진 카심이 부산을 떨며 회의에 참석해 전날 했던 외교 협상에 대해 설명했어. 카심은 상당히 냉대를 받았지만 웃음과 조용한 경계심을 잃지 않았고, 짐이 부하들과 함께 그날 밤 방책을 점유하겠다고 단호히 제안했을 때도 자기로선 지극히 반가울 뿐이라고 말했어. 회의가 끝난 뒤 카심은 자리를 뜨는 촌장들을 붙잡고는 요란하고 만족스러운 어투로 라자가 부재 시에도 라자의 재산은 보호받는다고 큰 소리로 말했어.

10시쯤 짐의 부하들이 왔어. 그 방책에서는 지류의 입구를 내려다볼 수 있었기에 짐은 브라운이 아래를 통과할 때까지 그곳에 머물 예정이었어. 말뚝 방벽 밖의 평평한 풀밭에 작은 불이 지펴졌고, 탐 이탐은 주인을 위해 작은 접이식 걸상을 놓았어. 짐은 탐 이탐에게 좀 자두라고 했어. 탐 이탐은 조금 떨어진 곳에 매트를 놓고 누웠어. 그는 날이 새기 전에 중요한 임무 수행에 나서야 한다는 사실을 알았지만, 잠을 이룰 수가 없었어. 그의 주인은 고개를 숙이고 뒷짐을 진 채 불 앞에서 왔다 갔다 했어. 짐의 얼굴은 슬픔에 잠겨 있었어. 주인이 다가올 때마다 탐 이탐은 자는 척하면서 자기가 지켜

본다는 사실을 주인이 알지 못하게 했어. 마침내 주인은 가만히 서서, 누워 있던 탐 이탐을 내려다보며 〈시간이 되었어〉라고 조용히 말했어.

탐 이탐은 곧바로 일어나 준비를 했어. 탐 이탐의 임무는 브라운의 보트보다 한 시간 이상 일찍 강 하류로 가서 데인 워리스에게 백인들이 아무런 위협도 받지 않고 빠져나가도록 하라는 최종 공식 통보를 하는 일이었어. 짐은 이 일을 다른 사람에게 믿고 맡길 수 없었어. 탐 이탐은 떠나기에 앞서 신표를 요구했는데, 짐에게 그가 어떤 위치인지는 이미 잘 알려져 있었기에 그건 형식적인 행동에 가까웠어. 〈투안,〉 탐 이탐은 말했어. 〈이번 통보는 매우 중요하죠, 제가 그런 중요한 말을 전하러 가니까요.〉 그의 주인은 한쪽 주머니를 뒤지더니 이윽고 다른 주머니를 뒤졌고, 결국은 습관적으로 집게손가락에 끼고 다니던 스타인의 은반지를 빼내 탐 이탐에게 주었어. 탐 이탐이 심부름을 떠날 때 언덕 위에 있던 브라운 진영은 아직 어둠에 싸여 있었고, 그자의 부하들이 베어 쓰러뜨린 나무의 가지들 사이로 작은 불빛 하나만 홀로 빛날 뿐이었어.

전날 저녁 일찍, 브라운은 짐이 보낸 접은 종이쪽지를 받았는데, 거기에는 〈길을 안전하게 터두었다. 아침에 밀물에 보트를 띄울 수 있는 대로 출발할 것. 부하들에게 주의를 주기 바란다. 지류 양쪽의 덤불 숲들과 하구에 있는 방책에는 잘 무장한 병력이 가득하다. 너희가 이길 가능성도 없지만, 너희도 유혈 사태를 원하리라 생각하지 않는다〉라고 적혀 있었어. 브라운은 그 쪽지를 읽은 뒤 갈기갈기 찢었고, 그 쪽지를 전해 준 코닐리어스를 향해 조롱하듯 말했어. 〈안녕, 내 멋진 친구여.〉 코닐리어스는 그날 오후 요새에 있었고, 짐의 집 주변을 어슬렁거렸어. 짐은 코닐리어스에게 쪽지를 전달하게 했고, 그건 그자가 영어를 할 수 있을 뿐 아니라 브라운이 얼굴을 알았기 때문이야. 어둑한 시간에 접근해 오는 말레이인이라면 혹시 긴장한 백인들이 실수로 쏴 죽일 수도 있었지만, 코닐리어스라면 그럴 염려가 거의 없었지.

코닐리어스는 쪽지를 전한 뒤에도 가지 않았어. 브라운은 작은 모닥불 앞에 앉아 있었고, 다른 이들은 모두 누워 있었어. 〈선장님이 알고 싶어 할 만한 걸 말씀드릴까 합니다.〉 코닐리어스가 심술궂게 중얼거렸어. 브라운은 못 들은 척했어. 〈선장님은 그 녀석을 죽이지 않았습니다.〉 코닐리어스가 계속 말했어. 〈그 결과 무엇을 얻었습니까? 부기스족 집들을 죄다 약탈한 다음 라자에게서 돈을 뜯어낼 수 있었을 텐데, 선장님은 이제 빈손입니다.〉 〈이곳에서 꺼지는 게 좋을 거야.〉 브라운은 눈길조차 주지 않으며 으르렁거렸어. 하지만 코닐리어스는 브라운 곁에 주저앉더니 가끔 브라운의 팔꿈치를 건드리며 아주 빠르게 속삭이기 시작했어. 코닐리어스의 말을 듣자 브라운은 처음에는 깜짝 놀라 자세를 고쳐 앉으며 욕을 뱉었어. 브라운은 데인 워리스의 무장 병력이 강하류에 있다는 소식만 들었거든. 처음에 브라운은 자신이 완전히 속고 배반당했다고 여겼지만, 잠깐 생각해 본 끝에 배신의 의도 같은 건 없다고 확신하게 되었어. 브라운이 아무 말도 하지 않자 얼마 뒤 코닐리어스는 아주 무관심한 듯한 어조로, 강을 빠져나가는 데는 다른 지류도 있으며 자신이 잘 안다고 했어. 〈알아 두면 좋겠군.〉 브라운이 귀를 쫑긋하며 말했어. 그리고 코닐리어스는 마을에서 있었던 일을 말하기 시작했고, 회의에서 나온 내용을 전부 되풀이했는데, 마치 잠자는 사람들 속에서 조심조심 말할 때처럼 브라운의 귀에 대고 낮고 억양 없는 어조로 말했어. 〈그 녀석은 이제 내가 아무 해도 끼치지 못할 거라고 생각하는 거군?〉 브라운이 아주 낮은 목소리로 중얼거렸어…….〈네, 그 녀석은 바보니까요. 어린아이라니까요. 그 녀석은 이곳에 와서 저에게 강도짓을 했습니다.〉 코닐리어스가 단조로운 목소리로 말했어. 〈그리고 이곳 사람들이 모두 자기 말을 믿도록 만들었습니다. 하지만 무슨 일이라도 생겨 사람들이 그 녀석 말을 더는 믿지 않게 된다면 그 녀석은 어떻게 되겠습니까? 그리고 지금 강 하류에서 선장님 일행을 기다리는 그 부기스족 데인은 선장님이 처음 이곳에 왔을 때 선장님 일행을 이 언덕으로 몰아낸 바로 그자입니다.〉 브라운은 초연한 태도로, 그런 사람이라면 피하는 게 좋겠다고 말했고, 코닐리어스 역시 초연하면서 생각에 잠긴 듯한 어조로, 자기는 브라운의 보트가 워리스의 진영을 지날 수 있을 정도로 넓은 뒤쪽 지류를 안다고 주장했어. 〈아주 조용히 지나야만 합니다.〉 뒤늦게 생각났다는 듯이 코닐리어스가 말했다. 〈데인 워리스의 진영 뒤쪽으로 가깝게 지나가는 부분이 있거든요. 아주 가깝습니다. 그놈들은 보트를 땅에 대고 야영 중입니다.〉 〈아, 쥐죽은 듯이 조용히 있을 거야. 걱정 마.〉 브라운이 말했어. 코닐리어스는 자기가 브라운에게 지류를 안내할 경우 자기 카누까지 끌고 가야 한다는 조건을 달았어. 〈저는 빨리 돌아와야 하니까요.〉 코닐리어스가 이유를 설명했어.

동이 트기 두 시간 전, 백인 강도들이 자기네 보트를 타러 언덕을 내려온다는 보고가 외곽 파수들에게서 방책으로 전달됐어. 파투산의 한쪽 끝에서 다른 쪽 끝까지 있던 모든 무장 인원은 순식간에 경계 태세로 들어갔지만 강의 양쪽 둑이 너무나 조용해서, 갑자기 흐릿한 불길을 올리곤 하는 모닥불들이 없었다면, 마을은 마치 태평한 시기에 잠든 것처럼 보였을 거야. 물 위에 낮게 깔린 짙은 안개는 마치 회색의 빛처럼 보였지만, 그 무엇도 비춰 주지 않는 빛이었지. 브라운의 대형 보트가 지류를 빠져나와 강으로 미끄러져 들어갔을 때, 짐은 라자의 방책 앞쪽에 있는 저지대에 서 있었어. 짐이 처음으로 파투산의 해안을 밟은 바로 그곳이었지. 그림자 하나가 어렴풋이 나타나 회색 안개 속에서 움직였어. 혼자였고, 아주 덩치가 컸지만, 계속 눈에 제대로 보이지 않았어. 그쪽에서 낮게 중얼거리는 소리가 들렸어. 키의 손잡이를 잡은 브라운의 귀에 짐의 차분한 목소리가 들렸어. 〈안전한 길이야. 안개가 끼어 있는 동안은 물살에 배를 맡기고 가는 것이 좋을걸. 하지만 안개는 곧 걷힐 거야.〉 〈알겠어, 곧 걷히겠지.〉 브라운이 대답했어.

30~40명의 장정이 방책 바깥에서 머스킷총을 받쳐 든 채 서서 숨죽이고 있었어. 내가 스타인의 집 베란다에서 보았던

부기스족의 쾌속 범선 선주가 그때 그 사람들 틈에 섞여 있었는데, 그 사람이 내게 말하길, 보트가 그 저지대를 스치듯이 지날 때 한순간 커지더니 그 지점에 산처럼 우뚝 솟아 보였다더군. 〈바다로 나가서 하루 정도 기다려도 된다면,〉 짐이 외쳤어. 〈내가 거세한 황소와 약간의 얌을 구하는 대로 보내 주지.〉 높다란 그림자는 계속해서 움직였어. 〈좋아, 그렇게 해.〉 안개에 싸여 뭉개진 목소리가 대답했어. 많은 사람이 귀 기울여 들었지만, 아무도 그 말뜻을 알지 못했어. 이윽고 보트에 탄 브라운과 부하들은 떠내려갔고, 유령처럼 아무 소리도 없이 사라졌어.

이렇게 안개에 가려진 채, 브라운은 대형 보트의 선수 쪽 좌석에 코닐리어스와 나란히 앉아 파투산을 빠져나갔어. 〈아마도 거세한 작은 황소 한 마리는 얻겠군요.〉 코닐리어스가 말했어. 〈오, 아무렴요. 황소. 얌도요. 그 녀석은 약속하면 지키니까요. 그 녀석은 늘 진실만 말하죠. 그 녀석은 제가 가졌던 것을 모두 훔쳤습니다. 보아하니 선장님은 수많은 집을 약탈하는 것보다 거세한 작은 황소 한 마리가 더 좋은 것 같습니다.〉 〈입 다물고 있는 게 좋을 거야. 안 그러면 내 부하들이 너를 이 빌어먹을 안개 속으로 던져 버릴 테니까.〉 브라운이 말했어. 보트는 정지해 있는 듯 보였어. 아무것도, 심지어 보트 바로 곁의 강물조차 보이지 않았어. 오직 작은 물 입자들만이 날아다니다 응결해 수염이며 얼굴을 따라 방울방울 흘러내렸지. 참으로 기묘했다고 브라운은 내게 말했어. 그 보트에 탄 모두가 마치 자신들이 홀로 보트를 타고 표류하는 것 같다고 느꼈고, 유령들이 옆에서 한숨짓고 투덜거리는 듯하다는 거의 무의식적 의심에 시달렸어. 〈절 내던진다고요? 하지만 전 제가 어디에 있는지 알 겁니다.〉 코닐리어스가 부루퉁하니 중얼거렸어. 〈저는 이곳에서 오랫동안 살았거든요.〉 〈아무리 오래 살았어도 이런 안개 속에서는 볼 수 없을걸.〉 브라운이 이렇게 말하면서 쓸모없어진 키 손잡이에 나른하게 기대어 팔을 앞뒤로 흔들었어. 〈그렇지 않습니다. 오랫동안 살아서 다 볼 수 있습니다.〉 코닐리어스가 으르렁댔어. 〈그거 참 쓸모 있겠는걸.〉 브라운이 대꾸했지. 〈이렇게 앞이 안 보일 정도로 짙은 안개 속에서 일전에 말한 그 뒤쪽 지류를 찾을 수 있다니, 과연 너를 믿어도 될까?〉 코닐리어스가 투덜댔어. 그리고 잠시 침묵했다가 다시 말했지. 〈선장님 일행은 너무 지쳐서 노도 젓지 못하는 겁니까?〉 〈천만에!〉 브라운이 갑자기 소리쳤어. 〈자, 모두 노를 잡아라.〉 안개 속에서 툭툭 부딪히는 소리가 요란하게 들리더니 잠시 뒤, 보이지 않는 놋좆을 거기 꽂힌 노가 보이지 않게 쓸며 내는 규칙적인 마찰음으로 바뀌었어. 그 소리를 빼면 아무것도 달라진 게 없었고, 물에 잠긴 노의 날이 가볍게 첨벙이는 소리만 아니었으면 구름 속에서 기구를 타고 노를 젓는 기분이었을 거라고 브라운은 내게 말했어. 그 뒤 코닐리어스는 입을 열지 않았고, 오직 보트 뒤에서 끌려오던 자기 카누에 들어온 물을 퍼내게 도와달라며 덤비는 듯한 어조로 요청한 게 전부였어. 안개가 차츰 하얗게 변해 앞쪽이 훤해졌어. 브라운은 왼쪽에서 어둠을 보았는데, 마치 떠나가는 밤의 뒷모습을 보는 기분이었지. 갑자기 머리 위로 잎이 무성한 커다란 나뭇가지 하나가 나타났고, 가만히 물방울만 떨어뜨리던 잔가지들 끝부분이 바로 곁에 가느다랗게 휘어져 있었어. 코닐리어스는 말없이 브라운의 손에서 키 손잡이를 빼앗았어.」

44

「그 둘이 다시 대화를 했다고는 생각하지 않아. 보트는 좁은 우회 수로로 들어섰고, 거기서 브라운 일행은 무너져 가는 둑을 노로 밀어 보트가 나아가게 했어. 그리고 어둠이 깔려 있었는데, 마치 거대한 검은 날개들이 안개 위로 펼쳐져 있고, 안개는 다시 나무 꼭대기까지 허공을 가득 채운 듯한 모습이었어. 어두운 안개를 통해 머리 위 가지들에서 커다란 물방울들이 뚝뚝 떨어져 내렸지. 코닐리어스가 뭐라고 작게 중얼거리자 브라운은 부하들에게 장전하라고 명령했어. 〈이 병신들아, 죽을 때 죽더라도 우선 놈들에게 복수할 기회를 주겠다.〉 브라운이 부하들에게 말했어. 〈그러니 그 기회를 놓치지 말도록.〉 부하들은 그 말에 낮은 으르렁거림으로 답했어. 코닐리어스는 자기 카누가 망가지지 않도록 무척 신경 썼어.

한편 탐 이탐은 목적지에 도착했어. 안개 때문에 약간 지체되었지만, 탐 이탐은 강 남쪽 기슭에 딱 붙어 꾸준히 노를 저었거든. 얼마 뒤 젖빛 유리 공 속에서 타오르는 불 같은 새벽이 찾아왔어. 강 양쪽 기슭은 시커먼 얼룩 같았고, 그 속에서 기둥처럼 생긴 형상들과 비틀린 나뭇가지 그림자를 암시하는 것들이 높다랗게 뻗은 게 보였어. 강물 위 안개는 여전히 짙었지만, 사람들은 강 위를 삼엄하게 감시했어. 탐 이탐이 야영지에 접근하자 하얀 안개 속에서 두 명의 형체가 나타나더니 사나운 목소리로 말을 걸었거든. 탐 이탐이 대답하자 얼마 뒤 카누 한 척이 그의 곁으로 다가왔어. 탐 이탐은 노를 저어 온 사람들과 소식을 교환했어. 모든 게 잘 풀려 가고 있었지. 골치 아픈 문제는 해결된 거야. 이윽고 카누를 타고 온 사람들이 탐 이탐의 통나무배 측면을 잡고 있던 손을 놓고는 곧바로 시야에서 사라졌어. 탐 이탐은 계속 나아갔고, 마침내 강물 위로 조용히 목소리들이 들리더니, 소리가 점점 가까워졌어. 이제 소용돌이치며 걷히던 안개 아래로, 가늘고 높은 나무들과 덤불 숲, 그리고 그 앞 모래밭에 자그맣게 피워 놓은 수많은 모닥불이 보였어. 이윽고 다시금 경계 구역이 나왔어. 탐 이탐은 검문을 받았어. 탐 이탐은 자기이름을 외치면서 마지막으로 두 번 더 노질을 해 카누를 모래 언덕 위로 올려놓았어. 그곳에는 커다란 야영장이 있었어. 사람들은 여러 무리로 나뉘어 웅크린 채 이른 아침의 대화를 소곤거렸어. 하얀 안개 위로 가느다란 실 같은 연기들이 구불구불 잔뜩 피어올랐지. 땅 위로 높다랗게 세워 놓은 작은 쉼터들은 우두머리들을 위한 곳이었어. 머스킷총을 작은 피라미드 모양으로 쌓아 놓았고, 모닥불마다 긴 창이 한 자루씩 근처 모래에 꽂혀 있었지.

탐 이탐은 중요한 임무로 왔다는 분위기를 온몸으로 풍기며, 데인 워리스에게 안내해 달라고 요구했어. 백인 주인의 친구는 가지들에 매트를 덮은 오두막 안에서 대나무로 높게 지은 침상 위에 누워 있었어. 데인 워리스는 깨어 있었고, 조잡하게 지은 사원 같은 침소 앞에는 불이 밝게 타고 있었어. 나코다 도라민의 외아들은 탐 이탐의 인사에 정답게 답했어. 탐 이탐은 자기가 전하는 말의 진실함을 보증하는 반지를 데인 워리스에게 건넸어. 데인 워리스는 팔꿈치로 몸을 받치고 누워 탐 이탐에게 모든 소식을 말하라고 명령했어. 탐 이탐은 정해진 격식에 따라 보고를 시작했어. 〈좋은 소식입니다.〉 탐 이탐은 짐의 말을 그대로 전했어. 백인들은 모든 촌장의 동의를 받아 떠나니 무사히 강을 내려가게 통과시키라는 내용이었어. 탐 이탐은 한두 번 질문을 받았고, 마지막 회의에서 논의된 내용을 보고했어. 데인 워리스는 끝까지 주의 깊게 들으며 반지를 만지작거리다가 마침내 오른손 집게손가락에 그 반지를 꼈어. 보고가 끝나자 데인 워리스는 탐 이탐에게 그만 물러가 뭘 좀 먹고 쉬라고 했지. 오후에 돌아간다는 명령도 즉각 내렸어. 그런 뒤 데인 워리스는 눈을 뜬 채 다시 누웠고, 시종들은 불 옆에서 그가 먹을 음식을 준비했어. 탐 이탐도 불 옆에 앉아 마을의 최신 소식을 들으러 어슬렁거리며 다가온 남자들과 이야기를 나누었지. 태양이 안개를 야금야금 삼키고 있었어. 백인들이 탄 배가 지금 당장이라도 나타날지 모르는 강 본류 기슭에서는 삼엄한 경계가 계속되었지.

브라운이 마침내 복수를 단행한 것은 바로 그때였어. 20년 동안이나 경멸과 겁 없는 협박으로 살아온 브라운에게 강도로서의 평범한 성공이란 공물을 내놓길 거부한 세계에 대한 복수였어. 냉혹하고 포악한 복수였지. 브라운은 임종을 앞둔 순간에도 이 순간을 마치 끝내 굽히지 않고 저항했던 일을 기억하듯 떠올리며 즐거워했어. 브라운은 부기스족이 야영 중인 섬의 다른 쪽 끝에 부하들을 몰래 상륙시킨 뒤, 부하들을 이끌고 섬을 가로질렀어. 상륙하는 순간 몰래 빠져나가려던 코닐리어스는 잠시 소리 없이 드잡이하다 포기하고 덤불이 가장 성긴 길을 안내했어. 브라운은 큼직한 손으로 코닐리어스의 깡마른 두 손을 등 뒤로 그러잡았고, 가끔씩 사납게 코닐리어스를 밀어 댔어. 코닐리어스는 물고기처럼 아무 말도 하지 않았고, 비열했지만 자기 목적에 충실했고, 이제 그 목적을 이룰 순간이 거의 눈앞에 다가왔어. 숲 가장자리에서 브라운의 부하들은 흩어져 몸을 숨기고 기다렸어. 그곳에선 야영지가 훤히 보였지만, 야영지에서 브라운 일당 쪽을 보는 이는 아무도 없었어. 심지어 그 섬 뒤쪽에 좁은 수로가 있다는 걸 백인들이 알리라고는 그 누구도 꿈에서조차 생각해 본 적이 없었어. 수로 양쪽 입구는 둘 다 너무나 좁고 수풀이 무성해서 여기 원주민들이라도 카누를 타고 지나가며 일부러 아주 주의 깊게 살펴보지 않는 한 브라운 일당을 찾아낼 수 없었어. 결정적인 순간이 되었다고 판단한 브라운은 〈따끔한 맛을 보여 줘라〉라고 외쳤고, 열네 발의 총탄이 한꺼번에 발사되었어.

탐 이탐이 내게 말하길, 그 기습으로 인한 충격이 너무나 커서, 첫 번째 사격 후 한참이 지나도록 죽거나 부상당한 사람들 외에는 그 누구도 움직이지 않았다고 해. 이윽고 한 명이 비명을 질렀고, 뒤이어 모두가 놀람과 두려움으로 엄청난 비명을 질렀어. 맹목적인 공포에 질린 그 사람들은 마치 물을 두려워하는 소 떼처럼 강가에서 이리저리 떼 지어 다니며 갈팡질팡했어. 몇 명은 강으로 뛰어들었지만, 대부분은 마지막 사격 후에야 강으로 뛰어들었지. 브라운의 부하들은 그 무리를 향해 세 번에 걸쳐 사격을 했고, 유일하게 몸을 드러내고 있던 브라운은 욕을 내뱉으면서 〈낮게 조준해! 낮게!〉라고 외쳐 댔어.

탐 이탐은 말하길, 자신은 첫 번째 사격이 있자마자 무슨 일인지 깨달았대. 총에 맞지는 않았지만, 탐 이탐은 죽은 듯이 꼼짝 않고 누워 눈만 뜨고 있었어. 침상에 기대어 있던 데인 워리스는 첫 번째 총성을 듣고 벌떡 일어나 탁 트인 강변으로 뛰어나왔고, 두 번째 사격 때 이마에 총알을 맞았어. 탐 이탐은 데인 워리스가 두 팔을 활짝 펼치며 쓰러지는 것을 보았다더군. 탐 이탐은 그전까지는 두렵지 않았지만 데인 워리스가 쓰러지는 모습에 엄청난 두려움을 느꼈다고 했어. 백인들은 왔을 때와 마찬가지로 눈에 띄지 않게 퇴각했어.

이렇게 브라운은 악운에 보복을 했어. 그리고 우리는 이 끔찍한 소요에조차 우월감이 드러난다는 사실에 주목해야 해. 평범한 욕망이라는 외피 속에 정당성이라는 추상 개념을 지닌 사람에게나 있을 법한 우월감이지. 그것은 천박하고 배반적인 살육 행위가 아니라, 교훈이자 보복이었어. 이 사건은 우리의 모호하고 끔찍한 본성을 명확히 보여 준 예였고, 그 속성은 표면 아래 숨어 있지만, 불행히도 우리가 생각하고 싶은 만큼 깊이 숨어 있지 않은 거야.

그 뒤 백인들은 탐 이탐의 눈에 보이지 않게 떠났고, 사람들 눈에서 완전히 사라진 듯했어. 그리고 스쿠너선도 마치 도난당한 것처럼 감쪽같이 사라졌지. 하지만 한 달 뒤 인도양을 지나던 화물선이 하얀색 대형 보트를 한 척 구조했다는 이야기가 전해지고 있어. 그 보트에서는 뼈만 앙상할 정도로 바싹 마르고 노란 얼굴에 멍한 눈빛으로 속삭이던 두 남자가 브라운이라고 자처하던 세 번째 남자의 지휘에 충실히 복종했다더군. 브라운의 신고에 따르면, 그자의 스쿠너선은 자바에서 생산된 설탕을 싣고 남쪽으로 항해하다 배에 너무 많은 물이 들어와 결국 침몰했고, 여섯 명의 선원 중 자신과 두 동료만 살아남았다고 했어. 두 명은 그들을 구조한 증기선에서 죽었어. 그건 아무래도 좋아. 브라운은 살아남아 내게 발견되었고, 그 결과 브라운이 끝까지 자기 역할을 수행했다는 사실을 내가 여기서 증언할 수 있으니까.

하지만 브라운 일당은 떠나면서 코닐리어스의 카누를 떼어 내지 않은 듯해. 코닐리어스에 관해선, 사격이 시작되었을 때 브라운이 이별의 축복 삼아 발로 한 번 차서 코닐리어스를 놓아주었어. 죽은 사람들 사이에서 일어난 탐 이탐은 시체들과 꺼져 가는 모닥불들 사이로 그 예수쟁이가 뛰어다니는 것을 보았어. 그자는 작게 비명을 토하더니 갑자기 강으로 뛰어가 부기스족이 타고 온 보트 중 한 척을 물에 띄우려 미친 듯이 애썼어. 〈그리고 그자는 그 무거운 카누를 보며 머리를 긁적이더군요.〉 탐 이탐이 말했어. 〈그러다가 마침내 저를 보게 되었지요.〉〈그자는 어떻게 되었나요?〉 내가 물었어. 탐 이탐은 나를 빤히 바라보다가 오른손으로 의미 있는 손짓을 해 보였어. 〈두 번 쳤습니다, 투안.〉 탐 이탐이 말했어. 〈제가 다가가는 걸 본 코닐리어스는 격렬하게 땅으로 몸을 던지더니 발버둥 치며 큰 소리로 비명을 지르더군요. 저는 그자를 두 번 내리쳤습니다. 그자는 놀란 암탉처럼 소리를 질러 대다 결국 칼맛을 보았습니다. 그리고 조용해졌고, 가만히 저를 응시하다 결국 눈에서 생명이 꺼졌습니다.〉

코닐리어스를 처리하고 탐 이탐은 머뭇거리지 않았어. 탐 이탐은 자신이 누구보다 앞서 그 끔찍한 소식을 요새에 전달해야 한다는 걸 잘 알았어. 물론 데인 워리스 일행에도 살아남은 사람이 많았지. 하지만 극단적인 공황 상태에 빠진 나머지, 몇 명은 강을 헤엄쳐 건넜고, 몇 명은 덤불 숲으로 도망쳤어. 사실 그 사람들은 누가 공격했는지 알지 못했고, 더 많은 백인 강도가 오는 건 아닌지, 그 강도들이 전 지역을 장악한 건 아닌지 알지 못했어. 그 사람들은 자신들이 어떤 거대한 음모의 희생자이며 죽고 말 운명이라고 상상했어. 작은 무리 몇은 사흘이 지나도록 마을에 돌아오지 않았다고 전해져. 하지만 몇 명은 당장 파투산으로 돌아가려 했고, 그날 아침 강을 순찰하던 카누 한 척은 공격당하던 바로 그 시점에 야영지가 보이는 곳에 있었어. 그 카누에 탄 사람들은 처음엔 카누에서 뛰어내려 강 건너편으로 헤엄쳐 간 게 사실이지만, 나중에 카누로 돌아갔고, 주저주저하며 강 상류로 올라가기 시작했어. 탐 이탐은 이들보다 한 시간 앞서 파투산에 도착했지.」

45

　「탐 이탐이 미친 듯이 노를 저어 마을 근처 강변에 도착했을 때, 집들 앞 선착장에서는 여자들이 한데 모여 데인 워리스의 작은 선단이 돌아오기를 기다리며 강을 지켜보고 있었어. 마을은 축제 분위기였지. 아직 손에 창과 총을 든 남자들이 강변 여기저기 떼 지어 움직이거나 서 있긴 했지만 말이야. 중국인 가게들은 일찍 문을 열었어. 하지만 시장은 텅 비어 있었고, 요새 모퉁이에 배치된 보초가 탐 이탐을 알아보고 안에 있던 사람들에게 소리쳤어. 문이 활짝 열렸어. 탐 이탐은 강변으로 뛰어내린 뒤 허둥지둥 달려왔어. 탐 이탐이 처음 만난 이는 집에서 내려오던 주얼이었어.

　탐 이탐은 주얼 앞에 섰지만 마치 갑작스레 마법에라도 걸린 듯이 가만히 서서 놀란 눈과 떨리는 입술로 숨만 헐떡이며 한동안 어쩔 줄 몰라 했어. 이윽고 탐 이탐은 아주 빠르게 소식을 전했어. 〈놈들이 데인 워리스와 많은 사람을 죽였습니다.〉 주얼이 손뼉을 쳐 자기를 보게 하더니 곧바로 〈문들을 닫으세요〉라고 했어. 요새를 지키던 사람들 대부분은 각자

집으로 돌아가고 없었지만, 탐 이탐은 당직 차례를 기다리며 남아 있던 몇 명에게 서둘러 문을 닫게 했어. 사람들이 이리저리 뛰어다니는 동안 주얼은 뜰 한가운데 서 있었어. 탐 이탐이 지나갈 때 주얼은 절망에 빠진 목소리로 〈도라민!〉이라고 외쳤어. 다시 주얼을 지나칠 때, 탐 이탐은 주얼의 생각에 재빨리 대답했어. 〈네, 하지만 파투산의 모든 화약은 우리에게 있습니다.〉 주얼은 탐 이탐의 팔을 잡고 집을 가리키며 〈그를 불러 주세요〉라고 떨리는 목소리로 속삭였어.

탐 이탐은 계단을 뛰어 올라갔어. 그의 주인은 아직 자고 있었어. 〈접니다, 탐 이탐입니다.〉 그가 문에서 외쳤어. 〈긴급한 소식이 있습니다.〉 짐이 베개에서 돌아누우며 눈을 뜨자 탐 이탐은 즉시 소식을 알렸어. 〈투안, 끔찍한 날입니다, 저주받은 날입니다.〉 그의 주인은 데인 워리스가 그랬듯이 팔꿈치로 몸을 받치며 일어났어. 그러자 탐 이탐은 자초지종을 차근차근 설명하려 애쓰며 이야기를 시작했어. 탐 이탐은 데인 워리스를 팡글리마[38]라고 부르며 말했어. 〈팡글리마는 자기 뱃사람들의 우두머리에게 말하길 《탐 이탐에게 먹을 것을 줘라》라고 했습니다.〉 이때 그의 주인은 바닥에 발을 내리고 그를 바라보았는데, 심하게 평정을 잃은 그 얼굴을 보고 탐 이탐은 그만 말이 목에 걸리고 말았어.

〈말해.〉 짐이 말했어. 〈그 친구가 죽었어?〉 〈제발 나리께서는 무사하시기를.〉 탐 이탐이 외쳤어. 〈가장 잔인한 배신이었습니다. 그분께서는 첫 번째 총성을 듣고 달려 나오시다

38 말레이어로 〈부대 지휘자〉라는 뜻이다.

그만 쓰러지셨습니다.〉……그의 주인은 창가로 걸어가더니 주먹으로 덧창을 쳤어. 방이 환해졌어. 이윽고 짐은 차분하지만 빠른 목소리로 말하기 시작했어. 짐은 탐 이탐에게 즉각 추격할 수 있게 보트 선단을 모으고, 이런저런 사람들을 찾아가고, 전령을 보내라는 따위 명령을 내렸어. 이런 말을 하는 동안 짐은 침대에 앉아 허리를 굽히고 서둘러 신발 끈을 매더니 갑자기 탐 이탐을 쳐다보았어. 〈왜 여기 서 있는 거야?〉 짐이 아주 시뻘게진 얼굴로 물었어. 〈시간이 없어.〉 탐 이탐은 움직이지 않았어. 〈용서하십시오, 투안, 하지만…… 하지만.〉 탐 이탐이 말을 더듬기 시작했어. 〈왜?〉 그의 주인이 험악하게 인상을 쓰며 두 손으로 침대 가장자리를 움켜쥐고 몸을 앞으로 내밀며 고함을 쳤어. 〈나리의 하인은 사람들에게 가면 안전하지 않습니다.〉 잠시 머뭇거리던 탐 이탐이 말했어.

그제야 짐은 이해했어. 과거에 짐은 충동적으로 뛰어내렸다는 사소한 이유로 어떤 세상을 떠나왔는데, 이제 자기 손으로 이루어 낸 이쪽의 다른 세상이 산산이 부서져 내린 거야. 짐의 하인이 짐의 백성들 가운데 다니는 것조차 안전하지 않게 되어 버렸어! 내 생각에 짐은 바로 그 순간, 이런 재난에 대응할 유일한 방안을 생각해 냈고, 그 방안대로 해야겠다고 결심한 것 같아. 하지만 내가 아는 건, 짐이 아무 말도 없이 자기 방에서 나와 긴 탁자의 가장 상석에 앉았다는 사실뿐이야. 짐이 날마다 자신의 마음속에 확실히 살아 있던 진실을 선언하며 자기 세계의 일들을 조정하던 그곳에 말이야. 암흑의 힘은 짐에게서 두 번씩이나 마음의 평화를 빼앗아 갈 수 없었어. 짐은 석상처럼 앉아 있었어. 탐 이탐은 공손한 말투로 방어를 준비하자는 의견을 넌지시 냈어. 짐이 사랑하는 여자가 들어와서 말을 걸었지만 짐은 손을 저었고, 제발 조용히 해달라는 그 간절한 손짓에 여자는 더는 입을 열 수 없었어. 여자는 베란다로 나가 입구에 앉았고, 그 모습이 마치 외부에서 위협이 닥치면 자신의 온몸으로 짐을 보호하겠다는 것처럼 보였어.

짐의 머릿속에 무슨 생각이, 무슨 기억이 스쳐 지나갔을까? 누가 알겠어. 모든 것이 사라졌고, 한때 자신에 대한 신뢰에 충실하지 못했던 경험이 있는 짐은 이제 다시 모든 사람의 신뢰를 잃고 말았어. 짐이 누군가에게 편지를 쓰려다 만 것도 바로 그때였다고 나는 생각해. 외로움이 짐을 죄어왔어. 사람들은 짐을 믿고 자신들의 목숨을 맡겼어. 오직 그 때문이었어. 하지만 짐이 말했듯이, 짐은 사람들에게 자신을 이해시킬 수 없었어. 바깥 사람들이 듣기에 짐은 아무 소리도 내지 않았어. 나중에, 저녁이 가까워졌을 때, 짐은 문으로 가서 탐 이탐을 불렀어. 〈상황은?〉 짐이 물었어. 〈많은 사람이 눈물을 흘리고 있고 분노도 대단합니다.〉 탐 이탐이 말했어. 짐은 그를 바라보았어. 〈넌 알겠지.〉 짐이 중얼거렸어. 〈네, 투안.〉 탐 이탐이 말했어. 〈이 하인은 압니다. 그래서 문을 닫아 두었습니다. 우리는 싸워야 합니다.〉 〈싸우다니! 무엇을 위해?〉 짐이 물었어. 〈우리 목숨을 위해서죠.〉 〈나에게는 목숨이 없어.〉 짐이 말했어. 탐 이탐은 문가에 있던 주얼의 비명을 들었어. 〈그건 아무도 모르죠.〉 탐 이탐이 말했어.

〈대담하고 약게 굴면 도망칠 수도 있습니다. 주민들 마음속에는 두려움 또한 대단합니다.〉탐 이탐은 보트를 타고 탁 트인 바다로 나가야겠다는 막연한 생각을 하며 짐과 주얼을 함께 두고 밖으로 나갔어.

주얼은 자신의 행복을 위해 짐과 한 시간 남짓 실랑이하며 무슨 일이 있었는지 나에게 말해 주었지만, 내가 알게 된 단편적 사실들을 차마 여기에 적을 수가 없군. 짐에게 과연 그 어떤 바람이라도 있었는지, 짐이 무엇을 기대했고 무슨 상상을 했는지 말하기란 불가능해. 짐은 고집이 셌고, 완고함으로 인한 외로움이 점차 깊어짐에 따라, 짐의 정신은 폐허가 된 자기 존재에서 우뚝 일어난 듯 보였지. 주얼이 짐의 귀에 대고 〈싸워요!〉라고 외쳤어. 주얼은 이해가 되지 않았어. 싸워야 할 이유가 없다니 말이야. 짐은 다른 방식으로 자기 힘을 증명하고 파멸적인 운명 그 자체를 정복하려 했어. 짐은 뜰로 나왔고, 그 뒤로 머리털을 늘어뜨리고 흥분한 표정의 주얼이 헐떡이며 비틀비틀 나오더니 문가에 기댔어. 〈문들을 열어.〉짐이 명령했어. 이윽고 짐은 안에 있던 사람들에게 몸을 돌리더니 자기들 집으로 돌아가도 좋다고 허락했어. 〈언제 돌아올까요, 투안?〉하인 한 명이 겁먹은 목소리로 물었어. 〈영영 돌아오지 마.〉짐이 침울한 어조로 말했어.

흡사 슬픔의 집 문이 활짝 열리며 거센 바람이 몰아쳐 나오듯 통곡과 애도가 강 위를 휩쓸고 지나갔고, 그러고 나자 마을에는 정적이 내렸어. 하지만 속삭임을 타고 온갖 풍문이 난무하며 사람들 가슴을 경악과 끔찍한 의혹으로 가득 채웠어. 강도들이 커다란 배에 사람들을 아주 많이 싣고 돌아올 것이고, 그러면 이 땅에는 그 누구를 위한 피난처도 없을 거라고들 했지. 지진이 났을 때처럼 엄청난 불안감이 사람들의 마음을 휘어잡았고, 사람들은 마치 무서운 조짐을 본 것처럼 서로를 바라보며 막연한 추측을 소곤거렸어.

숲 위로 해가 질 무렵, 데인 워리스의 시신이 도라민의 캄퐁으로 옮겨져 왔어. 늙은 어머니는 돌아오는 아들을 맞이하기 위해 하얀 시트를 게이트로 내려보냈고, 네 명의 남자가 그 시트로 단정하게 감싼 시신을 운구해 왔어. 그 사람들은 도라민의 발치에 시신을 내려놓았고, 노인은 양쪽 무릎에 손을 올리고 꼼짝도 하지 않은 채 오랫동안 시신을 내려다보았어. 그의 머리 위에서 야자 잎들이 조용히 흔들렸고, 과일나무 잎도 살랑거렸어. 늙은 나코다가 시선을 들어 보니, 자기 백성 중 남자들은 한 명도 빠짐없이 모두가 무장하고 그곳에 와 있었어. 도라민은 마치 누가 안 보이는지 찾아내려는 듯이 사람들을 천천히 살펴보았어. 도라민의 턱이 다시 가슴으로 떨어졌어. 많은 사람의 속삭임이 나뭇잎들이 가볍게 바스락거리는 소리와 뒤섞였어.

탐 이탐과 주얼을 사마랑으로 데려왔던 말레이인도 그곳에 있었어. 〈다른 많은 사람처럼 화가 나지는 않았습니다.〉 그 사람은 내게 말했어. 하지만 〈천둥을 머금은 구름처럼 사람들의 머리 위에 걸려 있던 인간 운명의 갑작스러움〉 앞에서 굉장한 경외감과 경이로움을 느끼며 큰 충격을 받았다더군. 그 사람 말에 따르면, 도라민의 명령으로 시신을 덮었던 시트를 벗기자 사람들이 흔히 백인 나리의 친구라고 부르던 데인 워리스가 마치 잠에서 막 깨려는 듯 눈을 살짝 뜬 채 변치 않은 모습으로 누워 있었어. 도라민은 땅에 떨어진 물건을 찾듯이 몸을 살짝 더 숙였어. 도라민은 시신을 발끝부터 머리끝까지 살폈는데, 아마도 상처를 찾던 듯해. 상처는 이마에 있었고, 작았어. 그리고 모두가 침묵에 잠겨 있는 동안, 곁에 있던 사람 한 명이 허리를 굽혀 차갑고 뻣뻣하게 굳은 손에서 은반지를 뺐어. 그 사람은 침묵 속에서 도라민 앞에 반지를 받쳐 들었어. 그 눈에 익은 신표를 본 사람들은 불안과 공포로 속삭였어. 늙은 나코다는 반지를 응시하더니 갑자기 격렬하게 울부짖었어. 그건 깊은 가슴속에서 나오는 고통과 분노의 포효로, 다친 황소의 울음처럼 강렬했고, 말없이도 명백하게 느껴지는 이 거대한 분노와 슬픔은 듣는 이의 가슴속에 엄청난 공포를 불어넣었어. 그 뒤 네 명이 시신을 옆으로 옮기는 동안 주위에는 깊은 정적이 맴돌았어. 그들은 시신을 나무 아래 내려놓았고, 그 순간 집 안의 모든 여자가 길게 비명을 지르며 함께 울기 시작했어. 그 사람들은 새된 소리로 울며 애도했어. 해는 지고 있었고, 비명이 섞인 애도가 가끔 끊어질 때면 두 명의 늙은이가 노래하듯 쿠란을 영창하는 소리만이 들렸어.

이 무렵, 짐은 집 쪽으로 등을 돌린 채 포차(砲車)에 기대어 강을 바라보고 있었어. 그리고 문가에 선 주얼은 마치 뒤로 밀려나지 않으려 죽을 힘을 다해 버티고 있는 사람처럼 헐떡이며 뜰 건너편에 있는 짐을 바라보았지. 탐 이탐은 혹시 일어날지도 모르는 일을 참을성 있게 기다리며 주인에게서 그리 멀지 않은 곳에 서 있었어. 조용히 생각에 잠긴 듯하던 짐이 갑자기 탐 이탐에게로 고개를 돌리더니 말했어. 〈이 일을 끝낼 때가 됐어.〉

〈투안?〉 탐 이탐이 민첩하게 앞으로 다가오며 말했어. 탐 이탐은 주인의 의도를 몰랐지만, 짐이 움직이자마자 주얼도 움직이기 시작해 빈터로 걸어 내려왔어. 그 집의 다른 사람들은 그때 보이지 않았던 듯해. 주얼은 살짝 비틀거리며 걸었고, 반쯤 내려왔을 때 짐을 소리쳐 불렀어. 다시 강을 바라보며 고요히 생각에 잠긴 듯하던 짐은 대포에 등을 대고 돌아섰어. 〈싸울 건가요?〉 주얼이 외쳤어. 〈싸워야 할 이유가 없어요.〉 짐이 말했어. 〈아무것도 잃지 않았어요.〉 이 말을 하며 짐은 주얼에게 한 걸음 다가섰어. 〈도망칠 건가요?〉 주얼이 다시 외쳤어. 〈도망치지 않아요.〉 짐이 갑자기 멈추며 말했어. 주얼 또한 가만히 서서 삼킬 듯한 눈으로 조용히 짐을 노려보았어. 〈그러면 떠날 건가요?〉 주얼이 천천히 물었어. 짐은 고개를 숙였어. 〈아!〉 주얼은 짐을 응시하며 외쳤어. 〈당신은 미쳤거나 아니면 진실하지 못하군요. 내가 당신에게 절 버리고 떠나라고 애원하던 밤에 당신이 그럴 수 없다고 말한 걸 기억하나요? 그건 불가능하다고 했어요! 불가능하다고 말이에요! 당신이 절대로 나를 떠나지 않겠다고 말한 걸 기억하나요? 왜 그런 말을 했나요? 나는 당신에게 약속해 달라고 한 적이 없어요. 당신이 먼저 약속한 거라고요. 기억해 보세요.〉 〈그만해요, 가엾은 사람 같으니.〉 짐이 말했어. 〈나는 함

께 살 만한 사람이 아니에요.〉

탐 이탐은 둘이 말하는 동안 주얼이 신들린 사람처럼 뜬 금없이 요란하게 웃었다고 했어. 탐 이탐의 주인은 두 손을 머리에 얹었어. 짐은 일상용 복장을 갖춰 입고 있었지만 모자는 쓰지 않은 상태였어. 주얼이 갑자기 웃음을 멈추었어. 〈마지막으로,〉 주얼은 위협하듯 외쳤어. 〈당신 몸을 방어하긴 할 건가요?〉 〈아무도 날 건드릴 수 없어요.〉 짐은 지독한 이기주의를 마지막으로 번뜩이며 말했어. 탐 이탐은, 주얼이 갑자기 몸을 앞으로 숙이더니 두 팔을 펴고 빠르게 짐에게 달려가는 모습을 보았어. 주얼은 짐의 가슴에 몸을 던지고 목을 끌어안았어.

〈아! 하지만 난 당신을 이렇게 붙잡겠어요.〉 주얼이 외쳤어……. 〈당신은 내 거예요!〉

주얼은 짐의 어깨에 기대어 흐느꼈어. 파투산의 하늘은 마치 혈관이 터진 것처럼 빠르게 핏빛으로 물들어 갔지. 우듬지 사이로 거대한 선홍색 태양이 내려앉았고, 그 아래 숲은 접근을 허용하지 않는 시꺼먼 얼굴을 하고 있었어.

탐 이탐은 내게 말하길, 그날 저녁 하늘의 표정은 화가 나고 무서워 보였다고 했어. 나는 그 말을 믿어. 왜냐하면 바로 그날, 비록 그 지역에서는 공기가 나른하게 흔들리는 정도에 불과했지만 해변에서 60마일 안쪽으로 강력한 사이클론이 지나간 걸 난 알거든.

돌연히 짐이 주얼의 두 팔을 잡고 움켜잡은 두 손을 풀어 내려고 하는 모습이 탐 이탐의 눈에 들어왔어. 주얼은 머리를 뒤로 젖히고 두 팔로 짐에게 매달려 있었고, 머리털이 땅에 닿았어. 〈이리 좀 와!〉 그의 주인이 외치자, 탐 이탐은 짐이 주얼을 떼 내어 앉히는 걸 도왔어. 주얼의 손아귀에서 짐을 떼어 놓기란 어려웠어. 짐은 몸을 숙여 주얼의 얼굴을 진지하게 바라보더니 갑자기 선착장으로 달려갔어. 탐 이탐이 주인을 따라가다 고개를 돌려 보니 주얼이 일어나려 애쓰는 모습이 보였어. 주얼은 둘을 쫓아 몇 걸음 달려오다가 털썩 무너지며 무릎을 꿇었어. 〈투안! 투안!〉 탐 이탐이 외쳤어. 〈뒤를 돌아보십시오.〉 하지만 짐은 이미 카누에 타서 손에 노를 쥐고 서 있었어. 짐은 뒤돌아보지 않았어. 탐 이탐이 짐의 뒤를 쫓아가서 간신히 카누에 탔을 때 카누는 이미 확실하게 물에 떠 있었지. 주얼은 수문에서 무릎을 꿇고 두 손을 그러쥐고 있었어. 한동안 애원하던 자세로 있던 주얼이 벌떡 일어났어. 〈당신은 진실하지 못해요!〉 주얼이 짐의 뒤에 대고 외쳤어. 〈용서해 줘요.〉 짐이 외쳤어. 〈절대로 용서 안 해요! 절대로 용서 안 해요!〉 주얼이 되받아 외쳤어.

탐 이탐은 짐의 손에서 노를 빼앗어. 자기 주인이 노를 젓는데 자기는 앉아 있는 게 부적절해 보였거든. 둘이 강 건너편에 도착했을 때, 탐 이탐의 주인은 그에게 더는 따라오지 말라고 명령했어. 그러나 탐 이탐은 거리를 두고 짐을 따라갔고, 도라민의 캄퐁까지 비탈길을 올라갔어.

어두워지기 시작했지. 여기저기서 횃불이 빛났어. 그들이 만난 사람들은 짐을 두려워하는 듯했고, 서둘러 옆으로 비켜서서 짐에게 길을 터주었어. 여자들의 통곡 소리가 위에서 들렸어. 뜰에는 무장한 부기스족과 그 추종자들 그리고 파투산 주민으로 가득했어.

그 모임이 실제로 뭘 의미했는지 나는 몰라. 전쟁 준비였을까, 아니면 복수, 또는 임박한 침략을 물리치자는 거였을까? 긴 수염에 누더기를 걸친 백인들이 돌아올까 봐 주민들이 무서워 떨며 경계하던 걸 그만두기까지 여러 날이 걸렸고, 그 백인들이 짐과 어떤 관계였는지 그 사람들은 절대로 이해할 수 없었어. 불쌍한 짐은 그 순박한 사람들에게까지도 구름에 가려진 듯 모호한 존재였어.

거대한 체구의 도라민은 비참한 표정이었고, 부싯돌 권총 두 자루를 무릎에 올려놓고 홀로 안락의자에 앉아 무장한 군중을 바라보고 있었어. 짐이 나타나자 누군가가 소리쳤고, 모든 사람이 하나같이 짐 쪽으로 고개를 돌렸어. 군중이 좌우로 갈라지며 짐에게 길을 터주었고, 짐은 외면하는 시선들 속에서 그 길을 걸어갔어. 짐의 뒤로 속삭이는 소리들이 들렸어. 〈저자가 이 모든 불행을 가져온 장본인이야.〉 〈저자는 마법을 부려.〉……짐은 그 소리를 들었어. 아마도 말이야!

횃불들로 밝혀진 곳으로 짐이 들어서자 여자들의 울음이 뚝 그쳤어. 도라민은 고개를 들지 않았고, 짐은 한동안 그 앞에 말없이 서 있었어. 이윽고 짐은 왼쪽을 바라보더니 조심스럽게 그쪽으로 걸어갔어. 시신 머리맡에는 데인 워리스의 어머니가 웅크리고 있었는데, 헝클어진 잿빛 머리털이 얼굴을 가리고 있었어. 짐은 천천히 다가가서 시트를 들춰 죽은 친구를 바라본 뒤 말없이 시트를 내려놓았어. 그리고 천천히 돌아왔어.

〈그자가 왔어! 그자가 왔어〉라는 속삭임이 사람들의 입에서 입으로 옮겨 다니며 짐이 가는 곳을 따라갔어. 〈이 일의 책임은 저 사람에게 있어.〉 누군가가 큰 소리로 말했어. 짐은 그 소리를 듣고 사람들을 돌아보았어. 〈네, 제 책임입니다.〉 몇 명이 뒤로 물러섰어. 짐은 도라민 앞에서 잠시 기다렸다가 부드럽게 말했어. 〈저는 슬픔에 잠겨 왔습니다.〉 짐은 다시 기다렸어. 〈저는 이미 마음을 정하고 이곳에 왔고, 무장을 하지 않았습니다.〉 짐이 다시 말했어.

몸을 가누기 어려운 그 노인은 마치 멍에를 진 황소처럼 큰 이마를 낮추더니 무릎에 놓인 부싯돌 권총들을 움켜잡고 일어나려 애썼어. 그 노인의 목에서는 인간의 소리 같지 않은, 숨 막히는 듯한 꾸르륵 소리가 났고, 뒤에서 시종 둘이 그 노인을 도왔어. 사람들이 주목하는 가운데, 노인 무릎에 놓였던 반지가 떨어지더니 백인의 발 쪽으로 굴러갔고, 가엾은 짐은 그 부적을 힐끗 보았어. 가장자리에 하얀 물거품이 둘러진 밀림의 성벽 안에서, 태양이 서쪽으로 질 때면 밤의 요새 그 자체처럼 보이는 해변의 안쪽에서 짐이 명성과 애정과 성공을 거둘 수 있도록 길을 터준 바로 그 부적이었어. 일어나려 애쓰던 도라민과 부축하던 시종 둘은 한 덩어리가 되어 비틀거렸어. 도라민의 작은 눈이 미칠 듯한 고통과 분노의 표정으로 사납게 번쩍이며 짐을 노려보는 것이 사람들의 눈에 보였지. 이윽고 짐이 횃불 빛 아래 머리를 드러낸 채 굳은 자세로 서서 도라민의 얼굴을 똑바로 바라보는 동안, 도라민은 허리를 굽힌 젊은이의 목에 왼팔을 감고 힘겹게 매달리면서 오른손을 신중하게 쳐들더니 자기 아들 친구의 가슴을 쏘았어.

도라민이 손을 들자마자 짐의 뒤에서 좌우로 갈라졌던 사람들은 총성이 난 뒤 앞으로 거칠게 몰려나왔어. 그 사람들 말에 따르면, 그 백인은 좌우로 모든 사람의 얼굴을 향해 자부심 가득하고 꿋꿋한 눈길을 보냈다고 해. 그러고 난 뒤, 그 백인은 손을 입술에 댄 뒤 앞으로 쓰러져 죽었어.

그리고 그게 끝이야. 짐은 구름에 가려진 듯 모호한 존재로 그렇게 죽었어. 속을 헤아릴 길이 없었고, 잊혔고, 용서받지 못했으며, 지나치게 낭만적이었어. 짐이 소년다운 꿈을 꾸던 그 질풍 같던 시절에도 이렇게 비범하고 매혹적인 형태의 성공은 상상도 못 해봤을 거야! 왜냐하면 자부심 가득하고 꿋꿋한 눈길을 보냈던 그 짧은 마지막 순간에 짐은 동방의 신부처럼 베일을 쓰고 자기 곁에 다가온 그 기회의 얼굴을 보았을 가능성이 아주 크거든.

하지만 우리는 명성을 누리지만 모호한 정복자인 짐이 기고만장한 이기주의의 손짓과 부름을 받고 질투 많은 연인의 품에서 자신을 떼어 내는 모습을 볼 수 있어. 짐은 명예로운 행동이라는 허깨비와의 무자비한 결혼을 위해 살아 있는 여자를 버리고 떠났어. 짐은 이제 아주 만족하고 있을까? 궁금해. 우리는 알아야 해. 짐은 우리 중 한 사람이야. 게다가 한때는 나 역시도, 소환된 유령처럼, 짐의 영원한 충실함을 책임지기 위해 애쓴 적이 있잖아. 결국 나는 그렇게나 잘못 판단했던 건가? 이제 짐은 이 세상에 없지만, 짐이 존재할 거라는 현실적인 느낌이 아주 엄청나고 압도적인 힘으로 내게 다가오는 때가 있어. 하지만 맹세컨대, 이 현세의 열정 속에서 헤매다가도 망령으로 이루어진 자신의 세계가 부르면 기꺼이 굴복할 준비가 된, 실체 없는 영혼처럼 내 눈앞에서 사라지는 순간들도 있어.

누가 알겠어? 짐은 속을 헤아릴 수 없는 사람으로 죽었고, 그 가엾은 아가씨는 스타인의 집에서 아무 소리도 내지 않으며 무기력한 삶을 살고 있어. 최근 들어 스타인은 무척 늙었어. 스스로 늙었다고 느끼는 스타인은 자신이 수집한 나비 쪽으로 슬프게 손을 저으며, 〈이 모든 것을 버리고 떠날 준비를 하고 있어. 떠날 준비를……〉이라고 종종 말해.」

1899년 9월~1900년 7월

작가의 노트

이 소설이 처음 책의 형태로 나왔을 때, 작품이 나를 이끌었다는 말들이 있었다. 어떤 평론가들은 단편소설로 시작된 이 작품이 급기야 작가의 통제를 벗어나 버렸다고 주장했다. 그 가운데 한두 명은 그 사실을 뒷받침하는 내적 증거를 찾아내고 흥미로워하는 듯했다. 그 사람들은 서술 형식의 한계를 지적했다. 한 사람이 그토록 오랜 시간 혼자서 이야기하고 다른 사람들은 내내 그 이야기를 듣고만 있을 수는 없다는 주장이었다. 그런 상황은 그리 설득력이 없다고 말했다.

약 16년을 이 문제로 숙고해 보았지만, 아직도 그 주장에 수긍이 되지 않는다. 열대와 온대 지역 사람들은 밤늦게까지 자지 않고 모험담을 주고받는다고 알려져 있다. 그리고 이 소설에는 하나의 모험담만 담겨 있으며, 숨 돌릴 시간을 주기 위해 몇 차례 중단되기도 한다. 듣는 이들의 참을성에 관해 말하자면, 이야기가 〈흥미로워야 한다〉는 조건만 충족하면 그건 문제가 되지 않는다. 이는 처음부터 가정되는 필수 사항이다. 재미있다는 〈믿음〉이 없다면 나는 애초에 이 이야기를 시작조차 할 수 없었을 것이다. 그렇게 긴 이야기를 하는 것이 체력적으로 가능한가 하는 의문도 있겠지만, 의회에서는 연설이 세 시간을 넘어 여섯 시간 가까이 걸리기도 한다는 사실을 우리는 잘 안다. 그리고 이 소설에서 말로의 이야기가 차지하는 부분은 세 시간 이내에 낭독될 수 있다는 점을 짚고 넘어가야겠다. 뿐만 아니라, 내가 이 이야기에서 사소한 세부 사항을 모두 엄격히 배제하긴 했지만, 그날 밤 다과가 준비되어 있었고, 또 이야기하는 이가 중간중간 마실 수 있도록 앞에 광천수도 한 잔 있었으리라 가정하는 게 좋겠다.

하지만 솔직하고 진지하게 말하자면, 내가 처음에 생각한 건 단편소설이었고, 순례자 수송선 에피소드만 다루고자 했을 뿐 그 이상은 생각하지 않았다. 그리고 그건 합당한 생각이었다. 하지만 몇 쪽 쓰고 나자 무슨 이유에서인가 만족스럽지 않았고, 한동안 그 원고를 제쳐 두었다. 지금은 세상을 떠난 윌리엄 블랙우드 씨에게서 자기 잡지에 뭔가 기고해 주지 않겠느냐는 제안을 받고서야 그 원고를 서랍에서 꺼내 보았다.

그렇게 다시 원고를 꺼내 보니 순례자 수송선 에피소드가 종횡무진하며 자유로이 전개될 이야기를 펼칠 좋은 출발점이 될 수 있겠다는 생각이 들었다. 또한 이 에피소드라면, 순박하고 예민한 한 인물에 담긴 모든 〈실존의 감상〉을 채색하는 것도 가능할 것 같았다. 하지만 당시에는 이 출발점에 담긴 준비 단계의 모든 감정과 정신적 동요가 명확하지 않았고, 그 뒤 오랜 세월이 흐른 지금도 더 분명해진 것 같지는 않다.

내가 제쳐 두었던 그 몇 쪽의 원고가 주제 선택에 아무런 영향을 주지 않은 것은 아니다. 그러나 모든 부분을 작심하고 다시 썼다. 이 이야기를 쓰기 시작했을 때, 긴 소설이 될 거라는 건 알았지만 잡지에 13회나 연재하리라고는 예상하지 못했다.

때때로 이 소설이 내가 가장 좋아하는 작품 아니냐는 질문을 받곤 했다. 나는 공적으로든 사적으로든, 심지어 작가와 작품 사이의 미묘한 관계에 있어서까지 편애를 무척이나 싫어한다. 원칙적으로, 나는 어떤 작품도 편애하지 않을 것이다. 하지만 또한 『로드 짐』에 대한 일부 독자들의 선호도를 알게 된다고 해서 슬퍼하거나 짜증을 내는 등 극단적 반응을 보이는 일도 없을 것이다. 〈나로서는 도무지 이해가 안 되는데……〉라는 말조차 하지 않을 것이다. 천만에다! 하지만 언젠가 내가 당혹하고 놀란 적이 있다.

이탈리아에 다녀온 친구 한 명이 거기서 이 책을 좋아하지 않는 어떤 숙녀와 이야기를 나눈 적이 있다고 했다. 물론 유감스러웠지만, 정말 내가 놀란 건 그 여인이 이 소설을 싫어하는 이유였다. 그 여인은 〈그게, 그 소설은 너무나 병적이거든요〉라고 말했다는 것이다.

이런 의견을 듣고 나는 한 시간 정도 근심에 잠겼다. 그리고 마침내, 이 소설의 주제가 정상적인 감수성을 가진 여인들에게는 다소 낯설게 보였을 거라는 점을 감안하더라도, 그 숙녀가 이탈리아 사람이 아니었을 거라는 결론에 이르렀다. 그 숙녀가 유럽인이긴 했을까? 어쨌든 라틴 민족의 기질을 물려받은 사람이라면 잃어버린 명예에 대해 예민하게 의식하는 것을 두고 병적이라고 느끼지는 않았을 것이다. 그런 의식은 잘못일 수도 있고, 옳을 수도 있으며, 인위적인 것이라고 규탄될 수도 있다. 그리고 아마도 이 책의 주인공 짐은 보편적 성품을 지닌 유형이 아닐 것이다. 하지만 내가 독자들에게 확언할 수 있는 것은, 짐이 아무 감정 없이 변태적인 생각에서 빚어진 인물은 아니라는 점이다. 또한 안개 긴 북유럽의 인물도 아니다. 어느 화창한 아침, 동방의 어느 정박지라는, 흔히 볼 수 있는 평범한 환경에서 나는 짐이 지나가는 것을 보았다. 짐은 흥미를 끌었고, 의미심장했고, 구름에 가려진 듯 모호했고, 완벽히 침묵하고 있었다. 이 소설에서 짐은 바로 그런 인물로 그려졌다. 내게 있는 모든 공감력을 발휘해 그런 짐의 의미를 그려 낼 적절한 단어들을 찾는 것이 내가 할 일이다. 그는 〈우리 중의 한 명〉이었다.

1917년
조지프 콘래드

역자 해설

소설로 인간을 항해하다

우리 중 한 명

20세기 초 영국 소설의 가장 중요한 변화라면, 제임스 조이스와 버지니아 울프로 대표되는 모더니즘 소설의 모태가 될 실험적 소설들의 출현이라고 할 수 있다. 이러한 초기 실험적 모더니즘 소설의 다수는 제국주의와 식민 공간을 배경으로 파편적인 시간 배열, 주관적 시점의 화자들, 의식의 단절과 흐름, 텍스트 해석의 모호함 등을 그 특징으로 한다. 조지프 콘래드는 그러한 모더니즘 소설의 시조 중 한 명이었고, 능숙하게 사용한 혁신적인 소설 기법, 그리고 그 기법을 이용해 탐구한 인간성의 고찰로 후대 소설가들에게 지대한 영향을 끼쳤다. 그리고 그의 『로드 짐 *Lord Jim*』(1900)은 『어둠의 핵심 *Heart of Darkness*』(1899)과 더불어 모더니즘 소설의 틀을 개척한 초기 소설들의 대표작으로 문학사에서 중요한 위치를 차지하며, 1900년에 출간된 뒤 영미권에서 단한 번도 절판된 적이 없는 작품이다.

하지만 어떤 책이 걸작이라고 해서 꼭 읽기 쉽다는 뜻은 아니며, 『로드 짐』 역시 그러한 소설에 속한다. 가장 큰 이유는 『로드 짐』의 서술 방식에 있다. 콘래드는 이야기를 시간순으로 읽기 좋게 배열하는 작가가 아니었고, 『로드 짐』 역시 예외가 아니었다. 이 소설은 1인칭 화자인 말로의 이야기 안에 다른 화자들이 등장해 새로운 관점을 부여하는 방식으로 전개되며, 작가는 그 다층적 구조 안에서 짐의 캐릭터를 쌓아 가면서 짐에 대한 말로의 판단을 뒷받침한다. 이 때문에 소설 안의 시간대는 서로 복잡하게 엉켜 있으며, 그에 더해 빈번히 등장하는 아름답지만 복잡하고 긴 문장들은 단문에 익숙한 현대 독자들의 이해를 방해하곤 한다. 문학사에서의 위치와 별개로, 『로드 짐』이 모든 독자들에게 사랑받는 작품이라고는 할 수 없는 이유가 여기에 있다. 이러한 평가는 단지 오늘날뿐 아니라, 이 책이 처음 출간된 당시에도 마찬가지였다. 당시 많은 평론가나 독자들은 이 작품에 당황했으며, 콘래드가 아주 이상한 모험담을 썼다고 여겼다. 콘래드 본인이 「작가의 노트」(1917)에서 언급했듯이, 이 책이 나오자 평론가들은 저녁 식사 뒤에 늘어놓는 회고담이라는 이야기가 어떻게 이처럼 길 수 있느냐고 비판했다. 게다가 서술 방식이 당시 기준으로는 너무나 낯설다는 비판도 있었고, 뒤쪽의 파투산 이야기는 앞부분에 비해 사족이라는 비판도 있었다. 제국주의 시대 식민 제국의 대명사라 할 수 있는 대영 제국이 가장 강력하던 시절, 영국 상선단이 세계를 누비던 시절을 배경으로 한 소설이 발표 당시조차 그러한 평을 받았으니, 발표 후 1백 년이 훨씬 지나 이 책의 배경인 대영 제국이 오래전에 몰락한 지금, 독자들이 약간은 어색하고 지나칠 정도로 낭만적이라고 여기는 것도 이상하지 않을 것이다.

하지만 그 낭만성은 『로드 짐』만의 매력이기도 하다. 작가가 되기 전, 젊은 시절 수습 선원으로 시작해 선장까지 승진하며 온 세상을 항해했던 콘래드는 자신의 경험을 특유의 감성과 서정성이 가득 묻어나는 풍성한 묘사로 녹여 내었고, 야성적인 바다에서, 그리고 서구 문명과 멀리 떨어진 오지에서 벌어지는 흥미로운 모험담으로 꾸며 냈다. 『로드 짐』에는 그가 동남아시아 군도를 오가던 증기선의 선원으로 일했던 경험이 흠뻑 녹아들어 있으며, 소설의 주인공인 짐의 인생에서 결정적 영향을 미치는 파트나호의 이야기는 1880년 7월 약 1천여 명의 무슬림을 태우고 가던 제다호의 영국인 선장과 고급 선원들이 악천후 속에서 승객과 배를 버리고 도망친 실화를 바탕으로 한다. 콘래드는 이러한 직접 경험에서 우러나온 사실적 묘사들에 뱃사람, 해적, 이국 땅에서 벌어지는 모험, 아름다운 청춘 남녀의 사랑, 배반과 음모 등 시대를 불문하고 언제나 독자들의 사랑을 받아 온 소재들을 멋지게 꿰어내 소설에 기대되는 전통적인 재미라는 요소를 결코 놓치지 않았으며, 그것만으로도 이 소설은 충분히 읽을 가치가 있다.

그리고 그 재미있는 모험담 안에서 우리는 〈무엇이 인간을 살아 있게 하는가〉라는 본질적 질문들을 만난다. 자부심이 인생의 전부이자 최고인 뱃사람들이 자기가 살겠다고 승객을 저버린다면, 그는 이제 산 자인가 죽은 자인가. 그러한 수치스러운 사건이 발생한다면, 그 사건은 공동체에 또 개인에게 어떠한 의미를 지니는가. 그리고 당사자는 어떻게 본인을 회복할 것인가. 이 책은 선원인 짐이 승객들이 가득한 배를 버리고 도망친 뒤 몰락하는 과정, 그리고 머나먼 이국 땅에서 명예를 되찾는 과정, 이처럼 크게 두 부분의 이야기를 통해 그 질문들을 계속해서 독자에게 던진다. 앞서 말한 바와 같이 『로드 짐』은 다층적 서술 구조로 되어 있고, 그러한 복잡한 구조 덕분에 독자는 여러 등장 인물의 관점을 통해 짐의 심리 상태를 여러 각도에서 차근차근 알아 나갈 수 있다. 그와 동시에, 그 내용이 말로가 다른 사람들의 이야기를 옮기는 방식을 통해 전달되기 때문에, 계속되는 정보에도 불구하고 짐의 심리 상태는 여전히 명확하게 드러나지 않고, 말로의 표현을 빌리면 〈구름에 가려진 듯 모호한〉 부분이 남아 있게 된다. 이러한 모호함은 독자가 짐의 선택들에 계속 의문을 품게 하고, 과연 내가 짐이라면 어떤 선택을 했을까, 과연 말로의 입을 통해 묘사되는 짐이라는 인물을 어디까지 믿어야 하는가 끊임없이 생각하게 하는 효과를 불러온다. 그러한 점에서 볼 때 이 소설의 제사로 쓰인 〈다른 이가 믿어주는 순간, 분명 내 신념은 무한한 힘을 얻는다〉라는 노발리스의 문구는 매우 의미심장하다. 또한 이 소설은 독자에게 명쾌한 해답을 주는 대신 주어진 상황에서 등장인물의 선택에 대해 여러 가지 생각할 거리를 준다. 가령, 거침없이 성공 가도를 달리던 브라이얼리 선장은 짐의 재판을 끝낸 뒤 왜 갑자기 자살했을까? 스타인의 나비 수집이 의미하는 바는 무엇인가? 짐이 그토록 선뜻 브라운을 놓아준 이유는 무엇인가? 이 모두가 곰곰이 생각해 볼 거리이며, 이렇듯 우리 자신을 돌아보고 성찰하게 하는 면이 이 책의 진정한 장점이다. 그래서 작가는 〈우리 중 한 명〉이라는 말을 몇 번이고 되풀이하는 것이리라.

하지만 〈우리 중 한 명〉은 어디까지 적용될 수 있을까. 백인 남성에게는 명백한 이 말이, 과연 백인 이외 인종에게도, 남성 아닌 여성에게도 똑같이 와닿을 수 있을까. 이 책에는 오리엔탈리즘과 인종 차별, 남녀 불평등의 관점이 어쩔 수 없이 드러난다. 적어도 수천 명의 사람들이 일정 수준 이상의 문명을 이루고 사는 게 분명한 파투산에서, 일천한 경험에 기껏해야 스물대여섯 살 청년일 짐이 그토록 쉽게 지도자의 위치에 오를 수 있다거나 파투산 원주민들이 짐을 부르는 호칭이 〈로드〉라는 건 당시 영국인들의 오리엔탈리즘이 작용한 것이라고 볼 수 있다. 작가의 대리인이라 할 수 있는 말로가 데인 워리스에 대해 설명하면서 〈비록 애정과 신임과 찬양의 대상이긴 했지만, 짐이 《우리》중 한 사람인 데 반해 그 청년은 여전히 《그들》중 한 사람에 불과했어〉라고 말하는 부분도 시사하는 바가 크다. 또한 이 책에 등장하는 여성 대부분의 이름이 나오지 않는 것 역시 주목할 만하다. 비록 나중에 영국으로 귀화했지만, 러시아 치하의 폴란드에서 억압받는 유소년기를 보낸 작가가 이러한 차별적인 인식을 가졌다는 건 아쉬운 점이라 할 수 있겠다. 분명히 이 책이 출간되었을 당시에는 이러한 점들이 전혀 문제가 되지 않았을 것이고, 어쩌면 〈우리 중 한 명〉인 그들에게는 지금도 아무런 문제가 아닐지 모른다. 하지만 〈그들 중 한 명〉인 우리는 분명히 인지해야 할 점이다.

물론 어떤 작가에게 왜 시대를 뛰어넘어 영원히 존중받을 사상을 작품에 담지 못했는지 따지는 건 엄격함을 넘어 실행 불가능한 주문이다. 그리고 우리가 어떤 소설을 읽는 건 그 작품의 단점을 꼬집어 내기 위해서가 아니며, 문학사적, 철학적으로 중요한 의미가 있어서만도 아니다. 우리가 소설을 읽는 가장 큰 이유는 즐거움을 위해서다. 그리고 『로드 짐』은 진짜 경험에서 우러나온 박진감과 재미가 가득한, 소설이 추구해야 할 덕목을 두루 갖춘 작품이다. 시공을 초월해 사랑받아 온 이 모험담을 부디 놓치지 말고 흠뻑 즐겨 주길 바란다.

조지프 콘래드, 배로 세상을, 소설로 인간을 탐험한 작가

조지프 콘래드는 폴란드 출신의 영국 작가로, 본명은 유제프 테오도르 콘라트 코제니오프스키Józef Teodor Konrad Korzeniowski이며, 1857년 12월 3일 폴란드의 베르디추프(현재는 우크라이나의 베르디치우)에서 아폴로 코제니오프스키와 에바 보브로프스카의 외아들로 태어났다. 그가 태어날 당시 폴란드는 러시아 제국의 지배 아래 있었고, 그의 아버지 아폴로 코제니오프스키는 시인이자 번역가이며 열렬한 폴란드 독립투사였다. 콘래드의 아버지는 독립운동을 하다가 1861년에 정치범으로 체포되어, 1862년에 아내와 어린 콘래드와 함께 러시아 북부의 볼로그다로 유배된다. 그리고 1863년 감형을 받아 우크라이나의 체르니히프로 가게 되면서 가족 역시 따라 이주하지만, 어머니는 그곳의 가혹한 기후 때문에 폐결핵이 악화되어 1865년에 사망한다. 아버지는 가족을 부양하기 위해 셰익스피어와 빅토르 위고의 작품들을 번역했고, 콘래드는 여덟 살 무렵 처음으로 영어를 접했다. 어머니가 죽은 뒤, 콘래드는 유배지에서 월터 스콧 경, 찰스 디킨스, 윌리엄 M. 새커리의 작품들을 폴란드어와 프랑스어로 읽는다. 그리고 그의 아버지 역시 결핵을 심하게 앓다가 1869년에 크라쿠프에서 세상을 뜬다. 이후 변호사인 외삼촌 타데우시 보브로프스키가 콘래드를 맡아 키운다. 보브로프스키는 콘래드를 크라쿠프에 있는 학교에 보내고, 이후 스위스의 학교에 보내지만, 콘래드는 학업에 관심이 없고 대신 바다를 갈망한다. 보브로프스키는 처음에는 몸이 약한 콘래드가 선원이 되는 것을 반대하지만, 콘래드는 꿈을 버리지 않는다. 1874년, 마침내 외삼촌의 허락을 받은 콘래드는 선원이 되기 위해 마르세유로 떠난다. 보브로프스키는 단순히 허락하는 데 그치지 않고, 콘래드에게 1년에 2천 프랑의 생활비를 주고 또한 프랑스 상선에 탈 수 있도록 주선하는 등 적극적으로 도움을 준다.

콘래드는 처음엔 승객으로 항해를 시작했으나, 다음 항해에서는 견습 선원으로 참여한다. 그리고 1876년 7월, 객실 승무원이 되어 서인도 제도로 항해를 한다. 이 항해에서 콘래드는 총포 밀수에 관여하고, 이 당시 경험은 그의 작품 『노스트로모Nostromo』(1904)에 반영된다. 하지만 1877년, 러시아 영사관이 콘래드의 신분 서류를 발행하지 않아 더는 프랑스의 배를 탈 수 없게 된다. 이후 실의에 차 도박에 빠지고, 심한 도박 빚에 시달리다가 1878년에 자살을 시도하지만 다행히 미수에 그친다. 이후 건강을 회복하고, 외삼촌으로부터 경제적 원조를 받아 빚을 청산한 콘래드는 1878년 4월, 영국 화물선에 징집되어 석탄을 실은 배를 타고 콘스탄티노플로 간 뒤, 다시 그 배를 타고 1878년 6월 영국에 도착한다. 콘래드가 영국 땅을 밟은 것은 이때가 처음이며, 당시까지만 해도 그는 영어를 거의 하지 못했다. 영국에 머무르던 콘래드는 10월에 런던과 시드니를 오가는 화물선의 선원이 된다.

이후 콘래드는 영국 상선단에서 16년 동안 일한다. 1880년 6월, 콘래드는 2등 항해사 자격증을 따고, 1881년 4월에는 팔레스타인호의 선원이 되어 처음으로 극동아시아에 가게 된다. 이 항해에서 그는 인생에서 절대로 잊을 수 없는 경험을 한다. 강풍에 계속 시달리고, 증기선과 충돌하는 등 온갖 사건을 겪으면서도 팔레스타인호는 끝내 서인도 제도까지 가지만, 화물로 싣고 가던 석탄에 불이 붙어 선원들이 구명정을 타고 배를 떠나야 하는 상황을 겪은 것이다. 콘래드는 이 당시 경험을 단편소설 「청춘Youth」(1898)에서 거의 그대로 묘사한다. 그는 증기 여객선을 타고 런던으로 돌아오고, 1883년 9월에는 리버데일호의 항해사가 되어 마드라스로 간 뒤, 그곳에서 나르시서스호를 타고 뭄바이로 간다. 그리고 나르시서스호에서의 경험은 이후 발표한 『나르시서스호의 검둥이 The Nigger of the "Narcissus"』(1897)에 녹아든다. 이후 항해를 하는 짬짬이, 콘래드는 1등 항해사 자격시험을 공부하고,

1886년에 시험을 통과한다. 그리고 같은 해 영국인으로 귀화한다.

1887년 2월, 그는 하이랜드포레스트호의 1등 항해사가 되어 자바의 세마랑으로 간다. 하이랜드포레스트호의 선장은 존 매퀴로, 이 이름은 나중에 『태풍*Typhoon*』(1902)의 증기선을 지휘하는 용감하고 고지식한 선장 이름으로 등장한다. 콘래드는 세마랑에서 동남아시아 군도를 오가는 기선 비다르호의 선원으로 4개월 반 동안 일한다. 그리고 이때의 경험은 『알마이어르의 어리석은 행동*Almayer's Folly*』, 『섬의 추방자*An Outcast of the Islands*』(1896), 『로드 짐』, 그리고 몇몇 단편의 소재가 된다.

이후 비다르호를 떠난 콘래드는 오타고호를 탄다. 그리고 해상에서 선장이 사망하는 바람에 갑작스레 오타고호를 지휘하게 된다. 하지만 바람이 없는 탓에 1천3백 킬로미터 떨어진 싱가포르에 도착하기까지 거의 3주가 걸렸고, 싱가포르에 도착했을 즈음에는 콘래드와 요리사를 제외한 모두가 열병에 걸리고 만다. 그 상황에서 콘래드는 배에 비축했던 키니네를 사망한 전임 선장이 거의 전부 팔아 버린 사실을 발견하고 경악한다. 이때의 경험은 후에 발표한 『음영의 선*The Shadow-Line*』(1917)에 잘 녹아 있다.

1889년 여름에 런던으로 돌아온 콘래드는 템스강 근처에 숙소를 정하고, 다음 항해를 할 때까지 『알마이어르의 어리석은 행동』을 쓰기 시작한다. 하지만 이 소설을 쓰는 동안 콘래드는 어릴 적부터 꿈에 그리던 콩고로 갈 기회를 얻게 되고, 소설 집필을 잠정 중단한다(어린 시절, 콘래드는 아프리카 지도 중앙을 손가락을 짚고는 어른이 되면 꼭 그곳에 가겠노라 말하곤 했다). 콩고 자유국은 들어선 지 5년밖에 안 되는 신생국이었으며, 제국주의의 수탈이 노골적으로 이루어지던 나라였다. 콘래드는 콩고강을 오가는 증기선 선장이 되기로 결심하고, 여러 연줄을 이용해 마침내 원하는 자리를 얻는다. 그리고 이때 콩고에서 겪은 경험은 『로드 짐』과 함께 가장 유명한 작품인 『어둠의 핵심』에 자세히 묘사된다. 수백만의 아프리카인들을 죽이면서까지 착취에만 열을 올리던 당시 유럽인들의 잔인함을 소재로 한 이 작품은 프랜시스 포드 코폴라 감독의 영화 「지옥의 묵시록」(1979)의 원작이기도 하다. 그는 콩고에서 목격한 사건들로 크나큰 정신적 충격을 받고, 거기에 더해 말라리아에까지 걸려, 그 후 평생을 열병과 통풍에 시달린다.

콘래드는 4개월간 머물던 콩고를 떠나 1891년 1월에 영국으로 돌아온다. 그후 1등 항해사가 되어 몇 번 더 항해를 하지만 1894년을 기점으로 더는 항해를 하지 않는다. 든든한 후견인이던 외삼촌이 세상을 떠난 충격도 있었고, 건강이 악화되기도 했으며, 또한 소설을 쓰고 싶은 마음이 강해졌기 때문이다. 1894년 봄, 콘래드는 『알마이어르의 어리석은 행동』을 피셔 언윈 출판사에 보낸다. 당시 작가이자 비평가이며 편집자인 에드워드 가넷은 이 원고를 처음 읽고, 원고 자체는 마음에 들지만 출판하기에 영어 실력이 수준 미달이라고 생각해 출간을 망설였으나, 외국인이 영어로 쓴 작품이 독자의 흥미를 끌 거라는 콘스턴스 가넷(그의 아내이자 유명한 러시아 문학 번역가이다)의 판단에 따라 그 책을 〈조지프 콘래드〉라는 필명으로 1895년 4월에 출간한다. 그리고 출판사는 콘래드에게 곧바로 다음 소설의 집필을 재촉하고, 이듬해인 1896년에 『섬의 추방자』를 출간한다. 이 두 권의 소설로 인해 콘래드는 소설가로 자리 잡지만, 경제적으로는 어려움을 겪는다. 그리고 이렇게 출간된 처음 두 권의 배경이 말레이 제도였던 관계로 콘래드는 이후 평생을 이국적인 장소를 배경으로 한 소설을 쓰는 작가라는 평가를 받고, 실제로 그가 이후 출간한 『나르시서스호의 검둥이』, 『로드 짐』, 「청춘」, 『태풍』 등은 그러한 평가를 더욱 확실히 굳히게 한다. 하지만 콘래드는 자신이 그러한 배경을 특별히 좋아해서라기보다는 소설의 전개상 주인공에게 고립된 장소가 필요하기에 어쩔 수 없이 선택한 것뿐이라고 주장했다. 콘래드는 극한 상황에 놓인 인간을 묘사하는 데 탁월한 재능이 있었다. 그는 신의(信義)가 이성과 야성을 구분하고, 타락을 막아 악에 빠지지 못하게 해주고, 자신도 알아차리지 못하는 내재된 악함으로부터 지켜 주는 울타리라고 여겼다. 그리고 그는 자신의 작품들을 통해, 만약 그러한 울타리가 무너져 악이 스며 나오면 어떤 일이 벌어지는지 고찰했다.

1896년 콘래드는 제시 조지와 결혼했고, 이후 두 아들을 두었다. 하지만 그는 악화된 건강, 경제적 어려움으로 고통을 겪었고, 1900년부터 1911년까지 『로드 짐』, 『노스트로모』, 『비밀 요원*The Secret Agent*』(1907), 『서구인의 눈으로

Under Western Eyes』(1911)를 발표하지만 생활고는 여전히 계속되었다. 그러다가 미국의 수집가인 존 퀸이 그의 원고들을 사기 시작하면서 상황이 나아졌다. 그리고 1913년에는 『운*Chance*』이 연재되어 큰 인기를 얻었고, 1915년에 출간된 『승리*Victory*』역시 큰 인기를 누렸다. 콘래드는 류머티즘으로 고생하면서도 계속해서 소설을 썼다. 1924년에는 기사 작위를 거절했고, 얼마 뒤 세상을 떴다.

끝으로, 이 책의 번역 원본으로는 Joseph Conrad, *Lord Jim* (London: Penguin Classics, 2007)을 사용했음을 밝힌다.

2021년 1월
최용준

조지프 콘래드 연보

1857년 출생 12월 3일 러시아 제국이 지배하던 폴란드 베르디추프(현재는 우크라이나 베르디치우)에서 유제프 테오도르 콘라트 코제니오프스키Józef Teodor Konrad Korzeniowski 출생. 코제니오프스키는 유서 깊은 폴란드 귀족 가문으로, 아버지 아폴로Apollo는 시인이자 번역가. 어머니의 이름은 에바Ewa. 유제프는 그들의 외아들.

1861년 4세 바르샤바로 이사. 그곳에서 아버지 아폴로가 반(反) 러시아 혁명 활동 혐의로 체포됨.

1862년 5세 아버지가 유형에 처해져 가족 모두가 바르샤바에서 러시아 북부 볼로그다로 유배를 가게 됨.

1863년 6세 아버지가 감형을 받아 가족이 우크라이나 북동부의 체르니히프로 이주함.

1865년 8세 4월 18일 어머니 에바 사망.

1866년 9세 건강상의 이유로 1년간 키예프 등지에서 지냄. 이 무렵부터 프랑스어를 배우고, 이후 삶에 큰 영향을 끼친 빅토르 위고의 『바다의 일꾼들 *Les Travailleurs de la mer*』을 읽음.

1869년 12세 폴란드 남부의 쿠라쿠프에 정착. 5월 23일 결핵으로 아버지 아폴로 사망. 수천 명의 조문객이 독립운동가의 죽음을 애도함. 외삼촌인 타데우시 보브로프스키Tadeusz Bobrowski에게 의탁함.

1870년 13세   여러 학교와 교사에게서 교육을 받음(1873년까지). 크라 쿠프의 의대생 아담 풀만Adam Pulman으로부터 개인 학습을 받음.

1873년 16세   풀만과 함께 빈, 스위스 알프스, 북이탈리아 여행. 처음으로 바다를 봄.

1874년 17세   프랑스 상선단에서 선원이 되길 희망함. 처음에 반대하던 외삼촌은 결국 그를 프랑스의 마르세유로 보내 선원이 될 수 있도록 주선함. 마르세유에서 견습 선원으로 일함.

1876년 19세   객실 승무원이 되어 서인도 제도로 항해함.

1877년 20세   러시아 영사가 콘래드의 신분 서류 발행을 거부하여 더는 프랑스 상선단에서 일할 수 없게 됨. 도박 빚을 짐.

1878년 21세   우울증으로 자살을 시도함. 러시아 제국 발행의 허가증이 필요 없는 영국 상선단에 들어감. 런던에 도착. 폴란드어, 프랑스어에 이어 그의 세 번째 언어가 되는 영어를 처음 접함.

1880년 23세   2등 항해사 자격시험에 합격. 오스트레일리아로 운항하는 로흐 에티브호에서 3등 항해사로 근무함.

1881년 24세   팔레스타인호에서 2등 항해사로 근무함.

1883년 26세   팔레스타인호에서 훗날 단편 「청춘Youth」의 소재가 되는 화재 사건을 경험함.

1884년 27세   나르시서스호를 타고 뭄바이 항해.

1885년 28세   베를린 회담(일명 콩고 회담)으로 콩고 자유국이 벨기에의 레오폴드 2세의 수중에 들어감.

1886년 29세   1등 항해사 자격시험 합격. 영국에 귀화함.

1887년 30세   동인도행 선박에서 1등 항해사로 근무함.

1888년 31세　오스트레일리아와 인도양 사이를 운항하는 오타고호의 선장이 되어 싱가포르, 시드니, 모리셔스 등을 항해함. 선장직 수행은 이 배가 처음이자 마지막.

1889년 32세　영국으로 돌아옴. 런던 체류 중 데뷔작 『알마이어르의 어리석은 행동*Almayer's Folly*』 집필 시작.

1890년 33세　16년 만에 폴란드 방문. 5월 처음으로 아프리카 여행, 콩고의 벨기에 회사에서 근무. 6월부터 루아드벨주호의 부선장 및 임시 선장으로 콩고의 스탠리 폭포(현재는 보요마 폭포)까지 여행함. 로저 케이스먼트Roger Casement를 처음 만남. 강한 인상을 받음.

1891년 34세　콩고에서 병을 얻어 귀국 후 런던과 스위스에서 요양함. 여객선 토렌스호의 1등 항해사로 오스트레일리아 운항.

1893년 36세　3월 토렌스호에 탑승한 작가 존 골즈워디John Galsworthy를 만남. 아도와호의 2등 항해사가 됨. 이 증기선은 프랑스에서 이민자들을 싣고 캐나다로 갈 예정이었으나 출항 전 회사가 도산함. 콘래드 선원 경력의 종말.

1894년 37세　2월 10일 외삼촌 타데우시 사망. 『알마이어르의 어리석은 행동』을 피셔 언윈 출판사에 보냄. 에드워드 가넷Edward Garnett을 만남(유명한 러시아 문학 번역가 콘스턴스Constance의 남편). 출판사에서 원고 판정인으로 일하던 가넷은 원고를 읽고 콘래드의 재능을 알아보고 격려함. 뒷날 아내가 될 제시 조지Jessie George와 처음 만남.

1895년 38세　첫 장편소설 『알마이어르의 어리석은 행동』 출간.

1896년 39세　장편소설 『섬의 추방자*An Outcast of the Islands*』 출간. 3월 24일 제시 조지와 결혼.

1897년 40세　장편소설 『나르시서스호의 검둥이*The Nigger of the "Narcissus"*』 출간. 에드워드 가넷에게 헌정. 『블랙우즈 매거진*Blackwood's Magazine*』에 처음으로 단편소설이 채택됨(「카레인Karain」). 헨리 제임스Henry James, 스티븐 크레인Stephen Crane 등과 만남.

1898년 [41세] 1월 15일 아들 보리스Borys 태어남. 캔터베리 부근의 펜트 농장으로 이사. 중단편집 『불안의 이야기들Tales of Unrest』 출간. 여기에는 「카레인」과 콘래드 자신이 최고의 단편으로 생각한 「진보의 전초기지An Outpost of Progress」 등이 수록되어 있음. 포드 매덕스 포드 Ford Madox Ford와 친교를 맺고 공동 작업. 장편소설 『상속자들The Inheritors』(1901), 『로맨스Romance』(1903), 『범죄의 본질The Nature of a Crime』(1906)을 공동 집필함.

1899년 [42세] 『블랙우즈 매거진』에 중편소설 『어둠의 핵심Heart of Darkness』 연재.

1900년 [43세] 장편소설 『로드 짐Lord Jim』 출간. 문학 에이전트 J. B. 핑커Pinker가 콘래드의 금전적 사무를 처리해 주기 시작.

1902년 [45세] 『어둠의 핵심』을 중단편집 『청춘과 그 밖의 이야기들Youth and Other Stories』에 수록하여 출간. 중편소설 『태풍Typoon』 출간.

1903년 [46세] 중단편집 『태풍과 그 밖의 이야기들Typhoon and Other Stories』 출간.

1904년 [47세] 로저 케이스먼트가 영국 하원에서 레오폴드 2세 치하 콩고의 참상을 증언함. 아내 제시가 두 다리를 다침. 장편소설 『노스트로모Nostromo』 출간. 존 골즈워디에게 헌정.

1906년 [49세] 8월 2일 아들 존John 태어남. 회상기 『바다의 거울The Mirror of the Sea』 출간.

1907년 [50세] 장편소설 『비밀 요원The Secret Agent』 출간.

1908년 [51세] 국제 사회의 비난에 못 이겨 벨기에 국가가 레오폴드의 〈사유 재산〉으로 되어 있던 콩고를 접수. 중단편집 『6편A Set of Six』 출간.

1909년 [52세] 핑커와 심각하게 다툼(1910년까지). 콘래드의 느린 작업 속도 때문이었는데, 콘래드는 핑커에게 막대한 빚을 진 상태였음. 미국 작가 잭 런던Jack London이 장편소설 『마틴 이든Martin Eden』에서 콘래드를 〈바다를 주제로 쓰는 다른 작가들과 비교할 수 없을 정도로 우월〉하다고 찬양.

1911년 ⁵⁴세　러시아 혁명 운동을 소재로 한 장편소설 『서구인의 눈으로 *Under Western Eyes*』 출간. 미국인 수집가 존 퀸 John Quinn이 콘래드의 수고(手稿)들을 사들이기 시작하여, 콘래드의 재정적 궁핍을 완화해주는 역할을 함. 앙드레 지드 André Gide를 만남. 지드는 콘래드의 중편 『태풍 *Typhoon*』을 직접 프랑스어로 번역하고(1918), 다른 프랑스 번역본도 출간 전 교열함. 지드가 가장 좋아한 콘래드의 작품은 『로드 짐』이었음. 그는 자신의 『교황청 지하도 *Les Caves du Vatican*』에서 『로드 짐』의 한 구절을 제사로 사용함.

1912년 ⁵⁵세　회고록 『개인적인 기록 *A Personal Record*』을 미국에서 출간(영국판 제목은 『약간의 회상 *Some Reminiscences*』). 4월 14일 타이타닉호 침몰. 이에 대한 두 편의 기고문을 씀.

1913년 ⁵⁶세　장편소설 『우연 *Chance*』 출간. 콘래드 최초의 베스트셀러. 이는 새로 계약한 미국 출판사 더블데이의 강력한 홍보 활동에 힘입은 바가 큼. 버트런드 러셀 Bertrand Russell과 알게 됨.

1914년 ⁵⁷세　폴란드로 가족 여행 중 1차 세계 대전이 발발. 잠시 발이 묶였다가 오스트리아와 이탈리아 등으로 우회하여 영국에 귀환.

1915년 ⁵⁸세　장편소설 『승리 *Victory*』, 중단편집 『조수 안에서 *Within the Tides*』 출간.

1917년 ⁶⁰세　영국에서 활동 중인 프랑스 음악 평론가 장 오브리 Jean Aubry를 만남. 오브리는 뒷날 최초의 콘래드 전기를 쓰고, 지드에 이어 프랑스 번역판의 출간 전 교열을 맡음. 장편소설 『음영의 선 *The Shadow-Line*』 출간.

1918년 ⁶¹세　11월 11일 영국 육군으로 복무 중이던 아들 보리스가 프랑스 전선에서 독가스 공격 노출과 신경증으로 입원함.

1919년 62세 『승리』가 런던의 연극 무대에 올라 흥행에 성공함. 왕실도 관람. 모리스 투르뇌르Maurice Tourneur가 감독한 할리우드 영화 「승리」 개봉. 이 시기에 마침내 경제적 곤란에서 벗어나 여유 있는 생활을 하게 됨. 켄트주의 오스월즈로 이사. 장편소설 『황금 화살The Arrow of Gold』 출간.

1920년 63세 하이네만 출판사가 전집 출간 시작(영국판). 장편소설 『구출The Rescue』 출간.

1921년 64세 더블데이 출판사가 전집 출간 시작(미국판). 은혼식 기념으로 아내와 코르시카 여행. 『삶의 기록과 편지들Notes on Life and Letters』 출간.

1922년 65세 핑커가 사망하고 핑커의 아들이 콘래드의 사무를 물려받음. 작곡가 모리스 라벨Maurice Ravel과 시인 폴 발레리Paul Valéry를 만남. 『비밀 요원』이 런던 무대에 올려졌으나 흥행 실패. T. S. 엘리엇 Eliot이 『황무지The Waste Land』 초고에 『어둠의 핵심』의 한 구절 〈참혹해! 참혹해!〉를 인용했으나, 에즈라 파운드Ezra Pound의 교열에 따라 출간 전 삭제함.

1923년 66세 더블데이 출판사의 요청으로 미국 홍보 여행. 열렬한 환영을 받음. 9월 아들 존의 프랑스어 학습을 위해 잠시 노르망디에 머무름. 장편소설 『방랑자The Rover』 출간.

1924년 사망 4월 기사 작위를 거절. 콘래드는 영국의 사회 정치에 무관심했으며 평생 투표도 하지 않았음. 8월 3일 심장 마비로 타계. 장례는 로마 가톨릭식으로 치러짐. 캔터베리 묘지에 안장됨. 포드가 『조지프 콘래드: 개인적 회상Joseph Conrad: A Personal Remembrance』 출간.

1925년 말년의 중단편을 모은 『소문들Tales of Hearsay』, 미완성 장편소설 『서스펜스Suspense』 출간. T. S. 엘리엇이 시 「텅 빈 인간들The Hollow Men」의 제사(題詞)로 『어둠의 핵심』의 〈커츠 씨 — 그 사람 죽었어〉를 인용. 빅터 플레밍Victor Fleming이 감독한 영화 「로드 짐」 개봉.

1926년 『말년의 에세이들 *Last Essays*』 출간.

1927년 장 오브리가 『조지프 콘래드: 전기와 편지들 *Joseph Conrad: Life and Letters*』 출간.

1928년 미완성 장편소설 『자매들 *The Sisters*』 출간.

1936년 앨프리드 히치콕 Alfred Hitchcock이 감독한 영화 「사보타지 Sabotage」 개봉. 『비밀 요원』을 원작으로 함.

1940년 오슨 웰스 Orson Welles가 『어둠의 핵심』 영화화에 착수. 그가 감독, 각색, 주연을 맡은 이 영화는 원래 그의 첫 번째 영화가 될 예정이 었으나 몇 차례의 촬영 후 예산 문제로 중단됨. 그 대신 만들게 된 영화 가 「시민 케인 Citizen Kane」(1941). 마이클 셰이번 Michael Chabon의 대체 역사 소설 『유대인 경찰 연합 *The Yiddish Policemen's Union*』(2007) 에서는 웰스가 『어둠의 핵심』 영화화에 성공하는 것으로 그려짐.

1948년 평론가 F. R. 리비스 Leavis가 저서 『위대한 전통 *The Great Tradition*』에서 콘래드를 〈네 명의 위대한 영국 소설가〉 속에 포함시킴. 나 머지는 제인 오스틴 Jane Austen, 조지 엘리엇 George Eliot, 헨리 제임스.

1955년 한나 아렌트 Hannah Arendt가 『전체주의의 기원 *The Origins of Totalitarianism*』에서 콘래드를 인종주의가 탄생하는 광경의 목격자로 서 중요하게 논의.

1965년 리처드 브룩스 Richard Brooks가 감독한 영화 「로드 짐」 개봉.

1975년 나이지리아 작가 치누아 아체베 Chinua Achebe가 강연 「아프 리카의 이미지: 콘래드의 〈어둠의 핵심〉에 나타난 인종주의 An Image of Africa: Racism in Conrad's *Heart of Darkness*」에서 콘래드가 아프리카 와 아프리카인들을 비인간화시켰다고 신랄하게 비판.

1979년 프랜시스 포드 코폴라 Francis Ford Coppola가 감독한 「지옥 의 묵시록 Apocalypse Now」 개봉. 『어둠의 핵심』을 원작으로 한 영화. 크레딧에서는 콘래드의 이름이 나오지 않음. 이 영화에서 커츠는 엘리엇의 시「텅 빈 인간들」을 낭독함. 리들리 스콧Ridley Scott이 감독한 「에일리언Alien」개봉. 여기서 우주선은 〈노스트로모호〉이고 마지막의 탈출 셔틀은 〈나르시서스호〉인데 모두 콘래드의 소설에서 따온 이름임.

1985년　가브리엘 가르시아 마르케스Gabriel García Márquez가 장편 소설『콜레라 시대의 사랑 *El amor en los tiempos del cólera*』에서 〈뒷날 조지프 콘래드라는 이름으로 유명해지는 무기 거래상 코제니오프스키〉를 등장시킴.

1986년　제임스 캐머론James Cameron이 감독한「에일리언 2Aliens」개봉. 우주선의 이름 〈술라코〉는『노스트로모』의 배경이 되는 도시.

1987년　미니어처 게임「워해머 40000Warhammer 40k」출시됨. 밤의 제왕 〈콘래드 커즈〉, 암흑의 세계 〈노스트라모〉 등의 이름이 등장.

1991년　프랜시스 코폴라의 아내 엘리너Eleanor가「지옥의 묵시록」촬영 당시의 혼란스러운 상황을 다룬 다큐멘터리를 제작. 제목은 원작에서 따온 〈어둠의 핵심〉.

1994년　니컬러스 로그Nicholas Roeg가 감독한 TV 영화「어둠의 핵심」이 방영됨.

2010년　마리오 바르가스 요사Mario Vargas Llosa가 장편소설『켈트인의 꿈 *El sueño del celta*』출간. 콩고의 참상을 고발했던 로저 케이스먼트에 관한 역사 소설로, 콘래드가 등장.

2011년　태릭 오리건Tarik O'Regan 작곡의 단막 오페라「어둠의 핵심」이 런던에서 공연됨.

2013년　『어둠의 핵심』을 원작으로 한 크리스티앙 페리생Christian Perrissin과 톰 티라보스코Tom Tirabosco의 그래픽 노블『콩고 *Kongo*』출간.

열린책들 세계문학 266 로드 짐

옮긴이 최용준 대전에서 태어나 서울대학교 천문학과를 졸업했으며, 미국 미시간 대학교에서 이온 추진 엔진에 대한 연구로 항공 우주 공학 박사 학위를 받았다. 현재 는 플라스마를 연구한다. 옮긴 책으로 세라 워터스의 『핑거스미스』, 『티핑 더 벨벳』, 에 릭 앰블러의 『디미트리오스의 가면』, 맥스 배리의 『렉시콘』, 아이작 아시모프의 『아 자젤』, 마이클 프레인의 『곤두박질』, 마이크 레스닉의 『키리냐가』, 루이스 캐럴의 『이 상한 나라의 엘리스』, 제임스 매튜 배리의 『피터 팬』 등이 있다. 헨리 페트로스키의 『이 세상을 다시 만들자』로 제17회 과학 기술 도서상 번역 부문을 수상했다. 시공사 의 〈그리폰 북스〉, 열린책들의 〈경계 소설선〉, 샘터사의 〈외국 소설선〉을 기획했다.

지은이 조지프 콘래드 옮긴이 최용준 발행인 홍예빈·홍유진
발행처 주식회사 열린책들 **주소** 경기도 파주시 문발로 253 파주출판도시
전화 031-955-4000 **팩스** 031-955-4004 **홈페이지** www.openbooks.co.kr
Copyright (C) 주식회사 열린책들, 2021, *Printed in Korea*.
ISBN 978-89-329-1266-0 04840 **ISBN** 978-89-329-1499-2 (세트)
발행일 2021년 1월 30일 세계문학판 1쇄

열린책들 세계문학
Open Books World Literature

001 **죄와 벌** 표도르 도스또예프스끼 장편소설 ⏐ 홍대화 옮김 ⏐ 전2권 ⏐ 각 408, 512면

003 **최초의 인간** 알베르 카뮈 장편소설 ⏐ 김화영 옮김 ⏐ 392면

004 **소설** 제임스 미치너 장편소설 ⏐ 윤희기 옮김 ⏐ 전2권 ⏐ 각 280, 368면

006 **개를 데리고 다니는 부인** 안똔 체호프 소설선집 ⏐ 오종우 옮김 ⏐ 368면

007 **우주 만화** 이탈로 칼비노 단편집 ⏐ 김운찬 옮김 ⏐ 416면

008 **댈러웨이 부인** 버지니아 울프 장편소설 ⏐ 최애리 옮김 ⏐ 296면

009 **어머니** 막심 고리끼 장편소설 ⏐ 최윤락 옮김 ⏐ 544면

010 **변신** 프란츠 카프카 중단편집 ⏐ 홍성광 옮김 ⏐ 464면

011 **전도서에 바치는 장미** 로저 젤라즈니 중단편집 ⏐ 김상훈 옮김 ⏐ 432면

012 **대위의 딸** 알렉산드르 뿌쉬낀 장편소설 ⏐ 석영중 옮김 ⏐ 240면

013 **바다의 침묵** 베르코르 소설선집 ⏐ 이상해 옮김 ⏐ 256면

014 **원수들, 사랑 이야기** 아이작 싱어 장편소설 ⏐ 김진준 옮김 ⏐ 320면

015 **백치** 표도르 도스또예프스끼 장편소설 ⏐ 김근식 옮김 ⏐ 전2권 ⏐ 각 504, 528면

017 **1984년** 조지 오웰 장편소설 ⏐ 박경서 옮김 ⏐ 392면

019 **이상한 나라의 앨리스** 루이스 캐럴 환상동화 ⏐ 머빈 피크 그림 ⏐ 최용준 옮김 ⏐ 336면

020 **베네치아에서의 죽음** 토마스 만 중단편집 ⏐ 홍성광 옮김 ⏐ 432면

021 **그리스인 조르바** 니코스 카잔차키스 장편소설 ⏐ 이윤기 옮김 ⏐ 488면

022 **벚꽃 동산** 안똔 체호프 희곡선집 ⏐ 오종우 옮김 ⏐ 336면

023 **연애 소설 읽는 노인** 루이스 세풀베다 장편소설 ⏐ 정창 옮김 ⏐ 192면

024 **젊은 사자들** 어윈 쇼 장편소설 ⏐ 정영문 옮김 ⏐ 전2권 ⏐ 각 416, 408면

026 **젊은 베르테르의 슬픔** 요한 볼프강 폰 괴테 장편소설 ⏐ 김인순 옮김 ⏐ 240면

027 **시라노** 에드몽 로스탕 희곡 ⏐ 이상해 옮김 ⏐ 256면

028 **전망 좋은 방** E. M. 포스터 장편소설 ⏐ 고정아 옮김 ⏐ 352면

029 **까라마조프 씨네 형제들** 표도르 도스또예프스끼 장편소설 ⏐ 이대우 옮김 ⏐ 전3권 ⏐ 각 496, 496, 460면

032 **프랑스 중위의 여자** 존 파울즈 장편소설 ⏐ 김석희 옮김 ⏐ 전2권 ⏐ 각 344면

034 **소립자** 미셸 우엘벡 장편소설 ⏐ 이세욱 옮김 ⏐ 448면

035 **영혼의 자서전** 니코스 카잔차키스 자서전 ⏐ 안정효 옮김 ⏐ 전2권 ⏐ 각 352, 408면

037 **우리들** 예브게니 자먀찐 장편소설 | 석영중 옮김 | 320면

038 **뉴욕 3부작** 폴 오스터 장편소설 | 황보석 옮김 | 480면

039 **닥터 지바고** 보리스 빠스쩨르나끄 장편소설 | 박형규 옮김 | 전2권 | 각 400, 512면

041 **고리오 영감** 오노레 드 발자크 장편소설 | 임희근 옮김 | 456면

042 **뿌리** 알렉스 헤일리 장편소설 | 안정효 옮김 | 전2권 | 각 400, 448면

044 **백년보다 긴 하루** 친기즈 아이뜨마또프 장편소설 | 황보석 옮김 | 560면

045 **최후의 세계** 크리스토프 란스마이어 장편소설 | 장희권 옮김 | 264면

046 **추운 나라에서 돌아온 스파이** 존 르카레 장편소설 | 김석희 옮김 | 368면

047 **산도칸 ─ 몸프라쳄의 호랑이** 에밀리오 살가리 장편소설 | 유향란 옮김 | 428면

048 **기적의 시대** 보리슬라프 페키치 장편소설 | 이윤기 옮김 | 560면

049 **그리고 죽음** 짐 크레이스 장편소설 | 김석희 옮김 | 224면

050 **세설** 다니자키 준이치로 장편소설 | 송태욱 옮김 | 전2권 | 각 480면

052 **세상이 끝날 때까지 아직 10억 년** 스뜨루가츠끼 형제 장편소설 | 석영중 옮김 | 224면

053 **동물 농장** 조지 오웰 장편소설 | 박경서 옮김 | 208면

054 **캉디드 혹은 낙관주의** 볼테르 장편소설 | 이봉지 옮김 | 232면

055 **도적 떼** 프리드리히 폰 실러 희곡 | 김인순 옮김 | 264면

056 **플로베르의 앵무새** 줄리언 반스 장편소설 | 신재실 옮김 | 320면

057 **악령** 표도르 도스또예프스끼 장편소설 | 박혜경 옮김 | 전3권 | 각 328, 408, 528면

060 **의심스러운 싸움** 존 스타인벡 장편소설 | 윤희기 옮김 | 340면

061 **몽유병자들** 헤르만 브로흐 장편소설 | 김경연 옮김 | 전2권 | 각 568, 544면

063 **몰타의 매** 대실 해밋 장편소설 | 고정아 옮김 | 304면

064 **마야꼬프스끼 선집** 블라지미르 마야꼬프스끼 선집 | 석영중 옮김 | 384면

065 **드라큘라** 브램 스토커 장편소설 | 이세욱 옮김 | 전2권 | 각 340, 344면

067 **서부 전선 이상 없다** 에리히 마리아 레마르크 장편소설 | 홍성광 옮김 | 336면

068 **적과 흑** 스탕달 장편소설 | 임미경 옮김 | 전2권 | 각 432, 368면

070 **지상에서 영원으로** 제임스 존스 장편소설 | 이종인 옮김 | 전3권 | 각 396, 380, 496면

073 **파우스트** 요한 볼프강 폰 괴테 희곡 | 김인순 옮김 | 568면

074 **쾌걸 조로** 존스턴 매컬리 장편소설 | 김훈 옮김 | 316면

075 **거장과 마르가리따** 미하일 불가꼬프 장편소설 | 홍대화 옮김 | 전2권 | 각 364, 328면

077 **순수의 시대** 이디스 워튼 장편소설 | 고정아 옮김 | 448면

078 **검의 대가** 아르투로 페레스 레베르테 장편소설 | 김수진 옮김 | 384면

079 **예브게니 오네긴** 알렉산드르 뿌쉬낀 운문소설 │ 석영중 옮김 │ 328면

080 **장미의 이름** 움베르토 에코 장편소설 │ 이윤기 옮김 │ 전2권 │ 각 440, 448면

082 **향수** 파트리크 쥐스킨트 장편소설 │ 강명순 옮김 │ 384면

083 **여자를 안다는 것** 아모스 오즈 장편소설 │ 최창모 옮김 │ 280면

084 **나는 고양이로소이다** 나쓰메 소세키 장편소설 │ 김난주 옮김 │ 544면

085 **웃는 남자** 빅토르 위고 장편소설 │ 이형식 옮김 │ 전2권 │ 각 472, 496면

087 **아웃 오브 아프리카** 카렌 블릭센 장편소설 │ 민승남 옮김 │ 480면

088 **무엇을 할 것인가** 니꼴라이 체르니셰프스끼 장편소설 │ 서정록 옮김 │ 전2권 │ 각 360, 404면

090 **도나 플로르와 그녀의 두 남편** 조르지 아마두 장편소설 │ 오숙은 옮김 │ 전2권 │ 각 408, 308면

092 **미사고의 숲** 로버트 홀드스톡 장편소설 │ 김상훈 옮김 │ 424면

093 **신곡** 단테 알리기에리 장편서사시 │ 김운찬 옮김 │ 전3권 │ 각 292, 296, 328면

096 **교수** 샬럿 브론테 장편소설 │ 배미영 옮김 │ 368면

097 **노름꾼** 표도르 도스또예프스끼 장편소설 │ 이재필 옮김 │ 320면

098 **하워즈 엔드** E. M. 포스터 장편소설 │ 고정아 옮김 │ 512면

099 **최후의 유혹** 니코스 카잔차키스 장편소설 │ 안정효 옮김 │ 전2권 │ 각 408면

101 **키리냐가** 마이크 레스닉 장편소설 │ 최용준 옮김 │ 464면

102 **바스커빌가의 개** 아서 코넌 도일 장편소설 │ 조영학 옮김 │ 264면

103 **버마 시절** 조지 오웰 장편소설 │ 박경서 옮김 │ 408면

104 **10 1/2장으로 쓴 세계 역사** 줄리언 반스 장편소설 │ 신재실 옮김 │ 464면

105 **죽음의 집의 기록** 표도르 도스또예프스끼 장편소설 │ 이덕형 옮김 │ 528면

106 **소유** 앤토니어 수전 바이어트 장편소설 │ 윤희기 옮김 │ 전2권 │ 각 440, 488면

108 **미성년** 표도르 도스또예프스끼 장편소설 │ 이상룡 옮김 │ 전2권 │ 각 512, 544면

110 **성 앙투안느의 유혹** 귀스타브 플로베르 희곡소설 │ 김용은 옮김 │ 584면

111 **밤으로의 긴 여로** 유진 오닐 희곡 │ 강유나 옮김 │ 240면

112 **마법사** 존 파울즈 장편소설 │ 정영문 옮김 │ 전2권 │ 각 512, 552면

114 **스쩨빤치꼬보 마을 사람들** 표도르 도스또예프스끼 장편소설 │ 변현태 옮김 │ 416면

115 **플랑드르 거장의 그림** 아르투로 페레스 레베르테 장편소설 │ 정창 옮김 │ 512면

116 **분신** 표도르 도스또예프스끼 장편소설 │ 석영중 옮김 │ 288면

117 **가난한 사람들** 표도르 도스또예프스끼 장편소설 │ 석영중 옮김 │ 256면

118 **인형의 집** 헨리크 입센 희곡 │ 김창화 옮김 │ 272면

119 **영원한 남편** 표도르 도스또예프스끼 장편소설 │ 정명자 외 옮김 │ 448면

120 **알코올** 기욤 아폴리네르 시집 | 황현산 옮김 | 352면

121 **지하로부터의 수기** 표도르 도스또예프스끼 장편소설 | 계동준 옮김 | 256면

122 **어느 작가의 오후** 페터 한트케 중편소설 | 홍성광 옮김 | 160면

123 **아저씨의 꿈** 표도르 도스또예프스끼 장편소설 | 박종소 옮김 | 312면

124 **네또츠까 네즈바노바** 표도르 도스또예프스끼 장편소설 | 박재만 옮김 | 316면

125 **곤두박질** 마이클 프레인 장편소설 | 최용준 옮김 | 528면

126 **백야 외** 표도르 도스또예프스끼 소설선집 | 석영중 외 옮김 | 408면

127 **살라미나의 병사들** 하비에르 세르카스 장편소설 | 김창민 옮김 | 304면

128 **뻬쩨르부르그 연대기 외** 표도르 도스또예프스끼 소설선집 | 이항재 옮김 | 296면

129 **상처받은 사람들** 표도르 도스또예프스끼 장편소설 | 윤우섭 옮김 | 전2권 | 각 296, 392면

131 **악어 외** 표도르 도스또예프스끼 소설선집 | 박혜경 외 옮김 | 312면

132 **허클베리 핀의 모험** 마크 트웨인 장편소설 | 윤교찬 옮김 | 416면

133 **부활** 레프 똘스또이 장편소설 | 이대우 옮김 | 전2권 | 각 308, 416면

135 **보물섬** 로버트 루이스 스티븐슨 장편소설 | 머빈 피크 그림 | 최용준 옮김 | 360면

136 **천일야화** 앙투안 갈랑 엮음 | 임호경 옮김 | 전6권 | 각 336, 328, 372, 392, 344, 320면

142 **아버지와 아들** 이반 뚜르게네프 장편소설 | 이상원 옮김 | 328면

143 **오만과 편견** 제인 오스틴 장편소설 | 원유경 옮김 | 480면

144 **천로 역정** 존 버니언 우화소설 | 이동일 옮김 | 432면

145 **대주교에게 죽음이 오다** 윌라 캐더 장편소설 | 윤명옥 옮김 | 352면

146 **권력과 영광** 그레이엄 그린 장편소설 | 김연수 옮김 | 384면

147 **80일간의 세계 일주** 쥘 베른 장편소설 | 고정아 옮김 | 352면

148 **바람과 함께 사라지다** 마거릿 미첼 장편소설 | 안정효 옮김 | 전3권 | 각 616, 640, 640면

151 **기탄잘리** 라빈드라나트 타고르 시집 | 장경렬 옮김 | 224면

152 **도리언 그레이의 초상** 오스카 와일드 장편소설 | 윤희기 옮김 | 384면

153 **레우코와의 대화** 체사레 파베세 희곡소설 | 김운찬 옮김 | 280면

154 **햄릿** 윌리엄 셰익스피어 희곡 | 박우수 옮김 | 256면

155 **맥베스** 윌리엄 셰익스피어 희곡 | 권오숙 옮김 | 176면

156 **아들과 연인** 데이비드 허버트 로런스 장편소설 | 최희섭 옮김 | 전2권 | 각 464, 432면

158 **그리고 아무 말도 하지 않았다** 하인리히 뵐 장편소설 | 홍성광 옮김 | 272면

159 **미덕의 불운** 싸드 장편소설 | 이형식 옮김 | 248면

160 **프랑켄슈타인** 메리 W. 셸리 장편소설 | 오숙은 옮김 | 320면

161 위대한 개츠비 프랜시스 스콧 피츠제럴드 장편소설 | 한애경 옮김 | 280면

162 아Q정전 루쉰 중단편집 | 김태성 옮김 | 320면

163 로빈슨 크루소 대니얼 디포 장편소설 | 류경희 옮김 | 456면

164 타임머신 허버트 조지 웰스 소설선집 | 김석희 옮김 | 304면

165 제인 에어 샬럿 브론테 장편소설 | 이미선 옮김 | 전2권 | 각 392, 384면

167 풀잎 월트 휘트먼 시집 | 허현숙 옮김 | 280면

168 표류자들의 집 기예르모 로살레스 장편소설 | 최유정 옮김 | 216면

169 배빗 싱클레어 루이스 장편소설 | 이종인 옮김 | 520면

170 이토록 긴 편지 마리아마 바 장편소설 | 백선희 옮김 | 192면

171 느릅나무 아래 욕망 유진 오닐 희곡 | 손동호 옮김 | 168면

172 이방인 알베르 카뮈 장편소설 | 김예령 옮김 | 208면

173 미라마르 나기브 마푸즈 장편소설 | 허진 옮김 | 288면

174 지킬 박사와 하이드 씨 로버트 루이스 스티븐슨 소설선집 | 조영학 옮김 | 320면

175 루진 이반 뚜르게네프 장편소설 | 이항재 옮김 | 264면

176 피그말리온 조지 버나드 쇼 희곡 | 김소임 옮김 | 256면

177 목로주점 에밀 졸라 장편소설 | 유기환 옮김 | 전2권 | 각 336면

179 엠마 제인 오스틴 장편소설 | 이미애 옮김 | 전2권 | 각 336, 360면

181 비숍 살인 사건 S. S. 밴 다인 장편소설 | 최인자 옮김 | 464면

182 우신예찬 에라스무스 풍자문 | 김남우 옮김 | 296면

183 하자르 사전 밀로라드 파비치 장편소설 | 신현철 옮김 | 488면

184 테스 토머스 하디 장편소설 | 김문숙 옮김 | 전2권 | 각 392, 336면

186 투명 인간 허버트 조지 웰스 장편소설 | 김석희 옮김 | 288면

187 93년 빅토르 위고 장편소설 | 이형식 옮김 | 전2권 | 각 288, 360면

189 젊은 예술가의 초상 제임스 조이스 장편소설 | 성은애 옮김 | 384면

190 소네트집 윌리엄 셰익스피어 연작시집 | 박우수 옮김 | 200면

191 메뚜기의 날 너새니얼 웨스트 장편소설 | 김진준 옮김 | 280면

192 나사의 회전 헨리 제임스 중편소설 | 이승은 옮김 | 256면

193 오셀로 윌리엄 셰익스피어 희곡 | 권오숙 옮김 | 216면

194 소송 프란츠 카프카 장편소설 | 김재혁 옮김 | 376면

195 나의 안토니아 윌라 캐더 장편소설 | 전경자 옮김 | 368면

196 자성록 마르쿠스 아우렐리우스 명상록 | 박민수 옮김 | 240면

197 **오레스테이아** 아이스킬로스 비극 | 두행숙 옮김 | 336면

198 **노인과 바다** 어니스트 헤밍웨이 소설선집 | 이종인 옮김 | 320면

199 **무기여 잘 있거라** 어니스트 헤밍웨이 장편소설 | 이종인 옮김 | 464면

200 **서푼짜리 오페라** 베르톨트 브레히트 희곡선집 | 이은희 옮김 | 320면

201 **리어 왕** 윌리엄 셰익스피어 희곡 | 박우수 옮김 | 224면

202 **주홍 글자** 너대니얼 호손 장편소설 | 곽영미 옮김 | 360면

203 **모히칸족의 최후** 제임스 페니모어 쿠퍼 장편소설 | 이나경 옮김 | 512면

204 **곤충 극장** 카렐 차페크 희곡선집 | 김선형 옮김 | 360면

205 **누구를 위하여 종은 울리나** 어니스트 헤밍웨이 장편소설 | 이종인 옮김 | 전2권 | 각 416, 400면

207 **타르튀프** 몰리에르 희곡선집 | 신은영 옮김 | 416면

208 **유토피아** 토머스 모어 소설 | 전경자 옮김 | 288면

209 **인간과 초인** 조지 버나드 쇼 희곡 | 이후지 옮김 | 320면

210 **페드르와 이폴리트** 장 라신 희곡 | 신정아 옮김 | 200면

211 **말테의 수기** 라이너 마리아 릴케 장편소설 | 안문영 옮김 | 320면

212 **등대로** 버지니아 울프 장편소설 | 최애리 옮김 | 328면

213 **개의 심장** 미하일 불가꼬프 중편소설집 | 정연호 옮김 | 352면

214 **모비 딕** 허먼 멜빌 장편소설 | 강수정 옮김 | 전2권 | 각 464, 488면

216 **더블린 사람들** 제임스 조이스 단편소설집 | 이강훈 옮김 | 336면

217 **마의 산** 토마스 만 장편소설 | 윤순식 옮김 | 전3권 | 각 496, 488, 512면

220 **비극의 탄생** 프리드리히 니체 | 김남우 옮김 | 320면

221 **위대한 유산** 찰스 디킨스 장편소설 | 류경희 옮김 | 전2권 | 각 432, 448면

223 **사람은 무엇으로 사는가** 레프 똘스또이 소설선집 | 윤새라 옮김 | 464면

224 **자살 클럽** 로버트 루이스 스티븐슨 소설선집 | 임종기 옮김 | 272면

225 **채털리 부인의 연인** 데이비드 허버트 로런스 장편소설 | 이미선 옮김 | 전2권 | 각 336, 328면

227 **데미안** 헤르만 헤세 장편소설 | 김인순 옮김 | 264면

228 **두이노의 비가** 라이너 마리아 릴케 시 선집 | 손재준 옮김 | 504면

229 **페스트** 알베르 카뮈 장편소설 | 최윤주 옮김 | 432면

230 **여인의 초상** 헨리 제임스 장편소설 | 정상준 옮김 | 전2권 | 각 520, 544면

232 **성** 프란츠 카프카 장편소설 | 이재황 옮김 | 560면

233 **차라투스트라는 이렇게 말했다** 프리드리히 니체 산문시 | 김인순 옮김 | 464면

234 **노래의 책** 하인리히 하이네 시집 | 이재영 옮김 | 384면

235 **변신 이야기** 오비디우스 서사시 | 이종인 옮김 | 632면

236 **안나 까레니나** 레프 똘스또이 장편소설 | 이명현 옮김 | 전2권 | 각 800, 736면

238 **이반 일리치의 죽음·광인의 수기** 레프 똘스또이 중단편집 | 석영중·정지원 옮김 | 232면

239 **수레바퀴 아래서** 헤르만 헤세 장편소설 | 강명순 옮김 | 272면

240 **피터 팬** J. M. 배리 장편소설 | 최용준 옮김 | 272면

241 **정글 북** 러디어드 키플링 중단편집 | 오숙은 옮김 | 272면

242 **한여름 밤의 꿈** 윌리엄 셰익스피어 희곡 | 박우수 옮김 | 160면

243 **좁은 문** 앙드레 지드 장편소설 | 김화영 옮김 | 264면

244 **모리스** E. M. 포스터 장편소설 | 고정아 옮김 | 408면

245 **브라운 신부의 순진** 길버트 키스 체스터턴 단편집 | 이상원 옮김 | 336면

246 **각성** 케이트 쇼팽 장편소설 | 한애경 옮김 | 272면

247 **뷔히너 전집** 게오르크 뷔히너 지음 | 박종대 옮김 | 400면

248 **디미트리오스의 가면** 에릭 앰블러 장편소설 | 최용준 옮김 | 424면

249 **베르가모의 페스트 외** 옌스 페테르 야콥센 중단편 전집 | 박종대 옮김 | 208면

250 **폭풍우** 윌리엄 셰익스피어 희곡 | 박우수 옮김 | 176면

251 **어센든, 영국 정보부 요원** 서머싯 몸 연작 소설집 | 이민아 옮김 | 416면

252 **기나긴 이별** 레이먼드 챈들러 장편소설 | 김진준 옮김 | 600면

253 **인도로 가는 길** E. M. 포스터 장편소설 | 민승남 옮김 | 552면

254 **올랜도** 버지니아 울프 장편소설 | 이미애 옮김 | 376면

255 **시지프 신화** 알베르 카뮈 지음 | 박언주 옮김 | 264면

256 **조지 오웰 산문선** 조지 오웰 지음 | 허진 옮김 | 424면

257 **로미오와 줄리엣** 윌리엄 셰익스피어 희곡 | 도해자 옮김 | 200면

258 **수용소군도** 알렉산드르 솔제니찐 기록문학 | 김학수 옮김 | 전6권 | 각 460면 내외

264 **스웨덴 기사** 레오 페루츠 장편소설 | 강명순 옮김 | 336면

265 **유리 열쇠** 대실 해밋 장편소설 | 홍성영 옮김 | 328면

266 **로드 짐** 조지프 콘래드 장편소설 | 최용준 옮김 | 608면

각 권 8,800~15,800원